KB052439

# Who Fears Death

# 누가 죽음을 두려워하는가

WHO FEARS DEATH

*by Nnedi Okorafor*

# 누가 죽음을 두려워하는가

Who Fears Death

은네디 오코라포르
Nnedi Okorafor

박미영 옮김

황금가지

## 1부 변화

1장 아버지의 얼굴 —— 13
2장 아빠 —— 18
3장 끊긴 대화 —— 28
4장 열한 살 의식 —— 56
5장 부르는 자 —— 80
6장 에슈 —— 88
7장 배운 것 —— 96
8장 거짓말 —— 103
9장 악몽 —— 112
10장 온디치에 —— 117
11장 루유의 결의 —— 127
12장 독수리의 오만함 —— 135
13장 아니의 햇살 —— 138
14장 이야기꾼 —— 145
15장 오수보 회관 —— 156
16장 에우 —— 167
17장 원점으로 돌아오다 —— 174

## 2부 학생

18장 아로의 오두막 방문 —— 183
19장 검은 옷의 남자 —— 196
20장 남자들 —— 209
21장 가디 —— 217
22장 평화 —— 225
23장 만물함 —— 228
24장 시장의 온예손우 —— 237
25장 그래서 그렇게 결정되었다 —— 255

## 3부 전사(戰士)


26장 — 265
27장 — 275
28장 — 285
29장 — 293
30장 — 296
31장 — 300
32장 — 314
33장 — 328
34장 — 351
35장 — 361
36장 — 371
37장 — 374
38장 — 377
39장 — 384
40장 — 388
41장 — 394
42장 — 403
43장 — 425
44장 — 431
45장 — 440
46장 — 455
47장 — 457
48장 — 472
49장 — 479
50장 — 489
51장 — 492
52장 — 504
53장 — 509
54장 — 528
55장 — 539
56장 — 550
57장 — 555
58장 — 568
59장 — 581
60장 누가 죽음을 두려워하는가? — 593

에필로그 — 595

61장 공작새 — 599
62장 솔라가 말하다 — 600
1장 다시 쓰인 글 — 602

감사의 말 — 606

굉장한 우리 아버지, 의학 박사

고드윈 선데이 대니얼 오코라포르(1940-2004)께

**“벗들이여, 죽음이 두렵습니까?”**

— 콩고 공화국의 초대이자 유일한 총리 파트리스 루뭄바

1부

# 변화

1장

# 아버지의 얼굴

내 인생은 열여섯 살 때 산산조각 났다. 아빠가 죽었다. 심장이 그렇게나 튼튼했는데, 죽고 말았다. 대장간에서 나오는 열기와 연기 때문이었을까? 사실 그 무엇도 아빠를 일에서, 예술에서 떼어 놓을 수 없었다. 아빠는 금속을 휘고 복종시키는 일을 사랑했다. 하지만 일하니 더 튼튼해지는 것만 같았는데. 대장간에서 아빠는 무척 행복했다. 그럼 어쩌다 죽은 걸까? 이날까지도 알 수가 없다. 나 때문이 아니길, 당시 내가 했던 일 때문이 아니길 바랄 뿐이다.

아빠가 세상을 떠난 직후, 어머니는 방에서 흐느끼며 뛰쳐 나와 벽에 몸을 던졌다. 그때 이제 내가 달라지겠구나 하고 알았다. 내 안의 불길을 다시는 온전히 통제하지 못하리라는 것을 그 순간 알았다. 그날 나는 다른 존재가, 인간이 아닌 무언가가 되었다. 그 후에 벌어진 모든 일이 그 순간 시작되었음을 이제는 안다.

장례식은 마을 변두리 모래언덕 근처에서 치렀다. 한낮이었고 끔찍이도 더웠다. 아빠의 시신은 두꺼운 하얀 천 위에 놓였고 야자

나무 잎을 엮어 만든 화환이 주위를 둘러싸고 있었다. 나는 아빠 시신 옆 모랫바닥에 무릎을 꿇고 마지막 작별 인사를 했다. 그 얼굴을 결코 잊지 못할 것이다. 아빠 같지 않았다. 아빠는 짙은 갈색 피부에, 입술이 두툼했다. 지금은 뺨이 푹 꺼지고 입술은 얄팍했으며, 피부는 회갈색 종이 같았다. 아빠의 혼은 어디론가 떠나갔다.

뒷목이 따끔거렸다. 내가 쓴 하얀 베일로는 무지하고 겁에 질린 눈길을 막을 수 없었다. 그때쯤엔 모든 이들이 늘 나를 지켜보고 있었다. 나는 이를 악물었다. 주위에선 여자들이 무릎을 꿇고 흐느끼며 곡하고 있었다. 나 같은 딸, '에우' 딸을 둔 여자인 어머니와 결혼했음에도 불구하고, 아빠는 사람들에게 무척이나 사랑받았다. 그 일은 아무리 훌륭한 남자라도 저지를 수 있는 실수 정도로 치부된 지 오래였다. 통곡 소리 너머로 어머니의 나직한 흐느낌이 들렸다. 어머니는 크나큰 상실을 겪고 있었다.

어머니가 마지막 작별을 할 차례였다. 그다음엔 아빠를 화장하러 떠난다. 나는 마지막으로 아빠의 얼굴을 내려다보았다. *다시는 아빠를 보지 못하겠지.* 마음의 준비가 되지 않았다. 나는 눈을 깜박이고 내 가슴에 손을 댔다. 그때 그 일이 벌어졌다. 가슴에 손을 댔을 때. 처음에는 간질간질 저리는 감각에 가까웠다. 그 감각은 곧 부풀어 올라 훨씬 큰 무언가가 되었다.

일어서려 들수록, 감각이 더욱 강렬해지고 애통함은 커져 갔다. *아빠를 데려가면 안 돼.* 나는 다급히 생각했다. *아직 대장간에 금속이 얼마나 많은데. 일을 끝내지 못했다고!* 그 감각이 가슴에 퍼지고 다른 부분으로 뻗어 갔다. 나는 그걸 안에 가두려 어깨를 움츠렸다. 그러다가 내 주위의 사람들에게서 그걸 뽑아내기 시작했다. 몸서리를 치고 이를 갈았다. 나는 분노로 가득 차 있었다. *아, 여기선 안 돼, 아빠 장례식에선!* 삶은 세상을 떠난 아버지를 추모할 여지도 주지 않았다.

뒤에서 통곡이 그쳤다. 들리는 것은 부드러운 산들바람 소리뿐이었다. 완전히 으스스했다. 무언가 내 아래, 땅속에, 아니면 어딘가 다른 곳에 있었다. 갑자기 아빠에 대한 주위 모든 이들의 아픈 마음이 나를 강타했다.

본능적으로 아빠 팔에 손을 가져갔다. 사람들이 비명을 질러 대기 시작했다. 나는 돌아보지 않았다. 할 일에만 집중했다. 아무도 나를 끌어내려 하지 않았다. 아무도 나를 건드리지 않았다. 친구 루유의 삼촌은 드문 건기의 웅그와 폭풍 중에 벼락에 맞았다. 그는 살아남았으나 속에서부터 격하게 떨리는 기분이 어땠는지 늘 말하고 다녔다. 그게 지금 내 기분이었다.

나는 겁에 질려 헉 소리를 냈다. 아빠 팔에서 손이 떨어지지 않았다. 합쳐져 버렸다. 내 모랫빛 피부가 손바닥에서 아빠의 회갈색 피부로 흘러 들어갔다. 뭉친 살덩어리.

나는 비명을 지르기 시작했다.

목에 소리가 걸려 콜록거렸다. 그러다가 응시했다. 아빠의 가슴팍이 천천히 오르내리고 있었다…… 숨을 쉬고 있다! 나는 경악하면서도 절박하게 희망을 걸었다. 심호흡하고 소리쳤다.

"일어나요, 아빠! 일어나요!"

내 양 손목 위에 손이 와 닿았다. 누구 손인지 이내 알았다. 손가락 하나가 부러져 붕대를 감은 손. 만약 그가 손을 떼지 않으면, 닷새 전보다 훨씬 더 호된 맛을 보여 줄 것이다.

"온예손우." 아로가 내 귓가에 말하며 얼른 손을 뗐다. 아, 얼마나 미웠던지. 하지만 나는 귀를 기울였다. "그분은 돌아가셨다. 보내 드리자, 다들 떨칠 수 있게."

어떻게인가…… 나는 따랐다. 아빠를 보내 드렸다.

모든 것이 다시 죽은 듯 고요해졌다.

마치 세상이 한순간 물에 잠긴 것처럼.

그리고 내 안에 쌓여 가던 힘이 폭발했다. 베일이 머리에서 날아가고 땋은 머리가 풀리며 홱 젖혀졌다. 모두가 그리고 모든 것이 뒤로 날아갔다. 아로, 우리 어머니, 가족, 친구, 지인, 모르는 사람들, 상에 차린 음식, 얌* 쉰 개, 몽키브래드** 큰 것 열세 개, 소 다섯 마리, 염소 열 마리, 암탉 서른 마리, 그리고 모래 잔뜩. 마을에서는 30초 동안 전기가 나갔다. 집에선 모래를 쓸어내야 했고 컴퓨터는 밖으로 내가 먼지를 털어 복구해야 했다.

그 물속 같은 정적이 다시 이어졌다.

나는 손을 내려다보았다. 아빠의 차갑고 여전히 죽은 팔에서 손을 떼어내려 하자, 약한 접착제로 붙인 것이 떨어지듯 찌익 소리가 났다. 아빠 팔에는 마른 진액 자국이 남았다. 나는 손가락을 마주 비볐다. 진액 자국이 더 바스러져 벗겨졌다. 나는 아빠를 한 번 더 보았다. 그런 다음 옆으로 쓰러져 기절했다.

---

* 고구마 비슷한 뿌리식물.

** 바오밥 나무 열매.

* * *

그게 4년 전이죠. 이제 지금의 나를 봐요. 사람들은 내가 그 모든 것을 초래했음을 알아요. 그들은 내 피를 보고 싶어 하고, 날 고통스럽게 하고 싶어 하며, 그리고 날 죽이고 싶어 해요. 그 후 무슨 일이 생기든…… 그만둡시다.

오늘 밤, 내가 어떻게 해서 지금 이렇게 되었는지 알고 싶겠죠. 내가 어떻게 여기까지 왔는지…… 얘기하자면 길어요. 하지만 말할 거예요. 당신에게 들려주죠. 남들이 하는 내 얘기를 믿으면 바보죠. 그 모든 거짓말을 막기 위해 내 이야기를 들려줄게요. 다행히 나의 긴 이야기도 당신 노트북에 다 들어갈 테니까.

나에겐 이틀이 있어요. 그 정도면 충분한 시간이면 좋겠네요. 금방 지나가 버릴 테니까.

어머니는 내게 온예손우라는 이름을 지어 주었어요. "누가 죽음을 두려워하는가?"라는 뜻이죠. 잘 지은 이름이에요. 나는 20년 전, 어지러운 시대에 태어났어요. 아이러니하게도 그 모든 살육과 한참 떨어져 자랐지만……

2장

# 아빠

딱 보기만 해도, 내가 강간으로 태어난 아이임을 누구나 알 수 있다. 하지만 처음 날 보았을 때 아빠는 그 점을 곧장 넘겨 버렸다. 어머니를 제외하고 유일하게 첫눈에 나를 사랑해 주었다고 할 수 있는 사람이다. 아빠가 죽었을 때 내가 떠나보내기 그토록 힘들었던 이유 중 하나다.

내가 직접 어머니를 위해 아빠를 골랐다. 여섯 살 때였다.

어머니와 나는 즈와히르에 막 도착한 참이었다. 그 이전에 우리는 사막 유목민이었다. 어느 날 사막을 배회하던 중, 마치 다른 목소리를 듣기라도 한 듯 어머니가 멈춰 섰다. 어머니는 가끔 그런 식으로 나 말고 다른 사람과 대화하는 듯이 이상하게 굴었다. 그러다가 어머니가 말했다. "이제 네가 학교에 갈 때야." 나는 너무 어려서 진짜 이유를 이해하지 못했다. 사막에서 난 충분히 행복했지만, 즈와히르 시내에 도착하자 곧 시장이 나의 놀이터가 되었다.

그 처음 며칠간, 어머니는 급전을 마련하기 위해 갖고 있던 선인장 사탕 대부분을 팔았다. 즈와히르에서 선인장 사탕은 화폐보다 더 귀했다. 맛있는 별미였다. 어머니는 독학으로 재배법을 익혔다. 언젠가는 문명 세계로 돌아갈 생각을 늘 하고 있었던 것이다.

몇 주 사이, 어머니는 가져온 선인장 모종을 심고 가판대를 차렸다. 나는 최선을 다해 도왔다. 물건을 나르고 정리하고 손님을 끌었다. 그 대신 어머니는 나에게 돌아다닐 자유 시간을 하루 한 시간씩 주었다. 사막에서는 맑은 날이면 어머니에게서 1.5킬로미터씩 떨어져 돌아다니곤 했다. 절대 길을 잃는 법이 없었다. 그래서 시장은 내겐 작았다. 그런데도 볼 것은 많고 곳곳에 말썽의 여지가 도사리고 있었다.

난 행복한 아이였다. 내가 지나가면 사람들은 혀를 차며 구시렁대고 눈길을 돌렸다. 하지만 난 개의치 않았다. 닭과 애완 여우 들을 쫓아다니고, 다른 아이들을 마주 째려보고, 싸움을 구경했다. 바닥에 깔린 모래는 가끔 쏟아진 낙타 젖으로 축축했다. 그렇지 않을 때는 향유 병이 넘쳐나서 기름이 번들거리고 향기가 났으며 향 타고 남은 재와 때로 낙타, 소, 여우 똥이 묻어 있었다. 사막에선 모래가 손 타지 않은 상태였는데, 이곳 모래는 너무나 잡다한 것이 뒤섞여 있었다.

즈와히르에 머문 지 몇 달이 채 안 되었을 때 아빠를 만났다. 그 운명적인 날은 덥고 화창했다. 나는 물 한 잔을 갖고 어머니 곁을 떠났다. 처음엔 즈와히르에서 제일 이상한 건축물인 오수보 회관에 가 볼까 생각했더랬다. 왠지 늘 그 커다란 사각형 건물에 끌렸다. 이상한 모양과 상징으로 장식했고, 즈와히르에서 제일 높은 건물이자 유일한 완전 석조 건물이었다.

"언젠가는 저 안에 들어가야지." 서서 그 건물을 쳐다보며 나는 말했다. "하지만 오늘은 아니야."

나는 시장에서 아직 탐험하지 않은 구역으로 나아갔다. 전파상에서는 보기 흉한 리퍼 컴퓨터를 팔고 있었다. 케이스가 깨지고 메인보드가 다 드러난 검은색과 회색의 작은 물건들이었다. 보기만큼이나 촉감도 흉할까 궁금했다. 나는 한 번도 컴퓨터를 만져 본 적이 없었다. 만져 보려고 손을 뻗었다.

"떽!" 카운터 뒤에 있던 주인이 말했다. "만지면 못써!"

나는 물을 마시며 발길을 옮겼다.

발길을 옮기다 보니 불길과 소음이 가득한 동굴까지 왔다. 말린 벽돌로 지은 하얀 건물은 앞쪽이 트여 있었다. 안쪽은 어둡고 이따금 불길이 화악 일었다. 바람보다 뜨거운 열기가 괴물이 내뿜는 숨결처럼 흘러나왔다. 건물 앞에는 커다란 간판이 붙어 있었다.

**오군디무 철공소-흰개미는 구리를**
**갉아먹지 못하고, 벌레는 쇠를 먹지 않습니다.**

나는 눈을 찌푸리고 안에 있는 키 큰 근육질 남자를 쳐다보았다. 번들거리는 짙은 피부에는 검댕이 묻어 있었다. 위대한 책에 나오는 영웅 같다고 생각했다. 가는 철사로 엮은 장갑을 꼈고 검은 고글을 얼굴에 꽉 조이게 쓰고 있었다. 콧구멍을 벌름거리며 커다란 망치로 불길을 내려치는 중이었다. 내려칠 때마다 거대한 팔뚝이 불끈거렸다. 금속의 여신 오군의 아들이라고 해도 될 법했다. 그의 움직임에는 그런 기쁨이 깃들어 있었다. 하지만 너무 목말라 보인다는 생각이 들었다. 목구멍이 타들어 가고 재가 가득 끼어 있으리라 상상했다. 나는 아직 물잔을 갖고 있었다. 반쯤 물이 남아 있었다. 나는 가게에 들어갔다.

안은 더 뜨거웠다. 그렇지만 난 사막에서 자랐다. 극단적인 더위와 추위에 익숙했다. 대장장이가 내려치는 금속에서 쏟아져 나오는 불꽃을 조심스레 지켜보았다. 그러다가 최대한 공손하게 말했다.

"오가*, 여기 물 있어요."

내 목소리에 남자는 깜짝 놀랐다. 사람들이 에우라고 부르는 말라깽이 여자애가 가게 안에 있는 모습에 더욱 놀랐다. 그는 고글을 밀어 올렸다. 검댕이 묻지 않은 눈 주위는 어머니의 짙은 갈색 피부와 비슷한 정도였다. 온종일 불길을 들여다보는 사람치고 눈 흰자가 정말 하얗다는 생각이 들었다.

"얘야, 여기 들어오면 안 돼."

나는 뒷걸음쳤다. 그의 목소리는 울림이 엄청났다. 사막에서 말하면 몇 킬로미터 밖에서도 동물들이 그 소리를 들을 것이다.

"그렇게 덥지 않아요." 나는 물잔을 들어 보였다. "여기요."

다가가면서 내가 에우라는 사실이 몹시도 신경 쓰였다. 나는 어머니가 지어 준 녹색 드레스 차림이었다. 옷감은 얇았지만, 발목부터 손목까지 온몸을 덮고 있었다. 어머니는 얼굴을 가릴 베일도 만들어 주었지만 차마 나한테 쓰라고 하지 못했다.

* 주로 나이지리아 지역에서 손위 남성, 상사, 스승 등을 공경하게 부를 때 쓰는 호칭.

희한한 일이었다. 대부분은 내가 에우라고 꺼렸다. 하지만 가끔은 여자들이 주위에 몰려들었다.

"하지만 애 피부 좀 봐요." 여자들은 저들끼리 수군거릴 뿐, 절대 나한테 직접 말하지 않았다. "너무 매끄럽고 섬세하잖아요. 꼭 낙타 젖 같아요."

"그리고 머리는 묘하게 부스스하네, 말린 풀 더미처럼."

"눈은 사막 고양이 같네요."

"아니 여신께선 추악함에서 기묘한 아름다움을 만들어 내시거든."

"'열한 살 의식'을 치를 때쯤엔 참 예쁘겠어요."

"그걸 치러 봐야 무슨 소용이 있겠어? 결혼할 사람도 없을 텐데."

그러고는 웃었다.

시장에서는 남자들이 나를 붙들려 하곤 했지만 나는 늘 더 빨랐고 할퀼 줄 알았다. 사막 고양이에게서 배운 재주였다. 여섯 살 먹은 나에겐 그 모든 것들이 혼란스러웠다. 이제 대장장이 앞에 서 있자니, 그 역시 나의 못난 외모에서 기묘한 매력을 느낄까 두려웠다.

나는 대장장이에게 물잔을 내밀었다. 그는 잔을 받아들고 길게 꿀꺽꿀꺽 들이켰다. 나이치고는 내 키가 큰 편이었지만 대장장이 역시 마찬가지였다. 내가 고개를 뒤로 젖혀야 그의 미소를 볼 수 있었다. 그는 안도의 한숨을 훅 내쉬더니 물잔을 돌려주었다.

"맛있는 물이구나." 그는 말하고 다시 모루로 돌아갔다. "넌 물의 정령치고는 너무 크고 대담한데."

나는 미소 짓고 말했다.

"제 이름은 온예손우 우바이드예요. 오가는요?"

"파딜 오군디무." 그는 장갑 낀 손을 내려다보았다. "악수하고 싶지만, 내 장갑이 뜨겁구나, 온예손우."

"괜찮아요, 오가는 대장장이네요!"

그는 고개를 끄덕였다.

"아버지와 할아버지 그리고 증조부와 그 위까지 대대로."

"어머니하고 전 몇 달 전에 여기 왔어요." 나는 불쑥 말했다. 그러다가 시간이 늦었다는 게 떠올랐다. "아. 가 봐야겠어요, 오가 오군디무!"

"물 고맙다. 마침 목이 마르던 참이었어."

그 이후로 자주 그를 찾아갔다. 그는 나의 제일 친한 친구이자 유일한 친구가 되었다. 내가 모르는 남자와 어울리는 걸 어머니가 알았더라면, 죽도록 패고 몇 주 동안 자유 시간을 금지했을 것이다. 대장간 도제인 지라는 남자는 나를 싫어해서, 볼 때마다 무슨 병든 야생 짐승이라도 되는 듯 역겨워하며 비웃었다.

"지는 무시해." 대장장이는 말했다. "금속은 잘 다루지만 상상력이 부족하거든. 용서해라. 무지해서 그래."

"제가 사악해 보인다고 생각하세요?"

"사랑스럽지." 그는 미소 지으며 말했다. "아이가 어떻게 잉태되었든, 그 아이의 잘못이나 책임은 아닌걸."

나는 '잉태'라는 말이 무슨 뜻인지 몰랐고 묻지도 않았다. 나더러 사랑스럽다고 한 말을 물릴까 봐 그랬다. 다행히도 지는 보통 날이 선선한 늦은 시간에 왔다.

곧 나는 대장장이에게 사막에서의 생활을 얘기했다. 그때는 너무 어려서 그런 민감한 문제를 감춰야 한다는 걸 몰랐다. 내 과거, 나의 존재 자체가 민감하단 걸 이해하지 못했다. 그는 금속에 대해 몇 가지를 가르쳐 주었다. 어떤 금속이 제일 쉽게 불에 순응하고, 어떤 게 아닌지 그런 것.

"부인은 어떤 분이었어요?"

어느 날, 내가 물었다. 정말이지 그냥 입에서 나오는 대로 한 말이었다. 나는 그가 사 준 빵에 더 정신이 팔려 있었다.

"은제리. 피부가 검었지." 그는 커다란 두 손으로 자기 허벅지를 감싸 보였다. "그리고 다리가 아주 튼튼했어. 낙타 기수였거든."

나는 우물거리던 빵을 삼키고 탄성을 질렀다.

"정말요?"

"사람들은 다리가 튼튼해서 낙타 위에서 버티는 거라 했지만, 내가 잘 알지. 은제리는 일종의 재능이 있었어."

"무슨 재능인데요?" 나는 몸을 앞으로 숙이며 물었다. "벽을 통과할 수 있었나요? 날아요? 유리를 먹어요? 딱정벌레로 변신해요?"

대장장이는 웃음을 터트렸다.

"책을 많이 읽었구나."

"위대한 책을 두 번 읽었어요!" 나는 자랑했다.

"대단한데. 음, 은제리는 낙타하고 말을 할 수 있었어. 낙타 말하기는 남자 일이라, 은제리는 대신 낙타 경주를 택했지. 그리고 그냥 경주에 참가하기만 한 게 아니야. 경주에서 이겼어. 우리는 십 대 시절 처음 만났지. 스무 살 때 결혼했고."

"그분 목소리가 어땠어요?"

"아, 귀에 거슬리고 아름다웠지."

나는 어리둥절해서 인상을 찌푸렸다.

"아주 시끄러웠거든." 내 빵을 한쪽 떼어 가며 그가 설명했다. "기쁠 때면 많이 웃고 짜증날 때면 많이 고함쳤지. 알겠니?"

나는 고개를 끄덕였다.

"한동안 우린 행복했어." 그가 말하고는 입을 다물었다.

나는 그가 계속하기를 기다렸다. 나쁜 대목일 줄 알고 있었다. 그가 그냥 자기 빵 조각만 물끄러미 쳐다보고 있기에 나는 말했다.

"그래서요? 어떻게 되었는데요? 부인이 아저씨한테 잘못했어요?"

그는 껄껄 웃었고 나는 다행이다 싶었다. 비록 아주 진지하게 한 질문이었지만 말이다.

"아니, 아니. 은제리가 평생 가장 빠른 경주를 했던 날, 끔찍한 일이 벌어졌어. 너도 봤어야 하는데 말이다, 온예손우. 비 축제 경주 결승전이었지. 전에도 이 경주에서 이긴 적 있었지만, 그날은 800미터 최단 기록을 깨려던 참이었거든." 그는 잠시 입을 다물었다. "나는 결승선에 있었어. 다들 거기 있었지. 땅은 전날 밤 내린 폭우로 아직 미끄러웠어. 경주를 다른 날로 잡았어야 했는데. 은제리의 낙타가 특유의 안짱다리 구보로 달려왔지. 그 어떤 낙타보다도 빨랐어." 그는 눈을 감았다. "낙타가 발을 헛디뎠고…… 비틀거렸다." 그의 목소리가 갈라졌다. "결국엔 은제리의 튼튼한 다리가 불운을 불렀지. 낙타가 넘어졌을 때도 버티는 바람에, 결국 그 낙타 무게에 깔리고 말았단다."

나는 헉 숨을 들이쉬고 손으로 입을 막았다.

"차라리 굴러 떨어졌더라면 살았을 거야. 결혼한 지 겨우 석 달째였지." 그는 한숨을 쉬었다. "은제리가 탔던 낙타는 그 곁을 떠나려 들지 않았어. 어디든 그녀의 시신을 따라갔지. 은제리를 화장한 다음 날, 낙타는 슬픔으로 죽고 말았고. 몇 주 동안 사방에서 낙타들이 침을 뱉고 신음했단다."

그는 다시 장갑을 꼈고 모루로 돌아갔다. 대화는 끝났다.

몇 달이 흘렀다. 나는 며칠에 한 번씩 그를 찾았다. 어머니에게 걸릴 위험이 커져 간다는 건 알았다. 하지만 위험을 감수할 만하다고 여겼다. 어느 날, 아저씨가 어떻게 지냈냐고 물었다.

"좋아요. 어제 어떤 여자분이 아저씨 얘기를 하더라고요. 아저씨가 제일 뛰어난 대장장이라서 오수보라는 사람이 품삯을 후하게 쳐 준다고요. 그 사람이 오수보 회관 주인이에요? 거기 꼭 들어가 보고 싶었어요."

"오수보는 사람 이름이 아니야." 그는 연철 조각을 들여다보며 대꾸했다. "즈와히르 원로 모임, 우리 정부의 지도자들이다."

"아."

나는 '정부'라는 말이 무슨 뜻인지 몰랐고 신경 쓰지도 않았다.

"어머니는 어떻게 지내시니?"

"잘 지내세요."

"만나 뵙고 싶은데."

나는 숨을 죽이고 얼굴을 찌푸렸다. 어머니가 그에 대해 알았다간, 나는 호되게 맞고 유일한 친구를 잃게 될 것이다. 왜 아저씨가 어머니를 만나려는 거지? 우리 엄만데 싫어 갑자기 꺼려졌다. 하지만 못 만나게 막을 방법이 뭐가 있을까? 나는 입술을 깨물고 마지못해 말했다.

“알았어요.”

속상하게도, 아저씨는 바로 그날 밤 우리 텐트에 왔다. 그래도 펄럭이는 하얀 바지와 흰 카프탄 차림이 근사했다. 아저씨는 머리에 흰 베일을 썼다. 흰색으로만 차려입는 것은 지극한 공경을 표하는 의미였다. 보통은 여자들이 그렇게 했다. 남자가 그렇게 하는 경우는 아주 특별했다. 아저씨는 내 어머니에게 조심해서 다가가야 한다는 걸 알았다.

처음에 어머니는 아저씨를 무서워하고 화를 냈다. 나와의 우정에 대해 아저씨가 말하자, 어머니가 내 엉덩이를 찰싹 때리는 바람에 나는 도망가서 몇 시간을 울었다. 그래도 한 달이 안 되어 아빠와 어머니는 결혼했다. 결혼식 다음 날, 어머니와 나는 아빠 집으로 들어갔다. 그 후로는 모든 것이 완벽했어야 했다. 5년간은 좋았다. 그러다가 기이한 일이 벌어지기 시작했다.

3장

# 끊긴 대화

아빠는 어머니와 나를 즈와히르에 정착하게 한 존재였다. 하지만 아빠가 살아 있다 해도, 나는 결국 여기로 왔을 것이다. 나는 애초에 즈와히르에 머물 운명이 아니었다. 난 변덕스러운 편인 데다가 내 마음을 움직이는 다른 것들이 있었다. 잉태된 순간부터 나란 존재는 골칫거리였다. 오점이었다. 독. 열한 살 때 그걸 깨달았다. 기이한 일이 벌어졌을 때였다. 그 사건으로 어머니는 결국 나의 추악한 사연을 들려줄 수밖에 없게 되었다.

폭풍이 빠르게 다가오는 저녁이었다. 뒷문 앞에 서서 밀려오는 먹구름을 지켜보고 있었는데, 갑자기 내 눈앞에서 커다란 독수리가 정원의 참새 위로 내려앉았다. 독수리는 참새를 바닥에 밀어붙였다가 잡아채 날아갔다. 피 묻은 갈색 깃털 세 개가 참새에게서 떨어져 어머니 텃밭의 토마토 위에 내려앉았다. 우르릉 천둥소리가 울려 퍼지는 가운데 나는 그 깃털 하나를 집어 들었다. 손가락으로 피를 문질렀다. 왜 그랬는지 모르겠다.

끈적끈적했다. 그리고 마치 내가 피로 뒤덮인 듯 금속 냄새가 코를 찔렀다. 무슨 이유에서인가 나는 고개를 들어 귀를 기울이고 감지했다. *무슨 일이 벌어지고 있어.* 하늘이 컴컴해졌다. 바람이 거세져 갔다. 바람결에…… 다른 냄새가 실려 왔다. 그 이후로 알아볼 수 있게 되었지만 절대 표현할 수 없는 이상한 냄새.

그 냄새를 맡을수록 머릿속에서 무슨 일인가 벌어지기 시작했다. 집으로 도망갈까 했지만 그게 무엇이든 집 안으로 끌어들이고 싶지 않았다. 이내 그럴 마음이 든다 해도 움직일 수 없는 상태가 되었다. 윙윙거리는 소리가 나다가, 고통이 뒤따랐다. 나는 질끈 눈을 감았다.

내 머릿속에는 문이 여럿 있었다. 강철과 나무와 돌로 만들어진 문. 고통은 그중 빼꼼 열린 문들에서 나오고 있었다. 뜨거운 공기가 그 틈새로 흘러나왔다. 몸이 이상한 느낌이었고 움직일 때마다 뭔가 부서질 것만 같았다. 나는 털썩 무릎을 꿇고 헛구역질을 했다. 온몸의 근육이 경직되었다. 그러다가 나의 존재가 사라졌다. 아무것도 떠오르지 않았다. 어둠조차도.

끔찍했다.

정신을 차려 보니, 나는 마을 한복판 이로코 거목 위에 올라 오도가도 못 하고 있었다. 벌거벗은 채. 비가 오고 있었다. 수치와 혼란스러움은 내 유년 시절의 기본 감정이었다. 분노가 그 바로 뒤를 따른 것도 당연하지 않은가?

나는 충격과 공포에 터져 나오는 흐느낌을 억누르려 숨을 참았다. 내가 붙들고 있는 큰 가지는 미끄러웠다. 그리고 내가 깜박 죽었다가 되살아났다는 기분을 떨칠 수 없었다. 하지만 그 순간에는 그게 문제가 아니었다. 어떻게 아래로 내려간담?

"뛰어내려야 해!" 누군가가 고함쳤다.

아빠, 그리고 머리에 바구니를 쓴 웬 소년이 아래 있었다. 나는 이를 갈며 나뭇가지를 더 꽉 붙들었다. 화가 나고 창피했다.

아빠가 양팔을 벌리고 소리쳤다.

"뛰어!"

나는 머뭇거리며 생각했다. 다시 죽고 싶지 않았다. 흐느낌이 터져 나왔다. 이어지는 생각을 피하려 뛰어내렸다. 아빠와 나는 젖은 이로코 열매가 깔린 땅바닥에 굴렀다. 나는 허둥지둥 일어나 몸을 가리려 아빠에게 달라붙었고 아빠는 셔츠를 벗었다. 나는 얼른 옷을 걸쳤다. 으깨진 열매 냄새가 빗속에서 진하고 씁쓸했다. 피부에 밴 냄새와 보라색 물을 빼려면 한참 목욕을 해야 하게 생겼다. 아빠 옷은 다 버리고 말았다. 주위를 돌아보았다. 소년은 이미 사라지고 없었다.

아빠는 내 손을 잡았고 우리는 충격에 싸여 침묵 속에 집으로 걸어갔다. 빗속을 터덜터덜 걷는 사이, 나는 연신 감기는 눈을 뜨느라 애먹었다. 너무 피곤했다. 집까지 한없이 걸리는 듯했다. 이렇게 멀리 왔던가? 나는 의아했다. 어째서…… 어떻게? 집에 도착하자 문 앞에서 아빠를 붙들고 마침내 물었다.

"어떻게 된 거죠? 제가 어디 있는지 어떻게 아셨어요?"

"들어가서 몸부터 말리자, 우선." 아빠가 달래듯 말했다.

문을 열자 어머니가 달려 나왔다. 나는 괜찮다고 우겼지만 괜찮지 않았다. 다시 망각으로 빠져들고 있었다. 나는 방으로 향했다.

"내버려 둬요." 아빠가 어머니에게 말했다.

나는 침대로 기어 들어갔고 이번에는 정상적인 깊은 잠에 빠져들었다.

"일어나렴."

어머니가 속삭이는 듯한 목소리로 말했다. 몇 시간이 흘렀다. 눈곱이 끈적이고 온몸이 욱신거렸다. 눈을 비비며 나는 천천히 일어나 앉았다. 어머니가 의자를 내 침대 가까이 끌어다 앉았다.

"무슨 일이 있었는지 모르겠구나."

하지만 어머니는 내게서 눈을 돌렸다. 그때조차도 그게 정말일까 하는 생각이 들었다.

"나도 모르겠어요, 엄마."

나는 한숨을 내쉬고, 욱신거리는 팔다리를 주물렀다. 아직도 몸에서 이로코 열매 냄새가 났다.

어머니가 내 손을 잡았다.

"지금부터 할 이야기는 딱 한 번만 할 거다." 어머니는 머뭇거리다 고개를 내저으며 혼잣말을 했다. "아, 아니 여신이시여, 이 애는 겨우 열한 살인데요."

그러고는 고개를 기울이고 내가 잘 아는 그 표정을 했다. 귀를 기울이는 표정. 어머니는 혀를 차고 고개를 끄덕였다.

"엄마, 무슨……."

"해는 하늘 높이 떠 있었지." 어머니는 나직한 목소리로 말했다. "사방이 환했어. 그때 그들이 들이닥쳤단다. 열다섯 살 이상 여자들 대부분이 사막에서 성스러운 말씀을 나눌 때. 나는 스무 살이었어……."

누루족 무장단체는 오케케족 여자들이 사막으로 가서 이레 동안 아니 여신께 경의를 표하는 피정(避靜)을 기다려 왔다. '오케케'는 '창조된 자들'이란 뜻이다. 오케케족은 낮이 되기 전 창조되었기에 밤처럼 피부가 새카맸다. 그들이 최초의 인간이었다. 한참 후에, 누루족이 등장했다. 누루족은 별에서 왔기에 피부가 태양의 색을 띠었다.

이런 이름은 아마도 평화로운 시기에 합의된 모양으로, 오케케족은 누루족의 노예로 태어났다고 널리 알려져 있기 때문이다. 옛날, 구 아프리카 시대, 오케케가 끔찍한 일을 저질렀기에 아니는 그런 짐을 지워 주었다. 위대한 책에 그렇게 나와 있다.

나지바와 남편은 노예가 없는 작은 오케케 마을에 살고 있었지만, 자기 처지는 알고 있었다. 동쪽으로 겨우 25킬로미터 떨어진 일곱 강 왕국에 살았더라면 평생 누루족의 시중을 들어야 했으리라는 걸 마을 사람들과 마찬가지로 익히 알고 있었다.

대부분은 '뱀이 도마뱀이 되겠다고 꿈꾸는 건 어리석은 짓이다.'라는 옛 속담을 따랐다. 하지만 30년 전, 진 시(市)의 오케케 사람들이 거부하고 나섰다. 그들은 참을 만큼 참았다. 들고 일어나 시위를 했고 요구하고 거부했다. 그들의 열정은 이웃한 소도시와 마을로 퍼져 나갔다. 이 오케케 사람들은 야심을 가졌던 대가를 호되게 치렀다. 집단 학살이란 게 늘 그렇듯이, 모두가 대가를 치렀다. 그 뒤로 이런 일이 이따금 벌어졌다. 학살당하지 않은 반골 오케케족은 동쪽으로 밀려났다.

나지바는 모래 바닥에 고개를 대고, 눈을 감은 채 내면으로 주의를 돌렸다. 그녀는 미소 지으며 아니 여신과 이야기했다. 열 살 때, 나지바는 소금 거래를 하러 나선 아버지와 오빠들을 따라 소금길 여행을 떠났다. 그 이후로 그녀는 탁 트인 사막을 사랑하게 되었다. 그리고 그녀는 늘 여행을 좋아했다. 주위 여자들의 기도 소리를 무시하며, 그녀는 더 환하게 미소 지으면서 이마를 모래에 더 깊이 묻었다.

나지바는 아니에게 전날 밤 남편과 함께 밖에 앉아 하늘에서 별 다섯 개가 떨어지는 광경을 보았다고 이야기하던 중이었다. 부부가 보는 별똥별 숫자가 미래의 자녀 수라는 말이 있었다. 그녀는 혼자 웃었다. 그 후로 아주 오랫동안 웃을 일이 없으리라고는 전혀 짐작도 못 한 채.

“저희는 가진 건 별로 없지만, 아버지는 자랑스러워하셨을 거예요.” 나지바는 그 울림 풍부한 목소리로 말했다. “우리 집에는 모래가 늘 들어와요. 컴퓨터는 살 때부터 고물이었고. 집수기는 구름에서 물을 본래 성능의 절반밖에 못 모아요. 멀지 않은 곳에서 살육이 다시 시작되었죠. 저희는 아직 아이가 없어요. 그래도 행복하답니다. 그리고 여신님께 감사를…….”

부릉거리는 스쿠터 엔진 소리. 나지바는 고개를 들었다. 스쿠터 행렬이 이어졌고 다들 좌석 뒤에 오렌지색 깃발을 달고 있었다. 최소한 마흔 대는 되었다. 나지바와 일행들은 마을에서 몇 킬로미터 떨어져 있었다. 그들은 나흘 전에 마을을 떠났고, 물과 빵만 먹었다. 그러니 달랑 그들끼리 있을 뿐만 아니라 허약해진 상태였다. 그녀는 저들이 누구인지 정확히 알았다. *어떻게 우리가 여기 있는지 알았지?* 그녀는 의아했다. 그들이 사막에 남긴 발자취는 이미 며칠 전에 사라지고 없었다.

증오가 마침내 그녀의 집까지 닥쳐왔다. 그녀가 사는 마을은 작아도 잘 지은 집, 작지만 물건 다양한 시장, 결혼식이 제일 큰 행사인 조용한 곳이었다. 늘어진 야자수에 가려진, 소박하고 평화로운 곳이었다. 지금까지는.

스쿠터 부대가 여자들을 둘러싸고 빙빙 도는 가운데, 나지바는 마을 쪽을 돌아보았다. 그리고 마치 배를 얻어맞은 듯 신음했다. 시커먼 연기가 퍼져 가고 있었다. 아니 여신은 여자들에게 죽을 운명이라고 말해 주지 않았다. 그들이 모래에 머리를 대고 있는 사이 집에 있던 아이들과 남편, 친척들은 살해당하고, 집은 불타 버렸다.

스쿠터마다 남자가 타고 있었고 몇 대는 여자들이 동승하고 있었다. 그들은 밝은 피부에 오렌지색 베일을 드리우고 있었다. 모래색 바지와 윗도리 그리고 가죽 부츠 등 비싼 군용 복장은 아마 햇빛 아래서도 시원하게끔 기후 젤(gel) 처리를 했을 것이다. 서서 입을 벌린 채 연기를 쳐다보던 나지바는, 야자나무 위에서 일할 때 입을 옷에다 기후 젤 처리를 하고 싶다던 남편을 떠올렸다. 그럴 형편이 안 되었다. *앞으로도 그럴 형편이 될 수 없겠지.*

오케케 여자들은 비명을 지르며 사방으로 달아났다. 나지바는 어찌나 비명을 크게 질렀던지 공기가 폐에서 전부 빠져 나가고 목 깊숙이서 뭔가 끊어지는 느낌이 들었다. 나중에서야 그때 온전한 목소리를 잃었음을 알았다. 그녀는 마을 반대쪽으로 달아났다. 하지만 누루족은 그들 주위를 크게 둘러싸고, 야생 낙타 몰이를 하듯 한데 모았다. 오케케 여자들이 움츠러들자 청보라색 긴 옷자락이 바람에 휘날렸다. 누루 남자들은 스쿠터에서 내렸고, 누루 여자들은 뒤에 남았다. 그들이 포위해 왔다. 그리고 강간이 시작되었다.

어리든, 한창이든, 늙었든 오케케 여자들은 전부 강간당했다. 거듭거듭. 그 남자들은 지칠 줄 몰랐다. 마치 홀린 것처럼. 한 여자 안에 쏟고 나면, 다음 여자 그리고 그다음 여자에겐 더했다. 강간하며 그들은 노래를 불렀다. 누루 여자들도 따라 웃고, 손가락질하고, 같이 노래했다. 그들은 오케케 여자들도 이해할 수 있게끔 시포 공용어로 노래했다.

오케케의 피가 강물처럼 흐르네.

우리는 그들의 것을 빼앗고 조상들을 욕보이지.

묵직한 주먹으로 두들겨 패고

자기네 땅이라고 하는 걸 빼앗지.

아니 여신의 힘은 우리 것,

그러니 너희를 베어 산산조각 내리라.

추하고 더러운 노예들, 아니께서 드디어 너희를 죽이셨도다!

나지바는 최악을 겪었다. 다른 오케케 여자들은 폭행당하고 강간당한 후, 범한 자들이 다음 차례로 옮겨 가서 잠시 숨 돌릴 틈이 있었다. 그러나 나지바를 차지한 남자는 그녀한테만 머물렀고 웃으며 지켜보는 누루 여자들도 없었다. 그는 키가 크고 소처럼 힘이 셌다. 짐승. 베일은 그의 얼굴을 감추었으나 분노는 숨기지 못했다.

남자는 나지바의 땋아 내린 검은 머리채를 붙들고 잡아끌며 다른 이들에게서 몇 걸음 떨어졌다. 나지바는 일어나 도망치려 했으나 그가 너무 빨리 덮쳐 왔다. 그녀는 그의 칼을 보고 반항을 멈추었다. 번쩍거리는 날카로운 칼. 남자는 껄껄 웃어 대며 칼로 그녀의 옷을 베어 헤쳤다. 그녀는 그의 얼굴에서 유일하게 보이는 부분인 눈을 응시했다. 금빛과 갈색이었으며 성나 있었고, 눈꼬리가 꿈틀거렸다.

나지바를 내리누르며, 남자는 주머니에서 동전 모양 기기를 꺼내 그녀 옆에 놓았다. 시간과 날씨를 확인하고, 위대한 책 파일을 넣어 다니는 그런 종류의 기기였다. 이 기기에는 녹화 기능이 있었다. 검은 카메라 렌즈가 올라와서 찰칵거리더니 윙 소리를 내며 녹화를 시작했다. 남자는 노래를 부르며, 나지바의 머리 옆 모래에 칼을 꽂았다. 크고 검은 딱정벌레 두 마리가 칼 손잡이에 앉았다.

그는 나지바의 다리를 벌려, 계속 노래하며 그녀 안으로 파고들었다. 그리고 노래 사이사이, 그녀가 알아듣지 못하는 누루말을 했다. 열띠고, 물어뜯고, 쏘아붙이는 말. 잠시 후, 나지바는 분노가 끓어올라 침을 뱉고 그에게 마주 쏘아붙였다. 그는 나지바의 목을 잡고 칼로 왼쪽 눈을 겨누어 그녀가 다시 잠잠해질 때까지 그러고 있었다. 그런 다음 더 크게 노래하며 더 깊이 그녀 안으로 파고들었다.

어느 시점에서, 나지바는 싸늘하게 가라앉았다가 무감각해졌고, 이어 잠잠해졌다. 벌어지는 상황을 지켜보는 눈이 되었다. 어느 정도는 늘 그런 경향이 있었다. 어렸을 때, 나무에서 떨어져 팔이 부러진 적이 있었다. 통증 속에서 차분히 일어난 그녀는 어쩔 줄 몰라 하는 친구들을 두고 집까지 걸어가 어머니를 찾았고, 어머니는 뼈 맞출 줄 아는 친구에게 딸을 데려갔다. 나지바의 특이한 행동에 아버지는 딸이 잘못을 저지를 때마다 화를 내고 손을 들었다. 아무리 세게 맞아도 그녀는 소리 하나 내지 않았다.

"이 아이의 알루시*는 존중이라곤 몰라!" 아버지는 늘 어머니에게 그렇게 말했다. 하지만 평상시 기분이 좋을 때는 나지바의 그런 면을 칭찬하며 이렇게 말하곤 했다. "너의 알루시를 드넓은 곳으로 떠나보내렴, 애야. 볼 수 있는 것을 보고 와!"

이제 그녀의 알루시, 통증을 다스리고 관찰할 수 있는 능력을 지닌 영적인 부분이 발동했다. 그녀의 정신은 이 상황을 남자의 기기가 하듯 기록했다. 무엇 하나 빼놓지 않고. 그녀의 정신은 남자가 노래를 부를 때, 가사는 그렇지만 목소리는 아름답다는 것을 파악했다.

그렇게 두 시간쯤 지나갔으나, 나지바에게는 하루하고 반나절은 되는 기분이었다. 기억 속에서 그녀는 태양이 하늘을 가로질러 지고, 다시 뜨는 것을 보았다. 아무튼 긴 시간이었고, 중요한 건 그 점이었다. 누루족은 노래하고, 웃고, 강간하고, 몇 번은 살인했다. 그

---

* 이보 족 신앙에서 숭상하는 영혼, 영령의 개념.

러고는 떠났다. 나지바는 옷자락이 풀어 헤쳐진 채 누워 있었다. 폭행당하고 멍든 몸 한가운데는 태양에 고스란히 노출된 채였다. 숨소리, 신음, 울음소리가 한동안 들리더니 아무 소리도 나지 않았다. 반가웠다.

그러다가 아마카가 "일어나!" 하고 외치는 소리가 들렸다. 아마카는 나지바보다 스무 살 위였다. 강인했으며 종종 마을 여자들의 대변인 역할을 했다.

"일어나, 다들!" 아마카가 비틀거리며 말했다. "일어나라고!" 그녀는 여자들마다 돌아다니며 걷어찼다. "우린 죽었지만, 아직 숨쉬고 있는 사람들은 여기서 죽지 않을 거야."

나지바는 꼼짝 않고 누워 아마카가 다른 여자들의 허벅지를 걷어차고 팔을 잡아당기는 소리를 들었다. 죽은 척하고 있으면 아마카가 속아 넘어가기를 바랐다. 그녀는 남편이 죽었다는 걸 알았고, 설령 죽지 않았다 하더라도 그는 다시는 그녀를 건드리지 않을 것이다.

누루 남자들, 그리고 그 여자들은 단순히 고문하고 수치를 주려고 그런 짓을 저지른 게 아니었다. 에우 아이들을 만들려는 것이다. 그런 아이들은 누루족과 오케케족 사이의 금지된 사랑의 결과가 아니고, 피부색이 옅게 태어난 오케케족인 '노아'도 아니다. 에우는 폭력으로 태어난 아이들이다.

오케케 여자는 결코 자기 안에 깃든 아이를 죽이지 않는다. 배 속의 아이를 살리기 위해서라면 남편에게도 맞선다. 하지만 관습에 따라 아이는 아버지의 자식이었다. 이들 누루족은 독을 심은 것이다. 에우 아이를 낳은 오케케 여자는 아이를 통해 누루족에게 묶이게 된다. 누루 쪽은 오케케 가족들을 근본부터 망가뜨리려는 것이었다. 나지바는 그들의 잔혹한 계획 따위 신경 쓰지 않았다. 그녀 안에 깃든 아이는 없었다. 그녀는 죽고 싶을 뿐이었다. 아마카가 왔고, 발길질 한 번에 나지바는 기침을 터트렸다.

"안 속아, 나지바. 일어나."

아마카의 얼굴 왼편은 검푸르게 멍들었다. 왼쪽 눈은 부어 감겨 있었다.

"왜요?" 나지바는 소리 나지 않는 목소리로 말했다.

"그렇게 하는 거니까." 아마카가 한 손을 내밀었다.

나지바는 몸을 돌렸다.

"그냥 죽게 두세요. 난 아이도 없어요. 이게 제일 나아요."

나지바는 자궁 속의 묵직함을 느꼈다. 일어서면, 그녀 안에 쑤셔 넣어진 정액이 전부 흘러나올 것이다. 그 생각에 욕지기가 치밀어 고개를 옆으로 돌려 헛구역질했다. 속이 가라앉았을 때, 아마카는 여전히 옆에 있었다. 그녀는 나지바 옆 땅에다 침을 퉤 뱉었다. 피로 붉게 물들어 있었다. 그녀는 나지바를 일으키려 했다. 배에 통증이 확 퍼졌지만 나지바는 몸을 축 늘어트린 채 버텼다. 결국 짜증이 난 아마카는 나지바의 팔을 놓고, 다시 침을 뱉고 가 버렸다.

삶을 선택한 여자들은 몸을 일으켜 마을로 걸어갔다. 나지바는 눈을 감았다. 이마에 난 상처에서 흐르는 피가 느껴졌다. 곧 다시 침묵이 찾아왔다. *이 육체를 떠나기는 아주 쉬울 거야.* 그녀는 늘 여행을 좋아했다.

그녀는 태양에 얼굴이 타들어 갈 때까지 거기 누워 있었다. 죽음은 그녀가 바랐던 것보다 느리게 찾아왔다. 그녀는 눈을 뜨고 일어나 앉았다. 강한 햇빛에 눈이 적응하기까지 시간이 좀 걸렸다. 그러고 나니, 시신과 피 웅덩이, 마치 여자들이 사막에 바쳐진 제물이기라도 했던 듯 피를 들이켠 모래가 보였다. 그녀는 천천히 일어나, 자기 가방 있는 데로 가서 챙겨 들었다.

"내버려 둬."

몇 분 후 나지바가 흔들자 테카는 그렇게 말했다. 테카는 쓰러진 다섯 여자 중 유일하게 살아 있는 사람이었다. 나지바는 그 옆에 털썩 주저앉았다. 자신을 덮쳤던 남자가 무지막지하게 머리채를 잡아당긴 바람에 욱신거리는 두피를 문질렀다. 그녀는 테카를 쳐다보았다. 테카의 콘로 머리에는 모래가 엉켰고, 숨을 쉴 때마다 그녀는 얼굴을 찌푸렸다. 천천히 나지바는 일어나서 테카를 일으키려 했다.

"내버려 둬."

테카가 성난 눈으로 쳐다보며 다시 말했다. 그래서 나지바는 그렇게 했다.

그녀는 터덜터덜 마을 쪽으로 돌아갔다. 그리로 향한 이유는 순전히 습관에서였다. 그녀는 아니 여신이 사자든 누루족이든 보내 자신을 죽여 주었으면 하고 빌었다. 하지만 그것은 아니의 뜻이 아니었다.

마을은 불타고 있었다. 집에서는 연기가 피어오르고, 정원은 파헤쳐졌으며, 스쿠터는 활활 타고 있었다. 길거리엔 시체가 널려 있었다. 다수가 불에 타 알아볼 수 없었다. 이런 식으로 습격할 때, 누루 군인들은 오케케 남자들 중 제일 강한 사람들을 골라내어 묶은 다음, 등유를 흠뻑 뿌리고 불을 붙였다.

죽었든 살았든 누루족은 하나도 보이지 않았다. 마을은 손쉬운 정복 대상으로, 무방비했고, 약했으며, 경계하지 않았고, 아무 일도 없을 거라 믿고 있었다. *멍청했지*. 여자들이 길거리에서 신음했다. 남자들은 집 앞에서 흐느꼈다. 아이들은 멍하니 돌아다녔다. 태양과 타오르는 집, 스쿠터 그리고 사람에게서 뿜어져 나오는 열기에 숨이 막혔다. 해 질 무렵엔 동쪽으로 피난 행렬이 이어질 것이다.

집에 도착한 나지바는 나직하게 남편의 이름을 불렀다. 그리고 소변을 지렸다. 오줌이 멍 든 다리를 따라 뜨겁게 흘러내렸다. 집은 절반이 불타고 있었다. 정원은 쑥대밭이었다. 스쿠터는 불타고 있었다. 하지만 거기에 남편 이드리스가 양손에 머리를 묻고 땅바닥에 앉아 있었다.

"이드리스."

나지바는 다시 작게 불렀다. 유령을 보고 있는 거라고 그녀는 생각했다. 바람이 불어오면 그도 함께 훅 사라질 거라고. 그의 얼굴에는 피가 흐르지 않았다. 그리고 파란 바지 무릎이 모래투성이고 파란 카프탄 겨드랑이 부분은 땀에 젖어 짙어졌지만, 그는 멀쩡했다. 영혼이 아니라 본인이었다. 나지바는 '아니께선 자비로우셔.'라고 말하고 싶었지만 여신은 자비롭지 않았다. 비록 남편은 무사했지만, 아니는 나지바를 죽여 놓고 여전히 살려 두었다.

그녀를 본 이드리스는 기쁨에 소리를 질렀다. 그들은 마주 달려가 얼싸안고 몇 분을 그런 채 있었다. 이드리스에게선 땀과 불안, 공포, 그리고 파멸의 냄새가 났다. 그녀는 차마 자신에게선 무슨 냄새가 날지 생각할 수 없었다.

"나는 남자지만, 어린애처럼 숨는 것밖에 할 수 없었어."

그가 나지바의 귀에 대고 말했다. 그녀의 목에 입 맞췄다. 그녀는 눈을 감고, 아니가 지금 이 자리에서 자신을 죽여 주었으면 하고 바랐다.

"그게 최선이었지." 나지바는 속삭였다.

그때 그가 팔을 뻗어 몸을 떼자 그녀는 깨달았다.

"여보." 이드리스가 나지바의 풀어 헤쳐진 옷을 내려다보며 말했다. 음모, 멍 든 허벅지, 배가 다 드러나 있었다. "몸을 가려!" 그러면서 그녀의 드레스 아랫부분을 당겨 여며 주었다. 그의 눈에 물기가 고였다. "모……몸을 가리라고!" 이드리스의 표정이 점차 고통스러워지더니 그가 옆구리를 움켜쥐었다. 그는 뒤로 물러섰다. 다시 나지바를 보고 눈을 가늘게 모으더니, 마치 뭔가를 떨쳐 내려는 듯 고개를 저었다. "아니야."

남편이 막으려는 듯 손을 뻗은 채 물러서는 사이 나지바는 그냥 그 자리에 서 있었다.

"아니야."

그가 되뇌었다. 그의 눈에는 눈물이 흘렀으나 얼굴은 굳어졌다.

불타는 집으로 들어가는 나지바를 그는 무표정한 얼굴로 지켜보았다. 안에서 나지바는 열기와 집이 삐걱거리고 부서지는 소리, 그리고 죽어 가는 소리를 무시했다. 차근차근 몇 가지 물건을 챙겼다.

숨겨 놨던 비상금, 냄비, 집수기, 몇 년 전 언니가 준 장난감 게임, 미소 짓는 남편 사진, 그리고 소금 자루. 소금은 사막에 갈 때 가져가면 좋다. 한 장뿐인 돌아가신 부모님 사진은 불에 타고 있었다.

나지바는 오래 살 계획은 아니었다. 아버지가 늘 말했던, 그녀 안에 사는 알루시가 된 것이나 다름없었다. 먼 곳을 떠돌기를 좋아하는 사막 정령. 마을에 들어섰을 때, 그녀는 남편이 살아 있기를 바랐다. 남편을 찾아냈을 때, 그녀는 그가 다르기를 바랐다. 하지만 그녀는 오케케였다. 희망을 가질 일이 뭐가 있단 말인가?

그녀는 사막에서 살아남을 수 있었다. 매년 여자들끼리 피정을 떠났고 아버지와 오빠들과 함께 소금길 여정을 나섰기에 사막 생존법을 익혔다. 습기를 응축하여 식수를 얻는 집수기 사용법도 알았다. 여우와 산토끼를 덫을 놓아 잡을 줄 알았다. 거북이, 도마뱀, 뱀 알을 어디서 찾아야 하는지도 알았다. 어느 선인장이 먹을 수 있는 것인지 알았다. 그리고 이미 죽은 사람이었기에, 그녀는 두렵지 않았다.

나지바는 걷고 또 걸으며, 육체가 죽게 방치할 곳을 찾아보았다. *일주일이면 되겠지.* 그녀는 캠프를 세우며 생각했다. *내일이면 되겠지.* 터덜터덜 걸으며 생각했다. 임신했다는 걸 처음 깨달았을 때, 죽음은 더 이상 선택 사항이 아니었다. 하지만 마음속에서 그녀는 여전히 알루시였고, 자신의 육체를 컴퓨터 다루듯 조종하고 유지했다. 그녀는 누루족의 도시에서 멀어져 동쪽으로, 오케케족이 추방자로서 살아가는 벌판을 향해 나아갔다. 밤에 텐트 안에 누워 있자면 밖에서 누루족 여자들의 웃음과 노랫소리가 들려왔다. 그녀는 해볼 테면 들어와서 날 끝장내 보라고 소리 없는 고함을 질렀다.

"너희 가슴을 찢어발길 테다! 너희 피를 마시면 내 안에 자라는 것이 먹고 잘 크겠지!"

잠들면 이따금 남편 이드리스가 심란하고 슬픈 얼굴로 서 있는 광경이 보였다. 이드리스는 2년 동안 그녀를 지극히 사랑했다. 잠에서 깨어나면 그녀는 예전의 그를 기억하기 위해 사진을 들여다보아야 했다. 얼마 지나고 나니, 그것조차 소용없었다.

배가 불러 오고 출산일이 다가오던 몇 달간, 나지바는 나락에 있었다. 달리 할 일이 없을 때면 그녀는 앉아서 허공을 바라보았다. 가끔은 가져온 다크 섀도 게임을 했고, 매번 이기며 더 높은 점수를 올렸다. 가끔은 배 속의 아이에게 말을 걸었다.

"인간 세상은 가혹하지. 하지만 사막은 멋지단다. 알루시, 아가, 여기선 모든 영이 평화롭게 살 수 있어. 너도 나와 보면 좋아하게 될 거야."

그녀는 유목민이었고, 하루 중 시원한 시간에 이동하고 도시와 마을은 피해 다녔다. 넉 달쯤 되었을 때 걷다가 전갈에게 발꿈치를 쏘였다. 발이 부어 아팠고 꼬박 이틀을 누워 있어야 했다. 하지만 결국엔 일어나 길을 나섰다.

마침내 진통이 왔을 때, 지난 몇 달 동안 스스로에게 해 왔던 말이 틀렸음을 인정하지 않을 수 없었다. 그녀는 알루시가 아니었고 알루시 아이를 낳는 것도 아니었다. 홀로 사막에 있는 여자였다. 겁에 질려, 그녀는 부른 몸에 맞는 유일한 옷인 낡은 셔츠 잠옷 바람으로 텐트 안 얄팍한 깔개에 누웠다.

마침내 자신의 것이라고 받아들일 수밖에 없게 된 그 몸이 그녀를 배반하고 있었다. 격렬하게 밀어내고 당기며, 마치 보이지 않는 괴물과 싸우고 있는 듯했다. 그녀는 욕하고 비명 지르고 몸에 잔뜩 힘을 주었다. *내가 여기서 죽으면, 아이는 혼자 죽게 돼.* 절박하게 생각했다. 세상에 아이가 혼자 죽게 내버려 둘 수는 없었다. 그녀는 버텼다. 집중했다.

끔찍한 진통을 한 시간 겪은 뒤, 그녀의 알루시가 앞으로 나아갔다. 그녀는 긴장을 풀고 물러나서, 자신의 육체가 자연의 순리를 따르는 동안 지켜보았다. 몇 시간 후, 아이가 나왔다. 나지바는 아이가 세상에 나오기 전부터 소리를 지르고 있었다고 확신했다. 몹시도 성나 있었다. 태어난 순간부터, 나지바는 아이가 깜짝 놀라는 걸 싫어하고 참을성이 적다는 것을 알았다. 그녀는 탯줄을 잘라 묶고, 아이를 가슴에 안았다. 여자애였다.

나지바는 아이를 안고 자기 몸에서 계속 흐르는 피를 보고 경악했다. 사막에 누워 있는 자신의 몸에서 정액이 흘러나오던 기억이 자꾸 떠오르려고 했다. 이제 다시 인간이 된 그녀는 그 기억에 무감각할 수가 없었다. 그녀는 기억을 억지로 뿌리치고 품에 안긴 성난 아기에게 집중했다.

한 시간 후, 설마 이렇게 피를 흘리다 죽는 건가 하는 생각을 힘없이 하고 있을 무렵, 출혈이 줄어들더니 멈추었다. 아이를 안은 채 그녀는 잤다. 깨어나 보니 일어설 수 있었다. 마치 다리 사이로 내장이 쏟아져 내릴 듯한 느낌이었지만 일어서는 게 불가능하진 않았다. 나지바는 아이를 잘 살펴보았다. 나지바의 두툼한 입술과 높은 광대뼈를 물려받았지만, 그녀가 알지 못하는 누군가의 곧고 가느다란 콧대를 하고 있었다.

그리고 눈, 아이의 눈. 그 눈은 금갈색이었다. 그 남자의 눈. 마치 아이를 통해 그 남자가 그녀를 쳐다보고 있는 것 같았다. 아기의 피부와 머리색은 희한한 모래색이었다. 나지바는 특히 폭력을 통해 잉태된 아이들에게만 벌어지는 이 현상을 알고 있었다. 위대한 책에도 나와 있던가? 확실하지 않았다. 그녀는 그 책을 많이 읽지 않았다.

누루족은 황갈색 피부에 좁은 코, 얇은 입술과 잘 가꾼 말의 갈기 같은 갈색이나 검은색 머리를 하고 있었다. 오케케족은 짙은 갈색 피부에 넓은 콧방울, 두꺼운 입술, 그리고 양 궁둥이처럼 북실북실한 검은 머리였다. 왜 에우 아이들이 늘 그런 외모로 태어나는지 아무도 몰랐다. 에우 아이는 오케케와도 누루와도 다르게 생겼고, 차라리 사막 정령과 비슷했다. 몇 달은 지나야 특징적인 주근깨가 뺨에 생길 것이다. 나지바는 아이의 눈을 응시했다. 그러고는 아이의 귓가에 입술을 가져다 대고 아이의 이름을 말했다.

"온예손우."

나지바는 다시 말했다. 바로 그랬다. 그녀는 하늘에 대고 소리쳐 묻고 싶었다. '누가 죽음을 두려워하는가?' 하지만 안타깝게도 목소리가 나오지 않아서 속삭일 수밖에 없었다. 언젠가 온예손우는 자기 이름을 똑바로 말하게 될 거라고 나지바는 생각했다.

나지바는 천천히 집수기로 걸어가서 커다란 물주머니를 연결했다. 기계를 켰다. 요란스런 쏴아 소리가 나고 늘 그렇듯 갑자기 공기가 서늘해졌다. 온예손우가 깨어나 울기 시작했다. 나지바는 미소 지었다. 온예손우를 씻긴 후, 그녀도 씻었다. 그런 다음 마시고 먹고, 조금 고생하며 온예손우에게 젖을 물렸다. 아이는 어떻게 빨아야 하는지 제대로 알지 못했다. 이제 떠나야 할 때였다. 출산하며 흘린 피에 짐승들이 몰려들 것이다.

몇 달 동안, 나지바는 온예손우에게 집중했다. 그러려니 자신의 몸을 살피고 챙길 수밖에 없었다. 하지만 그것만은 아니었다. 아이가 마치 별처럼 빛난다고, 자신의 희망이라고 나지바는 아이를 쳐다보며 생각했다. 온예손우는 깨어 있을 땐 시끄럽고 수선스러웠지만, 잠도 그만큼 곤히 잤기에 나지바가 일하고 쉴 시간은 넉넉했다. 모녀에게 평화로운 기간이었다.

온예손우가 열이 나고 나지바가 아는 치료법은 하나도 듣지 않아, 치료사를 찾아야 할 때가 왔다. 온예손우는 생후 4개월이었다. 딜리자라는 이름의 오케케족 소도시를 지난 지 얼마 안 되었을 때였다. 그리로 되돌아가야 했다. 나지바가 다른 사람들을 접하는 것은 1년 넘는 기간 동안 처음이었다. 소도시의 시장은 시 외곽에 자리하고 있었다. 등에 업힌 온예손우는 몸이 불덩이 같았고 칭얼거리며 보챘다. 나지바는 모래언덕을 걸어 내려가며 말했다.

"걱정하지 마."

나지바는 소리가 들릴 때마다 또는 누가 지나다 팔에 스칠 때마다 펄쩍 뛰지 않으려 애썼다. 누가 인사라도 건네면 고개를 숙였다. 산처럼 쌓인 토마토, 대추야자 통, 쓰고 난 집수기 무더기, 식용유 병, 못 상자 등 그녀와 딸이 속하지 않은 세상의 물건들이 있었다. 그녀에겐 집을 나올 때 가져온 돈이 아직 있었고, 여기서는 똑같은 화폐를 썼다. 길을 묻기가 무서워서, 치료사를 찾아가는 데 한 시간이 걸렸다.

치료사는 키가 작고 피부가 매끄러운 남자였다. 작은 텐트 안에는 갈색, 검은색, 노란색, 빨간색 유리 약병과 가루, 다양한 줄기 묶음, 약초 담은 바구니 등이 있었다. 향이 타고 있어 들큼한 냄새가 났다. 등에 업힌 온예손우가 힘없이 기웃거렸다.

"안녕하시오." 치료사가 나지바에게 꾸벅 인사했다.

"제…… 제 아기가 아파요." 나지바는 조심스레 말했다.

치료사는 얼굴을 찌푸렸다.

"좀 크게 말해 봐요."

그녀는 목을 툭툭 쳤다. 그는 고개를 끄덕이며 다가왔다.

"어쩌다 목소리가……."

"제가 아니고요, 아기요."

그녀는 온예손우를 감싼 천을 풀었고, 치료사가 빤히 쳐다보자 아이를 꽉 끌어안았다. 치료사가 물러서자 나지바는 울 뻔했다. 딸을 대하는 치료사의 반응은 꼭 그녀에 대한 남편의 반응 같았다.

"그 아이 혹시……?"

"네."

"댁은 유목민이오?"

"네."

"혼자?"

나지바는 입을 꾹 다물었다.

치료사는 그녀 뒤를 보고 말했다.

"어서. 아이 좀 봅시다." 치료사는 온예손우를 살피고, 나지바에게 뭘 먹고 지냈는지 물었다. 그녀와 아이가 영양 부족은 아니었기 때문이었다. 그는 분홍색 액체가 담긴 코르크 마개 유리 용기를 주었다. "여덟 시간마다 세 방울씩 먹여요. 아이가 튼튼하긴 한데, 이걸 먹이지 않으면 죽을 겁니다."

나지바는 마개를 열고 킁킁거렸다. 달콤한 냄새가 났다. 뭔지 몰라도 신선한 야자수 수액이 섞여 있었다. 약값은 그녀가 가진 돈의 3분의 1이었다. 그녀는 온예손우에게 세 방울을 먹였다. 아기는 물약을 빨아먹고 도로 잠들었다.

그녀는 남은 돈을 물품 구매에 썼다. 마을에서 쓰는 말은 다르긴 했어도, 시포말과 오케케말이 통했다. 허둥지둥 장을 보는 사이, 구경꾼들이 몰리기 시작했다. 약을 사고 바로 사막으로 도망치지 않은 건 순전히 결의 때문이었다. 아이에겐 젖병과 옷이 필요했다. 나지바에겐 나침반과 지도 그리고 고기를 썰 새 칼이 필요했다. 대추야자 봉지 작은 것을 사고 돌아서니, 몰려온 사람들과 마주했다. 대부분은 남자들이었고, 늙은이도 젊은이도 있었다. 대부분은 그녀 남편 또래였다. 또 시작이었다. 하지만 이번에 그녀는 혼자였고 그녀를 위협하는 남자들은 오케케족이었다.

"뭔가요."

그녀는 조용히 물었다. 등에 업힌 온예손우가 보채는 게 느껴졌다.

"누구 아이예요, 엄마?" 열여덟 살쯤 먹은 젊은 남자가 물었다.

다시 온예손우가 보채는 걸 느낀 그녀는 갑자기 분노가 확 끓어올랐다.

"나는 네 엄마가 아니야!"

쏘아붙이면서 나지바는 목소리가 제대로 나왔더라면 싶었다.

"당신 아기요?"

웬 노인이 몇십 년 동안 찬물이라곤 못 마셔 본 듯한 목소리로 물었다.

"그래요. 내 아이예요! 다른 누구의 아이도 아닌."

"말 못 해요?" 한 남자가 물었다. 그는 자기 옆 남자를 쳐다보았다. "입은 움직이는데 소리가 안 나오네. 아니께서 저 여자의 더러운 혀를 빼앗아 가셨나."

"그 아기는 누루족이야!" 누군가가 말했다.

"내 아이예요."

나지바는 최대한 큰 소리로 속삭였다. 성대가 무리했고 입에서 피 맛이 났다.

"누루 첩년! 퉤! 네 서방이나 찾아가!"

"노예!"

"에우 어미!"

그 사람들에게 서부의 오케케 학살은 현실이라기보단 이야기였다. 그녀는 생각보다 더 멀리까지 왔다. 이 사람들은 진실을 알고 싶어 하지 않았다. 그래서 그들은 모녀가 시장을 돌아다니는 동안 지켜보았다. 그렇게 지켜보는 사이, 그들은 친구들과 이야기를 나누었고, 얘기가 오갈수록 오가는 말은 더욱 추악해졌다. 그들은 점점 더 분노하고 안달했다. 마침내 나지바와 에우 아이에게 말을 붙였다. 그들은 점점 더 대담해지고 자신들이 옳다고 확신했다. 드디어, 그들은 공격했다.

첫 번째 돌이 가슴에 맞았을 때, 나지바는 너무 놀라 뛰지도 못했다. 그건 경고가 아니었다. 두 번째 돌이 허벅지에 맞자 나지바는 1년 전 자신이 죽었을 때의 기억을 퍼뜩 떠올렸다. 돌 대신 남자의 몸이 부딪혀 왔던 때. 세 번째 돌에 뺨을 맞자, 도망치지 않으면 딸이 죽겠다 싶었다.

나지바는 도망쳤다. 그날 누루족이 습격했을 때 이렇게 도망쳤어야 했다. 어깨뼈, 목, 다리에 돌팔매질을 당했다. 온예손우가 소리 지르고 우는 소리가 들렸다. 나지바는 시장에서 벗어나 안전한 사막에 들어설 때까지 달렸다. 모래언덕을 세 개째 넘고 나서야 속도를 늦췄다. 그들은 아마 그녀를 죽음으로 몰아넣은 줄 알고 있을 것이다. 여자와 아이가 사막에서 홀로 살아남으리라곤 생각도 못 하겠지.

일단 딜리자에서 무사히 벗어나고 나서 나지바는 온예손우를 업은 천을 풀었다. 그녀는 헉 하고 놀라며 흐느꼈다. 아이는 눈썹 바로 위를 돌에 맞아 피를 흘리고 있었다. 아이가 힘없이 얼굴을 문지르니 피가 번졌다. 온예손우는 나지바가 그 고사리손을 떼어 내자 계속 저항했다. 상처는 얕았다. 그날 밤, 온예손우는 약을 먹고 열이 떨어져 곤히 잠들었지만, 나지바는 울고 또 울었다.

6년 동안, 나지바는 온예손우를 사막에서 혼자 키웠다. 온예손우는 튼튼하고 활발한 아이로 자랐다. 아이는 사막과 바람, 사막의 생물들을 좋아했다. 나지바는 소곤거리는 것밖에 못했지만, 온예손우가 소리칠 때마다 웃고 미소 지었다. 가르친 말을 온예손우가 외치면 나지바는 아이를 안고 뽀뽀해 주었다. 그런 식으로 온예손우는 말을 들은 적 없어도 목소리를 내는 방법을 익혔다.

그리고 온예손우는 목소리가 참 예뻤다. 아이는 바람 소리를 듣고 노래를 익혔다. 가끔 탁 트인 벌판을 마주하고 서서 노래했다. 때로 아이가 저녁에 노래하면 멀리서 부엉이가 모여들어 모래 위에 내려앉아 노래를 들었다. 나지바가 딸이 그냥 에우가 아니라 아주 특별하고 독특하다는 걸 알게 된 첫 징조였다.

그 여섯째 해, 나지바는 문득 깨달았다. 딸에겐 다른 사람들이 필요했다. 마음속에서 나지바는 이 아이가 무엇이 되든 간에, 문명사회에서만 가능하다는 걸 알았다. 그래서 그녀는 지도와 나침반 그리고 별을 따라 딸을 그리로 데려갔다. 모래색 피부의 딸을 키울 곳으로 '황금 여인의 집'이란 뜻의 도시 즈와히르보다 더 유망한 곳이 어디 있겠는가?

즈와히르 전설에 따르면 700년 전 황금으로 만들어진 오케케 거인 여자가 살았다. 아버지는 딸을 살찌우는 곳에 데려갔고 몇 주 후 그녀는 뚱뚱하고 아름다워져 나왔다. 그녀는 젊은 부자와 결혼했고, 부부는 큰 도시로 이사 가기로 했다. 하지만 이사를 가던 중, 그녀는 엄청난 체중 때문에(아주 뚱뚱했던 데다가 황금으로 만들어졌으니) 피곤해져서 누워야 했다.

황금 여인은 일어날 수 없었고, 그래서 부부는 그곳에 자리 잡아야 했다. 그런 이유로, 그녀가 누워서 납작해진 땅에 즈와히르라는 이름이 붙었고 그곳에 사는 이들은 번성했다. 오래전 서부에서 도망쳐 온 첫 오케케족이 즈와히르를 건설했다. 즈와히르 사람들의 조상은 정말 특별한 부류였다.

나지바는 자신의 별난 딸에게 잉태에 얽힌 사연을 말할 일이 없기를 빌었다. 하지만 나지바는 현실주의자이기도 했다. 삶은 그렇게 호락호락하지 않았다.

어머니한테서 이 이야기를 듣고 나는 살의를 느꼈다.

"미안해. 너는 아직 어려. 하지만 너에게 무슨 일이든 생기기 시작하면 이 이야기를 해야겠다고 마음먹었단다. 너에게 뭔가 도움이 될지도 모르니까. 오늘 그 나무에서…… 있었던 일은…… 시작에 불과할 거야."

나는 부들부들 떨며 땀을 흘리고 있었다. 입을 여는데 목이 쓰렸다.

"그…… 그 첫날 기억나요." 이마의 땀을 닦아 내며 나는 말했다. "엄마가 선인장 사탕을 팔려고 시장에 자리를 잡았잖아요." 떠오르는 기억에 얼굴을 찌푸리고 잠시 말을 멈췄다. "그랬더니 빵 파는 사람이 우릴 쫓아냈어요. 엄마한테 막 소리 질렀죠. 그리고 나를 쳐다보는데 눈길이……."

나는 이마의 작은 흉터를 만져 보고 눌렀다. 위대한 책을 불살라 버리겠다고 생각했다. 그게 이 모든 일의 근원이었다. 무릎을 꿇고 아니에게 서부를 모조리 불 질러 버리라고 애원하고 싶었다.

나는 섹스에 대해 좀 알고 있었다. 약간은 궁금하기도 했다……. 음, 궁금하다기보단 미심쩍어했다는 게 맞을지도. 하지만 이것은, 폭력으로서의 섹스, 아이를 만드는…… 나를 만들어 낸 폭력을 어머니가 당한 줄은 몰랐다. 토하고 싶은 걸 참고, 내 피부를 쥐어뜯고 싶은 걸 참았다. 어머니를 안아주고 싶었지만 동시에 건드리고 싶지도 않았다. 나는 독이었다. 내겐 그럴 권리가 없었다. 그…… 남자, 그 괴물이 어머니에게 저지른 일을 제대로 이해할 수 없었다. 열한 살 나이로는 아니었다.

사진 속의 남자, 내가 태어나 여섯 해 동안 봐 온 유일한 남자는 내 아버지가 아니었다. 심지어 좋은 사람도 아니었다. *배반자 새끼.* 눈물이 치솟아 눈이 따끔거렸다. *혹시 그놈을 찾으면 물건을 잘라 버리겠어.* 어머니를 강간한 남자에게는 얼마나 더한 고통을 주고 싶은지 생각하고 치를 떨었다.

이제까지 나는 내가 노아인 줄만 알았다. 노아는 부모 다 피부가 모래색인 오케케족을 말했다. 내가 그 경우에 흔한 빨간 눈이나 햇빛 민감 체질이 아니라는 사실은 무시했다. 그리고 피부색을 제외하면, 노아는 기본적으로 오케케처럼 생겼다. 나는 다른 노아들은 '정상적으로 생긴' 아이들과 친구 하는 데 아무 문제가 없다는 사실을 무시했다. 그 애들은 나처럼 따돌림당하지 않았다. 그리고 노아는 피부색 짙은 오케케와 마찬가지로 나를 두려움과 혐오의 눈길로 쳐다보았다. 그들에게조차 나는 다른 존재였다. 왜 어머니는 남편 이드리스의 사진을 불태우지 않았을까? 그는 본인의 알량한 명예를 지키겠다고 어머니를 배신했다. 어머니는 내게 그가 죽었다고, 잔혹하게 살해당했다고 말했는데! 그는 죽어야 마땅했다.

"아빠는 알아요?"

내 목소리가 싫어졌다. *내가 노래할 때, 어머니가 듣는 건 누구 목소리일까?* 내 생물학적 아버지도 노래를 아름답게 불렀다.

"그래."

*아빠는 나를 본 순간부터 알았던 거야. 나만 빼고 다들 알았어.*

"에우." 나는 천천히 말했다. "그게 이런 뜻이에요?"

여태껏 해 본 적 없는 질문이었다.

"고통에서 태어났다는 뜻이지. 사람들은 에우로 태어난 아이들은 결국 폭력적으로 된다고 믿어. 폭력이 더 많은 폭력을 잉태할 뿐이라고 생각하지. 그게 사실이 아니란 건 알아, 너도 명심하렴."

나는 어머니를 쳐다보았다. 어머니는 참 많은 것을 아는 듯했다.

"엄마, 나무에서 내가 겪은 일 같은 거 겪어 봤어요?"

"아가, 너무 생각이 많구나." 어머니는 그렇게만 말했다. "이리 오렴."

어머니는 일어나서 나를 품에 감싸 안았다. 우리는 울고 흐느끼고 훌쩍이고 눈물을 흘렸다. 하지만 그러고 나서 우리가 할 수 있는 일은 계속 살아가는 것뿐이었다.

4장

# 열한 살 의식

그래, 열한 살 때의 내 삶은 고달팠다.

나는 몸이 일찍 성숙해서 그 무렵에 가슴이 나왔고, 월경을 시작했으며, 여성적인 몸매가 되었다. 또한 남자들의 멍청한 흘끗거림과 더듬는 손길을 상대해야만 했다. 그러다가 비 오는 날 내가 이로코 나무 위에 벌거벗은 채 있게 된 수수께끼의 사건이 벌어지자 너무나 충격받은 어머니가 나의 탄생에 얽힌 혐오스런 진실을 들려줄 때가 되었다고 결심하였다. 일주일 후 나의 열한 살 의식 때가 되었다. 삶은 내게 호락호락했던 적이 거의 없었다.

열한 살 의식은 2000년 된 전통으로 우기 첫날에 시행되었다. 그해 열한 살이 된 여자애들을 대상으로 한 것이었다. 어머니는 그 관습을 원시적이며 쓸모없다고 여겨서 내가 일절 상관 않기를 바랐다. 어머니의 마을에서 열한 살 의식은 어머니가 태어나기도 훨씬 전에 금지되었다. 그래서 나는 할례라는 것은 다른 여자애들, 즈와히르에서 태어난 여자애들이나 하게 될 줄만 알고 자랐다.

열한 살 의식을 거치고 나면, 여자애는 성인으로서 대우받을 자격이 생긴다. 남자애들은 열세 살이 될 때까지 이런 특권을 얻지 못한다. 그래서 열한 살부터 열여섯 살까지가 여자애들에겐 가장 행복한 시기인데, 아이면서 동시에 어른이기 때문이다. 의식에 대한 정보는 금지되어 있지 않아서 학교 도서관에도 그 과정을 다룬 책이 많이 비치되어 있었다. 그래도 그걸 읽으라고 시키거나 권하는 경우는 없었다.

그래서 우리들은 다리 사이 살점을 잘라 낸다는 것과 할례가 말 그대로 우리를 변화시키거나 더 나은 사람이 되도록 하지는 않는다는 건 알고 있었다. 하지만 그 살점이 무슨 기능을 하는지는 몰랐다. 그리고 오래된 관습이었기 때문에, 그걸 왜 하는지 아무도 기억하지 못했다. 그래서 전통은 수용되고, 당연시되고, 실행되었다.

나는 하고 싶지 않았다. 마취제는 전혀 쓰지 않았다. 그게 의례의 일부였다. 나는 작년에 막 할례를 받은 여자애 두 명을 봤고, 그 애들이 걷는 모양을 기억했다. 그리고 내 신체의 일부를 잘라 낸다는 생각이 마음에 들지 않았다. 나는 심지어 머리 자르기도 싫어서, 길게 땋아 내렸다. 그리고 전통을 지키자고 뭔가를 하는 사람도 확실히 아니었다. 그런 환경에서 자라지 않았다.

하지만 바닥에 앉아 허공을 응시하고 있는 사이, 지난주 이로코 나무 위에서 깨어났을 때 내 안의 무언가가 변화했음을 깨달았다. 무엇이었는지 몰라도 그것 때문에 나만 알아챌 수 있을 만큼 걸음이 살짝 흔들렸다. 나를 잉태한 사연 말고도 어머니에게서 더 많은 것을 들었다. 어머니는 내게 품은 희망에 대해선 아무 말도 하지 않았다. 고통받은 어머니를 위해 내가 복수하리라는 희망. 어머니는 강간에 대해서도 세세히 들려주지 않았다. 이 모든 것은 행간에 들어 있었다.

대답을 들을 수 없을 많은 의문이 있었다. 하지만 열한 살 의식을 할 때가 되자, 나는 어떻게 해야 할지 알았다. 그해는 열한 살 여자애가 겨우 우리 네 명뿐이었다. 남자애들은 열다섯 명. 우리 그룹의 여자애 세 명은 틀림없이 내가 의식에 참여하지 않았다고 소문내고 다닐 터였다. 즈와히르에서는 열한 살이 지나도록 할례를 받지 않으면 가족들에게 불운을 불러오고 수치를 가져다준다고 여겼다. 즈와히르에서 태어나지 않았다면 아무도 신경 쓰지 않았다. 즈와히르에서 자란 여자애라면, 그걸 따르리라는 기대를 받았다.

나는 존재만으로도 어머니에게 불명예였다. 아빠의 인생에 들어와 추문을 불러왔다. 이전엔 존경받는 상처한 독신남이었지만, 이제 사람들은 비웃듯 아빠가 서부에서 온 오케케 여자에게, 누루 남자가 쓰고 버린 여자에게 홀렸다고 말했다. 부모님은 이미 충분히 수치를 감내하고 있었다.

그런 와중에도, 열한 살의 나는 아직 희망을 품고 있었다. 내가 보통이 될 수 있을 거라고. 열한 살 의식은 오래되었고 존중받았다. 위력이 있었다. 의식을 받으면 내게 벌어지는 이상한 일을 멈출 수 있을 것이다. 다음 날, 학교 가기 전 나는 열한 살 의식을 수행하는 사제 아다*의 집에 갔다.

"안녕하세요. 아다-므."

* 이보 어로는 딸, 특히 장녀를 의미하며, 작중에서는 존경받는 여자 사제를 가리킨다.

나는 문을 연 그녀에게 예의 바르게 말했다.

그녀는 미간을 찌푸리며 내 눈을 마주 보았다. 아마 우리 어머니보다 열 살, 어쩌면 스무 살은 더 많을 것이다. 나는 그녀와 거의 비슷한 키였다. 긴 녹색 드레스는 우아했고 짧은 아프로 머리는 완벽하게 다듬어져 있었다. 그녀에게선 향냄새가 났다.

"무슨 일이냐, 에우?"

나는 그 단어에 움츠러들어 뒷걸음질 쳤다.

"죄송합니다. 혹시 폐를 끼쳤나요?"

"그건 내가 정해." 그녀는 작은 가슴 앞에 팔짱을 끼며 말했다. "들어와라."

학교에 늦을지도 모른다는 얘기를 잠깐 하고, 나는 안으로 들어섰다. *이걸 내가 진짜로 하는 거야.*

밖에서 보면 그녀의 집은 작은 모래 벽돌 주택이었고 안에서 봐도 작았다. 그러나 어떻게 했는진 몰라도 시각적 위력 면에서 어마어마하게 느껴지는 예술 작품을 들여 놓았다. 온 벽에 그려진 벽화는 미완성이었지만, 실내는 이미 일곱 강 중 하나에 잠겨 있는 듯했다. 문 근처에는 놀랄 만큼 진짜 같은 얼굴의 사람만 한 물고기 인간이 그려져 있었다. 그 나이 먹은 눈은 원시의 지혜가 가득했다.

책에는 어마어마한 양의 물에 대해 나와 있었다. 하지만 나는 스케치 하나 본 적이 없었고, 거대한 채색 그림은 말할 것도 없었다. 이게 진짜 존재할 리 없다고 나는 생각했다. 저렇게 많은 물이. 그리고 그 안에는 은색 곤충과, 넓적한 발과 등껍질이 녹색인 거북이, 수초, 금색, 검은색, 그리고 빨간색의…… 물고기들이 있었다. 나는 둘러보고 또 둘러보았다. 안에서는 마르지 않은 페인트 냄새가 났다. 아다의 손에도 묻어 있었다. 내가 방해한 것이다.

"맘에 들어?"

"이런 거 처음 봤어요." 나는 쳐다보며 조용히 말했다.

"내가 제일 좋아하는 반응이야."

그녀는 진심으로 반가운 얼굴로 말했다.

나는 자리에 앉았고 그녀는 내 맞은편에 앉아 기다렸다.

"저…… 제 이름을 명단에 올리고 싶어요."

나는 입술을 깨물었다. 이 요청을 말로 하니 현실로 확 다가왔다. 특히 이 여자에게 말하니 더욱.

그녀는 고개를 끄덕였다.

"네가 언제 오려나 했다."

아다는 즈와히르에 사는 사람들 일을 전부 알고 있었다. 사망, 탄생, 월경 축하, 남자애 변성기 축하 잔치, 열한 살 의식, 열세 살 의식 등 삶의 모든 의례에서 적절한 전통을 따르는지 확인하는 직책이었다. 아다는 내 부모님의 결혼식 계획을 세웠고 나는 그녀가 지나갈 때면 숨어 다녔다. 그녀가 날 기억하지 못하길 바랐다.

"네 이름을 올리마. 명단은 오수보에 제출할 거야."

"고맙습니다."

"일주일 후 오전 2시에 여기로 와라. 오래된 옷 입고. 혼자서 와." 그녀는 나를 훑어보았다. "네 머리, 땋은 거 풀고, 빗어 내린 다음에 느슨하게 땋아."

일주일 후, 나는 오전 1시 40분에 내 방 창문으로 몰래 빠져나왔다.

아다의 집에 도착해 보니 문이 열려 있었다. 나는 느릿느릿 안으로 들어갔다. 거실에 있던 가구는 다 치우고, 촛불로 장식해 놓았다. 거의 끝난 아다의 벽화는 촛불 아래서 보니 더욱 생생히 살아 있는 것 같았다.

다른 여자애 셋은 이미 와 있었다. 나는 얼른 그 틈에 끼었다. 애들은 놀라고, 약간은 안도한 얼굴로 나를 보았다. 두려움을 함께 나눌 사람이 하나 늘어난 것이다. 우리는 서로 인사조차 않고 입을 다문 채였지만, 가까이 붙어 섰다.

아다 외에 여자 다섯 명이 자리하고 있었다. 그중 한 명은 고모할머니 아비오 오군디무였다. 그녀는 나를 좋아하지 않았다. 내가 그녀의 조카인 아빠 허락 없이 여기 왔다는 걸 그녀가 알게 되면, 난 진짜 혼쭐날 것이다. 다른 네 여자는 누군지 몰랐지만, 그중 한 명은 아주 나이가 많았고 존경심을 요구하는 분위기가 있었다. 나는 죄책감에 떨며, 갑자기 내가 여기 있어도 될지 확신이 없어졌다.

나는 방 한가운데 놓인 작은 테이블에 눈길을 주었다. 거즈, 알코올 병, 소독약, 메스 네 개, 그리고 내가 모르는 다른 물건들이 놓여 있었다. 속이 울렁거렸다. 1분 후, 아다가 입을 열었다. 다들 날 기다리고 있었던 것이다.

"우리는 열한 살 의식을 수행하는 이들이다. 우리 여섯은 여자와 소녀 사이의 건널목을 지키지. 우리를 거쳐야만 그 사이를 자유롭게 건널 수 있는 거야. 나는 아다다."

"나는 마을 치료사 레이디 아바디에야."

그 옆의 키 작은 여자가 말했다. 양손은 풍성한 노랑 드레스에 딱 붙이고 있었다.

"난 오치 나카." 다른 여자가 말했다. 아주 짙은 피부에 풍만한 몸매를 세련된 보라색 드레스 차림으로 뽐내고 있었다. "시장 재봉사란다."

"주니 완." 또 다른 여자가 말했다. 중간 길이의 헐렁한 파란 드레스 아래 바지를 입었다. 즈와히르에선 여자들이 바지를 입는 경우가 드물었다. "건축가야."

"난 아비오 오군디무다." 고모할머니가 실실 웃으며 말했다. "자식이 열다섯이지."

여자들이 웃었다. 우리 모두 마찬가지였다. 자식을 열다섯 둔 어머니라면 확실히 바쁜 직업이었다.

"그리고 나는 현명한 이 나나란다."

인상적인 나이 든 여자가 말하며, 멀쩡한 한쪽 눈으로 우리를 차례로 쳐다보았다. 등이 굽어 계속 몸이 앞으로 쏠렸다. 우리 고모할머니도 나이가 많지만, 이 노인에 비하면 애송이였다. 현명한 이 나나의 목소리는 또렷하고 건조했다. 그녀는 다른 애들을 볼 때보다 내 눈을 좀 더 오래 쳐다보고 말했다.

"이제 너희들 이름은? 제대로 왔는지 확인하게."

"루유 치키." 내 옆 여자애가 말했다.

"디티 곳셈딤."

"빈타 케이타."

"온예손우 우바이드-오군디무."

"이 아이."

현명한 이 나나가 나를 가리키며 말했다. 나는 숨을 죽였다.

"앞으로 나와라." 아다가 말했다.

이날을 위해 너무 오랜 시간을 준비해 왔다. 통증과 피 걱정에 일주일 내내 잘 먹지도 자지도 못했다. 그때쯤엔 마침내 마음의 정리를 마친 후였다. 이제 나이 든 여자가 내 앞을 가로막을 것이다.

현명한 이 나나는 나를 위아래로 훑어보았다. 천천히 내 주위를 돌며, 등껍질 밖으로 고개 내민 거북처럼 한쪽 눈으로 응시했다.

"그 땋은 머리 풀어라." 그녀가 말했다. 땋을 만큼 머리가 긴 아이는 나뿐이었다. 즈와히르 여자들은 세련된 짧은 머리를 했는데, 어머니 마을과 즈와히르와의 또 다른 차이점이었다. "오늘은 너희들의 날이야. 방해되는 게 없어야 해."

나는 안도감에 얼굴이 달아올랐다. 느슨하게 땋은 머리를 푸는 사이, 아다가 말했다.

"여기서 남자 손 닿은 적 없는 사람?"

나만 손을 들었다. 루유라는 아이가 킥킥거리는 소리가 났다. 다시 아다가 말하자 얼른 아이는 입을 다물었다.

"누구냐, 디티?"

디티는 조그맣게 불편한 웃음을 흘리다 조용히 말했다.

"어…… 학교 친구요."

"이름은?"

"파나시."

"관계를 가졌니?"

나는 작게 숨을 들이켰다. 상상도 할 수 없었다. 우린 아주 어렸다.

디티는 고개를 젓고 말했다.

"아니요."

아다는 다음 차례로 넘어갔다.

"누구냐, 루유?"

루유가 반항적인 눈으로 마주 보기만 하자 아다가 성큼성큼 다가가기에, 나는 영락없이 그녀가 루유의 뺨을 칠 줄만 알았다. 루유는 꿈쩍도 하지 않았다. 고개를 빳빳이 쳐들고 아다에게 해볼 테면 해보란 태도를 보였다. 나는 감탄했다. 루유의 옷차림이 눈에 들어왔다. 최고급 옷감으로 지은 옷이었다. 밝은색이었고, 아직 한 번도 빨지 않은 새 옷이었다. 부잣집 출신인 루유는 설령 아다가 묻는다 해도 굳이 자기가 대답해야 한다고 여기지 않는 게 분명했다.

"이름은 몰라요." 루유가 마침내 말했다.

"여기서 나온 말은 밖으로 새지 않아."

하지만 나는 아다의 목소리에서 위협을 감지했다. 루유도 느낀 게 분명했다.

"워키케."

"관계를 가졌니?"

루유는 아무 말도 안 했다. 그러다가 벽에 그려진 물고기 남자에 시선을 두고 말했다.

"네."

나는 입이 떡 벌어졌다.

"얼마나 자주?"

"많이요."

"왜?"

루유가 노려보았다.

"몰라요."

아다는 매서운 표정을 지었다.

"오늘 밤 이후론, 결혼할 때까지 자제해라. 오늘 밤 이후론, 뭐가 옳은지 알아야 한다." 그녀는 내내 울고 있던 빈타 차례로 넘어갔다. "누구냐?"

빈타의 어깨가 더 움츠러들었다. 더 격하게 울었다.

"빈타, 누구야?" 아다가 다시 물었다. 그녀가 다섯 여자를 바라보자 그들은 빈타 주위로 모여들었다. 너무 바싹 붙어서 루유, 디티, 나는 고개를 기울여야 빈타를 볼 수 있었다. 빈타는 우리 넷 중에 제일 작았다. "여기선 안전해."

다른 여자들은 빈타의 어깨, 뺨, 목에 손을 대고 나직하게 입을 모아 말했다.

"너는 안전해, 너는 안전해, 여기선 안전해."

현명한 이 나나가 빈타의 뺨에 손을 댔다.

"오늘 밤 이후로, 여기 있는 모두는 하나로 뭉치는 거다." 그녀는 메마른 목소리로 말했다. "너, 디티, 온예손우, 그리고 루유는 서로를 지키는 거야. 결혼한 후에도. 그리고 우리 나이 든 여자들은 너희 모두를 지킬 거고. 하지만 진실만이 오늘 밤 이 결속을 확실히 굳힐 수 있어."

"누구냐?" 아다가 세 번째로 물었다.

빈타는 바닥에 주저앉아 여자들 중 한 사람의 허벅지에 머리를 기댔다.

"아버지요."

루유, 디티, 그리고 나는 숨이 턱 막혔다. 다른 여자들은 전혀 놀란 기색이 아니었다.

"관계가 있었니?" 현명한 이 나나가 굳은 얼굴로 물었다.

"네." 빈타가 속삭였다.

여자들 몇이 욕하며 쯧 소리를 내고 분노하여 중얼거렸다. 나는 눈을 질끈 감고 관자놀이를 문질렀다. 빈타의 고통은 내 어머니의 고통과 같았다.

"얼마나 자주?" 현명한 이 나나가 물었다.

"많이요." 빈타의 목소리가 커져 갔다. 그러더니 불쑥 내뱉었다. "아……아버질 죽이고 싶어요." 그러고는 자기 입을 손으로 막았다. "죄송해요!" 목소리가 손에 막혔다.

현명한 이 나나가 빈타의 손을 떼어 냈다.

"여기선 안전해." 그녀는 역겨워하는 표정으로 고개를 내저었다. "이제 드디어 우리가 조처할 수 있겠구나."

사실, 이들은 빈타 아버지의 행실을 얼마 전부터 알고 있었다. 빈타가 열한 살 의식을 거칠 때까지는 그들은 관여할 수 없었다.

빈타는 격렬히 고개를 저었다.

"아뇨. 그럼 아버지를 잡아갈 테고 우린……."

여자들은 씩씩거리며 혀를 찼다.

"걱정 말렴." 현명한 이 나나가 말했다. "우리가 너와 네 행복을 지켜 줄 거야."

"어머니는 안 돼요……."

"쉬이." 현명한 이 나나가 말했다. "넌 아직 어린아이지만 오늘 밤이 지나면 어른도 되는 거야. 네 말이 드디어 받아들여지는 거지."

아다와 현명한 이 나나는 내 쪽은 거의 쳐다보지도 않았다. 내겐 아무 질문이 없었다.

"오늘." 아다가 우리 모두에게 말했다. "너희는 아이이며 어른이 되는 거다. 힘이 없지만 동시에 힘 있고. 무시당하며 또한 존중받을 것이다. 받아들이겠니?"

"네." 우리 모두 말했다.

"소리를 지르지 않는다." 치료사가 말했다.

"발로 차지 않는다." 재봉사가 말했다.

"피를 흘릴 것이다." 건축가가 말했다.

"아니는 위대하시다." 고모할머니가 말했다.

"너희는 집을 나와 위험한 밤에 홀로 나서는 것으로 이미 어른이 되기 위한 첫걸음을 내디뎠다." 아다가 말했다. "각자 약초, 거즈, 소독약, 그리고 목욕 소금이 든 작은 주머니를 받게 될 거다. 혼자 집에 돌아가는 거야. 사흘 밤 후, 물을 받아 오랫동안 목욕하고."

우리는 옷을 벗으라는 지시를 받았고 몸에 두를 붉은 천을 받았다. 윗도리는 거두어 뒤로 가져가 태웠다. 새로이 성인이 된 상징인 하얀 새 셔츠를 받았다. 집에서는 아이의 상징인 라파를 입게 되어 있었다.

빈타의 의식이 가장 시급하기에, 첫 번째였다. 그다음으로 루유,

디티, 그리고 내 차례였다. 붉은 천을 바닥에 펼쳤다. 빈타는 그 위에 누우며 다시 울기 시작했고, 붉은 베개에 머리를 뉘었다. 촛불이 앞으로 벌어질 일을 더 무시무시하게 느껴지게 했다. *내가 뭘 하는 거지?* 나는 빈타를 지켜보며 생각했다. *미친 짓이야! 안 해도 되는데! 저 문 밖으로 뛰쳐나가 집으로 도망가서, 몰래 침대에 들고 이 일은 아예 없었던 척해야 해.* 나는 문을 향해 한 발짝 옮겼다. 문이 잠겨 있지 않다는 건 알았다. 의식은 본인의 선택이었다. 옛날에나 여자애들이 강요를 당해 어쩔 수 없이 의식을 치렀다. 한 걸음 더 옮겼다. 아무도 보고 있지 않았다. 모두 빈타에게 눈이 쏠려 있었다.

집 안은 따뜻했고 밖은 여느 밤과 마찬가지였다. 부모님은 여느 밤과 마찬가지로 자고 있었다. 하지만 빈타는 붉은 천 위에 누워 있었고, 치료사와 건축가가 그 애의 다리를 벌려 붙잡았다. 아다는 메스를 소독한 다음 불 위에 올려 달궜다. 그러고는 메스를 식혔다. 치료사는 보통 수술에 레이저메스를 썼다. 레이저메스는 제일 말끔하게 절개가 되고 필요시 즉시 소작(燒灼)할 수 있었다. 나는 왜 아다가 그 대신 원시적인 메스를 쓸까 잠시 의아했다.

"숨 참고. 소리 지르지 마."

빈타가 채 숨을 다 들이마시기도 전에, 아다는 메스를 들이댔다. 빈타의 '예예' 위쪽 근처 작고 튀어나온 짙은 장밋빛 살점으로 향했다. 메스로 잘라 내자 피가 솟구쳤다. 토기가 치밀었다. 빈타는 소리를 지르지는 않았지만 입술을 너무 세게 깨물어 입가에서 피가 흘렀다. 몸이 꿈틀했지만 여자들이 잡아 눌렀다.

치료사는 상처에 거즈로 싼 얼음을 눌러 지혈했다. 몇 분간 숨을 몰아쉬고 있는 빈타를 제외한 모두가 얼어붙은 채였다. 그러다 여자 한 명이 빈타를 도와 일으켜 세우고 방 저쪽으로 데려갔다. 빈타는 다리를 벌린 채 앉아 넋 나간 얼굴로 거기에 거즈를 대고 있었다. 이제 루유 차례였다.

"나는 못 해요." 루유가 중얼거리기 시작했다. "못 해요!"

그래도 루유는 치료사와 건축가가 끄는 대로 누웠다. 확실히 하기 위해 재봉사와 고모할머니가 루유의 팔을 잡았고 아다는 다른 메스를 꺼내 소독했다. 루유는 소리를 지르지 않았지만 날카로운 "흡." 소리를 냈다. 고통과 싸우는 그 애의 눈에서 눈물이 흘러내렸다. 다음은 디티 차례였다.

디티는 천천히 누워 심호흡을 했다. 그러고는 뭔가 작게 말했는데 내 귀에는 들리지 않았다. 아다가 새 메스를 살에 가져다 댄 순간 디티는 펄떡 일어났고, 피가 허벅지를 타고 흘렀다. 공포에 질린 얼굴로 디티는 말없이 피하려 들었다. 여자들은 이 반응을 자주 본 모양인지, 말 한마디 없이 그 애를 붙잡아 얼른 눕혔다. 아다는 빠르고 깨끗하게 절제를 끝냈다.

내 차례였다. 난 눈도 제대로 뜰 수 없었다. 다른 여자애들의 고통이 말벌과 흡혈파리 떼처럼 내 주위를 붕붕 맴돌았다. 선인장 가시처럼 나를 잡아 뜯었다.

"이리 와라, 온예손우." 아다가 말했다.

나는 갇힌 짐승이었다. 여자들, 집, 전통에 갇힌 게 아니었다. 삶에 갇혀 있었다. 수천년간 자유로운 영혼으로 살다가, 어느 날 무언가 폭력적이고 분노에 들끓고 복수심에 불타는 존재에 붙들려서 지금 이 육체 안으로 끌려들어 온 것만 같았다. 그 존재의 뜻대로, 그 존재의 규칙대로. 그러다가 어머니 생각을 했다. 어머니는 날 위해 정신을 놓지 않았다. 나를 위해 살았다. 나도 어머니를 위해 할 수 있다.

나는 천 위에 누워 나의 에우 몸을 쳐다보는 다른 여자애들의 눈길을 무시하려 애썼다. 그 세 명을 전부 때려 줄 수도 있었다. 이런 오싹한 순간에 탐색하는 눈길을 감내할 이유는 없었다. 치료사와 건축가가 내 다리를 잡았다. 재봉사와 고모할머니가 내 팔을 잡았다. 아다가 메스를 들었다.

"침착하게." 현명한 이 나나가 내 귀에 대고 말했다.

아다가 내 '예예'를 벌리는 게 느껴졌다. 그녀가 말했다.

"숨 참고. 소리 지르지 마."

숨을 참는 중간에 아다가 살을 베었다. 고통이 폭발했다. 몸 구석구석까지 느껴지는 고통 때문에 거의 기절할 뻔했다. 그러다 비명을 질렀다. 그런 소리를 낼 수 있는지도 몰랐다. 희미하게, 여자들이 나를 잡아 누르는 게 느껴졌다. 그들이 나를 놓고 도망가지 않았다니 충격이었다. 아직 비명을 지르던 중 모든 것이 멀어져 감을 깨달았다. 그리고 나는 청보라색과 노란색 그리고 대부분 녹색인 세상에 와 있었다.

입이 있었다면 공포로 소리를 냈을 것이다. 더 비명 지르고, 몸부림치고, 할퀴고, 침을 뱉었을 것이다. 내가 다시…… 죽었다는 생각밖에 들지 않았다. 그대로 상태가 지속되자 마음이 차분해졌다. 내 자신을 둘러보았다. 나는 짧고 격한 비바람 후 남은 듯한 푸른 물안

개일 뿐이었다. 이제 내 주변에 다른 것들이 보였다. 붉은색도, 녹색도, 금색도 있었다. 초점이 맞춰지고 방도 볼 수 있었다. 아이들과 여자들. 각자 자기 색의 물안개가 있었다. 거기 누워 있는 내 몸은 보고 싶지 않았다.

그러던 중 그게 눈에 들어왔다. 붉은 타원형에 가운데에는 하얀 타원형이 있는, 지니*의 거대한 눈 같은 것. 그것은 지직거리며 씩씩 소리를 냈고, 흰 부분이 커지며 가까이 다가왔다. 내 존재의 중심까지 겁에 질렸다. *여기서 도망쳐야 해! 당장! 저게 날 봤어!* 하지만 어떻게 하면 움직일 수 있는지 몰랐다. 뭘로 움직이지? 내겐 몸이 없었다. 붉은색은 쓰디쓴 독이었다. 흰색은 최악으로 뜨거운 태양의 열기 같았다. 나는 다시 비명을 지르고 울어 대기 시작했다. 그러다 눈을 뜨니 물잔이 있었다. 모두의 얼굴에 미소가 떠올랐다.

"오, 아니께 감사드립니다." 아다가 말했다.

나는 고통을 느끼고 펄쩍 뛰었다. 일어나 도망갈 참이었다. 도망쳐야 했다. 그 눈을 피해. 한순간 너무 혼란스러워서 방금 본 그게 고통의 원인이라고만 여겼다.

"움직이지 마."

치료사가 말했다. 그녀는 거즈에 싼 얼음을 내 다리 사이에 대고 있었다. 베인 상처와 얼음의 차가움 중에 어느 게 더 아픈지 알 수 없었다. 나는 방 안을 휙 둘러보며 탐색했다. 흰색이나 붉은색이 눈에 들어올 때마다 심장이 퍼덕이고 손이 움찔거렸다.

몇 분 후, 나는 긴장을 풀기 시작했다. 전부 고통으로 인한 악몽

* 아랍 전승에 등장하는 정령.

일 뿐이었다고 믿으려 했다. 입을 벌렸다. 숨결에 아랫입술이 말랐다. 나는 이제 아나 음-보비였다. 부모님에게 더 이상 수치가 될 일은 없었다. 적어도 내가 열한 살인데 할례를 받지 않아서 그럴 일은 없었다. 안도감은 기껏해야 1분. 아까 그건 악몽이 아니었다. 나는 알았다. 그리고 그게 정확히 뭔지는 몰라도, 방금 아주 끔찍한 일이 벌어졌다는 것을 알았다.

"아다가 메스로 벴을 때, 넌 그냥 잠들었어."

루유가 누운 채 말했다. 그 애는 대단히 존경하는 눈으로 나를 보고 있었다. 나는 미간을 찌푸렸다.

"그래, 그리고 완전히 투명해졌어!"

디티가 얼른 말했다. 자기가 받은 충격에서는 회복된 모양이었다.

"뭐…… 뭐라고?"

"쉬잇!" 루유가 디티를 윽박질렀다.

"그랬잖아!" 디티가 속삭였다.

나는 바닥을 손톱으로 긁고 싶었다. *이게 다 무슨 일이지?* 내 살갗에서 스트레스 냄새가 났다. 그리고 다른 냄새도 난다는 것을 깨달았다. 나무 사건 때 처음 맡았던 그 냄새.

"저 애는 아로와 얘기해야 해요."

아다가 현명한 이 나나에게 말했다.

현명한 이 나나는 큼 소리만 내고, 그녀에게 얼굴을 찌푸렸다. 아다는 겁에 질려 눈을 피했다.

"그게 누구예요?"

아무도 내 질문에 대답하지 않았다. 다른 여자들은 누구 하나 나를 쳐다보지 않았다.

"'알 오'가 누구야?"

나는 디티, 루유, 그리고 빈타를 돌아보며 물었다.

셋은 어깨를 으쓱했다.

"몰라." 루유가 말했다.

아무도 그 '알 오'가 누구인지 설명해 주지 않기에 나는 그들의 말을 그냥 무시해 버렸다. 내게는 다른 걱정거리가 있었다. 그 빛과 색이 어우러진 곳이라든가. 타원형 눈이라든가. 다리 사이의 출혈과 쓰라림이라든가. 부모님에게 내가 뭘 했는지 말씀드리는 일이라든가.

우리 넷은 고통 속에서 30분 정도 나란히 누워 있었다. 각자 평생토록 달고 다닐 섬세한 황금 배꼽 사슬을 받았다. 여자들은 셔츠를 걷어 올려 자기 것을 보여 주었다.

"일곱 강의 일곱 번째에서 축복받은 거야." 아다가 말했다. "우리가 죽은 후에도 오랫동안 남겠지."

우리는 또한 혀 밑에 넣고 다닐 돌을 하나씩 받았다. 이 돌은 '탈렘베 에타누'라고 했다. 우리 어머니는 이 전통을 존중했지만, 그 목적은 역시 오래전에 잊혔다. 어머니 것은 아주 작고 매끄러운 오렌지색 돌이었다. 돌의 종류는 오케케 집단에 따라 다양했다. 우리 돌은 다이아몬드로, 내가 들어보지 못한 종류였다. 매끄러운 타원형의 얼음 모양이었다. 나는 쉬이 혀 밑에 돌을 머금었다. 먹거나 잘 때만 돌을 뺄 수 있었다. 그리고 처음에는 삼키지 않게 조심해야만 했다. 삼키면 불운을 부른다고 했다. 엄마는 날 잉태할 때 어떻게 그걸 삼키지 않았을까 잠깐 궁금했다.

"나중에는 입안에 있는 돌이 익숙해질 거야."

현명한 이 나나가 말했다.

우리 넷은 옷을 입고, 거즈를 살에 댄 채 속옷을 챙겨 입고 하얀 베일을 머리에 둘렀다. 우리는 함께 그곳을 나왔다.

"우리 잘 해냈어."

빈타가 걸어가며 말했다. 빈타는 악물었던 아랫입술이 퉁퉁 부어 말이 약간 어눌했다. 우리는 천천히 움직였고, 발걸음을 뗄 때마다 통증과 맞닥뜨렸다.

"그래. 아무도 소리 지르지 않았지." 루유가 말했다. 나는 미간을 찌푸렸다. 난 확실히 소리를 질렀는데. "우리 어머니가 그랬는데, 어머니가 받을 땐 여덟 명 중 다섯 명이 소리를 질렀대."

"온예손우는 너무 편안해서 잠들어 버렸지."

디티가 미소 지으며 말했다.

"나……난 내가 소리 지른 줄 알았는데." 나는 이마를 문질렀다.

"아냐, 넌 그냥 곧장 기절했어. 그럼 넌……."

"디티, 입 다물어. 그런 얘기 하는 거 아냐!" 루유가 쏘아붙였다.

우리는 한동안 침묵했고, 도로로 향하는 걸음은 더욱 느려졌다. 근처에서 올빼미가 울었고 낙타 등에 탄 남자가 우리를 지나쳐 갔다.

"절대 말 안 하는 거야, 알았지?" 루유가 빈타와 디티를 쳐다보며 말했다. 둘 다 고개를 끄덕였다. 루유는 궁금해하는 눈길을 내게 돌렸다. "그래서…… 어떻게 된 거야?"

나는 이 애들을 잘 알지 못했다. 하지만 디티가 남의 얘기를 좋아하는 건 알 수 있었다. 루유도 아닌 척 굴었지만 마찬가지였다. 빈타는 말이 없었지만 미심쩍었다. 나는 그 애들을 믿지 않았다.

"꼭 잠든 것 같았어." 나는 거짓말을 했다. "너희가…… 너희가 봤을 땐 어땠는데?"

"넌 잠들었어." 루유가 말했다.

"유리 같았지." 디티가 눈을 휘둥그렇게 뜨고 말했다. "투명하게 맞은편이 들여다보였다니까."

"겨우 몇 초였어. 모두 기겁했지만 어른들이 너를 놓지 않았지."

빈타가 말했다. 자기 입술을 만져 보곤 움찔했다.

나는 베일을 얼굴로 더 끌어당겼다.

"누가 널 저주했어?" 루유가 물었다. "어쩌면 네가 그거라……."

"몰라." 나는 얼른 말했다.

우리는 도로에 이르러 각자 갈 길로 갔다. 내 방으로 숨어들기는 쉬웠다. 침대에 누웠지만 뭔가 아직도 날 쳐다보고 있다는 기분을 떨칠 수 없었다.

다음 날 아침, 이불을 걷은 나는 피가 거즈를 적시고 침대에까지 묻어난 것을 발견했다. 1년 전에 월경을 시작했기에, 그 광경 자체가 그렇게 심란하진 않았다. 하지만 출혈로 인해 머리가 어찔했다. 나는 라파를 몸에 두르고 천천히 부엌으로 갔다. 부모님은 뭔가 아빠가 한 말에 웃고 있었다.

"잘 잤니, 온예손우." 아빠가 웃음기 실린 목소리로 말했다.

어머니의 미소는 내 얼굴을 본 순간 사라졌다. 어머니는 속삭이는 목소리로 물었다.

"무슨 일이야?"

"괘……괜찮아요." 나는 몸을 움직이고 싶지 않아 선 채 말했다. "그냥……."

다리를 타고 흐르는 피가 느껴졌다. 새 거즈가 필요했다. 그리고 통증을 다스릴 버드나무 차. *그리고 메스꺼움을 해결해 줄 것이.* 바닥에 온통 토하기 직전 그렇게 생각했다. 부모님은 황급히 나를 의자에 앉혔다. 두 분은 내가 앉을 때 피를 보았다. 어머니는 조용히 부엌을 나갔다. 아빠는 내 입에 묻은 토사물을 손으로 닦아 주었다. 어머니가 수건을 갖고 돌아왔다.

"온예손우, 월경 때니?"

어머니가 다리를 닦아 주며 물었다. 그 손이 위쪽 허벅지로 올라왔을 때 내가 제지했다.

"아뇨, 엄마." 나는 어머니의 눈을 보며 말했다. "그게 아니에요."

아빠가 얼굴을 찌푸렸다. 어머니는 나를 뚫어져라 보고 있었다. 나는 마음을 단단히 먹었다. 어머니는 천천히 일어섰다. 차마 움직이지도 못하고 있을 때 어머니가 내 따귀를 쳐서 하마터면 입에서 다이아몬드가 튀어나올 뻔했다.

"아, 아, 여보!" 아빠가 어머니의 손을 붙잡으며 외쳤다. "그만해요! 아이가 다쳤는데."

"왜?" 어머니가 내게 물었다. 그러고는 날 다시 때리지 못하게끔 아직도 손을 붙들고 있는 아빠를 쳐다보았다. "얘 어젯밤 그걸 한 거예요. 나가서 할례를 받았다고요."

아빠는 충격받아 나를 쳐다보았지만, 또한 경외감도 보였다. 이로코 나무 위에 올라간 나를 보았을 때와 같은 표정.

"엄마를 위해 한 거예요!" 나는 외쳤다.

어머니는 나를 다시 치려고 아빠에게 잡힌 손을 빼내려 애썼다.

"내 탓 하지 마! 멍청한 바보 계집애!"

손을 빼내지 못하자 어머니는 그렇게 말했다.

"엄마 탓을 하는 게 아니라……." 피가 더 빨리 흘러나오는 게 느껴졌다. "엄마, 아빠, 난 두 분께 수치를 드렸어요." 나는 울기 시작했다. "내 존재 자체가 수치라고요! 엄마, 난 엄마한테 고통이고…… 잉태된 날부터요."

"아냐, 아냐." 어머니가 격하게 고개를 저으며 말했다. "이러라고 말한 게 아니다." 어머니는 아빠를 쳐다보았다. "봐요, 파딜! 왜 내가 그간 내내 애한테 말 안 했는지 알겠어요?"

아빠는 여전히 어머니의 손을 붙잡고 있었지만, 이제는 본인을 붙들어 줄 것이 필요해서 그러는 듯이 보였다.

"여기 여자애들은 다 이걸 해요. 아빠, 아빠는 인기 있는 대장장이예요. 엄마, 엄마는 그런 분의 아내고요. 두 분 다 존경받고 있어요. 난 에우고." 나는 잠시 입을 다물었다. "의식을 안 치렀으면 더 수치를 드렸겠죠."

"온예손우!" 아빠가 말했다. "난 사람들이 어떻게 생각하든 신경 안 쓴다! 아직도 몰라? 응? 우리한테 왔어야지. 불안하다는 이유로 그래서는 안 돼!"

가슴이 아팠지만 나는 여전히 내가 옳은 선택을 했다고 믿었다.

아빠는 어머니와 나를 있는 그대로 받아들였을지 모르지만, 우리는 외딴 섬에 사는 게 아니었으니까.

"내가 살던 마을에선, 여자들이 그렇게 절제를 받을 일이 없었어." 어머니가 씩씩거렸다. "이 무슨 야만적인……." 어머니는 내게서 몸을 돌렸다. 이미 끝난 일이었다. 어머니는 양손을 짝 모으곤 말했다. "내 딸이!" 어머니는 그러면 찌푸린 주름이 펴지기라도 할 듯이 이마를 문질렀다. 내 팔을 붙잡았다. "일어나라."

나는 그날 학교에 가지 않았다. 대신 어머니는 나를 거들어 씻기고 새 거즈를 상처에 대 주었다. 버드나무잎과 달콤한 선인장으로 진통제 차를 만들어 주었다. 하루 종일 나는 침대에 누워 책을 읽었다. 어머니가 일을 쉬고 내 침대 옆에 있어 주자 약간 불편했다. 어머니한테 내가 읽는 책을 보이고 싶지 않았다. 어머니가 내가 잉태된 사연을 들려준 다음 날, 나는 도서관에 갔다. 놀랍게도 내가 찾던 것이 있었다. 누루말, 내 생물학적 아버지의 언어에 관한 책. 나는 그 언어의 기초를 독학하고 있었다. 어머니가 알았다가는 심각하게 화를 낼 것이다. 그래서 어머니가 침대 옆에 있는 동안, 나는 책을 다른 책 안에다 숨겨 읽었다.

종일 어머니는 꼼짝 않고 그 의자에 앉아, 간단히 끼니를 때울 때나 화장실에 갈 때만 일어섰다. 한번은 어머니가 아니와 성스러운 말씀을 나누려 정원에 나갔다. 어머니가 전능하고 무엇이든 아시는 여신께 무슨 말을 할지 궁금했다. 그 모든 일을 겪은 어머니가 아니에게 어떤 종류의 믿음을 가질 수 있는지 궁금했다.

내가 누루 언어 책을 읽으며 입안의 돌을 굴리고 있을 때 어머니가 돌아왔다. 나는 어머니가 벽을 쳐다보며 앉아 무슨 생각을 하는지 궁금했다.

5장

# 부르는 자

애들 중 누구도 남에게 얘기하지 않았다. 우리의 열한 살 의식 동지애가 진짜라는 걸 보여 주는 첫 번째 신호였다. 그래서 일주일 후 내가 학교에 다시 나갔을 때, 아무도 나를 귀찮게 하지 않았다. 사람들은 이제 내가 어른이며 동시에 아이라는 것만 알았다. 나는 아나 음-보비였다. 최소한 그 점에 대해서만은 나를 존중해 줘야 했다. 물론 우리는 빈타가 당한 성폭력에 대해서도 아무 말 하지 않았다. 빈타는 나중에 우리 의식 다음 날, 아버지가 오수보 장로들과 면담했다고 말해 주었다.

"그러고 나서 집에 돌아왔을 때, 아버지는…… 망가진 사람 같았어. 채찍질을 당했나 봐."

그보다 더한 벌을 줘야 마땅했다. 그 시절에조차 난 그렇게 생각했다. 빈타의 어머니 또한 장로들에게 불려 갔다. 부모 다 3년간 아다한테 상담을 받으라는 명령을 받았고, 빈타와 남매들도 마찬가지였다.

빈타, 루유, 디티와의 우정이 자라남에 따라 다른 일도 있었다. 학교에 복귀한 지 이틀째 되는 날부터였다. 학교 건물에 기대선 내 주위에선 학생들이 축구를 하며 어울렸다. 난 아직 상처가 쓰리긴 했지만 빠르게 낫고 있었다.

"온예손우!"

누군가가 불렀다. 나는 화들짝 놀라 불안하게 주위를 둘러보았다. 붉은 눈이 뇌리에 떠올랐다. 루유가 웃으며 빈타와 함께 천천히 내게로 다가왔다. 잠시 우리는 서로를 바라보았다. 그 순간에는 너무 많은 감정이 존재했다. 평가, 두려움, 불확신.

"안녕." 내가 마침내 말했다.

"안녕." 빈타가 말하며 나서 나와 악수를 하고 손가락을 딱 부딪치며 놓았다. "오늘부터 나왔니? 우린 그런데."

"아냐. 어제부터 나왔어."

"좋아 보이네." 루유도 나와 우정 악수를 나누며 말했다.

"너도."

잠시 어색한 틈이 있었다. 그러고서 빈타가 말했다.

"다들 알아."

"응?" 나는 너무 크게 말해 버렸다. "알아? 뭘?"

"우리가 아나 음-보비라는 거." 루유가 자랑스레 말했다. "그리고 우리 중 아무도 소리 지르지 않았다는 거."

"아." 나는 안도했다. "디티는 어디 있어?"

"그날 밤 이후로 내내 누워 있어." 루유가 웃으며 말했다. "진짜 약골이라니까."

"아냐, 그냥 이걸 기회 삼아 학교 빼먹는 거지." 빈타가 말했다. "디티는 어차피 자기가 예뻐서 학교 다닐 필요가 없다는 걸 알거든."

"좋겠네." 나는 학교 빼먹는 걸 좋아하진 않지만, 투덜거렸다.

"아!" 루유가 눈이 휘둥그레져 말했다. "새로 온 애 얘기 들었어?"

나는 고개를 저었다. 루유와 디티는 서로 쳐다보고 웃음을 터트렸다.

"뭐야? 너희 둘은 오늘 막 학교 나온 거 아니었어?"

"소식이 빨리 퍼지니까." 루유가 싱글거리며 말했다.

"할 말 있음 그냥 해." 나는 짜증이 나 말했다.

"그 애 이름은 므위타야." 루유는 들뜬 기색이었다. "우리가 없는 사이 여기 왔어. 걔가 어디 사는지 아니면 부모님이 있기나 한지 아무도 몰라. 진짜 똑똑한데, 학교에 안 다녔나 봐. 나흘 전에 느닷없이 학교에 나와서는 선생님들을 비웃고, 자기가 선생님들을 가르쳐도 되겠다고 했대! 첫인상을 좋게 남기긴 글렀지."

나는 어깨를 으쓱했다.

"그게 나랑 무슨 상관이야?"

루유는 히죽거리며 고개를 기울이고 말했다.

"걔가 에우라는 얘기를 들었거든!"

이후 그날 하루는 멍한 상태로 흘려보냈다. 수업 중, 나는 낙타색 피부에 갈색 후추 같은 주근깨, 노아가 아닌 눈을 한 얼굴을 찾아보았다. 중간 쉬는 시간에 운동장에서 그 애를 찾아다녔다. 수업 마치고, 빈타와 루유와 함께 집으로 가는 도중에도 나는 여전히 주위를 둘러보았다. 집에 가면 어머니에게 그 아이 얘기를 하고 싶었지만 그만두기로 했다. 어머니가 정말로 또 다른 폭력의 결과에 대해 굳이 알고 싶어 할까?

다음 날도 마찬가지였다. 나는 계속 그 애를 찾지 않을 수 없었다. 이틀 후, 디티가 학교에 나왔다.

"어머니가 결국 날 침대 밖으로 끌어냈어." 디티가 털어놓았다. 그 애는 짐짓 엄한 목소리를 냈다. "'이걸 치른 사람이 네가 처음도 아니고!' 게다가 어머니는 너희들 전부 다 학교 간 걸 알고 계셨거든."

디티의 눈길이 내게로 향했다가 스쳐 지나가자마자 나는 그 애 부모님이 내가 자기네 딸과 의식 동기가 된 걸 달가워하지 않는다는 사실을 깨달았다. 그 애 부모님이 어떻게 생각하든 상관은 없지만.

아무튼 이제 확실히 우리 넷은 하나가 되었다. 루유, 빈타, 디티의 예전 친구들은 이제 중요하지 않았다. 나는 어차피 떨칠 친구가 없었다. 열한 살 의식을 함께 거친 여자애들 대부분은 하나로 뭉치긴 하지만, 그 후에도 꼭 그런 것은 아니었다. 하지만 우리에겐 변화가 자연스러웠다. 우리에겐 이미 비밀이 있었다. 그리고 그건 시작일 뿐이었다.

우리 중 '리더' 타입은 없었지만, 루유는 나서서 이끌기를 좋아했다. 루유는 빠르고 대담했다. 알고 보니 그 애에게는 관계한 남자애가 둘 더 있었다.

"아다가 뭔데 그래?" 루유는 내뱉었다. "그 사람에게 전부 털어놓을 필요는 없잖아."

빈타는 늘 눈을 내리깔았고 다른 사람들과 있을 때는 거의 말을 하지 않았다. 아버지의 학대는 그 애에게 깊은 상처를 남겼다. 하지만 우리끼리 있을 때면 빈타는 말도 잘하고 많이 미소 지었다. 빈타가 그렇게 삶의 에너지로 가득하지 않았더라면, 아버지의 추행을 견뎌 낼 수 있었을까 싶었다.

디티는 종일 침대에 누워 하인들이 식사를 날라다 주는 걸 좋아하는 공주님이었다. 통통하고 예뻤으며 원하는 건 보통 저절로 그 애 무릎에 굴러떨어졌다. 그 애가 곁에 있으면 좋은 일이 생겼다. 빵 장수가 급히 집에 가야 한다고 우리에게 빵을 반값에 팔았다. 우리가 걸어가고 있으면 코코넛 나무에서 열매가 디티의 발치에 떨어졌다. 아니 여신은 디티를 사랑했다. 아니에게서 사랑받는 건 어떤 느낌일까? 나는 아직 모른다.

수업이 끝나면 우리는 이로코 나무에서 공부했다. 처음에는 이게 영 불안했다. 내가 봤던 그 붉고 흰 존재가 이로코 나무 사건과 연결되어 있을까 두려웠다. 나무 아래 앉아 있으면 말 그대로 그 눈을 나한테 다시 오라고 불러들이는 기분이었다. 시간이 지나며 아무 일도 벌어지지 않자 나는 약간 긴장을 풀었다. 가끔은 그냥 생각하러 혼자 가기도 했다.

이야기가 너무 건너뛰었다. 다시 돌아가기로 하자.

열한 살 의식 후 11일째, 학교에 다시 나간 지 나흘째, 또래 여자애 세 명과 뭉치게 되었음을 깨달은 지 사흘째, 디티가 학교로 돌아오고 다른 일이 벌어진 지 하루째였다. 나는 천천히 집으로 걸어가고 있었다. 상처가 욱신거렸다. 까닭 없이 깊은 통증이 하루에 두 번씩 오는 듯했다.

"사람들은 여전히 너를 사악한 존재로 생각할 거야."

내 뒤에서 누군가 말했다.

"응? 뭐?"

나는 천천히 돌아보았다. 그리고 얼어붙었다.

마치 한 번도 자기 모습을 보지 못한 사람이 거울을 들여다본 것 같았다. 왜 사람들이 날 보고 멈춰 서고, 물건을 떨어뜨리고, 빤히 쳐다보는지 처음으로 이해할 수 있었다. 그는 나와 같은 피부색에 나와 같은 주근깨가 있었고, 거친 금빛 머리는 바싹 깎아 모래를 한 겹 씌운 듯했다. 나보다 약간 키가 컸을 듯하고, 아마도 몇 살 위 같았다. 내 눈이 사막 고양이처럼 금갈색인 반면, 그는 코요테 같은 회색 눈이었다.

나는 즉시 그를 알아보았다. 비록 내가 제대로 갖춰 입지 못한 상태에서 아주 잠깐 봤을 뿐이지만. 루유가 한 말은 틀렸다. 그는 즈와히르에 온 지 며칠 된 게 아니었다. 내가 이로코 나무 위에 벌거벗은 채 있는 것을 본 남자애였다. 나더러 나무에서 뛰어내리라고 했었다. 비가 거세게 내렸고 그는 머리에 바구니를 쓰고 있었지만 나는 알 수 있었다.

"넌……."

"너도 마찬가지지."

"응. 나는 한 번도 못 봐서…… 저기, 있다는 얘긴 들었지만."

"나는 다른 사람들 봤어." 그는 무덤덤하게 말했다.

"넌 어디 출신이야?" 우리는 둘 다 동시에 물었다. 둘 다 말했다. "서부."

그리고 우리는 고개를 끄덕였다. 에우는 전부 서부에서 왔다.

"괜찮아?"

"응?"

"걷는 모양이 이상해서." 나는 얼굴이 확 달아올랐다. 그는 다시 미소 짓고는 고개를 내저었다. "너무 대놓고 그랬네." 그는 잠시 말을 멈추었다. "하지만 정말이야, 사람들은 언제나 우리를 사악한 존재로 봐. 네가 그…… 절제를 받더라도."

나는 얼굴을 찌푸렸다.

"왜 그걸 받았어? 넌 여기 출신도 아니잖아."

"하지만 여기 사니까." 나는 방어적으로 말했다.

"그래서?"

"넌 누구야?" 나는 짜증이 나 말했다.

"네 이름은 온예손우 우바이드-오군디무지. 대장장이 딸이고."

나는 입술을 깨물며 짜증 난 상태를 유지하려 애썼다. 하지만 그는 나를 대장장이의 의붓딸이 아니라 딸이라고 해 주었고, 나는 그 말에 미소가 지어지려고 했다. 그는 싱글거렸다.

"그리고 벌거벗은 채 나무 위에 올라가 있던 애지."

"너 누구야?"

나는 다시 물었다. 길가에 서 있는 우리 둘은 참 이상해 보였을 것이다.

"므위타."

"성은 뭐고?"

"나는 성 없어." 그의 목소리가 차가워졌다.

“아…… 그래.” 나는 그의 옷을 보았다. 전형적인 남자애 복장인, 바랜 파란 바지에 녹색 셔츠를 입고 있었다. 샌들은 닳았지만 가죽 제품이었다. 오래된 교과서 꾸러미를 들고 있었다. “어…… 넌 어디 살아?”

그의 목소리에 담긴 냉기가 사그라들었다.

“걱정하지 마.”

“어째서 학교에 안 왔어?”

“학교 다녀. 너희 학교보다 나은 데.” 그는 주머니에 손을 넣어 봉투를 하나 꺼냈다. “너희 아버지에게 드려. 너희 집에 가던 참이었지만 네가 갖다 드리면 되겠다.”

야자 섬유 봉투였고 오수보의 휘장인 걷는 도마뱀이 찍혀 있었다. 다리마다 각각 장로 한 명을 상징했다.

“도로 저쪽 흑단나무 지나서 살지?”

그가 내 뒤쪽을 쳐다보며 물었다.

나는 여전히 봉투를 들여다보느라 정신이 팔린 채 고개를 끄덕였다.

“그래.”

그렇게 말하고 그는 갔다. 나는 거기 선 채 멀어져 가는 그 애를 지켜보았고, 다리 사이의 욱신거림이 더 심해졌다는 사실을 거의 자각하지 못했다.

6장

# 에슈

그날 이후로, 어디서나 므위타가 보이는 듯했다. 가끔 므위타는 메시지를 갖고 우리 집에 왔다. 그리고 몇 번은 아빠 가게에 가는 중인 그와 마주쳤다.

"왜 전에 개 얘기를 안 해 주셨어요?"

어느 날 저녁식사 자리에서 나는 부모님에게 물었다. 아빠는 향신료 들어간 밥을 오른손으로 떠먹던 중이었다. 몸을 젖히고 음식을 우물거렸고, 오른손은 음식 위에 멈춘 채였다. 어머니는 아빠 접시에 염소고기를 한 조각 더 놓아 주었다.

"아는 줄 알았지." 아빠가 그렇게 말한 것과 동시에 어머니는 말했다. "너 속상할까 봐."

부모님은 그때 나를 아주 잘 알았다. 또한 나를 영원토록 보호할 수 없단 사실도 알았어야 했다. 닥칠 일은 닥치는 법이다.

므위타와 나는 마주칠 때마다 이야기를 나누었다. 짧게. 그는 늘 바빴다.

"어딜 가?"

그가 장로회에서 아빠에게 또 봉투를 배달한 다음 나는 물었다. 아빠는 오수보 회관에 놓을 큰 테이블을 제작 중이었으며, 거기 새겨질 상징은 완벽해야만 했다. 므위타가 가져온 봉투에는 상징 도안이 여러 장 들어 있었다.

"다른 곳에." 므위타가 히죽거리며 말했다.

"왜 늘 서둘러? 자. 하나만이라도 대답 좀 해 봐."

그는 가려고 몸을 돌렸다가 되돌아왔다.

"좋아." 우리는 집 계단에 앉았다. 잠시 후 그가 말했다. "사막에 오래 있다 보면, 사막이 하는 말이 들리지."

"그럼. 바람 불 때 제일 크게 들리지."

"그래. 나비는 사막을 잘 알아. 그래서 그런 식으로 날아다니는 거야. 늘 대지와 성스러운 말씀을 나누지. 듣는 것만 아니라 말하기도 하고. 사막의 언어로 너는 나비를 부르는 거야."

그는 얼굴을 들어 숨을 깊게 들이쉬고 내뱉었다. 나는 그 노래를 알았다. 모든 것이 편안할 때 사막은 노래를 불렀다. 유목민이던 시절, 어머니와 나는 사막이 그 노래를 부를 때면 천천히 날아가는 풍뎅이를 붙잡곤 했다. 딱딱한 껍질과 날개를 제거하고, 햇볕에 말려서 향신료를 더하면 맛있다. 므위타의 노래에 나비 세 마리가 날아왔다. 작고 하얀 것 하나와 검고 노란 큰 나비 둘.

"나도 해 볼래."

나는 흥분해서 말했다. 첫 번째 집을 생각했다. 그리고 입을 벌려 사막의 평화의 노래를 불렀다. 벌새 두 마리가 우리 머리 주위를 맴돌다가 날아갔다. 므위타는 충격에 내게서 몸을 뒤로 젖혔다.

"너 노래…… 목소리가 아름답네."

나는 입술을 꾹 다물고 눈을 돌렸다. 내 목소리는 사악한 남자에게서 물려받은 것이었다.

"더. 좀 더 불러 봐."

나는 행복하고 자유로웠던 다섯 살 때 만든 노래를 불러 주었다. 그 시절은 흐릿하지만, 내가 부른 노래는 또렷이 기억했다.

므위타와 함께 있을 때는 그런 식이었다. 그는 내게 간단한 마법을 가르쳐 주곤 내가 그걸 쉽게 깨우치는 모습에 충격받았다. 그는 나의 그런 면을 본 세 번째 사람이었고(어머니와 아빠가 첫 번째와 두 번째였다.) 아마도 그 자신 역시 그런 능력이 있기 때문이었을 것이다. 나는 므위타가 어디서 그런 걸 배웠을까 궁금했다. 부모님은 누굴까? 어디에 살까? 므위타는 너무 수수께끼투성이였고…… 아주 잘생겼다.

빈타, 디티, 루유는 학교에서 그를 처음 만났다. 그는 운동장에서 나를 기다리고 있었는데 이제껏 안 하던 일이었다. 그는 내가 빈타, 디티, 루유와 학교에서 나오는 모습을 보고 놀라지 않았다. 내가 친구들에 대해 그에게 많이 얘기했으니까. 모두들 쳐다보고 있었다. 그날 분명 므위타와 나에 대해 많은 이야기가 돌았을 것이다.

"안녕." 그가 예의 바르게 고개를 끄덕하며 말했다.

루유는 함박웃음을 짓고 있었다.

"므위타." 나는 얼른 말했다. "이쪽은 루유, 디티, 빈타, 내 친구들이야. 루유, 디티, 빈타, 여긴 내 친구 므위타야."

디티가 그 말에 킥킥거렸다.

"그럼 온예손우는 여기 올 만한 이유가 되었나 봐?" 루유가 물었다.

"유일한 이유지." 그가 말했다.

네 명 모두의 눈길이 내게로 향하자, 얼굴이 뜨거웠다.

"이거." 므위타가 내게 책을 건네며 말했다. "잃어버린 줄 알았는데 아니었어."

인체 해부에 대한 소책자였다. 이전에 만났을 때, 므위타는 내가 인체의 많은 근육에 대해 거의 아는 게 없다는 점을 마음에 걸려 했다.

"고마워."

친구들의 존재가 짜증이 났다. 애들에게 므위타와 나는 그저 친구일 뿐이라고 다시 말하고 싶었다. 루유와 디티에게 남자애들과의 교류란 성적이거나 애교 부리는 것뿐이었다.

므위타는 나를 향해 표정을 지어 보였고 나는 동의한다는 표정을 지었다. 그 이후로 므위타는 내가 혼자 있을 것 같을 때만 접근했다. 대부분은 성공했지만 가끔은 내 친구들을 상대할 수밖에 없었다. 므위타는 괜찮았다.

므위타를 만나면 늘 반가웠다. 하지만 몇 달 후 어느 날, 그를 만나 뛸 듯이 기뻤다. 안도했다. 손에 봉투를 들고 도로를 걸어오는 그를 보았을 때 나는 펄쩍 뛰었다. 집 계단에 앉아 허공을 바라보며, 복잡한 마음에다 화가 난 채 그를 기다리던 참이었다. 심상치 않은 일이 벌어졌기에.

"므위타!"

달려가며 소리쳤다. 하지만 그의 앞에 이르자, 하려던 말은 다 도망가고 나는 멀거니 서 있기만 했다.

그는 내 손을 잡았다. 우리는 계단에 앉았다.

"모……모르겠어." 나는 더듬거렸다. 입을 다물었는데 흐느낌이 목에 치밀어 올랐다. "그럴 리가 없는데, 므위타. 그러다가 혹시 전에 있었던 일이 이런 건가 하는 생각이 들더라고. 무슨 일이 벌어지고 있어. 뭔가 날 쫓아와! 치료사한테 가야겠어. 난……."

"무슨 일이 있었는지 말해 봐, 온예손우." 그는 초조히 말했다.

"그러고 있잖아!"

"그럼, 더 애써 봐."

내가 노려보자, 그는 마주 노려보며 넘어가라고 손짓했다.

"뒤에서 집 정원을 보고 있었어. 모두 다 평소 같았는데…… 갑자기 세상이 다 빨갛게 변했어. 수천 단계의 짙고 연한……."

나는 말을 멈추었다. 붉은 눈을 한 거대한 갈색 코브라가 기어와 내 얼굴로 올라왔다고 말할 수 없었다. 그리고 갑자기 너무나 깊고 강렬한 자기 혐오에 사로잡혀 내 눈을 뽑아내려고 손을 올리고 있었다! 그러다가 손톱으로 내 목을 잡아 뜯으려 했다. *난 끔찍해. 사악해. 더러워. 존재해선 안 돼!* 머릿속에 그 말이 붉고 하얗게 떠오르는 가운데 나는 겁에 질려 타원형 눈을 응시했다. 잠시 후 반들반들한 검은 독수리가 하늘에서 날아 내려와, 꽤액 소리를 지르며 뱀을 쪼아 쫓아 보냈다. 그리고 때맞춰 퍼뜩 정신을 차렸다. 나는 그 모든 얘기를 건너뛰었다.

"독수리가 나를 쳐다보고 있었어. 그 눈을 볼 수 있을 만큼 가까웠지. 돌을 던지니까 날아갔고, 그러면서 깃털 하나가 떨어졌어. 길고 검은 깃털. 나는…… 가서 그걸 집어 들었거든. 거기 서서 나도 저렇게 날 수 있으면 좋겠다 생각하고 있었어. 그랬더니…… 내가……."

"변신했구나." 므위타는 나를 골똘히 쳐다보고 있었다.

"그래! 내가 독수리가 됐어. 진짜야! 지어낸 얘기가 아니라……."

"네 말 믿어. 그래서 어떻게 됐어?"

"나…… 옷 아래에서 총총 뛰며 빠져나와야 했어." 나는 양팔을 뻗으며 말했다. "모든 것을 다 들을 수 있었지. 볼 수도…… 마치 세상이 저절로 내 앞에 펼쳐진 것 같았어. 겁이 났어. 다음 순간 다시 내 자신이 되어 벌거벗은 채 거기 누워 있고, 옷은 내 옆에 있더라. 다이아몬드가 입안에 없었어. 몇 걸음 떨어진 곳에서 찾았고……."

나는 한숨을 내쉬었다.

"넌 '에슈'야."

"뭐?"

그 단어는 재채기 소리처럼 들렸다.

"에슈. 형태를 바꿀 수 있고, 다른 능력들도 있어. 네가 참새로 변신해서 나무로 날아갔던 날 알게 되었어."

"뭐라고?" 나는 소리를 지르며 몸을 뒤로 젖혔다.

"너도 알잖아, 온예손우." 그는 당연하다는 듯 말했다.

"왜 말해 주지 않았어?" 나는 떨리는 손을 꽉 주먹 쥐었다.

"에슈는 스스로 깨달을 때까지 자기가 에슈라는 걸 못 믿어."

"그럼 뭐가 어떻게 되는 거야? 넌…… 어떻게 이런 걸 다 알아?"

"다른 모든 것을 알게 된 것과 마찬가지지."

"어떻게?"

"얘기하자면 길어. 저기, 네 친구들에겐 이 얘기 하지 마."

"그럴 생각 없어."

"첫 번째가 중요해. 참새는 어려움을 이겨 내고 살아남아. 독수리는 고귀한 새고."

"죽은 동물을 먹고 도마에서 고기를 훔쳐 가는 게 뭐가 고귀해?"

"누구든지 먹긴 먹어야 하잖아."

"므위타. 더 많이 가르쳐 줘. 내 자신을 지켜야 해."

"무엇으로부터?"

내 눈에서 눈물이 뚝뚝 떨어졌다.

"뭔가가 날 죽이려는 것 같아."

그는 잠시 가만히 내 눈을 들여다보더니 말했다.

"그런 일은 절대 없게 할 거야."

어머니는 모든 것은 결정되어 있다고 했다. 어머니에겐 서부의 학살에서부터 동부에서 찾은 사랑까지 모든 것에 이유가 있었다. 하지만 그 모든 것의 뒤에 있는 정신, 내가 운명이라 부르는 그것은 가혹하고 냉정했다. 논리적으로 볼 때 운명에 복종해야 한다면 자신을 더 나은 사람이라고 할 수 없었다. 운명은 어둠 속의 단단한 수정처럼 고정되어 있었다. 그래도 므위타에 대해선, 나는 운명에 복종하고 감사했다.

우리는 일주일에 두 번, 학교가 끝난 후 만났다. 므위타의 가르침이야말로 내가 붉은 눈에 대한 두려움을 누르는 데 필요한 것이었다. 나는 천성이 전사였고, 얼마나 부족하든 간에 싸울 수단을 갖고 있다는 것만으로도 몹쓸 불안감을 가라앉힐 수 있었다. 최소한 그 시기에는.

므위타에게 정신이 팔린 것도 도움이 되었다. 그는 말을 잘하고, 옷을 잘 입고, 또한 행동에 존중이 깃들어 있었다. 그리고 나처럼 왕따의 이미지가 씌워져 있지 않았다. 루유와 디티는 내가 그와 보내는 시간을 부러워했다. 그들은 므위타가 십 대 후반의 연상 유부녀를 좋아한다는 소문을 들려주며 고소해했다. 이미 학교를 졸업하고 지적으로 더 많은 것을 줄 수 있는 여자들.

아무도 므위타가 어떤 사람인지 헤아릴 수 없었다. 누구는 그가 독학했으며, 어느 노파 집에서 책을 읽어 주고 대신 하숙하며 용돈을 받는다 했다. 누구는 그에게 자기 집이 있다고 했다. 나는 묻지 않았다. 므위타가 말해 주지 않으리라는 걸 나는 알았다. 그래도 그는 에우였고, 가끔 사람들이 그의 '건강하지 못한' 피부색이나 '고약한' 체취를 들먹이며, 얼마나 책을 많이 읽든 간에 결국 뭔가 나쁜 게 될 뿐이라고 숙덕대는 것이 들려왔다.

7장

# 배운 것

나는 입에서 다이아몬드를 꺼내 므위타에게 건넸다. 심장이 빠르게 두근거렸다. 남자가 여자의 돌을 만지면, 여자에게 크게 해를 끼치거나 도움을 줄 능력을 갖게 된다. 비록 므위타 자신은 즈와히르의 전통을 존중하지 않았지만 내가 그렇다는 걸 알고 있었다. 그래서 그는 조심스럽게 돌을 받아들었다.

주말 아침이었다. 해가 막 떠오른 참이었다. 내 부모님은 아직 자고 있었다. 우리는 정원에 있었다. 바로 내가 바라던 곳이었다.

"내가 알기로, 네가 무엇으로 변하든 그때의 지식을 영원히 유지하게 되어 있어. 맞는 거 같아?"

나는 고개를 끄덕였다. 그 생각에 집중하면, 내 안의 독수리와 참새가 느껴졌다.

"바로 거기 있어, 표면 아래에." 그가 천천히 말했다. "손가락으로 깃털을 만져 봐. 쓰다듬고, 주물러. 눈을 감아. 기억을 떠올려. 거기에서 끌어내. 그런 다음 그것이 되는 거야."

내 손의 깃털은 매끄럽고 섬세했다. 그게 어디로 가야 할지 나는 알았다. 내 날개의 빈자리. 이번에는 의식을 하고 있었으며 통제력도 있었다. 형태 없이 녹아내린 다음 다른 형태를 취하는 식이 아니었다. 줄곧 어떤 형태를 취했다. 내 뼈가 살살 뒤틀리고 삐걱거리고 줄어들었다. 아프진 않았다. 몸의 세포는 꿈틀거리며 움직였다. 내 정신은 초점을 바꾸었다. 나는 여전히 나였지만, 관점이 달랐다. 작게 뚜둑 소리와 공기를 빨아들이는 소리가 들렸고 그 이상한 순간에만 느껴지는 진한 냄새가 났다.

나는 하늘 높이 날았다. 몸에 깃털이 덮여 촉감은 줄어들었다. 하지만 모든 것을 보았다. 청각은 너무 날카로워져 땅이 숨 쉬는 소리를 들을 수 있었다. 돌아왔을 때는 기진맥진했고 눈물이 터져 나왔다. 도로 변신한 후에도 모든 감각이 들끓었다. 벌거벗은 것도 신경 쓰이지 않았다. 므위타는 자기 어깨에 기대어 우는 내게 라파를 둘러 주어야 했다. 평생 처음으로, 나는 도망칠 수 있었다. 상황이 너무 버겁고, 너무 바싹 다가왔다고 느껴지면 하늘로 도망갈 수 있다. 그 위에서 즈와히르 너머로 길게 뻗은 사막을 볼 수 있었다. 타원형 눈조차 나를 볼 수 없을 만큼 높이 날 수 있었다.

그날 오후, 우리 집 정원 앞에 앉아 므위타에게 내 얘기를 많이 털어놓았다. 어머니 이야기를 했다. 사막에 대해 얘기했다. 할례를 받을 때 다른 곳으로 갔던 일을 얘기했다. 그리고 마침내 붉은 눈에 대해 얘기했다. 므위타는 이 얘기에도 충격받지 않았다. 그걸 의아하게 여겼어야 했지만, 나는 그에게 푹 빠져 신경쓰지 않았다.

사막에 가자는 건 내 제안이었다. 바로 그날 밤에 가자는 건 그의 제안이었다. 집에서 몰래 빠져나온 건 두 번째였다. 우리는 모래 위를 몇 킬로미터 걸었다. 발걸음을 멈췄을 때, 불을 피웠다. 우리 주위는 온통 암흑이었다. 사막은 내가 6년 전에 떠나온 이후로 변하지 않았다. 우리를 둘러싼 서늘한 정적이 너무나 편안해서 10분가량 둘 다 아무 말이 없었다. 그러다가 므위타가 모닥불을 뒤적이며 말했다.

"나는 너 같지 않아. 완전히 똑같진 않지."

"응? 무슨 뜻이야?"

"보통은 사람들이 생각하는 대로 내버려 둬. 너도 마찬가지였지. 잘 알게 된 후에도. 그 나무에서 너를 본 지 1년이 지났네."

"그냥 요점을 말해." 나는 답답해서 그렇게 말했다.

"아니." 므위타가 쏘아붙였다. "내가 하고 싶은 식으로 말할 거야, 온예손우." 그는 짜증이 나 내게서 시선을 돌렸다. "넌 가끔은 조용히 하는 법을 배울 필요가 있어."

"아닌데."

"맞아."

나는 아랫입술을 깨물고 조용히 있으려 노력했다.

"나는 너하고 완전히 똑같지 않아." 그가 마침내 말했다. "그냥 듣기만 해, 알았지?"

"그래."

"너희 어머니…… 그분은 폭력의 희생자시지. 내 어머니는 아니야. 다들 에우 아이는 전부 너 같다고, 어머니가 누루 남자에게 당해서 임신했다고 여기지. 내 어머니는 누루 남자와 사랑에 빠졌어."

나는 코웃음 쳤다.

"이런 걸 갖고 농담하면 못써."

"그런 경우도 있다니까." 그가 우겼다. "그래, 우리는 그…… 강간으로 태어난 아이들과 똑같이 생겼지. 남들이 하는 얘기나 책에 나온 걸 다 믿으면 안 돼."

"알았어." 나는 나직이 말했다. "계속해."

"고모가 그러는데 내 어머니는 누루족 집에서 일했고 그 집 아들과 몰래 얘기를 나누곤 했대. 둘은 사랑에 빠졌고 1년 후 어머니는 임신했지. 내가 태어나자 에우라는 얘기가 새어 나갔어. 그 지역에는 습격이 없었던 터라, 사람들은 어떻게 나 같은 애가 생겼는지 의아해했지. 곧 부모님의 사랑이 들통났어. 고모 말로는 내가 태어난 직후 어머니와 아버지가 같이 있는 걸 누가 봤대. 아버지가 텐트에 몰래 들어가는 걸 말이야. 우릴 배반한 사람이 누루인지 오케케인지는 영원히 알 수 없겠지.

군중이 몰려왔고, 이번에도 누루인지 오케케인지는 몰라. 그들은 어머니를 돌로 치러 왔지. 아버지를 주먹으로 때리러 왔어. 하지만 나에 대해선 잊어버린 거야. 고모가 나를 안전한 곳으로 피신시켰어. 고모와 고모부가 나를 키웠지. 아버지의 죽음으로 내 존재는 용서받은 듯했어.

아버지가 누루족이면, 자식도 그렇게 되지. 그래서 나는 고모와 고모부 집에서 누루로 자랐어. 여섯 살 때, 고모부가 나를 다이브라는 마법사의 제자로 들여보냈어. 내 입장에선 감사히 여겼어야겠지. 다이브는 종종 시범을 보이러 떠난다고들 알았어. 고모부 말로는 군대에 있었다고 했어. 다이브는 문학도 알았지. 책이 많았어……. 나중에는 결국 다 훼손되었지만."

므위타는 입을 다물고 얼굴을 찌푸렸다. 나는 그가 말을 잇기를 기다렸다.

"고모부는 다이브에게 날 가르쳐 달라고 애원하고 돈을 줘야 했지……. 내가 에우라서. 고모부가 빌 때 나는 그 자리에 있었어."

므위타는 역겨워하는 표정이었다.

"바닥에 무릎을 꿇고. 다이브는 고모부에게 침을 뱉고 내 할머니하고 아는 사이라서 부탁을 들어준다고 말했지. 다이브에 대한 증오가 공부에 불을 붙였어. 나는 어렸지만 전성기가 끝나 가는 중년 남자처럼 증오에 싸여 있었지.

고모부가 그렇게 치욕을 감수하며 애원한 데는 이유가 있었어. 고모부는 내가 자신을 지킬 능력을 갖추길 바라셨던 거야. 내 인생이 고달플 줄 아셨던 거지. 삶은 계속되고, 제법 즐겁게 몇 년이 흘러갔어. 내가 열한 살 때까지. 4년 전이야. 여러 도시에 다시 학살이 시작되었고 빠르게 우리 마을로 퍼졌어.

오케케족은 맞서 싸웠어. 그렇지만 전에도 그랬듯이 수적으로도 무장 수준에서도 역부족했지. 하지만 우리 마을 오케케 사람들이 끓어올랐어. 우리 집에 쳐들어와서 고모와 고모부를 죽였고. 나중에야 그들이 다이브 본인과 누구든 그와 관련된 자들을 노리고 있었단 걸 알게 되었지. 다이브가 군대에 있었다고 했잖아, 그게 더 사연이 있어. 알고 보니 잔인함으로 이름을 날렸나 봐. 고모와 고모부는 다이브 때문에, 내가 그 사람에게 배웠기 때문에 살해당했어.

다이브는 내게 '인지되지 않는' 방법을 가르쳐 주었어. 그 방법으로 탈출한 거지. 난 사막으로 뛰어들어 하루 동안 숨어 있었어. 폭동은 결국 진압되었고, 마을의 오케케 사람들은 전부 살해당했지. 놈이 시체가 되었기를 바라며 다이브의 집에 갔다가, 다른 걸 발견했어. 반쯤 불탄 집 안에 내가 마지막으로 봤을 때 그가 입고 있던 옷이 바닥에 흩어져 있더라고. 마치 그가 허공으로 녹아 버린 것처럼. 그리고 창문은 열려 있었고.

그래서 난 짐을 싸서 동쪽으로 떠났어. 어떤 취급을 받을지는 알고 있었지. 나는 '붉은 사람들'을 찾고 싶었어. 오케케도 아니고 누루도 아닌, 사막 거대한 모래폭풍 한가운데 사는 사람들. 붉은 사람들은 있을 수 없는 주술을 안다는 말이 있었거든. 난 어리고 절박했어. 붉은 사람들은 그냥 미신일 뿐인데.

여행 중엔 인형을 춤추게 하거나 아이들을 허공에 띄우는 것 같은 바보 같은 재주를 피워 돈을 벌었어. 누루와 오케케 사람들은 에우가 광대 짓을 하고, 춤추고, 재주를 피우는 걸 좀 더 마음 편히 여기거든. 눈이 마주치지 않게 하고, 재주나 피우면 말이야. 여기에 오게 된 건 그저 우연이야."

므위타가 이야기를 마쳤을 때, 나는 가만히 앉아만 있었다. 므위타의 마을이 어머니가 살던 마을의 폐허와 얼마나 떨어져 있을까 궁금했다.

"유감이야." 나는 말했다. "우리 모두에게 있어 유감이야."

그는 고개를 저었다.

"그럴 거 없어. 그러면 네 존재가 유감이라는 뜻이나 마찬가지잖아."

"실제로 그래."

"너희 어머니의 역경과 성공을 깎아내리지 마."

므위타가 무겁게 말했다.

나는 혀를 차고 고개를 돌려 팔로 몸을 감쌌다.

"그럼 지금 당장 여기 있기 싫어?"

나는 그 말에 아무 대꾸도 하지 않았다. *최소한 너희 아버지는 짐승이 아니잖아.*

"인생은 그렇게 간단하지 않아." 그는 말하고 미소 지었다. "특히 에슈에게는."

"넌 에슈가 아니잖아."

"음, 그럼 누구에게든."

8장

# 거짓말

1년 반 후, 남자애 두 명이 지나가며 하는 얘기를 듣게 된 건 우연이었다. 둘은 열일곱 살쯤이었다. 한 명은 얼굴에 멍이 들고 팔에 붕대를 감았다. 나는 이로코 나무 아래서 책을 읽고 있었다.

"누가 네 머리를 밟고 지나간 꼴이네." 안 다친 쪽이 말했다.

"알아." 다친 쪽이 말했다. "걷기도 버거워."

"내가 그랬잖아, 그 남자는 사악하고, 진짜 마법사가 아니라고."

"아냐, 아로는 진짜 마법사 맞아. 사악하지만 진짜는 맞지."

열한 살 의식의 밤에 잠깐 나왔던 이름이 언급되어 나는 귀를 쫑긋 세웠다.

"신비의 요소를 배울 만큼 뛰어난 건 그 에우 놈뿐인가 보지." 다친 소년이 말했다. 소년의 크게 뜬 눈은 젖어 있었다. "이건 말이 안 돼. 그러려면 피가 깨끗해야 하는데……."

나는 일어나서 성큼성큼 그 자리를 떴다. 분노로 머릿속이 흐릿했다. 화가 나서 시장과 도서관을 뒤졌고, 심지어 우리 집까지 갔다. 므위타는 없었다. 나는 그가 어디 사는지 몰랐다. 그래서 더욱 화가 치밀었다. 집을 나서자, 저만치 길에서 오고 있는 그가 보였다. 나는 성큼성큼 다가가며 그의 얼굴에 주먹을 날리고 싶은 마음을 억눌렀다.

"왜 나한테 말 안 했어?" 나는 소리쳤다.

"그런 식으로 대들지 마." 내가 다가서자 그는 구시렁거렸다. "알면서 왜 그래."

나는 쓰게 웃었다.

"너에 대해 하나도 모르겠는데."

"나 진지해, 온예손우." 그가 경고했다.

"진지하든 아니든 나랑 무슨 상관이야." 나는 외쳤다.

"뭐에 씌어 이러는 거야?"

"신비의 요소에 대해 뭘 알고 있어?" 그 신비의 요소라는 게 뭔지 몰랐지만 므위타가 나에게서 숨기고 있다면 알고 싶었다. "그리고…… 그리고 아로의 정체는? 왜 나한테……." 너무 화가 나서 숨이 막히기 시작했다. 나는 선 채 숨을 헐떡였다. "이…… 이 거짓말쟁이!" 꽥 소리를 질렀다. "이제 널 어떻게 믿으라고?"

므위타는 그 말에 흠칫 물러섰다. 내가 선을 넘었다. 나는 계속 고함쳤다.

"남자애들 둘이 얘기하는 걸 듣고서야 알았다고! 멍청하고 서툰 평범한 남자애들! 다시는 너 안 믿어!"

"그는 널 가르치지 않을 거야."

므위타는 양팔을 넓게 벌리고 씁쓸하게 말했다.

"뭐?" 내 목소리가 갈라졌다. "왜?"

"알고 싶어? 좋아, 얘기해 주지. 듣고 기뻐하면 좋겠네. 그는 널 가르치지 않는다고, 왜냐하면 네가 여자애니까, 여자!" 므위타가 내게 외쳤다. 눈에는 분노의 눈물이 고여 있었다. 그가 손으로 내 배를 철썩 쳤다. "이 안에 든 것 때문에! 너는 생명을 가져올 수 있고, 네가 나이를 먹으면 그 능력은 더욱 크고, 위험하고, 불안정한 다른 무언가가 될 테니까!"

"뭐?" 나는 다시 말했다.

그는 성난 웃음을 흘리곤 걸음을 옮겼다.

"넌 사람을 너무 몰아붙여. 넌 참 내 건강에 안 좋아."

"나한테 등 돌리지 마."

므위타가 멈춰 섰다.

"그럼 어쩌려고?" 그가 돌아섰다. "협박하는 거야?"

"어쩌면."

우리는 그렇게 서 있었다. 주위에 다른 사람들이 있었는지는 기억나지 않았다. 분명 있었을 것이다. 사람들은 싸움 구경을 좋아하니까. 그리고 십 대 에우 두 명, 더구나 남자애와 여자애 사이의 말다툼이라면 엄청난 구경거리였다.

"온예손우. 아로는 널 가르치지 않을 거야. 그 몸으로 태어난 게 잘못인걸."

"그래, 그럼 몸을 바꾸면 되지."

"아니, 그건 바꿀 수 없어."

무엇으로 변신하든 간에, 나는 암컷으로만 변할 수 있었다. 내 능력의 이 규칙을 늘 사소하게만 여겼다.

"너한테는 가르쳤잖아."

그는 고개를 끄덕였다.

"그리고 내가 아는 건 너한테 가르쳤고."

나는 고개를 갸웃했다.

"그렇지만…… 그는 너에게 그 신비의 요소는 안 가르친 거지?"

므위타는 대답하지 않았다.

"네가 에우라서, 맞지?"

그는 여전히 아무 말이 없었다.

"므위타……."

"내가 가르쳐 준 거면 충분할 거야."

"그렇지 않으면?"

므위타가 시선을 돌렸다.

나는 고개를 저었다.

"정보를 의도적으로 누락하는 건 거짓말이야."

"내가 거짓말을 한 셈이라면, 너를 보호하기 위해서야. 너는 내…… 내게 아주 특별한 사람이야, 온예손우." 그가 뺨에 흐르는 성난 눈물을 훔치며 불쑥 말했다. "아무도, 아무도 널 다치게 할 수 없어."

"바로 그런 짓을 저지르려고 한 게 있었다고! 그…… 그 끔찍한 붉고 하얀 눈! 사악한 존재야! ……가끔 그게 내가 잘 때 지켜보는 기분이……."

"내가 아로에게 부탁했었어. 됐어? 부탁해 봤다고. 너를 보니까…… 알겠더라고. 아로에게 너에 대해 말했어. 네가 그 나무 위에서 깨어난 일 후에 부탁했지. 네가 에슈라는 걸 깨닫고 나서 다시 부탁했고. 너는 안 가르치겠대."

"붉은 눈 얘기도 했어?"

"그래."

침묵.

"그럼 내가 직접 물어볼래." 나는 덤덤히 말했다.

"관둬."

"내 면전에 대고 거절하든가 해야지."

므위타의 눈에 분노가 번뜩이더니 그가 내게서 물러섰다.

"너 같은 여자애를 사랑하지 말았어야 했는데."

그는 악문 잇새로 조용히 말했다. 그러고는 돌아서서 가 버렸다.

나는 므위타가 멀찍이 갈 때까지 기다렸다. 그런 다음 길가로 물러나 집중했다. 깃털이 없으니 일단 나 자신부터 진정해야 했다. 므위타와 벌인 논쟁으로 인해 감정적으로 동요한 나머지, 마음을 진정시키기까지 몇 분이 걸렸다. 그쯤에 므위타는 가고 없었다. 하지만 말했듯이, 독수리가 된 나에겐 세상이 훤히 트여 있었다. 쉽게 그를 찾았다.

나는 집에서 남쪽으로 그를 따라갔고, 즈와히르 남쪽 경계의 야자수 농장들을 지났다. 그가 도착한 오두막은 튼튼하지만 소박했다. 염소 네 마리가 주위에 어슬렁거리고 있었다. 므위타는 오두막 본채 옆의 작은 오두막으로 들어갔다. 오두막 두 채 뒤에는 사막이 펼쳐져 있었다.

다음 날 나는 걸어서 그리 갔고, 혹시 독수리가 되어 돌아올 가능성에 대비해 내 방 창문을 열어 두었다. 아로의 오두막 앞에는 선인장이 문 구실을 하고 있었다. 나는 키 큰 선인장 두 그루가 측면을 받치고 있는 문 입구를 겁 없이 걸어 들어갔다. 가시를 피하려 했으나 지나는 사이 한 개가 내 팔을 할퀴었다. *상관없어.*

본채는 컸고, 모래 벽돌과 진흙으로 짓고 짚으로 지붕을 올렸다. 겁 없이 오두막 근처에 뿌리를 내린 유일한 나무에 므위타가 기대 앉아 있는 것이 보였다. 나는 내심 교활한 미소를 지었다. 만약 여기가 아로의 오두막이라면, 므위타가 날 보기 전에 몰래 안을 들여다볼 수 있을 터였다.

오두막 입구까지 채 절반도 가기 전에, 남자 한 명이 걸어 나왔다. 내가 제일 먼저 알아챈 것은 그를 둘러싼 푸른 안개였다. 남자가 가까워지면서 안개는 사라졌다. 그는 내 아버지보다 나이가 스무 살 정도 많았다. 머리는 바싹 깎았다. 건조한 열기 속에 짙은 피부가 번들거렸다. 하얀 카프탄 위에는 유리와 수정 호신부가 드리워져 있었다. 남자는 나를 쳐다보며 천천히 걸어왔다. 나는 그가 전혀 마음에 들지 않았다.

"뭐지?"

"어, 음……." 나는 말을 더듬었다. "마법사 아로, 맞죠?"

그가 나를 노려보았다.

나는 밀어붙였다.

"제 이름은 온예손우 우바이드-오군디무예요, 파딜 오군디무의…… 의붓딸이고, 나지바 우바이드-오군디무의 딸……."

“네가 누군지 안다.” 남자는 덤덤히 말하고는 주머니에서 씹는 막대를 꺼내 입에 넣었다. “아다가 얘기한 투명하게 변한 여자애고, 므위타가 얘기한 참새로 변신한다는 여자애지.”

나는 그가 독수리로 변한 얘기는 꺼내지 않는 것을 알아챘다.

“네, 이런저런 일이 있었어요. 그리고 제가 위험에 처한 것 같아요. 1년 전쯤 뭔가 절 죽이려 들었고요. 거대한 타원형의 빨간 눈이 계속 절 지켜보는 것 같아요. 제 스스로를 지켜야 합니다. 오가 아로, 전 가장 뛰어나고 훌륭한 학생이 될 거예요! 알 수 있어요. 느껴져요. 거의…… 손에 닿을 듯이.”

나는 입을 다물었다. 눈에는 눈물이 고였다. 지금까지는 내가 얼마나 절실한지 깨닫지 못했다. 그가 나를 너무 놀란 기색으로 쳐다보기에 혹시 뭔가 잘못 말했나 싶었다. 쉽게 감동받는 유형의 사람으로 보이지는 않았다. 그 얼굴은 아마 평소의 표정으로 돌아갔다. 그의 뒤로 바삐 걸어오는 므위타가 보였다.

“네 안에 불길이 가득하구나. 하지만 넌 가르치지 않겠다.” 남자는 손을 위아래로 움직여 내 몸을 가리켰다. “네 아버지는 고약하고 더러운 누루족이다. 신비의 요소는 순수한 영을 지닌 사람들만을 위한 오케케 술법이야.”

“하……하지만 므위타는 가르치셨잖아요.”

나는 절망을 다스리려 애쓰며 말했다.

“신비의 요소는 아니지. 그 애에게 가르친 건 제한적이야. 므위타는 남자야. 너는 여자고. 너는 따라올 수 없다. 더 가벼운 기술도 안 돼.”

“어떻게 그렇게 말할 수 있어요?”

그렇게 외치는 나의 입에서 다이아몬드가 튀어나갈 뻔했다.

"게다가, 이렇게 얘기하는 중에도 넌 여자의 피로 더럽구나. 어떻게 감히 그런 상태로 여기 올 생각을 하지?"

나는 무슨 말인지 몰라 그저 눈만 깜박거렸다. 나중에서야 아로가 내가 월경 중이라는 사실을 언급했다는 걸 깨달았다. 끝날 때까지 하루 정도 남아서 그저 핏방울이 비치는 정도였다. 그의 말투는 마치 내가 피 칠갑이라도 했다는 듯했다.

그는 역겨워하며 내 허리께를 가리켰다.

"그리고 그건 네 남편만 봐야 하는 거다."

이번에도 난 어리둥절했다. 그러다 시선을 아래로 내려 라파 위로 드리워진 배꼽 사슬을 보았다. 얼른 사슬을 옷 안으로 쑤셔 넣었다.

"너를 노리는 것의 뜻대로 죽어라. 그게 낫다."

"제발." 므위타가 다가와 말했다. "이 애를 모욕하지 마세요, 오가. 제게 소중한 사람입니다."

"그래, 너희들끼리 다 뭉치지, 안다."

"전 애더러 오라고 한 적 없습니다!" 므위타가 아로에게 단호히 말했다. "얘는 사람 말을 안 들어요."

나는 놀라움과 모욕감에 므위타를 쳐다보았다.

"누가 보냈든 상관없어."

아로는 큰 손을 내저으며 말했다.

므위타는 아래를 내려다보았고 나는 비명을 지를 지경이었다. *꼭 아로의 노예 같잖아. 누루에게 오케케가 그러듯이. 하지만 므위타는 누루로 컸는데. 이렇게 뒤집히다니!*

아로는 자리를 떠나 버렸다. 나는 홱 돌아서서 선인장 문을 향해 걸어갔다.

"네가 자초한 일이야." 므위타가 을러대며 나를 따라왔다. "내가 오지 말라고……."

"넌 아무 말도 해 주지 않았어." 나는 발걸음을 더 빨리했다. "그 사람과 살고 있으면서! 우리 같은 사람들을 그따위로 여기는데 넌 그의 집에 살잖아! 밥도 해 주고 청소도 하겠지! 네가 한 음식을 저 사람이 먹는다는 게 놀랍네!"

"그런 게 아니야."

"그런 거잖아!" 우리는 선인장 문을 지났다. "내가 에우고 나를 해치려는 존재가 있는 것만으로도 모자라서! 여자이기까지 하니. 너랑 같이 사는 저 미친 작자는 널 사랑하고 증오하지만 난 그냥 증오하기만 해! 다들 날 증오한다고!"

"네 부모님과 나는 널 증오하지 않아. 네 친구들도 널 증오하지 않고."

나는 그의 말을 듣고 있지 않았다. 달리고 있었다. 므위타가 따라오지 않는다는 확신이 들 때까지 달렸다. 강한 날개를 감싼 반들거리는 검은 깃털, 튼튼한 부리, 나와 아마 그 고집불통 아로만 이해할 수 있는 방식의 현명한 두뇌가 들어 있는 머리를 기억 속에서 떠올렸다. 나는 높이 멀리 날며 생각하고 또 생각했다. 그리고 마침내 집에 도착했을 때, 내 방 창문으로 뛰어들어 곧 열넷이 될 열세 살 소녀로 변신했다. 나는 벌거벗은 채 핏방울이 나오든 말든 침대로 기어들어 이불을 끌어 덮었다.

9장

# 악몽

나는 므위타하고 더 이상 말하지 않았고 그는 더 이상 나를 만나러 오지 않았다. 3주가 흘렀다. 므위타가 그리웠지만 그를 향한 분노는 거세져 갔다. 빈타, 루유, 디티가 남는 시간을 채워 주었다. 어느 날 아침, 학교 운동장에서 불퉁한 채 친구들을 기다리던 중에 루유가 바로 날 지나쳤다. 처음에는 날 못 본 줄만 알았다. 그러다가 루유가 심란해 보인다는 걸 알아챘다. 울었든가 아니면 잠을 통 못 잔 것처럼 눈이 빨갛고 퉁퉁 부었다. 나는 뒤를 쫓아갔다.

"루유? 괜찮아?"

나를 향해 돌아선 루유의 얼굴은 공허했다. 그러더니 미소를 짓자 그제야 본인처럼 보였다.

"너 좀…… 피곤해 보인다."

그녀는 내 말에 웃음을 터트렸다.

"맞아. 제대로 못 잤어."

루유는 의미심장한 말을 종종 했다. 이것도 확실히 그런 경우였다. 하지만 나는 루유를 알았다. 하고 싶은 말이 있다면, 자기가 때가 되면 할 것이다. 빈타와 디티가 와서 넷이서 자리를 잡고 앉는 사이 루유는 내게서 멀어졌다.

"참 좋은 날이네." 디티가 말했다.

"뭐 네가 그렇다면야." 루유가 꿍얼거렸다.

"나도 너처럼 늘 행복하면 좋겠어, 디티." 나는 말했다.

"넌 그저 므위타하고 다퉈서 시무룩한 거잖아."

"뭐? 어……어떻게 알았어?"

나는 어쩔 줄 몰라 바로 앉았다. 만약 말다툼에 대해 안다면, 우리가 무슨 일로 싸웠는지도 들었을 것이다.

"우리가 널 왜 몰라." 디티가 말했다. 루유와 빈타도 동의의 뜻으로 응응 소리를 냈다. "지난 2주 동안 평소보다 널 두 배는 많이 봤는걸."

"우리 바보 아냐."

빈타가 가방에서 꺼낸 달걀 샌드위치를 베어 물며 말했다. 책 사이에 눌려 아주 납작해 보였다.

"그래서 어떻게 된 일이야?" 루유가 이마를 문지르며 말했다.

나는 어깨를 으쓱했다.

"부모님이 너희 사이를 허락하지 않으셔?"

빈타가 물었다. 친구들이 슬금슬금 다가왔다.

"그냥 좀 넘어가." 나는 쏘아붙였다.

"걔한테 네 순결을 줬어?" 루유가 물었다.

"루유!" 나는 소리 질렀다.

"그냥 물어본 거야."

"배꼽 사슬이 녹색으로 변했어?" 빈타가 물었다. 거의 절박하게 들렸다. "열한 살 의식 후에 관계를 가지면 그렇게 된다고 들었거든."

"얘가 걔랑 관계를 가졌을지는 되게 의심스러운데."

디티가 담담하게 말했다.

잠자리에 들기 전, 나는 바닥에 앉아 명상했다. 마음을 가라앉히느라 엄청 노력해야 했다. 마치고 나니 얼굴이 땀과 눈물로 젖어 있었다. 명상할 때마다 땀을 흠뻑 흘릴 뿐 아니라(평소에는 굉장히 땀을 적게 흘리는 편이라 희한한 일이었다.), 늘 눈물이 났다. 므위타는 내가 지속적인 스트레스 상태에 있기 때문에 모든 것을 놓아 버릴 때면 말 그대로 안도감에 우는 거라고 했다. 나는 샤워를 하고 부모님에게 안녕히 주무시라고 인사했다.

침대에 들자 잠이 든 나는 평온한 사막의 꿈을 꾸었다. 건조하고, 부드럽고, 손길 닿지 않고, 따뜻한. 나는 그 모래언덕 위를 구르는 바람이었다. 그러다가 온통 갈라진 땅 위로 이동했다. 내가 지나자 끈질긴 나무의 잎새와 나뭇가지가 노래했다. 그리고 흙길, 포장되고 모래가 뒤덮인 더 많은 길이 나왔고, 무거운 짐을 싣고 스쿠터, 낙타, 말을 타고 가는 사람이 가득했다. 길은 마치 땀을 흘리는 것처럼 검고 반들반들 빛났다. 걸어서 가는 사람들은 짐을 적게 지고 있었다. 그들은 여행자가 아니었다. 집이 가까이에 있었다. 길가에는 상점과 큰 건물 들이 있었다.

즈와히르에서는 성스러운 말씀을 길가나 시장에서 올리지 않았다. 그리고 피부색이 밝은 사람들이 아주 적었으며, 그중 누루족은 없었다. 바람은 나를 멀리 데려갔다.

여기 사람들은 대부분이 누루족이었다. 나는 더 자세히 들여다보려 했다. 애를 쓸수록 점점 더 초점이 흐려졌다. 하나만 제외하고 전부. 그는 내게 등을 돌린 상태였다. 몇 킬로미터 밖에서도 그의 웃음소리를 들을 수 있었다. 키가 무척 컸고, 누루 남자들 무리의 한가운데에 서 있었다. 열띤 어조로 말하고 있었으나 내 귀에는 잘 들리지 않았다. 그의 웃음소리가 내 머릿속에 울렸다. 푸른 카프탄 차림이었다. 그가 내게로 돌아섰고…… 내게 보이는 것은 그의 눈뿐이었다. 하얗게 일렁이는 중심이 이글거리는 붉은 눈. 그 두 눈이 합쳐져 거대한 하나의 눈이 되었다. 공포가 독처럼 내 정신에 치밀었다. 그다음에 들은 말은 완벽하게 이해할 수 있었다.

*호흡을 멈춰.* 그가 으르렁거렸다. *호흡을 멈춰!*

나는 화들짝 깨어났다. 숨을 쉴 수가 없었다. 이불을 걷어차고 헐떡거렸다. 따끔거리는 목을 감싸 쥐었다. 눈을 깜박일 때마다 내 눈 뒤에 그 붉은 눈이 보였다. 나는 더 숨을 쌕쌕거리며 몸을 웅크렸다. 시야에 검은 점이 번졌다. 솔직히 마음 한구석에선 안도했다. 그것에 대한 공포 속에 사느니 죽음이 낫다. 몇 초가 지나자 가슴이 가벼워졌다. 목구멍으로 공기가 흘러 들어왔다. 나는 콜록거렸다. 따끔거리는 목을 쓰다듬으며 기다렸다. 아침이었다. 부엌에서 누가 요리를 하고 있었다.

그러다가 꿈이 다시 빠짐없이 떠올랐다. 나는 떨리는 다리로 벌떡 일어났다. 복도를 반쯤 지나다 멈춰 섰다. 도로 방으로 돌아가

거울 앞에 서서, 내 목에 남은 성난 멍을 응시했다. 나는 바닥에 주저앉아 머리를 양손에 묻었다. 붉은 타원형 눈은 강간범의 것, 내 생물학적 아버지의 것이었다. 그리고 그는 바로 조금 전 잠 속에서 나의 목을 조르려 했다.

10장

# 은디치에

미친 사진사가 오지 않았더라면, 나는 밖에 나가기 무서워 종일 침대에 있었을 것이다. 그날 오후 어머니가 집에 와서 그 사람 이야기를 했다. 어머니는 좀체 앉을 수가 없는 모양이었다.

"온통 더럽고 세파에 시달린 모습이었어. 사막에서 곧장 시장으로 왔지. 먼저 씻을 생각도 않고!"

어머니는 그 사람이 이십 대일 거라 했지만, 온통 엉겨 붙은 수염 때문에 알기 힘들었다. 이는 대부분 빠졌고 눈은 누렜으며, 시커멓게 그을은 피부는 영양 부족과 흙먼지로 칙칙했다. 그런 정신 상태로 어떻게 이만큼 멀리 올 수 있었는지 누가 알까.

하지만 그가 가져온 것은 즈와히르의 모든 사람들을 패닉에 빠뜨리기에 충분했다. 디지털 사진 앨범. 그는 진작에 카메라를 잃어버렸지만 손바닥만 한 기기에 사진을 저장하고 있었다. 죽고, 불에 타고, 도륙당한 서쪽의 오케케족. 강간당하는 오케케 여자들. 팔다리를 잃고 배만 불룩한 오케케 아이들. 건물에 목매달려 있거나 사막에서 썩어 거의 흙으로 돌아간 오케케 남자들. 으깨진 아기 머리. 배가 갈린 사람들. 거세당한 남자들. 가슴이 잘려 나간 여자들.

"그가 와." 사진사는 사람들에게 앨범을 보여 주며 갈라진 입술 사이로 침을 튀기며 떠들었다. "만 명의 사람들을 데리고 온다고. 당신들 중 누구도 안전하지 않아. 짐을 싸서 도망쳐, 도망치라고, 이 멍청이들아!"

한 명씩, 한 무리씩, 그는 사람들에게 자기 앨범을 클릭해서 보게 했다. 어머니는 그 사진들을 두 번 보았다. 그리고 내내 흐느꼈다. 사람들은 토하고, 울고, 비명을 질렀다. 아무도 그들이 본 것에 이의를 제기하지 않았다. 마침내 그는 체포되었다. 내가 듣기로는 거한 식사, 목욕과 이발 그리고 물자를 제공받은 다음 즈와히르를 떠나라는 예의 바른 요청을 받았다고 한다. 아무튼 사람들이 수군거렸고 소식은 퍼져 갔다. 그가 불러온 불안감이 대단해서, 즈와히르의 최고 긴급 공개회의인 '은디치에'가 그날 저녁 열렸다.

아빠가 집에 오자마자, 우리 셋은 함께 나섰다.

"괜찮아요?" 아빠가 어머니에게 키스하고 손을 잡으며 말했다.

"견뎌야죠." 어머니가 말했다.

"그래요. 갑시다. 얼른." 아버지가 발걸음을 서두르며 말했다. "은디치에는 5분 이상 하는 경우가 드무니까."

마을 광장은 이미 만원이었다. 무대가 세워져 있었고 위엔 의자 네 개가 놓여 있었다. 몇 분 후, 네 사람이 계단을 올랐다. 사람들이 조용해졌다. 청중 속 아기들만 계속 말을 이었다. 나는 익히 들어온 오수보 장로들을 드디어 보게 된단 생각에 흥분해서 까치발로

섰다. 그들이 눈에 들어왔을 때, 그중 둘은 이미 만나 봤음을 깨달았다. 한 명은 파란 라파에 거기 맞춘 상의를 입고 있었다.

"저 사람은 현명한 이 나나다."

아빠가 내 귀에 대고 말했다. 나는 그저 고개를 끄덕였다. 열한 살 의식 얘기를 굳이 다시 꺼내고 싶지 않았다.

그녀는 천천히 무대에 올라 자리에 앉았다. 그 뒤로는 나무 지팡이를 짚은 눈먼 노인이 왔다. 계단을 오를 때 남의 도움을 받아야 했다. 일단 자리에 앉자, 그는 마치 실제로 볼 수 있는 것처럼 청중을 둘러보았다. 아빠 말로는 보는 이 디카라고 했다. 그다음으론 일하는 이 아로가 왔다. 나는 잔뜩 인상을 썼다. 나를 몹시도 거부하는 그 남자가 얼마나 싫었는지 모른다. 그가 마법사라는 것을 아는 사람은 드문지 아빠는 그를 두고 정부 조직을 세운 사람이라고 말했다.

"저 사람은 즈와히르 역사상 가장 공정한 시스템을 만들어 냈지."

아빠가 소근거렸다.

네 번째 사람은 생각하는 이 오요였다. 작고 말랐으며 허연 옆머리가 부풀어 있었다. 콧수염은 무성했고 백발이 섞인 턱수염은 길었다. 아빠는 그가 회의적이기로 유명하다고 했다. 만약 오요가 어떤 안건을 통과시킨다면, 효과가 있다는 얘기였다.

"즈와히르, 퀘누*!" 장로 전원이 허공에 주먹을 쳐들며 말했다.

"예!"

청중이 호응했다. 아빠는 어머니하고 내게 따라 하라고 팔꿈치

* 이보 어에서는 동의나 인사말을 나타내는 외침이다.

로 옆구리를 찔렀다.

"즈와히르, 퀘누!"

"예!"

"즈와히르, 퀘누!"

"네!"

"안녕하십니까, 즈와히르 여러분." 현명한 이 나나가 일어섰다. "그 사진사의 이름은 아바부오. 일곱 강 도시 중 한 곳인 가디에서 왔습니다. 그는 우리에게 소식을 가져오려 멀리서 애써 왔어요. 우리는 그를 환영하고 찬사를 보냈습니다."

그녀가 자리에 앉자 생각하는 이 오요가 일어나 말했다.

"가능성, 오류 범위, 개연성을 고려했습니다. 동족들이 서부에서 겪는 역경은 비극적이긴 하나, 이 고난이 우리에게 영향을 미칠 가능성은 거의 없습니다. 아니 여신께 기도드리십시오. 하지만 피난 짐을 꾸릴 필요는 없습니다."

오요가 자리에 앉았다. 나는 청중을 둘러보았다. 사람들은 그의 말에 설득된 눈치였다. 내 기분을 뭐라 해야 할지 몰랐다. *정말 우리 안전이 문제야?* 나는 생각했다. 아로가 말하려 일어섰다. 오수보 장로 중 유일하게 노인이 아니었다. 그래도 그의 나이와 외모에 의문이 생겼다. 어쩌면 보기보다 나이가 많을지도 몰랐다.

"아바부오는 현실을 가져왔습니다. 그걸 받아들이되, 두려움에 휘말리진 마십시오. 여기 우리가 다 여인네들입니까?"

아로가 물었다. 나는 코웃음 치고 눈을 굴렸다.

"두려움은 아무 도움이 되지 않습니다. 칼 쓰는 법을 배우고 싶다면, 여기 오비가 가르쳐 드릴 것입니다." 그는 무대 근처에 선 덩치 좋은 남자를 손짓했다. "또한 지치지 않고 장거리를 달리는 훈련도 시켜 드릴 것입니다. 하지만 우리는 강한 사람들입니다. 공포는 약한 자들의 것입니다. 힘을 내십시오. 평소대로 생활하십시오."

아로가 자리에 앉았다. 보는 이 디카가 지팡이를 짚고 천천히 일어섰다. 그의 말을 들으려 귀를 쫑긋 세워야 했다.

"내가 본 것은…… 그래요, 그 사진사는 진실을 보여 주었지요. 비록 그의 마음은 그로 인해 혼란스러웠지만. 하지만 믿음! 우리는 모두 믿음을 가져야 합니다!"

디카가 자리에 앉았다. 잠시 침묵이 흘렀다.

"이걸로 끝입니다." 현명한 이 나나가 말했다.

장로들이 무대에서 내려가 광장을 떠나자, 모두 한꺼번에 말하기 시작했다. 사진사와 그의 정신 상태, 사진, 그리고 여정에 대한 토론과 동의가 이어졌다. 그러나 은디치에는 효과가 있었다. 사람들은 더 이상 두려움에 마비되어 있지 않았다. 활발히 생각에 잠겨 있었다. 아버지는 토론에 참여했고, 어머니는 조용히 들었다.

"이따 집에서 뵈어요." 나는 부모님에게 말했다.

"먼저 가렴." 어머니가 내 뺨을 토닥이며 말했다.

광장에서 빠져나오느라 애먹었다. 나는 붐비는 곳이 싫었다. 막 인파에서 빠져나왔을 때 가 눈에 띄었다. 그가 나를 먼저 보았다.

"안녕."

"안녕, 온예손우."

그리고 그냥 그렇게 연결되었다. 우리는 친구였고, 서로 싸우고,

배우고, 웃었지만, 이 순간 우리가 사랑에 빠졌음을 깨달았다. 그 깨달음은 전원 스위치를 넣는 것 같았다. 하지만 그를 향한 분노는 아직 풀리지 않았다. 이 발에서 저 발로 무게 중심을 옮기다가, 우리를 쳐다보는 몇몇 사람들의 눈길에 약간 신경이 쓰이기 시작했다. 나는 집으로 발길을 옮겼고 그가 나와 함께 걷기 시작하자 안도했다.

"어떻게 지냈어?" 그가 주저주저 물었다.

"어떻게 그럴 수 있어?"

"내가 가지 말라고 했잖아."

"네가 뭘 시켰다고 해서 내가 들어야 하는 건 아니야!"

"그랬어야 했어, 네가 그의 선인장을 지나지 못하게끔."

그가 웅얼거렸다.

"난 그래도 방법을 찾아냈어. 내가 한 선택을 존중해 줘야 할 거 아냐. 그러기는커녕 거기 서서 아로한테 내가 온 건 네 탓이 아니라며 자기 보신만 하려 들었잖아. 죽여 버리고 싶었어."

"바로 그래서 아로가 널 가르치려 하지 않는 거야! 넌 여자처럼 굴어. 감정에 휘말려서. 넌 위험해."

나는 므위타의 지적이 옳다는 증거를 더 내주지 않으려 애써야 했다.

"넌 그 말을 믿어?"

므위타는 눈을 피했다.

나는 눈물 한 방울을 닦아 냈다.

"그럼 우린 안 돼……."

"아니, 그 말 안 믿어. 넌 때로 비이성적이고, 남자 여자 가릴 것 없이 누구보다도 비이성적이지. 하지만 그건 다리 사이에 있는 것의 유무 때문이 아니야." 그는 미소 지으며 냉소적으로 말했다. "게다가 넌 열한 살 의식을 치렀잖아? 누루족이라 해도 의식을 치르면 여자의 지성과 감정이 바르게 정렬된다는 걸 아는데."

"농담하는 거 아냐."

"넌 달라. 대부분의 사람보다 정열이 넘치지."

짧은 정적 후 그가 말했다.

"그럼 왜……."

"아로는 네가 자발적으로 왔는지 알아야 했어. 남들에게 떠밀려 온 사람들은…… 아로가 절대 받아들이지 않아. 자, 얘기 좀 하자."

우리 집에 도착한 우리는 어머니의 정원 앞 뒷문 계단에 앉았다.

"우리 아빠는 아로의 진짜 정체를 알고 계셔?"

"어느 정도까지는. 아는 사람들은 제법 있어. 알고 싶어 하는 사람들."

"다만 대부분은 아니란 거지."

"그래."

"거의 남자들이겠고."

"그리고 큰 남자애들 일부."

"아로는 다른 애들에겐 가르쳐 주지?" 나는 짜증이 나 말했다. "너 말고 다른 애들."

"시도는 했지. 신비의 요소를 배우려면 먼저 입문식을 통과해야 해. 한 번만 치를 수 있고. 실패는 처참하지. 합격에 가까울수록 더욱 고통스러워. 네가 우연히 얘기를 엿들은 남자애들은 입문식에 도전했어. 다들 멍들고 욱신거리는 몸으로 돌아갔고. 걔네 아버지들은 자식이 아로의 제자로 입문식을 통과한 줄 알지. 사실 걔들은 떨어졌어. 아로는 아이들이 기술을 익히도록 자잘한 걸 가르치지."

"그나저나 신비의 요소란 게 뭐야?"

그는 내게 더 다가섰다. 나직한 속삭임을 들을 수 있을 만큼 가까이.

"몰라." 그는 미소 지었다. "그걸 배우려면 그럴 운명을 타고나야 해. 그렇게 이루어지기를, 네가 그렇게 되기를 누군가 기원해야 해."

"므위타, 나는 그걸 배워야 해. 내 아버지였다고! 어떻게 해야 할지 모르겠……."

그리고 그때 그가 몸을 숙여 내게 입 맞췄다. 나는 생부를 잊었다. 사막을 잊었다. 머릿속의 모든 의문을 잊었다. 순진한 키스가 아니었다. 깊고 젖은 키스. 나는 거의 열네 살이었고, 그는 아마 열일곱이었다. 우리는 둘 다 오래전에 순수함을 잃었다. 혹시 남자애와 깊은 사이가 되면 어머니와 그 강간범이 생각날 줄만 알았는데, 그렇지 않았다.

내 셔츠 안으로 파고드는 므위타의 손길엔 망설임이 없었다. 나는 내 가슴을 주무르는 그를 막지 않았다. 그는 목에 입 맞추고 그의 셔츠 단추를 푸는 나를 막지 않았다. 내 다리 사이가 뜨끔 절박하게 욱신거렸다. 너무 뜨끔해서 몸이 화들짝 튀었다. 므위타가 물러나서 얼른 일어섰다.

"난 갈게."

"아냐!"

나는 일어나며 말했다. 이제 그 고통이 온몸으로 번져서 몸을 바로 세울 수가 없었다.

"내가 안 가면……."

그는 몸을 숙여 내 윗도리를 더듬느라 밖으로 빠져나온 배꼽 사슬을 건드렸다. 아로가 했던 말이 뇌리를 스쳤다. "그건 네 남편만 봐야 하는 거다." 그렇게 말했더랬다. 나는 바르르 떨었다. 므위타가 자기 입에 손을 넣어 내 다이아몬드를 꺼내 주었다. 나는 힘없이 미소 지으며 그걸 받아 도로 내 혀 밑에 넣고 말했다.

"모르는 새 너와 약혼했네."

"누가 그런 미신을 믿어? 너무 간단하잖아. 이틀 후에 찾아갈게."

"므위타." 나는 숨을 내쉬었다.

"네가 손 타지 않은 상태를 유지하는 게 제일 나아…… 지금으로선."

나는 한숨을 쉬었다.

"너희 부모님이 곧 집에 돌아오실 거야."

그는 내 셔츠를 걷어 올리고 살며시 젖꼭지에 키스했다. 몸이 떨렸고, 다리 사이의 아픔이 확 번졌다. 나는 다리를 꽉 오므렸다. 그는 슬프게 나를 쳐다보았고, 손은 여전히 내 가슴을 감싸고 있었다.

"아프지." 그가 미안해하며 말했다.

나는 고개를 끄덕였고, 입술을 꼭 다물었다. 너무 아파서 눈앞이 캄캄해졌다. 눈물이 얼굴을 타고 흘렀다.

"몇 분 지나면 괜찮아질 거야. 네가 그 의식을 받기 전에 만났더라면 좋았을 텐데. 그들이 쓰는 메스는 아로가 주술을 쓴 거야. 여자가 너무 흥분하면 고통을 느끼게 하는 주술이 걸려 있지……. 결혼하기 전까지는."

11장

# 루유의 결의

그가 떠난 후, 나는 내 방에 가서 울었다. 분노를 누르기 위해 할 수 있는 일이라곤 그것뿐이었다. 이제 왜 레이저메스가 아니라 그냥 메스를 썼는지 알았다. 디자인이 단순한 메스 쪽이 주술을 걸기 훨씬 쉬우니까. 아로. 늘 아로였다. 그날 밤 거의 내내, 나는 그 사람에게 보복할 여러 가지 방법을 궁리했다.

허리 금 사슬을 떼어 버리고 입안의 돌을 쓰레기통에 뱉어 버릴까 생각했지만, 차마 그럴 수 없었다. 어느새 그 두 가지 물건은 내 정체성의 일부가 되었다. 그게 없으면 너무 창피한 기분이 들 것이다. 그날 밤 한숨도 못 잤다. 아로에게 너무 화가 났고 꿈에서 다시 생부를 만날까 너무 무서웠다.

다음 날 밤엔, 순전히 피로에 지쳐 잠들었다. 다행히도 붉은 눈은 나타나지 않았다. 그다음 날 학교 끝나고 빈타와 디티를 만날 즈음엔 기분이 좀 나았다.

"그 사진사 알지? 손톱이 전부 빠졌대."

디티가 입안의 다이아몬드를 장난스레 굴리며 말했다.

"그래서?" 나는 학교 벽에 기대며 말했다.

"토 나오잖아!" 빈타가 쏘아붙였다. "도대체 뭐 하는 사람이래?"

"루유는 어디 있어?" 나는 화제를 바꿨다.

디티가 키들거렸다.

"아마 카시와 있겠지. 아니면 그완이나."

"진짜로, 루유가 제일 신붓값을 많이 받을걸." 빈타가 말했다.

그 남자애들 중 누구라도 루유를 건드리려 했을까?

"칼큘러스는?"

칼큘러스는 루유가 제일 좋아하는 애였다. 또한 수학 수업에서 제일 높은 점수를 받는 남자애였다. 친구 세 명 다 구혼자가 여러 명이었고, 루유가 제일 많았으며 다음이 디티였다. 빈타는 자기 구혼자 얘기는 하지 않으려 했다. 우리가 아직 수다를 떨고 있을 때 루유가 건물 모서리를 돌아 나타났다. 루유의 눈 밑엔 짙은 그림자가 자리 잡았고 몸을 구부린 채 걸었다.

"루유!" 디티가 소리 질렀다. "무슨 일이야?"

빈타가 루유의 손을 잡고 울기 시작했다.

"앉혀!"

나는 외쳤다. 주먹을 쥐었다 풀었다 하는 루유의 손이 떨렸다. 그러다가 얼굴을 구기고 통증에 비명을 질렀다.

"누구 불러올게." 빈타가 벌떡 일어섰다.

"안 돼!" 루유가 간신히 말했다. "그러지 마!"

"무슨 일이야?" 나는 말했다.

우리 셋은 루유 주위에 쪼그렸다. 루유는 크고 공허한 눈으로 나를 응시했다.

"넌…… 너는 알지도 모르겠다." 루유가 내게 말했다. "나 이상해. 저주받은 거 같아."

"무슨 소리……?"

"나 칼큘러스하고 같이 있었어." 그녀는 잠시 말을 멈췄다. "……관목에 둘러싸인 나무 옆에."

우리는 다들 고개를 끄덕였다. 그곳은 학생들이 남의 눈을 피하기 위한 곳이었다.

루유는 어쩔 수 없이 미소 지었다.

"나는 너희 셋하고 달라. 음, 어쩜 디티는 이해하려나."

빈타가 가방에서 물통을 꺼내 루유에게 건넸다. 루유는 물을 한 모금 마셨다. 그러더니 그 애한테 그런 게 가능한 줄도 몰랐던 분노로 입을 열었다.

"나 노력했어, 하지만 즐겼다고. 늘 즐겼어! 그럼 안 돼?"

"루유 무슨……." 디티가 입을 열었다.

"키스, 애무, 성관계." 루유가 디티를 보며 말했다. "알잖아. 기분좋다고. 우린 어려서 그걸 알았지." 그러고는 빈타를 쳐다보았다. "제대로 하면 좋아. 이제는 어떤 남자도 우릴 만지면 안 된다는 거 알아, 난 노력했어!"

나는 루유의 손을 잡았다. 그녀는 손을 확 뺐다.

"3년 동안 노력했어. 그러다 어느 날 그완이 나타났고 걔한테 키스를 허락했지. 좋았는데 그러다 나빠졌어. 그랬더니…… 아팠다고! 누가 나한테 이런 짓을 한 거야? 아무도 그냥 이럴 순……." 그녀는 숨소리가 너무 거칠었다. "우린 곧 열여덟 살이 돼, 완전한 성인이! 아니께서 주신 걸 즐기는데 왜 결혼할 때까지 기다려야 해! 그 저주가 뭐든 간에 풀고 싶어. 이제껏 애썼어……. 오늘은 죽을 것 같은 기분이었어. 칼큘러스는 계속하지 않으려 들고……." 루유는 내 너머를 쳐다보더니 소리를 질렀다. "쟤를 보라고!"

우리 모두 돌아보았더니 칼큘러스가 학교 운동장 울타리 뒤에서 있었다. 그는 얼른 자리를 뜨며 고함쳤다.

"난 너를 죽게 하진 않을 거야!"

"아니께서 네 물건을 꼬부라트릴 거야!" 루유가 고함쳤다.

"루유!" 디티가 소리를 꽥 질렀다.

"상관없어." 루유가 눈길을 돌리며 말했다.

"지나갈 거야." 나는 말했다. "몇 분이면 나아지겠지."

루유가 이러는 걸 내가 본 게 처음은 아니었다. 아픈 얼굴을 하고 나를 지나쳤던 그날이 생각났다.

"절대 나아지지 않을 거야." 루유가 말했다.

"이게 저주야?" 빈타가 내게 물었다.

"아닌 거 같아."

애들이 내가 저주에 대해서라면 전부 알 거라고 생각하는 게 짜증났다.

"저주 맞아." 디티가 말했다. "2년 전, 파나시에게…… 손길을 허락했어. 우린 키스하던 참이었고…… 너무 아파서 울기 시작했어. 걔는 자존심이 상해서 아직도 나랑 말 안 해."

"저주 아니야." 빈타가 갑자기 말했다. "아니께서 우릴 지켜 주시는 거야."

"무엇으로부터?" 루유가 쏘아붙였다. "남자애들하고 즐기는 걸? 난 그딴 보호 됐어!"

"난 원해!" 빈타가 맞받아쳤다. "넌 뭐가 좋은 건지 몰라서 그래. 임신하지 않아 다행인 줄 알아! 아니가 널 지켜 주신 거야. 아니는 날 지켜 주셔. 우리 아버진……."

그녀는 손으로 자기 입을 철썩 소리 나게 막았다.

"너희 아버지가 뭐?" 루유가 인상을 찌푸리며 물었다.

나는 목구멍 속에서 낮게 으르렁거렸다.

"빈타, 말해." 나는 말했다. "아, 아, 빈타, 무슨 일이야?"

"또 그러려고 했어?" 빈타가 말하려 들지 않자 디티가 물었다. "그랬지, 아니야?"

"네가 통증에 몸부림쳐서 아버지가 못 한 거야?" 내가 물었다.

"아니는 날 지켜 주셔."

고집스레 말하는 빈타의 뺨을 타고 눈물이 흘렀다.

우리는 다들 침묵했다.

"아버진…… 아버진 이제 알아. 이젠 나를 건드리지 않아."

"상관없어." 루유가 말했다. "다른 강간범들처럼 거세시켜야 하는데."

"쉬, 그런 말 하지 마." 빈타가 속삭였다.

"나 하고 싶은 대로 말하고 행동할 거야!" 루유가 소리쳤다.

"아니, 안 돼." 나는 빈타의 어깨에 팔을 두르며 말했다. 단어를 신중하게 골랐다. "열한 살 의식 때 우리에게 주술을 걸었던 게 아닌가 싶어. 아마…… 결혼하면 깨지도록." 나는 루유를 노려보았다. "억지로 관계를 가지려 들면, 죽게 될 거 같아."

"결혼하면 깨지는 거 맞아." 디티가 고개를 끄덕이며 말했다. "순수한 여자만이 부부 잠자리에 즐거움을 가져올 만큼 순수한 남자를 사로잡을 수 있다고 사촌언니가 그랬어. 자기 남편이 근방에서 가장 순수한 남자래……. 아마 자기에게 처음으로 고통을 주지 않은 남자여서겠지."

"으." 루유가 성을 내며 말했다. "우리는 남편을 신처럼 생각하게끔 속아 넘어간 거야."

집에 가는 길에 므위타를 우연히 만났다. 그는 이로코 나무 아래서 책을 읽고 있었다. 나는 옆에 앉아 크게 한숨 쉬었다. 그는 책을 덮고 물었다.

"아다와 아로가 한때 서로 사랑하는 사이였던 거 알았어?"

나는 눈썹을 치켜올렸다.

"어떻게 된 거야?"

므위타는 뒤로 기댔다.

"몇 년 전 아로가 처음 여기 왔을 때, 오수보 의회에선 즉시 그를 모임에 불렀어. 보는 이가 아로가 마법사인 걸 알아봤겠지. 오래지 않아 그는 오수보 장로들과 일하자는 제안을 받았어. 즈와히르의 거상 두 명 사이의 분쟁을 평화롭게 해결한 후로, 장로들은 그에게 정회원이 되어 달라고 청했지. 그는 즈와히르에서 최초의 노인 아닌 장로야. 아로는 절대 마흔은 넘어 보이지 않지. 즈와히르가 덕분에 이득을 보았기 때문에 아무도 신경 쓰진 않지만. 오수보 회관 알아?"

나는 고개를 끄덕였다.

"그 회관은 주술로 지었어. 즈와히르가 생기기 전부터 있었고. 아무튼 그건…… 무언가를 이루어 내는 힘을 지녔지. 어느 날, 현명한 이 나나가 예레에게 거기서 만나자고 했어. 예레는 아다가 젊었을 때 이름이야. 아로도 그날 마침 그곳에 있었지. 둘 다 길을 잘못 들어 딱 마주치고 말았어. 처음 만난 순간부터 서로 싫어했어.

자주 사랑을 미움으로 착각하곤 하잖아. 하지만 가끔은 그 실수를 깨닫기도 하지. 그 둘이 곧 그랬듯이. 현명한 이 나나는 예레를 차기 아다로 점찍어 두었어. 그래서 예레는 이런저런 이유로 회관에 와 달라는 부탁을 자주 받았지. 아로는 거의 늘 그곳에 있었고. 오수보 회관은 계속 그들이 함께 있게 한 거야.

아로가 부탁하면, 예레는 받아들였어. 아로가 말하면, 예레는 들었어. 예레가 기다리면 아로가 그녀에게로 왔고. 둘은 세상이 어떻게 되어야 할지 안다고 여겼지. 전대 아다가 세상을 떴을 때 예레는 결국 아다로 지명되었어. 아로는 일하는 이의 지위를 스스로 굳혔고. 둘은 서로를 완벽하게 보완해."

므위타는 잠시 입을 다물었다.

"메스에 주술을 걸자는 아이디어를 낸 건 아로지만, 그걸 받아들인 사람은 아다야. 그게 여자애들을 위해 좋은 일이라고."

나는 쓰게 웃으며 고개를 저었다.

"현명한 이 나나는 알아?"

"알지. 그녀 입장에선 합당한 일이야. 늙었으니."

"왜 아로와 아다는 결혼하지 않았어?"

므위타는 미소 지었다.

"내가 언제 그들이 결혼 안 했다고 했나?"

12장

# 독수리의 오만함

해가 막 떠올랐다. 나는 나무 위에 올라앉아 몸을 앞으로 굽혔다.

15분 전 깨어나 보니 내 침대 앞에 그것이 있었다. 나를 쳐다보면서. 형태 없는 붉은 시트에 가운데에는 하얗게 일렁이는 증기가 타원형을 이루고 있었다. 눈이 분노로 씩씩거리다 사라졌다.

그리고 바로 그때, 반짝이는 갈색과 검은색의 전갈이 내 이불 위를 기어오고 있는 것을 보았다. 찔리면 죽을 수도 있는 종류. 내가 깨어나지 않았더라면 몇 초 만에 내 얼굴까지 왔을 것이다. 나는 이불을 털어 전갈을 날려 버렸다. 거의 금속성의 '챙!' 소리와 함께 전갈은 바닥에 떨어졌다. 나는 제일 가까이에 있는 책을 집어 들어 그걸로 짓이겨 버렸다. 몸의 떨림이 멈출 때까지 책을 발로 마구 밟아 댔다. 나는 씩씩거리며 옷을 벗어 던지고 창밖으로 날아갔다.

독수리의 타고난 성난 표정은 나의 기분과 맞아떨어졌다. 나무에 앉아, 소년 둘이 선인장 문을 지나는 것을 지켜보았다. 내 방으로 날아가서 다시 나 자신으로 변신했다. 독수리로 오래 변신해 있으면 늘 인간으로서의 나와 동떨어진 기분이 되었다. 독수리인 나는 더 대단한 곳을 알기라도 하는 듯 즈와히르를 낮춰 보았다. 바람을 타고, 썩은 고기를 찾고, 집으로 돌아가지 않고 싶은 마음뿐이었다. 변신에는 늘 대가가 따랐다.

몇 가지 다른 동물로도 변신했었다. 작은 도마뱀을 잡으려고 했다. 대신 꼬리만 내 손에 남았다. 나는 그걸 이용해서 도마뱀으로 변신했다. 놀랍게도 거의 새로 변신하는 것만큼 쉬웠다. 나중에 오래된 책에서 파충류와 조류는 가까운 관계라는 걸 읽었다. 심지어 수백만 년 전에는 비늘 달린 새도 존재했다. 그래도 다시 나로 변신했을 때, 며칠 동안 밤에 체온을 유지하기가 무척이나 힘들었다.

파리 날개를 이용하여 파리로 변신하기도 했다. 그 과정은 끔찍했다. 폭발하는 기분이었다. 그리고 몸이 너무 격변해서, 메스꺼움을 느낄 수가 없었다. 토하고 싶은데 그럴 수 없는 기분, 딱 그거였다. 파리일 때의 나는 음식을 밝히고, 빠르고, 경계심이 강했다. 독수리였을 때의 복잡한 감정은 하나도 없었다. 파리로서의 가장 심란한 점은 내 수명이 며칠이면 끝난다는 감각이었다. 파리에게 그 며칠은 평생처럼 느껴질 것이다. 파리로 변신한 인간인 내 입장에서는 시간의 느림과 빠름을 둘 다 절감하고 있었다. 본체로 돌아왔을 때, 아직도 내 나이로 보이고 느껴져서 안도했다.

쥐로 변신했을 때 주된 감정은 두려움이었다. 밟혀 죽고, 잡아먹히고, 발견되고, 굶주리는 것에 대한 두려움. 도로 돌아왔을 때 남은 편집증이 너무 강해서 몇 시간 동안 방을 나서지 못했다.

이날 나는 30분 넘게 독수리로 있었고, 나 자신이 되어 아로의 오두막으로 돌아갔을 때도 그 힘의 감각이 여전히 남아 있었다. 나는 그 두 소년을 알고 있었다. 멍청하고, 짜증나고, 특권의식에 사로잡혀 있는 아이들이었다. 독수리였을 때, 그중 한 명이 차라리 아침나절 늦잠이나 잤으면 좋겠다고 하는 말을 들었다. 다른 하나는 웃으며 동의했다. 나는 이를 부득부득 갈며 평생 두 번째로 선인장 문으로 향했다. 문을 지나는데 또 선인장이 나를 할퀴었다. *해 볼 테면 해 봐.* 나는 계속 걸어갔다.

아로의 오두막을 돌아서니, 그가 두 소년을 앞에 두고 바닥에 앉아 있었다. 그들 뒤로는 사막이 광활하고 아름답게 펼쳐져 있었다. 좌절감에 눈물이 솟구쳤다. 아로의 가르침이 내게는 필요했다. 눈물이 떨어지는 중에, 아로가 나를 올려다보았다. 내 뺨을 치고 싶었다. 그에게 나의 나약함을 보일 필요는 없었다. 두 소년이 돌아보자 그 멍하고, 둔하고, 멍청한 표정에 더욱 화가 치밀었다. 아로와 나는 서로를 응시했다. 나는 그에게 달려들어 목을 쥐어뜯고, 그의 정신을 물어뜯고 싶었다.

"여기서 나가라." 그는 차분하고 낮은 목소리로 말했다.

딱 잘라 매듭짓는 그 어조에 남은 희망마저 다 쫓겨났다. 나는 돌아서서 달렸다. 도망갔다. 하지만 즈와히르를 떠난 것은 아니었다. 아직은.

13장

# 아니의 햇살

그날 오후 나는 생각보다 더 세게 그녀 집 문을 두들겼다. 아직 감정이 북받친 상태였다. 학교에서 나는 분노에 싸여 잠잠했다. 빈타, 루유, 디티는 나를 가만 놔두어야 한다는 것을 알았다. 그날 아침 아로의 오두막에 다녀온 후 학교를 빠졌어야 했다. 하지만 부모님은 둘 다 일하러 나가셨고 혼자 있자니 안전하다는 기분이 들지 않았다. 수업이 끝나고 나는 곧장 아다의 집으로 향했다.

그녀는 천천히 문을 열더니 인상을 찌푸렸다. 늘 그렇듯 우아한 차림이었다. 녹색 라파가 팽팽하게 엉덩이와 다리를 감쌌고 거기 어울리는 상의는 어깨를 엄청나게 부풀려 만약 그녀가 앞으로 나섰더라면 문을 통과하지 못했을 것이다.

"또 갔었구나?"

나는 너무 속이 끓고 있어서 그녀가 어떻게 그걸 알까 하는 생각조차 하지 못했다.

"개새끼예요."

나는 쏘아붙였다. 아다가 내 팔을 잡아 안으로 끌어들였다.

"너를 지켜봐 왔어." 그녀가 내게 뜨거운 차 한 잔을 건네고 내 맞은편에 앉으며 말했다. "내가 너희 부모님의 결혼식을 준비했던 이후로."

"그래서요?" 나는 쏘아붙였다.

"왜 여기 왔니?"

"절 도와주셔야 해요. 아로가 절 가르치게요. 설득해 주실 수 있어요? 남편이잖아요." 나는 조소했다. "아니면 그것도 거짓말인가요, 열한 살 의식처럼?"

아다는 벌떡 일어나 내 빰을 철썩 갈겼다. 옆얼굴이 활활 불타고 입안에서 피 맛이 났다. 그녀는 잠시 나를 노려보고 서 있다가 다시 자리에 앉았다.

"차 들어라. 피를 씻어 내게."

나는 차를 한 모금 마셨고, 하마터면 잔을 떨어뜨릴 뻔했다.

"사……사과드릴게요." 나는 웅얼거렸다.

"네가 몇 살이지?"

"열다섯인데요."

그녀는 고개를 끄덕였다.

"그에게 가면 어떻게 될 거라 생각했니?"

나는 말하기가 무서워 잠시 그대로 앉아 있었다. 마무리된 벽화를 흘끗 쳐다보았다.

"말해 봐."

"저……전 그건 생각 안 했어요." 나는 조용히 말했다. "그냐……." 어떻게 설명한단 말인가? 대신 나는 여기 와서 하려던 질문을 던졌다. "아로는 당신 남편이잖아요. 그가 아는 건 당신도 아시겠지요. 부부 사이는 그런 거니까. 제발, 신비의 요소를 가르쳐 주실 수 있어요?"

나는 최대한 겸손한 얼굴을 해 보였다. 반쯤 미친 것처럼 보였을 것이다.

"우리 사이는 어떻게 알았니?"

"므위타가 말해 줬어요."

그녀는 고개를 끄덕이고 요란하게 혀를 찼다.

"그 녀석. 내 벽화에다가 그 애를 그려야겠구나. 어부 중 한 명으로. 강하고, 현명하고, 믿을 수 없는 놈이야."

"우린 아주 가까운 사이예요." 나는 차갑게 말했다. "그리고 가까운 사람들 간엔 비밀을 공유하죠."

"아로와 내가 결혼했다는 건 비밀은 아니야. 나이 든 사람들은 알지. 다들 그 자리에 있었으니까."

"아다-므, 어떻게 된 거예요? 당신하고 아로가?"

"아로는 보기보다 훨씬 나이가 많아. 현명하고 비슷한 급의 능력을 지닌 사람은 얼마 안 되지. 온예손우, 그가 마음만 먹으면 네 목숨을 빼앗고 너희 어머니를 포함하여 모든 사람들이 네가 존재했다는 사실조차 잊어버리게 만들 수 있어. 조심해라."

그녀는 잠시 입을 다물었다.

"난 아로를 만난 순간 전부 알 수 있었다. 그래서 처음 만났을 때 그를 싫어했지. 그런 능력을 지닌 사람이 있어선 안 돼. 하지만 어째서인지 그가 계속 나를 찾게 되는 것만 같았지. 말다툼을 할 때마다 뭔가 교감이 이루어졌어.

그리고 아로를 알아 갈수록, 그가 권력에 목을 맨 게 아님을 깨달았지. 그는 그러기엔 나이가 들었지. 아무튼 난 그렇게 생각했어. 우리는 사랑으로 결혼했어. 그는 내가 자기를 차분하게 하고 더 명료하게 생각할 수 있게 해 줘서 사랑했지. 내가 아로를 사랑한 이유는, 그의 오만함을 넘어서고 나니 나한테 잘해 주었고…… 그가 가르칠 수 있는 건 뭐든 배우고 싶었기 때문이야. 우리 어머니는 그냥 밥벌이할 사람 말고 내 지식에 보탬이 될 사람과 결혼하라고 하셨지. 우리 결혼은 굳건해야 마땅했어. 한동안은 그랬고……."

그녀는 잠시 말을 끊었다.

"필요한 경우엔 우린 함께 일했지. 열한 살 의식 주술은 여자애가 정조를 지킬 수 있게 돕는 거야. 그게 얼마나 힘든 일인지 내가 안다."

그녀는 말을 멈추고 무심결에 닫혀 있는 현관문을 보았다.

"온예손우, 기분 풀렴…… 아로도 모르는 비밀 하나 알려 줄게."

"좋아요." 하지만 듣고 싶은지 도무지 알 수 없었다.

"열다섯 살 때, 어느 남자애를 사랑하게 되었고 갠 그걸 이용해 나와 관계를 가졌어. 정말로 하고 싶지 않았지만 그 애는 하지 않으면 나와 말도 안 하겠다고 을러댔단다. 그런 식으로 한 달쯤 이어졌지. 그러다가 걔가 나한테 질려 아무튼 말을 안 하게 된 거야. 나는 상처받았지만, 그건 걱정거리도 아니었지. 임신을 했거든. 부모님께 말씀드리니, 어머니는 소리를 지르시며 나더러 망신이라 하고 아버지는 고함치고 당신 가슴팍을 움켜쥐셨어. 나를 이모 부부 집으로 보냈지. 낙타 타고 한 달이 걸리는 거리였어. 반자라는 소도시.

출산할 때까진 나가지도 못하게 했어. 난 비쩍 마른 아이였고 임신 중에도 마찬가지였지, 배만 빼고. 이모부는 그걸 웃기다고 여겼어. 내가 밴 아이가 즈와히르의 거대한 황금 여인의 후손인가 보다고 그랬지. 그 기간 중에 내가 미소를 지었다면, 다 이모부 덕분이야.

하지만 그 기간 대부분은 비참했어. 하루 종일 집 안을 서성이며 밖을 갈망했지. 그리고 내 몸의 무게가 너무나 낯설었어. 이모가 날 불쌍히 여겨서 어느 날 시장에서 물감과 붓, 그리고 표백해서 말린 야자수 잎 다섯 장을 사 왔단다. 그 전에는 그림을 그려 본 적이 없었어. 해 보니 해와 나무, 바깥 경치를 그릴 수 있더라고. 이모 부부가 그 그림 일부를 시장에서 팔기도 했고! 온예손우, 나는 쌍둥이를 낳았단다."

나는 헉 소리를 내고 말했다.

"아니께서 은혜로우셨네요!"

"열다섯에 쌍둥이를 배고 나니, 그건 의문이 들던데."

그녀는 그렇게 말했다. 하지만 미소 지었다. 쌍둥이는 아니의 사랑을 의미하는 강력한 징조였다. 가끔은 쌍둥이들에게 돈을 주고 자기네 지역에서 살아 달라고 하는 소도시도 있었다. 만약 뭔가 잘못되기라도 하면, 쌍둥이들이 거기 없었다면 더 심했을 수도 있다는 말이 늘 나왔다. 내가 알기로 즈와히르에는 쌍둥이가 없었다.

"남자애는 판타, 그리고 여자애는 누우무라고 이름 지었단다. 애들이 한 살쯤 되었을 때, 난 여기로 돌아왔어. 아기들은 이모와 이

모부에게 남겨 두었고. 반자는 워낙 멀다 보니 내 마음 내키는 대로 휙 가 볼 수가 없었지. 내 아이들은 이제 삼십 대일 거야. 그 애들은 한 번도 나를 찾아온 적이 없지. 판타와 누우무." 그녀는 잠시 입을 다물었다. "그러니까 알겠지? 여자애들은 멍청한 짓을 저지르지 못하게 보호하고 남자애들의 멍청함에 고통받지 않도록 해야 해. 그 주술은 여자애가 단호하게 선을 그어야 할 때 그럴 수 있게끔 강제하지."

*하지만 가끔은 그래도 강제당하는걸요.* 나는 빈타를 떠올렸다.

"아로는 나한테 뭐 하나 가르치지 않으려 했어. 신비의 요소에 대해 물었더니 웃기만 하더라. 그건 괜찮았지만 식물 자라게 하는 법, 부엌에 개미 꾀지 않게 하는 법, 컴퓨터에 모래 들어가지 않게 하는 법 같은 사소한 걸 물었을 때, 그는 늘 너무 바빴어. 심지어 내가 없을 때 메스에다 열한 살 의식 주술을 걸었다고! 그건…… 잘못이란 기분이 들었어.

네 말이 맞다, 온예손우. 부부 사이에는 비밀이 없어야 해. 아로는 온통 비밀투성이고 그 비밀을 지켜야 하는 핑계조차 대지 않았지. 난 헤어지자고 했어. 그는 가지 말라고 했지. 고함치고 위협했어. 난 여자고 자기는 남자라고 하더라. 맞아. 그와 헤어지면 내가 배운 모든 것을 어기게 돼. 아이들을 떠나는 것보다 힘들었지.

아로는 내게 이 집을 사 줬어. 종종 나한테 오지. 그는 아직 내 남편이야. 일곱 강의 호수를 내게 묘사해 준 사람이지."

"아."

"그는 늘 내게 그림을 그릴 영감을 줘. 하지만 깊은 문제에 대해

선 아무 말도 안 해 주지."

"당신이 여자라서요?" 절망적으로 묻는 내 어깨가 처졌다.

"그래."

"제발, 아다-므." 무릎을 꿇을까 고민했지만, 그러다가 므위타의 고모부가 마법사 다이브에게 애원했단 것이 떠올랐다. "아로가 마음을 바꾸도록 부탁해 주세요. 제 열한 살 의식 때, 저더러 아로를 찾아가라고 말씀하셨잖아요."

그녀는 짜증이 나 보였다.

"내가 멍청했고 너의 부탁도 마찬가지야. 거기 가서 괜히 창피당하지 말고. 아로는 거절하는 걸 즐겨."

나는 차를 홀짝였다.

"아." 갑자기 깨달았다. "문 옆의 그 물고기 남자요. 아주 늙고 강렬한 눈을 가진 남자. 그게 아로죠?"

"당연하지."

14장

# 이야기꾼

남자는 한 손으로 커다란 파란색의 돌로 된 공을 여러 개 허공에 던졌다 받았다 했다. 너무 수월하게 그러고 있어서 혹시 주술을 쓰나 싶었다. *남자잖아, 그러니 가능하겠지.* 나는 원망스레 생각했다. 아로가 두 번째로 나를 거절한 지 석 달이 되었다. 그간 내가 어떻게 버텨 왔는지 모르겠다. 내 생부가 언제 다시 공격할지 누가 안단 말인가?

루유, 빈타, 디티는 공 던지기 재주에 그렇게 감탄하지 않았다. 휴일이었다. 그들은 소문에 더 관심이 있었다.

“시휴가 약혼했다던데.” 디티가 말했다.

“걔 부모님이 신붓값을 사업에 투자하고 싶어 하셔.” 루유가 말했다. “열두 살에 결혼하는 거 상상이 돼?”

“어쩌면.” 빈타는 시선을 돌리며 조용히 말했다.

“난 되는데.” 디티가 말했다. “그리고 난 훨씬 연상인 남편 싫지 않아. 당연히 나를 잘 보살펴 줄 테니까.”

"네 남편은 파나시가 되겠지." 루유가 말했다.

디티는 짜증스레 눈을 굴렸다. 파나시는 아직도 디티와 말도 하지 않았다.

루유가 웃고 말했다.

"어디 내 말이 틀린가 두고 봐."

"난 두고 보지 않을 거야." 디티가 꿍얼거렸다.

"'나는' 가능한 한 빨리 결혼하고 싶어."

루유가 능글거리는 웃음을 띠고 말했다.

"'그건' 결혼하는 이유가 아니야." 디티가 말했다.

"누가 그래? 더 별것 아닌 이유로도 결혼하던걸."

"난 아예 결혼하기 싫어." 빈타가 웅얼거렸다.

결혼은 내겐 관심 밖의 일이었다. 게다가 에우 아이들은 결혼 상대자 감이 아니었다. 나는 어느 가족에게든 모욕이 될 것이다. 그리고 므위타에겐 우리를 결혼시켜 줄 가족이 없었다. 이 모든 것에 더해, 우리가 결혼한다면 어떤 식으로 성관계를 가질지 의문이 들었다. 학교에서 우리는 여성 신체에 대해 배웠다. 대체로 치료사가 없는 상황에서 출산하는 방법에 초점을 두고 있었다. 임신을 막는 방법도 배웠지만, 도대체 왜 그러길 원하는지 우리 중 누구도 이해하지 못했다. 남성 성기가 어떻게 기능하는지 배웠다. 하지만 여성이 어떻게 해서 흥분하는가 하는 부분은 건너뛰었다.

나는 그 챕터를 혼자서 읽고 열한 살 의식이 진정한 내밀한 관계 이상의 것을 내게서 앗아 갔음을 알게 되었다. 오케케말에는 내게서 잘려 나간 그 살점을 표현하는 단어가 아예 없었다. 영어에서 가져온 의학 용어는 '클리토리스'였다. 이것이 성관계 중 여성의 쾌감 상당 부분을 만들어 냈다. *도대체 왜 이걸 제거했지?* 나는 혼란스러웠다. 누구에게 물으면 좋을까? 치료사? 그녀는 내가 할례받은 날 그 자리에 있었는데! 나는 므위타가 키스로 늘 불러일으키던 그 진하고 짜릿한 감각을 떠올렸다. 바로 직후에는 통증이 따랐다. 혹시 내 몸은 망가진 걸까 생각했다. 심지어 난 의식을 치를 필요조차 없었는데.

나는 루유와 디티의 결혼 이야기에 신경을 끄고 곡예사가 공중에 공을 던지고, 재주넘기를 하고, 다시 잡는 것을 지켜보았다. 박수를 치자 곡예사가 내게 미소 지었다. 나는 마주 미소 지었다. 처음 나를 보았을 때, 그는 화들짝 놀라더니 시선을 돌렸다. 이제 나는 그의 가장 귀한 관객이었다.

"오케케와 누루!"

누군가의 외침에 나는 펄쩍 뛰었다. 아주아주 키가 컸고 튼튼한 체격의 여자였다. 길고 흰 드레스는 상체가 달라붙어 풍만한 가슴을 강조해 주었다. 목소리는 시장의 소음을 쉽게 뚫고 울려 퍼졌다.

"서부 소식과 이야기를 가져왔어요." 그녀는 윙크했다. "알고 싶은 사람이 있다면, 해 질 때 여기로 다시 오세요."

그러고는 극적으로 몸을 돌려 시장 광장을 떠났다. 아마 30분마다 이 발표를 했을 것이다.

"칫, 누가 나쁜 소식을 더 듣고 싶겠어?" 루유가 궁얼거렸다. "그 사진사만으로도 충분했는데."

"동감." 디티가 말했다. "어휴. 휴일이라고."

"그쪽 문제를 여기서 뭘 어쩌겠어, 어차피." 빈타가 말했다.

그 일에 대해 내 친구들이 할 말이라고는 그것뿐이었다. 그들은 나를, 내가 누구인지를 까먹었거나 그냥 보아 넘겼다. *그럼 그냥 므위타와 가야지.*

소문에 따르면, 사진사와 마찬가지로 이야기꾼 역시 서부에서 왔다고 했다. 어머니는 가는 걸 내켜 하지 않았다. 난 이해했다. 어머니는 소파에 앉아 아빠 품 안에서 긴장을 풀고 있었다. 두 분은 와리 게임을 하던 중이다. 외출 준비를 하면서, 나는 외로움에 가슴이 아팠다.

"므위타도 간대?" 어머니가 물었다.

"그랬으면 좋겠네요. 오늘 밤 여기 오기로 했거든요."

"끝나고 곧장 집에 와라." 아빠가 말했다.

시내 광장엔 야자유 등불이 켜져 있었다. 이로코 나무 앞에 드럼 세트가 놓여 있었다. 온 사람은 거의 없었다. 대부분은 나이 든 남자들이었다. 젊은 남자들 중 므위타가 있었다. 희미한 불빛 속에서 그를 쉽게 볼 수 있었다. 그는 왼쪽 끝, 시장 판매대와 행인들 사이를 가르는 라피아야자 울타리에 기대어 있었다. 아무도 그의 근처에 앉지 않았다. 나는 그 옆에 앉았고 그는 내 허리에 팔을 둘렀다.

"우리 집에서 나하고 만나기로 했잖아."

"다른 약속이 있었어." 그는 희미한 미소를 지으며 말했다.

나는 놀라 잠시 입을 다물었다. 그러다가 말했다.

"상관없어."

"신경 쓰면서."

"아니야."

"다른 여자라고 생각하잖아."

"상관없대도."

물론 나는 신경 쓰였다.

반들거리는 대머리 남자가 드럼 뒤에 앉았다. 그의 손이 부드러운 비트를 만들어 냈다. 모두들 이야기를 멈췄다.

"안녕하십니까."

이야기꾼이 등불 불빛 속으로 걸어 들어오며 말했다. 사람들이 박수를 쳤다. 나는 눈이 휘둥그레졌다. 그녀의 목에는 게 껍데기가 달린 체인이 걸려 있었다. 작고 섬세한 물건이었다. 그녀의 피부와 대조되어 등불 불빛 속에 하얗게 빛났다. 일곱 강 중 어딘가에서 난 것이 분명했다. 즈와히르에선 값을 헤아릴 수 없을 터였다.

"저는 가난한 여자입니다." 소규모의 청중들을 둘러보며 그녀가 말했다. 오렌지색 유리구슬로 장식한 호리병 박을 가리켰다. "이것은 네 번째 강 옆에 있는 오케케 지역 가디에 있을 때 이야기를 해주고 받았지요. 그렇게 멀리 돌아다녔습니다. 하지만 동쪽으로 더 멀리 갈수록, 점점 더 가난해졌습니다. 저의 가장 강렬한 이야기를 듣고 싶어 하는 사람은 줄어만 가는데, 그게 제가 하고 싶은 이야기였으니까요."

그녀는 털썩 앉아 굵은 다리를 꼬았다. 값비싼 드레스가 무릎 위로 펼쳐지도록 가다듬었다.

"부(富)에 신경 쓰진 않지만, 가실 때 주실 수 있을 만큼 주세요.

금, 철, 은, 소금 조각, 뭐든 모래보다 가치가 있으면 됩니다. 아셨죠?"

우리는 열성적으로 대답했다.

"네." "그럼요." "뭐든 필요하신 거라면요."

여자는 활짝 웃고 드러머에게 손짓했다. 그는 우리를 끌어들이는 더 크지만 느린 비트를 연주하기 시작했다. 므위타의 팔이 나를 더 꼬옥 안았다.

"여러분은 갈등의 중심지에서 멀리 떨어져 있지요." 그녀가 음모를 꾸미듯 고개를 기울이며 말했다. "오늘 여기 오신 분들의 숫자에도 그게 반영되고요. 하지만 이 도시에는 여러분이면 충분합니다."

드러머가 속도를 올렸다.

"오늘 여러분에게 과거, 현재, 그리고 미래의 이야기를 하나 들려 드릴 겁니다. 여러분이 가족과 친구들에게도 들려주셨으면 합니다. 아이들이 충분히 크면 잊지 말고 들려주시고요. 우리가 아는 이 첫 번째 이야기는 위대한 책에 실린 거예요. 세상이 말이 되지 않을 때 우린 거듭하여 이 이야기를 스스로에게 들려주곤 합니다.

수천 년 전, 이 땅이 아직 모래와 마른 나무로 이루어져 있을 때, 아니께서 자신의 땅을 둘러보셨죠. 아니는 마른 목을 쓰다듬었어요. 그러고는 일곱 강을 만들고 그 강이 전부 만나게 하여 깊은 호수를 만드셨습니다. 그리고 이 호수에서 물을 한껏 들이켜셨죠. '언젠가, 햇살을 만들 것이다. 지금 당장은 그런 기분이 아니야.' 여신은 몸을 돌려 잠들었습니다. 그녀가 쉬는 사이, 등 뒤에선 오케케가 아름다운 강에서 튀어나왔어요.

그들은 공격적이었으며, 돌진하는 강처럼 늘 앞으로 나아가고 싶어 했습니다. 몇 세기가 흐르는 사이, 그들은 아니의 땅에 퍼져 갔으며 창조하고 사용하고 바꾸고 변화시키고 퍼져 가고 소비하고 번성했습니다. 그들은 모든 곳에 있었습니다. 아니 여신을 찔러 그녀의 관심을 살 수 있을 만큼 높은 탑을 짓고 싶어 했지요. 주술로 움직이는 기계를 만들었습니다. 자기들끼리 싸우고 발명했습니다. 아니의 땅을, 물을, 하늘을, 공기를 뒤틀어 버리고, 그녀의 창조물을 앗아 바꾸어 버렸습니다.

햇살을 만들 만큼 충분히 휴식하고서 아니는 몸을 돌렸습니다. 눈에 들어온 광경에 경악했습니다. 크고 당당하게 분연히 일어났지요. 그러고는 별들 속으로 손을 뻗어 태양을 땅으로 끌어내렸답니다. 오케케 사람들은 겁먹고 움츠러들었죠. 태양에서 아니는 누루족을 꺼냈습니다. 그들을 자신의 땅에 내려놓았습니다. 같은 날, 꽃들은 자기들이 피어날 수 있음을 깨달았지요. 나무들은 자랄 수 있음을 깨달았고요. 그리고 아니는 오케케에게 저주를 내렸습니다.

'노예다.' 아니께선 말했지요.

새로운 태양 아래, 오케케가 쌓아 올린 대부분의 것들은 무너졌습니다. 그중 일부는 아직 남아 있지요, 컴퓨터, 기기, 물품, 때로 우리에게 말을 거는 하늘의 물체들. 누루족은 이날에 이르기까지 오케케를 가리켜 '노예'라 하고 오케케는 수긍하며 머리를 조아려야 합니다. 그것이 과거입니다."

드럼 소리가 느려지자, 므위타를 포함하여 몇몇 사람이 컵에다 돈을 넣었다. 나는 가만히 있었다. 위대한 책은 여러 번 읽었다. 바로 그 이야기로 글을 익혔더랬다. 쉽게 읽을 수 있게 되었을 즈음엔,

또한 그 이야기를 싫어했다.

"제가 서부에서 가져온 소식은 상당히 최신 것입니다. 이야기꾼인 부모님이 저를 가르치셨고, 그분들 역시 이야기꾼인 조부모님에게서 배웠지요. 제 기억 속에는 수천 가지 이야기가 들어 있답니다. 저희 마을 가디에서 살육이 시작되었을 때 어땠는지 제가 직접 보고 들은 바를 말씀드릴 수 있지요. 그런 식으로 일이 터질 줄은 아무도 몰랐답니다. 저는 여덟 살이었고 가족이 죽는 모습을 봤어요. 그다음 도망쳤죠. 그들은 마체테 칼로 아빠와 오빠들을 죽였어요. 저는 옷장 속에 사흘간 숨어 있었죠."

이야기꾼의 목소리가 낮아졌다.

"제가 숨어 있는 동안, 그 방에선 누루 남자들이 어머니를 연신 강간했어요. 그들은 에우 아이를 만들고 싶어 했죠."

그녀는 므위타와 내게 눈길을 주었다.

"그러는 사이, 어머니의 정신이 무너지고 어머니가 품고 있던 이야기가 쏟아져 나왔어요. 옷장에 숨어 있는 동안, 어릴 때 어머니가 저를 달래면서 들려주던 모든 이야기를 하는 걸 들었어요. 남자들이 강제로 어머니를 범하는 리듬에 따라 흔들리던 이야기들.

마치고 나자 그들은 어머니를 데려갔어요. 그 후로 다시는 보지 못했죠. 전 짐을 챙겨 도망 나왔던 기억은 나지 않지만, 아무튼 그랬습니다. 결국엔 다른 사람들을 만나게 되었어요. 그들이 절 거둬 주었습니다. 오래전 일이에요. 전 아이가 없습니다. 이야기꾼 혈통은 저와 함께 사라지겠죠. 남자의 손이 닿는 걸 견딜 수가 없거든요."

그녀는 잠시 사이를 두었다.

"살육은 계속되었습니다. 오케케가 그렇게 많던 곳에 이젠 얼마 남지 않았죠. 몇십 년이면 자신들의 땅에서 싹 사라질 겁니다. 그건 우리의 땅이기도 했어요. 그렇다면 말해 보세요. 이런 일이 벌어지고 있는 마당에 여러분이 여기서 편안하게 살아가는 것이 온당한가요? 여러분은 여기서 안전하죠. 어쩌면. 어쩌면 어느 날 그들이 마음이 바뀌어 동부로 와서 서쪽에서 저질렀던 일을 이어 갈지도 몰라요. 여러분은 제 이야기를 외면하고 피하거나 아니면……."

"아니면 뭐요?" 어느 남자가 물었다. "위대한 책에 쓰여 있잖습니까. 우린 애초에 이런 사람들이니 애초에 반기를 들지 말아야 했다고! 죽으려는 사람들이야 좋을 대로 둬요!"

"누가 책을 썼을까요?" 이야기꾼 여자가 물었다. "그리고 내 부모님은 그 운동에 관여하지 않았어요. 나도 마찬가지고."

나는 확 열이 솟구치고 화가 났다. 그녀는 그저 우리의 창조 신화 '이야기'를 했을 뿐이다. 그녀는 그걸 믿지 않았다. 이 남자는 므위타와 날 뭐라고 생각하는 거지? 우리가 이런 취급을 당할 만하다고? 므위타의 부모님이 죽어 마땅했다고? 우리 어머니가 강간당해 마땅했다고? 므위타가 내 어깨를 문질렀다. 그가 없었더라면, 나는 남자나 누구든 그의 편을 드는 사람에게 소리를 질러 댔을 것이다. 내 안에는 상처가 가득했고, 얼마 지나지 않아 그걸 알게 된다.

"아직 안 끝났습니다."

이야기꾼이 말했다. 드러머는 중간 정도 비트로 쳤다. 그는 땀을 흘리고 있었지만 눈은 그녀에게 고정하고 있었다. 그가 그녀를 사랑한다는 걸 알아보기는 쉬웠다. 그리고 그녀의 과거 때문에 그의 사랑은 가망이 없었다. 그에게 그녀와 가장 가깝게 닿는 방법은 아마 드럼 비트를 통해서일 것이다.

"우리는 과거에 파멸했고 현재에 파멸했기에, 미래에 구원받을 것입니다. 이름 없는 호수의 작은 섬에 사는 누루족 보는 이가 한 예언이 있어요. 어느 누루 남자가 나타나 위대한 책을 다시 쓰게 만들 거라고. 아주 키가 크고 긴 턱수염을 길렀을 거라고. 태도는 온화하지만, 교활하고 활기와 분노가 가득한 사람이리라고. 마법사. 그가 나타나면 누루와 오케케에게도 좋은 변화가 있으리라 했지요. 내가 떠났을 때, 이 남자를 찾아 계속 수색이 진행 중이었답니다. 그들은 키가 크고 턱수염을 길렀으며 태도가 온화한 누루 남자를 전부 죽이고 있었습니다. 그 사람들은 알고 보니 반란군이 아니라 다 치료사였죠. 그러니 믿음을 가지세요, 아직 희망이 있습니다."

박수는 없었으나 이야기꾼의 호리병 박은 금방 가득 찼다. 아무도 그녀와 이야기하려고 남지 않았다. 아무도 그녀를 보려 하지조차 않았다. 저녁 어스름 속으로 걸어가는 동안, 사람들은 조용하고 수심에 잠겨 있었으며, 발걸음이 빨랐다. 나도 집에 가고 싶었다. 그녀의 이야기에 속이 울렁거리고 죄책감이 들었다.

므위타가 먼저 그녀와 얘기하고 싶어 했다. 우리가 다가가자, 그녀는 활짝 미소 지었다. 나는 그녀의 게 껍데기를 쳐다보았다. 나선형의 딱딱해진 빵 반죽처럼 보였다.

"안녕, 에우 아이들아. 사랑과 존중을 보낸다."

그녀는 상냥히 말했다.

"고맙습니다. 전 므위타고 이쪽은 동반자인 온예손우라고 해요.

들려주신 얘기 감동적이었어요."

*동반자?* 나는 그 표현이 재미있었다.

"그 예언 말인데요, 어디서 들으셨습니까?"

"다 서부에서 도는 말이야, 므위타." 그녀는 진지하게 말했다. "그 얘기를 한 보는 이는 오케케를 죽어라 싫어했어. 그 사람이 그런 말을 하다니, 진짜일 테지."

"하지만 그럼 왜 그런 소식을 알렸을까요?"

"보는 이잖아. 보는 이는 거짓말을 할 수 없어. 진실을 은폐하는 것은 거짓이고."

나는 그 보는 이가 또한 수색을 선동했을까 궁금했다. 나를 집에 바래다주는 동안, 므위타는 심란해 보였다.

"왜 그래?" 결국 내가 물었다.

"그냥 아로 생각 하고 있었어. 아로가 널 가르쳐야 해."

"왜 지금 그 생각을 하는데?" 나는 짜증이 나 물었다.

"최근에 그 생각을 많이 해 봤거든. 이건 그냥 말이 안 돼, 온예손우. 너는 너무…… 이건 말이 안 돼. 내가 오늘 그에게 빌어 볼게. 애원해서라도."

다음 날 므위타를 보았다. 그가 아로에게 '애원했을' 때 무슨 일이 있었는지 말하지 않는 것을 보고, 나는 다시 거절당했음을 알게 되었다.

15장

# 오수보 회관

사흘 후, 나는 현명한 이 나나를 만나러 오수보 회관에 갔다. 그녀에게서 배우든가 아니면 즈와히르를 떠나야 했다. 가만히 앉아 생부가 날 다시 죽이려고 들 때까지 기다리느니 뭐라도 하는 게 낫다. 오수보 회관은 주술로 지었기 때문에 자기 뜻대로 상황이 이루어지게 하는 재주가 있었다. 그리고 현명한 이 나나를 비롯하여 즈와히르의 통치자들은 거기서 만나 일했다. 시도해 볼 가치는 있었다.

나는 아침에 학교를 그대로 지나쳐 걸어서 갔다. 죄책감은 아주 약하게만 느껴졌다. 묵직한 노란 돌로 지은 오수보 회관은 즈와히르에서 가장 높고 넓은 건물이었다. 벽은 햇살 속에서도 만져 보면 서늘했다. 돌마다 상징이 그려져 있었는데 이제는 그게 은시비디 문자인 걸 알았다. 은시비디는 단순히 고대 문자 체계가 아니라고 므위타가 말해 주었다. 고대의 '마법' 문자 체계였다.

"은시비디를 알면, 그냥 모래에 글을 쓰는 것만으로도 한 사람의 조상들을 지워 버릴 수 있어."

므위타가 그렇게 말했다. 하지만 그 건에 관한 한 그의 지식은 거기까지였다. 그래서 내가 읽을 수 있는 것은 네 군데 출입구 위에 쓰인 글자뿐이었다.

## 오수보 회관

내가 그리로 가는 동안, 사람들은 눈길조차 주지 않고 회관 주위를 돌아가고 지나갔다. 안으로 들어가는 사람은 단 한 명도 없었다. 마치 그 건물이 보이지 않는 듯했다. *이상하네.* 각 출입구 앞의 진입로 가장자리를 장식한 꽃 핀 작은 선인장을 보니 아로의 오두막이 떠올랐다. 출입구에는 문이 없었다. 진입로 네 개 중 하나로 들어서서 걸어갔다. 난 누군가가 날 가로막고, 용건을 묻고는 돌려보낼 줄만 알 았다. 그러기는커녕 곧장 걸어들어 가 장밋빛 등불 밝혀진 긴 복도에 들어섰다.

안은 시원했다. 어딘가에서 음악 소리가, 유쾌한 기타와 드럼 소리가 들려왔다. 밖에서 묻어온 모래 때문에 내 샌들이 돌바닥 위에서 저걱거리는 소리가 났다. 소리가 아무것도 걸리지 않은 벽에 부딪혀 울렸다. 나는 왼쪽의, 건물 내부를 면한 벽을 만져 보았다.

"진짜네."

나는 울퉁불퉁한 갈색 표면에 손을 대고 속삭였다. 오수보 회관은 아주 우람한 바오밥 나무 주위에 빙 둘러 지어졌다. *아주 오래되었겠어.* 몸서리가 쳐졌다. 내가 거대한 나무 둥치에 손을 대고 서 있는 사이, 웃음소리가 터져 나왔다. 나는 화들짝 놀라 다시 발걸음을 떼어 놓았다. 내 앞쪽으로 아주 나이 많은 노인 둘이 모퉁이를 돌아왔다. 그들은 긴 카프탄 차림으로, 한쪽은 짙은 붉은색, 다른 한쪽은 황갈색이었다. 나를 본 그들의 얼굴에서 미소가 사라졌다.

"안녕하세요, 오가. 안녕하세요, 오가."

"여기가 어딘지 아느냐, 에우 아이야?" 붉은색 카프탄 쪽이 물었다.

사람들은 늘 굳이 그걸 들먹였다.

"제 이름은 온예손우입니다."

"여기 들어오면 안 된다. 이곳은 노인들만 오는 곳이야. 수련 과정이라면 모르겠다만, 네가 그럴 일은 절대 없지."

나는 애써 입을 다물었다.

"여긴 무슨 일로 왔느냐, 온예손우?" 황갈색 쪽은 좀 더 상냥히 물었다. "에퓨 말이 옳다. 너를 망신 주려는 게 아니라, 네 안전을 위해서야."

"현명한 이 나나와 얘기를 하고 싶어서입니다."

"우리가 말을 전해 주마." 황갈색 옷의 남자가 말했다.

나는 궁리해 보았다. 고소한 몽키브래드 냄새가 풍겼고 회관이 나를 관찰하고 있다는 기분이 들었다. 무서웠다.

"음, 혹시……." 나는 말했다.

"사실." 붉은 옷차림의 에퓨란 남자가 히죽거리며 말했다. "나나는 늘 그렇듯 자기 개인실에 있을 거다. 그냥 올라가 봐도 괜찮겠지."

두 남자는 잠시 시선을 교환했다. 황갈색 옷 남자는 불편한 기색이었다. 그가 눈을 돌렸다.

"네게 달린 일이다."

나는 초조히 복도를 쳐다보았다.

"어느 쪽으로 가면 되죠?"

모퉁이를 돈 다음, 복도를 절반쯤 지나 오른쪽으로 돌고, 그다음에 왼쪽으로 돌아 계단을 올라가라고 했다. 그게 에퓨의 지시였다. 알려 주면서 내심 얼마나 웃었을까. 오수보 회관에서는 어디로 갈지 거기서 뭘 할지 사람이 정하는 게 아니었다. 회관이 정했다. 몇 분 지나서야 그걸 알았다.

나는 그들이 알려 준 방향대로 따랐지만 계단이 나오지 않았다. 밖에서 보기엔 회관은 커 보였지만 안에서 보기만큼은 아니었다. 나는 복도와 방을 여럿 지나쳤다. 즈와히르에 노인들이 이렇게 많은 줄은 몰랐다. 오케케 방언 몇 가지가 들렸다. 어떤 방에는 책이 가득했으나, 대부분은 철제 의자가 놓였고 노인들이 앉아 있었다.

나는 몇 년 전 아버지가 회관에 제작해 준 특별한 청동 테이블을 찾아보았다. 아버지가 그 제작 건에 관련하여 아마 대체로 아로와 연락했으리라는 것을 깨닫고 나는 얼굴을 찌푸렸다. 그 테이블은 어디에도 보이지 않았다. 하지만 의자는 전부 아버지의 작품이지 싶었다. 아버지만이 철을 저렇게 레이스처럼 보이게 만들 수 있었다. 내가 지나가자 사람들이 알아챘다. 몇몇은 비웃거나 화난 기색이었다.

나무뿌리로 이루어진 터널을 찾았다. 속이 터져 그 뿌리 하나에 기댔다. 욕을 내뱉고 뿌리를 찰싹 쳤다.

"이 건물은 괴상한 미궁이야."

나는 투덜거렸다. 어떻게 출구를 찾나 생각하고 있을 때 검고 긴 턱수염을 땋아 내린 젊은 남자 둘이 내게로 다가왔다.

"여기 있네, 코나."

그중 한 명이 말했다. 대추야자 봉지를 들고 있던 그 남자가 입에 야자를 하나 넣었다. 다른 남자는 웃더니 내 옆의 나무뿌리에 기댔다. 턱수염 때문에 나이 먹어 보이긴 해도, 둘 다 이십 대 초반일 듯했다.

"여기서 뭘 하지, 온예손우?"

대추야자를 든 남자가 물었다. 그가 내게 하나 권하기에 나는 받아들었다. 배가 고팠다.

"어떻게 내 이름을 알죠?

"질문에 질문으로 답할 수 있는 사람은 코나뿐이야. 나는 티티다. 보는 이 디카의 수련생이지. 코나는 생각하는 이 오요의 수련생이고. 그리고 넌 길을 잃었지."

그는 내게 대추야자를 하나 더 주었다. 두 사람은 거기 서서 대추야자를 먹는 나를 지켜보았다.

"그가 옳아." 티티가 코나에게 말했다. 코나가 고개를 끄덕였다.

"얼마나 걸릴까, 네 생각은?" 코나가 물었다.

"난 그렇게 멀리 볼 정도는 못 돼. 오가 디카에게 여쭤봐야지."

"므위타도 그녀에게 화내지 않겠어?" 코나가 웃으며 물었다.

나는 귀가 번쩍 뜨여 올려다보았다.

"응?"

"네가 모를 일은 없어." 티티가 말했다.

"므위타가 여기 있어요?"

"여기서 봤나?" 코나가 나에게 물었다.

"아니." 티티가 말했다. "오늘은 아냐, 여기 없어. 가서 현명한 이나나를 찾아보렴."

그는 내게 대추야자를 하나 더 주었다.

"어디로 가면 되는지 알려 줄 수 있어요?"

"아니." 티티가 말했다.

"그게 여기 온 목적인 게 확실해?" 코나가 물었다.

"우린 가봐야 해. 걱정 마, 여기서 영원토록 길을 잃은 채 있진 않을 테니까, 아름다운 에우 소녀야."

티티는 대추야자 봉지를 내게 주었다.

"여기 온 걸 환영한다."

코나가 내게 질문 아닌 말을 한 것은 처음이었다.

그러더니 그들은 왔을 때와 마찬가지로 빠르게 나무뿌리 터널 아래로 갔다. 대추야자를 몇 개 먹고 발길을 옮겼다. 한 시간 후, 나는 여전히 길을 잃은 상태였다. 창문이 너무 높아 밖을 내다볼 수 없는 복도를 터덜터덜 걸었다. 밖에서 창문을 본 기억은 없었다. 계단에 이르렀다. 돌로 된 나선형의 벽을 따라 올라가게 되어 있었다.

"드디어!"

나는 소리 내어 말했다. 아주 좁은 계단을 올라가면서 나는 누군가와 맞닥뜨리지 않기를 바랐다. 52계단까지 셌는데 아직도 2층이 나오지 않았다. 답답하고 더웠다. 벽의 불빛은 희미하고 오렌지색이었다. 열 계단 더 지나, 발소리와 목소리가 들렸다. 나는 아래를 내려다보았다. 돌아가는 건 무의미했다.

오가는 목소리가 커져 갔다. 그들의 그림자를 보고 나는 숨을 죽였다. 그러다가 아로와 딱 맞닥뜨렸다. 나는 헉 소리를 내고 눈을 내리깔고는 벽에 딱 달라붙었다. 아로는 내게 아무 말도 없이 틈새로 지나갔다. 그의 몸이 내 몸에 맞닿지 않을 수 없었다. 그에게선 연기와 꽃 내음이 났다. 지나가다 그가 내 발을 밟았다. 그 뒤에는 남자 세 명이 따라가고 있었다. 누구 하나 나한테 "실례." 소리를 하지 않았다. 그들이 가고 나자, 나는 계단에 주저앉아 흐느꼈다. 티티가 틀렸다. 난 이곳에서 환영받지 못했다. 환영이란 게 웃음거리가 되는 걸 말한다면 모를까. 나는 손을 옷에 문질러 닦고, 추스르고 일어나 나아갔다.

드디어 계단이 끝나고 다른 복도의 입구가 나왔다. 내가 들여다본 첫 번째 방이 현명한 이 나나의 방이었다.

"어, 안녕하세요."

"안녕."

등나무 의자에 기대앉은 그녀의 손에는 찻잔이 들려 있었다.

나는 조심스레 한 걸음 뒷걸음쳤지만, 등이 닫힌 문에 부딪혔다. 돌아보고 어리둥절해졌다. 내가 언제 방 안으로 들어왔더라?

"이 건물이 그래."

그녀가 멀쩡한 쪽 눈으로 나를 곁눈질하며 말했다.

"전 여기가 싫어지려고 해요." 나는 웅얼거렸다.

"사람들은 자기가 이해하지 못하는 걸 싫어하는 법이지. 점심 먹으러 시장에 나가려는 참이었는데 내 수련생이 이걸 갖다주더라고." 그녀는 고추 수프가 든 통을 들어 보이고는 뚜껑을 열어 옆의 등나무 테이블에 놓았다. "그래서 여기 있는 거지. 손님이 찾아올 줄 알았어야 했어."

그녀는 내게 바닥에 앉으라고 손짓했고 한동안 나는 그녀가 수프 먹는 모습을 지켜보았다. 냄새가 기막혔다. 배에서 꼬르륵 소리가 났다.

"부모님은 어떠시니?"

"잘 지내셔요."

"여긴 왜 왔어?"

"저…… 저 여쭤볼 게 있어서……." 나는 말끝을 흐렸다.

그녀는 기다리면서 음식을 먹었다.

"위대한 신비의 요소 말이에요." 마침내 입을 뗐다. "제발…… 열한 살 의식 때 저한테 무슨 일이 있었는지 기억하시잖아요. 아다-므." 그녀의 얼굴을 살폈으나 그녀는 그저 내가 마저 말하길 기다리고 있을 뿐이었다. "당신은 현명하신 분이죠. 아로만큼, 또는 더."

"우릴 비교하지 마라." 그녀가 무겁게 말했다. "우린 둘 다 늙었어."

"죄송합니다." 나는 재빨리 말했다. "하지만 아시는 게 많잖아요. 제게 위대한 신비의 요소가 얼마나 필요한지 아실 거예요."

"미친 사람들의 짓이야." 그녀가 내뱉었다.

"네?"

그녀는 수프에서 커다란 고깃덩이를 떠올려 먹었다.

"아니, 온예손우, 이건 너와 아로 사이의 일이다."

"하지만 혹시……."

"안 돼."

"안 될까요?" 나는 애원했다. "제발요!"

"설령 신비의 요소를 안다 해도, 너희 같은 두 사람 사이에는 끼어 들지 않을 거야."

나는 바닥에 축 늘어졌다.

"들어 보렴, 에우 여자애야."

나는 고개를 들었다.

"제발, 아다-므, 그렇게 부르지 마세요."

"왜? 그게 맞지 않니?"

"그 단어가 싫어요."

"에우가 아니면 여자애가?"

"에우죠, 물론."

"그게 맞지 않아?"

"아니요. 그 단어가 의미하는 대로는 아니에요."

그녀는 빈 그릇을 내려다보고는 손을 포갰다. 손톱은 짧고 얇았으며, 검지와 엄지 끝은 누렜다. 현명한 이 나나는 흡연자였다.

"충고 하나 하마. 아로는 제발 그냥 내버려 둬. 네가 상대할 수준이 아니고 고집이 세다."

나는 입술을 모았다. 아로만 고집이 센 건 아니었다.

"네가 찾는 걸 배울 다른 방법이 있을지도 몰라. 회관에는 책이 많지. 다 읽은 사람은 아무도 없으니, 거기에 뭐가 있을지 누가 알겠어?"

"하지만 여기 있는 사람들은……."

"우리는 늙고 현명하지. 또한 어리석을 수도 있고. 티티의 말을 명심하렴." 내가 놀라 눈썹을 치켜올리자 그녀가 말했다. "여긴 벽이 얇거든. 따라와라."

복도 아래쪽 방은 작았지만, 벽은 냄새나고 책등에 금이 간 오래된 책으로 가득했다.

"여기나 책이 있는 다른 방은 자유롭게 둘러봐도 좋다. 오수보 장로들만 개인실이 있어. 회관 나머지 부분은 모든 이들의 것이다. 네가 나갈 때가 되면, 나갈 수 있을 거야."

그녀는 내 머리를 토닥이고 나를 두고 나갔다. 나는 두 시간을 이 방 저 방 돌아다니며 찾았다. 온갖 종류의 책이 있었다. 존재하지 않는 장소에 사는 새들에 관한 책, 서로 증오하는 두 아내를 데리고 행복한 결혼 생활을 유지하는 방법, 암컷 흰개미의 생태 습관, '포농고'라는 이름의 신화 속 하늘을 나는 거대 도마뱀의 생물학, 여자들이 가슴을 키우기 위해 먹어야 하는 허브, 야자유 용도. 꼬르륵거리는 위장에 자극되어, 쓸모없는 책을 꺼낼 때마다 분노는 더욱 커져 갔다. 짜증스러워하고, 가끔은 두려워하는 노인들의 표정은 도움이 되지 않았다.

회관이 나를 또 조롱하고 있었다. 멍청한 책을 줄줄이 보여 주며 나를 비웃는 소리가 귀에 들리는 듯했다. 도발적으로 자세를 취한 벌거벗은 여자들로 가득한 책을 뽑았을 때, 나는 책을 바닥에 내던지고 출구를 찾으러 나갔다. 출구를 찾기까진 한 시간이 걸렸다. 밖으로 향하는 문은 단순하고 좁았으며, 내가 밖에서 봤던 고아한 입구하곤 전혀 달랐다. 나는 비틀비틀 오후 햇살 속으로 나가 돌아섰다. 회관의 입구는 내가 여섯 살 때부터 봐 온 웅장한 문 중의 하나였다.

나는 침을 퉤 뱉고 오수보 회관을 향해 주먹을 흔들며, 누가 보든 말든 상관하지 않고 고함쳤다.

"짜증나고, 열 받게 하고, 멍청하고, 바보 같고, 끔찍한 건물 같으니. 다시는 발 들이나 봐라!"

16장

# 에우

거부.

그런 것은 소리 없이 사람을 잠식한다. 그러다 어느 날, 무엇이든 부숴 버리고 싶은 자신을 깨닫게 된다. 나는 생부의 위협 속에 5년을 살았다. 3년 동안 아로는 나를 거부하고, 도움을 거절했다. 내 면전에 대고 두 번 그리고 므위타를 통해 수도 없이, 어쩌면 아다와 현명한 이 나나를 통해서도. 나는 아로가 내 질문에 답할 수 있는 유일한 사람임을 알았다. 오수보 회관에서의 그 일을 겪고도 즈와히르를 떠나지 않은 이유였다. 내가 어딜 가겠는가?

전날, 아빠는 가슴이 아프다며 아우의 낙타에 실려 집에 돌아왔다. 치료사가 불려 왔다. 긴 밤이었다. 그게 내가 밤새 운 이유였다. 만약 아로가 날 가르쳤다면, 아빠를 낫게 해 줄 수 있었으리란 생각이 자꾸 들었다. 아빠는 심장 문제가 생기기엔 너무 한창때고 건강했다.

내 가슴이 조여들었다. 모든 소리가 먹먹하게 들렸다. 나는 옷을 입고 집을 몰래 빠져나왔다. 계획은 하나뿐이었다. 내 뜻을 이루기. 나는 대로를 벗어나 아로의 오두막으로 향하는 길로 들어섰다. 날갯짓하는 소리가 들렸다. 머리 위 야자수에서 검은 독수리가 불룩한 눈으로 나를 노려보았다. 나는 얼굴을 찌푸렸다가 퍼뜩 깨닫고 얼어붙었다. 생각을 감출 수 있기를 바라며 눈을 돌렸다. 그 독수리는 독수리가 아니었다. 5년 전에 내가 봤을 때와 마찬가지. 내가 아로의 모든 면을 알고 있는 걸 어떻게 아로가 모를 수 있을까, 내가 변신하는 생물의 모든 면을 다 파악하고 있듯이 말이다. 하필 깃털이 떨어지다니 그의 입장에선 큰 실수였다.

그게 내가 독수리로 변신할 때마다 솟구치는 힘을 느끼는 이유였다. 나는 '독수리로서의 아로'로 변신하는 것이었다. 그래서 므위타에게 배우는 게 그렇게 쉬웠던 걸까? 하지만 내겐 이미 에슈의 재능이 있었다. 내 안에서 위대한 신비의 요소를 찾아보았다. 아무것도 잡을 수 없었다. 상관없다. 독수리는 날아갔다. *자, 가자.*

마침내 아로의 오두막에 도착했다. 문득 굶주림이 느껴지고 내 주변의 세계가 선명해져 갔다. 환한 빛무리가 오두막 꼭대기와 허공에서 춤추었다. 선인장 문에 다가서자 괴물이 내게로 왔다. 가장꾼이, 진짜 가장꾼이 아로의 오두막을 지키고 있었다. 그날은 아로가 경호가 필요한 기분이었나 보다. 가장꾼은 보통 축하 자리에 나타나곤 했다. 그런 경우엔 그저 야자와 천으로 된 정교한 의상을 차려입고 북소리에 맞추어 춤추는 사람들일 뿐이다.

둥 둥 둥 작은 북소리에 맞춰 진짜 가장꾼이 내게로 돌진했고, 모래가 우리 집만큼이나 높고 낙타 세 마리만큼 폭이 넓게 흩날렸다.

뿌옇게 먼지 앉은 색색의 천과 야자섬유 치맛자락이 휘날렸다. 나무로 된 얼굴은 조소하는 표정이었다. 격하게 춤추며 나를 향해 달려들다가 물러서곤 했다. 날카로운 손가락이 내 얼굴에서 한 치 떨어진 곳을 그어 대도 나는 꿋꿋이 자리를 지켰다.

내가 도망가지 않자, 영체(靈體)는 움직임을 멈추고 아주 가만히 서 있었다. 나는 고개를 들고 그쪽은 고개를 숙여, 서로 마주 보았다. 나의 성난 눈이 가면의 나무 눈을 응시했다. 그것이 내는 딱딱거리는 소리가 내 뼛속 깊숙이에 울렸다. 나는 움찔했지만 움직이지 않았다. 세 번 그것은 그렇게 했다. 세 번째에 찢어진 손마디처럼 내 안의 무엇인가 무너졌다. 가장꾼은 돌아서서 나를 아로의 오두막으로 인도했다. 가는 동안 그것은 천천히 스러져 갔다.

아로는 오두막 문턱에 서서, 마치 욕실에 들어섰다가 임신부가 배변하는 모습을 보았을 때 남자가 지을 법한 표정으로 나를 보고 있었다.

"오가 아로. 저를 학생으로 받아 주셨으면 해서 왔습니다."

뭔가 썩은 냄새라도 맡은 양 그의 코가 벌름거렸다.

"제발. 전 열여섯 살입니다. 후회하지 않으실 거예요."

여전히 그는 말하지 않았다. 내 뺨이 확 달아올랐고 눈은 마치 누가 손가락으로 찌른 기분이었다.

"아로." 나는 낮은 목소리로 말했다. "저를 가르치시게 될 거예요." 여전히 그는 아무 말이 없었다. "가르치실……." 내 입에서 다이아몬드가 튀어나왔다. 나는 고래고래 소리를 질렀다. "가르쳐 달라고요! 왜 날 가르치지 않겠단 거죠? 도대체 뭐가 문제예요? 다들 뭐가 문제인 거예요?"

사막은 내 고함을 이내 삼켜 버렸고 그걸로 끝이었다. 털썩 무릎을 꿇었다. 동시에 나는 할례를 받았던 그 장소로 떨어졌다. 생각 없이 그렇게 했다. 멀리서 나 자신의 비명이 들렸지만, 그건 내가 걱정할 바 아니었다. 이 영적인 장소에서 나는 약탈자였다. 본능적으로 나는 아로를 향해 날았다. 어디를 어떻게 공격해야 할지 알았다. 그를 알았으니까. 나는 그의 영혼을 안에서부터 태워 버리고자 작정한 이글거리는 빛이었다. 그의 충격을 느꼈다.

나는 이곳에 찾아온 목적을 잊었다. 그저 찢고 할퀴고 태워 버리고 있었다. 타들어 가는 머리털 냄새. 아로가 통증에 내는 신음이 달가웠다. 그러다가 가슴을 세게 걷어차이는 감각을 느꼈다. 눈을 떴다. 나는 다시 내 육체로 돌아와 뒤로 날아가고 있었다. 쾅당 떨어져, 뒤로 주르륵 미끄러졌다. 모래에 손바닥과 발목 뒤가 쓸려 나갔다. 라파가 풀어져서 다리가 드러났다.

나는 드러누워 하늘을 올려다보았다. 잠시 내가 봤을 리 없는 광경이 떠올랐다. 17년 전, 서쪽으로 160킬로미터 떨어진 곳에 있던 내 어머니였다. 드러누워 죽음을 기다리고 있었다. 내 몸, 그녀의 몸은 고통의 덩어리였다. 정액으로 가득했다. 그러나 살아 있었다.

그러다가 다시 사막으로 돌아왔다. 곁에서 아로의 염소가 메에 울고, 닭이 꼬꼬거렸다. 나는 살아 있었다. *나 자신을 지키려 해봐야 소용없어.* 어머니를 해쳤고, 나를 쫓고 있는 그 남자를 어떻게든 찾아내야 했다. 그를 쫓아야 했다. *그리고 찾아내면 죽여 버리겠어.* 일어나 앉았다. 아로는 오두막 앞 바닥에 누워 있었다.

"이제 알겠어요." 나는 소리 내어 말했다. 내 다이아몬드가 눈에 들어왔다. 집어 들어서 아무 생각 없이 모래도 털지 않고 혀 밑에 넣었다. "당신은…… 당신이 여자를 가르치지 않는 건 우리가 두려워서죠! 우……우리의 감정이 무서운 거예요." 나는 발작적으로 깔깔거리다가 정색했다. "그건 합당한 이유가 되지 못해요!"

나는 일어섰다. 아로는 그저 신음을 흘릴 뿐이었다. 반죽음 상태에서조차 그는 내게 말을 걸지 않았다.

"당신 어머니 따위 엿이나 먹으라지! 당신 핏줄 전부 다!" 나는 몸을 옆으로 돌려 침을 뱉었다. 피로 새빨갰다. "당신한테 배우느니 차라리 죽고 말겠어!"

갑자기 목에 고통스러운 것이 확 치밀었다. 나는 움찔했다. 죄책감이 밀려왔다. 나는 그를 죽이고 싶은 게 아니었다. 나를 가르쳐 주길 원했다. 이제 돌이킬 수 없었다. 나는 라파 자락을 다시 여미고 걸어서 집으로 갔다.

한 시간 후, 내가 내버려 둔 자리에 그대로 누워 있던 아로를 므위타가 발견했다. 므위타는 오수보 회관으로 달려가 장로들을 데려왔다. 회관의 '얇은 벽' 덕분에, 몇 시간도 안 되어 내가 아로에게 저지른 짓이 온 즈와히르에 퍼졌다. 문 두들기는 소리가 났을 때 부모님은 방에 계셨다. 나는 그게 므위타란 걸 알았다. 문을 열기가 망설여졌다. 문을 열고 맞이하자, 므위타는 내 손을 붙잡고 집 안쪽으로 들어와 씩씩댔다.

"무슨 짓을 저지른 거야?"

내가 대답하기도 전에, 그는 나를 벽에 세게 밀치고 잡아 눌렀다.

“입 다물어.” 그가 거칠게 속삭였다. “아로는 죽을지도 몰라.” 내가 숨을 들이켜자 그가 고개를 끄덕였다. “그래, 죄책감을 느끼네. 왜 그렇게 멍청해? 뭐가 문제야? 넌 스스로에게, 우리 모두에게 위험한 존재야! 가끔은 너 스스로 목숨을 끊어야 하나 싶다고!” 그는 나를 놓고 물러섰다. “어떻게 그럴 수 있어?”

나는 그저 거기 서서 이마의 작은 흉터를 문질렀다.

“아로는 내게 아버지에 제일 가까운 분이야.”

“어떻게 그 사람을 아버지라고 할 수 있어?” 나는 쏘아붙였다.

“네가 진짜 아버지에 대해 뭘 알아?” 므위타가 내뱉었다. “아버지도 없으면서! 돌봐 주는 사람뿐이지.” 그는 돌아가려 했다. “아로가 죽으면 저들이 우리를 어쩔 참인지 알아?” 그가 뒤돌아보며 말했다. “우리를 쫓아올 거야. 내 부모님과 같은 운명이 되겠지.”

그날 밤 11시, 그 붉은 눈이 나타났다. 나는 해볼 테면 해보라고, 반항적으로 쳐다보았다. 붉은 눈은 내 위를 1분쯤 맴돌며 응시했다. 그러고는 사라졌다. 다음 날 밤 똑같은 일이 있었다. 그다음 날도. 소문이 만연했다. 므위타와 나, 둘이서 아로를 폭행했다는 의심을 받고 있다고 루유가 전해 주었다.

“사람들이 그날 아침 네가 거기 가는 걸 봤대. 네가 화난 모습이었고 사람 죽일 기세였다며.”

아빠는 병이 났다가 회복 중이라 며칠 일을 쉬는 참이었고 어머니는 내가 저지른 일에 대해 아빠에게 일언반구도 하지 않았다. 어머니는 비밀을 아주 잘 지켰다. 그래서 아빠는 소문에 대해 다행스럽게도 까맣게 몰랐다. 하지만 어머니는 혹시 그 소문 중 하나라도 진실이 있는지 내게 물었다.

"저 그렇게 분별없지 않아요. 아로는 사람들이 생각하는 것 이상이고요."

사람들은 서로에게 말을 옮기고 다녔다. 에우 아이들은 폭력에서 태어났기에 폭력적이 될 수밖에 없다고. 며칠이 지났다. 아로는 계속 병상에 누워 있었다. 나는 마녀사냥을 각오했다. *아로가 죽는 날 닥쳐오겠지.* 도망가기 쉽도록 작게 짐을 꾸렸다. 그래서 닷새 후 아빠가 죽었을 때, 사람들은 이미 나를 의심의 눈으로 지켜보고 있었다.

17장

# 원점으로 돌아오다

우리는 원점으로 돌아왔다. 아버지의 장례식에서 시신을 숨 쉬게 만든 후로, 나에 대한 평가는 새로 바닥을 쳤다. 어머니가 나를 데리고 집에 돌아온 후, 므위타는 인지되지 않게끔 하고 내 친족들이 하는 말을 엿들었다.

"그 애가 아로를 죽이려 들었을 때 돌로 쳐 죽여야 했어."

"우리 딸은 이미 밤마다 그 애가 나오는 악몽을 꿔요. 이제 이런 일까지!"

"그 애를 빨리 불태울수록 나아."

집에서 나는 지난 수년간의 어느 때보다도 더 편하게 잤다. 비참한 육체의 욱신거림에 잠이 깼다. 아빠가 재가 되었다는 게 실감이 났다. 나는 몸을 말고 흐느꼈다. 마치 다시 조각조각 부서지는 기분이었다. 몇 시간을 어둡고 잠잠한 슬픔에 끌려가 있었다. 결국엔 다시 내 침대로 돌아왔다. 침대 시트에 코를 문질러 닦고 내 옷차림을 봤다. 아까 어머니가 내 하얀 드레스를 파란 라파로 갈아입혀 주었다. 아빠의 시신에 닿았던 왼손을 들어 보니 검지와 중지 사이에 부스러기가 약간 있었다.

"지금 당장 독수리로 변해 날아갈 수도 있어."

나는 속삭였다. 하지만 동물 상태로 오랫동안 있으면 미쳐 버릴 것이다. *그게 그렇게 나쁠까? 므위타 말이 맞아, 난 위험한 존재야.* 밤이 오면 사람들이 몰려오기 전에 집을 몰래 빠져나가기로 결심했다. 특히 어머니를 위해서. 어머니는 이제 홀몸이었다. 어머니에겐 그 어느 때보다도 사람들의 평판이 중요했다. 문에서 노크 소리가 났다.

"뭐야?"

나는 말했다. 문이 벌컥 열리며 벽에 세게 부딪혔다. 나는 성난 군중을 상대할 각오를 하고, 허겁지겁 침대에서 나왔다. 아로였다. 어머니가 그 뒤에 서 있었다. 어머니는 나와 눈을 마주친 다음 가 버렸다. 아로가 들어와서 문을 쾅 닫았다. 눈 위에는 최근에 생긴 것 같은 파란 멍이 들어 있었다. 나는 그의 하얀 장례식 의상 안에 다른 멍과 흉터가 있다는 걸 알고 있었다. 닷새 된 상처들.

"네가 무슨 짓을 저질렀는지 아느냐?"

"무슨 상관이에요?" 나는 쏘아붙였다.

"넌 생각을 안 해! 배우지 못하고 통제할 줄도 몰라, 짐승처럼." 그가 혀를 찼다. "손 이리 내 봐라."

아로가 다가서자 나는 숨을 죽였다. 그가 나를 건드리는 게 싫었다. 그는 나와 마찬가지로 에슈였다. 아로 같은 실력자라면 내 피부 세포 하나만 있어도 나한테 보복할 수 있었다. 하지만 무엇 때문인지 나는 가만히 앉아 그가 내 손을 잡게 두었다. 죄책감, 슬픔, 피로, 그중 무엇이라도 상관없다. 그는 내 손을 이리저리 뒤집어 보고, 꽉 쥐고, 내 손마디를 가볍게 마주 문질렀다. 손을 놓고는 혼자 껄껄 웃더니 고개를 내저었다.

"좋아, 샤*." 그가 혼자 중얼거렸다. "온예손우, 널 가르치겠다."

"네?"

"위대한 신비의 요소를 가르치겠다고, 그 뜻이 따른다면. 안 그러면 너는 우리 모두에게 위험이 되니까. 가르쳐도 넌 위험하긴 하다만, 최소한 내가 스승이 될 테니."

나는 미소 짓지 않을 수 없었다. 미소가 문득 흔들렸다.

"오늘 밤 저를 잡으러 올지도 몰라요."

"그런 일은 없도록 하마." 아로는 그렇게만 말했다. "내가 죽지 않았으니, 어렵진 않을 거다. 네가 걱정해야 할 쪽은 네 생부야. 아직 짐작 못 했다면 말이다만, 그는 나와 마찬가지로 마법사야. 네가 멍청하게 열한 살 의식을 치르지만 않았어도, 그는 아직껏 네 존재를 몰랐을 텐데. 그간 내내 지켜 준 내게 고마워해. 아니었다면 넌 진작 죽었다."

나는 얼굴을 찌푸렸다. 아로가 나를 지키고 있었다니. 입맛이 썼다. 어떻게 날 지켰는지 물어볼까 하다가 마음을 바꿨다.

"왜 그가 절 죽이려는 거죠?"

"넌 실패작이니까." 아로가 비웃으며 말했다. "남자애여야 했는데."

나는 움찔했다.

---

* 나이지리아 피진 영어에서는 '어쨌든', '그렇게'를 의미한다.

"자, 널 내 오두막으로 데려갈까 했지만, 속 모를 너희 어머니에겐 네가 필요하겠지. 그리고 너와 므위타 문제도 있고. 수련 중에 성적 접촉을 하면 수련이 지연돼."

나는 뺨이 확 달아올라 눈을 돌렸다.

"그나저나, 어머니를 두고 도망치는 건 이기적인 짓이다."

아로는 그 말이 스며들게 잠시 있었다. 나는 혹시 그가 내 마음을 읽을 수 있는 걸까 의문이 들었다.

"그렇지 않아. 너 같은 타입을 아는 것뿐이지."

"왜 당신을 믿어야 하는데요?"

"너 자신을 지킬 수 있나? 넌 나에 대해 알고 있으니 어떻게 해야 날 해치울 수 있는지 알지 않아?"

"알죠, 하지만 이제 당신도 절 아시잖아요. 제 손을 만졌으니."

그의 얼굴에 미소가 번졌다.

"그럼 이제 우린 서로 상대를 알게 되었군. 좋은 출발이야."

"하지만 당신은 마스터잖아요."

"그러니 너도 그렇게 되는 게 현명하지 않겠어? 너 자신을 위해?"

"당신이 저를 그렇게 만들어 주리란 믿음이 든다면요."

"그래, 신뢰는 노력으로 쌓아올리는 거니까, 그렇지?"

나는 생각해 보았다.

"좋아요."

"아니를 믿느냐?"

"아뇨."

나는 딱 잘라 말했다. 아니는 자비롭고 사랑을 베푸는 여신으로 알려져 있었다. 아니라면 내 존재 자체를 허락했을 리 없었다. 난 한 번도 아니를 믿어 본 적이 없었다. 내게 아니란 놀라거나 화났을 때 내뱉는 감탄사에 불과했다.

"그럼 창조주는?"

나는 고개를 끄덕였다.

"차갑고 논리적이죠."

"다른 이들의 믿음에 같은 권리를 인정하겠느냐?"

"그 믿음이 타인의 믿음을 해치지 않고, 그럴 필요가 있다고 여겨지고, 내 마음속으로는 그들을 멍청하다고 할 수만 있다면, 네, 그래요."

"이 세상을 네가 왔을 때보다 더 나은 곳으로 만들고 떠나는 게 너의 책임이라고 믿느냐?"

"네."

아로는 잠시 사이를 두고, 나를 더 뚫어져라 쳐다보았다.

"주는 것과 받는 것, 어느 쪽이 나은가?"

"똑같아요. 어느 한쪽만 존재할 수가 없죠. 하지만 받지 않고 계속 주기만 한다면, 바보예요."

그는 그 말에 껄껄 웃었다. 그러더니 물었다.

"냄새가 느껴지느냐?"

나는 그 즉시 무슨 말인지 알았다.

"네. 진하게요."

불, 얼음, 철, 육체, 나무, 그리고 꽃. 생명의 땀. 대개는 그 냄새를 잊고 있었지만 이상한 일이 벌어질 때는 늘 냄새를 의식하게 되었다.

"맛도 느껴지고?"

"네. 느끼려고 하면요."

"네가 선택한 거냐?"

"아뇨. 오래전에 그게 절 선택했죠."

아로는 고개를 끄덕였다.

"그렇다면 환영한다." 그는 문으로 향했다. 그러면서 어깨 너머로 돌아보며 말했다. "그리고 그 입에 든 그 빌어먹을 돌은 빼고. 그 돌의 의도는 너를 땅에 묶어 두는 거다. 너에겐 소용없어."

# 2부

# 학생

18장

# 아로의 오두막 방문

스무여드레가 지나고 나서 나는 아로의 오두막에 가기로 결심했다. 너무 무서웠다.

그 당시, 나는 밤에 쭉 자지 못했다. 누가 방 안에 있다는 느낌을 받으며 어둠 속에서 깨어났다. 아빠나 아빠의 첫 아내인 낙타 기수 은제리는 아니었다. 그 둘이라면 기꺼이 반겨 맞았을 것이다. 나를 죽이려 드는 붉은 눈이거나 내게 복수를 하려는 아로거나, 둘 중 하나였다. 그럼에도 아로가 약속한 대로, 사람들이 나를 잡으러 떼 지어 오진 않았다. 열흘째에는 심지어 학교에도 갔다.

유언으로 아빠는 가게를 어머니에게 남겼고, 도제였다가 이젠 장인이 된 지가 운영을 맡았다. 어머니가 80퍼센트, 지가 20퍼센트로 이윤을 나눴다. 양측에 다 좋은 조건이었고, 특히 가난한 집안 출신인 지가 이제는 '위대한 파딜 오군디무 아래서 수련한 대장장이'라는 호칭을 달고 있으니 더욱 그랬다. 거기에 더해 어머니에겐 선인장 사탕과 채소밭이 있었다. 아다, 현명한 이 나나, 그리고 어머니 친구 두 분이 매일 찾아왔다. 어머니는 괜찮았다.

루유, 디티, 빈타는 단 한 번도 나를 찾지 않았기에 나는 그들을 절대 용서하지 않겠다고 맹세했다. 므위타도 오지 않았다. 하지만 그의 행동은 이해했다. 그는 내가 아로의 오두막으로 저를 찾아오기를 기다리고 있었다. 그래서 그 4주 동안, 나는 두려움과 상실감 속에 혼자였다. 학교에 다시 나간 이유는 기분 전환이 필요해서였다.

무슨 돌림병 환자 취급이었다. 운동장에서는 애들이 나를 피해 물러났다. 듣기 싫은 말이든 좋은 말이든, 나한텐 한마디도 하지 않았다. 아로는 도대체 무슨 수로 사람들이 날 찢어 죽이지 못하게 막은 걸까? 뭐였든 간에, 사악한 에우 여자애라는 내 평판을 바꿔 놓진 못했다. 빈타, 루유, 디티는 나를 피했다. 눈길을 외면하고 가 버렸다. 내가 인사해도 모른 척했다. 나는 너무 화가 났다.

이렇게 며칠이 지나고, 결판을 낼 때가 왔다. 평소처럼 학교 담벼락 옆에 선 그 애들을 발견했다. 나는 과감하게 다가갔다. 디티는 내 발을 내려다보고, 루유는 옆을 돌아보았으며, 빈타는 나를 응시했다. 내 자신감이 흔들렸다. 내 밝은 피부색과 뚜렷한 주근깨, 특히 빰에 난 주근깨, 등 뒤로 늘어뜨린 모래색 땋은 머리가 너무 의식되었다.

루유가 빈타를 쳐다보고 어깨를 툭 쳤다. 빈타가 얼른 시선을 돌렸다. 나는 꼿꼿이 서 있었다. 최소한 말다툼이라도 하고 싶었다. 빈타가 울기 시작했다. 디티가 짜증스레 파리를 쫓았다. 루유는 내 얼굴을 어찌나 뚫어져라 쳐다보던지 한 대 치려나 보다 싶었다.

"이리 와." 루유가 운동장을 둘러보고 말하고는 내 손을 잡았다. "이젠 됐어."

디티와 빈타가 뒤에 바짝 붙어 따라왔고 우리는 재빨리 길을 걸어갔다. 우리는 길모퉁이에 앉았다. 루유가 내 한쪽 옆에, 빈타가 다른 쪽 옆, 그리고 디티는 루유 옆. 우리는 지나가는 사람과 낙타를 지켜보았다.

"왜 그랬어?" 디티가 갑자기 물었다.

"입 다물어, 디티." 루유가 말했다.

"내가 궁금하면 물을 수도 있지!"

"그럼 제대로 묻든가. 우리가 재한테 잘못했어. 그럴 입장이 아니지……."

디티가 고개를 힘차게 저었다.

"우리 어머니가 그랬는데……."

"재를 만나려고 노력이나 했어?" 루유가 말했다. 나를 돌아봤을 때, 루유는 울고 있었다. "온예손우, 어떻게 된 거야? 나 기억나는데…… 우리 열한 살 때, 하지만…… 이해가……."

"너희 아버지가 날 가까이하지 말래?" 나는 루유에게 씩씩댔다. "예쁜 딸이 못나고 사악한 친구와 어울리는 꼴을 더는 보기 싫으시대?"

루유는 나를 피해 움츠러들었다. 내가 정곡을 찌른 것이다.

"미안." 나는 한숨을 내쉬며 얼른 말했다.

"사악한 거야?" 디티가 물었다. "아니 여사제에게 가 보면……?"

"난 사악한 게 아냐!" 나는 허공에 주먹을 흔들며 외쳤다. "다른 건 몰라도, 그건 알아 줘." 나는 이를 갈며 주먹으로 가슴을 쳤다. 므위타가 화났을 때 종종 하는 식으로. "나는 나지만 사악하진 않아!"

마치 즈와히르 전체에 외치고 있는 기분이었다. *아빠는 절대 날 사악하다고 생각한 적 없었어.* 아빠를 잃은 슬픔이 다시금 몰아닥쳐 나는 흐느끼기 시작했다. 빈타가 내 어깨에 팔을 둘러 껴안아 주며 내 귀에 속삭였다.

"그래."

"그래." 루유가 말했다.

"다 괜찮아." 디티가 말했다.

그렇게 나와 친구들 사이의 긴장은 풀어졌다. 그냥 그렇게. 그 순간에조차 느꼈다. 무게가 가벼워졌다. 우리 넷 다 느꼈을 것이다.

하지만 내게는 여전히 해결해야 할 두려움이 있었다. 그리고 유일한 방법은 직면하는 것뿐이었다. 일주일 후 휴일에 나는 나섰다. 일찍 일어나서 샤워를 하고, 아침을 차리고, 제일 좋아하는 파란 드레스를 입고 두꺼운 노란 베일을 머리에 둘렀다.

"엄마."

나는 부모님 방을 들여다보며 말했다. 어머니는 웬일로 침대에 뻗어 곤히 잠들어 있었다. 깨우기가 미안했다.

"응?" 어머니가 말했다. 눈이 말짱했다. 밤새 울지 않았다.

"아침으로 구운 얌하고 달걀 스튜랑 차 좀 차렸어요."

어머니는 일어나 기지개를 켰다.

"어디 가니?"

"아로 오두막에요, 엄마."

어머니는 도로 누웠다.

“잘됐다. 아버지가 좋아하셨을 거야.”

“그래요?”

나는 어머니가 하는 말을 더 잘 들으려고 침대로 가까이 가며 물었다.

“너희 아버지는 아로에게 흥미를 느꼈어. 신기한 거면 전부 다. 너와 날 포함해서…… 오수보 회관은 그렇게 좋아하지 않았지만.” 우리는 웃음을 터트렸다. “온예손우, 아버진 널 사랑하셨어. 그리고 나만큼 분명하게 알았던 건 아니지만, 아버진 네가 특별하단 걸 알았단다.”

“아……아로와의 갈등 문제를 엄마 아빠한테 말씀드렸으면 좋았을걸 그랬어요.”

“어쩌면. 하지만 그래도 아무것도 못 했을 거야.”

나는 천천히 준비했다. 선선한 아침이었다. 사람들은 막 아침 집안일을 마치고 나오는 참이었다. 내가 지나가는 사이, 아무도 인사를 하지 않았다. 아빠를 떠올리니 가슴이 아팠다. 지난 며칠 사이, 슬픔이 너무나 강해져 장례식 때처럼 나를 둘러싼 세계가 바르르 떨리는 것이 느껴졌다. 장례식 때 벌어진 일이 무엇이든 다시 일어날 수 있었다. 그게 내가 결국 아로에게로 향하는 이유 중 일부였다. 나는 다른 누구도 해치고 싶지 않았다.

므위타가 선인장 문에서 나를 맞이했다. 내가 입을 열기 전, 그가 나를 덥석 안았다.

"어서 와."

그는 내가 긴장을 풀고 마주 포옹할 때까지 나를 안고 있었다.

"알겠지?"

우리 뒤에서 목소리가 말했다. 우리는 펄쩍 뛰어 떨어졌다. 아로가 선인장 문 뒤에 서서 가슴 앞에 팔짱을 끼고 있었다. 그는 가벼운 소재의 길고 검은 카프탄 차림이었다. 서늘한 아침 산들바람에 그의 맨발 발치에 옷자락이 펄럭였다.

"그래서 넌 여기서 살 수가 없는 거다."

"죄송합니다." 므위타가 말했다.

"뭐가 죄송해? 넌 남자고 이 여자는 네 것인데."

"죄송합니다."

나는 이게 그가 예상한 바임을 알고, 발치를 내려다보며 말했다.

"그래야지. 일단 시작하면 그를 멀리해야 한다. 네가 수련 중에 임신하면 우리 모두 죽게 돼."

"네, 오가."

"고통은 잘 견디겠지, 듣기로."

나는 고개를 끄덕였다.

"최소한 그건 잘됐네. 문을 통과해."

문을 통과하는데 선인장이 다리를 할퀴었다. 나는 펄쩍 뛰고 짜증이 나 씩씩댔다. 아로가 낄낄거렸다. 므위타는 긁히지 않고 내 뒤를 따라 들어와서는 자기 오두막으로 향했다. 나는 아로를 따라 그의 오두막으로 갔다. 안에는 의자와 라피아야자 침상 매트가 있었다. 작고 긁힌 계산기 워드패드와 벽의 도마뱀을 제외하면, 그게 전부였다. 뒷문을 지나 사막이 우리 앞에 펼쳐진 곳으로 나갔다.

"앉아라."

아로가 땅바닥의 라피아야자 매트를 손짓하며 말했다. 그도 앉았다.

우리는 앉은 채 잠시 서로를 응시했다.

"호랑이 눈을 지녔구나. 호랑이는 멸종된 지 몇십 년이 되었지."

"당신은 노인의 눈을 지녔고요. 노인은 살날이 길지 않지요."

"난 늙었어."

그가 일어나며 말했다. 자기 오두막으로 들어가서는 잇새에 선인장 가시를 물고 돌아와 다시 앉았다. 그러더니 내게 엄청난 충격을 안겨 주었다.

"온예손우, 미안하다."

나는 눈을 깜박였다.

"내가 오만했다. 자신감이 부족했고. 멍청했어."

나는 아무 말도 하지 않았다. 전적으로 동감이었다.

"내가 여자애를, 여자를 맡게 되었다는 것에 충격을 받았지. 하지만 너는 키가 클 테니, 그것으로 되었다. 위대한 신비의 요소에 대해 뭘 알고 있지?"

"아무것도요, 오가. 므위타는 말해 줄 것이 별로 없었어요, 왜냐하면…… 가르쳐 주지 않으셨으니까."

목소리에서 분노를 감출 수 없었다. 그가 실수를 인정한다면, 전부 다 인정하기를 나는 바랐다. 아로 같은 남자는 잘못을 한 번만 인정할 것이다.

"므위타는 입문식을 통과하지 못했으니까 안 가르친 거다." 아로가 단호히 말했다. "그래, 므위타란 점이 내키지 않았지. 너희 에우는 더럽혀진 영혼을 갖고 이 세상에 왔다."

"아뇨!" 나는 그의 얼굴에 삿대질하며 말했다. "나는 그렇다 쳐요, 하지만 므위타한테는 그럴 수 없어요. 그 애의 삶에 대해 물어보기라도 했어요? 그 애 사연을?"

"그 손 내려라, 아이야." 아로의 몸이 곧고 뻣뻣해졌다. "훈육을 받지 못한 건 분명하구나. 오늘 훈육을 당하고 싶으냐? 잘 가르쳐 줄 수 있는데."

나는 애써 마음을 가라앉혔다.

"사연은 안다."

"그럼 므위타가 사랑에서 태어났다는 거 아시잖아요."

아로의 콧구멍이 벌름거렸다.

"그렇다 해도 그 애의…… 혼혈인 점은 넘어가 주었지. 입문식에 도전하도록 해 줬어. 무슨 일이 있었는지 본인에게 물어보아라. 내가 할 말은, 다른 사람들과 마찬가지로 그 애도 실패했다는 것뿐이야."

"므위타는 당신이 입문식 도전을 허락하지 않았다고 했어요."

"거짓말이야. 가서 물어봐라."

"그럴 거예요."

"이 땅에 진정한 마법사는 드물어. 그리고 마법사가 된 것은 본인들의 선택이 아니었지. 그래서 우리가 죽음, 고통, 그리고 분노에 시달리는 거야. 먼저 크나큰 슬픔이 있고, 그다음 우리를 사랑하는 이들이 우리가 그렇게 되라고 기원한다. 십중팔구 너를 이 길에 들어서게 한 사람은 너희 어머니일 거야. 그녀에겐 많은 것이 있지, 샤."

아로는 잠시 말을 멈추고, 그걸 생각해 보는 듯했다.

"아마 네가 잉태되던 날 어머니가 그걸 기원했을 거야. 분명 네 어머니의 기원이 네 생부의 기원을 눌렀던 게지. 네가 남자애였으면, 그는 적이 아니라 동지를 얻었을 거다.

위대한 신비의 요소는 목적을 위한 수단이야. 마법사마다 자신만의 목적이 있지. 하지만 네가 입문식을 통과하기 전까지는 가르칠 수 없어. 내일. 나한테 온 아이들 중 통과한 이는 한 명도 없다. 깨지고, 부러지고, 병들고, 토하면서 집으로 돌아갔지."

"무슨 일이 벌어지는 건가요…… 입문식 중에?"

"네 존재 자체가 시험당해. 신비의 요소를 배우려면 적합한 사람이어야만 한다. 말해 줄 건 그것뿐이야. 다이아몬드는 뺐고?"

"네."

"넌 할례를 받았지. 그게 문제가 될지도 모르겠다. 하지만 이제 와선 어쩔 수 없는 일이지." 그가 일어섰다. "해가 진 다음엔, 물 말고는 아무것도 먹거나 마시지 마라. 네 월경은 이틀 뒤야. 그게 문제가 될지도 모르겠다."

"어떻게 제…… 언제일지 아세요?"

그는 웃기만 했다.

"어쩔 수 없어. 오늘 밤, 잠들기 전에 한 시간 동안 명상을 해라. 해가 지고 나선 어머니와 얘기하지 말고. 하지만 너희 아버지 파딜

하곤 얘기해도 좋다. 새벽 5시에 여기로 와라. 깨끗이 목욕하고 질은 옷을 입도록 해."

나는 그를 응시했다. 이 지시를 어떻게 전부 기억하지?

"가서 므위타와 얘기해라. 다시 들어야 할 필요가 있다면 그 애가 알려 줄 거야."

므위타의 오두막에 가까워지니 세이지 타는 냄새가 났다. 그는 내게 등을 돌리고 넓은 매트에 조용히 앉아 명상 중이었다. 나는 문간에 서서 둘러보았다. 그러니까 여기가 그가 사는 곳이구나. 손으로 엮은 물건들이 벽에 걸리고 오두막 여기저기 쌓여 있었다. 바구니, 매트, 접시, 반쯤 된 등나무 의자.

"앉아." 돌아보지 않은 채 그가 말했다.

나는 매트 위 그의 옆자리에, 오두막 입구를 면하고 앉았다.

"바구니 엮을 줄 안다는 얘긴 못 들었네."

"중요하지 않으니까."

"배워 보고 싶은데."

그는 무릎을 가슴에 당겨 안았지만 아무 말이 없었다.

"나한테 다 말해 주지 않았어."

"내가 그러길 바라?"

"중요한 문제라면."

"누구에게 중요한?"

므위타는 일어나 기지개를 켜고는 벽에 기댔다.

"뭐 먹었어?"

"아니."

"해가 지기 전에 든든히 먹어 두는 게 좋아."

"이 입문식에 대해 뭐 아는 거 있어?"

"왜 내 인생에서 제일 큰 실패 이야기를 너한테 하겠어?"

"불공평해." 나는 일어서며 말했다. "너 망신 주려고 묻는 게 아니야. 네가 겪은 일을 말해 주는 게 중요해."

"왜? 너한테 좋을 게 뭐가 있다고?"

"상관없어! 네가 거짓말을 했잖아. 우리 사이엔 비밀이 없어야 해."

므위타가 나를 지켜보는 사이, 나는 그가 우리 관계를 되짚어 보고 있음을 알았다. 그는 내게 요구할 수 있는 진실 또는 비밀을 찾고 있었다. 내가 자기에게 아무것도 감추지 않았음을 깨달았는지, 그는 이렇게 말했다.

"괜히 겁만 먹어."

나는 고개를 저었다.

"나는 모르는 게 더 무서워."

"좋아. 난 죽다 살았어. 죽었지……. 아니, 거의. 입문식 통과에 가까워질수록 죽음에 가까워져. 입문식을 지나려면 죽어야 하지. 난 아주…… 가까이까지 갔어."

"무슨……."

"사람마다 다 달라. 고통, 절대적 공포. 아로가 왜 동네 애들에게 도전을 허락했는지 모르겠어. 악의적인 면이 있지."

"넌 언제……."

"여기 오고 얼마 안 되어서." 그는 깊이 숨을 들이쉬고 나를 빤히 보더니 고개를 저었다. "안 돼."

"왜? 나는 내일 할 거란 말이야, 알고 싶다고!"

"안 돼."

그가 한 말은 그게 전부였고 그걸로 끝이었다. 므위타는 한밤중에 야자수 농장 사이를 걸어갈 수 있었다. 그는 나하고 시간을 보낸 후 여러 번 그렇게 했다. 한번은 우리 집 정원에 앉아 있을 때, 타란툴라 거미가 내 다리를 기어 올라왔다. 그는 맨손으로 거미를 짓이겨 버렸다. 하지만 이제 실패한 입문식 얘기가 나오자, 그는 몹시도 공포에 질려 보였다.

내가 집에 가기 전, 므위타는 입문식 준비물을 확인해 주었다. 나는 점점 짜증이 나서 그냥 적어 달라고 부탁했다.

나는 어머니 옆에 무릎을 꿇었다. 어머니는 정원에서 식물 주위의 흙을 손으로 휘젓고 있었다.

"어땠니?"

"그 미친 사람에게서 예상할 수 있을 만큼요."

"너와 아로는 너무 비슷해." 어머니가 그렇게 말하고는 잠시 멈추었다. "오늘 현명한 이 나나와 얘기했다. 입문식에 대해 얘기해 주시던데……." 어머니는 말끝을 흐리며 내 얼굴을 살폈다. 보아야 할 것을 보았다. "언제니?"

"내일 아침이네요." 나는 목록을 꺼냈다. "이게 다 제가 준비해야 할 일이에요."

어머니는 그 목록을 읽고 말했다.

"저녁을 일찍 한 상 차려 줄게. 닭고기 카레와 선인장 사탕 어떠니?"

나는 활짝 미소 지었다.

뜨거운 물에 느긋이 목욕하고 한동안은 마음이 차분했다. 하지만 밤이 깊어가자 미지의 것에 대한 두려움이 돌아왔다. 한밤이 되자, 아까 먹은 맛있는 저녁이 배 속에서 불편하게 꿀렁거렸다. *입문식 중에 내가 죽으면 엄마는 혼자야. 불쌍한 우리 엄마.*

나는 자지 않았다. 하지만 열한 살 이후 처음으로, 붉은 눈을 볼까 두렵지 않았다. 오전 3시쯤 닭이 울기 시작했다. 다시 목욕을 하고 긴 적갈색 드레스를 입었다. 배는 고프지 않고 욱신욱신 아픈 것이, 둘 다 월경이 가까워졌다는 확실한 신호였다. 나는 어머니를 깨우지 않고 나왔다. 아마 이미 일어나 있을 것이었다.

19장

## 검은 옷의 남자

"아빠, 제발 절 이끌어 주세요." 나는 걸으며 말했다. "가르침이 필요해요."

솔직히 아빠가 거기 있다는 생각은 들지 않았다. 나는 늘 사람이 죽으면 그 영혼은 가까이 머물거나 가끔 찾아온다고 믿었다. 아직도 그렇게 믿고 있으며, 그건 아빠의 첫 아내 은제리가 그런 식이었기 때문이었다. 가끔 집에서 그녀의 존재를 느꼈다. 하지만 지금은 아빠가 곁에 느껴지지 않았다. 서늘한 산들바람과 귀뚜라미 소리만이 나와 함께였다.

므위타와 아로는 아로의 오두막 뒤에서 나를 기다리고 있었다. 아로가 내게 차 한 잔을 마시라고 건넸다. 미지근하고 꽃 같은 맛이 났다. 차를 마시고 나니, 배에 느껴지던 은은한 통증이 사라졌다.

"이제 무슨 일이 생기는 건가요?"

"사막으로 걸어 들어가라."

아로가 갈색 옷을 몸에 두르며 말했다.

나는 므위타를 돌아보았다.

"네게 중요한 건 앞에 다 있어." 아로가 말했다.

"가, 온예손우." 므위타가 웅얼거렸다.

아로가 나를 사막 쪽으로 밀었다. 평생 처음으로, 나는 사막으로 들어서는 것이 내키지 않았다. 해가 막 떠오르고 있었다. 나는 걷기 시작했다. 몇 분이 흘렀다. 귀에서 심장 박동이 들리기 시작했다. *차에 뭔가 들어 있었어. 마법사의 약이겠지, 아마도.* 산들바람이 불어올 때마다, 모래가 서로 서걱거리는 소리를 뚜렷이 들을 수 있었다. 나는 손으로 귀를 막았다. 계속 걸어갔다. 바람이 세기를 더하여 모래바람이 되었다.

"이게 뭐야?"

나는 밀리지 않으려 애써 발에 힘을 주며 소리 질렀다.

해가 이내 가려졌다. 어머니와 나는 유목민이던 시절에 세 번의 큰 모래폭풍을 겪었다. 우리는 구덩이를 파고 거기에 누워 텐트로 몸을 가렸다. 바람에 날려가거나 산 채로 파묻히지 않아 다행이었다. 이제 나는 그런 모래폭풍의 한가운데에 달랑 드레스 한 벌 차림으로 있었다.

나는 아로의 오두막으로 돌아가기로 마음먹었다. 하지만 뒤에 아무것도 안 보였다. 얼굴을 팔로 가리고 주위를 둘러보았다. 휘몰아치는 모래에 피를 봤다. 곧 눈꺼풀에 모래가 엉겨 붙고, 먼지에 눈이 아팠다. 모래를 뱉어 봤지만 입에 더 들어찰 뿐이었다.

갑자기 바람의 방향이 바뀌어 내 뒤에서 불며 나를 작은 오렌지색 불빛으로 떠밀었다. 가까워지고 보니, 비치는 푸른 소재로 된 텐트였다. 안에서 작은 불이 타고 있었다.

"모래폭풍 한가운데에 불이라니!"

나는 발작적으로 웃음을 터트리며 외쳤다. 얼굴과 팔이 따끔거리고 다리는 떨리는 가운데, 바람에 휘말려 날아가지 않으려 애썼다.

텐트 안으로 몸을 던지자 정적과 맞닥뜨렸다. 심지어 텐트 벽조차 바람에 흔들리지 않았다. 텐트를 고정한 건 아무것도 없었다. 텐트 바닥은 모래였다. 나는 콜록거리며 옆으로 몸을 굴렸다. 따끔거리고 눈물이 그렁한 눈에, 내가 본 중 가장 새하얀 남자가 들어왔다. 그는 묵직한 검은 망토를 입었고 후드를 내려 얼굴 위쪽 절반을 가렸다. 하지만 아래쪽 절반은 똑똑히 보였다. 그의 쭈글쭈글한 피부는 우유처럼 새하얬다.

"온예손우." 검은 옷의 남자가 돌연 말했다.

나는 펄쩍 뛰었다. 남자에겐 뭔가 혐오감을 일으키는 구석이 있었다. 거미처럼 빠르고 잽싸게 불 주위를 돌아 도망칠 것 같은 느낌이었다. 하지만 남자는 긴 다리를 뻗은 채 그냥 앉은 채였다. 날카로운 손톱은 울퉁불퉁하고 누르스름했다. 그는 한쪽 팔꿈치에 몸을 기댔다.

"그게 네 이름이냐?"

"네."

"아로가 보낸 아이군."

그의 축축하고 납작한 분홍색 입술이 휘어져 조소를 띠었다.

"네."

"누가 널 보냈지?"

"아로요."

"그럼 넌 뭐냐?"

"네?"

"넌 뭐냐?"

"사람입니다."

"그게 다야?"

"에슈이기도 하죠."

"그럼 넌 사람이냐?"

"네."

그는 로브 안으로 손을 넣어 작고 파란 병을 꺼냈다. 그리고 그걸 흔들더니 내려놓았다.

"아로가 불러서 왔더니 내 앞에 여자가 앉아 있군." 남자가 코를 벌름거렸다. "곧 피를 흘릴 여자. 아주아주 곧. 이곳은 성스러운 곳이야, 알겠지만."

남자는 마치 대답을 기다리듯 나를 쳐다보았다. 그가 통을 집어 들었을 때는 마음이 놓였다. 그는 그걸 흔들더니 쾅 내려놓았다. 난 너무 아픈 눈을 비비고만 싶었다. 나를 쳐다보는 그의 눈에 담긴 분노에 심장이 덜컹했다.

"칼을 댔구나! 넌 절정을 느낄 수 없는 몸이야! 누가 이런 일을 허락했지?"

나는 더듬더듬 말했다.

"그건…… 부모님을 기쁘게 해 드리고 싶어서…… 그게……."

"입 다물어." 그는 잠깐 사이를 두었고 다시 입을 열었을 때는 목소리가 좀 더 서늘했다. "어떻게 할 수 있을지도 모르지." 혼잣말에 가까웠다. 그는 뭔가 중얼거리더니 말을 이었다. "넌 오늘 죽을지도 몰라. 준비가 되었기를 바란다. 네 시체는 찾을 수 없을 테니."

나는 어머니를 떠올렸다가 뇌리에서 밀어냈다.

검은 옷의 남자는 통에 든 것을 던졌다. 뼈였다. 작고 가느다란 뼈, 아마 도마뱀이나 다른 짐승일 것이다. 하얗게 탈색되고 말랐으며, 몇 개는 끄트머리가 부스러져 구멍이 숭숭 뚫린 오래된 골수가 드러났다. 통에서 쏟아져 나와 다시는 움직이지 않을 것처럼 땅에 떨어졌다. 마치 그걸 확신하는 것처럼. 흩어진 뼈를 보고 있자니 눈꺼풀이 무거워졌다. 눈길이 그에게로 향했다. 남자는 한참 그것을 쳐다보았다. 그러더니 놀라서 입을 벌린 채 나를 보았다. 그의 눈이 보이면 좋겠다 싶었다. 그러고 나서 남자는 좀 더 제어된 표정으로 얼굴을 감췄다.

"여기가 보통 고통이 시작되는 곳이다. 내가 남자애들의 비명을 듣는 곳이지." 검은 옷의 남자는 짧은 사이를 두고 뼈를 내려다보았다. "하지만 넌." 그가 빙글거리며 고개를 끄덕였다. "너를 죽도록 만들어야겠어."

남자가 왼손을 들어 손목을 틀었다. 내 머리가 제 혼자서 휙 돌아가면서 목이 뚜둑 하는 게 느껴졌다. 나는 신음을 뱉었다. 모든 것이 시꺼메졌다.

눈을 뜨자마자 내가 나 자신이 아니라는 걸 알았다. 그 감각은 무섭다기보다는 기묘했다. 나는 누군가의 머릿속에 들어가 있는 상태였으나 그래도 그 사람의 얼굴에 흘러내리는 땀방울과 피부를 물어뜯는 벌레를 느낄 수 있었다. 빠져나와 보려 했지만 옮겨 갈 몸이 없었다. 내 정신은 거기 붙들려 있었다. 내가 바깥을 내다보는 눈은 콘크리트 벽을 응시하고 있었다.

단단하고 서늘한 콘크리트 블록에 앉았다. 지붕은 없었다. 햇빛이 비쳐 들어와, 이미 더운 방이 더욱 갑갑해졌다. 근처에서 많은 사람들의 기척이 들렸으나 뭐라고 하는지 정확히 알 수는 없었다. 내가 들어 있는 몸의 주인은 뭔가 중얼거리더니…… 웃음을 터트렸다. 그 목소리는 여자의 것이었다.

"그럼 들어오라지."

여자가 말했다. 그녀는 자기 몸을 내려다보고는 초조하게 허벅지를 마주 비볐다. 길고 거친 하얀 드레스 차림이었다. 나처럼 피부색이 밝지는 않았지만 내 어머니처럼 어둡지도 않았다. 여자의 손이 눈에 들어왔다. 이런 건 이야기 속에서나 읽어 보았다. 부족 문양이었다. 이 여자의 손은 온통 그 문양으로 뒤덮여 있었다. 동그라미, 소용돌이, 그리고 복잡한 디자인으로 엮인 선이 여자의 손목까지 타고 올라왔다.

여자는 고개를 뒤쪽 벽에 기대고 햇빛 속에 눈을 감았고 한순간 세상이 붉게 변했다. 그때 누가 여자를…… 우리를 거칠게 붙잡아서 나는 소리 없는 비명을 질렀다. 여자의 눈이 번쩍 뜨였다. 그녀는 아무 소리도 내지 않았다. 맞서 싸우지 않았다. 나는 몹시도 그러고 싶었다. 그러던 중 수천 명의 사람들이 우리 앞으로 몰려왔다. 다들 비명에 고함에 소리를 지르고, 말하고, 웃고, 노려보고 있었다.

마치 눈에 보이지 않는 힘이 막아선 양 그들은 우리가 끌려간 구덩이에서 6미터쯤 떨어진 곳에 물러선 채였다. 구덩이 뒤에는 모래더미가 있었다. 남자들이 우리를 구덩이로 끌고 가서 밀어 넣었다. 여자가 바닥에 부딪히며 온몸이 뒤흔들리는 게 느껴졌다. 지면은 우리 어깨보다 약간 높았다. 여자가 주위를 둘러보자 나는 처형을 기다리고 있는 엄청난 군중을 제대로 볼 수 있었다.

남자들이 구덩이에 흙을 삽으로 퍼 넣었고 우리는 곧 목까지 묻혔다. 이 시점에서 여자의 두려움이 내게 전이되었는지 갑자기 내가 둘로 찢겼다. 만약 내게 육체가 있었다면, 내 양쪽 팔에 각각 천 명씩 매달려 서로 잡아당기고 있다고 생각했을 것이다. 뒤쪽에서 한 남자가 크게 말하는 소리가 들렸다.

"누가 이 애물단지에 첫 번째 돌을 던지겠는가?"

첫 번째 돌이 우리 뒤통수를 갈겼다. 아픔이 폭발했다. 그 이후로 수없이 더 많은 아픔이 닥쳤다. 얼마 후, 머리를 돌로 맞은 아픔이 뒤에서, 닥치고 잡아 찢기는 아픔이 앞에서 밀려왔다. 나는 비명을 지르고 있었다. 죽어 가고 있었다. 누군가 또 돌을 던졌고 나는 무언가 부서지는 것을 느꼈다. 죽음이 내게 닿는 순간 알았다. 최선을 다해 자신을 추스리려 했으나, 아무 소용 없었다.

*엄마.* 어머니를 완전히 혼자 두고 나는 떠나가고 있었다. *계속 가야만 해.* 절망 속에서 나는 생각했다. *엄마는 그러길 바라셨어. 그렇게 바라셨어!* 내겐 남은 것이 너무나 많았다. 아빠가 나를 붙들어 안는 것을 느꼈다. 아빠에게선 뜨거운 쇠 냄새가 났고, 늘 그랬듯이 팔 힘이 강했다. 모든 것이 색색의 빛이고, 소리, 냄새, 그리고

열기인 그 영적인 공간에서 아빠는 나를 한참 안고 있었다.

아빠는 나를 바싹 끌어안았다. 힘이 들어간 포옹. 그러더니 나를 놓고 사라졌다. 곧 영적인 세계, 이후 '이계'라고 부르게 된 공간이, 별이 빛나는 어둠과 녹아들어 섞이기 시작했다. 사막이 보였다. 나는 모래에 반쯤 묻힌 채 그곳에 누워 있었다. 여자를 태운 낙타 한 마리가 내 앞에 서 있었다. 그녀는 녹색 셔츠와 바지 차림으로 낙타의 처진 봉우리 두 개 사이에 앉아 있었다. 내가 움직였는지 갑자기 낙타가 화들짝 소스라쳤다. 여자가 낙타를 토닥여 달랬다.

본능적으로 나는 몸을 날려 엎드렸다. 그러는 사이, 여자가 입을 열었다.

"내가 누군지 알아?"

대답하려 했지만 내게는 입이 없었다. 아직은.

"난 은제리야." 여자는 고개를 들고 활짝 웃음 지었고, 눈 가장자리에 잔주름이 잡혔다. "파딜 오군디무의 아내였지." 여자는 누군가 다른 사람에게 말하고 있었다. 그녀는 다시 나를 돌아보고 웃었다. "너희 아빠는 아직 이계에 대해 배울 게 많아."

나는 미소 짓고 싶었다.

"너 같은 부류를 알지. 나도 너 같았어, 비록 내 재능을 알 기회는 없었지만. 난 낙타들하고 말이 통했어. 우리 어머니가 아로를 만나러 가셨지. 아로는 날 거부했고. 난 입문식을 통과하지 못했을 거야. 하지만 아로는 내게 다른 유용한 걸 가르쳐 줄 수도 있었을 텐데. 늘 너만의 길을 걸어, 온예손우." 그녀는 잠시 입을 다물고 누군가의 말을 듣는 듯했다. "너희 아버지가 안부를 전하셔."

낙타를 타고 떠나는 그녀를 지켜보는 사이, 내 자신이 변하는 게 느껴졌다. 갑자기 피부에 닿는 공기가 느껴졌고 심장이 두근거렸다. 몸이 묵직하게 가라앉는 기묘한 감각이 느껴졌다. 신체 부위마다 추가 달려 있고, 지금은 거슬리지 않지만 결국 그렇게 될 것처럼. 나의 죽음. 기진맥진했다. 온몸이, 다리, 팔, 목, 특히 머리가 아팠다. 나는 편치 않은, 무력한 잠 속으로 물러났다.

므위타의 콧노래 소리에 깨어 보니 그가 내 피부에 기름을 문질러 바르고 있었다. 지직거리는 에너지가 내 몸을 컴퓨터 모니터처럼 감싸고 있었다. 므위타의 손길이 그걸 문질러 쫓아내고 있었다. 내가 깨어났음을 깨닫고 그가 멈추었다. 그는 내 몸에 라파를 끌어다 덮어 주었다. 나는 힘없는 손으로 그걸 가슴께에 움켜쥐었다.

"넌 통과했어."

그의 목소리가 이상했다. 걱정으로 물들어 있었지만, 뭔가 다른 것도 있었다.

"알아."

그리고 나는 고개를 돌리고 울기 시작했다. 그가 나를 안아주려 들지 않아 고마웠다. *왜 그녀는 싸우지 않았을까? 나라면 가망이 없어도 싸웠을 거야. 그 구덩이에서 좀 더 오래 벗어나기 위해서라면 무엇이라도.*

이마가 커다란 바위에 으스러지는 감각이 생생히 기억났다. 생각만큼 아프진 않았다. 그저 갑자기…… 노출된 기분이었다. 돌멩이가 내 코를 으깨고, 귀를 피로 물들이고, 내 뺨에 박혔다. 나는 그 대부분을 의식하고 있었다. 여자도 마찬가지였다. 나는 꺽꺽거렸다. 위가 비어 있어 아무것도 나오지 않았다. 앉아서 관자놀이를 문질렀다. 므위타가 얼굴을 닦고 눈을 달래 줄 따뜻한 수건을 건넸다. 기름으로 푹 젖어 있었다.

"이게 뭐야?" 나는 쉰 목소리로 물었다. "이걸로는 안 되겠……."

"아니. 그걸 네 체내에서 빼내야 해. 얼굴도 닦아. 몸 나머지는 내가 닦아 냈어. 곧 나아질 거야."

"여긴 어디야?"

나는 눈에 기름을 바르며 말했다. 그 느낌이 좋았다.

"내 오두막."

"므위타, 나 죽었어." 나는 속삭였다.

"그래야 해."

"내가 어느 여자 머릿속에 있었고……."

"생각하지 마." 므위타가 일어나며 말했다. 그러고는 식탁에 놓여 있던 음식 접시를 집어 들었다. "지금은, 뭐 좀 먹어야지."

"배 안 고파."

"너희 어머니가 해 주신 거야."

"우리 어머니?"

"여기 오셨더랬어. 어제."

"어, 하지만 난 못 봤는데……."

"이틀이 지났어, 온예손우."

"아."

나는 천천히 일어나 앉아, 므위타에게서 접시를 받아 먹었다. 닭고기 카레와 완두콩이었다. 몇 분 만에 접시를 싹 비웠다. 훨씬 기분이 나왔다.

"아로는 어디 있어?" 나는 뒷머리와 옆머리를 문지르며 물었다.

"몰라." 므위타는 한숨을 내쉬었다.

그러다가 나는 므위타에게서 감지한 것이 무엇인지 깨달았다. 놀랐다. 나는 그의 손을 잡았다. 지금 말을 꺼내지 않으면 우리 우정은 죽고 말 것이다. 그때조차도 무시당한 질투는 결국 독으로 변한다는 걸 알고 있었다.

"므위타, 그렇게 여기지 마."

그는 손을 치웠다.

"어떻게 여겨야 할지 모르겠어, 온예손우."

"음, 그렇게 여기지 말라고." 나의 목소리가 딱딱해졌다. "우린 너무 많은 일들을 겪었어. 게다가 넌 그런 건 초월한 사람이잖아."

"내가?"

"네가 남자로 태어났다고 해서 나보다 가치 있는 사람이 되는 게 아니야." 나는 헛기침을 했다. "아로처럼 굴지 마."

므위타는 아무 말도 하지 않았지만, 나와 눈을 마주치지도 않았다.

나는 한숨을 내쉬었다.

"뭐, 네 기분이 그렇다 해도 나는 그만두지 않……."

므위타가 내 입을 손으로 막았다.

"더 말할 것 없어."

속삭이는 그의 얼굴은 나와 가까웠다. 그러더니 그가 내 위로 올라왔다. 내 몸에 묻은 기름 덕분에 그의 동작은 매끄러웠다. 몸은 욱신거리고 머리는 지끈거렸지만, 평생 처음으로 나는 쾌감만을 느꼈다. 열한 살 의식의 주술은 깨졌다. 나는 므위타를 끌어당겼다. 그 감각이 너무 달콤해서 눈물이 치밀었다. 어느 시점에서인가 너무나 압도적이어서, 나는 아예 숨을 죽였다. 그걸 알아챘을 때, 므위타는 얼어붙었다.

"온예손우! 숨 쉬어!"

내 몸의 모든 부분이 날카로운 환희의 끄트머리였다. 내가 느껴본 중 가장 아름다운 감각이었다. 홀린 눈으로 므위타를 쳐다보기만 하자, 그가 입을 벌리고 크게 숨을 쉬어 시범을 보였다. 폐가 공기를 요구하면서 은빛의 붉고 푸른 폭발이 시야에 보이기 시작했다. 최근에 죽음을 겪었기에 숨 쉬는 방법을 잊기가 쉬웠다. 숨을 들이쉬고 나서 므위타와 눈이 마주쳤다. 그런 다음 숨을 내쉬었다.

"미안해. 이러지 말았어야……."

"마저 해."

나는 그를 끌어당기며 숨을 쉬었다. 머리가 멍했다.

우리 몸이 마침내 완전히, 제대로 만나는 사이, 므위타는 내게 숨을 쉬라고 일깨워 주었다. 내 안으로 들어오면서 그가 계속 일러 주었으나 그쯤에 나는 듣고 있지 않았다. 황홀했다. 곧 너무 뜨거워져 나는 덜덜 떨었다. 몇 분이 지났다. 감각이 진지하게 느껴지기 시작하더니, 뒤흔들렸다. 나는 도달할 수 없었다. 할례를 받았으니까.

"므위타."

우리 둘 다 땀으로 미끈거렸다.

"응?" 그가 숨 가빠하며 말했다.

"나…… 문제가 있어. 난……." 나는 얼굴을 구겼다. "못 해."

므위타가 움직임을 멈추자 내 사타구니의 끔찍한 감각이 줄어들었다. 나를 쳐다보는 그가 흘린 땀방울이 내 가슴팍에 떨어졌다. 그는 미소로 나를 놀라게 했다.

"그럼 어떻게 좀 해 봐, 에슈 아가씨."

므위타의 말뜻을 깨닫고, 나는 눈을 깜박였다. 나는 집중했다. 그는 다시 내 안에서 움직이기 시작했다. 즉시 내 존재 자체를 놓아버리는 듯한 느낌이 들었다.

"오오오오오오오오오."

나는 신음했다. 저 멀리서 므위타의 웃음소리가 들려오는 가운데, 나는 한숨을 내쉬고 잠에 빠져들었다.

그 조그만 살점이 확실한 차이를 낳았다. 그걸 도로 자라게 만들기는 힘들지 않았으며 내 평생 드물게 중요한 것을 쉽게 얻어 냈다는 데서 기쁨을 느꼈다.

20장

# 남자들

나는 그날 집으로 돌아왔다. 태양은 막 느긋하게 떠오르고 있었고 공기와 모래가 따뜻해졌다. 어머니는 나를 보자 소리쳐 이름을 불렀다. 현관 계단에 앉아 내내 기다리고 있었는지, 눈 밑은 처졌고 길게 땋은 머리는 다시 땋아야 할 판이었다. 어머니 목소리가 속삭임 이상으로 커진 건 처음 들었다. 그리고 그 소리에 나는 다리 힘이 쭉 빠졌다.

"엄마." 나는 길에서 마주 외쳤다.

우리 주위에선 이웃들이 각자 볼일을 보고 있었다. 모두들 어머니와 내가 겪은 일은 까맣게 모르고 있었다. 사람들은 그저 약간의 호기심을 갖고 돌아볼 뿐이었다. 십중팔구는 우리 어머니 목소리가 그날 밤의 화제였을 것이다. 우리 둘 다 남들이 뭐라 생각하든 신경 쓰지 않았다.

아로는 일주일 동안 나를 부르지 않았다. 그리고 그 주에, 나는 악몽에 시달렸다. 거듭거듭, 밤이면 밤마다, 나는 돌에 맞아 죽었다. 다른 사람의 죽음에 사로잡혔다. 낮 동안에는 끔찍한 두통에 시달렸다. 빈타, 디티, 루유가 입문식 사흘 후에 내 방으로 찾아왔을 때는 엉망진창이 되어 이불 아래 숨어 흐느끼고 있었다.

"무슨 일이야?"

루유가 묻는 소리가 들렸다. 나는 그 애의 목소리를 듣고 놀라 이불을 내던졌다. 디티가 돌아서서 나가는 게 보였다.

"괜찮아? 너희 아버지 일이야?"

빈타가 침대 위 내 옆에 앉아 말했다.

나는 콧물을 닦아 냈다. 정신이 없고 혼란스러움에 아빠 대신 내 생부를 생각하게 되었다. *그래, 문젯거리긴 하지.* 눈물이 더 줄줄 흘렀다. 친구들을 못 본 지 며칠째였다. 나는 입문식 이틀 전에 학교를 나왔고 친구들에게 아무 말도 하지 않았다. 디티는 돌아와 따뜻한 물에 적신 수건을 내게 건넸다.

"너희 어머니가 우리한테 와 달라고 하셨어." 루유가 말했다.

디티가 커튼을 걷고 창문을 열었다. 햇살과 맑은 공기가 방으로 밀려들어 왔다. 나는 수건으로 얼굴을 닦아 내고 코를 풀었다. 그러고는 도로 누웠는데, 친구들에게 와 달라고 부탁한 엄마에게 화가 났다. 내 상태를 애들한테 어떻게 설명하라고? 나는 클리토리스를 도로 자라게 했고 이제 입에 다이아몬드를 물고 다니지 않았다. 내 배꼽 사슬도 녹색으로 변했을지도 모른다.

한동안 내가 훌쩍이는 사이, 애들은 그냥 거기 앉아 있었다. 애들이 없었더라면 콧물이 그냥 주룩주룩 이불에 다 흘러 고이도록 내

버려 두었을 것이다. *그게 다 무슨 상관이람?* 기분이 암울해져서 침대 시트를 끌어다가 머리 위로 뒤집어썼다. *그냥 재들을 무시해야지, 결국엔 가 버릴 거야.*

"온예손우, 그냥 얘기해." 루유가 부드럽게 말했다. "우리가 들어줄게."

"우리가 도와줄게." 빈타가 말했다. "우리 열한 살 의식 때 여자분들이 우리를 도와주었던 거 기억나? 그날 밤 그분들이 도와주지 않았으면, 난 아버지를 죽이려던 참이었어."

"빈타!" 디티가 외쳤다.

"정말?" 루유가 말했다.

빈타에게 나는 온통 신경이 쏠렸다.

"그래. 독을 먹일 참이었어……. 바로 그다음 날에. 아버지는 거의 매일 저녁 취하거든. 그러는 동안 파이프 담배를 피우고. 맛을 못 느꼈을 거야."

나는 다시 얼굴을 닦아 냈다.

"우리 어머니가 전에 말했는데 공포는 한번 데이고 나니 반딧불도 무서워하는 남자 같은 거라고 했어."

나는 모호하게 말했다. 내가 치른 입문식의 세부 사항을 제외하고 그들에게 다 말해 주었다. 내가 잉태된 날에서부터 침대에 기어들어와 나가고 싶지 않게 된 날에 이르기까지. 애들의 얼굴은 어머니가 당한 강간 부분에서 점점 거리감이 생겨났다. 나는 걔들에게 상황을 알리는 것이 약간 고소하게 느껴졌다. 내가 얘기를 마치자, 애들이 어찌나 조용하던지 문밖에서 나는 가만가만한 발소리가 들릴 정도였다. 발소리는 복도 저편으로 멀어져 갔다. 어머니가 전부 듣고 있었던 것이다.

"이제까지 내내 이걸 숨기고 있었다니 믿어지지 않아."

루유가 마침내 말했다.

"정말 새로 변신할 수 있어?" 디티가 물었다.

"자." 빈타가 내 팔을 잡아당기며 말했다. "너를 밖에 데려가야 겠어."

루유가 고개를 끄덕이고 다른 팔을 잡았다. 나는 팔을 빼내려 했다.

"왜?"

"햇볕을 쬐어야지." 빈타가 말했다.

"나……나 옷을 제대로 안 입었어."

뿌리치면 나를 잡은 팔들이 떨어져 나갈지도 모른다. 다시 치미는 눈물이 느껴졌다. 삶은 저 밖에 있고 죽음 역시 마찬가지였다. 나는 지금 그 둘 다 두려웠다. 친구들은 나를 침대에서 끌어내 잠옷 라파를 벗기고 녹색 드레스를 내 머리 위로 씌웠다. 우리는 밖으로 나가 집 현관 계단에 앉았다. 얼굴에 태양빛이 따듯이 와 닿았다. 그걸 가로막는 붉은 안개도, 바닥에 자라나는 역겨운 부슬부슬한 곰팡이도, 공기 중의 연기도, 도사린 죽음도 존재하지 않았다. 얼마 후 나는 조용히 말했다.

"고마워."

"좀 나아 보여." 빈타가 말했다. "햇볕을 쬐면 낫지. 우리 어머니가 매일 커튼을 열어야 한댔어, 햇빛이 박테리아니 그런 걸 죽이니까."

"네가 너희 아버지를 숨 쉬게 한 거구나."

루유가 내 무릎에 팔꿈치를 괴고 말했다.

"아니." 나는 딱딱하게 말했다. "아빠 돌아가셨어. 난 단지 그 몸을 숨 쉬게 했을 뿐이야."

"그건 그때고." 루유가 말했다.

나는 짜증이 나서 잇새로 숨을 들이쉬고 고개를 돌렸다.

"아." 디티가 말하더니 고개를 끄덕였다. "아로가 가르쳐 주겠지."

"그래." 루유가 말했다. "얘는 이미 할 수 있잖아. 그저 방법을 모를 뿐이야."

"응?" 빈타가 어리둥절해서 말했다.

"온예손우, 혹시 할 수 있는지 알아?" 루유가 물었다.

"몰라." 나는 쏘아붙였다.

"할 수 있어." 디티가 말했다. "그리고 너희 어머니 말씀이 옳은 거 같아. 그래서 널 살리려 그렇게 애쓰신 거지. 모성 본능. 넌 유명해질 거야."

나는 그 말에 웃었다. 유명해지기보다는 악명을 날릴 가능성이 더 크지 싶었다.

"그럼 어머니가 나를 특별하다고 생각하지 않았다면 사막에서 그냥 나랑 같이 죽었을 거라고?"

"그래." 디티는 진지해 보였다.

"아니면 네가 남자애로 태어났다면." 루유가 덧붙였다. "네 생부는 사악하니, 네가 남자애였다면 너도 그랬을 거야. 그게 그가 원한 거고."

다시 우리는 침묵했다. 그러다 디티가 물었다.

"그럼 너 이제 학교는 그만둬?"

나는 어깨를 으쓱했다.

"아마."

"므위타와는 어땠어?" 루유가 싱글거리며 물었다.

이름을 말하니 불러내기라도 한 것처럼, 그가 저기 길에서 오고 있었다. 루유와 디티가 킥킥거렸다. 빈타는 내 어깨를 토닥였다. 그는 밝은 황갈색 바지와 거기 어울리는 긴 카프탄 차림이었다. 옷이 피부색과 너무 잘 어울려 사람이라기보단 정령처럼 보였다. 나는 바로 그 이유에서 늘 그 색을 피했다.

"잘 지냈어?" 그가 말했다.

"너하고 온예손우에게는 며칠 전 밤만큼 좋진 못하겠지."

루유가 숨죽여 말했다. 디티와 빈타가 킥킥댔고 므위타는 나를 쳐다보았다.

"안녕, 므위타. 나……난 친구들에게 전부 말했어."

므위타는 얼굴을 찌푸렸다.

"나한테 묻지도 않고."

"그래야 해?"

"비밀로 하겠다고 나하고 약속했잖아."

그의 말이 옳았다.

"미안."

므위타는 세 명을 쳐다보며 내게 물었다.

"믿을 만해?"

"물론이지." 빈타가 말했다.

"온예손우는 우리 열한 살 의식 동기야, 우리 사이엔 비밀은 없어야 해, 므위타." 루유가 말했다.

"난 열한 살 의식을 존중하지 않아." 므위타가 말했다.

루유가 발끈했다. 디티는 질겁했다.

"어떻게 그럴 수……."

루유가 한 손을 들어 디티를 조용히 시켰다. 그녀는 굳은 얼굴로 므위타를 돌아보았다.

"우리가 네 비밀을 지키는 것과 마찬가지로, 네가 온예손우를 즈와히르의 여자로서 존중했으면 해. 네가 무슨 주……주술을 쓰든 상관없어."

므위타는 어이없어 눈을 굴렸다.

"그래. 온예손우, 얼마나 말……."

"전부 다. 얘들이 오늘 와주지 않았다면, 침대에 누워 나 자신을…… 잃어 가는 모습을 넌 보게 되었을 거야."

"알았어." 므위타가 고개를 끄덕이며 말했다. "그럼 너희들은 이제 온예손우와 연결되었음을 알아두어야 해. 무슨 원시적인 의식에 의해서가 아니라, 진짜 실재하는 것으로."

루유는 눈을 굴렸고, 디티는 그를 노려보았으며, 빈타는 놀라서 나를 쳐다보았다.

"므위타, 그렇게 나대지 마." 나는 짜증이 나 말했다.

"여자들은 꼭 그렇게 친구들이 있어야 하나."

므위타가 생각에 잠겨 말했다.

"그리고 남자들은 꼭 그렇게 자기들에게 평가 내릴 자격이 있는 줄 착각하지."

므위타는 나를 노려보았고 나는 마주 보았다. 그러다 그는 내 손을 잡아 주물러 주었다.

"아로가 너 오늘 밤 오래. 때가 되었어."

21장

# 가디

"친구들에게 얘기했다고?" 아로가 물었다. "왜?"

나는 이마를 문질렀다. 아로의 오두막으로 가던 중, 두통이 도지는 바람에 가실 때까지 15분간 나무에 기대 있어야 했다. 두통은 거의 사라졌다.

"친구들은 절 도와줬어요, 오가. 그리고 제게 묻길래 말해 줬고요."

"이제 그들도 일부가 되었다는 걸 넌 알아야 해."

"무엇의 일부요?"

"알게 될 거다."

나는 한숨을 내쉬었다.

"걔들에게 말하지 말걸 그랬어요."

"이제 와선 어쩔 수 없지. 자, 답을 주지. 오늘 밤 더 많이 알게 될 거다. 하지만 먼저, 온예손우, 이 일에 대해 므위타와 얘기했고 이제 너한테 얘기한다만, 어째 괜한 헛수고다 싶긴 하다. 너희 둘이 뭘 했는지 안다."

나는 얼굴이 뜨거워지는 것을 느꼈다.

"너는 추함과 아름다움을 둘 다 갖추고 있어. 내 눈에조차 혼란스럽지. 므위타는 너의 아름다움만을 볼 수 있고. 그러니 어쩔 수 없었어. 하지만 넌 할 수 있지."

"오가." 나는 차분함을 유지하려 애쓰며 말했다. "저라고 므위타와 다를 것 없어요. 우리 둘 다 인간이고, 둘 다 노력해야겠지요."

"네 자신을 속이지 마라."

"전 그런 게 아니……."

"그리고 말 끊지 말고."

"그럼 그딴 추측을 하지 마세요! 절 가르치시려거든, 그런 건 듣고 싶지 않다고요! 므위타하고 관계는 그만할 거예요. 좋아요. 사과할게요. 하지만 므위타와 저는 둘 다 자제하려고 노력할 거예요. 인간답게요!" 나는 이제 소리를 질러 대고 있었다. "결점 있고, 불완전한 존재요! 우리 둘 다 그런 존재라고요, 오가! 우리 모두 다 그래요!"

아로가 일어섰다. 나는 움직이지 않았다. 가슴속에서 심장이 거세게 쿵쿵거리고 있었다.

"알겠다." 아로가 비죽거리는 웃음을 띠고 말했다. "노력하마."

"좋아요."

"하지만 앞으로는 나한테 지금 같은 식으로 말하지 마라. 넌 나한테 배우는 입장이야. 나는 네 윗사람이다." 그는 잠시 사이를 두었다. "너는 나를 알고 이해할지 모르지만, 만일 우리가 다시 부딪친다면 나는 너를 먼저 죽일 거다……. 손쉽게 그리고 주저 없이."

그는 도로 앉았다.

"너와 므위타는 관계를 가져선 안 된다. 네 수련에 방해가 될 뿐만 아니라, 혹시 네가 임신하면 너와 아이의 생명보다 더 많은 것이 위험에 처하게 돼.

오래전 신비의 요소를 배우던 여자에게 그런 일이 있었다. 아주 임신 초기다 보니 스승이 알아채질 못했어. 여자가 간단한 연습을 시도했을 때, 마을 전체가 날아가 버렸지. 마치 존재조차 하지 않았던 듯이 사라졌어."

아로는 나의 충격받은 표정에 흡족한 모양이었다.

"너는 이제 아주 강력하지만 불안정한 것으로 향하는 길에 오른 셈이다. 입문식을 거친 후로 네 생부의 눈을 봤냐?"

"아뇨."

아로는 고개를 끄덕였다.

"그는 이제 너를 보려고 들지도 않을 거다. 네 앞길이 그만큼 위력이 있는 거야. 직접 만날 일만 피한다면, 너는 안전할 거다." 그는 잠시 사이를 두었다. "시작하자. 어디서부터 시작할지는 네게 달렸어. 뭘 알고 싶은지 물어보렴."

"위대한 신비의 요소를 알고 싶어요."

"먼저 기반을 닦아야지. 너는 요소에 대해 아무것도 모르니, 그걸 물을 준비조차 안 되어 있다. 답을 얻으려면 제대로 된 질문을 해야지."

나는 잠시 생각했고, 그러다가 질문을 떠올렸다.

"저희 아빠의 첫 아내요, 왜 가르치지 않으셨어요?"

"너는 내가 예전 실수도 사과하기를 바라는구나."

그런 것은 아니었지만 나는 말했다.

"네, 그래요."

"여자들은 어려워. 은제리는 너 같았다. 거칠고 오만했지. 그 어머니도 같은 식이었고." 그는 한숨을 쉬었다. "너를 거절한 이유와 마찬가지야. 사소한 주술조차 가르치지 않겠다고 그녀를 거절한 건 실수였다. 은제리는 입문식을 통과하지 못했을 거야."

난 은제리가 그의 말을 듣기를 바랐다. 그랬으리라고 믿었다.

"어…… 좋아요. 그럼, 다음 질문은…… 그 여자는 누군가요?"

검은 옷의 남자가 나로 하여금 죽음을 경험하게 했던 여자 얘기임을 아로가 곧장 알아들은 게 놀랍진 않았다. 그가 쏘아붙였다.

"솔라에게 물어라."

"제 입문식을 담당한 남자요?"

아로는 고개를 끄덕였다.

"그럼 솔라는 어떤 사람인가요?"

"나와 같은 마법사지만 더 나이가 많아. 모으고, 흡수하고, 줄 시간이 그는 더 많았지."

"왜 피부가 그렇게 하얘요? 사람 맞나요?"

아로는 그 말에 소리내어 웃었다. 농담이 떠오르기라도 한 듯이.

"그래. 그는 뼈를 던져 사람의 미래를 읽지. 네가 그럴 만한 가치가 있다면, 그는 죽음을 보여 준다. 통과하려면 죽음을 거쳐 빠져나와야 하지만, 거쳐 나온다 한들 통과했단 뜻은 아니야. 그건 나중에 결정돼. 죽음을 거쳐 나온 거의 모든 이들은 입문식을 통과했지. 몇

몇은…… 므위타처럼 무슨 이유에서인가 거부당했고."

"왜 므위타는 통과하지 못했죠?"

"모르겠다. 솔라도 모르긴 마찬가지고."

"당신은요, 아로? 당신에겐 어땠나요? 당신의 이야기는?"

그는 나를 또 쓸모없다는 시선으로 쳐다보았다. 자신이 그러고 있는 줄 그는 몰랐다. 자제할 수 없었다. *어머니 말이 맞았어. 남자들은 모두 어리석음을 지니고 있지.* 나는 그 생각에 웃음을 터트렸다. 그렇게 간단해서 여자들도 그런 어리석음을 지닐 수만 있다면.

"왜 그렇게 쳐다봐요?" 미처 자제하기 전에 말이 튀어나왔다.

아로는 일어나서 사막을, 이제 내게는 약간의 수수께끼를 간직한 그곳을 향해 걸어갔다. 나는 일어나 따라갔다. 그의 오두막이 시야에 들어올까 말까 한 곳까지 갔다.

"나는 가디 출신이다, 일곱 강의 네 번째에 있는 마을이지."

"그 이야기꾼의 출신지네요."

"그래, 하지만 난 그 여자보다 훨씬 나이가 많지. 오케케가 반란을 시작하기 전에 난 미리 알았다. 내 부모님은 어부(漁夫)셨지." 그는 나를 돌아보고 미소 지었다. "어머니는 어부(漁婦)라고 해야 할까? 그게 너한테는 나으냐?"

나는 마주 미소 지었다.

"네, 훨씬."

그는 으흠 하고 목청을 가다듬었다.

"나는 11남매 중 열째 아이였어. 우리는 다들 생선을 잡았어. 친할아버지는 마법사셨다. 내가 수달로 변신한 걸 보고 두들겨 패셨지. 나는 열 살이었다. 그러고는 할아버지는 아는 것을 전부 내게 가르쳐 주셨어.

나는 아홉 살 때부터 변신을 해 왔었다. 처음 변신했을 때는, 낚싯대를 들고 강가에 앉아 있는데, 수달이 내게로 다가오더구나. 그 눈으로 나를 붙들었지. 그 순간에 대해선 아무 기억이 나지 않고, 강 한복판에서 나 자신으로 되돌아왔던 것만 기억난다. 누나가 근처 보트에 있다가 허우적거리는 나를 보지 않았더라면 물에 빠져 죽었겠지.

나는 열세 살에 입문식을 통과했다. 할아버지는 참 많은 것을 아셨지만 그래도 노예였어, 우리 모두와 마찬가지로. 아니, 모두는 아니군. 결국 나는 위대한 책에 의해 정해진 내 운명을 거역했다. 어느 날, 누루 남자가 넘어진 것을 보고 웃은 죄로 어머니가 피투성이가 되도록 얻어맞은 걸 보았다. 어머니를 도우려 달려갔지만 가까이 가기 전, 아버지가 나를 낚아채 두들겨 패는 바람에 의식을 잃었지.

정신을 차리고, 나는 그 자리에서 독수리로 변신하여 날아갔다. 얼마나 오래 독수리 상태로 있었는진 모르겠어. 여러 해였지. 마침내 원래의 모습으로 돌아가기로 마음먹었을 때는, 이미 아이가 아니었어. 아로라는 이름의 남자가 되어, 여행하고 보고 들었지. 그게 나다. 알겠느냐?"

알았다. 하지만 그가 자기 얘기를 하며 빼놓은 부분이 있었다. 아다와의 관계라든가.

"입문식은, 뭘 보셨……."

"죽음을 보았다, 너와 마찬가지로. 결국에는 나을 거다, 온예손우. 그건 네가 봐야만 하는 거야. 우리 모두 겪었지. 사람은 모르는 걸 두려워하기 마련이다."

"하지만 그 불쌍한 여자는요."

"우리 모두 겪었어. 그 여자를 위해 울 거 없다. 그녀는 이계에 이르렀다. 차라리 축하를 해 줘."

"이계요?"

"죽음 후에는 그리로 길이 이어진다." 그는 씩 웃었다. "가끔은 죽음 전에도. 너는 처음엔 강제로 그리 갔었지. 클리토리스나 페니스, 그런 데 충격을 받으면 예민한 사람들은 그리로 가게 돼. 그래서 네가 할례받은 게 걱정되었다. 입문식 중에는 이계를 지나야 해. 에슈라서 다행이었지, 죽기 전까지는 에슈의 육체에선 그 무엇도 영구적으로 제거할 수 없으니까."

우리는 몇 분간 걸었고 나는 그사이 들은 얘기를 곱씹었다. 그에게서 떨어져, 앉아서 생각을 좀 하고 싶었다. 아로는 내게 입문식 중에 클리토리스를 도로 자라게 했다가 나중에 없애라는 식으로 내비쳤는데, 므위타와 함께 다시 자라게 해야 하기 때문이라고 했다. 다시 없애라니, 왜 그래야 하나 싶었다. 즈와히르의 관습은 내가 자각한 것 이상으로 내게 깊숙이 스며 있었다.

"수달과 첫날 무슨 일이 있었나요? 하마터면 물에 빠져 죽을 뻔한 날? 왜 그런 식으로 된 거죠?"

"방문을 받았거든. 우리 다 마찬가지다."

"누구한테요?"

아로는 어깨를 으쓱했다.

"누구든 찾아와서 우리가 할 수 있는 일을 어떻게 하는지 보여줘야 할 거 아니냐."

"제대로 이해가 안 가는 게 너무 많아요. 군데군데 구멍이……."

"왜 전부 이해해야 한다고 생각하는데? 그게 네가 배워야 할 교훈이다, 늘 화를 내고 있을 게 아니라. 우리가 어째서 이런지, 무엇인지, 그런 것들은 결코 정확히 알 수 없을 거다. 네가 할 수 있는 일은 이계까지 너의 길을 따라가고, 그다음 계속 나아가는 것뿐이야, 그래야만 하니까."

우리는 왔던 길을 되밟아 오두막으로 돌아갔다. 다행이다 싶었다. 그날 하루 충분히 많은 일이 있었다. 그날이 그나마 가장 평온할 날일 줄은 전혀 알지 못했다. 그날은 아무것도 아니었다.

22장

# 평화

그날은 내가 작년에 삶이 좋을 수도 있다는 걸 상기하기 위해 여러 번 떠올렸던 하루였다. 휴일이었다. 비 축제가 나흘간 이어졌고 그 기간에는 아무도 일하지 않았다. 집수기로 만든 스프링클러가 시장 주변에 여기저기 설치되어 있었다. 사람들은 우산 아래 모여들어 노래하는 곡예사들을 구경하고, 삶은 마와 스튜, 카레 수프, 야자술을 샀다.

이 기념일은 축제 첫날로, 사람들이 어울리며 서로 안부를 묻는 정도 외에는 별로 하는 일이 없었다. 어머니는 아다와 현명한 이 나나와 함께 오후를 보냈다.

나는 차를 한 잔 들고 현관 계단에 앉아 지나가는 사람들을 구경했다. 간만에 잘 잤다. 악몽도, 두통도 없었다. 얼굴에 와 닿는 햇살이 기분 좋았다. 차는 진하고 맛있었다. 그날은 내가 신비의 요소를 배우기 바로 전이었다. 아직 긴장을 풀고 지낼 수 있는 때였다.

길 건너에서는 젊은 커플이 아기를 친구들에게 선보이고 있었다. 근처에는 노인 둘이 와리 게임에 빠져 있었다. 길가에는 여자애 한 명과 남자애 두 명이 색 모래로 그림을 그리고 있었다. 여자애는 곧 열한 살이 될 것처럼 보였고…… 나는 고개를 내저었다. 아니, 오늘은 그런 일은 생각하지 않을 것이다. 나는 길을 올려다보았다. 씨익 웃었다. 마주 웃는 므위타의 황갈색 카프탄이 바람에 휘날렸다. *왜 굳이 저 색깔을 입을까?* 나름 마음에 들긴 했지만, 그런 생각이 들었다. 그는 내 옆에 와 앉았다.

"잘 지냈어?"

나는 어깨를 으쓱했다. 내가 어떻게 지냈는지 생각하고 싶지 않았다. 그는 내 땋은 머리를 옆으로 넘기고 뺨에 입 맞췄다.

"코코넛 케이크야." 옆에 끼고 있던 상자를 주며 그가 말했다.

우리는 어깨가 닿을 만큼 붙어 앉아, 부드러운 사각형 케이크를 먹었다. 므위타에겐 늘 좋은 냄새가 났다. 민트와 세이지 향이랄까. 손톱은 늘 말끔하게 다듬어져 있었다. 유복한 누루족 가정환경 덕분이었다. 오케케족 남자들은 하루에 여러 번 몸을 씻었지만 여자들만 피부, 손톱, 머리 관리에 공을 들였다.

몇 분 후 빈타, 루유, 디티가 루유의 낙타를 타고 왔다. 화려한 옷과 향유를 휘감고 있었다. 내 친구들. 그 낙타 뒤에 줄줄이 뒤따르는 남자들이 없다는 게 놀라웠다. 하지만 다시 생각해 보면 루유는 낙타를 빨리 모는 걸 좋아했다.

"일찍 왔네." 나는 말했다. 한 세 시간은 더 있어야 올 줄 알았다.

"뭐 달리 할 일도 없고." 루유가 어깨를 으쓱하며 야자술 두 병을 내게 건넸다. "그래서 디티네 집에 갔더니 얘도 할 일 없더라. 그래서 같이 빈타를 보러 갔더니 얘도 할 일 없고. 넌 뭐 별다른 거 있어?"

다들 웃음을 터트렸다. 므위타가 친구들에게 코코넛 케이크 상자를 넘겼고 모두 반갑게 집어들었다. 우리는 와리 게임을 했다. 게임이 끝날 쯤엔, 다들 루유가 가져올 술로 기분 좋게 들떠 있었다. 나는 노래 몇 곡을 불렀고 그들은 박수를 쳤다. 루유, 디티, 빈타는 내 노래를 들은 적이 없었다. 그들은 감탄했고, 이번만은 나도 뿌듯했다. 시간이 지나고 우리는 안으로 자리를 옮겼다. 밤이 되도록, 우리는 별것 아닌 잡담을 나눴다. 사소함. 근사한 시시함.

여기서의 우리를 보고 기억하라. 우리는 다들 순수함을 대부분 잃었다. 나, 므위타, 빈타의 경우엔 전부. 하지만 이날 우리는 다들 행복하고 편안했다. 이는 곧 바뀔 것이다. 굳이 말하자면 비 축제 바로 직후, 내가 아로의 오두막으로 돌아갔을 때, 내 이야기의 나머지 부분은 4년에 걸쳐 벌어지긴 했지만 아주 빠른 속도로 시작되었다.

23장

# 만물함

"브리콜뢰르란, 자신이 해야 할 일을 위해 가진 것을 모두 사용하는 사람을 말한다. 그게 너의 목표다. 우리 모두 각자 수단이 있어. 너의 경우엔 에너지고, 그래서 쉽게 분노하는 거다. 수단은 늘 사용되고 싶어 하거든. 관건은 그 사용법을 익히는 거지."

나는 뾰족하게 깎은 숯으로 종이에 필기했다. 처음에 아로는 나더러 전부 기억하라고 했지만, 나는 손으로 쓰는 게 제일 잘 외워졌다.

"너의 다른 수단은 변신 능력이지. 그러니 이미 너는 네 가지 요소 중 훈련할 게 두 개나 있는 셈이야. 그리고 지금 생각해 보니 세 번째도 있구나. 노래를 할 수 있지. 소통." 그는 고개를 끄덕이며 혼자 미간을 찌푸렸다. "그래, 샤."

"이걸 위해 여기까지 온 거다, 그러니 들어." 그는 잠시 사이를 두었다. "그리고 그 숯 토막은 내려놔라, 이건 적어선 안 돼. 입문식을 통과한 자 외에는 절대 누구에게도 가르쳐선 안 된다."

"알겠어요." 나는 움츠러들어 말했다.

물론 이 모든 것을 여기 말하고 있으니 나는 거짓말을 한 셈이다. 그때의 나는 진심이었다. 하지만 그 이후로 많은 일이 벌어졌다. 이제 비밀은 내게 그 의미가 흐려졌다. 하지만 왜 그 가르침을 어디에서도, 심지어 짜증나는 수를 써서 나를 밀어낸 오수보 회관에서조차 찾을 수 없는지 나는 안다. 그 회관은 아로만이 나를 가르칠 수 있음을 알았던 거다.

"므위타도 안 된다."

"네."

아로는 긴 소매를 걷어붙였다.

"너는…… 나를 알게 된 이후로 내내 이 지식을 갖고 있었지. 그게 도움이 될 수도 있고 아닐 수도 있다. 두고 보면 알겠지."

나는 고개를 끄덕였다.

"모든 것은 균형에 기반을 두고 있다."

그는 내가 듣고 있나 확인하려 쳐다보았다.

나는 고개를 끄덕였다.

"황금률은 독수리와 매를 홰에 앉게 하는 것이다. 낙타와 여우는 물을 마시게 하고. 어디서나 이 융통성 있으나 지속적인 규칙이 적용되지. 균형은 깨질 수 없지만 확장될 순 있어. 그럴 때 일이 잘못되는 거지. 대답해라, 제대로 들었나 보게."

"알겠습니다."

그는 내가 이해했는지 계속 확인하고자 했다.

"신비의 요소는 모든 것의 일면이다. 마법사는 자기 수단으로 그걸 조종하여 원하는 일을 이루어 내지. 애들 동화 속 '마술'이 아니다. 요소를 실행하는 것은 주술보다 훨씬 나아간 일이야."

"알겠습니다."

"하지만 거기엔 논리가 있지, 인정사정없는 담담한 논리가. 보거나 만지거나 감지할 수 없으며 사람이 믿어야만 하는 건 아무것도 없어. 주변과 내면에 있는 것에 우린 그렇게 온전히 무감각할 수는 없다, 온예손우. 신경을 쓴다면 알 수 있어."

"알겠습니다."

그는 잠시 사이를 두었다.

"어렵구나. 한 번도 말로 해 본 적이 없어. 기묘한 기분이야."

나는 기다렸다.

"요소에는 네 가지가 있다." 그는 소리내어 말했다. "오키케, 알루시, 음무오, 우와."

"오키케요?" 미처 생각하기도 전에 말이 나왔다. "하지만……."

"그냥 이름일 뿐이다. 위대한 책에선 오케케족이 지구의 첫 인간이라고 하지. 신비의 요소는 그 망할 책이 존재하기 훨씬 전부터 알려져 있었어. 자기를 예언자라고 믿었던 마법사가 위대한 책을 썼지. 이 이름, 저 이름, 그 이름." 그는 손을 내저었다. "그게 늘 맞아떨어지는 건 아니야."

"알겠습니다."

"우와 요소는 물리적인 세계, 신체를 나타낸다. 변화, 죽음, 삶, 관계. 너는 에슈지. 그게 너의 조종 수단이다."

나는 얼굴을 찌푸리고 고개를 끄덕였다.

"음무오 요소는 이계다." 그가 잔잔한 물결 위를 노닐듯 손을 움직이며 말했다. "너의 위대한 에너지로 삶의 무게를 걸머진 채 이계를 활공할 수 있을 거야. 삶은 아주 무겁다. 너는 이계에 두 번 갔었지. 거기에 들어설 일이 또 있을 거다."

"하지만……."

"끼어들지 마라. 알루시 요소는 힘, 신성, 영혼, 그리고 우와가 아닌 존재를 나타낸다. 네가 여기 왔던 날 만난 가장꾼이 알루시지. 이계에는 그들이 거주한다. 우와 세계는 또한 알루시에 의해 다스려지지. 어리석은 마술사들과 점쟁이들은 그걸 반대로 믿어."

그는 메마른 웃음소리를 냈다.

"마지막으로 오키케 요소는 창조주를 나타낸다. 이 요소는 건드릴 수 없어. 어떤 수단으로도 창조주를 창조물에게서 등 돌리게 할 수는 없지." 그는 양손을 펼쳤다. "우리는 마법사의 수단을 담고 있는 함을 '만물함'이라고 부르지."

그는 얘기를 멈추고 기다렸다. 나는 질문할 기회를 잡았다.

"어떻게 제가…… 이계에 있었을 때요, 저는 죽었던 건가요?"

아로는 그저 어깨를 으쓱할 뿐이었다.

"말, 이름, 말, 이름. 그런 건 때로 중요하지 않다." 그는 짝 하고 손뼉을 치고 일어났다. "오늘 가르치는 일은 메스꺼울 거다. 므위타는 오늘 치료사와 수업이 있지만 어쩔 수 없어. 곧 돌아올 테니 혹 필요하다면 너를 돌보아 주겠지. 가자. 염소들을 돌보러."

검은 염소와 갈색 염소가 아로의 오두막 근처 가림막 아래 앉아 있었다. 우리가 다가가자 검은 염소는 일어나서 몸을 돌렸다. 그 항

문이 벌어지더니 조그맣고 동그란 까만 변 덩어리가 뚝뚝 떨어지는 광경을 정면으로 보게 되었다. 건조한 열기 속에 텁텁하고 코를 찌르는 염소 냄새가 더욱 독하게 풍겼다. 나는 메스꺼움에 인상을 쓰고 콧구멍을 벌름거렸다. 염소 고기를 먹기는 하지만, 냄새는 도무지 좋아할 수가 없었다.

"아, 한 마리가 자원했군." 아로가 웃었다. 그는 검은 염소의 조그만 뿔을 잡아끌고 오두막 뒤로 돌아갔다. "잡아."

그가 내 손을 염소 뿔에 가져갔다. 그러고는 오두막 안으로 들어갔다. 나는 머리를 잡아 빼려 애쓰는 염소를 내려다보았다. 내가 몸을 돌리니, 아로가 큰 칼을 들고 오두막에서 나오고 있었다.

나는 그를 제지하려 한 손을 들었다. 그는 내 옆을 빙 돌아, 염소 뿔을 움켜쥐고 그 머리를 돌리더니, 목을 확 그어 버렸다. 나는 완전히 전투 태세였기에 염소 피와 그 충격의 울음소리와 고통은 나 자신의 것이나 마찬가지였다. 뭘 하는지 미처 깨닫기도 전에, 나는 겁에 질린 짐승 옆에 무릎을 꿇어 피 흐르는 목을 손으로 누르고, 눈을 질끈 감았다.

"아직 안 돼!"

아로가 내 팔을 확 잡아당기며 말했다. 나는 모래에 쿵 주저앉았다. *방금 어떻게 된 거지?* 눈앞에서 염소가 피를 흘려 죽어 가는 동안 드는 생각은 그것뿐이었다. 염소의 눈에서 힘이 풀렸다. 염소는 울퉁불퉁한 무릎을 땅에 꿇고, 비난하듯 아로를 쳐다보았다.

"배우지 못한 자가 하는 걸 보기는 처음인데." 아로가 혼잣말했다.

"네?"

나는 숨가쁜 소리로 말하며, 염소의 생명이 스러져 가는 모습을 지켜보았다. 손이 가려웠다.

아로는 턱을 만지작거렸다.

"그리고 전에도 했단 말이지. 분명해, 샤."

"무슨……."

"쉿." 그는 여전히 생각에 잠겨 말했다.

염소는 앞발에 머리를 내려놓고 눈을 감은 채 움직이지 않았다.

"어째서……." 나는 말문을 열었다.

"네가 아버지에게 한 일을 기억하느냐?"

"네…… 네."

"지금 해라. 이 염소의 음무오-아는 아직 곁에 있어, 혼란스러운 채. 그걸 돌려놓은 다음 아까 원했던 대로 상처를 낫게 해라."

"하지만 어떻게 하는지 모릅니다. 전에는…… 그냥 했어요."

"그럼 다시 그냥 해." 그는 점차 초조해했다. "그렇게 의심이 많아서야 내가 뭘 할 수 있겠나? 아." 그는 나를 일으켜 염소의 사체 쪽으로 떠밀었다. "하라고!"

나는 무릎을 꿇고 그 피투성이 목에 손을 얹었다. 혐오감에 진저리를 쳤다. 죽은 염소라서가 아니라, 갓 죽은 것이라는 사실 때문에. 나는 얼어붙었다. 주위에서 움직이는 그 음무오-아를 느낄 수 있었다. 그것은 공기 속에서 움직이는 빛, 근처의 나직한 모래 소리였다.

"달리고 있어요." 나는 나직이 말했다.

"좋아."

내 뒤에서 말하는 아로의 목소리에서 짜증이 사라졌다.

그 불쌍한 짐승은 겁에 질리고 어쩔 바를 몰라 하고 있었다. 나는 아로를 쳐다보았다.

"왜 그렇게 죽이셨어요? 잔인해요."

"여자들은 왜 그 모양이지?" 아로가 쏘아붙였다. "꼭 만사에 울어야겠어?"

내 안에서 분노가 확 타올랐고 주위의 땅이 따뜻해져 가는 것이 느껴졌다. 이내 수백 마리의 금속 개미 떼 위에 무릎을 꿇고 있는 듯한 기분이 들었다. 그게 내 아래에서 움직이며, 내 몸을 통해 무언가를 실행하고 있었다. 나는 깨달았다. 바닥에서 그걸 끌어당겨 손 안으로 밀어넣었다. 더, 더…… 그것은 끊임없이 공급되었다. 나는 아로를 향한 분노와 내 자신의 능력에서 그것을 끌어냈다. 아로의 힘에서도 끌어냈다. 므위타가 그 자리에 있었더라면 그에게서도 끌어냈을 것이다.

"자." 아로가 나직이 말했다. "봐라."

나는 보았다.

"이번에는 제대로 조절해."

내 눈에 보이는 것은 죽은 염소뿐이었다. 하지만 그 음무오-아는 내 주위를 빙빙 맴돌고 있었다. 바로 옆에서, 내 다리에다 제 발굽을 대고 내가 뭘 하고 있는지 지켜보고 있는 그것이 느껴졌다. 내 손 아래에서, 그 목의 상처가…… 출렁거렸다. 상처 가장자리가 마주 엉겨 붙었다. 그 광경에 속이 울렁거렸다.

"가."

나는 음무오-아에게 말했다. 1분 후, 나는 손을 떼고 고개를 돌리고는 격렬하게 구토했다. 염소가 일어나서 고개를 젓는 모습을 나는 보지 못했다. 시끄럽게 구토하느라 염소가 내뱉는 기쁨의 울음소리를 듣지 못했고 고마움에 내 허벅지에 고개를 올려놓는 것도 느끼지 못했다. 아로가 나를 부축해 일으켰다. 므위타의 오두막까지 걸어가는 얼마 안 되는 사이, 나는 또 토했다. 그 대부분은 건초와 풀이었다. 내 숨결에선 산 염소 맛이 났고 그래서 또 구토를 했다.

"다음번엔 나아질 거다. 곧 생명을 되살리는 일이 너에게는 거의 신체적 영향을 미치지 않게 될 거야."

므위타는 늦게 돌아왔다. 아로는 사람을 잘 보살피진 못했다. 그는 내가 토사물에 질식하지 않게 조치하긴 했지만 말로 달랠 줄은 몰랐다. 그런 사람이 아니었다. 그날 저녁, 므위타는 내 손등에 자란 염소 털을 면도해 주었다. 다시 자라지는 않을 거라고 날 안심시켜 주었지만 나는 거기 신경 쓸 정신이 아니었다. 몸 상태가 너무 안 좋았다. 그는 내게 무엇 때문에 이렇게 아픈지 묻지 않았다. 내가 배움을 시작한 날부터 그는 자신이 접근할 수 없는 부분이 생긴다는 것을 알고 있었다.

므위타는 즈와히르 최고의 치료사보다 더 많은 것을 알고 있었다. 오수보 회관조차 므위타를 자기 책을 읽을 자격이 있다고 여겼기에, 그는 거기서 의학 서적을 잔뜩 읽어 치웠다. 인체에 대해 워낙 전문가라, 나를 진정시킬 수 있었다. 하지만 이계에 갔다 왔기 때문에 겪는 문제가 있었다. 그건 므위타로선 어쩔 수 없었다. 그래서 나는 그날 밤 고생했지만, 그렇게 심하게는 아니었다.

그런 식으로 3년 반이 흘렀다. 지식, 희생, 그리고 두통. 아로는 내게 가장꾼들과 소통하는 방법을 가르쳐 주었다. 그래서 나는 목소리를 듣고 희한한 노래를 부르게 되었다. 이계를 활공하는 방법을 배운 날, 나는 일주일간 인지되지 않게 되었다. 내 어머니는 나를 제대로 볼 수도 없었다. 몇몇 사람들은 아마 내 모습을 유령이라 생각하고 죽은 줄만 알았을 것이다. 심지어 그 후에도, 나는 이쪽에도 저쪽에도 없는 순간이 종종 있었다.

나는 에슈 기술을 이용하여 동물로 변신할 뿐만 아니라 신체 일부를 자라게 하고 변형시키는 방법을 익혔다. 얼굴을 약간 바꾸고, 입술과 광대뼈를 변형시킬 수 있음을 깨달았고, 상처가 생기면 치료할 수 있었다. 루유, 빈타, 디티는 내가 배우는 과정을 지켜보았다. 친구들은 내 걱정을 했다. 그리고 가끔은 본인들도 두려워져서 거리를 두곤 했다.

므위타는 내게 더 가까워지고 또한 더 멀어졌다. 그는 나의 치료사였다. 그는 나의 짝이었고, 비록 관계는 가질 수 없었지만, 서로의 품에 누워 입을 맞추고 간절히 사랑할 수 있었다. 그러나 그가 궁금해하고 또한 부러워하던 그 무언가로 변해 가는 나를 이해하는 것은 금지되어 있었다.

어머니는 그렇게 되도록 허락해 주었다. 내 생부는 기다렸다.

내 정신은 진화하고 성장했다. 하지만 전부 한 가지 이유를 위해서였다. 운명은 다음 단계를 준비하고 있었다. 내 이야기를 들은 후, 내가 그 운명을 맞을 준비가 되었는지 당신이 직접 판단해 보기를.

24장

# 시장의 온예손우

어쩌면 태양의 위치 때문인지도 몰랐다. 아니면 그 남자가 얌 뿌리를 살펴보는 눈길 때문일 수도 있었다. 어쩌면 여자가 토마토를 살펴보는 방식 때문일 수도 있었다. 아니면 나를 향해 웃어 대는 저 여자들일 수도 있었다. 아니면 나를 노려보는 저 남자 노인 때문일 수도. 마치 다들 달리 걱정할 일이라곤 없는 듯이. 어쩌면 하늘 높이 환하게 이글거리는 태양의 위치 때문인지도 몰랐다.

무엇 때문이든, 왠지 아로와의 마지막 수업이 생각이 났다. 그 수업은 유난히 짜증스러웠다. 먼 곳을 보는 방법을 배우는 게 목표였다. 우기여서 빗물을 모으기는 어렵지 않았다. 나는 아로의 오두막에 물을 가지고 가서 거기 집중하고, 내가 보고자 하는 것에 열심히 주목했다. 몇 년 전 이야기꾼이 전한 소식을 염두에 두고 있었다.

나는 누루족 아래에서 노예로 있는 오케케족을 보게 될 줄 알았다. 그게 정상이라는 듯 자기들 볼일을 보는 누루족을 보게 될 줄 알았다. 하지만 아무래도 서부에서 최악의 지역을 들여다본 모양이었다. 빗물은 내게 갈기갈기 찢어져 핏물이 흐르는 살점, 피 묻은 발기한 성기, 힘줄, 내장, 불, 헐떡이는 가슴, 악을 행하며 끙끙대는 육체. 미처 생각도 안 하고 손으로 도기 그릇을 쳐내고 말았다. 그릇은 벽에 부딪혀 두 조각으로 깨졌다.

"아직도 그러고 있어요!"

나는 밖에서 염소를 돌보는 아로에게 소리쳤다.

"그럼 아닐 줄 알았냐?"

그랬다. 최소한 한동안은 멈췄을 줄 알았다. 내 삶을 살아가기 위해 부분적으로는 눈을 감고 있었다.

"왔다 갔다 하지."

"하지만 왜요? 뭐가……."

"노예가 되었을 때 기뻐하는 존재나 짐승은 없어. 누루와 오케케는 함께 살아가려 노력하고, 그러다 싸움이 나고, 그러다 함께 살아가려 하고, 그러다 싸움이 나지. 오케케족의 숫자는 이제 감소하고 있어. 하지만 이야기꾼이 말한 예언을 기억하겠지."

나는 고개를 끄덕였다. 이야기꾼의 말은 몇 년이 지나도 뇌리에 머물러 있었다. 서부에서 누루족의 보는 이가 예언하길, 누루 마법사가 나타나 위대한 책에 쓰인 것을 바꿔 놓으리라고 했더랬다.

"지나갈 거다." 아로가 말했다.

나는 시장을 가로지르며 이마를 문지르고 있었고, 태양이 마치 시비 걸듯 내리쬐고 있을 때 여자들이 웃음을 터트렸다. 나는 몸을 돌렸다. 젊은 여자들 무리에서 난 소리였다. 내 또래 여자들. 스무 살 정도. 내 모교 출신. 나는 그들을 알았다.

"재 좀 봐." 그중 한 명이 말하는 것을 들었다. "저렇게 귀신같이 허예 갖고 어떻게 결혼해."

내 안에서, 머릿속에서 무언가 뚝 끊어지는 것이 느껴졌다. 한계였다. 참을 만큼 참았다. 황금 여인만큼이나 뽐내고 저 잘난 줄 아는 즈와히르 사람들에게 질렸다. 나는 여자들에게 큰 소리로 물었다.

"뭐 문제 있어?"

그들은 마치 내가 자기들을 방해하기라도 한 듯이 쳐다보았다.

"목소리 낮춰." 그중 한 명이 말했다. "가정 교육을 제대로 못 받았나 봐?"

"가정 교육이란 걸 아예 거의 못 받았잖아, 몰라?"

다른 한 명이 말했다.

물건을 사고팔던 사람 몇이 얘기를 들으러 멈췄다. 남자 노인이 나를 노려보았다.

"다들 왜 이래요?" 나는 주위의 모든 이들을 향해 몸을 돌리며 말했다. "이건 다 중요하지 않아요! 몰라요?" 숨을 돌리려 잠시 사이를 두었다. 사실은 사람들이 모이기를 바랐다. "그래요, 말하는 중이니 와서 들어 보시죠. 당신네들이 그간 나에 대해 궁금해했던 거 다 답해 드릴 테니!"

나는 웃음을 터트렸다. 그날 밤 이야기꾼이 하는 말을 들으러 왔던 초라한 청중들보다도 이미 더 많은 사람들이 모였다.

"겨우 160킬로미터 떨어진 곳에선, 오케케 사람들이 수천 명씩 죽어 가고 있어요!" 나는 피가 끓어오르는 것을 느끼며 고함쳤다. "하지만 여기선 다들 편히 살아가죠. 즈와히르는 그 무거운 엉덩이를 모두에게 돌리고 꿈쩍 않고 있어요. 어쩌면 그곳 사람들이 그냥 다 죽어 버려서 다시 얘기 들을 일이 없으면 좋겠다고 바라는지도 모르죠. 당신네들 열정은 어디 있는 겁니까?"

나는 울면서 여전히 혼자 서 있었다. 늘 그런 식이었다. 그래서 아로가 내게 가르쳐 준 말을 하기로 마음먹었던 것이다. 그는 그 말을 쓰면 안 된다고 일렀다. 아직 그 말을 할 나이가 되려면 한참 멀었다고 했다. *그 빌어먹을 눈이 번쩍 뜨이게 해 주겠어.* 그렇게 생각하는 사이 그 말이 내 입술에서 꿀처럼 매끄럽게 흘러나왔다.

그 말을 여기서 들려주진 않겠다. 그저 내가 그 말을 했다는 것만 알면 된다. 그런 다음 나는 콧구멍을 벌름거리며 주위에서 휘몰아치는 불안, 분노, 죄책감, 그리고 두려움을 들이마셨다. 아빠 장례식에서는 모르고 했고 염소한테는 알고 했었다. 나는 전환했다. *저들은 뭘 보게 될까?* 갑자기 두려움에 궁금해졌다. 이제 와선 어쩔 수 없지. 나는 나 자신을 구성하는 것 안으로 깊숙이 파고들어 그들을 내 어머니가 겪은 일로 데려갔다.

그러지 말았어야 했다.

우리 모두 그곳에서, 오직 눈으로만 지켜보았다. 약 마흔 명이 있었고 우리는 내 어머니이자 동시에 나를 만드는 데 협력한 남자였다. 내가 열한 살 때부터 나를 지켜봐 온 남자. 우리는 그가 스쿠터에서 내려 둘러보는 것을 지켜보았다. 우리는 그가 내 어머니를 보는 것을 보았다. 그의 얼굴은 가려져 있었다. 눈은 호랑이 같았다. 내 눈처럼.

우리는 그가 내 어머니를 범하고 망가뜨리는 광경을 지켜보았다. 어머니는 그 남자 아래 늘어져 있었다. 어머니는 이계로 물러나 그곳에서 기다리며 지켜보았다. 늘 지켜보았다. 어머니 안에는 알루시가 있었다. 우리는 어머니의 의지가 무너지는 순간을 느꼈다. 어머니를 범한 자의 의혹과 자기혐오의 순간을 느꼈다. 그러다 남자의 부족에게서 유래한 분노가 다시 그를 사로잡으며 그 육체를 부자연스러운 힘으로 채웠다.

내 안에서도 그걸 느꼈다. 내가 잉태된 순간부터 살갗 아래 묻혀 있던 악귀처럼. 내 아버지로부터, 그 타락한 유전자로부터의 선물. 잔혹함을 향한 그 놀라운 가능성과 끌림. 내 뼛속에 굳게, 안정적으로 흔들림 없이 자리하고 있었다. 아, 이 남자를 찾아 죽여 버려야 했다.

사방에서 모두가 비명을 질러 대고 있었다. 누루 남자들과 여자들, 그들의 피부는 한낮 같았다. 그리고 한밤 같은 피부의 오케케 여자들. 소리가 끔찍했다. 몇몇 남자들은 강간을 하면서 흐느끼고 웃으며 아니 여신을 찬양했다. 여자들은 아니 여신에게 구해 달라 했고, 그중 일부는 누루족이었다. 피와 타액과 눈물과 정액으로 모래가 덩어리졌다.

그 비명에 굳어 있느라 몇 초가 지나서야 시장에 있는 사람들에게서 비명이 나오기 시작했음을 깨달았다. 나는 지도를 접어 넣듯이 환영에서 빠져나왔다. 내 주위에서 사람들이 흐느꼈다. 남자 하나가 기절했다. 아이들은 빙글빙글 달렸다. *아이들은 생각도 못 했어!* 나는 깨달았다. 누가 내 팔을 붙잡았다.

"무슨 짓을 한 거야?"

므위타가 외쳤다. 그가 너무 급한 걸음으로 끌어당기는 바람에 나는 당장 대답할 수 없었다. 주위 사람들은 너무 넋이 나가고 충격받은 상태라 우리를 잡지 못했다.

"저들도 알아야지!"

간신히 숨을 돌렸을 때 나는 외쳤다.

우리는 시장을 나와 길을 가기 시작했다.

"우리가 상처받았다고 남들도 그래야 하는 건 아냐!"

"그래야지!" 나는 고함쳤다. "알든 모르든 우린 다 상처받고 있다고! 중지시켜야 해!"

"나도 알아!" 므위타가 마주 고함쳤다. "너보다 더 잘 안다고!"

"너희 아버지는 너희 어머니를 강간해서 너를 만들진 않았잖아! 네가 뭘 알아?"

그는 걸음을 멈추고 내 팔을 잡았다.

"너 제정신 아니야!" 그가 씩씩거리며 내 팔을 홱 팽개쳤다. "너는 네가 본 것밖에 모르지!"

나는 그 자리에 그냥 서 있었다. 반항심이 치밀어 내가 한 말의 어리석음과 자제력 부족을 인정할 마음이 내키지 않았다.

"내가 말해 주지." 그가 목소리를 낮추며 말했다.

"뭘?"

"가면서 말해 줄게. 여긴 보는 눈이 너무 많아." 우리가 2분쯤 걷고 나서야 그가 다시 입을 열었다. "너 진짜 가끔 너무 멍청하게 굴어."

"너도 마……." 나는 입을 다물었다.

"너는 전부 다 아는 줄 알지만, 그렇지 않아."

므위타가 우리 뒤를 쳐다보자 나도 따라 쳐다보았다. 우리를 따라오는 사람은 없었다. 아직은.

"저기. 아로를 만날 때까지 내가 혼자 동부를 여행한 건 사실이야. 하지만 그곳에서 잠시 있었던 적이 있어, 그 일 직후에…… 오케케와 누루가 분쟁 중이고 나는 도망을 치려고 인지되지 않게 했어. 오랫동안 인지되지 않는 상태로 버티는 방법을 몰랐어. 그때는. 겨우 몇 분이었지. 너도 알잖아."

그랬다. 내 경우 그 상태를 10분간 유지할 수 있게 되기까지 한 달이 걸렸다. 골똘히 집중해야 했다. 므위타는 당시 아주 어렸다. 그걸 유지할 수 있었다는 것 자체가 놀라웠다.

"나는 집 밖으로, 마을 밖으로 나가 분쟁 현장에서 벗어났어. 하지만 사막에 나오자, 곧 오케케 반군들에게 붙잡혔지. 그들은 마체테 칼, 활과 화살, 총을 갖고 있었어. 나는 오케케 아이들과 함께 움막에 갇혔고. 우리는 오케케 편에 서서 싸우게 되었지. 그들은 도망치려는 애들은 다 죽였어.

그 첫날, 여자애가 강간당하는 걸 봤어. 여자애들은 그냥 우리처럼 맞고 복종을 강요당하는 데 그치지 않았으니 더 심각했지. 강간까지 당했으니. 다음 날 밤, 남자애가 도망치려다가 총에 맞는 걸 봤어. 일주일 후엔 도망치려던 남자애를 우리 무리더러 때려죽이게 시켰고."

잠시 사이를 두는 그의 코가 벌름거렸다.

"나는 에우여서 더 자주 맞았고 더 심하게 감시당했어. 주술을 알아도, 너무 무서워서 도망칠 엄두가 안 나더라고.

그들은 우리에게 활쏘기와 마체테 칼 쓰는 방법을 알려 줬어. 우리 중 눈썰미가 있는 애들은 사격을 배웠지. 나는 솜씨가 아주 좋았어. 하지만 내가 받은 총으로 두 번 자살하려고 시도했고, 그래서 두 번 두들겨 맞았지. 몇 달 후, 우리는 누루족과의 싸움에 끌려갔어. 내가 가족으로 함께 자란 사람들의 부족과 싸우러.

나는 많은 사람을 죽였어."

므위타는 한숨을 쉬고 말을 이었다.

"어느 날, 병이 났어. 우린 사막에서 야영 중이었고. 밤에 죽은 사람들을 묻으려 큰 구덩이를 파고 있었지. 정말 많이 죽었어, 온예손우. 내가 일어나지 못하는 걸 보고 그들은 나도 시체와 함께 구덩이에 던져 버리더라.

나는 산 채로 묻혔어. 그들은 이동했고. 몇 시간 후, 열이 내려서 스스로 흙을 헤치고 나왔지. 당장 치료할 약초를 찾으러 나섰어. 그렇게 해서 동쪽으로 이동할 수 있게 된 거야. 그 반란군과 두 달을 지냈지. 내가 죽은 것처럼 보이지 않았더라면 분명 죽었을걸. 그게 너희 무고한 오케케족 '희생자들'이야."

우리는 발걸음을 멈췄다.

"네 생각처럼 단순한 게 아니야. 양쪽 다 병들어 있어. 조심해. 너희 아버지는 사물을 흑백논리로 보지. 오케케는 나쁘고, 누루는 선하다고."

"하지만 누루 쪽 잘못이잖아." 나는 조용히 말했다. "그들이 오케케족을 쓰레기 취급하지 않았더라면, 오케케족이 쓰레기처럼 굴지 않았겠지."

"오케케족은 혼자 생각을 못 한 대? 노예 신세가 어떤지 누구보다 잘 알 사람들이 자기 자식에게 어쩌는지 봐! 우리 고모와 고모부는 살인자가 아니었다고, 온예손우! 그분들은 살인자들에게 살해당했어!"

나는 몹시도 부끄러웠다.

"자."

그가 손을 내밀며 말했다. 그 손을 보다가 처음으로 오른손 검지의 희미한 흉터가 눈에 들어왔다. 뜨거운 총 방아쇠에 데였을까? 나는 궁금했다.

30분 후, 나는 아로의 오두막 밖에 서 있었다. 안에는 들어가고 싶지 않았다.

"그럼 여기 있어. 내가 들어가서 말할게."

므위타와 아로가 얘기하는 사이, 나는 혼자 있게 되어 반가웠다. 왜냐하면…… 난 혼자였으니까. 발꿈치로 오두막 벽을 툭툭 차다가 바닥에 앉았다. 모래를 떠올려 손가락 사이로 흘려보냈다. 시커먼 귀뚜라미가 내 다리 위에 뛰어올랐고 매 한 마리가 하늘 어딘가에서 울부짖었다. 나는 해가 저물어 가고 저녁별이 떠오르는 서쪽을 쳐다보았다. 깊게 숨을 들이쉬고 눈을 크게 떴다. 그대로 꼼짝 않고 있었다. 눈이 메말라 갔다. 눈물이 나오니 편해졌다.

나는 일어나서 옷을 벗고, 독수리로 변해 뜨거운 늦은 오후의 공기를 타고 하늘로 날아올랐다.

한 시간 후 나는 돌아왔다. 기분이 나아져 차분해졌다. 옷을 입는 사이 므위타가 아로의 오두막에서 고개를 내밀며 말했다.

"얼른."

"내가 내킬 때 갈 거야."

나는 웅얼거렸다. 옷매무새를 가다듬었다.

셋이서 얘기하는 사이, 다시 감정이 치밀어 올랐다.

"누가 막을 건가요? 누루족은 자기네들 땅이라 주장하는 곳의 오케케족을 모두 죽이더라도 그만두지 않을 텐데. 안 그래요, 아로?"

"글쎄다."

"저, 결심한 거 있어요. 그 예언은 이루어질 거고, 저는 그때 그 현장에 있고 싶어요. 예언에 나온 사람을 보고 싶고 그 사람이 뭘 하려든 간에 뜻을 이루게 돕고 싶어요."

"그리고 가고자 하는 또 다른 이유는?"

"생부를 죽이려고요." 나는 퉁명스럽게 말했다.

아로는 고개를 끄덕였다.

"그래, 어차피 너는 이제 여기 있을 수도 없게 되었다. 전에는 너를 쫓아오는 사람들을 막아 낼 수 있었다만 이번에는 네가 즈와히르 사람들 마음의 아픈 곳을 찔렀어. 게다가 네 생부가 너를 기다리고 있다."

므위타가 일어나 말 한 마디 없이 나갔다. 아로와 나는 그가 나가는 모습을 지켜보았다.

"온예손우. 고된 여정이 될 거다. 대비를 해야……."

나는 아로가 한 말을 다 듣지 못했다. 두통으로 관자놀이가 지끈지끈 울리기 시작했고 점점 그 강도가 더해 갔다. 몇 초 만에, 늘 결국에는 그러했듯이 돌로 머리를 치는 듯했다. 오두막을 나서는 므위타, 즈와히르를 떠나야 한다는 현실, 아직도 뇌리를 맴도는 폭력의 이미지, 그리고 내 생부의 얼굴이 뒤섞였다. 그 모든 것들이 갑자기 의심을 불러왔다.

나는 벌떡 일어나 아로를 응시했다. 너무 고통스럽고, 너무 당황해서 숨 쉬는 법을 잊었다. 두통이 심해지고 모든 것이 은빛 붉은색으로 물들었다. 아로의 표정에 더 겁이 났다. 침착하고 진득한 얼굴이었다.

"기절하겠다, 입 벌리고 숨을 들이쉬어. 그리고 앉아라."

겨우 자리에 앉았을 때, 나는 흐느끼기 시작했다.

"그럴 수 없어요, 아로!"

"입문자는 모두 그걸 봐야 해." 그는 서글프게 미소 지었다. "사람은 모르는 것을 두려워한다. 죽음에 대한 공포를 지우기 위한 방법으로 그걸 보여 주는 것보다 더 나은 게 있을까?"

나는 관자놀이를 눌렀다.

"왜 그들은 저를 그렇게나 증오하게 될까요?"

나는 결국 감옥에 갇혔다가 돌에 맞아 죽을 것이며 많은 이들이 기뻐하게 될 것이다.

"앞으로 알게 되겠지, 안 그러냐?" 아로가 엄숙히 말했다 "왜 굳이 재미를 망치려 들어?"

나는 므위타를 보러 갔다. 아로는 내게 몇 가지를 알려 주었고, 그중에는 언제 떠나야 하는지도 있었다. 앞으로 이틀. 므위타는 벽을 등지고 침대에 앉아 있었다.

"넌 생각을 안 해, 온예손우."

그가 멍하니 정면을 쳐다보며 말했다.

"넌 알았어? 내가 봤던 게 내 죽음이라는 거?"

므위타는 입을 벌렸다가 다시 다물었다.

"알았냐고?" 나는 다시 물었다.

그는 일어나서 나를 품에 안고 꼭 껴안았다. 나는 눈을 감았다.

"왜 너한테 말하셨지?" 내 귓가에서 그의 입술이 물었다.

"므위타, 나 숨 쉬는 법을 잊었어. 너무 기겁해서."

"아로는 너한테 말하지 말았어야 했어."

"아로가 말한 게 아냐. 내가 그냥…… 알아챘어."

"그럼 너한테 거짓말을 하든가."

우리는 그렇게 한동안 서 있었다. 나는 므위타의 향을 들이쉬고, 이렇게 할 수 있는 것도 마지막이리라는 생각을 했다. 나는 그를 밀어내고 손을 잡았다.

"같이 갈 거야." 그는 내가 무슨 말을 하기도 전에 말했다.

"아니. 나는 사막을 알아. 필요한 때는 독수리로 변신할 수 있으니까……."

"나도 너만큼 잘 알아, 더 나을지도 모르고. 서부도 알고."

"므위타, 너는 뭘 봤어?" 나는 잠시 그의 말을 무시하고 물었다. "네가 본 건…… 너도 네 죽음을 봤지?"

"온예손우, 한 사람의 끝은 한 사람의 끝이고 그걸로 끝이야. 혼자 가게 두지 않아. 어림도 없어. 집에 가. 내가 내일 오후에 갈게."

나는 자정쯤 집에 도착했다. 어머니는 내 계획에 놀라지 않았다. 어머니는 내가 시장에서 한 일을 전해들은 후였다. 즈와히르 전체가 그 일로 난리였다. 소문은 자세한 사항은 빠져 있었고, 사악한 나를 가둬야만 한다는 싸늘한 감정뿐이었다.

“므위타도 나랑 갈 거예요, 엄마.”

“잘됐다.” 어머니는 잠시 후 말했다.

내가 방에 가려고 돌아서자, 어머니가 코를 훌쩍였다. 나는 몸을 돌렸다.

“엄마, 난…….”

어머니는 한 손을 들었다.

“난 인간이지만 멍청하진 않아, 온예손우. 가서 자라.”

나는 어머니에게로 돌아가서 오랫동안 포옹했다. 어머니는 나를 방 쪽으로 밀고 눈을 문질러 닦으며 말했다.

“자렴.”

놀랍게도, 나는 두 시간을 곤히 잤다. 악몽은 없었다. 그날 밤 나중에(아니, 그보단 아침이라고 해야겠지만) 오전 4시쯤, 루유, 빈타, 디티가 내 방 창문에 나타났다. 나는 친구들이 내 방에 기어 올라오게 도와주었다. 일단 안에 들어오자, 셋은 그냥 서 있기만 했다. 나는 웃을 수밖에 없었다. 내가 그날 본 중에 가장 웃긴 광경이었다.

“괜찮아?” 디티가 물었다.

“어떻게 된 거야?” 빈타가 물었다. “너에게 직접 들어야겠어.”

나는 침대에 앉았다. 어디서부터 시작해야 할지 몰랐다. 나는 어깨를 으쓱하고 한숨을 쉬었다. 루유가 내 옆에 앉았다. 향유와 희미한 땀 냄새가 났다. 루유는 보통 절대 땀 내음이 피부에 배게 하는 법이 없었다. 그녀가 내 옆얼굴을 하도 오래 쳐다보고 있기에 나는 짜증이 나서 돌아보았다.

"왜?"

"나 오늘 거기 있었어, 시장에. 봤어……. 전부 다 봤어." 눈물이 루유의 눈에 고였다. "왜 안 말했니?" 그녀는 눈을 내리깔았다. "하지만 사실 우리한테 얘기했었구나, 그렇지? 그게…… 너희 어머니셔?"

"응."

"보여 줘." 디티가 조용히 말했다. "우리도…… 보고 싶어."

나는 잠시 사이를 두었다.

"좋아."

두 번째는 나한테는 그렇게 충격적이지 않았다. 나는 그가 어머니에게 내뱉는 누루말을 귀 기울여 들어 보았으나 아무리 애를 써도 알아들을 수 없었다. 나는 누루말을 조금 알지만, 어머니는 몰랐고 이 환영은 어머니의 경험에서 나온 것이었다. *비열하고, 악독하고, 잔인한 남자, 그 사람 숨통을 끊어 놓겠어.* 나중에, 빈타와 디티는 넋이 나가 침묵에 잠겼다. 하지만 루유는 그저 더 지쳐 보일 뿐이었다.

"나 즈와히르를 뜰 거야."

"그럼 나도 같이 가고 싶어." 빈타가 불쑥 말했다.

나는 급히 고개를 저었다.

"아냐. 므위타만 같이 가. 넌 여기 사람인걸."

"제발." 빈타가 애원했다. "저 바깥세상에 뭐가 있는지 보고 싶어. 이곳은…… 아버지에게서 도망쳐야 해."

우리는 모두 알고 있었다. 제재가 들어간 후에도, 빈타의 아버지는 여전히 자신을 다스릴 줄 몰랐다. 빈타는 숨기려 했지만, 꽤 자주 아팠다. 그의 학대 때문에, 그로 인해 그녀가 견뎌야 하는 고통 때문에. 나는 마음에 걸리는 점을 깨닫고 인상을 찌푸렸다. 만약 여자가 흥분했을 때만 고통이 오는 거라면, 빈타는 아버지의 손길에 흥분한단 뜻인가? 나는 진저리쳤다. 불쌍한 빈타. 거기에다가 빈타에겐 '너무 매력적이라 제 아버지조차 못 참고 넘어간 여자애'란 낙인이 찍혔다. 그 때문에 이미 젊은 남자들 사이에 빈타를 두고 경쟁이 불붙었다고 므위타가 말해 주었다.

"나도 가고 싶어." 루유가 말했다. "일원이 되고 싶어."

"우리가 뭘 하게 될지도 모르는데." 나는 더듬거렸다. "난 심지어……."

"나도 가." 디티가 말했다.

"하지만 넌 약혼했잖아." 루유가 말했다.

"응?" 나는 디티를 쳐다보며 말했다.

"지난달, 걔네 아버지가 아들 대신 애한테 결혼 신청을 넣었어."

"누구 아버지?"

"파나시 말이야, 당연히."

파나시는 아주 어렸을 때부터 디티의 연인이었다. 그는 디티가 아파서 지르는 소리에 모욕당한 기분이 들어 몇 년간 얘기도 하지 않으려 했던 장본인이었다. 어른이 되어 자신이 원하는 것을 얻을 수 있음을 알게 되기까지 그 세월이 걸린 모양이었다.

"디티, 왜 나한테는 말 안 해 줬어?"

디티는 어깨를 으쓱했다.

"별로 중요하지 않은 거 같아서, 너한테는. 그리고 중요하지 않을 수도 있지, 이제는."

"당연히 중요한 일이지."

"음……. 네가 파나시하고 얘기해 볼래?"

그렇게 해서 므위타, 루유, 빈타, 디티, 파나시, 그리고 내가 다음 날 거실에 모였고 어머니는 시장에 물품을 사러 가게 되었다. 디티, 루유, 빈타, 나는 열아홉 살이었다. 므위타는 스물둘이고 파나시는 스물하나였다. 우리는 다들 순진했고, 부질없는 희망을 품고 있었음을 나중에 깨달았다.

파나시는 몇 년 사이 키가 컸다. 그는 므위타와 나보다 머리 반 개가 컸고, 루유와 디티보다는 머리 하나가 컸으며 우리 중 제일 작은 빈타에 비하면 훌쩍 더 컸다. 넓은 어깨에 매끄러운 짙은 피부, 이글거리는 눈, 튼튼한 팔의 젊은 남자였다. 파나시는 몹시 의심스러워하는 눈으로 나를 봤다. 디티가 그에게 계획을 이야기했다. 그는 디티를 쳐다보고 다음으로 나를 보더니 놀랍게도 아무 말도 하지 않았다. 좋은 징조였다.

"나는 사람들 얘기하곤 달라." 나는 말했다.

"디티가 얘기해 준 건 알지." 그가 낮은 목소리로 말했다. "하지만 그것뿐이야."

"우리랑 같이 갈래?"

디티는 파나시가 생각이 트인 사람이라고 했다. 몇 년 전 이야기꾼이 왔던 날 청중이었다고 했다. 하지만 그는 또한 오케케 남자이기도 했기에 나를 믿지 않았다.

"아버지는 빵집을 하시고 내가 물려받기로 되어 있어."

나는 눈을 가늘게 뜨고, 그의 아버지가 혹시 우리가 처음 즈와히르에 왔을 때 어머니에게 윽박지른 그 고약한 사람일까 생각했다. 나는 그 사람에게 소리 지르고 싶었다.

"그럼 누루족이 쳐들어와서 널 찢어발기고, 아내를 강간하고, 나 같은 아이를 만들면 좋겠네! 바보 같으니!"

내 옆의 므위타가 나더러 조용히 하길 바라는 기색이 느껴졌다.

"온예손우에게 보여 달라고 해." 디티가 부드럽게 말했다. "그런 다음 결정해."

"난 밖에서 기다릴게."

파나시가 대답하기 전에 루유가 말했다. 그녀는 얼른 일어섰다. 빈타가 그 뒤를 바짝 붙어 따랐다. 디티는 파나시의 손을 잡고 눈을 꼭 감았다. 므위타는 그저 내 옆에 섰다. 나는 세 번째로 우리 모두를 과거로 데려갔다. 파나시는 크고 헐떡거리는 울음으로 반응을 보였다. 디티가 그를 위로해 주어야 했다. 므위타는 내 어깨에 손을 댔다가 방을 나갔다. 마음을 가라앉히는 사이, 파나시의 슬픔은 물러가고 분노가 그 자리를 차지했다. 들끓는 분노. 나는 미소 지었다.

그는 커다란 주먹으로 자기 허벅지를 내리쳤다.

"어떻게 이럴 수가! 난…… 몰랐…… 그럴 수 없어!"

"즈와히르는 멀리 떨어져 있으니까."

"온예." 나를 그렇게 부른 사람은 그가 처음이었다. "정말 미안해. 진짜로. 여기 사람들은…… 다들 전혀 몰랐어!"

"괜찮아. 갈 거야?"

그는 고개를 끄덕였다. 그렇게 해서 여섯 명이 되었다.

25장

# 그래서 그렇게 결정되었다

우리는 세 시간 후에 떠날 참이었다. 그리고 그걸 알았기에, 사람들은 나를 혼자 있게 해 주었다. 지나가는 나를 보는 그들의 눈길만이 내가 얼른 가 주었으면 하는 조바심, 다시 잊고 싶다는 조바심을 드러내고 있었다. 나는 아로와 사막 앞에 섰다. 여기서부터 우리는 남서쪽으로 가서 즈와히르를 돌아 서쪽으로 향할 것이다. 낙타를 타는 게 아니라, 도보로. 나는 낙타를 타지 않았다. 어머니와 사막에 살 때 나는 야생 낙타들을 알았다. 그 고귀한 생물들의 힘을 착취하지 않을 것이다.

아로와 나는 모래언덕으로 올라갔다. 강한 바람에 내 땋은 머리가 흩날렸다.

"왜 그는 날 보고 싶어 하죠?"

"그 질문은 그만해라."

다시금 모래폭풍이 불어왔다. 그러나 이번에는 그렇게 고통스럽지 않았다. 텐트에 들어가서 나는 솔라 맞은편에 앉았다. 이전과 마찬가지로 검은 후드가 그의 하얀 얼굴을 가는 콧대까지 내려와 가리고 있었다. 아로는 그의 옆에 앉아 서로 손가락을 꼬아 감는 희한한 악수를 했다.

“안녕하세요, 오가 솔라.”

“많이 컸구나.” 솔라가 그 퍼석한 목소리로 말했다.

“저 애는 므위타 거야.” 아로는 나를 보고 덧붙였다. “만약 누구든 남자 것이 되겠다면 말이지만.”

솔라는 고개를 끄덕였다.

“그럼 이게 어떻게 끝날지는 알겠구나.”

“네.”

“너와 같이 가는 그들 말이다. 그중 일부는 도중에 떨어질 수도 있다는 건 알고?”

나는 침묵했다. 그런 생각을 하긴 했었다.

“그리고 이 모든 것이 네 책임이라는 것도?” 아로가 덧붙였다.

“그게…… 도움이 될까요?” 나는 아로에게 물었다.

“어쩌면.”

“제가 해야 할 일은 뭔가요? 어떻게 하면…… 그 사람을 찾을 수 있을까요?”

“누구?” 솔라가 고개를 기울이며 물었다. “너희 아버지?”

“아뇨.” 생부와 나는 서로를 찾아내리라는 예감이 들었다. “예언에서 말하는 사람이오. 그 사람은 누구죠?”

두 사람은 한동안 조용했다. 나는 그들이 입술을 움직이지 않은 채 대화 중임을 감지했다.

"그럼 그렇게 해, 샤."

아로가 소리내어 말했다. 그는 기진한 듯이 보였다.

"이 누루 남자에 대해 뭘 아느냐?" 솔라가 물었다.

"제가 아는 건 어느 누루족의 보는 이가 예언하길, 마법사인 키 큰 누루 남자가 나타나 상황을 바꾸고 위대한 책을 다시 쓰리라 했다는 것뿐입니다."

솔라는 고개를 끄덕였다.

"그 보는 이를 안다. 나, 아로, 우리 늙은이들의 나약함을 용서하렴. 우리는 이 일을 통해 배우게 될 거다. 아로는 네가 에우 여자라서 거절했지. 나도 그럴 뻔했다. 그 보는 이는 라나라고 하는데, 귀한 문서를 지키고 있다. 그래서 예언을 받을 수 있었던 거야. 그는 무슨 말을 들었으나 받아들이지는 못했다. 그의 어리석음이 너에게 기회가 될 거다, 내 생각엔."

나는 한숨을 쉬고 양손을 들었다.

"무슨 말씀인지 모르겠어요, 오가."

"라나는 자기가 들은 말을 믿지 못하는 게 분명해. 그는 누루 남자를 찾으라는 조언을 받은 게 아니야. 예언의 주인공은 에우 여자다." 그는 웃음을 터트렸다. "최소한 한 가지는 그가 정직하게 말했지, 너는 키가 크니까."

나는 멍한 상태로 집에 걸어갔다. 므위타하고 같이 걷고 싶지 않았다. 가는 내내 나는 울었다. 누가 보든 무슨 상관이야? 즈와히르에서 보낼 시간은 한 시간도 남지 않았다. 내가 들어섰을 때, 어머니는 거실에서 나를 기다리고 있었다. 어머니는 당신 옆 소파에 앉는 내게 찻잔을 건넸다. 차는 아주 진했고, 정확히 내게 필요한 것이었다.

* * *

오늘은 그걸로 충분해요. 이틀 후면 여기서 무슨 일이 벌어질지 난 알아요……. 아마도. 희망을 가질 수는 있는 거니까, 그렇겠죠? 나 자신과 내 안에서 자라는 아기를 위해 희망을 갖는 것 외에 달리 뭘 할 수 있겠어요? 그렇게 놀란 표정은 짓지 말고.

됐어요. 간수들이 당신을 들여보내 줘서 다행이고 당신 타자가 빨랐으면 좋겠네요. 혹시 그자들이 컴퓨터를 빼앗아 박살낸다면, 당신 기억력이 좋기를 바라고. 내일도 저들이 당신을 들여보내 줄지 모르겠어요.

밖에 저 소리 들려요? 벌써 구경하려고 모여들고 있는? 자기들의 작은 세상을 뒤집어 놓은 사람을 돌로 때려죽이려 기다리고 있죠. 원시적이야. 무척이나 무관심하지만 교양 넘치는 즈와히르 사람들과는 너무 달라요.

이 감방 바로 밖에서 간수 둘이 듣고 있죠. 다행히도 그들은 오케케말을 몰라요. 당신이 여기 돌아올 수 있다면, 저 거만하고 증오스럽고, 슬프고, 혼란에 빠진 개자식들을 다시 뚫고 올 수 있다면, 나머지 얘기를 해 드릴게요. 그리고 얘기가 끝나면 내가 어떻게 될지 우리 둘 다 알게 되겠죠, 네?

나와 오늘 밤 이곳의 추위 걱정은 하지 말아요. 돌은 많으니까. 그러니 따뜻하게 지낼 방법은 있지요. 살아남을 방법도 있고. 나가는 길에 그 컴퓨터 조심해서 지켜요. 당신이 돌아오지 못한다 해도 이해해요. 당신은 당신이 할 수 있는 일을 하고 우리는 차가운 운명에게 맡기도록 해요. 조심히 가요.

# 3부

# 전사 戰士

힘든 밤이었어요.

또 한 명의 남자가 나 때문에 죽었거든요. 뭐, 본인 탓이지만. 오늘 아침 해가 뜨기 전 내 감방에 들어오더라고요. 나는 이런 면에선 어머니와 같지 않죠. 그냥 가만히 누워 있을 수 없었어요. 자기 아버지에게서 따온 이름을 지닌 누루족 남자였어요. 아내와 자식 다섯이 있었고, 재주 좋은 강 어부였죠. 멍청하게도 간 크게 여기로 밀고 들어오던데. 그는 내게 손도 대지 못했어요. 나는 잔인하거든요. 그의 뇌리에 추악하기 그지없는 환영을 심어 주었고 그는 유령처럼 조용히 그리고 망가진 오케케 노예처럼 서글프게 도망갔죠.

그의 머릿속 중요한 연결망을 다 뽑아 버렸어요. 그는 이틀 동안은 멀쩡할 것이고, 창피하니 강간 미수를 떠들고 다니지 못하겠죠. 그러다 갑자기 죽을 거예요. 나는 그의 아내나 자식들을 불쌍하다 여기지 않아요. 제 무덤 제가 파는 거지. 아내는 남편을 선택한 거고 심지어 자식도 부모를 선택하니까.

아무튼 보니 좋긴 한데, 위험한데 왜 또 왔어요? 이유가 있겠죠? 호기심을 넘어서는 이유 없이 이럴 누루족 남자는 없으니까. 말할 필요는 없어요. 나한테 아무 말도 안 해도 돼요.

저들은 내일 날 돌로 때려죽이겠죠. 그러니 오늘은 내 인생 이야기를 마저 들려줄게요. 내 안의 아이, 딸 이름은 에누이그웨예요. '천국'을 뜻하는 옛말이죠, 모든 것의 고향, 오케케에게도 누루에게도. 이 이야기는 당신과 이 아이 둘에게 들려주는 거예요. 이 애도 제 어머니를 알아야 하니까. 그 애는 이해해야 해요. 그리고 강해져야 하고. 누가 죽음을 두려워할까요? 나는 아니고 이 애도 안 그럴 거예요. 빨리 얘기할 테니 부지런히 타자 쳐요.

## 26장

돌로 인한 아픔과 내가 아직 저지르지 않은 일에 대한 분노가 나를 땅속으로 끌어들이려 했다. 즈와히르 경계를 지날 때 첫 통증을 느꼈다. 우리는 등에 진 커다란 배낭과 머릿속의 아이디어만 가지고 있었다.

"곧장 서쪽으로 가라."

아로와 솔라는 그렇게 지시했다. 곧 우리 앞에 벌판이 펼쳐졌고, 모여 자란 야자나무와 마른 풀밭이 드문드문 자리한 모래언덕이 이어졌다.

"그럼 그냥 그쪽으로 가?"

그렇게 물은 빈타는 눈을 가늘게 좁혀 뜨며 걷고 있었다. 바로 몇 시간 전 아버지를 독살한 여자애치고는 몹시도 명랑했다. 그녀는 아버지가 아침에 마시는 차에 천천히 작용하는 심장 뿌리 추출물을 넣었다고 나에게만 말했다. 아버지가 차를 마시는 모습을 지켜본 다음, 편지조차 남기지 않고 몰래 집을 빠져나왔다. 밤이 될 쯤이면 그는 죽을 것이다.

"본인이 자초한 일이야." 빈타는 웃음을 머금고 내게 속삭였다. "하지만 다른 애들한테는 말하지 마."

나는 그 대담함에 충격받아 그 애를 쳐다보았다. 어쩌면 빈타는 이 여정에 걸맞을지도 모르겠다고 생각했다.

"그래, 서쪽." 루유가 입안에서 탈렘베 에타누 돌을 굴리며 말했다. "그쪽으로 얼마나 가면 돼? 넉 달, 다섯 달?"

"봐서." 나는 관자놀이를 문지르며 말했다.

"음, 얼마나 오래 걸리든 도착할 테니까." 빈타가 말했다.

"낙타를 타면 천 배는 빠를 텐데." 루유가 또 말했다.

나는 눈을 굴리고 우리 뒤를 쳐다보았다. 므위타와 파나시는 몇 걸음 뒤에서 묵묵히 생각에 잠겨 걷고 있었다.

"한 걸음마다 집에서 더 멀어지는 거야."

빈타가 웃음을 터트리더니 하늘을 날 듯이 팔을 벌리고 뛰어갔다. 배낭이 덜렁덜렁 등에 부딪혔다.

"최소한 우리 중 한 명은 즐겁게 길을 떠나네." 나는 중얼거렸다.

다른 사람들은 길 떠나기가 쉽지 않았다. 알고 보니 파나시의 아버지는, 어머니와 내가 즈와히르에 도착한 첫날 우리에게 소리 질렀던 그 제빵사였다. 파나시의 부모는 우리가 모두 모여 떠날 준비를 하던 아로의 오두막으로 득달같이 달려왔다. 하지만 그들은 아로의 문을 통과하지 못했다. 파나시와 디티가 나가서 그들을 만나야 했다.

파나시의 어머니는 고래고래 한탄하기 시작했다.

"내 아들이 마녀에게 넘어갔어!"

그의 아버지는 아들을 몰아붙여 가지 못하게 하려 했고, 내쫓고 두들겨 패겠다고 을러 댔다. 파나시와 디티가 돌아왔을 때, 파나시는 너무 마음이 안 좋아 혼자 있겠다고 가 버렸다. 디티가 흐느끼기 시작했다. 이미 그날 먼저 자기 부모님과 이런 과정을 거친 터였다.

루유의 부모님 역시 쫓겨날 줄 알라고 으박질렀다. 하지만 루유를 말릴 때 협박을 하면, 도리어 꼭 그걸 하게 만드는 셈이 되어 버린다. 루유는 늘 싸울 태세가 되어 있었다. 그래도 루유 역시 출발 후에 말이 없어졌다.

므위타가 아로에게 작별 인사를 할 때, 나는 그의 새로운 면을 보았다. 다른 사람들이 사막으로 걸어가기 시작하자, 그는 얼어붙었다. 아무 말도, 아무 표정도 없었다.

"가자."

내가 그의 손을 잡아끌며 말했지만 그는 움직이지 않았다.

"므위타." 나는 말했다.

"가 봐라." 아로가 말했다. "잠깐 므위타와 얘기 좀 하게."

우리는 므위타 없이 1.5킬로미터 정도 걸었다. 나는 그가 오는지 확인하려 돌아보지 않고 버텼다. 곧 뒤에서 멀지 않은 발소리가 들렸다. 발소리가 점점 더 가까워지더니 마침내 므위타가 내 옆에서 걷고 있었다. 눈이 빨갰다. 나는 한동안 그를 그냥 내버려 둬야 한다는 것을 알았다.

내게, 집을 떠나는 일은 말 그대로 견딜 수 없었다. 그때까지만 해도 피할 수 없는 일이었다. 내 인생의 모든 사건이 이 여정으로 이어져 있었다. 돌아가지 않고, 둘러가지 않고, 서쪽을 향해 곧게 나아간다. 나는 즈와히르 여자로 생애를 살아갈 운명이 아니었다. 하지만 어머니와 떨어질 마음의 준비도 되어 있지 않기는 마찬가지였다. 우리는 진한 차를 함께 마시며 이야기했다. 포옹을 나눴다. 나는 계단을 내려오다가 돌아서서, 다시 뛰어 올라가 어머니의 품에 안겼다. 어머니는 침착하게 말없이 나를 안아 주었다.

"엄마 혼자 두고 못 가요."

"가야지." 어머니는 그 속삭이는 목소리로 말하며 나를 꼭 끌어안았다. "무슨 약해 빠진 사람 취급하지 마라. 넌 이제 너무 멀리 와 버렸어. 끝내 버리렴. 그리고 그 사람을 찾아내면……." 어머니는 이를 드러냈다. "다른 이유가 없다면, 그자를 찾기 위해서 가렴. 그 놈이 나한테 저지른 일을 벌하러." 내가 열한 살 때 이후로 어머니는 그 일을 직접 얘기한 적이 없었다. "너와 나는 하나야. 얼마나 멀리 떨어지든 간에, 늘 그럴 거란다."

나는 어머니를 떠났다. 아니, 처음엔 어머니가 날 떠났다. 어머니는 그저 몸을 돌려 집 안으로 들어가 문을 닫았다. 문이 열리지 않은 지 10분 후, 나는 일행들과 합류하러 아로 집으로 향했다.

걸어가는 동안 나는 지끈거리는 관자놀이를, 그리고 뒤통수를 문질렀다. 즈와히르를 떠나자마자 찾아온 두통…… 너무 불길하게 여겨졌다. 이틀 후, 통증은 최고조에 달했다. 우리는 이틀 동안 이동을 중지해야 했고, 나는 심지어 우리가 멈춘 줄도 몰랐다. 이 첫날에 대해 내가 아는 것이라곤 다른 이들이 내게 말해 준 것뿐이다.

내가 텐트 안에서 고통에 몸부림치며 망령들을 향해 소리치는 동안, 다른 이들은 불안해했다. 빈타, 루유, 디티는 곁에서 나를 진정시키려 애썼다. 므위타는 파나시와 많은 시간을 보냈다.

"전에도 저런 적 있어."

내 텐트 밖 불 앞에 앉아 므위타는 파나시에게 말했다. 그는 바위모닥불을(데운 돌로 이루어진 돌무더기를) 만들었다. 간단한 주술이었다. 그는 파나시가 거기에 홀딱 빠져 은은히 빛나는 돌무더기에서 나오는 열기를 만져 보려다가 손을 데였다고 말해 주었다.

"재가 저렇게 아프면 여행을 어떻게 하냐?" 파나시가 물었다.

"아픈 게 아니야."

므위타는 내 두통이 나의 죽음과 연결되어 있다는 건 알았지만, 내가 자세한 이야기는 해주지 않았다.

"네가 치료할 수 있지?"

"최선을 다해 볼게."

다음 날이 되자, 두통은 줄어들었다. 나는 이동을 중단한 이후로 아무것도 먹지 않았다. 허기로 머리가 묘하게 맑아졌다.

"일어났네." 빈타가 훈제 고기와 빵 접시를 들고 내 텐트로 들어오며 말했다. 그녀는 싱긋 웃었다. "훨씬 나아 보여!"

"여전히 아프긴 한데 두통이 원래 왔던 곳으로 물러가고 있어."

"먹어. 내가 다른 애들한테 얘기할게."

빈타가 기쁨으로 소리 지르며 나갔고 나는 미소 지었다. 내 몸을 살펴보았다. 목욕을 해야 했다. 내 몸에서 풍기는 씻지 않은 냄새가 거의 눈에 보일 지경이었다. 맑은 머리 상태 덕분에 세상이 또렷하고 선명했다. 바깥소리가 전부 내 귀 앞에서 나는 듯했다. 근처에서 사막여우가 짖고 매가 울었다. 므위타가 들어오면서 하는 생각이 거의 들리는 듯했다.

"온예손우." 주근깨가 난 뺨은 발갛게 달아올랐고 황록색 눈은 나를 세세히 살피고 판단했다. "나아졌네." 그가 내게 키스했다.

"모레 출발하자."

"진짜로? 내가 널 아는데. 아직 머리 욱신거리면서."

"출발할 때쯤 되면 다 떨쳐낼 거야."

"뭘 떨쳐내, 온예손우?"

우리 눈이 마주쳤다.

"므위타, 우리 갈 길이 멀어. 중요한 일 아니야."

그날 밤, 나는 일어나서 바람을 쐬러 나갔다. 이 기묘한 맑은 상태를 좀 더 오래 유지하고 싶어서 빵 조금과 물만 먹었다. 우리 텐트 뒤에서 사막을 향해 다리를 꼬고 바닥에 앉아 있는 므위타를 찾아냈다. 나는 그에게 걸어가다 멈칫하고는 몸을 돌려 우리 텐트로 돌아갔다.

"아냐." 그가 여전히 내게 등을 돌린 채 말했다. "앉아. 막 그만하려던 참에 왔네."

나는 미소 지었다.

"미안." 나는 바닥에 앉았다. "점점 실력이 좋아지네."

"응. 몸은 좀 나아?"

"훨씬."

그는 몸을 돌려, 내 옷차림을 눈여겨보았다.

"여기선 안 돼."

"왜?"

"나 아직 수련 중이라."

"너는 늘 수련 중일 텐데. 그리고 우린 벌판 한가운데 있고."

므위타가 손을 뻗어 내 라파를 풀기 시작했다. 나는 그의 손을 잡았다.

"므위타, 안 돼."

그는 부드럽게 내 손을 잡아 떼어 냈다. 나는 그가 라파를 풀게 두었다. 서늘한 사막 공기가 피부에 기분 좋게 와 닿았다. 다들 아직 텐트 안에 있나 확인하려 뒤를 흘끔 돌아보았다. 우리는 얼마간 떨어진 완만한 경사 위에 있었고, 어둡긴 했지만 그래도 역시 아슬아슬했다. 나는 위험을 감수하기로 했다. 목에, 젖꼭지에, 배꼽에 와 닿는 그의 입술이 주는 순수하고 완전한 쾌감에 빠져들었다. 내가 므위타의 옷을 벗기려 들자 그는 웃음을 터트렸다.

"아직 아냐." 그가 내 손을 치우며 말했다.

"아, 그냥 이 밖에서 내 옷을 벗기고 싶었던 거구나."

"글쎄. 얘기하고 싶어. 너는 긴장이 풀린 상태일 때 제일 잘 들어주니까."

"전혀 긴장 풀린 상태가 아닌데."

그는 싱글거렸다.

"알아. 내 잘못이지."

그는 내 라파를 다시 여며 주었고 나는 몸을 일으켜 앉았다. 말없이 우리는 사막으로 몸을 돌리고 명상에 빠져들었다. 므위타를 향한 몸의 갈망이 가라앉자, 피가 진정되어 심장은 차분해졌으며 피부는 서늘해졌다. 나는 진정했다. 움직이지만 않으면 무엇이든 할 수 있고, 무엇이든 볼 수 있으며, 무슨 일이든 이루어지게 할 수 있음을 느꼈다. 므위타의 목소리는 잔잔한 물 위의 여린 파문 같았다.

"우리 텐트로 돌아갔을 때, 무슨 일이 있을지 걱정하지 마, 온예손우."

나는 그 얘기를 곱씹어 보고 그저 고개를 끄덕였다.

"아로의 가르침으론 그게 중단되지 않을 거야." 그가 말했다.

"알아."

"그럼 그렇게 두려워하지 마."

"여자 마법사가 수련을 마치기 전에 임신하면 어떻게 되는지 아로가 말해 줬어."

므위타는 낮게 웃으며 고개를 저었다.

"이미 어떻게 끝날지 알고 있잖아. 넌 아무 말도 안 해 줬지만, 산치처럼 네 임신이 마을 전체를 절멸시킬 거란 생각은 안 드는데."

"그 사람 이름이 산치야?"

"나를 가르친 첫 번째 스승인 다이브도 말해 줬거든."

"그런데 넌 내게 그런 일이 벌어질 걱정은 안 하네."

"말했듯이, 그렇게 끝나지 않는다는 거 알잖아. 게다가 너는 산치보다 훨씬 큰 재능을 갖고 있어. 스무 살인데 벌써 죽은 자를 되살릴 수 있지."

"매번 할 수 있는 것도 아니고 결과가 따르지."

"결과가 따르지 않는 일은 없어."

"그러니까 우리가 관계를 삼가야 한다고 생각해."

"하지만 우린 삼가지 않을 건데."

나는 새카만 사막에서 눈을 떼어 므위타에게로 돌렸다. 우리 캠프 중앙의 바위 모닥불에서 흘러나오는 희미한 불빛 속에서 므위타의 노란 얼굴이 빛나고, 늑대 같은 눈이 반짝였다.

"혹시 생각해 본 적 있어……? 우리 아기가 어떻게 생겼을지?"

나는 물었다.

"그 애는 우리처럼 생겼을 거야."

"그 아이는 뭐가 되는 셈일까?"

"에우겠지."

우리는 몇 분간 말없이 있었고, 다시 사방이 잠잠해졌다.

"텐트 입구는 열어놔 줘." 나는 말했다.

우리는 손을 마주 잡고 미끄러뜨렸다가, 서로의 손가락을 소리 내어 튕기는 우정의 악수를 했다. 나는 일어나 라파를 벗어 땅에 떨구고 그를 내려다보았다. 다년간 여러 가지 동물로 변신해 봤지만 내가 제일 좋아하는 것은 늘 독수리였다.

"밤이야." 므위타가 말했다. "공기가 잠잠하지 않을 텐데."

목이 변형하여 가늘어지고 피부에 깃털이 돋아나면서 내 웃음소리는 스러졌다. 나는 변신을 잘 했지만 매번 노력이 필요했다. 그냥 저절로 되는 일은 아니었다. 몸은 그 방법을 알지만, 그래도 하려고 작정해야 이루어지는 일이었다. 그래도 잘하는 일을 할 때 그렇듯이, 그 노력이 즐거웠고 많은 면에서 수고가 수고스럽지 않았다. 나는 날개를 펼치고 하늘로 날아올랐다. 한 시간 동안 아무도 내 소식을 알지 못했다.

나는 우리 텐트 안으로 날아들어 가 잠시 날개를 펼친 채 서 있었다. 므위타는 촛불 아래 바구니를 엮고 있었다. 걱정이 있을 때면 늘 뭔가를 엮었다.

"루유가 널 찾았어."

그가 바구니를 내려놓으며 말했다. 내가 변신해서 돌아오자 그는 내 라파를 던져 주었다.

"응? 왜? 늦은 시간인데."

"그냥 얘기하고 싶은 거 같던데. 루유는 위대한 책을 읽는 중이야."

"다들 읽었잖아."

"하지만 루유는 이제 더 많은 것을 이해하기 시작했지."

나는 다시 고개를 끄덕였다. 잘됐다.

"내일 걔랑 얘기할게."

나는 깔개 위 그의 옆에 앉았다.

"나 먼저 가서 씻을까?"

"아니."

"혹시 내가 임신하면 우린 모두……."

"온예손우, 주어진 걸 그대로 받아들여야 하는 때가 있어. 우리에겐 늘 위험이 따를 거고. 네가 위험인걸."

나는 몸을 숙여 그에게 입 맞췄다. 그런 다음 다시 입 맞췄다. 그리고 그 후론, 그 무엇도 우리를 막을 수 없었다. 세상이 끝난다 해도.

## 27장

우리는 늦잠을 잤다. 그리고 깨어났을 때, 내 두통은 거의 가신 후였다. 나는 주위 세상의 또렷함에 눈을 깜박였다. 배가 꼬르륵거렸다.

"온예." 밖에서 파나시가 부르는 소리가 들렸다. "우리 들어가도 돼?"

"못 볼 꼴은 아니지?" 루유가 그러더니 킥킥거렸고 다시 속삭이는 소리가 들렸다. "아마 또 재를 덮치고 있을 거야."

그러고는 또 킥킥댔다.

"들어와." 나는 미소 지으며 말했다. "근데 나 냄새나. 씻어야 해."

다들 우르르 들어왔다. 만원이었다. 한참 낄낄거리고 투덜거리고(주로 므위타가) 들썩인 다음 조용해졌다. 나는 그걸 얘기를 시작할 신호로 삼았다.

"나 이제 괜찮아. 두통은 그냥 감당하고 살아가야 하는 일이야. 그게…… 입문식 이후로 계속 있었거든."

"집을 떠나려니 적응이 필요했던 거지." 므위타가 덧붙였다.

"내일 출발하자." 나는 므위타의 손을 잡으며 말했다.

다들 내 텐트에서 나가고, 나는 천천히 일어나 앉아 하품했다.

"뭐 먹어야지." 므위타가 말했다.

"좀 이따가. 먼저 하고 싶은 일이 있어."

여전히 라파만 몸에 두른 채, 나는 므위타의 부축을 받아 일어섰다. 세상이 빙글빙글 돌다가 멈추었다. 먼 곳에서 돌이 내 옆머리를 강타하는 것을 느꼈다.

"내가 같이 갈까?" 므위타가 물었다.

"넌 어제 뭐 먹었어?"

"아니. 네가 먹을 때까진 나도 안 먹어."

"넌 그럼 우리 둘 다 약한 게 낫다고 생각하는구나."

"네가 약해?"

나는 미소 지었다.

"아니."

"그럼 가자."

처음 의도적으로 이계를 활공할 수 있게 되었을 때는 사흘간 물만 마시며 굶은 후였다. 나는 그동안 아로의 오두막에서 지냈고 그는 내가 게으르게 지내지 못하게 했다. 나는 염소우리를 청소하고, 설거지를 하고, 집 청소를 하고, 식사를 준비했다. 단식하는 날이 거듭되며, 이계에서 생부와 조우할 일이 더욱 걱정되었다.

"그는 지금은 널 쫓지 않을 거다." 아로가 안심시켰다. "내가 여기 있고 너는 입문식을 치렀으니까. 이제 너한테 손을 뻗기가 쉽지 않아. 긴장 풀어. 때가 되면 너 자신이 알게 될 거다."

염소 우리 옆에서 잠깐 쉬고 있을 때 갑자기 맑은 상태가 찾아왔다. 아로의 염소들 곁에 있기란 힘들었다. 평소보다 더 냄새가 독했고 그 갈색 눈이 내 속을 너무 깊이 들여다보는 듯했다. 내가 살려준 염소는 계속 다가와 나를 쳐다보았다. 잠시 후, 나는 염소들이 기다리고 있음을 깨달았다. 다리 사이에서 따뜻하고 저릿한 감각이 일기 시작했다. 그러다가 무감각해졌다. 배를 쳐다본 나는 하마터면 비명을 지를 뻔했다. 마치 내가 투명한 젤리로 변하기 시작한 것 같았다. 눈에 들어오고 나니 그 현상이 금세 온몸 전체로 퍼져갔다.

침착함을 유지하려 애쓰며 일어섰다. 내 위로 보이는 건 전부 색깔뿐이었다. 수백 수천만의 색깔, 하지만 대부분 녹색이었다. 그 색들이 고이고, 쌓이고, 늘어나고, 수축되고, 무리짓고, 굽이쳤다. 이 모든 것이 내가 아는 세계와 공존하고 있었다. 이게 이계였다. 염소들을 보니 기뻐 깡충거리며 메에메에 울고 있었다. 그 행복의 동작이 진한 푸른색을 피워 올렸고 그게 내 쪽으로 흘러왔다. 그걸 들이마셨더니 냄새가…… 근사했다. 그러다 여러 가지 냄새가 났지만, 특히 한 가지 냄새가 난다는 걸 깨달았다. 그 표현할 수 없는 냄새.

나는 이계에 몇 분 더 있었다. 그러던 중 내가 살린 염소가 다가와서 나를 물었다. 허공에서 뚝 떨어져 바닥에 부딪힌 기분이었다. 멍한 채 아로의 오두막으로 돌아가 보니 그가 거하게 상을 차려 놓고 나를 기다리고 있었다.

"먹어." 그는 그 말만 했다.

므위타와 나는 캠프를 떠났다. 다른 이들은 우리더러 어딜 가는지 묻지 않고 지켜보기만 했다. 500미터쯤 가서 우리는 바닥에 앉았다. 단식한 지 겨우 하루하고 반나절째였지만, 이미 주위의 세상이 기묘하게 맑은 그 상태로 변하고 있었다.

"여행 때문이겠지, 아마."

"전에 해 본 적 있어?"

"오래전에. 내가…… 어렸을 때. 오케케 군인들에게서 도망친 직후."

"아. 굶주렸어?"

"며칠간."

그에게 뭘 보았는지 묻고 싶었지만 그럴 때가 아니었다. 나는 메마른 사막을 바라보았다. 풀밭 한 조각조차 없었다. 오래전 아로 말로는, 대지가 늘 이렇진 않았다고 했다.

"위대한 책을 완전히 무시하진 마라. 어떤 일로 인해 모든 것이 무너졌어. 녹음이 사막으로 변해 버렸지. 이 땅은 원래 이계에 훨씬 가까워 보였어."

그래도 위대한 책은 내 생각엔 주로 정교한 거짓말과 수수께끼였다. 부르르 몸서리치자 내 주위 세상도 몸서리쳤다.

"그거 보여?"

나는 고개를 끄덕였다.

"언제라도." 무슨 말인지 나 스스로도 정확히 알지 못했으나 아무튼 확신했다. "내가 안내할게."

"내가 달리 어쩌겠어?" 므위타가 미소 지으며 말했다. "나는 환영을 안내하는 방법을 모르는걸, 수련 중인 여마법사님."

"그냥 마법사라고 불러. 남자건 여자건 한 종류뿐이니까. 그리고 우린 늘 수련 중이야." 그러던 중 세상이 다시 부르르 떨었고 나는 붙들었다. "얼른, 붙잡아, 므위타."

그는 어리둥절해서 나를 쳐다보았다가 내가 시킨 대로 하는 것 같았다. 그는 붙들었다.

"이게…… 이게 뭐……."

"나도 몰라."

마치 우리 아래 공기가 고체화된 것 같았다. 빠르고 강하게, 그것은 자기만 아는 목적지를 향해 불가능한 속도로 우리를 데려갔다. 우리는 멀리 이동했으나 또한 그대로 있었다. 우리는 동시에 두 장소에 존재했거나 어쩌면 둘 중 어느 곳에도 존재하지 않았다. 아로가 늘 말했듯이, 모든 질문에 대한 답을 얻을 순 없다. 루유, 빈타, 파나시, 디티가 우리 쪽을 쳐다봤다면 뭘 보았을지 누가 알 수 있을까. 태양의 위치를 보아하니 환영은 주로 서쪽으로 이동했고, 가끔은 북서쪽을 맴돌다가, 장난스럽다고밖에 할 수 없는 방식으로 남서쪽으로 가기도 했다. 아래에선 사막이 휙휙 지나갔다. 갑자기 끔찍하게 불길한 예감이 들었다. 언젠가 이런 꿈을 꾼 적 있다. 그 꿈에서 내 생물학적 아버지가 나왔었다.

"이제 도시에 왔어."

므위타가 잠시 후 말했다. 차분하게 들렸지만 아마도 그렇지 않을 것이다.

우리는 이웃한 도시와 마을들 위로 너무 빨리 이동해서 뭘 제대로 볼 수 없었다. 하지만 살이 타는 냄새와 연기가 코에 느껴졌다.

"아직도 벌어지고 있어."

나는 말했다. 므위타가 고개를 끄덕였다.

우리는 남서쪽으로 돌아가 이삼 층짜리 사암 건물들이 다닥다닥 붙어 선 곳으로 향했다. 오케케족은 한 명도 보이지 않았다. 이곳은 누루족의 영역이었다. 만약 여기 오케케족이 있다면, 신뢰받는 노예일 것이다. 쓸모 있는 노예들.

길은 평평하고 포장되어 있었다. 야자수, 관목, 그리고 여러 식물들이 무성히 자라고 있었다. 식물과 나무가 있기는 해도 메마른 데다가, 옆으로 퍼지는 게 아니라 위로 자라는 즈와히르와는 달랐다. 모래 바닥이 있었으나 기묘한 짙은 색의 땅도 군데군데 있었다. 그러다가 이유를 알았다. 그렇게 많은 물은 본 적이 없었다. 거대한 짙은 푸른색의 뱀 같은 모양이었다. 수백 명이 헤엄쳐도 전혀 상관없을 것이다.

"일곱 강 중 하나야." 므위타가 말했다. "세 번째 아니면 네 번째."

그 위를 지나며 우리는 속도를 늦췄다. 수면 근처에서 헤엄치는 하얀 물고기들을 볼 수 있었다. 아래로 손을 뻗어 물을 헤쳤다. 서늘했다. 손을 입술로 가져갔다. 빗물처럼 거의 단맛이 났다. 하늘에서 억지로 추출한 집수기 물도 아니고 지하수도 아니었다. 이 환영은 정말로 새로웠다. 므위타와 나는 둘 다 이곳에 있었다. 서로를 볼 수 있었다. 맛보고 느낄 수 있었다. 강 저편에 가까워지자, 므위타가 걱정스런 얼굴을 했다.

"온예, 난 한 번도 안 해 봐서…… 사람들이 우릴 볼 수 있어?"

"모르겠어."

우리는 떠다니는 탈것에 탄 사람들을 지나쳤다. 보트. 아무도 우리를 못 본 듯했지만 한 여자가 뭔가 느끼기라도 한 듯이 주위를 둘러보았다. 땅 위로 온 우리는 속도를 높였고 작은 마을들 위를 날다가 큰 도시에 도착했다. 강 끄트머리와 거대한 물의 초입이 만나는 곳에 자리하고 있었다. 건물들 너머로 뭔가 얼핏 보였다……. 녹색 식물 들판?

"저거 보여?"

"저쪽의 큰 물? 그게 이름 없는 호수야."

"아니, 그거 말고."

우리는 누루 잡상인들이 길가에서 물건을 파는 사암 건물들 사이로 갔다. 작은 노상 식당을 지나쳤다. 고추, 말린 생선, 밥, 향 냄새가 났다. 어디선가 아기가 울어 댔다. 남녀가 말다툼했다. 사람들이 흥정을 했다. 여기서는 짙은 피부의 얼굴이 드문드문 보였다. 다들 물건을 지고 있었으며 목적을 갖고 바삐 걸었다. 노예들.

이곳에서 누루족은 가장 부유하지 않았으나, 가장 가난하지도 않았다. 우리는 오렌지색 깃발이 걸린 목재 무대 앞에 선 사람들 때문에 막힌 길에 이르렀다. 환영은 우리를 무대 앞으로 데려가 내려놓았다. 묘한 기분이었다. 처음엔 우리가 바닥에, 사람들의 다리와 발 사이에 앉아 있는 것 같았다. 그들은 무대 위의 사람들에게 정신이 팔린 채 무심결에 우리에게 자리를 내주었다. 곧 무언가가 우리를 들어 올려 세웠다. 우리는 다른 사람들에게 보일까 봐 겁에 질려 주위를 둘러보았다. 므위타가 내 허리에 단단히 팔을 감아 끌어당겼다.

나는 옆에 있는 누루 남자의 얼굴을 똑바로 들여다보았다. 그는 내 얼굴을 들여다보았다. 우리는 서로 응시했다. 므위타하고 나보다 몇 센티미터 작은 키의 그는, 스무 살이나 그보다 좀 더 먹어 보였다. 남자가 눈을 가늘게 떴다. 다행히도 무대 위의 남자에게 다시 정신이 팔렸다.

"누구를 믿으시겠습니까?" 무대 위 남자가 외치더니 미소 짓고 웃고는 목소리를 낮췄다. "우리는 해야 할 일을 하는 겁니다. 위대한 책을 따르는 길입니다. 우린 늘 믿음 깊고 충실했습니다. 하지만 그 다음은?"

"말해 줘요! 답을 아시잖습니까!" 누군가 외쳤다.

"우리가 그들을 다 쓸어내고 나면, 그다음은? 위대한 책을 자랑스럽게 할 것입니다! 아니 여신을 자랑스럽게 할 것입니다. 최고 중의 최고 제국을 세웁시다!"

속이 메스꺼웠다. 이 환영이 나를 사로잡았을 때부터 당신도 알았듯이, 나는 그 사람이 누구인지 알았다. 천천히 나는 그의 눈으로 시선을 옮겨 처음엔 키 크고 어깨가 넓은 체구를, 가슴에 드리워진 검은 턱수염을 눈에 담았다. 보고 싶지 않았다. 하지만 보고 말았다. 남자가 나를 보았다. 그의 눈이 휘둥그레졌다. 잠시 시뻘겋게 번뜩였다. 그가 나를 향해 성큼성큼 다가왔다.

"당신!" 므위타가 소리치며 무대에 뛰어올랐다.

내 생물학적 아버지가 아직도 충격에 빠져 나를 쳐다보고 있을 때 므위타가 그를 들이받았다. 둘은 뒤로 쓰러졌고 인파 속 사람들이 고함치며 앞으로 몰려갔다.

“므위타!” 나는 소리쳤다. “뭐 하는 거야?”

경비원 둘이 므위타를 붙잡을 찰나였다. 그들이 내 앞을 가로막았다. 나는 무대로 기어올랐다. 맹세해도 좋지만 분명 웃음소리를 들었다. 하지만 보기도 전에, 우리는 끌려 나왔다. 므위타는 두 남자 사이로 나를 향해 뒤로 휙 날려 왔다. 내 생부가 그들을 떠밀었다.

“준비가 되면 날 찾아와라, 므위타. 이 일을 마무리 짓자.” 코피가 나는데도 남자는 씨익 웃고 있었다. 그와 나의 눈이 마주쳤다. 그는 길고 가는 손가락으로 나를 가리켰다. “그리고 너, 너의 목숨은 이제 얼마 남지 않았어.”

우리 아래 인파는 온통 난장판으로, 몇 군데 싸움이 벌어졌다. 사람들이 밀려오고 떠밀쳐서 무대가 뒤흔들렸다. 노란 옷의 남자들 여러 명이 옆쪽에서 무대에 뛰어올랐다. 그들은 인정사정없이 사람들을 걷어차 무대에서 떨어뜨렸다. 내 생부 외에는 아무도 우리를 보지 못하는 듯했다. 그는 잠시 거기에 서 있다가 자기 청중을 쳐다보고는 미소 지으며 양손을 들었다. 모두들 그 즉시 잠잠해졌다. 오싹했다.

우리는 빠르게 뒤로 가고 있었다. 너무 빨라 나는 말도 할 수 없었고 므위타 쪽으로 고개를 돌릴 수도 없었다. 우리는 도시, 강, 다른 도시 위를 날았다. 모든 것이 흐릿했고 마침내 캠프 근처에 이르렀다. 마치 거대한 손이 우리를 바로 그곳 모래 위에 내려놓은 듯했다. 우리는 몇 분간 가쁜 숨을 쉬며 거기 앉아 있었다. 나는 므위타를 흘끗 보았다. 그의 옆얼굴에 커다란 멍이 올라오고 있었다.

“므위타.” 나는 그 멍을 만져 보려 손을 뻗었다.

내 손을 찰싹 쳐내고 일어서는 므위타의 눈에는 분노가 담겨 있었다. 나는 갑자기 그가 너무 무서워져 비켜섰다.

"무서워해."

므위타의 눈에는 눈물이 고여 있었으나 얼굴은 딱딱했다. 그는 캠프로 돌아갔다. 나는 그가 우리 텐트로 들어가는 모습을 지켜보았고 그다음 그냥 거기 앉아 있었다. 이마에서 약하게 통증이 퍼져나갔다. 아직도 두통이 남아 있었다.

*므위타가 어떻게 내 생부를 알았지?* 이해가 가지 않았다. 나는 그와 별로 닮지 않았다. *그리고 왜 나를 때리려 들었을까?* 그 생각이 질문보다 더 고통스러웠다. 세상 사람들 중에 어머니와 므위타는 절대 나를 해치지 않으리라고 전적으로 믿을 수 있는 두 명이었다. 이제 어머니를 떠나왔고 므위타는…… 머릿속 어딘가가 돌아버렸다.

그리고 실제로 무슨 일이 있었던가 하는 의문이 남았다. 우리는 그곳에 있었다. 므위타는 주먹을 날렸고 또 맞았다. 사람들은 우리를 볼 수 있었으나, 그들이 본 모습은 뭐였을까? 나는 모래를 한 줌 집어 내던졌다.

## 28장

므위타와 나는 우리 문제에 대해 침묵했다. 다음 날 므위타가 파나시를 데리고 도마뱀 알을 찾으러 갔기 때문에 그러기는 쉬웠다.

"빵이 쉬어 가고 있어. 우웩." 빈타가 노랗고 납작한 빵을 베어 물며 불평했다. "진짜 음식이 필요해."

"공주님처럼 굴지 마." 나는 말했다.

"얼른 마을에 도착했음 좋겠다." 빈타가 말했다.

나는 어깨를 으쓱했다. 가는 중에 다른 마을이나 도시에 들르는 게 기대되지 않았다. 사람들의 적의를 증명하는 흉터가 내 이마에 있었으니까.

"사막에서 살아가는 법을 배워야 해. 갈 길이 멀잖아."

"그래." 루유가 말했다. "하지만 도시와 마을에나 가야 새로운 남자를 만날 수 있잖아. 너와 디티는 안 만나도 상관없겠지만, 빈타와 나한테도 욕구가 있다고."

디티가 뭐라고 투덜거렸다. 나는 그녀를 쳐다보았다.

"무슨 일이야?"

디티는 그저 고개를 돌렸다.

"온예." 빈타가 말했다. "네가 어렸을 때, 노래를 부르면 부엉이들이 왔다고 했지. 지금도 가능해?"

"어쩌면. 안 해 본 지 한참 됐어."

"해 봐." 루유가 반색하며 말했다.

"노래를 듣고 싶으면 빈타의 뮤직플레이어를 틀어."

"배터리가 죽었어." 루유가 말했다.

나는 킥킥거렸다.

"태양열 충전식 아니었어?"

"제발. 튕기지 말고." 루유가 말했다.

"진짜로." 디티가 낮고 짜증난 목소리로 말했다. "다 네 위주로 굴지 말고."

"한 번도 부엉이를 가까이서 못 봤다고." 빈타가 말했다.

"난 봤어. 어머니가 매일 밤 창문 밖에 오는 부엉이에게 먹이를 주셨거든. 그게……."

루유는 입을 다물었다. 우리 모두 각자 어머니를 떠올리고 조용해졌다.

나는 얼른 서늘한 밤의 사막에 대한 노래를 부르기 시작했다. 부엉이는 야행성이다. 이 노래는 부엉이가 좋아할 만한 것이었다. 노래를 부르고 있자니 기쁨이 가득 차올랐다. 내게는 드문 감정이었다. 잔류했던 두통이 드디어 말끔히 가셨다. 나는 일어나 목소리를 높이고, 팔을 넓게 벌려 눈을 감았다.

날개가 퍼덕거리는 소리가 들렸다. 친구들은 놀란 숨을 들이쉬고, 킥킥거리고, 한숨 쉬었다. 나는 눈을 뜨고 계속 노래했다. 부엉이 중 한 마리가 빈타의 텐트 위에 앉았다. 짙은 갈색이었고 눈은 크고 노란색이었다. 다른 부엉이가 루유의 텐트에 내려앉았다. 이쪽은 내 손 안에 들어갈 수 있을 만큼 작았다. 내가 노래를 마치자 두 마리 다 감사의 뜻으로 크게 울고 날아가 버렸다. 큰 쪽은 빈타의 텐트에 변을 갈겨 놓았다.

"모든 일에는 결과가 따르기 마련이지."

나는 웃음을 터트렸다. 빈타는 역겨움에 신음했다.

그날 밤, 나는 우리 텐트에 누워 므위타를 기다렸다. 그는 밖에서 집수기 물로 몸을 씻고 있었다. 그와 파나시는 도마뱀 알 몇 개, 거북이 한 마리(우리 중 아무도, 심지어 파나시조차 차마 그걸 죽여 요리할 순 없었다.), 그리고 그들이 사막에서 죽인 사막 토끼 네 마리를 가져왔다. 나는 므위타가 간단한 주술로 토끼를 잡고 도마뱀 알을 찾아낸 게 아닐까 싶었다. 므위타가 내게 말하지 않았으니, 확실히는 알 수 없었다.

몸에 라파를 두르고 누워 있자니 두려움이 내 생각을 점령했다. 이 기분이 그저 일시적인 것이기를, 환영의 별난 부작용이기를 바랐다. 떨림이 멈추지 않았다. 그날 밤 그가 나를 때리거나, 죽일지도 모른다고 확신했다. 므위타는 파나시와 돌아와 사냥감을 보여줬을 때, 나를 쳐다보았다. 내 입술에 가볍게 키스했다. 그러고는 나와 눈을 마주했다. 내가 본 분노는 무시무시했다. 하지만 나는 그를 피하진 않았다.

나는 신비의 요소를 이용한 방어법을 알고 있었다. 므위타보다 열 배는 강한 동물로 변신할 수도 있었다. 그가 나를 건드릴 수조차 없는 이계로 들어가 버릴 수도 있었다. 내가 겨우 열여섯 살 때 아로에게 했듯이 그의 정신을 공격하고 갈기갈기 찢어 버릴 수도 있었다. 하지만 오늘 밤은 그중 아무것도 하지 않을 것이다. 므위타는 내가 가진 전부였다.

텐트 입구가 열렸다. 므위타가 잠시 멈칫했다. 나는 가슴속 떨림을 느꼈다. 므위타는 내가 루유나 빈타와 있을 거라고 예상했다. 그는 내가 그러기를 원했다. 그는 내 라파와 같은 소재의 바지만 입은 차림이었다. 날이 어두워 그의 얼굴을 제대로 볼 수 없었다. 그는 텐트 입구를 내리고 지퍼로 닫았다. 나는 잘못한 게 없다고 스스로를 다독였다. 오늘 *밤 므위타가 날 죽인다면 내 탓은 아닐 거야. 나는 받아들일 수 있어.* 하지만 받아들일 수 있을까? 내가 서부의 상황을 바로잡을 예언 속 인물이라면, 죽으면 무슨 소용이 있나?

"므위타." 나는 나직이 말했다.

"넌 여기 있으면 안 돼. 오늘 밤은 아니야, 온예손우."

"왜?" 나는 목소리를 차분하게 유지했다. "아까는 무슨 일……."

"나 쳐다보지 마. 널 보고 있어."

고개를 저은 므위타의 어깨가 움츠러들었다.

나는 주저했지만, 곧 앞으로 나아가 므위타를 품에 안았다. 그는 뻣뻣이 긴장했다. 나는 그를 꼭 껴안았다.

"무슨 일이야?" 다른 사람들이 듣지 못하게 속삭였다. "말 좀 해 봐!"

길고 긴 정적 후 므위타가 얼굴을 찌푸리며 나를 노려보았다. 나는 감히 움직일 수 없었다.

"누워." 그가 마침내 말했다. "이거 벗고 누워."

나는 라파를 벗었고 그는 내 옆에 누워 나를 품에 안았다. 뭔가 많이 잘못되어 있었다. 하지만 나는 그가 나를 기억하게 두었다. 그는 내 몸을 팔로 쓸어내리고, 땋은 머리를 붙잡아 숨을 들이쉬고, 입 맞추고 또 입 맞췄다. 그러는 내내 내 위로 너무나 많은 눈물이 떨어져 축축했다.

"다시 입어." 그가 일어나 앉으며 말했고 나는 그 말에 따랐다.

그는 거친 머리칼을 손으로 쓸었다. 즈와히르를 떠날 때 머리를 밀었지만 다시 자랐고, 수염도 마찬가지였다. 므위타의 모든 것이 거칠어지고 있었다.

"저 멀리서 네가 노래 부르는 걸 들었어." 그가 시선을 돌리며 말했다. "몇 킬로미터는 떨어져 있을 텐데 그래도 네 목소리가 들리더라. 커다란 새가 날아가는 게 보이던데. 너한테 가던 중이었겠지."

"루유, 빈타, 디티에게 노래 불러 줬어. 부엉이를 보고 싶다고 해서."

"너 노래 더 자주 해야겠다. 네 목소리 덕에 나은 모양인데. 이제 더…… 좋아 보여."

"므위타, 무슨 일인지 말 좀……."

"노력 중이야. 입 다물어. 네가 듣고 싶은 얘기일 거라고 어떻게 알고 그래, 온예."

나는 기다렸다.

"네가 뭐가 될지 모르겠어. 너 같은 일을 해낸 사람은 들어 보지도 못했어. 우린 정말 그곳에 존재했지. 내 얼굴 봐. 그 사람 주먹에 맞아 이렇게 됐다고! 너는 일곱 강 왕국의 국경선에 있는 마을들을 보지 못했겠지만, 난 봤어. 우리는 누루족과 싸우는 오케케 반란군 위를 지나쳤거든. 누루족이 오케케 반란군보다 수적으로 백 배는 우세했지. 오케케 민간인들 역시 공격당했고. 모든 것이 불타고 있었어."

"연기 냄새가 나더라." 나는 조용히 말했다.

"너는 환영으로 보호받았지만, 난 아니었어. 난 봤다고!" 므위타의 눈이 커졌다. "무슨 마법의 조화인지 모르겠지만 네가 무서워. 이 모든 게 무섭다고."

"나도 무서웠어." 나는 조심스레 말했다.

"넌 거의 어머니를 닮았지, 색깔과 코 정도만 빼고. 행동도 비슷하고…… 다른 것들도 있어. 하지만 이제 눈에서 보여. 넌 그 사람의 눈을 하고 있어."

"그래. 공통점은 그게 다야." *그리고 노래 실력이 있지.*

"너희 아버지는 내 스승이었어. 그 사람이 다이브야. 내가 전에 얘기했지? 그 사람 때문에 나를 구하고 키워 주신 고모와 고모부가 살해당했다고."

그 소식은 마치 어머니에게 뺨을 맞은 듯, 아로가 내게 주먹을 날린 듯, 므위타에게 목을 졸린 듯한 충격이었다. 나는 입을 멍하니 벌리고 숨을 쉬었다. *내 어머니 그리고 내가 사랑하는 남자 둘 다 나를 증오할 이유가 있네.* 나는 허탈하게 생각했다. *내 눈만 들여다보면 되는 거잖아.* 나는 두통이 다시 날 줄 알고 뒤통수를 문질렀지만 그렇진 않았다. 므위타가 내게 얼굴을 들이댔다.

"넌 얼마나 알고 있었어, 온예?"

나는 그 질문만이 아니라 묻는 태도에 미간을 찌푸렸다.

"전혀 몰랐어, 므위타."

"네가 얘기한 그 솔라라는 사람이, 혹시 계획을……."

"너를 두고 꾸민 수작 같은 거 없어, 므위타. 넌 정말 내가 가짜로……."

"다이브는 아주 강력한 마법사야. 그는 시간을 비틀 수 있고, 그 자리에 있을 수 없는 것을 나타나게 할 수 있고, 사람들이 생각을 잘못하게 만들 수 있는 데다 마음속에는 극악하기 짝이 없는 것이 가득하지. 나는 그 사람을 잘 알아." 므위타가 얼굴을 더 가까이 가져왔다. "아로조차도 다이브가 널 죽이려는 걸 막진 못했어."

"음, 막았는걸, 어떤 면에선."

므위타는 짜증스레 물러앉았다.

"그래." 잠시 후 그가 말했다. "그렇다 쳐. 하지만…… 그래도 온예, 우린 사실상 남매나 마찬가지야."

나는 무슨 말인지 이해했다. 내 생물학적 아버지 다이브는 그의 첫 번째 마스터, 그의 스승이었다. 비록 다이브는 므위타가 입문식을 치르도록 허락하지 않았지만, 므위타는 몇 년간 그의 제자였다. 그리고 마법사의 제자가 된다는 것은 아주 밀접한 관계를 맺는다는 뜻이다(많은 면에서 부모보다 더 가까웠다. 그 모든 갈등에도 불구하고 아로는 내게 두 번째 아버지 같은 존재였다.). 첫 번째는 아빠지, 다이브가 아니다. 아로는 또 다른 생명의 통로를 통해 나를 낳았다. 나는 몸서리쳤고 므위타는 고개를 끄덕였다.

"다이브는 나를 때리면서 노래하곤 했어. 내 자제력과 빠른 습득력은 네 아버지의 매운 손버릇 덕분이지. 내가 뭘 잘못하거나, 너무 굼뜨거나, 또는 틀리면, 그 사람의 노랫소리를 들어야 했어. 그의 목소리에 늘 도마뱀과 딱정벌레들이 이끌려왔지."

그는 내 눈을 깊숙이 응시했고 나는 그가 판단을 내리고 있음을 알았다. 나 역시 그 틈을 타 판단을 내렸다. 내가 조종당하고 있는가 하는 판단. 우리 다 조종당하고 있는지. 열한 살 이후로 이런저런 상황이 나를 특정한 길로 몰아넣었다. 대단히 신비로운 능력의 소유자가 내 삶을 조종하고 있다고 상상하기는 쉬웠다. 다만 한 가지만 제외하면. 나를 보았을 때 다이브의 얼굴에 떠오른 충격과 두려움에 가까운 그 표정. 다이브 같은 사람은 절대로 공포와 무방비 상태를 가장할 수 없다. 그 표정은 정말로 진짜였다. 아니, 다이브는 이 모든 상황을 나와 마찬가지로 통제할 수 없었다.

그날 밤 므위타는 나를 놓아주지 않았고, 나는 그에게 매달릴 필요가 없었다.

## 29장

다음 날, 우리는 해 뜨기 전에 길을 나섰다. 서쪽으로. 정서쪽으로. 우리에겐 나침반이 있었고 햇볕이 너무 쨍쨍하지 않았다. 루유, 파나시, 디티, 빈타는 맞히기 게임을 하며 출발했다. 나는 그럴 기분이 아니라 뒤로 처졌다. 므위타는 우리보다 앞서 걸어갔다. 그는 아침에 일어난 이후로 "잘 잤어." 정도 외엔 아무 말도 하지 않았다. 루유가 맞히기 게임에서 빠져나와 걸었다. 짐을 추스르며 그녀가 말했다.

"멍청한 게임이야."

"맞아." 나는 말했다.

잠시 후, 루유가 내 어깨에 손을 올리더니 멈춰 세웠다.

"그래서 너희 둘은 무슨 일이야?"

나는 계속 걸어가는 다른 이들을 흘끗 보고는 고개를 저었다.

루유는 짜증에 얼굴을 찌푸렸다.

"나한테 숨기지 마. 네가 뭔가 말해 주기 전엔 한 발짝도 안 뗄 거야.”

“맘대로 해.” 나는 발걸음을 옮겼다.

루유는 나를 따라왔다.

“온예, 난 네 친구야. 어느 정도는 끼워 줘. 짐을 나누지 않으면 너랑 므위타는 서로 물어뜯게 될걸. 므위타는 파나시한테 좀 털어놓을 거라고.”

나는 루유를 쳐다보았다.

“걔들은 얘기를 나눠. 둘이 가끔 사라지는 거 알잖아. 넌 나한테 말해도 돼.”

아마 사실일 것이다. 그 둘은 서로 달라서, 파나시는 성장 배경 면에서 전통적이었고 므위타는 태생 면에서 비전통적이었으나, 가끔은 다름이 같음으로 이어지기 마련이다.

잠시 후 나는 말했다.

“디티와 빈타에겐 이런 일 알리고 싶지 않아.”

“당연하지.”

“나…….” 갑자기 울고 싶어졌다. 나는 침을 꿀꺽 삼켰다. “난 아로의 제자야.”

“알아.” 루유는 얼굴을 잔뜩 찌푸렸다. “넌 입문식을 거쳤고…….”

“그리고…… 거기엔 결과가 따라.”

“두통 말이지.”

나는 고개를 끄덕였다.

“우리 다 알아.”

“하지만 그렇게 간단한 게 아냐. 그 두통에는 이유가 있어. 그건…… 미래의 그림자야."

우리는 발걸음을 멈췄다.

"미래의 뭐?"

"내가 어떻게 죽는가 하는. 입문식에는 자신의 죽음을 직면하는 대목이 있어."

"넌 어떻게 죽는데?"

"누루족 군중들 앞에 끌려가서는 목까지 땅에 파묻혀 돌에 맞아 죽지."

루유가 코를 벌름거렸다.

"그……그때 너는 몇 살인데?"

"몰라. 내 얼굴은 못 봤어."

"그 두통은 그럼, 머리에 돌을 맞는 느낌이야?"

나는 고개를 끄덕였다.

"오, 아니 여신님." 루유가 내 몸에 팔을 둘렀다.

"하나 더 있어." 잠시 후 나는 말했다. "예언은 틀렸고……."

"그 주인공은 에우 여자겠지."

"어떻게……."

"추측했어. 이제 좀 더 말이 되네." 루유는 킥킥 웃었다. "난 지금 전설과 함께 걷고 있는 거야."

나는 슬프게 미소 지었다.

"아직은 아냐."

## 30장

그 후 몇 주간, 므위타와 나는 얘기를 나누기가 힘들었다. 하지만 밤이 되어 우리만 남으면 서로의 몸에서 손을 뗄 수 없었다. 나는 여전히 임신이 두려웠지만 우리의 육체적 욕구가 더 컸다. 우리 사이에는 크나큰 사랑이 있었으나, 말할 수 없었다. 그게 유일한 방법이었다. 우린 조용하려고 애썼으나, 다들 우리 소리를 들었다. 므위타와 나는 밤 동안에는 서로에게 몰입해 있느라, 낮 동안에는 어두운 생각에 빠져 있느라, 그건 걱정거리가 아니었다. 어느 추운 저녁 디티가 내게 찾아왔을 때에야 우리 사이에서 무언가 곪아 가고 있음을 깨달았다.

디티는 목소리를 낮춘 채였으나 꼭 내게 달려들 것처럼 보였다.

"도대체 뭐 하는 짓이야?" 내 옆에 무릎 꿇고 앉아 디티가 말했다.

나는 그녀의 말투에 짜증이 나 휘젓고 있던 토끼와 선인장 스튜에서 고개를 들었다.

"너무 가까이 붙어 있잖아, 디티."

그녀는 더 다가왔다.

"너희 둘이 하는 소리를 다들 매일 밤 듣고 있다고! 무슨 사막 토끼도 아니고. 조심하지 않으면 서부에 도착했을 때 우리 일행 숫자가 더 늘게 생겼어. 에우 부모에게서 태어난 에우 아기를 좋게 봐줄 사람은 아무도 없다고."

나무 주걱으로 그녀의 얼굴을 후려치지 않기 위해 안간힘을 써야 했다.

"저리 비켜." 나는 경고했다.

"아니." 디티는 그렇게 말했지만 겁먹은 얼굴이었다. "미……미안해." 디티가 내 어깨를 만졌고 나는 그 손을 쳐다보았다. 그녀는 손을 치웠다. "그렇게 과시할 거 없잖아, 온예."

"무슨……."

"그렇게 주술을 다 익혔으면, 왜 우리는 고쳐주지 않아? 아니면 여기서 너만 성교를 즐겨도 되는 여자야?"

내가 뭐라 대꾸하기도 전에, 루유가 달려왔다.

"저기!" 우리 뒤를 가리키며 그녀가 말했다. "저기! 저거 뭐야?"

우리는 돌아섰다. 내 눈이 잘못됐나? 모래색 들개 떼가 우리를 향해 어찌나 빨리 달려오고 있던지 모래바람이 일고 있었다. 개들 옆에는 덥수룩한 단봉낙타 두 마리와 길고 구불구불한 뿔이 난 가젤 다섯 마리가 있었다. 그 위로는 매 일곱 마리가 날고 있었다.

"다 두고 뛰어!" 나는 외쳤다.

디티, 파나시, 루유는 뛰기 시작했고, 나는 넋이 나간 빈타를 끌고 갔다.

"므위타, 얼른!" 우리 텐트 안에서 낮잠을 자던 므위타가 나오지 않자 나는 외쳤다. 텐트 입구를 열었다. 그는 아직 곤히 자고 있었다. "므위타!"

소리 질렀지만 쿵쿵거리는 발굽 소리에 모든 것이 묻혀 버렸다.

므위타의 눈이 가늘게 뜨였다. 그 눈이 점차 휘둥그레졌다. 그가 나를 붙잡아 끌어당겼을 때 그들이 들이닥쳤다. 우리가 있는 힘껏 서로를 감싸 몸을 웅크린 순간 커다란 짐승들이 캠프를 짓밟았다. 개들은 내 스튜를 노려, 뜨거운데도 상관하지 않고 냄비를 불에서 끌어냈다. 가젤과 낙타 들은 텐트 안을 파헤쳤다. 므위타와 나는 짐승들이 우리 텐트에 고개를 들이밀고 원하는 것을 가져가는 동안 소리를 죽이고 있었다. 낙타 중 한 마리가 내가 보관해 둔 선인장 사탕을 찾아냈다. 낙타는 우리를 빤히 쳐다보며 희희낙락한다고밖에 말할 수 없는 기색으로 우물우물 사탕을 먹었다. 나는 욕설을 내뱉었다.

다른 낙타가 양동이에 주둥이를 넣어 물을 몽땅 핥아먹었다. 매들은 휘익 하강하여, 디티와 빈타가 말리고 있던 토끼를 낚아채 갔다. 볼일을 다 마치자, 동물 연합은 종종걸음으로 사라졌다.

"사막의 규칙의 첫 번째." 나는 텐트 아래에서 기어나오며 말했다. "나를 잡아먹지만 않는다면 절대 여행 일행을 거절하지 말 것. 저 동물들은 얼마나 오래 저런 식으로 협력할까 궁금하네."

"파나시하고 오늘 밤에 사냥을 나가야겠어." 므위타가 말했다.

루유, 디티, 빈타, 그리고 파나시는 화난 얼굴로 돌아왔다.

"그놈들을 모조리 잡아먹어야지." 빈타가 말했다.

"한 마리를 공격하면 무리 전체가 공격해 올걸." 나는 말했다.

우리는 건질 수 있는 식량을 챙겼는데 많지는 않았다. 그날 저녁, 파나시, 므위타, 그리고 같이 가겠다고 우긴 루유가 사냥과 채집을 하러 나갔다. 디티는 빈타와 와리 게임을 하며 나를 피했다. 나는 간절하게 필요한 목욕을 하러 물을 데웠다. 어둠 속 내 텐트 뒤에 서서 따뜻한 물을 몸에 끼얹고 있는 사이, 벌레가 내 팔을 물었다. 바위 모닥불의 주술 효과 중 하나는 벌레를 쫓는 것이었지만 어쩌다 한 번씩 벌레가 끼어들곤 했다. 나는 발목에 앉은 벌레를 찰싹 때렸다. 벌레가 터지면서 피가 번졌다.

"으엑."

나는 핏자국을 닦아냈다. 물린 데가 벌써 빨갛게 변하고 있었다. 살짝 때리거나 벌레에 물리기만 해도 피부가 보통보다 늘 벌게지곤 했다. 므위타도 마찬가지였다. 에우 피부는 그런 식으로 예민했다. 나는 얼른 목욕을 마쳤다.

그날 밤, 디티가 빈타의 텐트에서 자는 걸 알았다. 디티와 파나시는 더 이상 서로의 품에서 잘 수 없었다. 그 정도로 심각했다.

## 31장

나는 도착하기 전부터 도시 시간에 대해 알고 있었다. 모두가 자는 사이, 나는 독수리로 변해 날아갔다. 서늘한 바람을 타고 몇 킬로미터를 날았다. 디티의 부탁에 대해 생각해야 했다. 열한 살 의식 주술을 깨뜨릴 방법을 나는 당연히 알고 있어야 했다. 그게 제일 짜증나는 부분이었다. 효과가 있을 만한 주문, 약초의 조합, 또는 사물 사용법이 하나도 생각나지 않았다. 아로라면 나를 굼뜨다고 비웃었을 것이다. 하지만 실수해서 친구들에게 상처를 주고 싶지 않았다.

바람이 나를 서쪽으로 실어 갔고 그렇게 해서 소도시를 가로지르게 되었다. 전깃불과 음식 하는 불이 환하게 밝혀진 튼튼한 사암 건물들이 보였다. 포장도로가 시내를 남북으로 관통했고, 양쪽 다 어둠 속으로 사라졌다. 북쪽은 작은 언덕들이 튀어나와 있었고 큰 언덕 하나가 안에 환하게 불이 켜진 집을 얹고 있었다. 캠프로 돌아갔을 때, 나는 므위타를 깨워 소도시 얘기를 했다.

"여기에는 도시가 아예 없어야 하는데."

그는 지도를 살피며 말했다.

나는 어깨를 으쓱했다.

"지도가 오래되었나 보지."

"들어 보니 그 소도시는 자리가 잡힌 모양인데. 지도가 그렇게까지 오래됐을 리는 없어." 그는 욕을 했다. "우리가 경로에서 벗어난 것 같아. 그 소도시 이름을 알아야겠는데. 얼마나 멀어?"

"오늘 저녁때쯤이면 도착할걸."

므위타는 고개를 끄덕였다.

"우린 아직 준비가 안 됐어, 므위타."

"동물 무리에게 식량을 몽땅 털린 마당인데."

"얼마나 위험할 수 있는지 알잖아." 나는 이마의 흉터를 만졌다. "빙 둘러 돌아가고 아예 말을 꺼내지 말아야 해. 가다 보면 식량은 구할 수 있을 거야."

"들었어. 다만 찬성하지 않는 거지."

나는 혀를 차고 고개를 돌렸다.

"걔들을 아무것도 모르게 두는 건 옳지 않아."

"넌 파나시한테 얼마나 알려 줬는데?"

므위타는 고개를 기울이고 미소 지었다.

"루유가 널 의심해."

그는 고개를 끄덕였다.

"걔는 눈하고 귀가 예리하지." 그는 팔꿈치로 몸을 지탱하고 뒤로 누웠다. "파나시는 이것저것 질문을 해. 나는 대답하고 싶으면

하고."

"어떤 질문?"

"믿음을 갖고, 좀 풀어놔 봐. 우린 다 관련되어 있으니."

저녁 무렵 소도시에서 1.5킬로미터 거리까지 왔다. 므위타는 바위 모닥불을 피울 돌을 모았다. 우리는 씻고 먹은 다음 불 앞에 앉았고 마침내 조용해졌다. 파나시와 디티는 가까이 앉아 있었으나, 디티는 자기 허리를 감은 파나시의 팔을 계속 밀어내고 있었다. 루유가 먼저 입을 열었다.

"저기 안 가도 돼. 다들 그 생각하는 거 맞지?"

므위타가 나를 흘끗 보았다.

"여행 나선 지 몇 주 되었지." 루유가 말을 이었다. "긴 시간은 아니야. 그…… 나쁜 것에 이르기까지 얼마나 걸릴지 몰라. 다들 다섯 달쯤일 거라고 그랬지만, 도중에 무슨 일이 생겨 지체될지 몰라. 그러니까 강해져야 한다고 봐. 계속 가자."

"난 진짜 음식을 먹고 싶어." 빈타가 화난 어조로 말했다. "푸푸*나 에구시 수프, 이상한 맛 나는 매운 선인장 말고 진짜 고추 넣은 고추 수프 같은 거! 어차피 결국엔 '강해져야' 할 거 아냐. 아침에 필요한 거 사서 가자."

"나도 빈타와 같은 의견이야. 다들 기분 상하지 말고 들어. 하지만 단 몇 시간이라도 좋으니 새로운 얼굴을 봤으면 해."

그러자 파나시가 디티를 노려보며 말했다.

---

* 얌, 플랜틴 바나나 같은 작물을 이용해 떡처럼 만든 음식.

"계속 가야 해. 저기 갔다 문제가 생길 수도 있고 굳이 그럴 위험을 무릅쓸 만큼 필요한 일도 없고."

루유는 파나시를 향해 열심히 고개를 끄덕였고 둘은 서로를 향해 미소 지었다. 디티는 파나시에게서 떨어지며 뭐라 웅얼거렸다. 그는 눈을 굴렸다.

"나도 새 도시 구경 싫지 않아." 므위타가 말했다. 나는 그에게 얼굴을 찌푸렸다. "하지만 앞으로 그런 기회는 실컷 있을 거야." 그는 말을 이었다. "그리고 맞아, 위험할 수도 있지. 특히 온예와 나는. 곧 고향에서 멀리 떨어져 숨 쉬는 공기조차 새로울 거야. 더 위험해지기만 하겠지……. 우리 모두에게. 하지만 이 말은 해 둘게. 여기 내 지도에는 도시가 나와 있지 않으니, 우리가 경로를 벗어났거나 아니면 내 지도가 잘못된 거지. 내 제안은 파나시하고 내가 가서 저 소도시 이름을 확인하고 곧장 돌아오는 거야."

"왜 네가?" 디티가 물었다. "넌 눈길을 너무 많이 끌 텐데. 파나시랑 내가 갈게."

"너희 둘은 별로 잘 지내지 못하는 것 같은데." 내가 말했다.

디티는 마치 나를 물어뜯고 싶은 눈으로 보았다.

"좋아, 그럼 루유와 파나시." 므위타가 말했다.

"다 가는 걸로 하자." 디티가 주장했다.

"안 가면 바보지." 빈타가 덧붙였다.

다들 나를 쳐다보았다. 가는 쪽으로 내가 표를 던지면, 동점이 된다.

"나는 그냥 지나쳤으면 해."

"물론 넌 그렇겠지." 디티가 씩씩거렸다. "넌 사막에서 짐승처럼 사는 게 익숙하니까. 그리고 밤에 몸을 데워 줄 므위타가 있으니."

얼굴에 피가 확 몰리는 것을 느꼈다. 어떻게 디티가 저렇게 멍청해졌나 싶었다. 루유, 디티, 빈타가 내게 존경까지는 아니어도 일종의 두려움을 가지는 게 익숙한 일이었다. 그들은 내 친구였고 나를 사랑했지만 중요한 일일 때는 입을 다물었다.

"디티." 나는 신중하게 말했다. "너 말조심……."

디티는 펄쩍 일어나, 모래 한 움큼을 내 얼굴에다 집어 던졌다. 나는 아슬아슬하게 타이밍을 맞춰 손으로 눈을 가렸다. 므위타는 내게 감정을 차분히 가라앉히는 법을 가르쳐 주었다. 아로는 내 감정을 다스리고 집중하는 법을 가르쳐 주었다. 울화와 심지어 분노마저 느껴졌지만 아로의 가르침을 막무가내로 쓰는 일은 절대 없을 것이다. 최소한 아로는 나를 그렇게 가르쳤다. 그러나 나는 아직 수련 중이었다. 생각하기도 전 그리고 므위타가 붙들기도 전에, 디티에게로 몸을 날려서 도망치려고 돌아선 그녀의 등을 덮쳤다. 나는 물리적 힘으로만 친구를 때렸다. 아로와 므위타는 나를 잘 가르쳤다.

디티는 비명을 지르며 빠져나가려 했지만 내가 꽉 붙들었다. 나는 디티를 뒤집었다. 그녀는 다시 소리를 지르며 내 얼굴을 후려쳤다. 나도 맞서 후려치고 더 세게 쳤다. 디티의 양손을 붙들고 가슴팍에 올라탔다. 오른손으로 두 손을 붙든 다음 왼손으로 이리저리 따귀를 갈겼다.

"이 나쁜 년! 병든 염소 좆만도 못한 게! 이 멍청한 돌대가리, 가슴도 없는……."

눈물이 뚝뚝 떨어졌다. 내 주위 세상이 빙빙 돌았다. 그러던 중 파나시가 "그만! 그만해!" 하고 외치며 나를 붙잡아 디티에게서 떼어 냈다. 그에게로 신경이 쏠렸다. 파나시는 더 키가 크고 힘이 셌지만 나 역시 키가 크고 힘셌다. 신체적으로 우린 그렇게 불공평한 상대는 아니었다.

분노가 가슴 속에 똬리를 틀고 다시 공격할 태세를 취했다. 심지어 내가 사랑하는 사람들조차 나를 이런 식으로 여기는 데 질렸다. 그들은 화가 나기만 해도 그런 감정이 튀어나오는 거다. 이게 어머니와 므위타가 그 외 모든 사람들, 심지어 아로와도 다른 점이었다. 가장 깊은 분노 속에서조차 두 사람의 입에선 그런 모욕이 절대 나오지 않았다.

파나시가 나를 내동댕이쳤다. 파나시에게 달려들기 전 므위타가 내 팔을 붙잡았다. 그가 나를 끌고 갔다. 나는 그대로 있었다. 그의 손길에 기세가 꺾였다. 내겐 이 여행에 므위타가 너무나 필요했다.

"좀 진정해." 그가 정떨어진다는 얼굴로 나를 내려다보며 말했다.

여전히 가쁜 숨을 쉬며, 나는 몸을 돌려 모래를 퉤 뱉었다.

"그러고 싶지 않으면?" 나는 헐떡였다. "그래 봐야 아무 도움이 되지 않으면?"

므위타는 내 앞에 무릎을 꿇었다.

"그럼 계속해." 므위타가 잠시 사이를 두고 말을 이었다. "그게 너와 내가 다른 점이야. 에우에 대한 전설과 다른 점, 서부에서 우리가 직면하게 될 것과 다른 점이지. 자제력, 생각, 그리고 이해."

나는 모래를 더 뱉어 내고 그의 손에 끌려 일어섰다. 파나시가 디티를 자기네 텐트로 데리고 갔다. 디티의 흐느낌과 파나시가 부드럽게 말하는 소리가 들렸다. 빈타는 텐트 밖에 앉아, 귀를 기울이며 슬픈 얼굴로 무릎에 놓인 손을 내려다보고 있었다.

"디티가 왜 화냈는지 알지." 루유가 내게 다가와 말했다.

"알 게 뭐야." 나는 고개를 돌리며 말했다. "더 중요한 일들이 있는데!"

"알아야지, 목적한 곳까지 우리와 함께 가려면."

루유가 성난 어조로 말했다.

"루유. 너의 클리토리스 상태는 상대적으로 작은 문제야." 므위타는 자기 얼굴을 가리켰다. "이런 식으로 표시가 보인다고 상상해 봐. 나와 온예손우는 어디를 가더라도, 디티가 온예손우에게 말한 '짐승처럼 사는' 운운하는 헛소리 같은 생각을 다들 하고 있단 말야. 오케케든 누루든 마찬가지로. 우린 사막만큼이나 증오받는 존재지."

루유는 고개를 숙이고 웅얼거렸다.

"알아."

"그럼 행동으로 보이라고." 므위타가 쏘아붙였다.

이후 그날 하루는 굳어진 분위기였다. 너무 굳어 있어 파나시와 루유는 내일 아침 시내에 가는 게 낫겠다고 생각했다. 싸움을 말릴 사람은 므위타 혼자뿐인 판에 나, 디티, 빈타만 두고 가기에 바람직한 타이밍이 아니었다. 하지만 그게 최선의 계획이었다.

한 시간이 흘렀다. 디티와 빈타는 함께 뭉쳐 빨래를 하고 옷을 꿰

맸다. 파나시와 므위타는 미친 여자들인 우리를 감시하려 텐트들 한가운데 앉아 있었다. 므위타는 파나시에게 누루말을 가르치고 있었다. 또한 디티, 빈타, 루유에게도 가르쳐 주겠다고 제안했다. 결국 루유만 배우겠다고 했다. 루유는 싸움 이후로 내 곁을 떠나지 않았다.

"연습해야 해."

나는 말했다. 우리는 도시 쪽을 바라보고 내 텐트 밖에 앉아 있었다. 나는 루유에게 명상법을 가르치는 중이었다.

"머리에서 생각을 싹 몰아낼 수 있을 거 같지가 않아."

"나도 그렇게 생각했었어. 잠에서 깨어났을 때 몇 초쯤 자신이 누구인지 모르겠는 상황 겪어 봤어?"

"응. 그거 늘 겁나지."

"일시적으로 모든 것을 떨치고 오로지 너만 남아 있는 상태이기 때문에 기억이 안 나는 거야. 그럴 때 어떻게 네가 누구인지 기억해 내나 생각해 봐."

"여러 가지 일들을 떠올리지. 그날 하기로 한 일이나 하고 싶은 일 같은 거."

나는 고개를 끄덕였다.

"그래. 머릿속에 생각을 채우는 거지. 무서운 얘기 해 볼까. 너 자신을 인식하지 못한다면, 네가 어떤 사람인지 일깨우는 그 주체는 누구일까?"

루유는 멍하니 나를 쳐다보며 얼굴을 찌푸렸다.

"그래, 누구지?"

나는 미소 지었다.

"므위타가 그 점을 지적한 다음에 나는 일주일을 못 잤어."

"우리의 강제된 정절 상황을 바로잡을 방법 짐작 가는 거 있어?"

잠시 후 그녀가 물었다.

"몰라."

우리는 다시 침묵했다.

"미안해." 얼마 후 루유가 말했다. "내가 이기적으로 굴었어."

나는 한숨을 쉬었다.

"아니. 그렇지 않아." 나는 고개를 저었다. "전부 다 중요한 일이지."

"온예, 유감이야. 디티가 한 말. 너희 아버지 일……."

"난 그 사람 내 아버지라고 안 해." 나는 그녀를 쳐다보며 말했다.

"맞아, 미안해." 루유는 조심스레 말했다. 잠시 사이를 두었다. "그…… 그 사람 그걸 녹화했어. 분명 보관하고 있을 거야."

나는 고개를 끄덕였다. 그러리라는 걸 의심한 적 없었다. 단 한 번도.

우리는 침묵 속에 저녁을 먹고 해가 아직 저물어 가고 있을 때 잠자리에 들었다. 므위타는 내가 길고 덥수룩한 땋은 머리를 푸는 모습을 지켜보았다. 디티가 저지른 멍청한 짓 탓에 듬성듬성 모래가 있었다. 나는 빗질해서 모래를 털어내고 한 가닥으로 굵게 땋았다가 나중에 기회가 되면 내가 좋아하는 대로 가늘게 가닥가닥 다시 땋을 참이었다.

"언젠가 머리 자를 계획 있어?"

내가 빗질하는 사이 므위타가 물었다.

"아니. 너도 자르지 마."

"봐서." 그는 자기 얼굴에 난 털을 잡아당겼다. "이 수염이 마음에 들어."

"나도. 현명한 남자들은 다 수염을 기르지."

잠이 오지 않았다. "넌 사막에서 짐승처럼 사는 게 익숙하니까." 디티는 그렇게 말했다. 위액이 넘어오듯 그 말이 속을 태웠다. 그리고 그다음 디티를 따라가던 빈타의 모습. 빈타는 싸움 이후로 나하고 말을 하지 않았다. 허리에 감긴 므위타의 팔을 살며시 치우고 그에게서 빠져나왔다. 라파를 다시 두르고 텐트를 나섰다. 자기 텐트에서 루유가 코 고는 소리와 또 다른 텐트에서 파나시의 깊은 숨소리가 들렸다. 디티와 빈타의 텐트에 다가갔을 때는 아무 소리도 들리지 않았다. 안을 들여다보았다. 그들은 가고 없었다. 나는 욕을 했다.

"물건은 그냥 여기다 두고 가서 개들을 데려오자." 루유가 말했다.

나는 식어 가는 돌 옆에 쭈그리고 앉아 생각에 잠겼다. 걔들은 정말로 우리한테 들키기 전에 몰래 빠져나갔다 돌아올 수 있을 줄로 알았던 걸까? 아니면 아예 돌아올 생각이 없었을지도 모른다. *멍청이, 멍청한 돌대가리*들.

파나시는 우리를 등지고 서 있었다. 내가 화가 났다면, 파나시는 당황했다. 그는 디티를 위해 그렇게 많은 것을 포기했는데 디티는 그를 데리고 가지도 않았다.

"파나시." 나는 일어서며 말했다. "우린 걔들을 찾아낼 거야."

"아직 시간이 일러." 므위타가 말했다. "디티와 빈타 것까지 짐을 몽땅 싼 다음, 찾으러 가자. 찾아내면 몇 시든 상관없이 출발하고."

파나시는 디티가 남겨 두고 간 짐 대부분을 자기가 들겠다고 우겼다. 그녀는 배낭과 작은 물품 몇 가지를 챙겨 갔다. 므위타는 빈타의 돌돌 마는 텐트를 들었다. 우리는 시내에서 흘러나오는 불빛으로 낮은 언덕들 위의 길을 가늠했다. 걸으면서 나는 산들바람에 실어 나직이 노래 불렀다. 나는 노래를 멈추었다.

"쉬." 한 손을 들어 보이며 말했다.

"왜?" 루유가 속삭였다.

"기다려 봐."

"나 손전등 있는데." 므위타가 말했다.

"아니, 그냥 기다려." 나는 잠시 뜸을 들였다. "미행당하고 있어. 소리 없이. 가만히." 다시 들렸다. 나직한 발소리. 바로 내 뒤. "므위타, 네 손전등."

므위타가 그걸 켠 순간, 루유는 꺅 소리를 지르며 내게로 달려왔다. 제 발에 걸려 넘어지면서 나를 넘어뜨릴 만큼 세게 부딪혀 왔다.

"저거…… 저거……."

그녀는 횡설수설하며 내 위로 기어오르면서 뒤를 돌아보았다.

"그냥 야생 낙타야."

나는 루유를 밀어내고 몸을 일으키며 말했다.

"내 귀를 핥았다고!"

그녀는 고함치며, 축축이 젖은 귀와 머리를 벅벅 문질렀다.

"그래, 네가 땀을 줄곧 흘렸고 목욕을 해야 하니까."

"쟤들은 소금을 좋아해."

세 마리가 있었다. 나한테 제일 가까운 놈이 목 깊숙이 그렁거리는 소리를 냈다. 루유는 내게 더 바싹 달라붙었다. 동물 부족 습격 사건이 있었던 마당이니 루유를 탓할 순 없었다.

"손전등 좀 들어 봐." 나는 므위타에게 말했다.

낙타들은 커다란 혹 두 개가 달렸고 털은 두껍고 먼지투성이었다. 튼튼했다. 내게 제일 가까운 놈이 더 그르렁대고 나를 향해 덤빌 듯 세 발짝 움직였다. 루유는 힉 소리를 내고 허겁지겁 내 뒤로 숨었다. 나는 자리를 지켰다. 내 노래가 낙타들을 끌어들인 것이다.

"뭘 바라는 거지?" 파나시가 말했다.

"쉬."

나는 말했다. 천천히 므위타가 내 앞으로 이동했다. 낙타는 그에게 다가가 부들부들한 머리를 그의 얼굴에 가져가 냄새를 맡았다. 다른 낙타들도 똑같이 했다. 므위타는 방금 나와의 관계를 낙타들에게 분명히 했으며 낙타들은 남자가 여자를 지키는 것이라는 걸 이해했다. 협상할 상대는 므위타 쪽이라고. 한 번쯤은 누군가 내 앞에 나서 줄 사람이 있다는 게 반갑다는 사실을 나는 받아들였다.

"우리와 함께 여행하겠다는 거야." 므위타가 말했다.

"나도 짐작했어." 내가 말했다.

"하지만 봐 봐!" 루유가 말했다. "더럽고…… 야생 짐승이잖아."

파나시가 응 하고 동의하는 소리가 들렸다.

나는 코웃음쳤다.

"그래서 우린 아직 도시를 방문할 준비가 안 되었다고 그랬잖아. 사막에 있을 때는, 사막에 '있어야' 해. 옷 속의 모래를 받아들이되 머리에는 안 되고. 훤히 트인 데서도 신경 쓰지 않고 목욕하고. 다른 동물들이 원할지 모르니 집수기 물 한 양동이를 남겨 놓아야 해. 그리고 어떤 종류의 사람이든 간에 같이 여행하고 싶다고 하면, 잔인한 사람들이 아닌 이상 거절해선 안 돼."

우리는 계속 나아갔고, 이번에는 낙타 세 마리와 함께였다. 도시에 도착하기 전에 먼저 포장도로를 만났다. 나는 희미한 기시감을 느끼며 멈춰 서서 말했다.

"여섯 살 때 처음 포장도로를 봤어. 거인들이 만든 줄만 알았지. 위대한 책에 나오는 그런 거인 말이야."

"그랬을지도 모르지." 므위타가 나를 지나쳐 가며 말했다.

낙타들은 전혀 포장도로를 신기해하는 눈치가 아니었다. 하지만 도로를 건너고 나자 그들은 멈춰 섰다. 우리는 다들 몇 걸음 더 가고 나서야 낙타들이 오지 않는다는 것을 깨달았다. 낙타들은 요란스레 끙끙거리며 주저앉았다.

"가자." 나는 낙타들에게 말했다. "그냥 우리 친구들만 찾으러 가는 거야."

낙타들은 꿈적하지 않았다.

"뭔가 나쁜 걸 감지했을까?" 므위타가 물었다.

나는 어깨를 으쓱했다. 낙타를 좋아하긴 했지만 그 행동을 늘 이해할 수 있는 건 아니었다.

"낙타들이 우리를 기다려 줄지도 모르지." 파나시가 말했다.

“아니었음 좋겠네.” 루유가 말했다.

“그럴지도.”

므위타는 그렇게 말하며 낙타들에게 다가갔다. 세 마리 다 그를 향해 울부짖자 펄쩍 물러섰다.

“가자.” 나는 말했다. “돌아왔을 때 낙타들이 여기 없다면, 그런 거지.”

## 32장

전날 밤 날아가면서 봤던 대로, 도시 한쪽은 지형이 언덕이었다. 우리는 그림, 조각, 팔찌, 갈색 유리와 함께 일상적인 물품을 파는 가게들이 늘어선 평평한 쪽으로 도시에 들어갔다.

"온예손우, 베일 써."

므위타는 머리를 베일로 감싸고 두꺼운 녹색 천을 얼굴에 드리웠다.

"병자로 오해하지나 말았으면 좋겠는데."

나는 노란 베일로 따라 하면서 말했다.

"사람들이 멀리 떨어져 있으면 됐지." 심란한 내 표정을 보고 므위타가 말했다. "우린 성스러운 이들이라고 하자."

우리는 큰 건물들이 몰려선 곳으로 접근했다. 창 안을 들여다보니 책꽂이들이 있었다.

"여기가 도서관인가 봐." 나는 루유에게 말했다.

"그래, 어, 그렇다면 두 군데가 있나 보네." 루유가 말했다.

우리 왼쪽 건물 역시 책으로 가득했다.

“아아.” 므위타가 눈이 휘둥그레져 나직이 말했다. “이렇게 늦은 시간인데도 저 안에는 사람이 있네. 일반에게도 공개된 곳일까?”

그 소도시는 반자라고 했다. 이름이 희미하게 익숙한 기분이 들었다. 그리고 므위타의 지도에 나와 있었다. 우리는 경로를 벗어나, 정서쪽이 아닌 북서쪽으로 이동해 왔다.

“좀 더 신경을 써야 해.”

서서 같이 지도를 들여다보며 므위타가 말했다.

“말이야 쉽지.” 루유가 말했다. “걷고 있자면 너무 지루해서 정신이 멍해져. 왜 그렇게 되었는지 알 만해.”

사람들 몇 명이 약간 관심을 갖고 우리를 쳐다보며 지나갔지만 그뿐이었다. 나는 약간 긴장을 풀었다. 그래도 우리는 이곳 사람이 아닌 게 뻔히 티가 났다. 우리 옷은 길고 펄럭거리는 바지와 드레스 그리고 베일인 반면, 이곳 사람들은 더 몸에 붙는 옷차림이었고 천을 머리에 단단히 두르고 있었다.

여자들은 코에 은 고리를 달았고 아랫단이 펄럭거리며 길고 몸에 붙는 ‘스커트’란 이름의 반쪽 드레스를 입었다. 또한 소매가 없는 셔츠 차림이라 팔과 어깨가 드러났다. 대부분의 여자 스커트와 셔츠, 두건은 대조되는 색과 무늬였다. 남자들도 마찬가지로 딱 맞는 대조되는 색의 바지와 몸에 딱 붙는 카프탄을 입었다. 우리는 한 시간 동안 찾아다녀 중앙 시장에 이르렀다. 밤 10시가 지났는데도 북적거렸다.

반자는 예술과 문화가 주도하는 오케케 도시였다. 즈와히르처럼 오래된 곳은 아니었다. 반자의 상처는 최근이었다. 몇 년이 지나며, 반자는 나쁜 것으로 좋은 것을 창조하는 방법을 익혔다. 도시를 세운 이들은 자신들의 고통을 예술로 승화시켰고, 그걸 만들고 파는 것이 반자 문화의 중심이 되었다.

"이 도시는 잠을 자기는 하나?" 루유가 물었다.

"저들은 정신이 너무 활동적이야." 내가 말했다.

"여기 사람들은 전부 미친 거 같은데." 므위타가 말했다.

우리는 디티와 빈타에 대해 묻고 다녔다. 아니, 묻는 쪽은 파나시와 루유였다. 므위타와 나는 애우 얼굴을 감추려 애쓰며 그 뒤에 서 있었다.

"아주 예쁘고 성스러운 여자들처럼 차려입었다고?" 한 남자가 파나시에게 물었다. "아까 봤어. 이 근처 어디 있을 텐데."

"멍청한 계집애들." 한 여자가 파나시에게 말했다. 그러더니 깔깔 웃었다. "나한테서 야자술을 사 갔지. 남자들이 열 명쯤 그 뒤를 따라갔고."

디티와 빈타는 재밌게 놀고 있는 게 분명해 보였다. 우리는 빵과 향신료, 비누, 육포를 샀다. 나는 루유에게 내 대신 소금 한 자루를 사 달라고 부탁했다.

"뭐 하게? 많이 있잖아."

"낙타들 주게, 아직 거기 있다면."

루유는 눈을 굴렸다.

"아니지 싶은데."

"알아."

나는 루유에게 쓴 잎사귀 두 묶음을 사라고도 했다. 낙타들은 쓰고 짠 것을 좋아했다. 므위타와 파나시는 내게 파란 라파를 사 주었다. 그리고 파나시는 디티 몫으로 무언가의 뼈로 만든 머리빗을 샀다. 루유는 내 등골이 오싹해지는 것을 샀다. 작은 은색 물건을 파는 늙은 여자와 루유가 흥정을 마치는 참에 내가 마침 곁에 갔다. 여자는 바구니 가득 그 물건을 갖고 있었다.

"댁이 마음에 들어서 그 가격에 팔아 주는 거야."

"고맙습니다." 루유는 씨익 웃으며 대꾸했다.

"여기 사람 아니지?"

"아니에요. 저 멀리 동쪽에서 왔어요. 즈와히르."

여자는 고개를 끄덕였다.

"아름다운 곳이라고 들었어. 하지만 옷을 너무 많이 입었네."

루유는 웃음을 터트렸다.

"포터블 작동법은 알아?"

루유는 고개를 저었다.

"보여 주세요."

나는 여자가 포터블로 위대한 책 오디오 파일을 재생하고 날씨를 확인하는 방법을 설명하는 모습을 지켜보았다. 하지만 여자가 아래쪽 버튼을 누르자 카메라 눈이 톡 튀어나왔을 때는, 묻지 않을 수 없었다.

"이걸 뭐 하러 사, 루유?"

"잠깐만." 루유가 내 뺨을 토닥이며 말했다.

늙은 여자는 내게 의심스러워하는 눈빛을 던졌다.

"우리 같은 옷차림의 여자애 두 명 보셨어요?"

루유가 재빨리 늙은 여자에게 물었다.

여자의 눈이 잠시 더 내게 머물렀다. 나를 가리키며 그녀가 말했다.

"저기 같이 여행하는 사이야?"

"네." 루유가 나를 향해 미소 지었다. "제일 친한 친구예요."

여자의 얼굴이 어두워졌다.

"그럼 아가씨를 위해 아니 여신께 기도드릴게. 두 사람 다. 저쪽은 모르겠지만, 댁은 참하고 말짱한 아가씨 같은데."

"제발요." 루유가 밀어붙였다. "그 여자애 둘 어디서 보셨어요?"

"진작 알았어야 했는데. 그 여자애들은 자석처럼 남자들을 끌어들이더라고." 나를 노려보는 여자는 마치 침이라도 뱉고 싶은 듯했다. 나는 꼿꼿이 시선을 마주했다. "흰구름 술집에 가 봐."

"저렇게 나이 먹었으면 나잇값을 해야지."

나는 루유에게 웅얼거리며 파나시와 므위타를 따라 남아 있는 시장 판매대를 지나 안에 불이 환하게 켜진 작은 건물로 향했다.

"잊어버려." 루유가 아까 산 포터블을 꺼냈다. "여기 봐." 그녀가 옆쪽 버튼을 누르자 귀여운 삑 소리가 났다. 뒤집어 보니 아래쪽의 작은 덮개가 열리며 화면이 나타났다. "지도야." 포터블이 다시 삑 소리를 냈다. "봐 봐."

루유가 손바닥 위에 그걸 가져가자 하얗게 지도가 떴다. 그녀가 움직일 때마다 지도도 돌아가며 제 방향을 유지했다. 이 지도가 정확하다면, 므위타가 가진 것보다 훨씬 자세해 보였다.

"오렌지색 선 보여? 즈와히르에서 서부까지 똑바로 갔을 때의 길을 그 아주머니가 프로그램해 줬어. 우리는 5킬로미터 벗어나 있어. 그리고 여기 보이지? 이 버튼을 누르면 우리를 추적하기 시작해. 우리가 경로에서 너무 멀리 벗어나면 삑 소리가 날 거야."

그 선은 일곱 강의 왕국을 지났으며, 특히 다섯 번째 강에 두르파라는 도시가 있었다. 나는 얼굴을 찌푸렸다. 어머니 고향 마을이 거기서 멀지 않았다. 어머니는 그렇게 곧장 동쪽으로 온 것을 의식하고 있었을까?

"누가 이 지도를 만들었을까?"

루유는 어깨를 으쓱했다.

"그 아주머니는 모르던데."

"음, 누루족은 아니었으면 좋겠네. 이렇게 많은 오케케 도시 위치를 그들이 정확히 안다면 어떻겠어?"

"그들은 절대 소중한 강을 떠나지 않을걸. 노예를 확보하고, 강간하고, 더 많은 오케케족을 죽일 수 있다 해도."

*과연 정말 그럴지 모르겠는데.*

술집에 들어서자마자 애들이 눈에 들어왔다. 빈타는 젊은 남자 무릎에 앉아 있었다. 손에는 붉은 야자술 술잔을 들었으며 드레스 가슴팍은 반쯤 열린 채였다. 남자는 그녀의 귀에 대고 속삭이며, 한 손으로는 그녀의 드러난 왼쪽 유두를 꼬집고 있었다. 빈타는 남자의 손을 치웠다가, 마음을 바꿔 도로 가져왔다. 다른 남자는 열정적인 기타 연주로 구애 중이었다. 그래, 수줍은 빈타. 디티는 그녀의 말을 하나라도 놓칠까 귀 기울여 듣는 남자들 일곱 명에 둘러싸여 앉아 있었다. 그녀 역시 야자술 술잔을 들고 있었다.

"우리는 멀리서 왔고 더 멀리 갈 거야." 디티는 혀가 풀려 있었다. "사람들이 죽어 가게 둘 수 없잖아. 우리가 막을 거야. 우린 전투 실력이 뛰어나거든."

"너하고 어떤 군대가?" 한 남자가 말하자 다들 웃음을 터트렸다. "너희 예쁜이 둘한테 리더라도 있긴 하고?"

디티는 씩 웃었고, 약간 몸을 흔들거렸다.

"못생긴 에우 여자." 그러더니 폭소했다.

"그러니까 너희 둘이 창녀를 따라 서쪽으로 가서 오케케 사람들을 구한단 거지." 남자 한 명이 웃었다. "이야, 이 즈와히르 여자애들이 그 가슴 큰 이야기꾼보다 더 나은데!"

"디티!" 파나시가 성큼성큼 들어서며 외쳤다.

그녀는 일어서려 했지만 비틀거리며 남자들 중 한 명의 품으로 쓰러졌다. 남자는 디티를 일으켜 세워 파나시에게 넘겨 주었다.

"그럼 이게 네 여자야?" 남자가 물었다.

파나시는 디티의 팔을 잡았다.

"뭐 하는 거야?!"

"재밌게 놀고 있지!" 디티는 소리치며 팔을 홱 잡아뺐다.

"우린 아침에 돌아갈 참이었어."

빈타가 얼른 드레스 가슴팍을 여미며 말했다. 나는 너무 화가 나서 몸을 돌려 문을 나섰다.

"멀리 가지 마."

므위타가 내 뒤에 대고 말했다. 그는 나를 따라오지 말아야 한단 걸 알았다.

나는 밤공기 속으로 나섰다. 산들바람이 내 베일을 젊은 남자들 앞으로 날렸다. 그들은 달콤한 불 냄새가 나는 것을 피우고 있었다. 갈색 선인장 수액 시가. 즈와히르에선 무척 안 좋은 눈으로 보는 물건이었다. 양심을 무디게 하고, 발이 빨라지며, 입 냄새가 고약해진다. 나는 베일을 붙잡아 도로 당겼다.

"거대한 에우 여자네." 나와 제일 가까이 있는 남자가 말했다. 넷 중 가장 키가 컸는데 거의 나와 비슷했다. "전에 본 적이 없는데."

"전에 여기 온 적이 없으니까."

"얼굴은 왜 가리고 있어?"

다른 남자가 자세를 고치며 물었다. 그의 바지는 뚱뚱한 다리에 비해 너무 꽉 끼어 보였다. 넷 다 호기심을 보이며 내게로 다가섰다. 나를 거인이라고 한 키 큰 남자는 내 옆의 건물에 기대어, 나와 술집 문 사이를 가로막았다.

"그러고 싶으니까."

"에우 여자들은 아무것도 안 입는 걸 좋아하는 줄 알았는데." 그 말을 한 남자는 검은 머리를 길게 가닥가닥 땋아 내렸다. "너희와 태양은 남매라며."

"와서 즐겁게 해줘 봐." 키 큰 남자가 말하며 내 팔을 잡았다. "내가 본 여자 중에 제일 키가 크네."

나는 눈을 깜박이며 얼굴을 찌푸렸다.

"뭐라고?"

"돈은 줄 거야, 물론. 물어볼 것도 없지. 뭐 하는 여자인지 알아."

"재 다음에 나를 즐겁게 해 주고."

이쪽은 열여섯 살도 안 되어 보였다.

"내가 너희 둘보다 먼저 왔어." 뚱뚱한 쪽이 말했다. "나 먼저 해 줘야지." 그는 나를 쳐다보았다. "그리고 내가 더 돈이 많아."

"나 먼저 안 시켜 주면 네 아내한테 이른다." 어린 쪽이 말했다.

"말하든가." 뚱뚱한 쪽이 성나 내뱉었다.

즈와히르에서 에우는 사회적으로 추방당한 사람들이었다. 반자에서 에우 여자는 창녀였다. 나는 어딜 가든 좋을 게 없었다.

"난 성스러운 이야." 나는 담담한 목소리로 잘라 말했다. "누구 즐겁게 해 주는 사람 아니고. 누구의 손도 닿지 않았고 앞으로도 그러지 않을 거야."

"알았어, 아가씨." 키 큰 남자가 말했다. "꼭 성교해야 하는 건 아니야. 네 입으로 해 주고 가슴 만지게 해 주면 되지. 우리가 잘 쳐 줄……."

"닥쳐." 나는 쏘아붙였다. "난 여기 사람 아니야. 창녀 아니고. 가만 내버려 둬."

소리 없는 말이 그들 사이에 오갔다. 서로 눈을 마주치더니 입술이 짓궂은 미소로 휘어졌다. 돈이 든 주머니에서 손을 꺼냈다. 오, *아니 여신님, 저를 지켜 주세요.*

그들은 동시에 달려들었다. 나는 맞서 싸워 한 놈의 얼굴을 걷어차고, 다른 놈의 고환을 움켜쥐어 온 힘을 다해 쥐어짰다. 남들이 볼 수 있는 문까지만 가면 된다.

키 큰 남자가 나를 붙잡았다. 술집 안이 워낙 시끄러웠고 이미 숨이 가빠 소리를 지르지 못했다. 나는 주먹으로 치고, 할퀴고, 걷어찼다. 하지만 상대는 네 명이었다. 땋은 머리의 남자가 굵게 땋은 내 머리채를 잡아채서 나는 뒤로 쓰러졌다. 그러고 나자 그들은 나를 문에서 멀리 끌고 가기 시작했다. 그래, 심지어 어린 놈마저. 나는 내 머리채를 붙들고 초조히 주위를 둘러보았다. 근처에 다른 사람들이 있었다.

"저기요!" 바로 거기 서서 쳐다보는 여자에게 소리쳤다. "도와주세요! 도와줘요!"

하지만 그녀는 나서지 않았다. 다른 몇 명도 마찬가지로 그저 지켜보고만 있었다. 이 멋진 예술과 문화의 도시에서, 에우 여자가 어두운 골목으로 끌려가 강간당해도 아무도 나서지 않았다.

*이게 어머니가 당한 일이야. 그리고 빈타도. 그리고 수없이 많은 다른 오케케 여자들도. 여자들. 살아 있는 시체들.* 나는 아주 많이 화가 나기 시작했다.

나는 해야 할 일을 위해 가진 것을 모두 사용하는 사람, 브리콜뢰르였기에, 그렇게 했다. 마음속에서 마법사의 만물함을 열어 신비의 요소들을 가늠했다. 물리적 세계, 우와 요소를. 가벼운 산들바람이 불었다.

그들은 내 얼굴을 흙바닥에 짓눌러 내 옷을 찢고, 자기들의 성기를 꺼냈다. 나는 집중했다. 바람이 거세졌다. "날씨를 바꾸면 거기엔 결과가 따른다. 작은 곳이라 해도." 아로는 그렇게 가르쳤다. 하지만 지금 당장은 전혀 신경 쓰지 않았다. 진정 화가 났을 때는, 폭력으로 가득할 때는, 모든 것이 쉽고 간단했다.

남자들이 바람을 알아채고 나를 놓았다. 소년이 소리를 지르고, 키 큰 남자는 빤히 쳐다보고, 뚱뚱한 남자는 숨어들어 갈 구덩이를 파려 들었고, 땋은 머리 남자는 공포에 제 머리를 쥐어뜯었다. 바람이 그들을 땅바닥에 짓눌렀다. 내게는 기껏해야 굵게 땋은 머리와 헐렁한 옷을 휘날리는 정도였다. 나는 일어나서 그들을 내려다보았다. 손에 모아 쥔 회색과 검은색의 바람을 꾹 눌러 깔때기 모양으로 늘렸다. 그리고 그 남자들이 내게 성기를 박고 싶어 했던 대로, 바람을 그들에게 박아 버리려 했다.

"온예손우! 안 돼!"

므위타의 목소리가 마치 내게 던진 것처럼 울려 퍼졌다.

나는 고개를 들어 소리쳤다.

"날 봐! 저들이 내게 뭘 하려 했는지 보라고!"

바람이 므위타를 떠밀었다.

"잊지 마, 우린 이런 사람들이 아니야. 폭력은 안 돼! 그게 우릴 갈라 놓는 거야!"

분노가 물러가고 맑은 정신이 돌아오면서 나는 떨기 시작했다. 눈을 멀게 하는 분노가 없으니, 저 남자들을 죽이고 싶었다는 것이 또렷이 이해되었다. 그들은 겁을 먹고 바닥에 웅크리고 있었다. 나를 두려워하고 있었다. 나는 모여든 사람들을 쳐다보았다. 저편에서 있는 빈타, 루유, 디티, 그리고 파나시를 쳐다보았다. 므위타는 보지 않았다. 울부짖는 바람의 시커먼 창을 가장 어린 남자에게 겨누었다.

“온예손우.” 므워타가 애원했다. “날 믿어. 그냥 날 믿어 줘. 제발!”

나는 입술을 꾹 다물었다. 처음 므워타를 봤을 때를 생각했다. 내가 의식하지 못한 채 새로 변신한 후에 그가 나더러 나무에서 뛰어내리라 했던 때. 나는 그의 얼굴을 보지 못하여 누구인지 몰랐으나, 그래도 믿었다. 내가 던진 창이 소년의 옆에 떨어져서 폭발하며 커다란 구덩이가 생겼다. 그러다가 문득 좋은 수가 생각났다. 나는 변신했다. 위대한 책에 나오는 가장 무시무시한 존재가 있었다. 수수께끼로만 말하며 이야기 속에선 결코 살인을 저지르지 않지만, 사람들이 죽음보다 두려워하는 존재.

나는 스핑크스로 변신했다. 몸은 거대하고 힘이 넘치는 사막 고양이였지만 머리는 내 머리 그대로였다. 내가 아는 형태를 이용하여 그 크기를 변형하고, 나 자신의 일부는 유지한 것은 처음이었다. 남자들은 나를 올려다보며 비명을 지르고 땅바닥에 납작 엎드려 기었다. 구경꾼들 역시 비명을 지르고, 사방팔방으로 도망갔다.

“다음에 에우 여자를 덮치고 싶으면 내 이름을 명심해. 온예손우다.” 나는 굵은 꼬리를 그들을 향해 철썩 내리치며 으르렁거렸다. “그리고 목숨 아까운 줄 알라고.”

“온예손우?” 남자 중 한 명이 눈이 휘둥그레져 물었다. “억! 죽은 자를 되살리는 즈와히르의 여마법사요? 죄송합니다! 죄송합니다!”

남자는 흙바닥에 얼굴을 처박았다. 소년은 울기 시작했다. 다른 남자들은 사과의 말을 떠듬거렸다.

“저희는 몰랐습니다.”

“시가를 너무 많이 피웠어요.”

"제발!"

나는 얼굴을 찌푸리고, 변신해서 원래의 몸으로 돌아왔다.

"날 어떻게 알지?"

"여행자들이 얘기하던데요, 아다-므." 한 남자가 말했다.

므위타가 앞으로 나섰다.

"당신들, 다 내 손에 죽기 전에 꺼져!" 그는 나만큼이나 부들부들 떨고 있었다. 그들이 도망치고 나자, 므위타는 내게 달려왔다. "어디 다쳤어?"

나는 므위타가 내 옷을 추스르고 얼굴을 만져 보는 사이 그냥 가만히 서 있었다. 다른 사람들이 조용히 내 주위로 모여들었다.

"저기요."

한 여자가 말했다. 내 또래였고, 많은 여자들과 마찬가지로 코에 은 고리를 달고 있었다. 살짝 낯이 익었다.

"뭔데요?" 나는 덤덤히 물었다.

여자가 한 걸음 물러나자 나는 깊은 만족감을 느꼈다.

"저…… 그게…… 사과를 드리고 싶어서…… 아까 일 말이에요."

"왜요?" 난 여자를 어디서 봤는지 깨닫고 얼굴을 찌푸렸다. "다른 사람들처럼 저기 서 있었잖아요. 내가 봤는데."

여자는 다시 한 걸음 물러났다. 그녀에게 침을 뱉은 다음 얼굴을 할퀴어 버리고 싶었다. 므위타가 내 허리에 팔을 더 힘주어 감았다. 루유가 크게 쯧 소리를 내고 뭐라 웅얼거렸으며 파나시가 "가자." 하는 소리가 들렸다. 빈타가 트림을 했다.

"미안해요. 당신이 온예손우인 줄 몰랐어요."

"그럼 다른 에우 여자라면, 괜찮다?"

"에우 여자들은 창녀예요." 여자는 잘라 말했다. "홈타운에 염소털이라는 매춘업소가 있어요. 홈타운은 반자의 거주 지역으로, 다들 거기 살지요. 그 여자들은 서부 출신이에요. 반자에 대해 들어본 적 없어요?"

"몰라요."

다시금 전에 반자라는 곳을 들어 봤다는 기분이 들어 잠시 망설였다. 나는 이곳이 역겨워 한숨을 내쉬었다.

"부탁드릴게요. 언덕 위 집으로 가 봐요." 여자가 나를, 그다음으로 므위타를 쳐다보며 말했다. "제발요. 반자를 이런 식으로 기억하지 않았으면 해서 그래요."

"당신이 뭘 바라든 우린 상관 안 합니다." 므위타가 말했다.

여자는 고개를 숙이고 계속 애원했다.

"제발. 온예손우는 여기서 존경받고 있어요. 언덕 위 집에 가 봐요. 거기서 상처를 치료해 줄 수 있고……."

"상처는 내가 치료할 수 있습니다." 므위타가 말했다.

"언덕 위?" 나는 그쪽을 쳐다보며 물었다.

여자의 얼굴이 밝아졌다.

"네, 꼭대기요. 온예손우를 보면 무척 반가워할 거예요."

## 33장

"이럴 필요 없잖아." 디티가 말했다.

"닥쳐."

나는 쏘아붙였다. 내 입장에서 따지자면 내가 당한 일은 디티와 빈타도 그 남자들만큼이나 잘못한 일이었다.

우리는 시장으로 돌아갔다. 거의 새벽 1시였고, 사람들이 드디어 장사를 접고 있었다. 다행히도 라파를 팔던 여자는 아직 있었다. 아까 벌어진 일 소식이 빨리도 퍼졌다. 우리가 시장에 왔을 즈음엔 모두들 내가 누구인지, 그리고 '즐겁게 해 달라고' 내게 '제안한' 남자들에게 벌어진 일이 무언지 알고 있었다.

라파 파는 여자는 더위 속에서도 서늘하게 유지되도록 기후 젤 처리가 된 색색의 두껍고 예쁜 라파를 한 벌 주었다. 여자는 말썽에 휘말리기 싫다며 돈을 받지 않았다. 또한 같은 소재의 상의도 주었다. 나는 근사한 옷을 입고 찢어진 옷은 버렸다. 반자 유행대로 둘 다 몸에 붙어 내 가슴과 엉덩이가 강조되었다.

내가 생명을 살릴 수 있다는 걸 여기 사람들은 어떻게 알았을까? 디티, 루유, 빈타는 내게 그런 능력이 있다고 짐작했을지는 몰라도 자세히는 알지 못했다. 염소를 되살렸던 일은 므위타에게조차 말하지 않았다. 아로와 내가 죽은 지 얼마 안 된 낙타를 되살린 일에 대해서도 말하지 않았다.

그런 다음, 아로는 나를 안아 므위타의 오두막으로 데려갔다. 나는 반쯤 코마 상태였다. 낙타는 죽은 지 한 시간 된 상태였고, 즉 그 영혼을 데려오기 위해 먼 길을 쫓아가야 했다. 므위타는 나를 보고 아로에게 무슨 말을 했는지, 또는 어떻게 나를 깨웠는지 말해 주지 않았다. 하지만 내가 회복한 후, 므위타는 한 달 동안 아로와 말을 섞지 않았다.

그 이후로 나는 쥐, 새 두 마리, 그리고 개를 되살렸다. 거듭될수록 쉬워졌다. 어느 때건 누가 나를 봤을 가능성은 있었고 특히 개를 살렸을 때가 그랬다. 그 개는 길에 쓰러져 있었다. 갈색의 작은 개. 아직 따뜻했고, 그래서 눈에 띄지 않는 곳으로 데려갈 시간이 없었다. 그 자리에서 되살렸다. 개는 일어나서 내 손을 핥더니, 짐작하건대 자기 집으로 달려가 버렸다. 그다음에 나는 집에 와서 개털과 피를 토했다.

제일 높은 언덕 꼭대기에 이르렀을 즘엔, 우리는 기진맥진했다. 2층짜리 건물은 크고 단순했다. 가까이 다가가니 향 냄새가 났고 노랫소리가 들렸다.

"성스러운 사람들이네."

그렇게 말한 파나시가 문을 노크했다. 안의 노랫소리가 멈추고 발소리가 났다. 문이 열렸다. 그의 얼굴을 보자마자 반자라는 이름을 어디서 들었는지 생각이 났다. 루유, 빈타, 디티 역시 알아챘는지 헉 하고 숨을 들이쉬었다.

그는 키가 크고 피부색이 짙었다. 아다처럼. 아다의 가장 어두운 비밀의 반쪽이었다. "그 애들은 한 번도 나를 찾아온 적이 없지." 아다는 그렇게 말했었다.

"판타." 그래, 아다의 쌍둥이 남매 이름을 아직 기억하고 있었다. "당신 여동생 누우무는요?"

그는 나를 한참 쳐다보다 물었다.

"누구신지?"

"내 이름은 온예손우예요."

그가 눈을 휘둥그레 뜨더니 망설임 없이 내 손을 잡아 안으로 끌어들였다.

"이쪽이에요."

우리더러 언덕 위의 집으로 가라고 했던 여자는 이기적인 년이었다. 동정심에 우리에게 거길 안내한 게 아니었다. 알다시피 쌍둥이는 행운을 가져온다. 반자는 작고 문제가 있는 곳이었지만 비교적 행복하고 부유했다. 하지만 이제 그 쌍둥이 중의 한 명이 병이 났다. 판타는 우리를 데리고 달콤한 빵과 거기서 그걸 먹은 아이들의 냄새가 나는 큰 방을 지났다.

"여기서 아이들을 가르칩니다." 판타가 활기차게 말했다. "아이들은 이곳을 좋아하죠, 하지만 내 여동생을 더 좋아해요."

그는 우리를 이끌고 계단을 오르고 복도를 지나, 나무 그림이 그려진 닫힌 문 앞에 섰다. 울창한 신화 속 숲. 아름다웠다. 나무들 사이에는 눈이 여기저기 있었다. 작은 눈, 큰 눈, 파란 눈, 갈색 눈, 노란 눈.

"온예손우만요." 그가 므위타에게 말했다.

므위타는 고개를 끄덕였다.

"우린 여기서 기다리겠습니다."

"복도 저쪽에 방이 있어요." 판타가 말했다. "불 켜져 있는 방 보이죠?"

판타와 나는 그들이 방으로 들어가는 동안 지켜보았다. 므위타는 잠시 멈추었다가 내 눈을 마주했다. 나는 고개를 끄덕였다.

"걱정 마."

"걱정 안 해. 판타, 혹시 필요하면 와서 저 부르세요."

아다의 집에 들어서면 호수 밑바닥으로 걸어들어 가는 것 같았다. 아다의 딸의 방에 들어서니 숲에 들어선 듯했다. 내가 환영 속에서도 보지 못한 풍경. 문과 마찬가지로 벽은 천장부터 바닥까지 나무와 수풀, 식물이 가득 그려져 있었다. 나는 그녀의 침대에 다가서며 얼굴을 찌푸렸다. 누워 있는 모양이 뭔가 이상했다. 그녀의 숨소리가 들렸다. 얕고 거칠고 힘겨운 소리.

"여긴 동쪽에서 온 마법사 온예손우야." 판타가 말했다.

그녀의 눈이 휘둥그레지고 숨소리가 더 가빴다.

"늦은 시간이죠." 나는 말했다. "미안합니다."

누우무는 떨리는 손을 내저었다.

"내 이름은." 그녀는 씩씩 가쁜 숨을 쉬었다. "……누우무예요."

나는 더 다가갔다. 그녀는 오빠만큼이나 아다와 많이 닮았다. 하지만 뭔가 굉장히 잘못되어 있었다. 마치 몸은 이쪽에 골반은 저쪽에 있는 것 같았다. 내 살펴보는 눈길에 그녀는 미소 지으며, 씨근거리는 숨소리를 냈다.

"이리로."

더 다가가고 나서 알았다. 그녀는 척추가 뒤틀려 있었다. 꿈틀거리며 나아가는 뱀처럼. 그녀가 숨을 잘 쉬지 못하는 이유는 덤빌 듯이 튀어나온 척추에 폐가 눌렸기 때문이었다.

"나…… 원래…… 이랬던 건 아니고."

"가서 므위타를 데려와요." 나는 판타에게 말했다.

"왜요?"

"걔가 나보다 나은 치료사예요." 나는 쏘아붙였다.

그가 나간 다음 나는 누우무에게로 돌아섰다.

"우리는 몇 시간 전 이곳에 왔어요. 일행 두 명을 찾느라고요. 걔들을 술집에서 발견했고 거기서 남자 네 명이 내가 에우라는 이유로 강간하려 들었죠. 어느 여자가 우리더러 여기로 가 보라고 애원하던데요. 우린 식량, 휴식, 그리고 사과를 받으러 왔어요. 당신을 치료하러 온 게 아니라."

"내가…… 고쳐 달라고…… 했어요?"

"말로 한 건 아니지만."

나는 이마를 문질렀다. 전부 엉망진창이었다. 나는 엉망진창이었다.

"미……미안해……요. 우리는…… 모두 짐을 갖고…… 태어나고. 누군가는…… 다른 사람보다 더 많은 짐을……."

므위타와 판타가 들어왔다. 므위타는 벽을 보고 그다음에 누우무를 보았다.

"이쪽은 므위타예요." 내가 말했다.

"잠깐 괜찮아요?" 므위타가 누우무에게 물었다. 그녀는 고개를 끄덕였다. 그는 누우무를 조심스레 일으켜 앉혀 가슴 소리를 듣고는 그녀의 등을 쳐다보았다. "발에 감각 느껴져요?"

"네."

"이렇게 된 지는 얼마나?"

"열세 살 때……부터. 하지만…… 시간이 지날수록…… 더 심해져요."

"늘 지팡이를 짚고 다녀야 했어요." 판타가 말했다. "몸이 휘어진 거 사람들이 알기야 했지만 최근 들어서야 누워 지내게 되었죠."

"척추측만증. 척추가 휘는 거죠. 유전이긴 한데, 늘 그렇지만은 않아요. 여자들에게 흔하지만 남자들도 걸리고. 누우무, 늘 날씬했나요?"

"네."

"날씬한 체격이면 더 심하게 영향이 오는 편이죠. 폐가 짓눌려서 숨을 그렇게 쉬는 겁니다."

나는 므위타를 쳐다보았다. 알아야 할 건 다 알았다. 그녀는 죽을 것이다. 곧.

"온예손우하고 얘기 좀 할게요."

므위타는 내 손을 잡고 나왔다.

복도로 나오자, 그는 조용히 말했다.

"틀렸어."

"혹시 모르지, 내가……."

"어떤 결과가 나올지 모르잖아. 그나저나 이 사람들 누구야?"

우리는 그곳에 잠시 서 있었다.

"나더러 늘 믿음을 가지라고 한 사람은 너잖아." 잠시 후 나는 말했다. "우리가 여기로 인도되어 왔다는 생각 안 들어? 저 사람들, 아다의 자식이야."

므위타는 얼굴을 찌푸리고 고개를 저었다.

"아다는 아로와 아이를 낳은 적 없어."

나는 코웃음 쳤다.

"보면 몰라? 아다와 똑같이 생겼잖아. 그리고 아다는 아이를 낳았어. 열다섯 살 때, 어느 멍청한 남자애가 임신시켰대. 아다가 말해 줬어. 부모님이 아다를 반자에 보내 애를 낳게 했고. 쌍둥이를."

나는 도로 들어갔다.

"판타, 이걸 하려면 누우무를 밖으로 데려와야 해요."

그는 내게 얼굴을 찌푸렸다.

"뭘 하려……."

"내가 누군지 알잖아요. 묻지 마세요. 밖에서만 할 수 있는 일이에요."

므위타와 파나시가 도왔고, 디티, 루유, 빈타는 무슨 일인지 차마 묻지 못하고 따라왔다. 뒤틀린 몸을 한 여자의 모습에 그들은 입을 다물었다.

"여기 눕혀요." 나는 야자수 옆을 손짓했다. "땅바닥에."

그들이 내려놓자 누우무는 신음했다. 나는 그녀 옆에 무릎을 꿇었다. 이미 느낄 수 있었다.

"물러나요."

나는 모든 이들에게 말했다. 누우무에게는 "아플 수 있어요."라고 말했다.

나는 주위의 모든 에너지를 끌어모으기 시작했다. 다른 사람들이 가까이 있고 무척 두려워하고 있어 다행이었다. 무척이나 염려하고 있으며 애정으로 가득한 그녀의 오빠가 있어 다행이었다. 므위타가 거기에 있어서, 오직 나의 안녕에만 집중하고 있어 다행이었다. 나는 그 모든 것에서 끌어모았다. 잠든 도시에서 모을 수 있는 것을 모았다. 근처에서 말다툼하는 형제가 있었다. 사랑을 나누는 커플이 다섯 있었고, 그중 하나는 서로를 사랑하고 증오하는 두 여자였다. 방금 깨어나 배고파 칭얼거리는 갓난아기가 있었다. *내가 할 수 있을까? 그래야만 해.*

충분히 모으자, 나는 그걸로 땅에서 가능한 한 많은 에너지를 파냈다. 내가 가져간 걸 대신할 에너지는 늘 존재했다. 몸속에서, 손으로 밀려드는 온기를 느꼈다. 누우무의 가슴에 두 손을 얹었다. 그녀는 비명을 질렀고 나는 윽 소리를 흘리고 아랫입술을 깨물며 손을 움직이지 않으려 애썼다. 그녀의 몸이 천천히 변화하기 시작했다. 그녀의 고통을 내 척추로 느낄 수 있었다. 눈에 눈물이 고였다. *가만히! 끝날 때까지만!* 내 척추가 이리저리 휘어지는 게 느껴졌다. 숨이 훅 빠져나갔다. 그리고 그 순간, 깨달음이 찾아왔다. *디티, 루유, 빈타의 열한 살 의식 주술을 깰 방법을 알았어!* 나는 그 지식을 마음 한구석에 보관해 두었다.

"가만히."

나는 스스로에게 속삭였다. 내가 손을 떼면 충격파가 내게서 터져 나올 것이고, 그녀의 척추는 그대로 휘어진 채일 것이다. 손이 식었다. 이제 손을 뗄 때이다. 그럴 참이었다. 그때 누우무가 내게 말했다. 목소리가 아닌 방식으로. 그럴 필요가 없었다. 우리는 한 몸으로 연결되어 있었다. 그녀가 인정했듯이 스스로에게, 그리고 내게 인정하려면 크나큰 용기가 필요했다. 나는 그녀를 내려다보았다. 그녀의 입술은 말라 갈라졌고 눈은 핏발이 섰으며, 짙은 피부는 윤기가 사라졌다.

"어떻게 하는지 몰라요."

눈물이 내 얼굴을 적셨다. 하지만 알고 있었다. 생명을 주는 방법을 안다면, 생명을 빼앗는 방법도 안다. 나는 조금 더 오래 그녀의 눈을 마주했다. 그런 다음 그렇게 했다. 내 영적 손을 땅이 아니라 그녀 안으로 내밀었다. *초록 초록 초록 초록!* 그녀에게서 초록을 끌어내며 내가 한 생각은 그것뿐이었다. *초록!*

"뭘 하는 거야?"

누우무의 오빠가 지르는 비명이 들렸다. 하지만 그는 우리 가까이 오지 않았다. 그랬더라면 어떻게 되었을지 모르겠다. 내가 더 세게 끌어당기자 무언가가 뚝 끊어지더니 다른 뭔가 찢어지기 시작했다. 그녀의 영이 드디어 포기했다. 그것은 내 손에서 허공으로 높은 환희의 소리를 지르며 튀어 나갔다. 판타가 다시 비명을 지르기 시작하면서 이번에는 달려왔다.

하늘은 색이 휘몰아치고 있었고 대부분 초록이었다. 이계. 누우무의 영은 곧장 위로 향했다. 나는 그녀가 언제 돌아올까 궁금했다. 그들은 때로 돌아오기도 하고 돌아오지 않기도 한다. 우리 아버지는 어머니와 나를 몇 주 동안 떠나 있다가 돌아와서 입문식 동안 나를 이끌어 주었다. 그때조차 아버지는 오래 머물지 않았다. 움직이지 않은 채 나는 이계에서 빠져나와 현실계로 돌아왔고, 마침 판타의 주먹이 내 가슴을 쳐서 뒤로 날아갔다. 므위타가 판타를 끌어당겼다. 나의 손은 누우무의 가슴에서 떨어지면서 말라붙은 점액질 손자국을 남겼다.

"당신이 동생을 죽였어!"

판타가 소리 질렀다. 그가 누우무의 시신을 내려다보고 어찌나 격하게 흐느끼던지 내 몸이 산산이 부서지는 듯했다. 디티, 빈타, 루유가 나를 일으켜 앉혔다.

"치료할 수도 있었어요." 나는 흐느끼며 떨면서 말했다. "치료할 수 있었어요."

"그럼 왜 그러지 않고!"

판타가 고함치며, 므위타가 잡은 팔을 뿌리쳤다.

"난 아무것도 아니라고요." 나는 외쳤다. "난 어떻게 되든 상관없어요. 내가 달리 무슨 소용이 있죠? 그녀를 고칠 수 있었는데!"

환상 속 돌팔매가 머리를 두들겨 관자놀이가 욱신거렸다. 이 기분처럼 비천한 것들과 마찬가지로 흙 속에 파고들지 않는 이유는 오로지 친구들뿐이었다. 위대한 책 속에서 잘못을 저지른 아이들에게 찾아오는 병과 죽음의 회색 딱정벌레처럼 비천했다.

"그럼 왜 그러지 않고?"

판타가 다시 물었다. 기운이 빠진 그를 므위타가 놓아주었다. 그는 늘어져 식어 가는 여동생의 몸 위로 무너졌다.

"누우무가 못 하게…… 그러지 못하게 했어요." 나는 내 가슴을 문지르며 속삭였다. "난 아무튼 치료할 참이었지만 생각도 못 하게 누우무가 막았어요. 그녀의 선택이에요. 그게 다예요."

나의 행동은 자연의 규칙에 어긋나는 행위였으나, 몇 주가 지난 지금에 와서 보니 그게 최선이었음을 알았다. 내 행동에 따른 즉각적인 결과는 거의 견딜 수 없을 만큼 뒤덮어 오는 슬픔이었다. 내 살갗을 할퀴고, 눈을 파내 버리고, 자살하고 싶은 심정이었다. 나는 울고 또 울었으며, 어머니가 부끄럽고, 나 자신이 역겹고, 생부가 내 몸, 기억, 영을 모조리 지워 버렸으면 했다. 그게 지나가고 나자, 시커멓고 두꺼운 악취가 나는 베일을 들어 올린 듯했다.

우리는 모두 몇 분간 그대로 앉아 있었다. 판타는 여동생 위에 쓰러져 흐느끼고, 므위타는 판타의 어깨를 토닥였으며, 나는 기진맥진해서 흙바닥에 쓰러진 채였다. 나머지는 그저 지켜볼 뿐이었다. 천천히 판타가 고개를 들고 부은 눈으로 나를 쳐다보았다.

"당신은 사악해. 아니 여신께서 당신에게 소중한 모든 것에 저주를 내리시길."

그는 우리더러 가라고 하지 않았다. 그리고 우리끼리 논의한 것은 아니었지만, 우리는 하룻밤 지내고 가기로 결정했다. 므위타와 파나시는 판타를 도와 시신을 안으로 옮겼다. 판타는 누우무의 척추가 바르게 된 것을 보고 다시 흐느끼기 시작했다. 그녀는 내가 놓아 보내게끔 두기만 하면 되었다. 그럼 살았을 것이다. 나는 가능한 한 판타와 거리를 두었다. 또한 집에 들어가지 않겠다고 했다. 차라리 별 아래에서 자는 게 나았다.

"아냐." 나는 함께 밖에서 자겠다는 루유에게 말했다. "혼자 있어야겠어."

빈타와 디티는 부엌에서 음식을 잔뜩 만들었고, 루유는 집 안을 싹 치웠다. 므위타와 파나시는 판타가 뭔가 경솔한 짓을 저지를까 걱정하여 곁에 함께 있었다. 므위타가 그들에게 찬송을 가르치는 소리가 들렸다. 찬송 중에 판타의 목소리가 있었는지는 모르겠지만, 찬송에 감명받기 위해 굳이 같이 불러야 할 필요는 없다.

마른 야자수 아래 잠자리 매트를 깔았다. 나무 꼭대기에 비둘기 두 마리가 둥지를 틀고 있었다. 손전등으로 나무 위를 비추자 비둘기들은 오렌지색 눈으로 나를 내려다보았다. 평소라면 재미있어했을 것이다.

나는 매트를 옮겼다. 밤새도록 새똥 벼락을 맞고 싶진 않았다. 몸은 욱신거리고 두통이 돌아왔다. 비록 최악은 아니었지만, 서부 생각을 하지 않을 수 없었다. 거기 도착할 때쯤 나는 어떻게 되어 있을까? 하룻밤 사이, 나를 강간하려 든 남자들의 목숨을 살려 주고 아다의 딸의 생명을 빼앗았다.

"가끔은 좋은 사람이 죽고 끔찍한 사람들이 살아야 할 때도 있다."

아로는 내게 그렇게 가르쳤다. 당시에 나는 그 말에 코웃음 치며 대꾸했었다.

“제가 도울 수 있다면 그렇게 두지 않아요.”

유난히 단단한 환상의 돌이 옆머리를 강타하는 바람에 나는 관자놀이를 문질렀다. 내 두개골이 으스러지는 소리가 거의 들리는 듯했다. 미간을 찌푸렸다. 그 으스러지는 소리는 내 머릿속에 있는 게 아니었다. 모래를 밟는 샌들 소리. 몸을 돌려 보니 판타가 서 있었다. 나는 싸움을 각오하고 일어섰다. 그는 내 매트에 앉았다.

“앉아요.” 그가 말했다.

“됐어요. 므위타?” 나는 큰 소리로 불렀다.

“내가 여기 있는 거 그들도 압니다.”

집 쪽을 쳐다보았다. 므위타가 위층 창문에서 지켜보고 있었다. 나는 판타 옆에 앉았다.

“아까 했던 말은 진실이에요.”

그의 침묵을 더는 참을 수 없게 되었을 때 나는 말했다.

그는 고개를 끄덕이고, 모래를 한 움큼 퍼올려 손가락 사이로 흘러내리게 했다. 근처 어딘가에서 훅 하고 집수기가 큰 소리를 냈다. 판타가 혀를 찼다.

“저 남자, 사람들이 불평하는데도 존중할 줄을 몰라요. 도대체 이 시간에 왜 물이 필요한지.”

“관심을 받고 싶은가 보죠.”

“그럴지도.”

우리는 하늘로 이어진 하얀 기둥을 지켜보았다.

“밖은 추운데. ……안으로 들어오지 그래요?”

"당신이 날 싫어하니까요."

"동생이 어떻게 부탁하던가요?"

"그냥요. 아니지, 부탁이 아니었어요. 부탁이란 선택할 수 있단 의미니."

그는 입술을 꾹 다물고 모래를 한 줌 또 퍼올려, 휙 던져 버렸다.

"동생이 한번 말한 적 있습니다. 몇 달 전, 누워 지내게 된 다음에. 죽을 준비가 되었다고 하더군요. 그러면 내가 좀 마음이 편해질 줄 알더라고요." 그는 잠시 사이를 두었다. "동생 말로는 자기 몸이……."

"자기 영을 고통스럽게 한다고."

내가 대신 그의 말을 끝맺었다.

그는 나를 쳐다보았다.

"그 애길 하던가요?"

"마치 내가 누우무의 마음속에 들어간 것 같았어요. 아무 말도 할 필요 없었죠. 그녀는 내가 자길 고칠 수 있을 거라고 여기지 않았어요. 그 육체에서 해방되어야만 했죠."

"난…… 나는…… 온예, 미안합니다……. 아까 했던 말과 행동."

그는 다리를 가슴께에 모으고 내려다보았다. 떨면서 슬픔을 억누르려 애쓰고 있었다.

"그러지 말아요. 그냥 풀어놔요."

나는 그가 무너져 내리는 동안 안아 주었다. 다시 말할 수 있게 되었을 때, 그는 동생처럼 숨 가빠하고 있었다.

"부모님은 돌아가셨고. 가까운 친척은 없어요." 그는 한숨을 쉬었다. “이제 난 혼자군요.”

그는 하늘을 쳐다보았다. 나는 환희와 함께 튀어 나가던 누우무의 초록색 영을 생각했다.

“왜 둘 다 결혼을 안 했어요? 아이를 원하지 않아서?”

“쌍둥이는 평범한 삶을 살 거라고 여기지 않으니까 그렇습니다.”

나는 얼굴을 찌푸리며 생각했다. *누가요?* 전통이겠지. 그 전통이란 것은 평범하지 않은 사람을 얼마나 옭아매고 추방하는가.

“당신은…… 당신은 혼자가 아니에요.” 나는 불쑥 말했다. “처음 본 순간 알아봤어요. 우리는 당신 얼굴을 알아요. 당신 여동생 얼굴도.”

“맞아요. 어떻게?” 그는 얼굴을 찌푸리며 물었다.

“당신 어머니를 알거든요.”

“만난 적 있어요? 여기 몇 년 전에 왔었던가요? 도무지…….”

“저기요.” 나는 심호흡을 했다. “우린 당신 어머니를 알고 있어요. 살아 계셔요.”

판타는 고개를 저었다.

“아뇨, 어머니는 돌아가셨습니다. 뱀에게 물려서요.”

“당신이 어머니라고 아는 분은 사실 이모할머니예요.”

“뭐라고요! 하지만…….” 판타는 말을 하다 말고 찌푸렸다. 한참 후, 그가 말했다. “누우무는 알고 있었어요. 우리가 어렸을 때 같이 쓰던 방에는 작은 구멍이 있었죠. 그 안에서 돌돌 말려 있는 여자 그림을 찾았어요. 뒤에는 ‘내 아들 딸에게, 사랑을 담아.’라고 쓰여 있었고. 서명은 읽을 수가 없었습니다. 우리가 여덟 살쯤 때니까. 나는 별 신경쓰지 않았지만 누우무는 그게 무슨 의미가 있다고 생각했어요. 누우무는 그걸 절대 부모님에게 보여 드리지 않았습니다. 우리 어머니는 화가가 아니었고, 아버지도 아니었죠. 그 그림 때문에 누우무는 그림에 관심을 가지게 되었습니다. 아주 실력이 뛰어났죠. 작품이 시장에서 높은 가격에 팔렸고……."

그는 혼란스런 표정을 띄운 채 말끝을 흐렸다.

"당신 어머니는 즈와히르의 아다예요. 아주 존경받고 있으며 줄곧 그림을 그리죠. 그녀의 이름은 예레고, 내 스승인 마법사 아로와 결혼했어요. 더 듣고 싶어요?"

"네! 그럼요!"

드디어 그에게 좋은 소식을 줄 수 있어 기쁜 마음에 미소 지었다.

"그분이 열다섯 살 때, 어느 남자애가 관심을 보여……."

나는 그에게 어머니의 이야기와 또 뭐든 내가 그녀에 대해 아는 것을 들려주었다. 그녀가 아로에게 부탁하여 여자애들에게 건 열한 살 의식 주술에 대한 대목은 빼놓았다.

우리 둘 다 그날 밤 밖에서 잘 잤다. 판타의 팔이 나를 감싼 채였다. 므위타가 이걸 어떻게 받아들일까 싶긴 했지만 남자의 자존심보다 중요한 일이 있는 거니까. 아침에 므위타가 디티와 루유를 반자 장로회관에 보내 누우무의 사망 소식을 전했다. 집에는 곧 조문객들이 가득할 테고 사람들이 판타를 도울 것이니 가야 할 때였다.

판타 역시 떠날 계획을 세웠다. 여동생의 장례식과 화장 후, 그는 집을 팔고 어머니를 찾으러 즈와히르로 가겠다고 했다.

"이곳엔 나를 위한 건 아무것도 남지 않았으니까."

쌍둥이 동생이 없으니, 반자 시(市)는 곧 그에 대한 지원을 중단할 것이다. 쌍둥이 중 한쪽이 죽으면, 남은 하나는 재수가 없다고 한다. 집에 사람들이 모여드는 가운데 우리는 판타에게 작별 인사를 했다. 많은 이들이 므위타와 내게 싫은 얼굴을 했고 나는 두려워졌다. 우리는 어제 이 도시에 들어왔고 이제 저들의 소중한 쌍둥이 중 한쪽이 죽었다.

우리는 다른 길로 언덕을 내려갔다. 곧장 도시 밖으로 향하게 되어 있었다. 또한 염소굴 매춘업소 바로 옆을 지나게 되었다. 결코 잊지 못할 광경이었다. 그들은 3층짜리 집의 발코니에 앉아 있었다. 피부는 밝았고 더 환하게 보이는 색의 옷을 입었다. 므위타와 나는 햇빛 아래 여행한 탓에 훨씬 가무잡잡해져 있었고, 그래서 내 눈에 그들은 말 그대로 눈부셨다. 그들은 의자에 몸을 눕히고 고운 발을 발코니에 올리고 있었다. 몇몇은 윗도리가 엄청 파여 유두가 보였다.

“저 사람들 어머니는 어디 있을 거 같아?” 나는 므위타에게 물었다.

“아니면 아버지는.” 그가 속삭였다.

“므위타, 저들 중 너 같은 경우는 없을 거야. 저들에겐 아버지가 없겠지.”

여자들 중 한 명이 손을 흔들었다. 나도 마주 손을 흔들었다.

“예쁜 편이네, 저들 나름대로, 아마.”

디티가 루유에게 하는 말이 들렸다.

“뭐 네가 그렇다면야.” 루유는 미심쩍다는 듯 말했다.

마지막 건물을 지날 때, 음산한 통곡 소리가 높아지는 것이 들렸다. 반자 여자들이 쌍둥이의 집에 도착했다. 판타는 사람들이 잘 보살필 것이다, 최소한 지금은. 여동생을 화장하고 나면 그는 밤의 어둠 속으로 사라질 것이다. 나는 판타가 딱했다. 그의 반쪽은 기쁜 마음으로 떠났다. 하지만 반자를 떠나는 쪽이 아마 더 낫긴 하리라. 근본을 따지자면 도시는 선했지만, 일부는 곪아 있었다. 그리고 이제 판타는 다른 이들에게 이기적인 희망을 주는 존재가 되는 대신 자신의 삶을 살 수 있을 것이다.

매춘업소를 뒤로하고 걸어가는 동안, 나는 밀려오는 분노를 느꼈다. 비정상적인 존재가 된다는 것은 정상적인 이들에게 봉사해야 한단 뜻이다. 거절하면 그들은 증오하고…… 때로 정상은 비정상이 그들을 위해 봉사할 때조차 증오한다. 저 에우 여자들과 이곳 여자들의 경우처럼. 판타와 누우무의 경우처럼. 므위타와 나의 경우처럼.

내가 서부에서 무엇을 하게 되든 폭력적인 일이 되리라는 생각이 든 게 한두 번이 아니었다. 므위타의 믿음과 말에도 불구하고. 므위타가 다이브를 보고 어떻게 반응했는지를 보면 안다. 그게 현실이었다. 나는 에우다. 폭력으로 위협하지 않고서야 누가 내 말을 들을까? 술집 밖에 있던 그 구역질나는 남자들과 마찬가지겠지. 그들은 나를 두렵게 여기기 전에는 내 말을 듣지 않았다.

길에 도착하기 직전, 낙타 세 마리를 만났다. 왼쪽에는 거대한 똥 더미가 있었고 보아하니 그중 한두 마리가 자리를 비웠다가 건초 무더기를 가져와 우적우적 먹어 치운 모양이었다.

"기다렸구나."

나는 미소 지으며 말했다. 아무 생각 없이, 전에 나를 위협했던 낙타에게 다가가 목을 그 부스스한 먼지투성이 목에 팔을 둘렀다.

"도대체 뭘 하는 거야?!" 파나시가 외쳤다.

낙타는 끙 소리를 냈지만 내 포옹을 반겼다. 나는 물러섰다. 낙타는 컸고 아마 암컷일 터였다. 나는 고개를 갸웃했다. 다른 두 마리 중 하나는 별로 크지 않았다. 아마 곧 새끼가 아니게 될 새끼. 최근에 젖을 뗐지 싶었다. 암컷이 젖 짜기를 허락할까 궁금했다. 낙타 젖에는 비타민C가 있었다. 어머니는 내가 아주 어렸을 때 여러 번 이렇게 했다고 말해 주었다.

"너희 이름을 어떻게 지을까?" 나는 물었다. "산디는 어때?"

므위타는 웃음을 터트리고 고개를 저었다. 루유는 빤히 쳐다보고 있었다. 파나시는 반자에서 산 단검을 꺼내들었다. 빈타는 역겹다는 얼굴이었다. 그리고 디티는 짜증나 보였다.

"너 아마 이 옮았을걸." 디티가 말했다. "그 예쁜 머리를 자를 각오는 되었겠지."

나는 코웃음 쳤다.

"가축 낙타한테나 그런 문제가 있지."

"그게 네 머리를 물어뜯을 수도 있었어."

파나시가 여전히 단검을 움켜쥔 채 말했다.

"하지만 안 그랬잖아." 나는 한숨 쉬며 말했다. "그거 좀 치워 줄래?"

"싫어."

낙타들은 멍청하지 않았다. 우리를 하나하나 꼼꼼히 지켜보고 있었다. 이제 저 낙타 중 하나가 파나시에게 침을 뱉거나 무는 건 시간문제였다. 나는 우두머리 낙타에게로 다시 돌아섰다.

"난 온예손우 우바이드-오군디무고, 사막에서 태어나 즈와히르에서 자랐어. 스무 살이고 마법사 수련생으로 마법사 아로에게서 사사받았고 마법사 솔라에게 인도를 받았어. 므위타, 네가 누군지 말해 줘."

그는 낙타들에게 다가갔다.

"나는 므위타고, 온예손우 인생의 동반자야."

파나시가 요란하게 쯧 소리를 냈다.

"왜 그냥 남편이라고 말하지 않고?"

"나는 그 이상이니까." 므위타가 말했다. 파나시는 그를 째려보고는, 소리 죽여 뭐라 웅얼거리곤 계속 모두를 무시했다. 므위타는 다시 낙타에게로 돌아섰다. "나는 마우에서 태어났고 두르파에서 자랐어. 마법사 연습생이야. 이유가…… 있어서 입문식 허락을 못 받았어." 그는 나를 흘끗 보았다. "치료사이기도 하고, 치료사 아바디에게서 사사받았지."

낙타 세 마리는 그냥 거기 앉아 우리 둘을 쳐다보았다.

"안아 줘." 내가 말했다.

"뭐?" 그가 물었다.

디티, 루유, 빈타가 깔깔댔다.

"아니시여 우리를 구하소서." 파나시가 눈을 굴리며 궁얼거렸다.

나는 므위타를 밀었다. 그는 거대한 짐승 앞에 섰다. 그러더니 양팔을 뻗어 천천히 낙타의 목을 끌어안았다. 낙타는 작게 끙 소리를 냈다. 므위타는 다른 낙타들에게도 똑같이 했다. 그들 역시 이 행동에 기뻐하는 듯했고, 소리내어 끙끙거리며 므위타가 비틀거릴 만큼 쿡 밀어붙였다.

루유가 나섰다.

"난 루유 치키야, 즈와히르에서 나고 자랐어." 그녀는 잠시 멈추고, 나를 그리고 땅을 흘끗 보았다. "난…… 나는 호칭 같은 거 없어. 누구에게도 사사받지 못했어. 뭘 볼 수 있는지 보고 내가 어떤 사람인지…… 어떤 사람이 될 수 있을지 알기 위해서 여행 중이야."

루유는 천천히 우두머리 낙타를 껴안았다. 나는 미소 지었다. 루유는 다른 낙타들은 껴안지 않고 내 뒤로 허겁지겁 도망쳤다.

"땀 냄새가 나." 루유가 속삭였다. "뚱뚱한 남자 땀 냄새처럼!"

나는 웃음을 터트렸다.

"낙타 등에 혹 보이지? 저거 다 지방이야. 며칠간 먹지 않아도 괜찮아."

나는 디티와 빈타는 쳐다보지 않았다. 그들을 보면 아직도 이전에 했듯이 덤벼들어 찰싹찰싹 때려 주고 싶었다.

"나는 빈타 케이타야." 빈타가 선 자리에서 큰 소리로 말했다. "나는 새로운 삶을 찾으려 고향 즈와히르를 떠났어……. 나는 흠이 났어. 하지만 나 스스로 치유했고 이제 흠결 있는 사람 아니야!"

"난 디티 곳셈딤이라고 해." 디티 역시 그 자리에 선 채 말했다. "그리고 이쪽은 남편 파나시. 우린 즈와히르 출신이야. 우리가 뭘 할 수 있을지 보려 서쪽으로 가는 중이야."

"나는 아내를 따라왔고."

파나시가 덧붙이며, 씁쓸하게 디티를 쳐다보았다.

우리는 남서쪽으로 향했고, 루유의 지도를 이용하여 경로를 잡았다. 날이 뜨거워 베일을 쓰고 걸어야 했다. 낙타들이 길을 이끌며 맞는 방향으로 나아갔다. 모두 놀랐으나 므위타와 나는 예외였다. 우리는 밤까지 무난히 길을 갔고 캠프를 쳤을 때는 너무 피곤해서 요리고 뭐고 할 수가 없었다. 금방 다들 각자 텐트로 들어갔다.

"좀 어때?" 므위타가 나를 끌어당기며 물었다.

그의 말은 열쇠 같았다. 눌러 놓았던 모든 감정이 갑자기 가슴에서 터져 나올 듯했다. 나는 그의 가슴에 얼굴을 묻고 흐느꼈다. 몇 분이 지나고 내 슬픔은 분노가 되었다. 가슴에 치미는 것이 느껴졌다. 아버지를 진짜로 죽여 버리고 싶었다. 나를 공격한 남자들을 천 명은 죽이는 것 같겠지. 어머니에 대한 복수, 나에 대한 복수를 할 것이다.

"숨 쉬고." 므위타가 속삭였다.

나는 입을 벌려 그의 숨을 들이쉬었다. 그는 다시 내게 입 맞췄고 조용히, 조심스레, 나직이 남자에게서 들어 본 여자가 거의 없을 말을 속삭였다.

"이푸나니아."

고대의 말이었다. 다른 집단에는 존재하지 않는 말이다. 누루말, 영어, 시포 공용어, 또는 바말에는 해당되는 번역어가 없다. 이 말은 남자가 사랑하는 사람에게 말했을 때만 의미가 있다. 여자는 불임이 아닌 이상 이 말을 쓸 수 없다. 주술은 아니다. 내가 아는 한에서는. 하지만 이 말에는 힘이 있다. 만약 진심이고 그 감정이 보답

받는다면 둘을 온전히 하나로 이어주게 된다. '사랑' 같은 단어와는 다르다. 남자는 여자에게 매일이라도 사랑한다고 말할 수 있다. '이푸나니아'는 남자의 평생 딱 한 번만 말할 수 있다. '이푸'는 '들여다보다'는 뜻이고, 'ㄴ'은 '을', 그리고 '아니아'는 '눈'을 의미한다. 눈은 영혼의 창이다.

그가 그 말을 했을 때 나는 그 자리에서 죽어도 좋았다. 누군가 그 말을 내게 해 주리라고는 생각도 못 했으니까. 아무리 므위타라도. 그 남자들이 더러운 행동과 더러운 말과 더러운 생각으로 내게 끼얹은 더러움은 이제 아무렇지 않았다. 므위타, 므위타, 므위타, 다시 운명에게 감사한다.

## 34장

2주간 나아가고 나서 므위타가 며칠 쉬어 가자고 결정했다. 반자에서 여러 일이 있었다. 우리가 즈와히르를 떠날 때 시작되었지만 이제 그게 더욱 도드라졌다. 일행은 여러 방법으로 갈라졌다. 남자와 여자 사이에 거리가 있었다. 므위타와 파나시는 종종 같이 자리를 비우고 몇 시간 동안 얘기하고 왔다. 하지만 남녀 간에 갈라지는 건 자연스러워 보였다. 빈타와 디티가 한편, 그리고 루유와 내가 다른 편으로 갈라진 관계는 좀 더 문제였다. 그리고 파나시와 디티 사이의 거리가 제일 큰 문제였다.

나는 파나시가 낙타들에게 했던 말을, 자기는 디티를 따라왔단 그 말을 계속 생각했다. 내가 서부에서 실제로 벌어지고 있는 일을 담은 환영을 보여 준 일이 그가 합류를 결심하는 데 가장 큰 동기로 작용한 줄만 알았다. 나는 파나시와 디티가 어렸을 때부터 사랑하는 사이였음을 잊고 있었다. 그들은 결혼이란 게 뭔지 알았을 때부터 결혼하고 싶어 했다. 파나시는 디티가 자기의 손길에 비명을 질렀을 때 가슴이 무너졌다. 몇 년 동안, 그는 그녀를 향한 마음에 시름시름 속을 앓다가 드디어 청혼할 용기를 냈다.

그는 그녀가 자기를 두고 떠나게 두지 않을 참이었다. 하지만 즈와히르를 떠남으로써, 디티와 빈타는 자유로운 여성으로서의 삶을 발견했다. 시간이 흐를수록 디티와 파나시는 비꼬지 않을 때면 서로를 무시했다. 디티는 아주 빈타의 텐트로 잠자리를 옮겼고 빈타는 신경쓰지 않았다. 므위타와 나는 그 둘이 소리 죽여 얘기하고 깔깔대는 소리를 들었고, 때로는 밤늦게까지 소리가 이어졌다.

나는 상황을 풀 수 있으리라고 믿었다. 그날 밤, 나는 바위 모닥불을 피우고 토끼 두 마리로 솥 가득 스튜를 끓였다. 그런 다음 모임을 소집했다. 모두 자리에 앉고 나자, 나는 이가 나간 사기그릇에 스튜를 담아 파나시와 디티에서부터 므위타까지 모두에게 하나씩 돌렸다. 모두가 먹는 모습을 잠시 지켜보았다. 소금, 허브, 다육식물, 그리고 낙타 젖을 넣고 끓였다. 스튜는 맛있었다.

"요즘 분위기 긴장된 거 알아." 나는 마침내 말했다. 숟가락이 사기그릇에 부딪히는 소리와 홀짝이고 씹는 소리만 났다. "지금까지 석 달 동안 여행했어. 집에서 참 멀리까지 왔지. 그리고 나쁜 곳으로 갈 거야." 잠시 사이를 두었다. "하지만 지금 여기서 가장 큰 문제는, 너희 둘이야." 나는 파나시와 디티를 가리켰다. 그들은 서로 쳐다보고는 눈길을 돌렸다. "우린 서로가 있었기에 살아남았어. 너희가 먹고 있는 그 스튜는 산디의 젖으로 만든 거야."

"뭐?" 디티가 외쳤다.

"으엑!"

빈타가 소리 질렀다. 파나시는 욕설을 내뱉고 그릇을 내려놓았다. 므위타는 낄낄거리며 식사를 계속했다. 루유는 찜찜한 얼굴로 자기 그릇을 내려다보고 있었다.

"아무튼, 너희 둘은 부부라고 하면서 같은 텐트에서 자지 않아."

나는 말했다.

"달아난 쪽은 디티야." 파나시가 불쑥 말했다. "그 술집에서 추잡한 에우 창녀들처럼 굴면서."

또 그거였다. 나는 입술을 꽉 다물고, 하려던 말에 집중했다.

"닥쳐." 디티가 쏘아붙였다. "남자들은 늘 여자가 즐긴다 싶으면 창녀가 틀림없다고 여기지."

"그놈들 중 누구라도 널 가질 수 있었어!"

"어쩌면, 하지만 결국 대신 누굴 쫓아갔더라?"

디티가 말하며, 나를 향해 악마처럼 미소 지었다.

"오, 아니 여신이시여."

빈타가 신음하며 나를 쳐다보았다. 나는 일어섰다.

"그럼 와 봐." 디티가 말하며 일어섰다. "저번에도 네 주먹질을 무사히 버텼으니."

"으!" 루유가 외치며, 디티와 나 사이에 끼어들었다. "다들 뭐가 문제야?"

므위타는 이번엔 그저 앉아 지켜보기만 했다.

"나더러 뭐가 문제냐고? 나한테 뭐가 문제냐는 거야?"

나는 소리내어 웃었다. 나는 앉지 않았다.

"디티, 온예한테 할 말 있어?" 루유가 물었다.

“없어.” 디티는 눈길을 피하며 말했다.

“나 그거 어떻게 푸는지 알아.” 나는 큰 소리로 말했고, 너무 화가 나서 숨도 제대로 쉴 수 없었다. “너희를 도와주고 싶었다고, 이 시시한 멍청아! 누우무를 치료할 때 방법을 깨달았어.”

디티는 나를 쳐다보기만 했다.

나는 깊이 숨을 들이쉬었다.

“루유, 빈타, 여기엔 아무도 없지만, 어쩌면 우리가 지나게 될 마을이나 도시에서 만날 수도…… 모르겠다. 하지만 그 주술은 풀 수 있어.”

나는 몸을 돌려 내 텐트로 갔다. 저들이 내게로 와야만 하는 일이었다.

므위타가 한 시간 후 스튜 한 그릇을 갖고 들어와서 물었다.

“어떻게 할 거야?”

허기가 졌지만 자존심 때문에 밖에 나가서 내가 만든 스튜를 가져올 수 없었더랬다.

“걔들은 그 방법을 좋아하지 않을걸.” 나는 고기를 베어 물며 말했다. “하지만 통하긴 할 거야.”

므위타는 잠시 생각해 보았다. 그러고는 씩 웃었다.

“그래.” 나는 말했다.

“루유는 허락하겠지만 빈타와 디티는…… 꽤나 구슬려야 할걸.”

“아니면 남은 야자술을 쓰든가. 지금쯤이면 술이 완전히 익어 두 잔이면 걔들은 천지 구분도 못 할 거야. 내가 하겠다고 한다면 말이지만. 빈타는 해 줄지도, 하지만 디티는…… 천 번쯤 사과하기 전엔 어림없어." 나는 텐트를 나가려 돌아서는 므위타에게 눈길을 주었다. "파나시에게 내가 한 말 그대로 전해."

나는 의기양양한 웃음을 지으며 말했다.

"바로 그럴 참이었어."

그날 밤 파나시가 왔다. 나는 독수리로 한 시간 동안 비행을 마치고 막 므위타의 품에 누운 참이었다. 파나시가 기어 들어오며 말했다.

"방해해서 미안."

나는 일어나 앉으며 라파를 끌어당겼다. 므위타가 내 어깨 위로 우리 이불을 덮어 주었다. 바깥 바위 모닥불 불빛 속에 간신히 파나시를 볼 수 있었다.

"디티가 해 달라고……."

"그럼 직접 와서 부탁해야지."

파나시가 인상을 찌푸렸다.

"이건 단지 디티 일만은 아냐, 알잖아."

"먼저 디티 일부터지." 나는 잠시 사이를 두었다가 한숨을 쉬었다. "와서 나하고 얘기하라고 전해."

나가기 전에 므위타를 돌아보았다. 그는 웃통을 벗은 채였으며 이불은 내가 갖고 있었다. 그는 내게 손을 흔들며 말했다.

"그냥 얼른 다녀오기나 해."

밖은 더 서늘했다. 나는 이불을 더 바싹 두르고 깜박거리는 바위 모닥불로 향했다. 손으로 그 주위 공기를 휘저어 다시 뜨겁게 타오르게 했다. 손을 저어 따뜻한 공기를 내 텐트 쪽으로 보냈다.

파나시가 내 어깨에 손을 얹었다.

"성질 죽여." 그는 빈타와 디티의 텐트로 들어갔다.

"걔가 그런다면야."

나는 중얼거렸다. 이글거리는 돌을 바라보고 있자니 디티가 나왔다. 파나시가 자기 텐트로 들어가 입구를 닫았다. 마치 디티와 내게 둘만의 시간을 준다는 듯이.

"저기, 내가 바란 건 그저……."

나는 손을 들어 보이고 고개를 저었다.

"사과 먼저. 아니면 난 텐트로 돌아가서 맘 편히 잠이나 잘 거야."

디티는 너무 오래 내게 인상만 쓰고 있었다.

"난……."

"그리고 그런 얼굴 하지 마." 디티의 말을 자르며 내가 말했다. "내가 그렇게 역겹거든 그냥 집에 있지 그랬어. 넌 맞아도 쌌어. 너를 두 동강 낼 수 있는 사람한테 시비를 걸 만큼 멍청하고. 내가 키도 체격도 더 크고, 훨씬 더 화가 났는데."

"미안해!" 디티가 외쳤다.

루유가 텐트에서 빼꼼 내다보는 게 보였다.

"난…… 이 여행이 내 예상하고 달라. 나 자신도 내 예상과 다르고." 디티는 이마를 닦았다. 이제 모닥불 덕분에 뜨거웠고, 대화하기에 적당했다. "난 즈와히르를 나선 적이 없었어. 제대로 된 음식, 갓 구운 뜨거운 빵, 양념 잘 된 닭고기 이런 게 익숙했다고, 사막 토끼와 낙타 젖 스튜가 아니라! 낙타 젖은 아기들이나…… 그리고 아기 낙타나 먹는 거니까!"

"즈와히르를 떠난 적 없던 사람은 너만이 아니야, 디티. 하지만 멍청하게 구는 건 너뿐이지."

"네가 보여 줬잖아! 우리에게 서부를 보여 줬어. 그걸 보고 누가 그냥 가만 앉아 있을 수 있겠어? 그냥 파나시와 함께 행복한 삶을 살아갈 수가 없었다고. 네가 다 바꿔 놨어."

"아, 내 탓 하지 마!" 나는 쏘아붙였다. "너희 중 누구도 날 탓할 생각은 하지 마! 너희의 무지와 자기만족을 탓해."

"네 말이 맞아." 디티가 조용히 말했다. "난…… 내가 왜 이러나 모르겠어." 디티는 고개를 저었다. "널 싫어하지 않아……. 하지만 너 같은 존재가 싫어. 널 볼 때마다 그게 싫은 거야……. 우리로선 힘들다고, 온예. 11년 동안 에우는 더럽고, 비천하고, 폭력적인 사람이라고 믿고 자랐어. 그러다가 너를, 그리고 므위타를 만나게 되었지. 너희 둘 다 우리가 만난 중에 제일 이상한 사람들이야."

"곧 너희도 비천한 사람들로 여겨질걸. 곧 내가 가는 곳마다 어떤 기분인지 이해하게 될 거야."

하지만 나는 갈등했다. 디티와 빈타는 나와 마찬가지로, 우리 모두와 마찬가지로 무언가를 겪는 과정에 있었다. 그리고 그 점을 존중해 줘야 했다. 그 모든 것에도 불구하고.

"나한테 뭐 부탁하려고 나온 거야?"

디티는 파나시의 텐트 쪽을 쳐다보았다.

"그 주술 풀어 줘. 할 수 있다면. 해 줄래?"

"내가 해야 하는 일을 좋아하지 않을 텐데. 내 쪽도 마찬가지고."

디티는 얼굴을 찌푸렸다. 그 찌푸림이 혐오의 표정으로 바뀌었다.

"설마."

"맞아."

"으윽!"

"알아."

"그때와 똑같이 아플까?"

"몰라. 하지만 마법에서는, 주는 거 없이는 받는 것도 없지."

그러자 루유가 텐트에서 나와서 말했다.

"나도. 네가 나를 만져야 해도 상관없어. 다시 성교를 즐길 수 있다면 뭐라도 하겠어. 난 결혼할 시간 없다고."

빈타가 허겁지겁 나왔다.

"나도!"

나는 영 확신이 들지 않았지만 말했다.

"좋아. 내일 밤."

"그럼 어떻게 해야 하는지 정확히 아는 거야?" 루유가 말했다.

"그런 거 같아. 그러니까, 전에 해 본 적은 없단 얘기야, 당연히."

"뭘 어떻게…… 하는 것 같은데?" 루유가 캐물었다.

나는 생각해 보았다.

"음, 무에서 유를 얻을 수는 없어. 조그만 살점이라고 해도. 전에 아로가 벌레 다리를 하나 떼어 버리곤 말했지. '다시 걷게 해 봐라.' 나는 그렇게 할 수 있었지만 어떻게 했는지 말로는 설명 못 해. 내가 뭔가를 하다가 그 무언가가 나를 통해 행해지고 이루어지는 그런 게 있어."

나는 인상을 찌푸리고 궁리했다. 치료할 때는 오직 나만이 아니었다. 나만 하는 게 아니라면, 그럼 다른 누가 있는 것일까? 전에 루유에게 말했던, 잠에서 깨어나 내가 누구인지 알 수 없는 그런 순간 같았다.

"한번은 아로에게 치료할 때 어떻게 그리 되는 거냐고 물었더니 시간과 관련이 있을 거라고 했어. 시간을 조종해서 육체를 되돌리는 거라고."

세 사람은 그저 나를 쳐다보기만 했다. 나는 어깨를 으쓱하고 설명을 포기했다.

"온예." 빈타가 불쑥 말했다. "정말 정말 미안해. 거기 가지 말았어야 했어." 그러더니 내게 몸을 내던져 나를 넘어뜨렸다. "네가 거기 올 일이 없었어야 했는데!"

"괜찮아." 나는 일어나 앉으려 애쓰며 말했다. 빈타는 여전히 내게 매달려 이제 격하게 울고 있었다. 나는 그녀를 감싸고 속삭였다. "괜찮아. 빈타. 난 괜찮아."

그녀의 머리에선 비누와 향유 냄새가 났다. 빈타는 즈와히르를 떠나기 전날 아프로 머리를 가닥가닥 땋았다. 그 이후로, 땋은 머리 뿌리가 자라났지만 그래도 빈타는 머리를 풀지 않았다. 혹시 다다 머리를 하려는 걸까 싶었다. 루유의 텐트 뒤에서 쉬려던 낙타 두 마리가 큰 소리를 냈다.

"정말이지." 파나시가 자기 텐트에서 나오며 말했다. "여자들이란."

므위타도 텐트에서 나왔다. 나는 루유가 그의 맨가슴을 쳐다보는 것을 알아챘는데, 사람들이 에우의 몸에 대해 갖는 일반적인 호기심인지 아니면 더 성적인 의도가 담긴 것인지 알 수 없었다.

“그럼 결정된 거네.” 므위타가 말했다. “잘됐어.”

“정말 잘됐다.” 파나시가 유쾌하게 말했다.

디티는 그를 째려보았다.

나는 다음 날 거의 종일 독수리로 지내며, 활개 치고 긴장을 풀었다. 그런 다음 캠프로 돌아와, 옷을 입고, 1.5킬로미터 정도 걸어서 하늘에서 살펴봤던 장소를 찾아갔다. 야자수 아래 앉아, 머리에 베일을 쓰고 손을 옷 안에 넣어 햇볕을 가렸다. 머릿속을 비웠다. 세 시간 동안 움직이지 않았다. 해가 지기 직전에 캠프로 돌아왔다. 낙타들이 제일 먼저 나를 맞이했다. 낙타들은 므위타가 들고 있는 주머니의 물을 마시고 있었다. 그 축축하고 부드러운 주둥이로 나를 밀어 댔다. 산디는 내 뺨을 핥기까지 하며, 내 피부의 바람과 하늘 내음과 맛을 보았다.

므위타가 내게 키스하고 말했다.

"디티와 빈타가 거하게 상 차려 놨어."

구운 사막 토끼가 특히 맛있었다. 나한테 식사를 시킨 건 옳은 생각이었다. 나는 힘이 필요했다. 식사 후, 나는 물 양동이를 들고 우리 텐트 뒤로 가서 꼼꼼히 씻었다. 머리 위로 물을 붓는 중, 디티가

"하지 마!" 하고 외치는 소리가 들렸다. 나는 잠깐 멈추고 귀를 기울였다. 물 뚝뚝 떨어지는 소리 때문에 잘 들리지가 않았다. 나는 부르르 떨고 목욕을 마쳤다. 헐렁한 셔츠와 오래된 노란 라파를 입었다. 그러고 나니 해가 완전히 저물었다. 모두 모인 소리가 들렸다. 때가 되었다.

"장소를 골라 놨어. 1.5킬로미터쯤 떨어진 곳이야. 나무가 있어. 므위타, 파나시, 너희는 여기 있어. 우리 모닥불이 보일 거야."

나는 므위타와 눈을 마주하고, 입 밖에 내지 않은 말을 그가 알아듣기를 바랐다. *귀 기울여 듣고 있어.*

내가 돌이 가득 든 가방을 챙기자 우리 넷은 떠났다. 나무에 도착하자, 나는 돌들을 쏟아붓고 관절이 노곤하게 풀릴 때까지 열을 키웠다. 밤은 아주 추웠다. 날씨가 달라질 만큼 멀리 떠나온 것이다. 낮은 여전히 뜨거웠지만, 밤은 완전히 싸늘해졌다. 즈와히르에서는 밤에 이만큼 추워지는 일이 아주 드물었다.

"누가 제일 먼저 할래?"

그들은 서로 쳐다보았다.

"우리 의식 순서대로 하면 어때?" 루유가 말했다.

"빈타, 너, 그다음 디티?"

"이번엔 반대로 하자." 빈타가 주장했다.

"좋아. 겁먹고 쫄려고 여기까지 온 건 아니니까."

디티의 목소리는 떨리고 있었다.

"탈렘베 에타누 돌을 뱉어."

"왜?" 루유가 물었다.

"그것도 주문이 걸린 것 같아서. 하지만 방법은 모르겠어."

루유는 손에 돌을 뱉어 라파 옷자락에 넣었다. 디티는 어둠 속에 다 뱉어 버렸다. 빈타는 주저했다.

"확실해?"

나는 손을 저었다.

"너 좋을 대로 해."

빈타는 돌을 뱉지 않았다.

"좋아." 나는 말했다. "아, 디티, 너 해야 할 게……."

"알아."

디티가 라파를 벗으며 말했다. 루유와 빈타는 둘 다 눈길을 돌렸다.

속이 울렁거렸다. 두려움 때문이 아니라 그보다는 깊은 불편한 기분에서였다. 디티는 다리를 벌려야 할 것이다. 하지만 그보다 더 고약한 일은, 9년 전 빠른 칼질이 남긴 흉터 위에 나 역시 손을 대야 한다는 것이었다.

"그런 얼굴 할 것 없잖아." 디티가 말했다.

"내가 어떤 얼굴을 할 줄 알았어?" 나는 짜증이 나 물었다.

"우린 저기, 어, 저쪽에 가 있을게." 루유가 불쑥 말하고는 빈타의 손을 잡고 가 버렸다. "준비되면 불러."

"불은 이 정도면 따뜻해?" 나는 디티에게 물었다.

"좀 더 따뜻하게 할 수 있어?"

나는 그렇게 했다.

"네가 할 일은…… 전에…… 했던 대로 하면 돼."

나는 바위 모닥불 옆에 무릎을 꿇으며 말했다. 디티가 내 옆에 누워 다리를 벌리는 동안 하늘을 쳐다보았다. 심호흡을 하고 양손을 그녀에게 댔다. 즉시 정신을 집중하며, 내 친구의 촉촉한 '예예'의 감촉을 무시했다. 거기 잔뜩 있는 것을 한 줌 한 줌씩 끌어 모으는 데 집중했다. 근처에 있는 루유와 빈타의 두려움과 흥분에서 힘을 끌어왔다. 낙타들의 초조함에서, 캠프에 있는 므위타의 약한 걱정에서, 파나시의 혼란스런 불안과 흥분에서 끌어왔다.

그녀의 흉터를 느낄 수 있었으나 곧 열기와 내 뒤를 미는 산들바람이 느껴졌다. 디티는 끙끙거렸다. 그러다가 울었다. 그러다가 비명을 질렀다. 나는 눈을 감고 버텼지만, 내 다리 사이에서 똑같은 열기를, 파열을, 그리고 엉키는 것을 느낄 수 있었다. 디티의 비명은 므위타와 파나시에게도 들렸을 것이다. 나는 버텼다. 그 순간이 왔다. 손을 뗐다. 본능적으로 모래에다 양손을 꽂고 모래가 물이라도 되는 듯 비벼 댔다. 디티의 라파로 손을 닦아 냈다.

"끝났어." 잠긴 목소리로 나는 말했다. 손이 가려웠다. "기분은 어때?"

디티는 얼굴의 눈물을 닦고 나를 째려보았다.

"나한테 뭘 한 거야?" 그녀의 목소리는 쉬어 있었다.

"닥쳐." 나는 쏘아붙였다. "아플 거라고 했잖아."

"제대로 되는지 확인하길 바라?" 그녀는 비꼬듯 물었다.

"네가 뭘 하든 상관없어. 가서 루유나 불러와."

일단 일어서고 나자, 디티는 나아진 듯했다. 나를 잠깐 내려다보더니 천천히 걸어갔다. 나는 근질거리는 손을 모래에 더 비볐다.

"모든 일에는 결과가 따르기 마련이지." 나는 혼잣말했다.

세 명 다 비명을 질렀다.

"난 여기 있을래." 빈타까지 마치고 나서 나는 말했다. 숨이 가쁘고 땀이 줄줄 흘렀으며, 여전히 손을 모래에 문지르고 있었다. 나에게서 그 셋의 냄새가 나서 신경이 온통 곤두섰다. 더 세게 손을 문질렀다. "캠프로 돌아가."

내가 제대로 했는지 그들도, 나도 확인할 필요가 없었다. 제대로 되었다. 이제 그렇게 간단한 일에 나 자신을 의심할 이유가 없다는 걸 알았다.

"내가 할 수 있는 일은 더 많이 있어. 하지만 무슨 대가를 치러야 할까?"

나는 웃음을 터트렸다. 손이 너무 가려워서 불타는 돌 위에 올려놓고 싶었다. 나는 손을 불빛에 비춰 보았다.

"오, 아니시여, 저를 어떤 존재로 만드신 건가요?"

나는 속삭였다. 피부가 갈라지고 있었다. 작은 조각을 잡아당겼다. 한 번에 내 손등 크기만큼 떨어졌다. 나는 그걸 모래에 떨어뜨렸다. 바로 눈앞에서 새로운 피부가 마르고 갈라지는 것이 보였다. 그것 역시 벗겨질 것이다. 나는 모래에 피부를 문질렀다. 꺼풀이 겹겹이 벗겨졌다. 계속 가려웠다. 땅에 피부 무더기가 쌓이고 여전히 피부를 벗겨내고 있을 때 므위타가 뒤에서 말을 걸었다.

"축하해." 그는 야자수에 기대어 팔짱을 끼고 있었다. "덕분에 네 친구들이 행복해졌어."

"이게…… 이게 멈추질 않아." 나는 어쩔 줄 몰라 말했다.

므위타는 얼굴을 찌푸리고 희미한 불빛 속에 좀 더 자세히 들여다보았다.

“그거 피부야?” 나는 고개를 끄덕였다. 그는 내 옆에 무릎을 꿇었다. “좀 보자.”

나는 고개를 저으며 손을 등 뒤로 숨겼다.

“아냐. 흉해.”

“어떤 느낌이야?”

“끔찍해. 뜨겁고, 가렵고.”

“뭘 먹어야 해.”

므위타는 천에 싼 붉은 선인장 사탕을 가져왔다. 내가 좋아하는 끈적끈적하고 잘 익은 것이었다.

“배 안 고파.”

“상관없어. 저만큼 피부 재생을 하려면 주술이든 아니든 에너지와 재생력이 필요해. 그걸 보충하려면 먹어야지.”

“만지고 싶지 않아. 이 손으로는 아무것도 만지고 싶지 않다고.”

므위타는 선인장 사탕을 치웠다.

“보여 줘, 온예손우.”

나는 욕설을 내뱉고 손을 내주었다. 언제나 너무 창피했다. 뭘 하고 나면 늘 므위타가 나를 다시 원래대로 되돌려 주어야 했다. 내 능력, 내 기능, 내 육체를 전혀 통제할 수 없는 것처럼.

그는 한참 내 손을 쳐다보았다. 피부를 만졌다. 조금 벗겨 내고, 새로운 피부가 노화하고 다시 벗겨지는 것을 지켜보았다. 그는 내 손을 감싸 쥐었다.

“뜨겁네.”

그가 부러웠다. 나는 마법사였으나 그는 나보다 훨씬 더 잘 알고 있었다. 므위타는 신비의 요소를 배울 수 있는 허락을 받지 못했으나, 마법사의 방법을 꿰고 있었다.

"그래." 그가 잠시 후 혼잣말을 중얼거렸다.

이윽고 달리 말이 없어서 내가 물었다.

"그래서, 뭐?"

"쉬." 그가 그렇게 말하니 아로가 떠올랐다. 솔라도. 세 사람 다 나는 듣지 못하는 목소리에 귀를 기울이는 습관이 있었다. "그래." 그는 다시 말했다. 이번에는 내게 말하고 있었다. "이건 내가 못 고쳐."

"뭐?"

"하지만 넌 할 수 있지."

"어떻게?"

므위타는 답답해하는 듯했다.

"네가 알아야지."

"난 모르는 거 보면 몰라!" 나는 쏘아붙였다.

"알아야지." 그가 쓰게 웃으며 말했다. "어떻게 하는지 네가 알아야지. 더 연습해야 해, 온예. 독학 시작해."

"알아." 나는 짜증스레 말했다. "그래서 관계할 때 조심해야 한다고 내가 그랬잖아. 난……."

"그 가능성은 감수하는 게 나아." 므위타는 잠시 하늘을 쳐다보았다. "왜 내가 아니라 너를 마법사로 만드셨는지는 아니 여신만 아시겠지."

"므위타, 그냥 내가 어떻게 해야 하는지 말해 줘."

나는 모래에 손을 비비며 말했다.

"그냥 이계에서 손을 씻으면 돼. 네가 손으로 시간과 육체를 조작했기 때문에 이제 육체와 시간이 손에 가득한 거야. 시간과 육체가 없는 이계로 가져가면 멈출 거야." 그는 일어섰다. "지금 하고 와, 캠프로 돌아가게."

므위타의 말이 옳았다. 나는 공부도 연습도 하지 않고 있었다. 길 떠난 이후로, 필요할 때만 능력을 썼다. 나는 이계로 빠져들려고 했다. 아무 일도 벌어지지 않았다. 나는 연습 부족 상태에다가 단식도 하지 않았다. 더 애를 써 봤지만 여전히 되지 않았다. 마음을 가라앉히고 내면에 집중했다. 손의 피부처럼, 생각을 하나하나 벗겨 냈다. 점차로 주위의 세상이 움직이고 물결쳤다. 다채로운 분홍색의 안개가 머리를 휘감는 동안 잠시 지켜보았다.

그러다 저 멀리서 붉은 눈이 보였다. 열여섯 살 이후로, 입문식 이후로 본 적이 없었다. 얼른 일어섰다. 나는 에슈였고 그건 즉 다른 존재와 영의 모습으로 변신할 수 있다는 뜻이었다. 여기서 나는 푸른색이었다. 탁한 갈색인 손만 빼고. 나는 반항적으로 붉은 눈을 마주 보았다.

"당신이 준비되면."

나는 그에게 말했다. 다이브는 대답하지 않았다. 나는 그를 무시하는 척했다. 양손을 들어 올렸다. 즉시 자유롭고 행복한 영 몇이 끌려왔다. 분홍색 두 개와 녹색 한 개가 내 손을 통과했다. 손을 내리자, 신체의 나머지 부분과 마찬가지로 눈부신 푸른색이 되어 있었다. 나는 앉았고 마음을 놓고 현실계로 돌아왔다. 손을 쳐다보았다. 여전히 벗겨진 껍질이 뒤덮고 있었다. 하지만 피부를 벗겨 내자, 그 아래에는 탄탄하고 건강한 피부만 있었다. 므위타를 쳐다보니, 그는 나무 아래 앉아 하늘을 보고 있었다.

"다이브가 거기서 날 지켜보고 있더라."

므위타가 몸을 돌렸다.

"아, 돌아왔구나." 그는 잠시 사이를 두었다. "그 사람이 어쩌려 들었어?"

"아니. 그냥 쳐다보는 붉은 눈이었어." 나는 한숨을 쉬었다. "손은 그래도 나아졌어. 하지만 아직 좀 따뜻해, 열이 있는 것처럼. 그리고 피부가 여려."

그는 손을 잡고 살펴보았다.

"이건 내가 도울 수 있어. 돌아가자."

캠프 근처에 오자 고함이 들렸다. 우리는 발걸음을 빨리했다.

"넌 그 생각뿐이야, 파나시?" 디티가 외치고 있었다.

"무슨 아내가 이래? 난 그 얘기는 꺼내지도 않……."

"오늘 밤 너랑 같이 안 있어!" 디티가 소리 질렀다.

"너희 둘 좀 닥쳐!" 루유가 외쳤다.

"무슨 일이야?" 나는 거기 서서 울고 있는 빈타에게 물었다.

"걔들에게 물어." 빈타는 흐느꼈다.

파나시는 내게 등을 돌렸다.

"네가 상관할 일 아냐."

디티는 그렇게 웅얼대며, 팔로 제 몸을 감쌌다.

나는 정나미가 떨어져 내 텐트로 갔다. 뒤에서 파나시가 디티에게 하는 말이 들렸다.

"너하고 오지 말걸 그랬다. 그냥 너 혼자 가게 두고 끝냈어야 했는데."

"내가 너더러 와 달라고 했니? 넌 정말 이기적이야!"

나는 텐트 입구를 확 젖히고 기어 들어갔다. 그냥 므위타와 나만 떠날 걸 그랬다고, 저들은 모두 그냥 즈와히르에 놔두고 올 걸 그랬다 싶었다. *어차피 서부에 도착했을 때 쟤들이 뭘 할 수 있겠어?* 므위타가 들어왔다.

"상황이 나아지라고 그런 거였는데." 나는 씩씩거렸다.

"네가 모든 걸 바로잡을 순 없어." 므위타는 내게 그릇을 내밀었다. "자, 먹어."

"됐어." 나는 그릇을 밀어냈다.

므위타는 내게 화난 얼굴을 하고 나갔다. 그래, 모두 산산조각 나고 있었다. 떠나온 이래 우리 관계엔 금이 가고 있었지만 내가 그 주술을 풀었을 때, 그 균열은 좀 더 영구적인 것이 되었다. 내 잘못이 아닌 건 알았지만, 그때는 모든 게 그렇게만 느껴졌다. 나는 선택받은 자였다.

모두 내 잘못이었다.

## 36장

그날 밤 나는 아팠다. 그 모든 말다툼에 너무 화가 나고 실망해서 아무것도 안 먹겠다고 하고 빈속에 자러 갔다. 므위타는 거의 밤새도록 밖에서 파나시를 설득해서 진정시키려 애쓰고 있었다. 만약 므위타가 있었더라면, 나에게 자기 전 억지로라도 뭘 먹였을 것이다. 해 뜨기 직전에 돌아온 므위타는, 몸을 잔뜩 웅크리고 부들부들 떨며 헛소리를 하는 나를 발견했다. 그는 내게 소금을 그런 다음 어젯밤 스튜 국물을 떠먹여야 했다. 나는 숟가락조차 들 수 없었다.

"다음에는 이렇게 생각 없이 고집부리지 마."

므위타가 화가 나 말했다.

나는 기력이 없어 길을 갈 수 없었지만, 곧 일어나 앉아 스스로 먹을 수 있게 되었다. 캠프 분위기는 긴장이 팽팽했다. 빈타와 디티는 자기들 텐트에 머물렀다. 파나시와 므위타는 얘기하러 자리를 비웠다. 루유는 나와 있었다. 우리는 내 텐트에 누워 누루말을 같이 연습했다.

"디티 문제 무슨 생각해?" 루유가 아주 서툰 누루말로 물었다.

"갠 멍청해." 나는 누루말로 대답했다.

"난……." 루유가 잠시 사이를 두더니 오케케말로 물었다. "누루말로 '자유'를 뭐라고 하지?"

나는 말해 주었다.

루유는 잠시 생각해 보고 누루말로 말했다.

"나는 생각…… 디티가 자유를 맛보고 이젠 그거 없이 못 사는 거야."

"난 그냥 걔가 멍청하다고 생각해." 나는 다시 누루말로 말했다.

루유는 오케케말로 바꿨다.

"그 술집에서 걔가 얼마나 좋아하는지 봤잖아. 그 남자들 중 몇몇은 근사했고…… 우린 그런 식의 자유를 즈와히르에서 누릴 수 없었으니까."

나는 웃음을 터트렸다.

"넌 누렸잖아."

그녀 역시 웃었다.

"나는 내게 주어지지 않은 것을 손에 넣는 방법을 익혔으니까."

그날 밤늦게 나는 므위타 곁에 누워, 디티의 멍청함을 생각하고 있었다. 므위타는 곤히 잠들어 조용히 숨 쉬고 있었다. 밖에서 작게 발소리가 났다. 나는 밤에 먹이를 찾거나 짝짓기를 하러 종종 나가는 낙타들의 움직임에 익숙해져 있었다. 이 발소리는 그렇게 크거나 많지 않았다. 눈을 감고 귀를 더 바짝 기울였다. *사막여우는 아냐, 가젤도 아니고.* 나는 숨을 죽이고 열심히 들었다. *사람이야.* 그

발소리는 파나시의 텐트로 향하고 있었다. 속삭임이 들렸다. 나는 안심했다. 디티가 드디어 정신을 좀 차렸나 보다.

물론 계속 귀를 기울였다. 누구든 그러지 않겠는가? 파나시가 뭐라고 속삭였다. 그러다가…… 난 인상을 찌푸렸다. 더 귀를 기울였다. 한숨 소리와 그다음 부드러운 움직임과 낮은 신음. 나는 므위타를 깨울까 했다. 깨웠어야 했다. 이건 안 좋다. 하지만 내가 무슨 권리로 루유가 파나시의 텐트에 들어가지 못하게 막는단 말인가? 그들의 리드미컬한 숨소리를 들을 수 있었다. 그런 식으로 한 시간 넘게 이어졌다. 결국 나는 까무룩 잠들었다. 루유가 언제 자기 텐트로 돌아갔는지는 아무도 모를 일이었다.

우리는 해 뜨기 전 짐을 쌌다. 디티와 파나시는 서로에게 말을 하지 않았다. 파나시는 루유를 쳐다보지 않으려 애썼다. 루유는 완전히 평소처럼 행동했다. 걷기 시작하며 나는 속으로 헛웃음을 흘렸다. 허허벌판을 지나는 소규모 집단에서 이런 연극 같은 일이 벌어질지 누가 알았을까?

## 37장

디티의 무지한 오만, 루유의 대담함, 그리고 파나시의 복잡한 감정 속에서, 그후 2주는 지루함과는 거리가 멀었다. 내겐 어두운 생각에서 벗어나는 기분전환 감이었다. 루유는 파나시 텐트 옆에 자기 텐트를 치고 며칠에 한 번씩 밤늦게 몰래 숨어들곤 했다. 아침이 되면 둘 다 기진맥진해서 서로 쳐다보지도 않고 하루를 보냈다. 진짜로 그들은 훌륭하게 연기하고 있었다.

그러는 사이, 나는 이계로 들어가 활공하는 연습을 하고 있었다. 그럴 때마다 저 멀리서 나를 지켜보는 붉은 눈을 보았다. 나는 사막여우로 변신하여 므위타에게 몰래 다가가 놀라게 했다. 피부에 상처를 내고 치유하기를 거듭하여, 내 몸에 상처 내고 치유하는 일이 쉬워졌다. 이동하는 환영을 불러오기 위해 사흘간의 단식을 시작하기까지 했다. 만약 다이브가 나를 염탐하고 싶다면, 나 역시 그를 염탐할 수 있을 것이다.

"왜 아침 안 먹어?" 므위타가 물었다.

"환영을 불러오려고. 이번에는 내가 통제할 수 있을 거 같아. 그 사람 무슨 속셈인지 보고 싶어."

"좋지 않아." 고개를 저으며 그가 말했다. "그 사람이 널 죽일걸."

그는 자리를 비웠다가 죽 그릇을 들고 왔다. 나는 아무것도 묻지 않고 먹었다.

나는 닥쳐올 일에 대비하고 있었다. 그래도 우리 캠프에서 째깍거리는 시한폭탄을 무시할 순 없었다. 어느 날 저녁, 나는 양동이에다 빨래를 하고 있는 루유에게로 갔다.

"얘기 좀 해."

"얘기해, 그럼." 루유는 라파의 물을 짜며 말했다.

나는 얼굴에 튀는 물방울을 무시하고 몸을 가까이 했다.

"나 알아."

"뭘 알아?"

"너하고 파나시에 관해."

루유는 양동이 물에 손을 넣은 채 얼어붙었다.

"너만?"

"내가 알기론."

"어떻게?"

"들었어."

"아, 우린 너하고 므위타처럼 시끄럽진 않다고."

"왜 이러는 거야? 모르는 건 아닐……."

"우리 둘 다 원해. 그리고 디티가 신경 쓰는 것도 아니잖아."

"그럼 왜 쉬쉬하는데?"

루유는 아무 말도 하지 않았다.

"만약 디티가 알게 되면……."

"그럴 일 없어." 루유가 나를 노려보며 쏘아붙였다.

"어, 내가 걔한테 말하진 않을 거야. 네가 해야지. 루유, 몸을 섞지 않아도 이미 다들 이 이상 가까울 수가 없다고. 파나시와 므위타는 둘이 얘기하잖아. 므위타가 지금 모른다 해도, 곧 알게 될걸. 아니면 디티나 빈타한테 네가 걸리든가. 임신하면 어쩔래? 여기엔 애 아버지가 될 수 있는 남자라곤 달랑 두 명인데."

우리는 서로를 쳐다보다가 폭소를 터트렸다.

"우리 어쩌다 이렇게 됐니?" 숨을 고르고 난 후 내가 물었다.

"나도 몰라. 걔는 참 근사해, 온예. 내가 이제 나이 먹어 그런지도 모르지만, 아, 걔가 나에게 들게 하는 기분이."

"루유, 정신 차려. 걔는 디티 남편이야."

루유는 혀를 차고 눈을 굴렸다. 나중에 그날 밤, 나는 잠깐 깨어났다가 루유가 파나시의 텐트에 숨어들어 가는 소리를 들었다. 곧 그들은 다시 그러고 있었다. 이건 나쁜 결말로 이어질 뿐이다.

## 38장

우리는 다른 소도시에 도착했고 물자를 구하러 들르기로 정했다.

"파파 시(Papa Shee)? 무슨 이름이 그래?"

루유가 물었다. 그녀는 파나시에게 너무 붙어 서 있었다. 아니면 파나시가 그녀에게 너무 붙어 있는 것일 수도 있다. 요즘 그는 늘 그녀와 몇 걸음 떨어지지 않은 듯했다. 그들은 주의가 느슨해지고 있었다.

"이 도시 기억나." 므위타가 말했다. 그 기억이 달가워 보이진 않았다. 그는 루유의 손에 들린 포터블에 뜬 지도를 들여다보았다. 햇빛 속에선 보기가 힘들었다. "일곱 강 왕국의 초입이 멀지 않아. 여기가 아마 우리 경로에서 마지막 도시일 거야……. 오케케에게 적대적이지 않은 곳으로는."

멀지 않은 곳에서 포장마차를 탄 사람들이 마찬가지로 도시로 향하고 있었다. 그날 여러 번 스쿠터 소리가 들렸다. 한번은 낙타들이 무척 신경이 곤두서서 울부짖고 먼지투성이의 엉덩이를 흔들었다. 최근 들어 낙타들의 행동이 이상했다. 전날 밤, 낙타들이 서로를 향해 울부짖어 우리를 깨워 놓았다. 무릎은 꿇은 채였지만 화가 나 보였다. 다투고 있었다. 도시에 도착하자, 낙타들이 더는 가지 않으려 했다. 우리는 1.5킬로미터 뒤에 낙타들을 두고 시장에 갈 수밖에 없었다.

"얼른 해치우자."

나는 머리 위로 베일을 끌어당기며 말했다. 므위타도 똑같이 했다.

온갖 종류의 드레스가 있었고 시포와 오케케, 심지어 누루말까지 여러 가지 방언이 들렸다. 누루족이 많지는 않았지만 충분했다. 검은 직모와 황갈색 피부 그리고 좁은 콧날을 한 그들에게서 눈을 뗄 수 없었다. 므위타와 나처럼 주근깨 송송 난 뺨이나 두꺼운 입술에 이상한 색의 눈이 아니었다. 나는 약간 혼란스러웠다. 누루족이 자유로운 오케케족 사이를 평화롭게 걷는 모습은 상상해 본 적이 없었다.

"저 사람들 누루족이야?"

빈타가 약간 큰 목소리로 말했다. 아마 아들일 십 대 남자애를 데리고 있는 여자가 빈타를 흘끗 보더니, 인상을 찌푸리고 가 버렸다. 루유가 빈타를 팔꿈치로 쿡 찔러 입을 다물게 했다.

"어떻게 생각해?" 므위타가 내 귀 쪽으로 몸을 숙여 물었다.

"필요한 거 사서 여기서 떠나자. 저쪽에 있는 남자들이 날 쳐다보고 있어."

"알아. 옆에 꼭 붙어 있어."

므위타와 나는 둘 다 사람들을 끌어 모았다.

호박씨 한 자루, 빵, 소금, 야자술 한 병, 새 양동이, 우리는 말썽이 생기기 전에 필요한 걸 거의 다 샀다. 유목민들이 많이 있었으니, 우리의 옷 스타일이나 말씨는 문제가 아니었다. 늘 똑같은 식이었다. 우리가 육포를 보고 있을 때 뒤에서 거친 고함이 들렸다. 므위타는 본능적으로 나 그리고 다른 쪽 옆에 있던 루유를 붙들었다.

"에에에에에우우우우우." 오케케 남자가 깊고 깊은 목소리로 외쳤다. "에에에에우우우우우우!"

그 목소리는 내 머릿속에서 부자연스럽게 진동했다. 남자는 검은 바지와 길고 검은 카프탄 차림이었다. 갈색과 흰색의 독수리 깃털 몇 개를 길고 두툼한 다다 스타일 머리에 꽂았다. 짙은 피부는 땀인지 기름인지 번들거렸다. 그 주변 사람들이 물러섰다.

"그에게 길 내주시오." 한 남자가 말했다.

"길 비켜요." 어느 여자가 외쳤다.

그 후에 벌어진 일은 알 것이다. 내가 비슷한 사건을 여러 번 이야기했으니. 아직도 그 흉터가 이마에 남아 있다. 그게 바로 이 도시였던가? 아니, 하지만 그런 거나 마찬가지였다. 어머니가 아기였던 나를 데리고 돌을 던지는 군중을 피해 도망쳐야 했던 때와 별로 달라진 게 없었다.

그들이 언제 므위타와 내게 돌을 던지기 시작했는지 모른다. 나 역시 그 순간에 내 머릿속에 목소리를 불어넣을 수 있는 그 미친 남자를 쳐다보고 있었다. 돌이 날아와 가슴에 맞았다. 나는 남자를 향한 분노에, 진정한 마법사를 알아보지 못하는 뻔뻔한 주술사를 향한 분노에 집중했다. 몇 년 전 아로를 공격했던 방식으로 남자를 공격했다. 잡아 뜯고 찢어발겼다. 군중이 헉 소리를 내고 누군가 비명을 질렀다. 나는 일을 벌인 남자에 계속 집중했다. 그는 신비의 요소를 알지 못했기에 무슨 일이 벌어지는지 까맣게 몰랐다. 그가 아는 것은 유치한 주술과, 어린애들 속임수뿐이었다. 므위타는 눈 하나 깜빡하지 않고 그를 해치울 수 있을 것이다.

"뭐 하는 거야?!" 빈타의 비명이 들렸다. 그 바람에 정신이 들었다. 나는 털썩 무릎을 꿇었다. "다들 이 사람이 누군지 알기나 해요!"

빈타가 군중을 향해 소리쳤다. 우리 맞은편에선 주술사가 쓰러졌다. 그 옆의 여자가 꺄악 비명을 질렀다.

"저들이 우리 사제를 죽였다!"

한 남자가 침을 튀겨 가며 고함쳤다.

나는 그게 허공을 가로지르는 것을 보았다. 넋이 나갔다. 너무나 아름다워 아버지조차 못 참고 손을 댄 여자애에게 벽돌을 던지는 무도한 작자가 누굴까? 저렇게 완벽하게 겨냥해서? 벽돌이 빈타의 이마를 박살냈다. 하얀 것이 보였다. 두개골이 으스러지고 뇌세포가 드러났다. 그녀는 쓰러졌다. 나는 비명을 지르고 달려갔다. 거리가 가깝지 않았다. 군중이 행동에 돌입했다. 사람들이 이리저리 뛰고, 벽돌을, 돌을 던져 댔다. 한 남자가 나를 향해 달려들기에 걷어차고 그의 목을 움켜쥐고 조르기 시작했다. 그러던 중 므위타가 나를 잡아당겨 끌어냈다.

"빈타!"

나는 외쳤다. 내가 있는 곳에서도 사람들이 쓰러진 그녀의 몸을 걷어차는 게 보였고 어느 남자가 벽돌을 들더니…… 아, 너무 끔찍해서 차마 옮길 수가 없다. 나는 예전에 즈와히르 시장에서 입 밖에 냈던 그 말을 외쳤다. 하지만 이들에게 서부의 암울함을 보여 주고 싶진 않았다. 어둠을 보여 주고 싶었다. 그들은 다 눈먼 자들이었고 그래서 나는 그들을 그렇게 만들었다. 도시 전체를. 남자, 여자, 아이 할 것 없이. 나는 그들이 사용하지 않기를 선택한 바로 그 능력을 앗아 갔다. 대체로 다들 침묵했다. 일부는 제 눈을 할퀴었다. 일부는 여전히 누구든 손 닿는 사람에게 폭력을 행사하려 들었다. 아이들이 칭얼거렸다. 어떤 이들은 "이 악귀는 뭐지?"니 "아니여, 저희를 구하소서!" 같은 소리를 외쳤다.

개새끼들. 어둠 속에서 뒹굴어 보라지.

우리는 혼란에 빠진 눈먼 사람들 사이를 헤치고 빈타에게로 나아갔다. 그녀는 죽었다. 그들은 그녀의 두개골을 박살내고, 가슴에 구멍을 내고, 목과 다리를 으스러뜨렸다. 나는 무릎을 꿇고 그녀의 몸에 손을 얹었다. 찾아보고, 귀를 기울였다.

"빈타!" 나는 외쳤다. 어리석은 눈먼 사람 몇이 대답하며 내 목소리 쪽으로 비틀비틀 다가왔다. 나는 그들을 무시했다. "어디 있어? 빈타?"

혼란과 공포에 질렸을 그녀의 영을 찾아 귀를 기울였다. 하지만 그녀는 없었다.

"어디 있는 거야?"

나는 소리를 질렀고 얼굴에 땀이 비 오듯 쏟아졌다. 계속 찾아 헤맸다.

빈타는 떠났다. 내가 되돌릴 수 있다는 걸 알면서 왜 떠났지? 혹시 그녀를 되살리고 치료하려면 아마 내가 죽게 되리라는 걸 알았던 걸까.

결국엔 파나시가 나를 밀어내 그녀를 안아 올렸고, 므위타가 도와서 그 무게를 떠받쳤다. 우리는 눈먼 도시를 뒤로하고 떠났다. 그 유명한 장님들의 도시의 소문을 들어 보았을 것이다. 그건 전설이 아니다. 파파 시에 가라. 직접 보아라.

빈타의 시신을 떠멘 우리를 보자, 낙타들은 울부짖으며 발을 굴렀다. 우리는 그녀를 내려놓았고 낙타들은 보호하듯 둘러싸고 앉았다. 다음 며칠간은 혼잡하고 흐릿했다. 우리가 어찌저찌 정신을 추슬러 파파 시에서 멀리 떠나왔다는 건 안다. 산디가 빈타의 시신을 운반해 주었다. 언제쯤인가 하루 걸려 모래에 2미터 깊이 땅을 팠다는 것도 안다. 냄비와 프라이팬을 썼다. 우리는 사랑하는 친구를 거기 사막에 묻었다. 루유가 포터블에 실린 위대한 책의 전자 파일로 기도를 낭송했다. 그런 다음 차례대로 돌아가며 빈타에 대해 얘기했다.

"있지." 내 차례가 되었을 때 나는 말했다. "떠나기 전, 빈타는 아버지에게 독을 먹였어. 심장 뿌리를 아버지 차에 넣어 아버지가 그걸 마시는 모습을 지켜봤다고. 고향을 떠나기 전에 스스로 자유를 찾은 거야. 아, 빈타. 이 땅으로 되돌아올 때면 너는 세계를 지배하게 될 거야."

아직 빈타의 죽음에 충격받아, 다들 그저 나를 쳐다보기만 했다.

빈타를 묻은 후 두통이 다시 돌아왔지만 신경조차 쓰이지 않았다. 빈타는 같은 운명이었고, 돌에 맞아 죽었다. 나는 무엇이 그렇게 특별하단 말인가? 길을 가는 동안, 하늘을 날아가다가 쉴 때만 모두에게로 돌아왔다. 산디가 내 짐을 날랐다. 빈타가 남자의 애정 어린 손길을 알지 못한 채 갔다는 생각만 들었다. 거기에 가장 가까웠던 경험이라고는 반자 술집에서 무모하게 굴었을 때였다. 그리고 나 때문에, 나를 지키다가, 그녀는 죽었다.

# 39장

위대한 책에는 선타운의 가장 위대한 족장이 될 운명인 소년 이야기가 실려 있지요. 당신도 그 이야기 잘 알 거예요. 누루족이 좋아하는 얘기니까, 맞죠? 그 이야기가 얼마나 추악한지 아직 모르는 어린애들에게 들려주잖아요. 여자애들이 티아처럼 착한 젊은 여성이 되고 남자애들은 주비어처럼 위대하게 되라고. 위대한 책에서 그들의 사연은 승리와 희생에 관한 이야기죠. 안전하다고 느끼게 하려는 의도. 위대한 존재는 늘 보호받고 위인은 위대함을 타고났다고. 아, 거짓말이에요. 그 이야기는 사실 이런 내용이죠.

티아와 주비어는 같은 날 같은 소도시에서 태어났어요. 티아의 탄생은 비밀이 아니었고 여자애로 태어났을 때, 그 탄생은 전혀 특별할 것 없었죠. 농부 부부의 아이로 태어난 그녀는 따뜻한 물에 씻고, 많이 입맞춤을 받고, 명명식을 치렀어요. 가족의 둘째 아이였지만 첫애가 건강한 남자애였으니 딸을 반겼지요.

반면 주비어는 비밀 속에 태어났어요. 열한 달 전, 파티에서 춤추는 여자가 선타운 족장의 눈에 띄었죠. 그날 밤 그는 그 여자를 가졌어요. 아내를 네 명 둔 이 족장조차도, 이런 여자는 아무리 가져도 모자랐기에 계속해서 찾았고 결국 그녀는 임신했지요. 그러자 족장은 자기 병사들에게 여자를 죽이라고 명령했어요. 사생아로 태어난 첫아들이 족장 자리를 이어야 한다는 규칙이 있었거든요. 족장의 아버지는 잠자리를 같이한 여자들과 모조리 결혼해서 이 규칙을 피해 갔지요. 죽었을 때 아내가 300명이 넘었어요.

그러나 그 아들인 현 족장은 오만했지요. 여자를 원한다고 왜 굳이 결혼해야 할까? 정말 세상에서 제일 멍청한 사람 아닌가요? 왜 그냥 가진 것으로 만족하질 못하고? 왜 육체의 욕구 말고 다른 일에 집중하질 못했을까요? 족장이잖아요? 바쁜 사람이었을 텐데. 아무튼 이 여자는 임신 3개월에 자기를 죽이러 온 병사들을 따돌렸어요. 결국 작은 도시에 도착하여 아들을 낳았고 주비어라고 이름 지었죠.

주비어와 티아가 태어난 날, 산파는 두 산모의 오두막을 바삐 오갔어요. 그들은 정확히 같은 시각에 태어났지만, 산파는 주비어의 어머니 곁에 있는 쪽을 택했죠. 이 여인의 아이가 남자애고 다른 쪽 아이는 여자애일 거라는 감이 왔으니까요.

주비어와 그 어머니 말고는 그가 누군지 아무도 몰랐어요. 하지만 사람들은 그 아이에게서 뭔가를 감지했지요. 그는 어머니처럼 키가 크고 아버지처럼 큰 목소리의 소년으로 자랐죠. 주비어는 타고난 지도자였어요. 어린 나이에조차 반 친구들이 기꺼이 그를 따랐죠. 티아는 반면에 조용하고 서글픈 생활을 했어요. 아버지가 그녀를 자주 때렸거든요. 그리고 나이를 먹어 갈수록 사랑스러워져서 아버지 역시 그녀에게 눈독을 들이기 시작했고요. 그래서 티아는 주비어와 정반대로, 작고 조용한 아이로 자랐어요.

같은 동네에 살았으니 둘은 서로를 알았죠. 처음 본 순간부터 그 사이엔 묘한 기류가 존재했지요. 첫눈에 반한 사랑은 아니었어요. 그걸 사랑이라고 할 순 없겠죠. 그저 기류일 뿐. 학교를 마치고 집에 돌아가다 마주치면 주비어는 티아에게 끼니를 나눠 줬어요. 티아는 주비어에게 셔츠를 짜 주고 물들인 야자수 줄기로 반지를 만들어 주었죠. 가끔 그들은 함께 앉아 책을 읽곤 했어요. 주비어가 조용히 그리고 가만히 있을 때는 티아와 같이 있을 때뿐이었죠.

둘이 열여섯 살이 되었을 때, 선타운의 족장이 중병에 걸렸다는 소식이 전해졌어요. 주비어의 어머니는 문제가 생기리라는 걸 알았죠. 중대한 권력 이동이 있을 때면 사람들은 떠들고 예측하길 좋아했으니. 주비어가 족장의 사생아일지 모른단 소식은 금방 병든 족장의 귀에까지 들어갔어요. 만약 주비어가 좀 더 머리를 낮추거나 조용하게 살았더라면, 족장이 죽고 나서 평화롭게 선타운으로 돌아갈 수 있었겠죠. 그 자리를 차지하기는 쉬웠을 거예요.

주비어의 어머니가 아들에게 경고하기 전에 병사들이 들이닥쳤어요. 병사들이 주비어를 찾아냈을 때 그는 나무 아래 티아와 앉아 있었죠. 병사들은 겁쟁이들이었어요. 멀찍이 떨어져 숨었고 한 명이 총을 꺼내들었죠. 티아가 뭔가 낌새를 알아챘어요. 그리고 바로 그 순간, 티아는 고개를 들었고 나무 뒤에 숨은 사람들을 발견했어요. 그리고 바로 알았죠. 티아는 생각했어요. *주비어는 안 돼. 특별*

*하잖아. 우리 모두를 위해 더 좋은 세상을 만들 거야.*

"엎드려!"

티아는 소리치고, 자기 몸을 그의 위에 던졌어요. 물론 티아는 총을 맞았고 주비어는 맞지 않았죠. 주비어가 그 뒤에 가려져 있는 사이 티아의 생명은 다섯 발의 총알을 더 맞고 스러졌어요. 주비어는 그녀를 밀쳐 내고 17년 전 그의 다리 긴 어머니처럼 빠르게 달렸죠. 일단 달리기 시작하자, 총알조차 그를 잡을 수 없었어요.

이야기가 어떻게 끝나는지는 당신도 알지요. 그는 도망쳐서 선타운 역사상 가장 훌륭한 족장이 되었어요. 그는 티아의 이름을 내건 사당이나 사원, 심지어 오두막 하나조차 짓지 않았어요. 위대한 책에 티아의 이름은 다시 언급되지 않죠. 그는 그녀 생각에 잠기지도 않았고 어디에 묻혔는지 묻지도 않았어요. 티아는 순결했어요. 아름다웠지요. 가난했고. 그리고 여자였어요. 그를 위해 목숨을 바치는 것이 그녀의 의무였어요.

이 이야기가 나는 참 싫었어요. 그리고 빈타의 죽음 이후로 증오하게 되었죠.

## 40장

빈타의 죽음으로 루유는 파나시의 오두막에 2주 동안 출입하지 않았다. 그러던 중 어느 늦은 밤, 그들이 다시 즐기는 소리를 들었다.

"므위타." 나는 최대한 조용히 말하고 몸을 돌려 그를 마주했다. "므위타, 일어나 봐."

"으음?" 그는 눈을 감은 채 말했다.

"들려?"

그는 귀를 기울이고는 고개를 끄덕였다.

"누군지 알아?"

그는 고개를 끄덕였다.

"안 지 얼마나 됐어?"

"그게 뭐가 중요해?"

나는 한숨을 쉬었다.

"파나시는 남자야, 온예."

나는 인상을 찌푸렸다.

"그래서? 디티는 어떻고?"

"디티가 뭐? 걔가 거기 숨어드는 건 못 봤는데."

"그렇게 간단한 일이 아니야. 이미 충분히 고통스럽잖아."

"고통은 이제 겨우 시작인걸" 므위타가 심각하게 말했다. "루유와 파나시가 그럴 수 있을 때 기쁨을 누리게 둬."

그는 내 땋은 머리를 손에 쥐었다.

"그럼 너와 내가 싸우면, 넌……."

"우린 경우가 다르지."

우리는 조금 더 귀를 기울였고 그러다 뭔가 다른 소리가 들렸다. 나는 욕설을 내뱉었다. 므위타와 자리에서 일어섰다. 막 텐트에서 기어 나가다 그 순간을 목격했다. 디티가 붉은 라파를 끌어당겨 옆구리에 매듭을 단단히 움켜쥐고 파나시의 텐트로 성큼성큼 향하고 있었다. 걸음이 빨랐다. 너무 빨라서 나나 므위타는 따라잡지 못했고, 벌거벗은 채 땀에 젖은 루유가 마찬가지로 벌거벗고 땀투성이인 파나시 위에 올라타 있는 모습을 디티가 정면으로 마주하는 것을 막지 못했다. 그는 루유를 끌어안고 젖꼭지를 빨고 있었다.

루유의 어깨 너머로 디티를 본 파나시는 기겁해서 그만 루유의 젖꼭지에 이를 박았다. 루유가 비명을 지르자 파나시는 즉시 입을 벌렸고, 자신이 그녀를 아프게 했음에 겁먹고 디티가 거기 서서 지켜보고 있음에 경악했다. 디티의 얼굴은 내가 보지 못했던 표정으로 뒤틀렸다. 그러더니 얼굴을 움켜쥐고, 뺨에 손톱을 박으며 끔찍한 괴성을 질렀다. 낙타들이 이제껏 보지 못한 속도로 펄쩍 뛰더니 도망쳐 버렸다.

"뭐…… 지금 무슨 짓이야! 빈타가 죽었어! 나도 죽을 뻔했고…… 우리 다 죽게 생겼는데 너희는 이러고 있어?"

디티가 고함쳤다. 무릎을 털썩 꿇고 흐느꼈다. 파나시는 조심스레 루유에게 몸을 가릴 라파를 건네고, 상처를 확인하러 잠시 그녀의 가슴을 만졌다. 그러고는 자기 허리에 라파를 두르고 디티를 경계하며 텐트에서 나왔다. 루유가 냉큼 그 뒤를 따랐다. 나는 루유를 째려보았다. 디티를 일으켜 세우고 다른 사람들에게서 멀찍이 데려갔다.

"이런 지 얼마나 됐어?" 디티가 잠시 후 물었다.

"몇 주. 그…… 파파 시에 가기 전부터."

"왜 나한테 말 안 한 거야, 응?" 그녀는 모래에 주저앉아 흐느꼈다.

"이게 인생이야. 언제나 네 생각대로 굴러가진 않는다고."

"하! 걔들 못 봤어? 냄새 못 맡았어?" 디티는 일어섰다. "돌아가자."

"잠깐 기다려. 우선 진정해."

"난 진정하기 싫어. 네 눈엔 걔들이 진정한 거 같니?"

디티는 나를 쏘아보았다.

그 눈에 담긴 생각을 읽고, 나는 손가락을 치켜들었다.

"입 조심해. 남 탓 자제하고, 응?"

나는 단호히 말했다. 상황이 참을 수 없게 되면 디티는 늘 내 탓을 했다. 관자놀이가 지끈거렸다. 나는 일어섰다. 디티 바로 앞에서, 무슨 모습을 보이든 신경 쓰지 않고 독수리로 변신했다. 내 옷에서 빠져나가, 디티의 충격받은 얼굴을 쳐다보며 꽥액 소리를 지르곤 날아가 버렸다. 바람이 서쪽에서 거세게 불어왔다. 나는 들떠 그 바람을 탔다. 바람이 많이 불어 잠깐 혹시 모래폭풍이 닥치나 싶었다.

올빼미를 지나쳤다. 바람에 맞서 남동쪽으로 빠르게 날아가느라, 나를 제대로 쳐다보지도 않았다. 저 아래에 낙타들이 보였다. 내려가서 인사할까 했지만 자기들끼리 뭔가 논의 중인 것 같았다. 나는 세 시간 동안 날았다. 디티가 일행들에게 돌아가 무슨 얘기를 나눴지는 묻지 않았다. 상관하지 않았다. 나는 옷을 벗어 둔 곳에 착륙했다. 디티가 가져가지 않아 다행이었다. 옷은 바람에 몇 미터가량 날아가 있었다.

캠프로 돌아가서 제일 처음 알아챈 것은 낙타가 한 마리만 돌아왔단 사실이었다. 산디.

"다른 애들은 어디 있니?"

나는 산디에게 물었다. 산디는 그저 나를 쳐다보기만 했다. 다른 사람들은 전부 바위 모닥불 주위에 둘러앉아 있었고, 심란한 표정으로 서 있는 므위타만 예외였다. 디티의 눈은 빨갛고 멍했다. 루유는 고소해하는 듯했다. 파나시는 옆얼굴에 젖은 천을 대고 루유 곁에 앉아 있었다. 나는 인상을 찌푸렸다.

"다들 정리된 거야?"

"내가 증인이야." 므위타가 말했다. "디티가 파나시에게 이혼의 말을 꺼냈어……. 얼굴을 할퀸 다음에."

"내가 남자였으면 넌 죽었어." 디티가 파나시에게 으르렁거렸다.

"네가 남자였으면 이런 상황이 될 일이 없지."

파나시가 마주 쏘아붙였다.

"아무래도…… 아무래도 너희를 데리고 오지 말았어야 했나 봐." 다들 나를 돌아보았다. "그냥 나와 므위타만 떠났더라면, 우리 중 누구도 뭘 잃을 일이 없었을 텐데. 하지만 너희 다들…… 빈타는……."

"뭐, 그래. 이젠 너무 늦었어. 안 그래?" 디티가 쏘아붙였다.

나는 입술을 꾹 다물었지만 고개를 돌리진 않았다.

"디티……." 므위타가 하려던 말을 삼키고 고개를 돌렸다.

"뭐?" 디티가 쏘아붙였다. "말해, 하고 싶은 말 어디 해 보라고."

"닥쳐!" 므위타가 바람의 신음을 누르며 고함쳤다. 디티는 기겁하여 헉 소리를 냈다. "도대체 뭐가 문제야? 파나시는 너를 따라왔어……. 여기까지 내내! 도대체 이유를 모르겠다. 넌 어린애야. 버릇없고 오냐오냐 자란. 파나시의 행동은 너한테 하나 특별할 게 없지! 넌 뻔뻔하게 그걸 당연히 여겨. 거기까진 좋아. 하지만 그래 놓고 파나시를 거절하기로 하지. 게다가 그 면전에다 다른 남자들을 내보이기까지 해. 그리고 파나시가 이런 취급받지 않기로 마음먹고 다른 아름답고 강한 여자를 받아들이니까, 넌 무슨 성난 악귀처럼 사람들 머리를 쥐어뜯고……."

"배신당한 쪽은 나야!"

디티는 그 말을 하면서 나를 노려보았다.

"그래, 그래, 네가 배신 타령하는 거 몇 시간째 들었어. 파나시 얼굴 어떻게 해 놨나 좀 봐. 상처가 감염되면 넌 온예손우나 루유를 탓하겠지. 정말 멍청하고, 멍청하게 유치한 말다툼이야. 우린 세상에서 가장 추악한 곳으로 향하고 있다고.

우린 그 추악함을 맛봤어. 빈타를 잃었고! 빈타가 무슨 일을 당했는지 봤잖아. 객관성을 좀 지켜! 디티, 네가 파나시를 원하고 파나시가 널 원한다면 가서 행복하게 관계를 가져. 열정과 기쁨으로 자주 하라고. 루유, 너도. 파나시와 즐기고 싶으면 제발 그렇게 해! 뭔가 수를 내라고, 그럴 수 있을 때!

온예손우는 그 주술을 풀어서 도와주려 한 거야. 너희를 돕느라 힘들어했어. 고마워하라고! 그래, 우린 너희 눈에 흉해 보이겠지. 그렇게 여기도록 자랐으니까. 친구로서 우리를 보는 마음과 부자연스런 존재로 보는 마음으로 갈리겠지. 현실이 그러니까. 하지만 말조심 하는 법 좀 익혀. 그리고 명심해, 우리가 왜 여기 있는지 명심하라고."

그는 몸을 돌려 거친 숨을 씩씩대며 가 버렸다. 우리 중 누구도 더 보탤 말이 없었다.

그날 밤, 디티는 혼자 잠자리에 들었다. 과연 한숨이라도 잤을까 싶었다. 그리고 루유와 파나시는 처음으로 함께 온전한 하룻밤을 조용히 파나시의 텐트에서 지냈다. 그리고 므위타와 나는 서로의 육체에서 밤늦도록 위안을 구했다. 아침이 오자, 밀려오는 모래의 벽에 태양이 가려졌다.

## 41장

나는 제일 먼저 일어났다. 텐트에서 기어 나오니 산디가 거기 서서 나를 기다리고 있었다. 내가 몸을 구부려 깨끗한 털 내음을 들이마시자 낙타는 목 깊숙이 그르렁거리는 소리를 냈다.

"넌 일행들을 두고 우리와 함께 있기로 했구나, 그렇지?" 나는 하품을 하고 서쪽을 쳐다보았다. 가슴이 철렁했다. "므위타! 당장 이리 나와 봐!"

므위타는 기어 나와 하늘을 쳐다보았다.

"알았어야 했는데. 알았는데, 정신이 딴 데 팔려서."

"우리 다 마찬가지였지."

우리는 짐을 꾸려 단단히 고정하고 텐트와 라파로 몸을 가렸다. 얼굴에 천을 두르고 눈 위로 베일을 묶었다. 그런 다음 모래를 파고 들어가 바람을 등지고 함께 뭉쳐, 서로 팔짱을 끼고 산디의 털에 매달렸다. 모래바람이 거세게 불어 닥쳐 바람이 어느 쪽으로 부는지조차 알 수 없었다. 마치 바람이 하늘에서 내려와 우리를 덮친 듯했다.

모래가 우리 옷을 후려치고 물어뜯었다. 나는 산디의 주둥이와 눈을 두꺼운 라파 천으로 감싸 주었지만 엉덩이 쪽이 걱정되었다. 내 옆에선 디티가 흐느끼고 파나시가 달래려 애쓰고 있었다. 므위타와 나는 서로에게 기대었다.

"붉은 사람들 얘기 들어 봤어?" 므위타가 내 귀에 대고 말했다.

나는 고개를 저었다.

"사막 사람들이지. 이야기로만…… 거대한 모래폭풍 속을 여행하고." 므위타는 고개를 저었다. 시끄러워 얘기하기 힘들었다.

한 시간이 지났다. 폭풍은 그대로였다. 붙잡고 있느라 근육에 경련이 일기 시작했다. 소리, 따가운 바람, 그리고 보이지 않는 끝. 어머니와 다닐 때는 폭풍이 이렇게 길게 가지 않았다. 빠르고 거세게 다가왔고 마찬가지로 금방 가 버렸다. 그러나 또 30분이 지나갔다.

그러다가 마침내 바람과 모래가 사그라들었다. 그냥 그렇게. 갑작스런 정적 속에 우리는 기침을 내뱉고 욕했다. 나는 옆으로 몸을 굴렸다. 피부의 드러난 부분은 따끔거렸으며 근육은 뻐근했다. 산디가 신음하고는, 천천히 일어섰다. 엉덩이에 묻은 모래를 털어 내는 바람에 사방에 튀었다. 우리는 모두 힘없이 투덜거렸다. 태양이 바람과 모래로 이루어진 거대한 갈색 깔때기 안에 내리쬐었다. 폭풍의 눈. 몇 킬로미터 폭은 될 것이다.

그들은 우리 주위 사방에서 몰려왔고, 머리끝부터 발끝까지 짙은 붉은 옷을 드리웠으며 낙타들도 마찬가지였다. 눈밖에 보이지 않았다. 그중 한 명이 낙타를 타고 우리에게 다가왔는데, 앞에는 작은 어린애를 태우고 있었다. 아이가 깔깔 웃었다.

"온예손우."

그 사람이 울림이 풍부한 목소리로 말했다. 여자였다.

나는 얼굴을 치켜들었다.

"접니다." 천천히 일어섰다.

"너희 둘 중 누가 그 남편 므위타인가?" 그녀는 시포말을 썼다.

므위타는 굳이 그 호칭을 반박하지 않았다.

"접니다."

아이가 또 다른 언어인지 아니면 유아어로 뭔가 말했다.

"우리가 누구인지 아느냐?" 여자가 물었다.

"붉은 사람들, 바족이지요. 서부에서 당신들 이야기를 많이 들었습니다."

"네 말투는 동부 쪽에 가까운데."

"처음엔 서부, 나중에 동부에서 자랐습니다. 현재는 서부로 다시 향하고 있고요."

"그래, 그렇다고 들었다." 여자는 내게 돌아서며 말했다.

한 남자가 그녀 뒤에서 내가 모르는 말로 뭐라고 했다. 여자가 대답하자 다른 모두가 행동에 나서, 물러나 낙타에서 내려 짐을 끌어내렸다. 그들이 베일을 벗었다. 왜 붉은 사람들이라고 하는지 알 수 있었다. 피부가 야자유만큼이나 빨갰다. 적갈색 머리칼은 짧게 깎았고, 부숭부숭한 드레드락 머리를 한 어린아이들만 예외였다.

여자가 베일을 벗었다. 다른 이들과 달리 금 고리를 코에 하나, 귀에 둘, 그리고 눈썹에 하나 달고 있었다. 아이가 예상외의 날렵한 동작으로 낙타에서 폴짝 뛰어내려서는 베일을 벗어 드레드락을 드러냈다. 그 어린 소녀 역시 눈썹에 금 고리를 달고 있음을 알아챘다.

"너희는 누구지?" 여자가 낙타에서 내리며 물었다.

"파나시."

"디티."

"루유."

여자는 고개를 끄덕이고 산디를 쳐다보았다. 싱긋 웃었다.

"널 알고 있지."

산디는 내가 전에 들어 보지 못한 소리를 냈다. 목을 고르륵 굴리는 소리 같은 것. 산디가 여자의 뺨에 주둥이를 비비자 여자는 킥킥거렸다.

"너도 잘 지낸 것 같구나."

"당신들은 누구예요?" 루유가 물었다. "므위타는 아는가 본데, 난 몰라서요."

여자는 루유를 위아래로 훑어보았고 루유는 여자를 마주 쳐다보았다. 루유가 열한 살 의식 때 아다에게 맞서던 기억이 났다. 루유는 권위를 존중한 적이 없었다.

"루유. 나는 세사 족장이다. 저쪽은 또 하나, 우손 족장이고."

여자는 똑같이 고리로 장식하고 낙타 옆에 서 있는 남자를 가리켰다.

"뭐가 또 하나예요?" 루유가 물었다.

"네 질문은 틀렸어. 적당한 때 우리를 만났구나. 여기는 달이 배가 부를 때까지 우리가 머무는 곳이다." 세사 족장은 모래폭풍 벽을 쳐다보고 씩 웃었다. "너희도 머물러도 좋아……. 내킨다면."

여자는 우리가 결정하게 두고 가 버렸다. 주위에선 바족이 우리 것보다 안락한 텐트들을 세우고 있었다. 반짝이는 염소 가죽 소재였고 훨씬 크고 높았다. 집수기는 여럿 보였지만 컴퓨터는 하나도 없었다.

"다음 '배부른 달'은 3주 후야!" 루유가 말했다.

"저 사람들은 뭐야?" 파나시가 물었다. "왜 저렇게 생겼지? 야자유와 선인장 사탕만 먹고 마시고 목욕한 거 같네. 희한하다."

므위타는 짜증스레 혀를 찼다.

"누가 알겠어?" 루유가 말했다. "모래바람이 저들의 '친구'라는 건 무슨 소리야?"

"모래바람이 그들과 함께 다니거든." 므위타가 말했다.

"왜?"

므위타는 어깨를 으쓱했다.

"왜 저 사람들이 붉은색이겠어?"

루유는 흰색과 갈색의 참새가 뒤통수에 부딪히는 바람에 꺅 소리를 지르고 펄쩍 뛰었다. 새는 바닥에 떨어졌다가, 바로 서서 어리둥절한 모양을 했다.

"가만둬." 므위타가 말했다. "괜찮을 거야."

"뭐 어쩔 생각도 없었어." 루유가 새를 응시하며 말했다.

"우린 여기 못 있어." 디티가 말했다.

"선택의 여지가 있니?" 나는 쏘아붙였다. "저 폭풍을 뚫고 가겠다고?"

우리는 폭풍이 오기 전 있던 자리에 도로 텐트를 세웠다. 루유만 제외하고. 루유는 파나시와 있기로 했다.

처음 몇 시간 동안, 바족은 익숙한 유목민답게 집을 세웠다. 해가 지고 폭풍의 눈에 있어도 사막은 서늘해졌지만, 나는 바위 모닥불을 피우지 않았다. 이 사람들이 주술에 어떻게 반응할지 어떻게 알고?

우리는 우리끼리 지냈고 그중에서도 또 우리들끼리 뭉쳤다. 디티는 자기 텐트에 틀어박혔고 파나시와 루유도 마찬가지였다. 하지만 므위타와 나는 너무 반사회적으로 보이지 않으려고 텐트 앞에 앉아 있었다. 하지만 바족이 텐트를 세우는 동안엔 아이들조차 우리를 무시했다.

어두워지고 나자, 사람들이 어울리기 시작했다. 나는 바보가 된 기분이었다. 보이는 텐트마다 바위 모닥불 불빛이 비추고 있었다. 세사 족장, 우손 족장, 그리고 노인 한 명이 우리에게 인사하러 왔다. 노인의 얼굴엔 세월과 바람으로 인한 주름살이 아로새겨져 있었다. 그 주름 사이에 영원토록 박힌 모래알이 있다 해도 놀랍지 않을 것이다. 그는 나를 차근히 살폈다. 성난 얼굴에 침묵을 지키는 우손 족장보다 노인이 더 내 신경을 곤두서게 했다.

"내 눈을 보지 못하겠느냐, 얘야?"

노인이 낮고 퉁명스러운 목소리로 물었다.

노인에겐 뭔가 나를 초조하게 만드는 구석이 있었다. 내가 대답하기 전 세사 족장이 나섰다.

"너희 모두 우리의 정착 잔치에 초대하러 왔다."

"초대이며 명령이다." 노인이 딱 잘라 말했다.

세사 족장이 말을 이었다.

"가진 게 있다면 제일 좋은 옷을 입고." 그녀는 말을 멈추고 노인 쪽을 손짓했다. "이쪽은 새쿠. 시간이 지날수록 분명 잘 알게 될 거다. 우리의 이동 마을 솔루에 온 것을 환영한다."

우손 족장은 우리를 한참 성난 눈길로 노려보았고 새쿠라는 노인은 나와 므위타를 눈여겨보곤 우리 캠프를 떠났다.

"저 사람들 진짜 이상해." 세 사람이 떠나자 파나시가 말했다.

"난 입고 갈 만한 좋은 옷이 없는데." 디티가 투덜거렸다.

루유가 어이없어 눈을 굴렸다.

"저 사람들 이름은 전부 'ㅅ'으로 시작하거나 'ㅅ'이 여러 개 들어가야 하나? 무슨 뱀의 자손인 줄 알겠네." 파나시가 말했다.

"그게 제일 잘 전달되는 소리야, 스스스스 소리. 모래폭풍으로 인한 소음 속에 사는 사람들이니, 그게 합당하겠지."

므위타가 우리 텐트로 들어서며 말했다.

"므위타, 그 노인 눈치챘어?" 나는 따라 들어서며 물었다. "이름이 뭔지 생각 안 나는데."

"새쿠. 주의해서 지켜봐야 해."

"왜? 그 사람이 문제가 될 거 같아? 영 마음에 안 들어."

"우손 족장은 어때? 꽤나 화나 보이던데."

나는 고개를 저었다.

"아마 늘 인상을 쓰고 다닐 거야. 내 마음에 안 드는 쪽은 노인이야."

"그 사람이 너처럼 마법사니까 그렇지, 온예."

므위타가 혼자 쓰게 웃고는 뭐라고 웅얼거렸다.

"뭐?" 나는 미간을 찌푸리며 말했다. "뭐라고 했어?"

그는 나를 돌아보고 고개를 기울였다.

"도대체 어떻게 내가 아는데 너는 모르지?" 그는 잠시 사이를 두었다. "어떻게……."

그는 욕설을 내뱉고 몸을 돌렸다.

"므위타." 나는 그의 팔을 잡았다. 므위타는 팔을 뿌리치지 않았지만, 내가 의도적으로 손톱을 세웠다. "하려던 말 마저 해."

그는 내게 얼굴을 들이밀었다.

"내가 마법사고, 네가 치료사가 되어야 했어. 남자와 여자는 늘 그런 식이었다고."

"글쎄, 넌 아니지." 나는 목소리를 낮추려 애쓰며 씩씩거렸다. "너는 절망의 황야에서 지상의 모든 힘에 딸을 마법사로 만들어 달라고 빈 어머니를 두지 않았잖아. 너는 강간을 통해 태어나지 않았지. 사랑으로부터 태어났잖아? 뭔가 엄청난 일을 해내어 소리 지르는 누루족 군중 앞에 끌려나와 목까지 파묻히고 돌에 맞아 죽을 거라는 누루족 보는 이의 예언을 받지 않았잖아!"

내 어깨를 움켜쥔 므위타의 왼쪽 눈이 파들파들 떨리고 있었다.

"뭐라고? 네가……."

우리는 서로를 응시했다.

"그게…… 내 운명이야." 이런 식으로 므위타에게 말할 생각은 아니었다. 전혀. "내가 왜 그런 운명을 택하겠어? 나는 태어난 날부터 싸워 왔어. 그런데 너는 내가 무슨 소중한 걸 빼앗아 가기라도 한 듯이 말하네."

"저기, 온예?" 루유가 자기 텐트에서 외쳤다. "너는 반자에서 그 여자가 준 라파와 윗도리를 입어."

"좋은 생각이야."

여전히 므위타를 마주한 채, 나는 마주 외쳤다.

파나시가 장난스레 말하는 소리가 들렸다.

"이리 와 봐."

루유가 깔깔댔다.

므위타가 텐트에서 나갔다. 도로 부르려고 고개를 내밀었지만, 그는 빠른 걸음으로 지나치는 사람들에게 인사조차 하지 않고 지나쳤다. 머리에는 베일을 쓰지 않은 채 고개를 푹 떨구고 있었다.

남녀의 가치와 운명에 대한 구식 믿음, 그게 내가 므위타에게서 유일하게 좋아하지 않는 점이었다. 어떻게 자기가 남자라는 이유만으로 모든 것의 중심이 될 권리가 있다는 생각을 할 수 있을까? 우리가 만났을 때부터 줄곧 이게 문제였다. 나는 티아와 주비어의 이야기를 다시 떠올렸다. 그 이야기가 참 싫다.

## 42장

두 시간 후 깨어나 보니 얼굴에 눈물이 말라붙어 있었다. 어딘가에서 음악 소리가 났다.

"일어나." 루유가 나를 흔들며 말했다. "무슨 일이야?"

"아무것도 아냐." 나는 힘없이 웅얼거렸다. "피곤해서."

"잔치 갈 시간이야."

루유는 약간 낡긴 했지만 제일 좋은 보라색 라파에 파란 상의를 입고 있었다. 콘로 머리를 새로 땋아 소용돌이 모양으로 말아 올렸고 귀걸이를 했다. 고향에서 루유, 디티, 빈타가 들이붓곤 하던 향유 냄새가 물씬 풍겼다. 나는 입술을 깨물고 빈타를 떠올렸다.

"준비를 안 했잖아! 물하고 수건 가져올게. 이 사람들은 어디서 목욕을 하나 몰라. 늘 사람들이 돌아다니는데."

나는 천천히 일어나 앉으며, 곤한 잠기운을 떨치려 애썼다. 긴 땋은 머리를 만져 보았다. 폭풍 때문에 온통 모래투성이였다. 머리를 풀고 있을 때 루유가 따뜻한 물을 담은 솥을 들고 돌아왔다.

"머리 풀어 내릴 거야?"

"그게 나을지도. 머리 감을 시간이 없네." 나는 웅얼거렸다.

"잠 깨." 루유가 내 뺨을 톡 치며 말했다. "재밌을 거야."

"므위타 봤어?"

"아니."

나는 반자에서 구한 옷을 입었고, 그 다양한 색깔이 나로선 내키지 않는 시선을 불러들이리라는 것을 다분히 의식하고 있었다. 숱 많은 긴 머리를 빗어 내리고 따뜻한 물을 발라 가라앉혔다. 텐트에서 나오자, 루유가 향유를 스프레이로 뿌려 주었다.

"자, 이제 보기에도 멋지고 냄새도 멋져."

하지만 루유의 눈이 내 얼굴과 모래색 머리를 훑는 것을 알아챘다. 에우 출신은 늘 에우일 수밖에 없다.

파나시는 갈색 바지에 거의 매일 입었던 얼룩진 흰 셔츠 차림이었지만, 얼굴과 머리를 면도했다. 그러니 높은 광대뼈와 긴 목이 도드라졌다. 디티는 내가 전에 본 적 없는 파란 라파와 상의를 입었다. 파나시가 반자에서 사 주었을지도 모른다. 그녀는 부피 큰 아프로 머리를 빗어 완벽한 구형으로 부풀렸다. 파나시가 디티를 쳐다보지 않으려 애쓰며 굶주린 듯 루유를 바라보는 것을 알아채고 나는 혀를 찼다. 파나시는 내가 본 중에 제일 혼란에 빠진 사람이었다.

"좋아." 루유가 앞장서며 말했다. "가자."

걸어가는 동안, 이들이 얼마나 오랫동안 유목민으로 살아왔을지 궁금했다. 내 짐작으로는 아주아주 오래되었을 것이다. 텐트는 몇 시간 만에 뚝딱 세웠으며 집보다 불편하지도 않았고, 무슨 갈색 동물의 털가죽으로 만든 바닥까지 갖추고 있었다.

그들은 '토양'이라는 향긋한 물질을 담은 커다란 자루에다가 식물을 운반했다. 그리고 불 피우고, 벌레를 쫓는 등 그런 일에 사소한 주술을 사용했다. 바족에게는 학교도 있었다. 그들에게 없는 유일한 것은 많은 책뿐이었다. 너무 무거우니까. 하지만 읽는 법을 배우기 위해 몇 권은 갖고 있었다. 이 중 일부는 잔치에 가는 길에 목격한 것이다. 하지만 대부분은 함께 지내는 동안 알게 되었다.

큰 모임이었다. 중앙에는 커다란 잔칫상이 차려져 있었다. 악단이 기타를 연주하고 노래를 불렀다. 모두가 좋은 옷으로 차려입었다. 스타일은 단순했다. 남자는 붉은 바지와 셔츠, 여자는 다양한 조합의 붉은 드레스. 어떤 드레스들은 밑단과 소맷단에 비즈를 달았고, 또 다른 드레스는 밑단을 뾰족뾰족하게 처리하거나 했다.

그즈음, 나는 므위타의 눈을 통해 자신을 봤다. 나는 아름다웠다. 므위타가 내게 준 가장 훌륭한 선물 중 하나였다. 그의 도움이 없었더라면 결코 나 자신을 아름답다고 볼 수 없었을 것이다. 그러나 이 사람들, 젊은이, 늙은이, 남자, 여자, 아이 막론하고, 적갈색 피부에 갈색 눈, 그리고 우아한 몸동작을 한 이들이야말로 내가 본 중 가장 아름다운 사람들이라는 걸 알 수 있었다. 노인조차도 마치 가젤처럼 움직였다. 그리고 남자들은 수줍어하지 않았다. 곧바로 눈을 정면으로 마주했고 선선히 미소 지었다. 아름답고, 아름다운 사람들.

"어서 와요."

젊은 남자가 디티의 손을 잡으며 말했다. 디티는 활짝 웃었다.

"어서 와요."

다른 젊은 남자가 말하며, 루유에게로 나아갔다.

젊은 남자 여러 명이 두 사람을 맞이했다. 파나시는 젊은 여자들이 맞이했으나 정작 본인은 디티와 루유를 보느라 바빴다. 사람들이 거리를 유지한 채 그저 내게 꾸벅 고개만 숙이자, 나는 이 고립되고 동떨어진 이들조차 에우 출신을 악마화하는지 궁금했다.

우리 자리에 도착하자 그 생각을 떨쳐 버릴 수밖에 없었다. 거기에 므위타가 바족 여자 옆자리에 앉아 있었다. 너무 붙어 앉아 영 마음에 들지 않았다. 여자가 뭔가 말하자 므위타가 미소 지었다. 앉아 있어도 여자가 내가 본 중 가장 다리가 길고, 전설 속 주비어의 어머니처럼 길고 근육질의 달리기 위한 다리의 소유자임을 알 수 있었다. 가슴이 쿵 내려앉았다. 고향에서 므위타가 연상의 여인들과 어울린다는 소문을 들은 적이 있다. 그게 정말인지 대놓고 물어보지 못했으나 어느 정도는 사실일 거라 여겼더랬다. 이 여자는 아마 서른다섯쯤. 그리고 다른 바족들과 마찬가지로 눈부셨다. 여자가 내게 미소 짓자 양쪽 뺨에 깊게 보조개가 파였다. 일어서니 나보다 컸다. 므위타가 따라서 일어섰다.

"어서 와요, 온예손우."

여자가 자기 가슴팍을 톡톡 치며 말했다. 그녀가 나를 훑어보았다. 나도 마찬가지로 상대를 훑어보았다. 새쿠한테 그랬던 것과 마찬가지로 짜증이 밀려왔다. 이 여자는 또한 마법사였다. *하지만 수련생이야, 새쿠의 수련생.* 나는 깨달았다. 여자는 소매 없는 드레스를 입고 있어 근육질 팔이 드러났다. 드레스 목선이 깊게 파여, 커다란 가슴이 부각되었다. 양팔 이두근과 윗가슴에 상징이 새겨져 있었다.

"고맙습니다."

나는 말했다. 뒤에서 다른 친구들도 인사를 받고 앉으라는 권유를 받았다.

"나는 팅이에요." 여자가 말했다.

우손 족장이 원 안으로 들어섰고 음악이 즉시 그쳤다.

"이제 손님들이 오셨으니, 자리를 잡도록 하지."

찡그리고 있지 않으니, 우손 족장은 상당히 서글서글했다. 사람들이 귀를 기울이게 하는 그런 목소리였다.

팅이 내 손을 잡고 말했다.

"앉아요."

팅의 엄지손톱이 내 손바닥을 스쳤다. 거의 1인치 길이에 칼날처럼 날카롭고, 끝은 푸른 기가 도는 검은색으로 물들였다. 팅은 내 옆에 앉았고, 므위타가 나의 다른 쪽 옆에 앉았다.

"우리 손님 디티, 파나시, 루유, 므위타, 그리고 온예손우를 반갑게 맞이해 주십시오." 속삭임이 사람들 사이에 퍼져 갔다. "그래, 맞아요. 다들 이 여자, 법사녀와 그 애인을 알고 있겠지."

우손 족장은 우리더러 일어서라고 손짓했다. 많은 이들의 시선 속에, 나는 얼굴이 달아오르는 것을 느꼈다. *법사녀? 무슨 호칭이 그 따위야?*

"반갑습니다." 우손 족장이 위엄 있게 말했다.

"반갑습니다."

다른 모든 이들이 웅얼거렸다. 그리고 어딘가에서 누가 씩씩대기 시작했다. 씩씩거림이 사람들 사이에 퍼졌다. 나는 걱정이 되어 흘끗 팅을 돌아보았다.

"괜찮아요." 팅이 말했다.

그건 일종의 의식이었다. 사람들이 미소 지으며 씩씩거렸다. 나는 긴장을 풀었다. 세사 족장이 일어나 우손 족장 옆에 섰다. 그들은 함께 내가 모르는 언어로 무언가를 낭독했다. 'ㅅ'과 '아' 소리가 많이 나는 언어였다. 파나시가 맞았다. 만약 뱀이 말할 수 있다면, 딱 저렇게 들릴 것이다. 낭독이 끝나자, 사람들이 손에 천을 들고 벌떡 일어났다.

"받아요."

한 소년이 우리 다섯 명에게 비슷한 천을 나누어 주었다. 얇지만 방수 처리를 해서 빳빳했다. 악단이 연주를 시작했다.

"와요."

팅이 나와 므위타의 손을 잡으며 말했다. 젊은 남자 둘이 디티에게 다가갔고 다른 두 명이 루유에게 가서, 어마어마한 잔칫상 앞으로 데려갔다. 여자 둘이 파나시의 손을 잡았다. 사람들이 서로 부대끼며 음식을 집어 천에 담느라 기분 좋은 난장판이었다. 무슨 게임을 하는 것처럼 웃음소리가 많이 났다.

한 여자가 내 옆을 지나치다가 우연히 팔이 스쳤다. 파란 불꽃이 내게서 터지자 여자가 꺅 소리를 지르며 펄쩍 물러섰다. 다른 사람들 몇몇이 멈춰 서서 쳐다봤다. 여자는 화가 난 것 같지는 않았으나 나와 눈을 마주치지 않은 채 "미안해요, 온예손우, 미안해요." 하고는 허겁지겁 가 버렸다.

나는 휘둥그레진 눈으로 팅을 쳐다보았다.

"무슨……."

"내가 갖다줄게요." 팅이 말하며 내 천을 가져갔다.

"아뇨, 내가……."

"그냥 여기서 기다려요." 그녀는 단호히 말했다. "고기 먹어요?"

"그럼요."

팅은 고개를 끄덕이고 므위타와 잔칫상으로 갔다. 기다리는 사이, 남자 둘이 내 옆으로 지나갔다. 또다시 작은 불꽃이 튀었고 둘 다 잠깐 뜨끔한 통증을 느낀 듯했다.

"미안해요." 나는 손을 위로 쳐들고 말했다.

"아뇨." 한 남자가 말하고는, 내가 다시 만지기라도 할 줄 알았는지 뒤로 물러섰다. "우리가 미안하죠."

괴상하고 짜증스러운 일이었다.

우리가 자리로 돌아갔을 쯤, 디티와 루유는 더 많은 남자를 끌어들인 참이었다. 다들 무척이나 근사해서 루유는 입이 찢어져라 미소 지었다. 두툼하고 관능적인 입술의 남자가 디티에게 구운 토끼고기를 먹여 주고 있었다. 파나시 역시 그의 관심을 두고 겨루는 여자들에게 둘러싸여 있었다. 쏟아지는 질문에 답하느라 바빠 파나시는 먹지도 못했고 디티나 루유가 뭘 하는지 볼 수도 없었다.

므위타와 함께 앉은 사람은 없었지만, 젊고 늙은 여자들 여러 명이 대놓고 쳐다보고 있었고, 잔칫상에서 접근하기까지 했다. 남자들은 전부 발길을 멈추고 따뜻하게 므위타에게 인사했으며 몇몇은 악수하기도 했다. 남자들은 어른이나 아이나 내가 쳐다보지 않는

다 싶을 때만 흘끗흘끗 내게 시선을 주었다. 그리고 여자들은 어른 아이 할 것 없이 대놓고 나를 피했다. 하지만 그중 한 명은 참지 못했다.

"쟤는 아이즈예요."

팅이 미소 지으며 말했다. 아이는 내게 달려와 내 손을 잡으려 들었다. 나는 닿기 전에 손을 잡아 빼려 했지만 아이가 워낙 빨랐다. 아이가 내 손을 잡아채는 바람에 하마터면 음식 담은 천을 떨어뜨릴 뻔했다. 커다란 불꽃이 튀었다. 하지만 아이는 웃기만 했다. 세사 족장과 함께 낙타를 타던 여자애는 무엇인지 몰라도 내게서 발산되는 것에 무감각한 듯했다. 아이는 바 언어로 뭔가 말했다.

"온예손우는 수피말을 몰라, 아이즈. 시포나 오케케말로 하렴."

팅이 아이에게 말했다.

"이상하게 생겼어요." 소녀가 오케케말로 말했다.

나는 웃음을 터트렸다.

"알아."

"마음에 들어요. 엄마가 낙타예요?"

"아니, 우리 엄마는 사람이야."

"그럼 왜 낙타가 자기가 온예손우를 돌봐준다고 그래요?"

"아이즈는 낙타의 말을 들을 수 있어요." 팅이 설명했다. "그런 능력을 타고났지요. 그래서 세 살 아이치고 말을 잘해요. 평생 모든 것과 말을 해 왔죠."

무언가 어린 소녀의 눈에 띄었다.

"다시 올게요!" 아이는 뛰어가며 말했다.

"재는 누군가요?"

"세사 족장과 우손 족장의 아이예요."

"그럼 세사 족장과 우손 족장은 부부인가요?"

"어휴, 아뇨. 족장들끼린 결혼 못 해요. 저쪽이 세사 족장의 남편이에요."

팅은 아이즈에게 작은 음식 꾸러미를 건네는 남자를 가리켰다. 소녀는 음식을 받아들고 그 남자의 무릎에 뽀뽀하고는, 다시 사람들 다리 사이로 사라졌다.

"아."

"저쪽이 우손 족장의 부인이고."

팅은 다른 여자들 몇몇과 앉아 있는 통통한 여자를 가리켰다. 우리는 앉아서 음식 꾸러미를 풀었다. 므위타는 벌써 먹고 있었다. 바족이 먹는 방식을 받아들인 듯 손으로 음식을 집어 입을 벌리고 먹고 있었다. 나는 천을 풀고 팅이 담아 준 것을 보았다. 모든 것이 뒤섞인 모양을 보니 식욕이 달아났다. 나는 음식이 섞인 걸 원체 좋아하지 않았다. 도마뱀 알 프라이를 집어 들며 녹색 선인장 조각을 한쪽으로 밀쳐냈다.

"그럼 팅의…… 스승님은 어디 있어요? 그분은 식사 안 하세요?"

나는 잠시 후 물었다.

"안 먹어요?" 팅은 아직 음식이 가득한 내 꾸러미를 보고 말했다.

"별로 배가 안 고파요."

"므위타는 편해 보이네요."

우리 둘 다 그를 쳐다보았다. 그는 천에 담긴 것을 다 먹고 더 가져오려 일어서고 있었다. 나와 눈이 마주쳤다. 므위타가 물었다.

"뭐 갖다줘?"

나는 고개를 저었다. 아이즈가 와서 내 옆에 앉았다. 아이는 씩 웃고는 자기 음식 꾸러미를 풀어 열심히 먹기 시작했다.

"그 얘기 정말이에요?" 팅이 물었다.

"뭐요?"

"므위타는 아무 말도 안 해 주더라고요. 온예손우에게 물어보라고. 소문에 어느 도시에서 사람들이 당신을 해치려 들자 그곳을 검은 안개로 뒤덮어 버렸다던데요. 그곳의 물을 쓴물로 바꿔 버렸다고. 그리고 당신은 정말로 우리의 죄를 씻기 위해 내려온 유령이라고."

나는 웃음을 터트렸다.

"어디서 그런 얘길 들었어요?"

"여행자들한테요. 우리가 물자를 구하러 들렀던 몇몇 도시에서. 바람결에."

"다들 알아요." 아이즈가 덧붙였다.

"어떻게 생각해요, 팅?"

"말도 안 된다고 생각하죠……. 대부분은." 팅이 윙크했다.

"팅, 왜 이곳 사람들은 날 만지지 못하죠?" 나는 미소 지었다. "당신과 아이즈 말고는?"

"기분 나빠하지 말아요." 팅이 시선을 피하며 말했다.

나는 계속 팅을 쳐다보며 더 말하기를 기다렸다. 말이 없기에 그냥 어깨를 으쓱했다. 기분 나쁘지 않았다. 정말로.

"그게 뭐예요?"

나는 화제를 돌리려 물었다. 그녀의 팔뚝과 윗가슴의 상징을 가리켰다. 가슴에 있는 것은 여러 개의 원 안에 고리와 소용돌이가 있었다. 왼쪽 팔뚝에는 맹금류의 그림자 같은 것이 있었다. 오른쪽엔 작은 원과 사각형으로 둘러싸인 십자가가 있었다.

"바이, 바사, 멘다, 은시비디 읽을 줄 몰라요?"

나는 고개를 저었다.

"은시비디는 알아요. 즈와히르에 그걸로 장식된 건물이 있어서."

"오수보 회관." 팅이 고개를 끄덕이며 말했다. "새쿠가 말해 주셨어요. 그건 장식이 아니에요. 좀 더 수련을 했더라면 알 텐데."

"뭐, 그건 어쩔 수 없잖아요?" 나는 짜증이 나 말했다.

"그렇겠죠. 이것들은 내가 스스로 그린 거예요. 글씨 쓰기가 내 '중심'이거든요."

"중심?"

"내가 제일 많이 재능을 타고난 거요. 서른쯤 되면 제일 분명해지죠. 이 상징이 무슨 뜻인지 말로는 정확히 설명할 수가 없어요. 다 내 인생을 필요한 방식으로 바꿔 놓은 거랍니다. 이건 독수리예요, 그건 말해 줄 수 있군요."

팅은 토끼뼈를 갉아먹으며 내 눈을 마주했다.

나는 화제를 바꾸기로 마음먹었다.

"그럼 수련한 지는 얼마나 되었어요?"

악단이 아이즈가 좋아하는 곡을 연주하는 모양이었다. 아이즈는 벌떡 일어나 가젤처럼 민첩하게 사람들 사이를 헤치며 연주자들에게 달려갔다. 악단 앞에 이르자 신나게 춤을 추기 시작했다. 팅과 나는 잠시 미소 지으며 지켜보았다.

"여덟 살 때부터요." 팅이 내게 돌아서며 말했다.

"그렇게 어릴 때 입문식을 통과했어요?"

팅은 고개를 끄덕였다.

"그럼 어떻게⋯⋯ 될지 알아요?"

"난 만족스럽게 살다 늙어 죽어요, 여기서 멀지 않은 곳에서."

부러움은 고통스러운 감정이었다.

"미안해요. 자랑할 생각은 아니었는데."

"알아요." 내 목소리는 딱딱했다.

"운명은 차갑고 잔혹하죠."

나는 고개를 끄덕였다.

"당신의 운명은 서부에 있죠, 알아요. 새쿠가 더 많이 아세요. 보통 잔치 자리에는 안 오시죠. 당신과 므위타가 식사를 마치면 그분께 같이 가요."

므위타가 꾸러미 세 개를 들고 왔다. 내게 하나를 건넸다. 풀어보니 안에는 구운 토끼고기가 있었다. 므위타는 내게 선인장 사탕이 든 다른 꾸러미를 건넸다. 나는 그에게 미소 지었다.

"언제라도." 그렇게 말하며 옆에 앉은 므위타와 어깨가 맞닿았다.

"아, 특이하네요." 내가 먹기 시작하자 팅이 말했다.

"아직 아무것도 못 보셨는데요."

나는 입에 음식을 가득 문 채 말했다.

팅은 나와 므위타를 번갈아 보더니 눈을 가늘게 떴다.

"그럼 아직 수련은 못 마쳤고요?"

나는 그녀의 눈을 피한 채 고개를 저었다.

"캠프 걱정은 하지 말아요." 므위타가 마침내 말했다.

"어떻게 확신할 수 있죠? 새쿠는 내가 남자와 단둘이 있는 것도 허락하지 않아요. 알죠, 여자가 수련 중에……."

"알아요." 우리 둘 다 말했다.

식사 후, 우리는 디티, 루유, 파나시를 두고 일어섰다. 그들은 알아채지 못했다. 새쿠의 텐트는 크고 공기가 잘 통했다. 검은색이지만 바람이 바로 통하는 소재로 만들어져 있었다. 그는 등나무 의자에 앉아 있었고 손에 작은 책이 들려 있었다.

"팅, 저들에게 야자술을 가져다주어라." 새쿠가 책을 내려놓으며 말했다. "므위타, 내 말이 맞았지?"

그는 물으며 우리에게 앉으라고 손짓했다.

"진짜로요." 므위타가 대답하며 텐트 구석으로 가서 둥근 방석 두 개를 가져왔다. "정말로 이제까지 먹어 본 중에 제일 맛있는 식사였습니다."

나는 므위타를 보며 얼굴을 찌푸리곤 그가 놓아준 방석에 앉았다.

"오늘 밤엔 편히 잘 거다."

"베풀어 주신 환대에 감사드립니다." 므위타가 말했다.

"이미 말했듯이, 그 정도는 마땅히 해야지."

팅이 야자술 잔을 올린 쟁반을 가지고 돌아왔다. 새쿠에게 먼저, 그다음 므위타, 그리고 내게 술잔을 건넸다. 팅은 오른손으로만 잔을 만졌다. 나는 웃음을 터트릴 뻔했다. 팅이 그렇게 전통적인 사람일 줄은 꿈에도 짐작하지 못했다. 하지만 다시 생각해 보면 팅의 스승은 새쿠고, 아로와 비슷한 사람이라면 이런 것을 기대할 것이다. 내 옆에 앉은 팅은 뭔가 재미있는 논의라도 예상하는지 작은 미소를 띠고 있었다.

"나를 봐라, 온예손우. 얼굴을 제대로 보고 싶구나."

"왜요?"

난 그렇게 물으면서도 새쿠를 쳐다보았다. 새쿠는 대답하지 않았다. 나는 그의 탐색을 견뎌 냈다.

"보통 머리를 땋나?"

나는 고개를 끄덕였다.

"그러지 마라. 야자잎 줄기나 끈으로 묶고, 지금부턴 땋지 않도록 해." 새쿠는 물러앉았다. "둘 다 외모가 희한해. 나는 누루족도 알고 오케케족도 알지. 에우 아이들은 내 눈엔 도무지 이해가 가지 않아. 아, 아니 님께서 또 나를 시험하시는구나."

팅이 킥 웃었고, 새쿠가 날카로운 눈길을 던졌다.

"죄송합니다." 팅이 여전히 미소 지은 채 말했다. "또 그러고 계셔서요."

새쿠는 아주 짜증이 나 보였다. 팅은 전혀 겁먹지 않았다. 전에 말했듯이, 스승과 제자의 관계는 아버지와의 관계보다 더 친밀했다. 만약 밀고 당김이 없다면, 양측 다 신경을 건드리는 면이 없다면, 진정한 수련이 아닐 것이다.

"본인이 그렇게 하실 때마다 말해 달라셨잖아요."

팅이 말을 이었다.

새쿠는 깊이 숨을 들이쉬었다. 그가 마침내 말했다.

"내 제자의 말이 옳아. 그게, 내가 가르치는 사람이 이런 키 큰…… 여자일 날이 오리라곤 생각지 못했다네. 하지만 정해진 일이야. 그 이후로 단정 짓기를 자제하겠다고 약속했지. 지금까지 에우 마법사는 없었어. 하지만 요청이 있어 왔지. 그러니 아니 님께서 우리를 시험하느라 그러신 게 아니라, 그저 그렇게 되었을 뿐이야."

"잘 말씀하셨어요." 팅이 흐뭇해하며 말했다.

"꼭 내게 이해가 되는 방향이어야 할 필요는 없는 거니까요."

므위타가 야자술을 마시고 나를 쳐다보며 말했다. 나는 눈을 굴리지 않으려 애썼다.

"맞아. 므위타, 여기서 나를 제일 잘 아네. 자, 너희들이 여기 있게 된 건 우연이 아니다. 너희를 찾아서 데려오라는 말을 들었지. 난 보기보다 훨씬 더 나이 든 마법사야. 오래도록 이어져 내려온 선택받은 수호자, 이 이동 마을 솔루의 수호자이지. 마을을 지키는 모래폭풍을 내가 유지한단다."

"지금도 유지하고 계세요?" 나는 물었다.

"내겐 그저 주술일 뿐이야, 팅에게도 장차 그렇게 되겠지만. 자, 말했다시피, 너희를 찾아오란 말을 들었다. 너희가 마쳐야 할 훈련이 있어. 도움이 필요할 거다."

나는 얼굴을 찌푸렸다.

"누가…… 누가 저희를 찾으라고 했는데요?"

"솔라."

나는 눈이 휘둥그레졌다. 솔라, 내가 모래폭풍 속에서 두 번 만났던 하얀 피부에 검은 옷의 남자. 내 입문식에서 처음 만났을 때 그의 말이 아직도 귀에 선했다. "너를 죽도록 만들어야겠어." 그리고 그는 내 죽음을 보여 주었다.

나는 몸서리쳤다.

"그 사람을 아세요?"

"물론이지."

그들이 전부 연결되어 있으리라는 생각은 전혀 하지 못했다. 나이 든 마법사들. 즈와히르를 떠나기 직전 마지막으로 솔라를 만났을 때를 떠올렸다. 아로는 내가 아니라 그의 옆에 앉아 있었다. 마치 솔라가 그의 형이고 나는 아로의 딸인 것처럼.

"아로는요?"

"아로 잘 알지. 오래, 아주 오래 알아 왔어."

"제 얘기를 하시던가요?" 심장 박동이 빨라졌다.

"아니. 네 얘기는 없었는데. 아로가 너의 스승이냐?"

"네."

나는 실망했다. 내가 아로를 이만큼이나 그리워하는지 몰랐다.

"아, 이제 확실히 알겠군." 새쿠가 고개를 끄덕이며 말했다. "뭔지 딱 감이 잡히지 않았는데." 그는 므위타를 쳐다보았다. 팅도 스승이 뭘 깨달았는지 알아보려는 듯이 므위타를 쳐다보았다. "그리고 네가 그의 다른 아이고."

"그렇게 볼 수도 있겠지요." 므위타가 말했다. "하지만 전 이전에 다른 사람한테 수련을 받았습니다."

"아로가 우리에 대해 아무것도 묻지 않았어요? 아무 말도요?"

나는 혼란스러워 물었다.

"안 했어."

퍼득거리는 소리와 함께 커다란 갈색 앵무새가 텐트로 날아 들어와 의자에 내려앉았다. 꽥액 소리를 내고는 머리를 흔들었다.

"어지러워하네요." 팅이 말했다. "늘 솔루 안으로 새들이 내려와요."

"잔치 자리로 돌아가 봐." 새쿠가 우리에게 말했다. "재밌게 놀고. 열흘 후면 여자들은 아니 여신께 성스러운 말씀을 올린다. 온예손우, 너는 그들과 함께 가라."

하마터면 웃음을 터트릴 뻔했다. 어렸을 때 이후로 아니께 성스러운 말씀을 올린 적이 없었다. 나는 아니를 믿지 않았다. 하지만 나의 냉소주의는 눌러 두었다. 정말이지 상관없었다. 잔치 자리에 돌아가니 한창 분위기가 달아오르고 있었다. 악단은 모두가 가사를 아는 곡을 연주하고 있었다. 아이즈는 노래를 부르며 모두를 위해 춤추고 있었다. 내가 추방자가 아니었다면 저 애 같지 않았을까 싶었다.

"무슨 일이 있을 거 같아?"

므위타가 노래하는 사람들 한가운데에서 내게 물었다. 나는 저쪽에 남자 둘과 함께 서 있는 루유를 흘끗 보았다. 둘 다 루유의 허리에 팔을 감고 있었다. 디티나 파나시는 보이지 않았다.

"전혀 모르겠어. 난 너한테 물어보려던 참이었는데, 너는 당연히 뭐든지 다 알 테니."

므위타는 크게 한숨을 쉬고 눈을 굴렸다.

"넌 듣지를 않는구나."

"온예손우!" 아이즈가 소리쳤다. 이름을 부르는 소리에 나는 펄쩍 뛰었다. 모두들 돌아보았다. "와서 우리랑 노래 불러요!"

나는 민망한 미소를 짓고 고개를 저으며 두 손을 들어 보였다.

"괜찮아." 나는 뒷걸음질쳤다. "나……나는 너희 노래는 아는 게 없어서."

"제발 노래해요." 아이즈가 졸랐다.

"그럼 네 노래를 하지그래." 므위타가 큰 소리로 말했다.

내가 노려보니 므위타는 히죽 미소 지었다.

"그래요! 노래 불러 줘요!"

아이즈가 나를 중앙으로 이끌고 가자 모두가 조용해졌다. 내가 지나가자 사람들이 닿지 않으려 피했다. 나는 모든 이들의 눈길을 의식하며 그 자리에 섰다.

"온예손우 고향의 노래를 불러 줘요." 아이즈가 말했다.

"난 즈와히르에서 자랐어." 빠져나갈 수 없음을 깨닫고 나는 말했다. "하지만 사막 출신이야. 거기가 내 고향이지." 나는 잠시 사이를 두었다. "땅이 흡족해할 때 내가 불러주던 노래야."

나는 입을 열고 눈을 감아, 세 살 때 사막으로부터 배웠던 노래를 불렀다. 새쿠의 텐트에서 봤던 갈색 앵무새가 들어와 내 어깨에 내려앉자 모두 탄성을 질렀다. 나는 계속 노래했다. 목에서 나오는 달콤한 소리와 떨림이 내 몸 전체로 퍼져 갔다. 불안과 슬픔이 사르르 스러졌다. 한동안은. 노래를 마치자 모두 조용했다.

그러더니 사람들이 소리를 지르고 박수를 치기 시작했다. 소리에 놀란 내 어깨 위의 새가 날아가 버렸다. 아이즈는 내 다리를 감싸안고 감탄한 눈으로 올려다보았다. 아이의 팔에서 불꽃이 튀었고 몇몇 사람들이 펄쩍 물러서며 놀란 소리를 뱉었다. 연주자들이 다시 연주를 시작했고 나는 얼른 원 중앙을 벗어났다.

"아름다워요." 사람들이 지나가는 내게 말했다.

"오늘 잘 자겠는데!"

"아니께서 당신에게 큰 축복을 내리셨네요."

만약 나를 만졌더라면 통증을 맛보았겠지만, 그래도 그들은 내가 오래전 잃어버린 족장 딸이라도 되는 듯 찬사를 퍼부었다.

"아!"

아이즈가 악단이 자기가 몹시 좋아하는 노래를 연주하기 시작하자 외쳤다. 아이는 원 안으로 돌아가 꾸물꾸물 춤을 추기 시작했고 다들 웃음을 터트렸다. 므위타가 내 허리에 팔을 둘렀다. 이렇게 기분 좋았던 적이 없었다.

"아까…… 재밌었어." 함께 텐트로 돌아가며 나는 말했다.

"늘 효과가 있지." 므위타가 내 부숭부숭한 머리를 만졌다. "이 머리."

"알아. 야자수 줄기로 끝까지 빙글빙글 돌려 감을 거야. 땋는 것하고 크게 다르지 않겠지."

"그게 아냐."

기다렸지만 므위타는 더 이상 말하지 않았고, 그걸로 되었다. 그럴 필요 없었다. 나 역시 느꼈으니까. 새쿠가 내게 뭘 했으면 좋겠다고 말하는 순간 느꼈다. 마치 내가 완전히…… 고조된 것처럼. 피정을 갈 때 무슨 일이 벌어질 것이다.

캠프에 가 보니 달랑 파나시만 있었다. 꺼져 가는 바위 모닥불 앞에 앉아 이글거리는 돌을 응시하고 있었다. 야자술 술병이 다리 사이에 놓여 있었다.

"다들 어디……."

"나도 몰라, 온예." 혀 꼬인 소리로 파나시가 말했다. "둘 다 나를 버렸어."

므위타가 그의 어깨를 토닥이고 우리 텐트로 들어갔다. 나는 파나시 옆에 앉았다. 야자술 냄새가 진동했다.

"돌아올 거야, 분명히."

"너와 므위타는." 파나시가 조금 지나 말했다. "너희 둘은 진짜야. 내겐 절대 없을 그런 거. 그냥 디티와 땅 조금, 애들을 원했을 뿐인데. 지금 내 꼴 봐. 아버지가 보셨음 침 뱉으셨을걸."

"돌아올 거야." 나는 다시 말했다.

"둘 다 가질 순 없어. 그리고 보아하니 하나도 얻지 못하게 생겼는걸. 멍청하지. 여기 오지 말았어야 했어. 집에 가고 싶다."

나는 짜증이 나 파나시를 쳐다보았다.

"이곳에는 기꺼이 너와 하려는 예쁜 여자들이 득실득실해." 나는 일어나며 말했다. "가서 그중 하나와 잠자리 하고 그만 징징거려."

내가 텐트에 들어섰을 때 므위타는 누워 있었다. 그가 말했다.

"좋은 충고네. 이 와중에 여자를 더 끌어들여 파나시 머리를 더 복잡하게 만들라고."

나는 혀를 차고 쏘아붙였다.

"파나시는 루유를 택하지 말았어야 했어. 내가 말 안 했어? 루유는 남자들을 좋아해, 그냥 한 남자가 아니라. 이 이상 뻔할 수가 없었는데."

"이제 파나시를 탓하는 거야? 디티는 주술이 풀리고 나서도 파나시를 밀어냈어."

"'나서도'라는 게 무슨 뜻이야? 그 주술로 인한 고통이 얼마나 큰지 네가 알아? 끔찍하다고! 그리고 우린 다리를 벌리는 게 잘못이라고 여기게끔 컸어, 심지어 우리가 원할 때조차. 우린…… 너희처럼 자유롭게 자라지 못했단 말이야." 나는 잠시 사이를 두었다. "네가 팅 같은 연상의 여자들과 어울릴 때, 누가 널 비난했니?"

므위타는 눈을 가늘게 뜨고 나를 노려보았다.

"그 첫 번째 때, 그 주술만 없었더라면 너는 기꺼이 내게 다리를 벌렸겠지. 너를 억압하는 즈와히르의 규칙은 없어."

"주제를 바꾸지 마."

므위타는 웃음소리를 냈다.

"팅하고 관계했어?"

"뭐?"

"난 너를 알고 그 여자도 알 것 같거든."

므위타는 그저 고개만 젓고, 팔을 베고 도로 누웠다. 나는 잔치용 옷을 벗고 오래된 노란 라파로 몸을 감쌌다. 텐트를 나서려는데 라파 자락을 끌어당기는 게 느껴졌다. 하마터면 옷이 벗겨질 뻔했다.

"잠깐, 어디 가?"

"씻으러."

우리는 루유의 텐트를 씻는 곳으로 정했다. 차마 빈타의 텐트를 쓸 마음이 내키지 않았다.

"넌 했어?" 나는 마침내 말했다. "내 이전에 다른 여자들하고?"

"그게 왜 중요해?"

"그냥. 했어?"

"내가 관계한 여자가 네가 처음은 아니야."

나는 한숨을 쉬었다. 알고 있었다. 그건 상관없었다. 내 걱정은 팅이었다.

"아까 여기서 나갔을 때 어디 갔었어?"

"산책하러. 사람들이 기꺼이 집으로 초대했어. 남자들이 날 앉혀 놓고 우리와 우리 여행에 대해 물어보더라. 전부는 아니고, 적당히 얘기해 줬어. 팅이 나를 새쿠의 텐트로 데려갔고 거기서 우리 모두 얘기를 나눴지." 그는 잠시 사이를 두었다. "팅은, 여기 사람들 다 그렇지만, 아름다워. 하지만 그 불쌍한 사람은 열한 살 주술이 걸린 거나 마찬가지야. 관계를 하지 못하게 되어 있으니. 그리고…… 온예 넌 내가 말한 단어의 뜻 알잖아."

*이푸나니아.*

"그건 영혼과 육체 양쪽 다 적용돼."

므위타가 다시 내 라파를 끌어당겨 가슴 아래로 내리며 말했다. 나는 옷자락을 끌어올렸다.

"미안해."

"당연하지." 므위타가 손을 내저었다. "가서 씻어."

## 43장

디티도 루유도 그날 밤 돌아오지 않았다. 파나시는 밤새 앉아 바위 모닥불의 잔해를 응시하고 있었다. 다음 날 아침 내가 차를 끓이려 일어났을 때 그는 여전히 거기 있었다.

"파나시." 내 목소리에 그는 화들짝 놀랐다. 어쩌면 눈을 뜨고 자고 있었는지도 모른다. "가서 자."

"둘이 아직 안 돌아왔어."

"괜찮을 거야. 가서 자."

파나시는 비틀비틀 텐트로 기어들어 가더니 움직임을 멈추었다. 다리는 여전히 밖에 튀어나온 채였다. 목욕 텐트에서 비누 거품을 절반쯤 씻어 냈을 때, 둘 중 한 명이 돌아오는 소리를 들었다. 나는 잠시 멈추었다.

"돌아온 걸 보니 반갑다." 므위타가 말하는 소리가 들렸다.

"아, 그만해." 디티가 말하는 소리가 들렸다.

정적.

"죄책감 들게 하려 들지 말라고." 디티가 덧붙였다.

"내가 언제 너더러 즐기지 말란 소리 했어?"

디티는 끙 소리를 냈다.

"파나시는 밤새 여기 있었어?"

"밤새 너희 둘을 기다렸지. 방금 자러 들어갔어."

"우리 둘 다?" 디티가 코웃음쳤다.

"디티……."

나는 디티가 자기 텐트로 돌아가는 소리를 들었다.

"가만 좀 둬. 나 피곤해."

"알아서 해."

루유는 세 시간 후 돌아왔다. 디티는 무엇인지 몰라도 지난 밤의 여파를 잠으로 날려보내고 있었다. 아마 성교와 야자술의 여파일 것이다. 루유는 산뜻해 보였고, 우리 또래 남자가 동행하고 있었다.

"좋은 아침." 루유가 말했다.

"오후야."

나는 정정했다. 나는 오전을 명상하며 보냈다. 므위타는 어딘가 갔었다. 새쿠나 팅을 찾으러 갔으리라고 짐작했다.

"이쪽은 쑨이야."

"안녕하세요."

"반갑습니다. 어젯밤, 당신 노래 덕분에 좋은 꿈을 꿨어요."

"드디어 잠이 들었을 때 말이지."

루유가 덧붙였다. 둘은 서로 마주 보며 씨익 웃었다.

"잰 안 자고 널 기다렸어." 나는 파나시 쪽을 가리키며 말했다.

"저쪽이 디티의 남편인가요?"

쑨이 파나시를 보려 고개를 기웃거리며 물었다.

하마터면 웃을 뻔했다.

"제 형이 디티를 하룻밤 데려간 걸 저쪽이 마음 쓰지 않았으면 좋겠는데요."

"조금은 신경 쓰일걸." 루유가 말했다.

나는 인상을 찌푸렸다. 이 사람들한테는 어떤 규범과 규칙이 있는 걸까? 다들 아무하고나 관계하는 것 같았다. 심지어 아이즈는 세사 족장 남편의 혈육이 아니라고 하고. 루유와 쑨이 얘기하는 동안, 나는 조용히 파나시에게 가서 다리를 세게 걷어찼다. 파나시는 신음하며 돌아누웠다.

"아, 뭐야? 잘 자고 있는데."

루유가 내게 아주 불만스런 표정을 지었다. 나는 그 애한테 미소 지었다.

"파나시." 쑨이 다가가며 말했다. "어젯밤 당신의 루유를 내가 가졌거든요. 루유가 그러는데 당신이 기분 나빠 할지도 모른다고."

파나시는 벌떡 일어났다. 잠깐 기우뚱했지만 바로 서자 쑨보다 크고 위압적이었다. 본능적으로 쑨은 뒤로 물러섰다. 디티가 자기 텐트에서 빼꼼 내다보았고, 얼굴에는 미소가 걸려 있었다.

"원하는 대로 마음껏 해요." 파나시가 말했다.

"쑨." 나는 그의 손을 잡으려고 하다가 다시 생각했다. "알게 되어 반가웠어요. 이리 와요."

나는 그와 함께 우리 캠프에서 걸어 나왔다. 그는 나와 몇 센티미터 거리를 유지했다.

"우리 형과 내가 문제를 일으켰나요?"

"뭐, 원래 없던 문제는 아니에요."

"솔루에선 끌리는 대로 행동해요. 미안해요, 당신들이 여기 사람이 아니란 걸 고려하지 못했습니다."

"괜찮아요. 당신이 우리 사이 일을 바로잡았는지도 몰라요."

그날 저녁, 루유는 자기 텐트로 돌아갔고 우리는 빈타의 텐트를 씻는 곳으로 쓸 수밖에 없었다.

피정까지 남은 나날은 우리 다섯 명에게 최악의 기간이었다. 디티, 루유, 파나시는 서로 말을 하지 않았다. 그리고 루유와 디티 둘 다 오후와 저녁에 툭하면 사라졌다.

파나시는 몇몇 남자들과 친해져 얘기하고, 술 마시고, 낙타들에게 먹이를 주고, 특히 빵을 구우며 저녁을 보냈다. 파나시가 그렇게 빵을 잘 굽는 줄은 몰랐다. 알았어야 했다. 빵가게 아들이니. 파나시는 여러 가지 빵을 만들었고, 곧 여자들이 그의 빵을 부탁하며 어떻게 만드는지 알려 달라고 했다. 하지만 우리 캠프에 있을 때면 파나시는 혼자 지냈다. 나는 파나시가 무슨 생각을 하는지 궁금했다. 셋 다 무슨 생각인지 궁금했다. 표면상으론 그들은 괜찮아 보였으나 진짜 괜찮다고 느껴지는 건 루유뿐이었다.

바족과의 생활은 기묘했다. 아무도 나를 만지지 않는 것을 제외하면, 나는 이들을 사랑했다. 여기서 나는 환영받았다. 그리고 사람들의 이름과 성격을 알아가게 되었다. 우리 근처 텐트에는 사쿠아와 이솝이라는 커플이 살았고, 아이가 다섯 있었는데 그중 둘은 아버지가 달랐다. 사쿠아와 이숍은 만사에 언쟁하고 토론하는 활발한 커플이었다. 둘은 판결을 내 달라고 자주 므위타와 나를 찾아왔다. 그들이 내게 판단해 달라고 부탁한 말다툼 중 하나는 사막에 단단한 땅이 더 많으냐 아니면 모래언덕이 더 많으냐 하는 것이었다.

"누가 그걸 알겠어요? 모든 곳에 다 가 본 사람은 아무도 없어요. 우리 지도조차 한계가 있고 오래된 거죠. 그리고 세상 모든 곳이 사막이라고 누가 단언할 수 있겠어요."

"하!" 이숍이 아내 배를 쿡 찌르며 말했다. "봐, 내 말이 맞지! 내가 이겼어!"

솔루 마을 아이들은 사방팔방 날뛰었다. 좋은 의미로. 언제나 어디선가 누군가를 돕거나 배우고 있었다. 모두들 아이들을 반겼다. 아주 어린 아이조차. 걸음마만 할 수 있게 되면, 그 아이는 모두의 책임이 되었다. 한번은 두 살쯤 된 아이가 어머니에게 밥을 받아먹다 말고 돌아다니러 쪼르르 도망치는 것을 보았다. 몇 시간 후, 마을 반대쪽 다른 가족과 앉아 점심을 먹고 있는 그 아이를 보았다. 그리고 그날 저녁, 그 아이가 사쿠아와 이숍과 그 집 애들 둘과 함께 저녁을 먹고 있는 것을 발견했다!

물론 아이즈는 나를 자주 찾아왔다. 우리는 자주 같이 식사를 했다. 아이즈는 내 요리를 좋아했고, 내가 "참 많은 향신료를 쓴다."고 했다. 조그만 그림자가 따라다니는 것이 기분 좋기는 했지만, 므위타가 와서 관심을 빼앗기면 늘 짜증을 냈다.

내게 솔루가 무엇보다 편했던 점은 내가 아는 어떤 사회와도 다른 점이었다. 이곳 사람들은 모두 바위 모닥불을 피울 줄 알았다.

그냥 방법을 알았다. 그리고 내가 노래했을 때, 사람들은 새가 내 어깨에 앉는 것을 보고 기뻐하고 신기해했다. 내 노래가 그런 진정 효과가 있다고 거슬려하지 않았다.

바족은 마법사는 아니었다. 새쿠와 팅만 신비의 요소를 알았다. 하지만 그들에게 주술은 생활 방식의 일부였다. 너무나 일상적이라 그걸 굳이 전부 이해할 필요를 느끼지 않았다. 나는 그들에게 이런 소소한 주술을 본능적으로 아는지 아니면 배웠는지 물어보지 않았다. 마치 어떻게 소변 가리는 방법을 익혔는지 묻는 것처럼 무례한 질문으로 느껴졌다.

내 어머니는 답이 없는 것과 신비적인 것을 받아들이는 자세 면에서 바족과 같았다. 하지만 우리가 즈와히르에, 문명 세계에 도착했을 때, 그것은 숨겨야만 하는 무언가가 되었다. 즈와히르에서는 아로나 아다, 또는 현명한 이 나나처럼 주술을 아는 장로에게나 받아들여졌다. 그 외 사람들에겐 주술은 혐오스런 것이었다.

*여기서 자랐더라면 난 어떤 사람이 되었을까?* 궁금했다. 이들은 에우와 아무 문제도 없었다. 므위타를 동족처럼 받아들였다. 므위타를 포옹하고 악수했으며, 등을 두들기고, 아이들이 주위에 놀도록 두었다. 그는 온전히 환영받았다.

그러나 그들은 나를 만질 수 없었다. 즈와히르에서조차 시장에서 사람들이 나를 스쳐 지나곤 했다. 내가 어렸을 때, 사람들은 늘 내 머리를 잡아당기거나 만져 보았고 나는 다른 아이들과 싸울 만큼 싸웠다. 이것이 유목민 마을 솔루 사람들과의 유일한 문제였다.

## 44장

내가 운명을 향해 나아가지 않을 때면, 운명이 내게로 다가왔다. 피정까지 이어진 그 기간은 정말로 새쿠가 암시한 그 과정의 시작이었다. 우리는 붉은 사람들과 겨우 사흘 있었다. 피정까지는 나흘. 느긋이 지내기에 충분한 시간은 아니었다.

그래도 나는 편안하고 만족스러우며 푹 쉰 상태로 깨어났다. 므위타의 팔이 내 허리를 감고 있었다. 밖에선 새쿠의 폭풍이 빚어내는 낮은 소음이 들렸다. 소음 너머로 사람들이 하루를 시작하며 떠드는 소리, 염소가 메에 하고 우는 소리, 아기 우는 소리가 들렸다. 나는 한숨을 쉬었다. 솔루는 여러 면에서 집 같았다.

눈을 감고 어머니를 생각했다. 집 밖에서 정원을 가꾸고 계시겠지. 어쩌면 나중에 아다를 찾아가거나 지가 어떻게 꾸려 가나 보러 아버지 가게에 들를지도 모른다. 어머니가 무척 보고 싶었다. 여행을…… 하지 않아도 되는 상태가 그리웠다. 나는 일어나 앉아 긴 머리칼을 쓸어 올렸다. 머리를 묶었던 야자수 줄기가 풀어졌다. 그럴 때면 평소 하듯이 내 손이 자동으로 머리를 땋아 내리기 시작했다. 그러다가 머리를 땋지 말라는 새쿠의 말을 떠올렸다. 나는 줄기를 찾으며 중얼거렸다.

"말도 안 돼."

"뭐가?" 므위타가 얼굴을 바닥으로 향한 채 웅얼거렸다.

"머리 묶은 게……."

조그마한 하얀 머리가 우리 텐트를 들여다보았는데 부리에는 작고 붉은 볏이 달려 있었다. 나직하게 훽 소리를 냈다. 나는 웃음을 터트렸다. 뿔닭이었다. 솔루에서 이 통통하고 얌전한 새들은 어린 애들만큼이나 자유롭게 돌아다녔고 폭풍 근처에 가선 안 된다는 것을 알았다. 나는 몸에 라파를 두르고 일어나 앉았다가 그대로 얼어붙었다. 이상한 냄새가, 뭔가 마법적인 일이 벌어질 때면 늘 나던 그 냄새가 났다. 새가 텐트에서 고개를 쏙 뺐다.

"므위타." 나는 속삭였다.

므위타는 벌떡 일어나, 라파를 허리에 두르고 내 손을 잡았다. 그도 냄새를 맡은 듯했다. 아니면 최소한, 뭔가 이상한 것을 감지했다.

"온예!" 밖에서 디티가 외쳤다. "여기 좀 나와 봐!"

"천천히 해."

루유가 말했다. 둘 다 우리 텐트에서 몇 미터쯤 떨어져 있는 듯했다.

나는 킁킁 냄새를 맡았고, 그 이상하고 다른 세계의 것 같은 향기가 코를 채웠다. 텐트에서 나가고 싶지 않았지만 므위타가 나를 밀면서 바싹 뒤에 붙어 속삭였다.

"가 봐. 뭐든 간에 마주해야지. 네가 할 수 있는 건 그게 다니까."

나는 얼굴을 찌푸리고 되밀쳤다.

“내가 뭘 해야 하는 의무는 없어.”

“겁쟁이처럼 굴지 말고.” 므위타가 쏘아붙였다.

“그럼 어쩌게?”

“우리가 집을 떠나온 목적은 그런 게 아니야. 기억하지?”

나는 쩝 소리를 냈다. 두려움이 폐를 눌러 왔다.

“왜 집을 떠났는지 이젠 모르겠어. 그리고 저기서…… 나를 기다리는 게 뭔지 모르겠어.”

므위타는 코웃음 쳤다.

“뭘 해야 하는지 알잖아.”

나는 므위타가 어느 쪽에 대답한 건지 알 수 없었다.

“가 봐.” 그가 나를 다시 밀며 말했다.

나는 계속 피정을, 거기서 무슨 일이 생길지를 생각했다. 우리 텐트는 안전이 보장된 곳이었다. 그 안에는 므위타가 있고 우리의 소지품 몇 가지가 있으며, 세상으로부터 막아 주는 가림막이었다. 오, *아니, 전 그냥 이 안에 있고 싶어요.* 하지만 이내 빈타의 모습이 번뜩 떠올랐다. 심장이 더 거세게 뛰었다. 나는 앞으로 나아갔다. 텐트 문을 밀치고 기어 나가다가 하마터면 그것에 부딪힐 뻔했다. 나는 고개를 들고, 들고, 또 들었다.

바로 우리 텐트 앞에, 장성한 나무처럼 높은 그것이 서 있었다. 텐트 세 채 폭만큼 넓었다. 가장꾼, 이계에서 온 영체였다. 내가 아로를 공격했던 날 아로의 오두막을 지키고 섰던 난폭하고 손톱이 날카로운 가장꾼과 달리, 이번 가장꾼은 바위처럼 우뚝 서 있었다.

단단히 뭉친 젖은 낙엽과 뾰족뾰족 튀어나온 수천 개의 쇠못으로 이루어져 있었다. 나무로 된 머리에는 찌푸린 얼굴이 조각되어 있었다. 정수리에서 짙은 하얀 연기가 흘러나왔다. 이 연기에서 냄새가 나는 거였다. 그 주위에는 뿔닭이 열 마리쯤 뽐내듯 어정거리고 있었다. 이따금 고개를 쳐들어 갸웃거리며, 묻듯이 낮게 빽빽거리곤 했다. 두 마리가 가장꾼 오른쪽에, 한 마리가 왼쪽에 앉아 있었다. *귀엽고 순한 새들을 끌어들이는 괴물이라니, 다음엔 뭐가 나올까?*

가장꾼은 내가 천천히 일어서자 나를 내려다보았다. 므위타는 내 바로 뒤에 있었다. 몇 미터 떨어진 곳에 디티와 파나시가 있었고 구경꾼들이 점점 늘어가고 있었다. 파나시는 디티의 허리에 한 팔을 둘렀고 디티는 그에게 죽어라 매달리고 있었다. 겁에 질린 루유가 내 바로 오른쪽 자기 텐트 뒤에 숨어 있었다. 나는 웃음을 터트리고 싶었다. 루유는 자리를 지켰고, 디티와 파나시는 겁먹고 피했다.

"저게 뭘 원하는 걸까?" 루유가 마치 그 존재가 바로 앞에 있지 않은 양 큰 소리로 속살거렸다. 슬금슬금 다가왔다. "저게 원하는 걸 주면 갈지도 몰라."

*뭘 원하느냐에 달렸지.*

갑자기 그것이 땅으로 내려오기 시작했고, 낙엽으로 이루어진 몸이 구겨져 주저앉았다. 그 옆에 앉아 있던 뿔닭은 30센티미터쯤 이동해서 다시 앉았다. 가장꾼의 하강이 멈추었다. 이제 앉아 있었다. 나는 그 앞에 앉았다. 므위타는 내 옆에 앉았다. 루유 역시 근처에 남았다. 루유는 마법의 재주라고는 눈곱만큼도 없었고 그렇기에 수수께끼의 존재를 마주한 그녀의 용기가 더욱 놀라웠다.

머리가 땅에 가까워지니, 우리를 둘러싼 그 이상한 냄새가 나는 연기가 더 짙어졌다. 폐가 꿈틀했고 나는 재채기를 하지 않으려 무진 애썼다. 그건 무례한 행동일 터였다. 뿔닭 몇 마리는 실제로 콜록거렸다. 가장꾼은 신경 쓰지 않는 듯했다. 나는 루유를 흘끗 보고 고개를 끄덕였다. 루유는 마주 고개를 끄덕였다.

"다들 물러나라고 전해." 나는 루유에게 말했다.

의문의 기색 하나 없이 루유는 사람들에게 갔다.

"물러나시라고 그러네요."

"저건 가장꾼인데." 한 여자가 멍하니 대답했다.

"나는 그게 뭔지 몰라요." 루유가 말했다. "하지만……."

"저건 온예손우와 얘기하러 온 거야." 한 남자가 말했다. "우린 그냥 구경하려고."

루유는 나를 향해 돌아섰다. 최소한 이제 그게 뭘 원하는지는 알았다. 신비로운 것에 대한 붉은 사람들의 본능적인 지식은 매번 놀라웠다.

"물러나세요, 아무튼." 나는 담담히 말했다. "사적인 이야기라."

그들은 보기에 안전해 보이는 거리까지 물러났다. 파나시와 디티가 인파 사이로 파고들어 사라지는 것을 보았다. 그러고 나자 그것이 내게 말했다.

*온예손우, 므위타.* 그 목소리는 마치 연기처럼 그것의 모든 부분에서 스물스물 흘러나왔다. 모든 방향으로 퍼져 나갔다. 뿔닭들이 작게 꾸국거리던 소리를 멈추고 서 있던 것들은 전부 앉았다. *그대들에게 인사를.* 그것이 말했다. *그대들의 조상과, 영혼과, 기에 인*

*사를 보낸다.* 그것이 말하는 사이, 이계가 우리를 감싸 왔다. 므위타도 그걸 볼 수 있는지 궁금했다. 밝은 색색의 빛, 물결치는 작은 관이 실제 땅에서 뻗어 나왔다. 이계에 나무가 있다면 그렇게 생겼을 것 같았다. 이계의 나무들.

나는 아버지의 눈을 찾아 주위를 둘러보았다. 그 빛을 볼 수 있었으나 가장꾼의 덩치에 가려져 있었다. 이 강력한 가장꾼을 믿어도 된다는 유일한 힌트였다.

"인사드립니다, 오가." 므위타와 나는 말했다.

"손을 내밀어, 온예손우."

나는 므위타를 돌아보았다. 눈은 가늘고 강렬했으며, 턱에 힘이 들어갔고, 입술은 꾹 다물었으며, 콧구멍은 벌름거렸고, 눈썹은 찌푸려져 있었다. 므위타가 갑자기 벌떡 일어서서 물었다.

"어떻게 할 거야?"

*앉아라, 므위타. 너는 그녀의 자리를 대신할 수 없다. 그녀를 구할 수 없다. 네겐 너만의 역할이 있어.* 므위타는 자리에 앉았다. 바로 그렇게, 그것은 므위타의 마음을 읽고, 질문과 반박을 뛰어넘고, 므위타의 가슴 한복판에 자리한 고민을 정확히 집어내 언급했다. *굳이 그래야겠다면 그녀를 만져도 좋지만 방해하진 마라.*

므위타는 내 어깨를 잡았다. 귀에 대고 속삭였다.

"나는 네가 원하는 곳 어디든 함께 갈 거야."

그 목소리에서 애원을 들었다. 내게 거절하라는 애원. 행동하라는. 도망치라는. 나는 비슷한 선택안이 있었던 열한 살 의식을 떠올렸다. 내가 도망쳤더라면 생부는 나를 그렇게 금방 보지 못했을 것이다. 지금 여기 있지 않았을 것이다. 하지만 나는 여기 있다. 그리고 어떻게 하든, 나흘 후 내가 피정을 떠나면 무슨 일인가 벌어질 것이다. 운명은 차갑다. 냉담하다.

천천히 나는 손을 내밀었다. 눈은 뜬 채. 므위타가 내 어깨를 꽉 움켜쥐고 가까이 붙어 왔다. 내가 뭘 예상했는진 모르겠지만 그다음 벌어진 일에는 전혀 대비가 되어 있지 않았다. 가장꾼 표면의 젖은 낙엽이 전부 동시에 들춰지더니 아래의 수많은 바늘이 드러났다. 그것은 뒤로 몸을 젖히더니 나직한 '훅!' 소리와 함께 앞으로 확 숙였다. 나는 화들짝 물러났다가 눈을 깜박였다. 눈을 떠 보니 내 몸이 온통 물방울과…… 가장꾼의 바늘투성이였다.

내 얼굴 전체, 팔, 가슴, 배, 다리. 어떻게 해서인지 내 등에까지 바늘이 나 있었다! 므위타의 몸에 가려진 부분에만 바늘이 없었다. 므위타가 고함을 치며 나를 만지고 싶어 했지만 차마 만지지 못했다.

"너……." 므위타는 펄쩍 뛰어 나를 보고, 바늘을 보았다. "이게 도대체…… 온예? 뭐야……?"

나는 비명을 지르기 직전의 심정으로 신음하며 내 자신을 내려다보다가 아직 내가 의식이 있고 멀쩡한 기분이라는 데 놀랐다. 꼭 바늘꽂이처럼 보였다! 왜 피가 안 나지? 아픔은 어딜 가고? 그리고 이런 짓을 할 거면 왜 나더러 손을 내밀라 한 거야? 무슨 잔인한 농담 같은 건가?

가장꾼이 웃기 시작했다. 목 깊숙이 울려 나오는 웃음소리에 젖은 낙엽이 흔들렸다. 그래, 그것에게는 농담이었다.

가장꾼이 일어나는 바람에 우리에게 물방울과 연기가 튀었다.

그것은 몸을 돌려 걸어가기 시작하더니 이게의 연기를 흘리며 새쿠의 텐트로 향했다. 뿔닭들이 한 줄로 따라갔다. 사람들도 몇 명 따랐다. 누군가 플루트를 가져왔고, 또 다른 누군가는 작은 북을 들었다. 그들은 여전히 웃으며 걸어가는 가장꾼을 위해 연주했다.

그게 더 이상 보이지 않게 되자, 므위타와 나는 서로를 쳐다보았다.

"너 기분은…… 괜찮아?"

나는…… 이상한 기분이 들기 시작하고 있었다. 편치 않은 기분. 하지만 괜히 겁먹게 하고 싶지 않았다.

"괜찮아."

얼마 후, 우리는 둘 다 미소 짓고 웃음을 터트렸다. 바늘이 하나 떨어졌다. 므위타가 그걸 가리키고 더 크게 웃어 대는 바람에, 나도 더 큰 웃음이 터져 나왔다. 바늘이 더 떨어졌다. 루유가 달려왔다. 나를 가까이서 보고는 비명을 질렀다. 므위타와 나는 더 크게 웃어 댔다. 이제 바늘이 후두둑 떨어지고 있었다.

"너희 둘 왜 이래?" 루유가 바늘이 떨어지는 것을 보고 진정해서 물었다. "그게 무슨 짓을 한 거야?"

나는 여전히 킥킥거리며 고개를 저었다.

"몰라."

"그거……." 루유가 내 등에 남은 바늘을 보려 무릎을 꿇었다. "그거 진짜 가장꾼이었어?"

나는 고개를 끄덕였고, 메스꺼움이 밀려오는 것을 느꼈다. 한숨을 쉬고 앉았다. 루유가 내 뺨에 튀어나온 남은 바늘을 만져보려 하자, 콜라넛*만 한 크기의 불꽃이 튀었다. 루유는 뒤로 펄쩍 물러나며 자기 손을 움켜쥐었고, 아픔에 헉 소리를 냈다.

이제 나는 므위타를 제외한 모든 이들에게서 배척당했다.

* 콜라나무의 열매로 크기는 대략 5센티미터 정도다.

## 45장

다음 날이 되자, 나는 끔찍이도 아팠다. 음식은 소박한 카레 양념 염소고기 같은 것조차 보기만 해도 속이 뒤집혔다. 그리고 입에 겨우 음식을 넣으면, 쇠 맛이 나고 이에 부딪히며 불꽃이 일어 느낌이 아주 불쾌했다. 편안하게 넘길 수 있는 건 물과 약간의 맨빵 정도였다. 이틀 후 나는 여전히 아팠다.

가장꾼은 내 몸에 뭔가를 주입했다. 바늘에는 독이 묻어 있었다. 아니면 약일까? 둘 다일 수도 있다. 둘 다 아닐 수도 있고. 독이든 약이든, 더 큰 계획의 일부로서의 내가 아니라, 나 본인에게 무언가 용건이 있었단 의미다.

계속 울렁거리고 먹지 못하고, 므위타를 제외한 거의 모두에게 (알고 보니 새쿠와 팅에게도 알레르기 반응이 없었다.) 알레르기 반응을 보일 뿐만 아니라, 이따금 끔찍하게 감각이 예민해졌다. 파리가 숨 쉬는 소리가 들리고 바닥을 구르는 모래 한 알이 바위처럼 보였다. 갑자기 매 같은 기운과 시력이 생기거나 또는 모든 사람들의 유한한 생명을 냄새로 느낄 수 있었다. 생명의 유한함은 진흙 같고 축축한 냄새가 났으며 내게서 진동했다.

허기로 인한 이 선명한 상태가 무엇인지 나는 알고 있었다. 몇 달 전 므위타와 나를 생부와 정면으로 맞닥뜨리게 한 환영의 좀 더 강한 버전이었다. 하지만 이번에는 내가 통제할 것이다. 그래야만 했다. 그렇게 못 한다면 아마도 내가 위험할 것이다. 설상가상으로 이계가 계속 내 공간을 침범해 왔다.

"난 살아 있어." 솔루 외곽을 걸으며 나는 중얼거렸다. "그러니 내버려 두라고."

하지만 이계는 물론 그러지 않을 것이다. 나는 주위를 둘러보았다. 심장이 빠르게 뛰었다. 웃음을 터트리고 싶었다. 한 발은 영계에 그리고 다른 발은 현실계에 두고 있는 동안 내 심장은 쿵쿵거렸다. 황당했다. 나의 일부는 파란 에너지였고 일부는 실재하는 육체였다. 반은 살아 있고 반은 다른 무언가. 이렇게 된 것은 다섯 번째였고, 전에 그랬듯이 돌아보니 아버지의 성난 눈이 있었다. 나는 그를 볼 때마다 느껴지는 불안의 떨림을 무시하고 침을 뱉었다. 그는 늘 거기서 지켜보며 기다리고 있었다……. 하지만 무엇을?

나는 어느 가족의 텐트 근처에 서 있었다. 어머니, 아버지, 그리고 아들 둘과 딸 셋. 또는 아이들 중 몇은 다른 집 아이일 수도 있었다. 어쩌면 그 두 '부모'는 연인이나 친구일 수도 있었다. 바족의 경우에는 도무지 알 수 없었다. 하지만 가족은 가족이기에 나는 그들이 부러웠고 또다시 어머니를 그리워했다.

그들은 저녁을 먹고 있었다. 오크라 수프와 푸푸가 마치 내 코앞에 있는 듯 냄새를 맡을 수 있었다. 여자를 쳐다보는 남자의 눈에서 번뜩임을 볼 수 있었고 그가 여자를 갈망하지만 사랑하진 않는다는 것을 알 수 있었다. 아이들의 긴 드레드락 머리의 거칠거칠함이 느껴지는 듯했다. 저들 중 누군가 내 쪽을 돌아보면 뭐가 보일까? 물로 이루어진 모습의 나일까. 어쩌면 아무것도 안 보일지도. 나는 아버지의 이글거리는 눈길을 피하려 이계 나무의 푸른 에너지에 기대었다. 나무는 부드럽고 서늘한 느낌이었다. 나는 주저앉아, 완전히 현실계로 돌아갈 때까지 기다렸다.

눈을 감자마자 무언가 나를 붙들었다. 이계 나뭇가지 두 개가 내 왼팔과 목을 단단히 휘감아서 온몸이 무감각해졌다. 나는 목을 휘감은 가지를 쥐어뜯고 당겼다. 더 세게 조여드는 바람에 가쁜 숨을 힘들게 몰아쉬었다. 가지가 너무 튼튼했다.

하지만 나는 더 강했다. 훨씬 더. 분노가 솟구치고, 나의 파란 에너지가 타올랐다. 목에 감긴 가지를 잡아 뜯었다. 나무는 날카로운 비명을 질렀지만 그걸로는 나를 막을 수 없었다. 팔에 감긴 다른 가지를 뜯어 내고 내 다리를 노리는 가지를 잡아뜯었다. 그런 다음 거의 포효할 기세로 주먹을 불끈 쥐고, 다리는 약간 굽히고, 크게 눈을 뜨고 벌떡 일어섰다. 나무 전체를 조각조각 찢어발길 참이었다……. 그리고 그때 이계가 내게서 물러나기 시작했다. 내 존재와 육체가 완전히 현실계에 자리잡는 순간, 힘이 쫙 빠졌다. 나는 바닥에 쿵 주저앉아 조용히 헐떡였다. 욱신거리는 목을 만져 보기가 무서웠다.

가족과 저녁을 먹던 어린 소녀가 돌아보았다. 아이는 나를 보고 손을 흔들었다. 나는 힘없이 마주 손을 흔들며 미소 지으려 애썼다. 아무 일도 없었던 척 천천히 일어섰다.

"같이 먹을래요?"

아이가 순진한 어린 소녀의 목소리로 물었다. 이제 다들 나를 쳐다보며 손짓하고 있었다.

나는 미소 지으며 고개를 저었다.

"고맙지만 배가 고프지 않아서요."

나는 힘겨운 몸을 이끌고 최대한 빨리 그 자리를 떠났다. 저들은 너무나 평범하고 순수하며, 때 묻지 않아 보였다. 절대로 저 식탁에 앉을 순 없었다.

텐트에 돌아와 보니, 파나시가 자기 텐트 앞에 부루퉁하니 앉아 있었다. 나는 그럴 기분이 아니라, 무슨 일이냐고 묻지 않았다. 하지만 뻔했다. 디티와 루유가 아무 데도 보이지 않았다. 므위타도 마찬가지였다. 나는 텐트에 누워 그가 없어 다행이라 생각했다. 내가…… 아프다는 것을 그에게 알리고 싶지 않았다. 아무에게도 알리고 싶지 않았다. 바족은 이미 나를 뭐에 걸린 사람 취급하고 있었다. 그리고 어떤 면에선 맞았다. 내가 그들에게 가까이 가면 불꽃이 튀거나 날카로운 통증을 주게 되니까. 거기다 더해 몸이 좋지 않다는 말까지 하지 않아도 나는 이미 충분히 추방자가 된 기분이었다.

나는 루유에게 전부 이야기했다. 하지만 그렇게 한 이유는 단지 내가 한 시간 후 또다시 반은 이계에 반은 현실계에 있는 채로 텐트로 돌아왔을 때 마침 루유가 거기 있었기 때문이었다. 너무 피곤해서 거기 앉아 있는 것 말고는 뭘 어쩔 수가 없었다. 이계가 마침내 물러나고 나니, 루유가 텐트 입구에서 나를 쳐다보고 있었다.

나는 걔가 곧장 도로 나갈 줄만 알았는데 루유는 또 나를 놀라게 했다. 루유는 안으로 기어들어와, 앉아서는 그저 나를 빤히 응시했다. 나는 누워서 그 애의 질문을 기다렸다.

"그게 뭐야?" 루유가 마침내 물었다.

"뭐가?" 나는 한숨을 내쉬었다.

"너 아까 꼭…… 물 같았어. 단단한 물로 만들어진…… 물이지만 돌 같은 그런 거."

나는 킥킥 웃었다.

"그랬어?"

루유는 고개를 끄덕이고는 갸웃했다.

"우리 열한 살 의식 때 그랬던 것처럼. 거기로…… 죽은 이들의 세계로 들어가면 그렇게 되는 거야?"

"죽은 이들의 세계가 아니야, 이계지. 영계(靈界)."

"하지만 산 사람이 거기 있을 순 없잖아. 그러니 죽은 이들의 세계지."

"난……." 다시 한숨을 쉬고 아로의 가르침을 읊었다. "살아 있지 않다고 해서 꼭 죽었다는 뜻은 아니야. 죽기 위해서는 먼저 살아 있어야 하지." 나는 눈을 감고 기댔다. "이계는 다른 곳이야. 실재하지도 않고 시간도 존재하지 않고."

"그럼 우리 의식 때는 왜 그렇게 됐는데?"

나는 웃음을 터트렸다.

"얘기하자면 길어."

"온예, 무슨 일이야?" 잠시 후 루유가 물었다. "너 요새 영 멀쩡해 보이지 않아……. 가장꾼이 너한테 그런 짓을 한 이후로." 루유는 내가 대답하지 않자 더 다가왔다. "우리가 처음 길 떠날 때 했던 얘기 기억나?"

나는 그저 쳐다보기만 했다.

"짐을 나눠 지자고 했잖아, 너랑 나는." 루유가 내 손을 잡자 커다란 불꽃이 튀었다. 아픈 표정이 얼굴을 스치고 루유는 천천히 내 손을 내려놓았다. 내게 미소 지었지만 다시 손을 잡으려 하지는 않았다. "말해 줘. 나한테."

나는 울고 싶은 마음을 꾹 누르고 고개를 돌렸다. 남에게 부담을 주고 싶지 않았다. 나는 루유를 돌아보았다. 그 모든 일을 겪고도 매끈한 짙은 갈색 피부가 눈에 들어왔다. 두꺼운 입술을 꼭 다물고 있었다. 커다란 아몬드 모양의 눈이 깜박거리지도 않고 내 눈을 지그시 들여다보았다. 나는 일어나 앉았다.

"알았어. 같이 좀 걷자."

우리는 솔루의 가장자리, 폭풍과 텐트촌 끝자락 사이 800미터쯤 되는 공간을 산책했다. 여기엔 가축들만 모여들었다. 뿔닭과 닭들은 우리와 거리를 두었다. 그래서 낙타와 염소 무리 사이에서, 나는 얘기했고 루유는 들었다.

"므위타에게 말해."

내가 얘기를 마치자 루유는 말했다. 허기로 인한 피로가 덮쳐 오는 바람에 잠시 걸음을 멈추고 몸을 수그려야 했다.

"그러기 싫어……."

"네 일만이 아냐." 루유는 나를 부축하려고 앞으로 나섰다가, 얼른 도로 물러났다. "괜찮아?"

"아니."

"혹시 내가……."

"아냐." 나는 천천히 몸을 일으켰다. "해 봐. 하려던 말."

"어, 뭔가……." 루유는 잠시 사이를 두고, 내 눈을 마주했다. "며칠 후면 너는 피정을 가잖아. 그게, 어, 넌 이미 알 거 같은데."

나는 고개를 끄덕였다.

"무슨 일이 생기겠지만 뭔지는 몰라."

"므위타가 도움이 될 거야, 내 생각엔."

"어쩌면." 나는 중얼거렸다.

내 발치에 뭔가 툭 떨어졌다. 머리 큰 노란 도마뱀. 발딱 일어서서 천천히 걸어가기 시작했다. 여느 많은 동물들처럼 폭풍에 휩쓸렸다가 솔루로 떨어졌겠거니 짐작하고 나는 혼자 웃었다. 그저 모래 바닥에 앉아 그게 가는 모습이나 보고 싶었다.

또다시 기묘한 초감각이 밀려왔다. 나는 루유를 돌아보았다. 루유는 나를 빤히 쳐다보고 있었다. 그 애 얼굴의 세포 하나하나가 다 보였다.

"저거 보여?"

나는 몸을 돌려 우리를 마주하는 도마뱀을 힘없이 가리켰다. 루유의 관심을 딴 데로 돌리고 싶었다. 그 애는 달려가서 므위타를 데려올 참이었다. 그냥 알 수 있었다.

루유가 얼굴을 찌푸렸다.

"뭐가?"

나는 고개를 저었고, 눈으로 도마뱀을 좇았다. 모래 바닥에 털썩 주저앉았다. 너무 힘이 없었다.

또다시 초감각이 밀려왔고, 나직한 신음이 들렸다. 내게서 나온 소리인지 아니면 이계가 다시 내 주위를 둘러쌌는지 알 수 없었다. 이계의 나무가 루유 바로 옆에 있었다. 그러다가 세상이 깜빡 점멸하고 다시 현실계만 있었다. 토하고 싶었다.

"거기 있어. 므위타를 데려올게. 너 방금 다시 완전히 투명해졌어."

너무 힘이 없어 대답을 할 수가 없었다. 도마뱀이 천천히 내게로 다가왔고, 루유가 달려가는 사이 나는 거기에 집중했다.

"가게 둬."

웬 목소리가 말했다. 여자 목소리였지만 남자처럼 낮고 강했다. 다가오는 도마뱀에게서 나오고 있었다. 그 목소리가 어딘지 희미하게 귀에 익었다.

"막으려던 거 아니었어." 나는 힘없이 웃으며 말했다. "넌 누구지?"

혹시 내가 목소리를 상상하는 게 아닐까 싶었다. 그렇지 않다는 건 알았다. 나는 이계의 위대한 영체에게서 옮겨 온 병을 앓고 있었다. 그 가장꾼은 단지 그러려고 내게 왔던 것이다. 그런 다음 그게 새쿠를 만났다고 나중에 팅이 말해 주었다. 가장꾼과의 만남 이후로 내게 벌어진 일 중 상상의 산물은 아무것도 없었다.

"너는 멀리 왔어." 도마뱀은 내 질문을 무시한 채 말했다. "내가 더 멀리 데려갈 거야."

"넌 정말로 이곳에 있는 거야?"

"아주 그렇지."

"나를 도로 여기로 데려다줄 거고?"

"누가 널 므위타에게서 떼어 놓을 수 있겠어?"

"아니. 날 어디로 데려갈 건데?"

이제 나는 그냥 말해 보고 있었다. 진짜로 대답에 관심이 있진 않았다. 도마뱀이 자라나고 색깔을 바꾸기 시작하는 가운데 침착함을 유지할 것이 필요했을 뿐이다.

"네가 가야 할 곳으로 데려갈 거야." 도마뱀이 커져 가면서 그 목소리가 더 울림이 깊고 풍부해졌다. 똑같은 목소리 셋이 하나로 말하는 것처럼 들리기 시작했다. "네가 봐야 할 것을 보여 줄 거야, 온예손우."

그럼 그녀는 내가 누군지 안다. 나는 눈을 가늘게 했다.

"내 운명에 대해 뭘 알고 있어?"

"네가 아는 것과 같아."

"내 생부에 대해선?"

"사악하고 사악한 남자라고."

내가 한 나머지 질문은 잊었다. 모든 것을 잊었다. 내 앞에 있는 것은 불꽃을 토하는 상상의 존재 포농고라고 할 수밖에 없는 무언가였다. 낙타의 네 배 크기에, 불꽃의 모든 색을 망라한 화려한 색을 하고 있었다. 몸통은 뱀처럼 마르고 튼튼했으며, 크고 둥근 머리는 길게 둘둘 말린 뿔이 달렸으며 어마어마한 턱에다가 날카로운 이빨이 잔뜩 나 있었다. 눈은 작은 태양 두 개 같았다. 가늘게 연기가 피어올랐고 달군 모래와 증기 냄새가 났다.

유목민이던 시절, 하루 중 제일 더울 때면 어머니는 텐트에 앉아 내게 이런 상상 속 존재 이야기를 들려주었다.

"포농고는 여행자들과 친구하길 좋아해. 바로 지금 같은 하루 중 제일 더운 때에 생명을 얻어 살아나지. 오래전 죽은 바다의 소금에서 나온단다. 포농고와 친구가 되면 결코 혼자가 아니게 돼."

어머니는 내가 아는 중 유일하게 바다가 실제로 존재했던 것처럼 말하는 사람이었다. 내가 썩어 가는 낙타나 잔뜩 구름 낀 하늘 같은 것을 보고 겁을 먹으면 어머니는 늘 바다 이야기를 들려주었다. 어머니에게 포농고는 친절하고 위엄 있는 존재였다. 하지만 종종 현실에서 무언가를 맞닥뜨린다는 것은 이야기 속에서 그러는 것과 같지 않았다. 바로 지금처럼.

나는 할 말이 없었다. 그게 이곳에 있다는 건 알았다. 800미터쯤 떨어진 곳에서 솔루 사람들이 전부 할 일을 하는 가운데, 그것은 내 앞에 서 있었다. 지나가던 사람들은 내가 거기 서서 응시하는 것을 봤을지도 모르지만 발걸음을 멈추진 않을 것이다. 설령 나란 사람을 좋아한다 해도 나는 그들에게 건드릴 수 없는 존재, 이방인, 마법사였다. 내 앞에 선 포농고를 저들은 볼 수 있을까. 그럴 수도. 아닐 수도. 볼 수 있다면, 나를 운명에 맡기는 것이 그들의 관습일지도 모른다.

이제 익숙한 감각이, 분리되고 이어 이동하는 그 감각이 느껴졌다. 나는 또 거기로 가고 있었다. 이번에는 마을 사람들 근처에서,

옆에 므위타 없이. 완전히 혼자인 나를 이 존재가 데려가고 있었다. 내가 떠오르는 동안, 포농고가 옆을 날았다. 그 열기를 느낄 수 있었다.

"나 같은 존재는 새와 크게 다르지 않아." 그 이상한 목소리로 그녀가 말했다. "변신해."

이런 식으로 '이동'하면서 변신할 수 있을까? 한 번도 고려해 본 적 없었다. 하지만 그녀가 옳았다. 나는 도마뱀으로 변신한 적 있었고 참새나 독수리로 변신하는 것과 그렇게 다르지 않았다. 나는 포농고의 거친 피부를 만져 보려 손을 뻗었다. 갑자기 겁이 더럭 나서 손을 홱 뺐다.

"해 봐."

"혹시…… 혹시 뜨거워?"

"직접 알아봐."

얼굴에는 티가 나지 않았지만 그녀가 재미있어하는 걸 알 수 있었다. 나는 천천히 손을 뻗어 비늘을 만져 보았다. 내 피부가 지글지글 타는 소리와 냄새가 실제로 났다.

"아!" 나는 소리를 지르고 손을 탈탈 흔들었다. 그래도 그녀는 나를 더 높이 높이 데려갔다. 이제 솔루 상공 15미터쯤에 있었다. "내가……?"

나는 손을 들여다보았다. 보기에 화상을 입은 것 같지 않았고, 생각처럼 아프지도 않았다.

"이계에 있을 때도 너는 너야. 하지만 너와 내 능력이 우리를 보호하지."

“이렇게 죽을 수도 있어?”

“그래, 어떤 면에선. 하지만 넌 죽지 않을 거야.” 그녀가 말하는 동시에 나도 말하고 있었다. “하지만 난 죽지 않을 거야.”

“알았어.”

나는 웅얼거렸다. 다시 손을 뻗었다. 이번에는 고통을, 내 피부가 타는 소리와 냄새를 참고 견뎠다. 비늘을 한쪽 꺾었다. 손에서 연기가 피어오르고 비명을 지르고 싶었지만 연기는 나도 다치진 않았다는 걸 알 수 있었다.

점점 더 높이 올라가고 있었기에 집중하기 힘들었다. 그래도, 손에 비늘을 들고 포농고로 변신하는 건 아주 약간 어려울 뿐이었다. 나는 새로 생긴 늘씬한 몸을 죽 뻗으며 내 자신의 열기를 만끽했다. 빠르게 아래로 날아가 모래 깊숙이 몸을 묻고, 모래가 녹아내려 유리가 될 만큼 몸을 뜨겁게 하고 싶은 강렬한 충동을 억눌렀다. 나는 속으로 웃었다. 그러고 싶다 해도 할 수 없었다. 이 여행의 통제권을 쥔 건 내가 아니라 포농고였다. 혹시 그래서 내 몸을 그녀만큼 크게 키울 수 없었던 걸까 궁금해졌다. 나는 그녀 크기의 4분의 3 정도밖에 되지 않았다.

“잘했어.” 내가 변신을 마치자 그녀가 말했다. “이제 네가 전에 보지 못한 곳으로 데려갈게.”

우리는 폭풍 벽을 향해 돌진하여 뚫고 들어갔다. 1초도 안 되어 반대쪽으로 나왔다. 태양의 위치를 보아하니 우리는 서쪽으로 날고 있었다. 반원을 그리며 빙 돌아 동쪽으로 향했다.

“저기 파파 시야.” 1분 후 그녀가 말했다.

나는 사람들이 빈타의 생명을 앗아 갔고 영원토록 대를 이어 눈이 머는 고통을 겪을 사악한 곳에 눈길조차 제대로 주지 않았다. 나는 파파 시와 그곳에서 태어난 모든 이를 저주했다. 그곳을 지나며 다시 저주했다.

“저기가 너의 즈와히르야.”

나는 속도를 늦춰 좀 보려 했지만, 그녀가 나를 끌어갔다. 저 멀리 희미한 건물들 외엔 아무것도 보지 못했다. 그래도 눈 깜박할 사이 지나쳤다 해도 집이 나를 부르는 것을, 당겨오려 하는 것을 느낄 수 있었다. 내 어머니. 아로. 현명한 이 나나. 아다. 그녀의 아들 판타는 아직 즈와히르에 도착해서 어머니를 놀라게 하지 못했을까?

포농고와 나는 광대한 대지 위를 날았다. 내가 늘 알던 메마른 땅. 사막. 단단한 땅. 못 자란 나무들. 죽은 마른 풀. 우리는 너무 빨리 날고 있어서 도중에 지나쳤을 낙타, 사막여우, 매 같은 것은 눈에 들어오지 않았다. 어디로 가는 걸까 궁금했다. 그리고 혹시 무서워해야 하는 상황인가 궁금했다. 시간이 얼마나 지났는지 또는 얼마나 멀리 왔는지 가늠하기는 불가능했다. 허기나 갈증은 느껴지지 않았다. 소변이나 대변 욕구도 없었다. 수면욕도 없었다. 나는 더 이상 인간이 아니었고, 실재하는 야수도 아니었다.

나는 이따금 그녀의 눈을 쳐다보았다. 그녀는 열과 빛의 거대한 도마뱀이었다. 하지만 그 이상의 것이기도 했다. 그냥 느낌이 왔다. 정체가 뭘까? 내가 궁금해하는 걸 알기라도 한 듯 그녀가 나를 돌아보았다. 하지만 아무 말도 하지 않았다.

한참 후 저 먼 곳에서, 땅이 갑자기 바뀌었다. 지나치는 나무들이 더 컸다. 우리는 더 빠르게 날았다. 너무나 빨라 보이는 것이라곤 옅은 갈색뿐이었다. 그러다가 짙은 갈색. 그다음은…… 녹색.

"보아라." 마침내 속도를 늦추며 그녀가 말했다.

녹색!!! 내가 이전에 보지 못한 광경이었다. 내가 이전에 상상하지 못한 광경이었다. 이걸 보니 내가 처음으로 이계로 므위타와 함께 들어갔을 때 봤던 초록 들판이 조그맣게 여겨졌다. 지평선 이 끝에서 저 끝까지 땅은 무성한 짙푸른 나뭇잎으로 살아 있었다. 이런 게 가능할 수 있을까? 이곳이 정말 실재할까?

나는 포농고와 눈을 마주쳤고 그 눈이 짙은 노란 오렌지색으로 빛났다. 그녀가 말했다.

"그래."

가슴이 아렸지만, 기분 좋은 아릿함이었다. 근원에 대한 아릿함. 이곳은 도달하기엔 너무나 멀었다. 하지만 아마도 언젠가는 그렇지 않을지도 모른다. 아마도 언젠가. 그 광대함을 접하니 오케케와 누루 사이의 폭력과 증오는 사소하게 여겨졌다. 한없이 그곳은 이어졌다. 우리는 나무 꼭대기에 닿을 만큼 낮게 날았다. 나는 낯선 야자수의 잎사귀를 만지작거렸다.

독수리 같은 커다란 새가 근처 나무에서 날아올랐다. 다른 나무에는 커다란 밝은 분홍색 꽃이 피었고 큰 푸른색과 노란색의 나비들이 그득했다. 다른 나무 꼭대기에는 기다란 팔과 호기심 가득한 눈을 한 털투성이 짐승들이 있었다. 날아가는 우리를 지켜보고 있었다. 산들바람에 잔물결이 일듯 나무 꼭대기가 출렁였다. 그 나뭇잎의 속삭임은 결코 잊지 못할 것이다. 생생하고 물기로 묵직한 그 녹색!

그녀가 정지했고 우리는 키 크고 넓은 나무 위를 맴돌았다. 나는 미소 지었다. 이로코 나무. 내가 에슈 능력이 처음 발현되어 참새로 변신했을 때 깨어나 보니 있었던 것과 같은 나무였다. 이 나무 역시 쓴 냄새가 나는 열매가 달려 있었다. 우리는 그 커다란 가지에 내려앉았다. 어떻게 해서인지, 가지는 우리 무게를 버텨 냈다.

그 털짐승 가족이 나무의 저쪽 꼭대기에 앉아 꼼짝도 않고 우리를 응시하고 있었다. 거의 우스꽝스럽기까지 했다. 저 눈 뒤에선 무슨 생각을 하고 있을까? 태양처럼 이글거리고 연기와 증기 냄새가 나는 기다란 거대 도마뱀 두 마리를 본 적 있을까? 아니지 싶었다.

"잠시 후 너를 돌려보낼 거야." 그녀는 아직도 움직이지 않고 있는 원숭이 같은 털짐승들은 무시했다. "지금은 이곳을 느껴 봐, 가까이 끌어안아. 기억해 둬."

내게 가장 크게 남은 그곳의 기억은 내 가슴에 자리한 깊은 희망의 감각이었다. 그 숲이, 진정으로 광대한 숲이 아주아주 먼 곳이라 해도 아직 어딘가에 존재한다면, 모든 것이 그렇게 나쁘게 끝나진 않을 것이다. 위대한 책 바깥에도 생명이 존재한다는 뜻이다. 그것은 마치 축복받고, 정화되는 것 같았다.

그럼에도 불구하고, 포농고가 나를 솔루로 도로 데려오고 다시 사람으로 돌아온 다음, 나는 이 일을 하나라도 기억해 내느라 무척 애써야 했다. 내 육체로 돌아오자마자, 생부가 보낸 전갈 천 마리와도 같은 병이 나를 덮쳤다.

# 46장

하지만 내 아버지와는 아무 상관이 없는 일이었고 전적으로 가장꾼의 방문과 관계가 있었다. 마법사 새쿠 말로는 그랬다. 초록의 공간을 다녀온 후 내 자신으로 돌아와 보니, 새쿠, 팅, 므위타가 나를 기다리고 있었다. 우리는 내 텐트에 있었다. 향이 타오르는 가운데, 새쿠는 뭔가 쓸쓸한 곡조를 읊조리고 있었고 므위타는 나를 응시하고 있었다. 내가 내 육체 위로 눕자마자, 므위타는 미소 지으며 고개를 끄덕이고 말했다.

"돌아왔네요."

나는 마주 미소 지었지만 곧 온몸의 근육이 옥죄는 것을 깨닫고 찔끔했다.

"이거 마셔."

므위타가 내 입술에 잔을 대주며 말했다. 뭔지 몰라도 1분 안에 근육의 긴장이 풀렸다. 므위타와 단둘이 되고서야 내가 본 모든 것에 대해 말해 주었다. 그가 어떻게 생각하는지는 들을 기회가 아예 없었는데, 이야기를 마치자마자 나는 이계로 빠져들었고, 즉 그에겐 나는 거의 사라진 거나 다름없었단 뜻이었다. 현실계로 돌아왔을 때는, 또다시 아프게 경련하는 근육이 기다리고 있었다.

토하고, 열이 펄펄 끓고, 설사를 좍좍 쏟는 그런 류의 병이 아니었다. 영적인 것이었다. 몸이 음식을 거부했다. 이계와 현실계가 나를 두고 주도권을 다퉜다. 나의 감각은 예민해졌다가 둔해졌다 오락가락했다. 피정까지 남은 기간 동안 나는 거의 텐트 안에서 지냈다.

파나시와 디티는 이따금 내 텐트 안을 들여다보았다. 파나시는 빵을 가져다주었지만 나는 먹지 못했다. 디티는 나와 대화를 시작해보려 했지만 나는 끝내지 못했다. 그들은 도망갈 틈을 노리는 생쥐처럼 보였다. 가장꾼의 등장이 내가 그저 마법사가 아니라 신비롭고 위험한 힘과 연결되었음을 분명히 깨닫게 했을 것이다.

루유는 므위타가 곁에 있지 못할 때마다 내 곁에 머물렀다. 루유는 내가 사라졌을 때 옆에 있었고 같은 장소에 내가 다시 나타났을 때도 여전히 거기 있었다. 겁에 질린 것처럼 보였지만 그래도 거기 있었다. 루유는 내게 아무것도 묻지 않았고, 얘기를 나눌 때면 자기가 잠자리했던 남자들이나 다른 사소한 일에 대해 말했다. 루유는 나를 웃게 만들 수 있는 유일한 사람이었다.

## 47장

열흘째 아침, 므위타가 나를 깨워야 했다. 나는 직전까지 도무지 잠을 이루지 못했다. 아직도 뭘 먹을 수가 없었고 너무 배가 고파 잠이 오지 않았다. 므위타는 나를 지쳐 나가떨어지게 하려 최선을 다했다. 그런 상태에서조차 그의 손길은 음식이나 물보다 더 위안이 되었다. 그래도 내가 임신하면 얼마나 많은 사람이 죽게 될까 하는 생각을 하지 않을 수 없었다. 피정을 갔을 때 나쁜 일이 벌어지리라는 생각 역시 떨칠 수 없었다.

"노랫소리가 들려." 므위타가 말했다. "벌써 모였네."

"으음." 나는 눈을 감은 채 말했다. 한 시간 넘게 그들의 노랫소리를 듣고 있었다. 그 노래를 들으니 어머니 생각이 났다. 어머니는 즈와히르 여자들과 성스러운 말씀을 드리러 가진 않았지만 이 노래를 자주 불렀다. "어머니는 나를 임신한 이후론 가지 않았어." 나는 눈을 뜨며 중얼거렸다. "내가 왜 가야 해?"

"일어나."

므위타가 부드럽게 말하며 내 맨어깨에 입 맞췄다. 일어나서 자기 허리에 녹색 라파를 두르고 밖으로 나갔다. 물 한 잔을 들고 돌아왔다. 내 옷더미로 손을 뻗더니 파란 상의를 집어들었다.

"이거 입어. 그리고……." 므위타가 파란 라파를 찾아냈다. "그리고 이거."

몸을 일으키자 이불이 미끄러졌다. 서늘한 공기가 몸에 닿자 자의식이 밀려왔다. 울고 싶었다. 파란 라파를 몸에 둘렀다. 므위타는 내게 물을 건넸다.

"강해져야지. 일어나."

밖에 나섰을 때, 디티, 루유 그리고 파나시가 완전히 차려입고 거기 앉아 갓 구운 빵을 먹고 있는 모습에 충격을 받았다. 빵 냄새에 속이 꾸르륵거렸다.

"너희가 너무…… 기운을 빼서 못 가나 생각이 들던 참이었어."

루유가 윙크하며 말했다.

"캠프에서 듣고 있었다고?" 나는 물었다.

파나시는 쓰게 웃었다. 디티는 시선을 돌렸다.

"난 늦게 들어왔긴 한데, 응." 루유가 빙글거리며 말했다.

내가 씻고 옷을 입었을 즈음엔, 여자들이 걸어가고 있었다. 이동 속도는 느렸다. 따라잡기 쉬웠다. 일행 중 유일한 남자들인 므위타와 파나시를 신경쓰는 사람은 아무도 없는 듯했다. 팅도 거기 있었다.

"새쿠를 대리하려고요."

팅이 말했다. 그녀와 므위타 사이에 빠르게 눈길이 오가는 것을 알아챘다.

서쪽의 모래폭풍 가장자리까지는 먼 거리는 아니어서, 2.5킬로미터 정도였다. 하지만 워낙 걷는 속도가 느려 거의 한 시간이 걸렸다. 우리는 아니에게 바치는 노래를 불렀고, 몇 곡은 내가 아는 노래였지만 모르는 노래도 많았다. 발걸음을 멈췄을 즈음엔 나는 허기 때문에 어질어질했고 앉게 되어 반가웠다. 바람이 불고 시끄러웠으며, 약간 무서웠다. 바람이 폭풍으로 변하는 곳이 눈에 보였고 바로 몇 미터 떨어진 곳이었다.

"온예손우의 머리를 풀어 줘요."

팅이 므위타에게 말했다. 그는 내 머리에 묶은 야자수 줄기를 풀고 머리가 바람에 휘날리게 했다. 이제 모두가 조용했다. 기도하고 있었다. 많은 이들이 무릎을 꿇고, 모래에 머리를 대고 있었다. 디티, 루유, 파나시는 선 채 모래폭풍을 응시하고 있었다. 루유와 디티는 아니에게 아주 가끔만 기도를 올리는 집안 출신이었다. 그 어머니들이나 본인들이나 피정에 가지 않았다. 나는 내 어머니 생각을, 그 모든 일이 어떻게 벌어졌는지, 바로 이 여자들처럼 어머니가 기도를 올리고 있었을 때 스쿠터가 몰려왔단 생각을 떨칠 수 없었다. 팅이 내 뒤에 있었다. 그녀가 내 목에 뭔가 하는 게 느껴졌다. 나는 너무 힘이 없어 말릴 수가 없었다.

"뭐 하는 거예요?"

그녀가 내 귓가로 몸을 숙였다.

"야자유, 죽어 가는 늙은 여자의 눈물, 아기 눈물, 월경혈, 남자의 젖, 거북이 발 껍질, 그리고 모래 섞은 거예요."

나는 역겨움에 진저리쳤다.

"당신은 은시비디를 모르죠. 글로 쓰인 주술이에요. 뭐든 은시비디로 표시하면 변화를 촉발시키게 돼요. 영에 직접적으로 말하거든요. 당신의 모든 자아가 만나게 될 교차로의 상징을 그렸어요. 무릎을 꿇어요. 아니께 부탁드려요. 그분이 주실 겁니다."

"난 아니를 믿지 않아요."

"아무튼 무릎 꿇고 기도드려요." 팅은 나를 앞으로 밀며 말했다.

나는 이마를 모래에 댔고, 바람 소리가 귀에 울렸다. 몇 분이 지났다. *너무 배고파.* 무언가가 나를 잡아누르는 것이 느껴지기 시작했다. 고개를 돌려 하늘을 쳐다보았다. 해가 지고, 다시 떴다가 또 지는 것을 보았다. 오랜 시간이 흘렀다. 그게 중요했다.

갑자기 나는 모래 속으로 뚝 떨어졌다. 짐승의 입처럼 나를 삼켜버렸다. 세계가 폭발하기 전 내가 마지막으로 기억하는 것은 한 소녀의 목소리였다.

"괜찮아요, 므위타. 해방하고 있는 거예요. 우린 그녀가 여기 온 이후로 내내 기다려 왔어요."

나의 모든 부분이 나였다. 나의 키가 큰 에우 육체. 나의 발끈하는 성미. 나의 충동적인 성격. 나의 기억. 나의 과거. 나의 미래. 나의 죽음. 나의 삶. 나의 영. 나의 운명. 나의 실패. 나의 모든 것이 파괴되었다. 나는 죽었고, 부서졌고, 흩어졌으며, 흡수되었다. 처음 새로 변신했을 때보다 천 배는 더 지독했다. 나는 아무것도 아니었기에 아무것도 기억하지 못했다.

그러다가 무언가가 되었다.

느껴졌다. 조각조각 다시 내가 돌아오고 있었다. 뭘 하는 거지? 아니, 그건 아니가 아니었다. 여신이 아니었다. 차가웠다. 그게 차가울 수 있다면. 그리고 무정했다. 그게 무정할 수 있다면. 논리적이었다. 통제되어 있었다. 창조주라고 할 수 있을까? 닿을 수 없는 존재? 닿는 것을 원치 않는 자? 어떤 마법사도 생각할 수 없었던 네 번째 요소? 아니, 그건 최악의 신성모독이니 그렇게 말할 순 없었다. 최소한 아로라면 그렇게 말할 것이다.

하지만 내 영과 육체는 완전히 말끔하게 말소되었다……. 창조주를 만난 피조물은 그렇게 되리라고 아로가 말하지 않았던가? 나를 재조립하며, 그것은 새로운 질서에 따라 나를 맞추고 있었다. 좀 더 이치에 닿는 질서. 나의 마지막 조각이 돌아오던 순간이 기억난다.

"아아아아아아아아아아아아아아."

나는 숨을 내쉬었다. 안도감, 그게 첫 번째 감정이었다. 또다시, 그 이로코 나무에서의 일이 떠올랐다. 내 머리가 집 같았던 때. 그때는 마치 그 집의 문 몇 개가 빼꼼 열린 것 같았다. 쇠, 나무, 돌로 된 문. 이번에는 그 집의 모든 문과 창문이 터져 나갔다.

나는 다시 추락하고 있었다. 땅에 쾅 부딪혔다. 피부에 닿는 바람. 추웠다. 나는 젖어 있었다. 나는 누구지? 나는 눈을 뜨지 않았다. 어떻게 하는지 기억이 나지 않았다. 무언가 내 머리를 쳤다. 그리고 또 다른 무언가가. 본능적으로 나는 눈을 떴다. 텐트 안이었다.

"어떻게 죽을 수 있어?" 디티가 소리 지르고 있었다. "어떻게 된 거야?”

그리고 모든 것이 내 안으로 밀려들어 왔다. 내가 누구인지, 왜 나인지, 내가 어땠는지. 언제 있었는지. 나는 눈을 감았다.

“만지지 말고.” 새쿠가 말했다. “므위타, 그 애한테 말을 걸어. 돌아오고 있다. 여정을 마무리하도록 도와줘.”

잠시 후.

“온예손우.” 그의 목소리가 이상하게 들렸다. “돌아와. 넌 이레 동안 사라졌었어. 그러다가 하늘에서 뚝 떨어졌지, 위대한 책에 나오는 아니의 사라진 아이들처럼. 다시 살아난다면 눈을 떠.”

나는 눈을 떴다. 누워 있었다. 몸이 아팠다. 므위타가 내 손을 잡았다. 나는 그의 손을 움켜쥐었다. 그 순간 더 많은 것이 돌아왔다. 지금의 나를 구성하는 더 많은 것이. 나는 미소 지었고, 그다음 웃음을 터트렸다.

그것은 나만의 잘못이라고는 할 수 없는 광기와 오만의 순간이었다. 이제 나의 일부라고 깨닫게 된 힘과 능력은 압도적이었다. 내 것이 되리라곤 상상조차 못했던 힘과 통제력. 그리고 돌아오자마자, 나는 다시 떠났다. 나는 이레 동안 먹지 않았다. 정신이 맑았다. 나는 아주아주 강했다. 가고 싶은 곳을 생각했다. 그곳으로 갔다. 바로 직전까지 텐트 안 매트에 누워 있었는데, 다음 순간 나 자신으로, 나의 푸른 영으로 날고 있었다.

나는 아버지를 쫓아갔다.

모래폭풍을 곧장 통과했다. 그 따가운 감각이 느껴졌다. 그 벽을 뚫고 뜨거운 태양 아래로 나왔다. 아침. 나는 사막과 마을 몇 곳, 모래언덕, 도시, 메마른 나무, 그리고 더 많은 모래언덕 위를 날았다. 조그만 녹색의 들판 위를 날았으나 워낙 집중하느라 신경쓰지 않았다. 두르파로. 파란 문이 달린 커다란 집으로 곧장. 문을 지나 꽃과 향, 먼지 쌓인 책 냄새가 나는 방으로.

그는 나를 등지고 책상 앞에 앉아 있었다. 나는 이계로 더 깊게 빠져들었다. 아로가 나를 마지막으로 거절했을 때 그에게 했듯이. 그리고 파파 시에서 주술사에게 했듯이. 이번에는 나는 더욱 강했다. 어디를 찢고 물어뜯고 파괴해야 하는지, 어디를 공격해야 하는지 알았다. 등 위로 겹쳐진, 그의 영을 볼 수 있었다. 나처럼 짙은 푸른색이었다. 그 때문에 잠깐 놀라긴 했지만, 그렇다고 그만두진 않았다.

나는 그 옛날 굶주린 호랑이가 먹잇감을 발견했을 때 그러했을 듯이 덤벼들었다. 너무 열의가 넘쳐 그가 등을 돌리고 있지만, 영은 그렇지 않다는 걸 깨닫지 못했다. 그는 기다리고 있었다. 아로는 내가 자기를 공격했을 때 어떤 느낌이었는지 한 번도 말해 준 적 없었다. 파파 시의 주술사는 쓰러졌을 때 육체에는 아무 흔적도 없이 죽었다. 이제, 아버지와의 이 순간, 나는 그게 어떤 느낌인지 배웠다.

죽음으로도 멈출 수 없는 그런 고통이었다. 아버지는 내 안에 그 고통을 전력으로 불어넣었다. 노래를 부르며 내가 존재조차 몰랐던 나의 일부를 찢고, 탐하고, 찌르고, 뒤틀었다. 그는 책상 앞에 앉아 등을 돌린 채였다. 그는 누루말로 노래했지만 나는 그 내용을 들을 수 없었다. 나는 어머니와 마찬가지였으나, 완전히 똑같진 않았다. 고통 속에서 나는 듣지 못했고 기억하지 못했다.

내 안의 무언가가 발동했다. 생존 본능, 책임감과 기억. *이렇게 끝날 수는 없어.* 즉시 나의 남은 부분을 끌어냈다. 내가 후퇴하는 사이, 아버지는 서서 몸을 돌렸다. 내 눈이었던 것을 들여다보며 내 팔이었던 것을 움켜쥐었다. 나는 벗어나려 했다. 그가 너무 강했다. 그는 내 오른쪽 손바닥을 뒤집어 자기 엄지손톱을 박고, 무슨 상징 같은 것을 새겼다. 그는 손을 놓고 말했다.

"돌아가서 네가 나온 그 모래에서 죽어라."

돌아가는 길은 영원처럼 느껴졌다. 나는 흐느끼고, 아파하고, 흐려져 갔다. 모래의 벽에 가까워지자 세상은 영으로 환해졌고 사막에는 그 이상한 색색의 영계 나무들이 쑥쑥 솟아올랐다. 나는 완전히 사라졌고 아무것도 기억나지 않았다.

므위타는 나중에 내가 두 번째로 죽었다고 말해 주었다. 내가 투명해지더니 그다음 완전히 사라졌다고. 같은 곳에 다시 나타났을 때, 나의 육체는 다시 돌아왔고 온몸에서 피가 흘러나왔고 옷은 피로 푹 젖어 있었다. 그는 나를 깨울 수 없었다. 3분 동안, 나는 맥박이 없었다. 그는 내 가슴에 숨을 불어넣고 주술을 썼다. 그게 다 먹히지 않자, 거기 앉아 기다렸다.

그 3분 동안, 나는 숨을 쉬기 시작했다. 므위타는 모두 텐트 밖으로 내보내고 지나가던 여자애 두 명에게 따뜻한 물 한 양동이를 가져다 달라고 부탁했다. 그는 머리끝에서 발끝까지 나를 씻기고, 피를 닦아 내고, 상처에 붕대를 감아 주고, 몸을 주물러 혈액 순환을 시켜주고 좋은 생각을 보내 주었다.

"우리 할 얘기가 있어." 그는 거듭거듭 말했다. "일어나."

내가 이틀 후 깨어나 보니 므위타가 옆에 앉아 혼자 흥얼거리며 바구니를 짜고 있었다. 나는 천천히 일어나 앉았다. 므위타를 쳐다보았고 누군지 떠오르지가 않았다. *저 사람을 좋아해. 누구더라?* 몸이 욱신거렸다. 나는 신음을 흘렸다. 배에서 꾸르륵 소리가 났다.

"먹는 건 안 돼." 므위타가 바구니를 내려놓으며 말했다. "하지만 뭘 마셔야지. 안 그랬다간 죽을 거야……. 또."

*아는 사람이야.* 그러다 마치 밖의 바람이 속삭인 것처럼 그가 예전에 내게 한 말이 들려왔다. *이푸나니아.*

"므위타?"

"물론이지."

그가 내 위로 몸을 숙이며 말했다. 몸의 통증과 다리와 몸통의 붕대 때문에 동작이 제한되었음에도 불구하고, 나는 그의 몸에 팔을 둘렀다.

"빈타." 나는 므위타의 어깨에 대고 말했다. "아! 다이브!" 나는 므위타에게 더 꽉 매달리고 눈을 질끈 감았다. "그 사람은 사람이 아니야! 그는……."

기억이 내 감각에 밀려들기 시작했다. 서부로의 여행, 그의 얼굴, 그의 영을 보았던 것. 그 고통! 패배. 가슴이 쿵 내려앉았다. 나는 실패했다.

"쉬이."

"그 사람이 날 죽였어야 했어."

나는 속삭였다. 아니에 의해 재창조되고 나서도, 여전히 그를 이

길 수 없었다.

"아니."

므위타가 내 얼굴을 손으로 감싸며 말했다. 나는 수치스러워 얼굴을 빼내려 했지만 그는 나를 붙들고 있었다. 그러더니 한참 깊게 키스했다. 실패와 패배를 외치던 내 머릿속의 목소리가 잠잠해졌다. 비록 완전히 그치진 않았지만. 므위타가 몸을 뒤로 물렸고 우리는 서로의 눈을 응시했다.

"내 손."

나는 속삭였다. 손을 들어 올렸다. 상징은 제 몸을 감고 있는 벌레였다. 검은색에 버석거렸으며 내가 주먹을 쥐려 하니 아팠다. *실패야.* 내 머릿속의 목소리가 속삭였다. *패배.* *죽음.*

"몰랐네."

므위타가 말하며 얼굴을 찌푸리고 제 얼굴 가까이 가져갔다. 검지로 그 상징을 건드렸다가, 손을 홱 빼며 흡 소리를 냈다.

"왜?" 나는 힘없이 말했다.

"감전된 느낌이야. 손가락을 콘센트에 집어넣은 것처럼." 그가 손을 문지르며 말했다. "손이 무감각해졌어."

"그가 거기에 그렸어."

"다이브가?"

나는 고개를 끄덕였다. 므위타의 얼굴이 어두워졌다.

"그것 말고는 괜찮은 것 같아?"

"날 봐." 그렇게 말했지만 날 봐 주기를 바란 건 전혀 아니었다. "내 기분이 어떻게 괜찮……."

"왜 그런 거야?" 더 이상 참지 못하고 므위타가 물었다.

"왜냐하면 내……."

"넌 살아난 걸 기뻐하지도 않았어. 우리를 다시 보게 되어 안도하지도 않았고! 아, 이름이 참 너하고 딱 맞아떨어지더라!"

거기다 대고 뭐라고 할 수 있을까? 생각조차 하지 못했다. 그건 본능이었다. *그리고 넌 실패했지.* 내 머릿속의 목소리가 속삭였다.

새쿠가 들어왔다. 마치 여행 중인 것 같은 차림으로 긴 카프탄과 바지에 긴 녹색의 두꺼운 로브를 걸치고 있었다. 내가 깨어난 걸 본 순간, 그의 엄숙한 얼굴이 풀렸다. 그는 양팔을 위엄 있게 펼쳤다.

"아, 드디어 깨어나 그 위대함을 우리에게 보여 주시는군. 돌아온 걸 환영한다. 그동안 다들 걱정했어."

나는 미소 지으려 애썼다. 므위타는 코웃음쳤다.

"므위타, 저 아이 상태가 어떻더냐? 보고해라."

"상당히…… 다쳤습니다. 벌어진 상처는 거의 나았지만 그녀의 에슈 능력으로 모든 것을 치료할 순 없어요. 상처가 생긴 방법 문제일 겁니다. 깊게 멍이 든 데가 많고. 무언가가 가슴을 할퀸 것처럼 보입니다. 등에 화상이 있고…… 최소한 겉보기엔 그렇습니다. 발목과 손목을 삐었고요. 부러진 뼈는 없습니다. 본인이 말한 바로 미루어 보면, 숨 쉴 때 아플 겁니다. 그리고 월경할 때가 와도 아플 거고요."

새쿠는 고개를 끄덕였고 므위타는 말을 이었다.

"세 가지 연고로 전부 처치했습니다. 며칠간 발목과 손목을 쓰지 말아야지요. 월경이 시작하면 흘릴 피의 양이 많을 테니 사막토끼

간을 일주일 동안 먹어야 할 겁니다. 충격 때문에 오늘 밤 월경이 시작될 겁니다. 토끼 간을 모아 스튜를 끓여 달라고 팅을 통해 여자들에게 부탁해 놨습니다."

나는 므위타가 얼마나 지쳐 보이는지 처음으로 깨달았다.

"한 가지 더 있습니다." 므위타가 내 오른손을 잡아 손바닥을 위로 향하게 뒤집었다. "이거요."

새쿠는 내 손을 잡고 상징을 바싹 들여다보았다. 혐오감에 쯧 하고 혀를 찼다.

"아, 그자가 이걸 새겼군."

"어……어떻게 그 사람인 줄 아세요?" 나는 물었다.

"네가 달리 어딜 그렇게 급하게 갔겠느냐?"

새쿠는 자리에서 일어섰다.

"저게 뭔가요?" 므위타가 물었다.

"팅이 아마 알 거다. 그 애는 두 살 때 이미 오케케말, 바말, 시포 공용어를 읽을 수 있었지. 이것도 읽을 수 있을 거야." 새쿠는 므위타의 어깨를 토닥였다. "너 같은 사람이 여기 있으면 좋을 텐데. 육체와 영에 이렇게 통달하다니 드문 재능이야."

므위타는 고개를 저었다.

"영적인 쪽은 그렇게 잘 알지 못합니다, 오가."

새쿠는 껄껄 웃으며 므위타의 어깨를 다시 토닥였다.

"다시 들르마. 므위타, 좀 쉬어라. 온예손우가 살아났으니. 이제 너 자신을 치료하라고."

새쿠가 나가고 몇 초 후, 디티, 루유, 파나시가 달려 들어왔다. 디티는 소리를 지르며 내 이마에 쪽 하고 입 맞췄다. 루유는 눈물을 터트렸고 파나시는 그저 거기 서서 쳐다보고 있었다.

"아니는 위대하셔!" 디티가 떠들었다. "너를 무척이나 사랑하시나 봐."

그 말에 차라리 웃음이 날 만했다.

"우리도 널 사랑해." 루유가 말했다.

아무 말 없이, 파나시는 돌아서서 텐트에서 나갔다. 나가는 도중 하마터면 팅과 부딪힐 뻔했다. 팅은 파나시를 빙 돌아 곧장 내게 왔다. 그녀는 루유와 디티를 밀어내며 말했다.

"보여 줘요."

"뭘요?" 루유가 팅의 어깨너머로 들여다보려 하며 말했다.

"쉬." 팅이 나무라며 내 손을 잡았다. "조용히 해 줘요."

그녀는 얼굴을 내 손바닥 가까이에 가져가 한참을 들여다보았다. 상징을 만져 보더니 헉 소리를 내며 손을 떼어 내곤 므위타를 돌아보았다.

"뭔가요?" 므위타와 내가 동시에 물었다.

"은시비디 상징이에요. 아주아주 오래된. '느리고 잔인한 독'이란 뜻이죠. 봐요, 선이 이미 나타나기 시작했어요. 팔을 따라 심장까지 올라가 쥐어짤 거예요."

므위타와 나는 내 손을 자세히 들여다보았다. 새겨진 상징은 새카만 색이었지만 이제 가장자리에서 가는 실선들이 자라나고 있었다.

"아구 뿌리와 페니실린 곰팡이는요? 감염처럼 작용하는 거라면 아마……."

"알잖아요, 므위타. 이건 주술이에요." 팅은 잠시 사이를 두었다. "온예, 한번 변신해 봐요."

온몸이 상처투성이여도, 그 제안은 유혹적이었다. 느낄 수 있었다. 이전보다 변신할 수 있는 종류의 숫자가 많진 않겠지만, 예를 들자면 독수리로 변신하고 얼마나 오랫동안 그 상태로 있든 간에 나 자신을 잃을 위험은 없을 것이다. 변신했다. 수월하게, 쉽게 이루어지다…… 상징이 새겨진 손에서 멈추었다. 변신이 되지 않았다. 나는 더 기를 썼다. 디티와 루유에게 과연 내가 어떻게 보였을까, 특히 내가 변신하는 모습을 본 적 없는 루유에게.

나는 흐트러진 붕대를 휘감은 채, 날개 한쪽 대신 손이 달린 것만 빼면 완전히 독수리 상태로 폴짝거렸다. 성난 꽥꽥 소리를 지르며 옷 밖으로 빠져나왔다. 한 손으로는 날 수 없었다. 폐소공포증 같은 두려움에 사로잡혀 다른 형태, 뱀으로 변신을 시도했다. 꼬리가 손이었다. 쥐로는 부분적으로도 변신할 수 없었다. 부엉이, 매, 사막여우를 시도했다. 변신 시도 숫자가 늘어갈수록 손이 더 뜨거워져 갔다. 포기하고 도로 내 자신으로 변신했다. 손에선 고약한 냄새가 나는 연기가 피어올랐다. 나는 라파로 몸을 가렸다.

"다른 건 시도하지 말아요." 팅이 얼른 말했다. "어떤 결과가 나올지 모르니까. 내 짐작엔 앞으로 스물네 시간이 있을 거예요. 새쿠와 논의하게 두 시간만 줘요." 팅은 일어섰다.

"스물네 시간 후에 뭐가요?"

"당신이 죽게 될 때까지." 팅이 말하고 서둘러 사라졌다.

증오로 몸이 부들부들 떨렸다.

"내가 살든 죽든 간에, 그 남자를 파멸시키겠어."

*다시 실패할걸.* 머릿속의 목소리가 속삭였다.

"그러려다가 어떻게 되었는지 좀 보기나 하고." 므위타가 일깨웠다.

"아무 생각이 없었어. 다음번에는, 꼭……."

"그러게. 아무 생각이 없었지. 루유, 디티, 가서 얘 먹을 것 좀 가져다줘."

둘은 할 일이 생긴 것을 다행으로 여기며 벌떡 일어섰다.

"음식 섞이지 않게." 므위타가 말했다.

"알아." 루유가 말했다. "너만 재 친구가 아니라고."

친구들이 가고 나서 나는 므위타에게 물었다.

"어떻게 내가 그런 걸 할 수 있을까? 아로는 이런 이동 능력에 대해선 말한 적 없는데."

므위타는 한숨을 쉬고, 나에 대한 분노를 흘려보냈다.

"이유를 알 것 같아."

므위타의 말에 놀랐다.

"응? 정말?"

"그럴 시간이 아니야."

"내 생명은 스물네 시간 남았어." 나는 화가 나 말했다. "언제 말해 줄 건데?"

"스물다섯 시간 후에."

## 48장

팅은 세 시간이 지나서야 돌아왔다. 그동안 독 실선은 8센티미터까지 길어졌고 손이 끔찍하게 가려워지기 시작했다. 우손 족장과 세사 족장이 딸 아이즈와 들렀다. 아이즈는 내 무릎으로 폴짝 뛰어 들었다. 나는 통증을 숨기고 아이가 내 입술에 쪽 소리를 내며 입맞추게 두었다. 아이가 외쳤다.

"절대 안 죽어요!"

다른 사람들도 들러 내가 낫기를 빌어 주고, 음식과 기름을 가져다주었다. 나를 꼭 껴안고 악수를 했다. 물론 상징이 없는 쪽 손으로. 그렇다, 뭔지 몰라도 내 안에 쌓여 있던 것을 '해방하고' 났더니 이제 난 만질 수 없는 상태는 아니었다. 다만 생부가 심어 놓은 독으로 인해 천천히 죽어 가고 있을 뿐. 사람들은 모래로 만든 작은 조각상들도 가져다주었다. 귀에 대면 작고 달콤한 음악 소리가 들려왔다.

처음 죽었을 때 경험한 일이 진짜로 실감나기 시작했다. 내 주변의 세계가 더 생생했다. 므위타의 손길이 닿을 때마다 나는 바르르 떨었다. 그리고 사람들이 포옹하면 그 심장 고동이 들렸다. 노인이 나를 포옹했고 그 심장에는 바람이 가득했다. 그에게 손을 가져다 대고 싶은 마음이 굴뚝같았다. 별 고생 없이 그를 치유할 수 있었겠지만, 아무것도 하지 말라는 팅의 주의를 따랐다. 가만히 앉아 있기가 참 힘들었다. 그러나 이 모든 조치에도 불구하고, 다이브는 아직 살아 있고 나는 죽어 가고 있다는 생각을 하지 않을 수 없었다.

"몇 시간만 더 있어 보자." 므위타가 말했다. "지금 일어나면 좋을 게 하나 없어."

"음, 그건 감수해야겠네."

새쿠가 들어오며 말했다. 그의 뒤로 팅이 들어왔고, 복장으로 미루어 보아 마을의 남녀 사제가 따라왔다.

"그 독이 퍼지는 걸 막을 수 있을지 몰라요." 팅이 말했다.

므위타와 나는 손을 마주 잡았다. 그랬다가 므위타가 손을 홱 잡아챘다. 상징이 새겨진 내 손을 노려보며 그가 말했다.

"아, 이거 정말 싫다."

"미안해."

"쉽진 않을 거예요. 그리고 어떻게 되든 간에 영구적으로 남을 거고."

갑자기 헛웃음 섞인 소리를 지르고 싶었다. 영구적이라고 팅이 말한 순간 딱 맞아떨어졌다. 퍼즐의 한 부분을 깨달았다. 콘크리트 감옥에서 처형을 기다리던 미래에서 나는 손을 내려다봤더랬다. 그 손은 부족 상징으로 뒤덮여 있었다……. 은시비디.

"당신이 직접 할 거죠?" 나는 팅에게 물었다.

팅은 고개를 끄덕였다.

"새쿠가 지켜보실 거예요. 사제분들은 그 과정 동안 기도해 주실 거고. 말로 말과 싸우는 거죠." 그녀는 잠시 사이를 두었다. "당신 아버지는 아주 강력해요."

"내 아버지 아닌데요."

팅은 내 어깨를 토닥였다.

"아버지죠. 하지만 당신 같은 자식을 키워 낼 순 없었을 거예요."

준비 과정으로 나는 목욕재계를 해야 했다. 므위타가 커다란 야자나무 줄기 욕조를 구해 왔다. 기후 젤 처리를 해서 금속이나 돌 욕조나 다름없이 튼튼했다. 므위타와 다른 몇 명이 집수기 물을 받아다 끓이고 욕조에 부었다. 김이 모락모락 피어오르는 물에 천천히 들어가니 상처가 따끔거렸다. 손의 상징이 너무 심하게 가려워서 살갗을 잡아 뜯고 싶은 마음을 눌러야 했다.

"얼마나 있어야 해?"

나는 신음했다. 물에서는 팅이 준 달콤한 허브 향기가 났다.

"30분 더." 므위타가 말했다.

욕조에서 나왔을 때, 내 몸은 열기로 새빨갰다. 나는 가슴팍에 세 줄기 깊은 할퀸 상처를 내려다보았다. 딱 가슴 사이였다. 마치 다이브가 므위타에게 자신의 존재를 알리고 싶었던 것처럼. 내가 살아남는다면 말이지만.

다이브가 증오스러웠다.

므위타와 내가 새쿠의 텐트로 돌아왔을 때, 모두 준비하고 있었다. 남녀 사제는 벌써 아니에게 기도를 올리고 있었다. 나를 재창조한 창조주, 그리고 아니 여신이 나약한 인간들의 발상이라는 생각을 하자니 짜증이 났다. 만물함의 황금률을 떠올리며 입을 다물었다. '독수리와 매는 홰에 앉게 두어라.' 새쿠는 우리가 들어온 다음 텐트 문을 닫고 그 위로 손을 쓸어내렸다. 즉시, 밖의 모든 소음이 사라졌다. 팅이 매트에 앉았고, 새까만 반죽이 들은 그릇이 옆에 놓여 있었다. 상징이 그려진 매트가 두 개 있었다.

"거기 앉아요. 온예, 끝날 때까지 일어나면 안 돼요."

꿈틀거리는 뜨거운 금속 거미 떼 위에 앉은 기분이었다. 비명을 지르고 싶었고, 므위타만 없었다면 그랬을 것이다.

"상징 때문이에요. 살아 있거든요. 손 줘 봐요." 팅이 바싹 들여다보았다. "번져 가네요. 두 시간 동안 보호가 필요해요."

"그러지." 새쿠가 대답했다.

"무엇으로부터의 보호요?"

"감염요. 내가 당신에게 흔적을 남길 때."

"혹시 더 할 수 없게 되면 말하마. 사람들에겐 이미 경고했어. 폭풍 없이 탐험하는 시간을 반길 사람들도 있겠지."

새쿠는 나를 보호하면서 동시에 모래폭풍을 유지할 수가 없었다.

"아플 거예요." 팅은 불안한 기색이었다. "제대로 된다면 다시는 오른손으로는 치유를 하지 못하게 될 거예요."

"뭐라고요?" 나는 소리 질렀다.

"치유는 왼손으로만 해야 할 거예요. 오른손을 쓰면 어떻게 될진 모르겠지만. 그의 증오가 가득해서요." 팅은 므위타의 손을 잡았다. "온예를 안아요."

므위타는 내 허리에 왼팔을 두르고 오른팔을 어깨에 올렸다. 내 귀에 입 맞췄다. 나는 마음의 준비를 했다. 이미 많은 것을 겪었다. 하지만 난 꿋꿋이 버텼다. 팅이 내 오른손을 잡아 길고 날카로운 엄지손톱으로 손등을 찔렀다. 고통의 불길이 터졌다. 나는 소리를 질렀고, 동시에 억지로 그녀의 얼굴에 집중했다. 팅은 손톱을 그 반죽에 담갔다가 그림을 그리기 시작했다.

마치 팅이 홀려 누군가에게 몸을 점령당한 것 같았다. 그녀는 미소 지으며 작업했고, 내 신음과 가쁜 숨을 무시한 채 즐겁게 고리와 소용돌이, 선을 하나하나 그려 갔다. 팅의 이마에 땀방울이 맺히고 흘러내렸다. 내 손에서 연기가 피어오르며 텐트 안에서 불에 탄 꽃 같은 냄새가 나기 시작했다. 그러다가 가려워졌다. 상징이 맞서 싸우고 있었다.

팅은 내 손바닥을 위로 향하게 뒤집어 상징 가까이에 그리기 시작했다. 아래를 내려다보고 나는 경악했다. 그것은 부들부들 떨고, 똬리를 말고, 천천히 팅이 그린 그림에서 물러나고 있었다. 역겨웠다. 하지만 그게 도망갈 곳은 어디에도 없었다. 그림이 그 주위를 둘러싸자, 그것은 흐려지기 시작했다. 내 손의 표면이 전부 뒤덮였다. 다이브의 상징이 사라졌다. 팅은 마지막 상징을 그게 있던 자리 위에 그렸고, 중앙에 점이 찍힌 원이었다. 팅이 맑아진 눈으로 물러나 앉았다.

"새쿠?" 팅이 손등으로 얼굴을 닦아내며 물었다.

그는 대답하지 않았다. 눈을 꽉 감고 있었다. 그의 얼굴은 굳어져 있었고 땀을 엄청나게 흘려, 카프탄 겨드랑이 부분이 검게 물들었다.

왼손이 가려워지기 시작했다. 팅이 내 얼굴에 떠오른 공포에 낮게 욕설을 내뱉었다. 남녀 사제가 하던 기도를 중단했다.

"됐나요?" 여자 사제가 물었다.

팅은 내 왼손을 뒤집었다. 상징은 이제 그쪽에 있었다.

"도망쳤어요, 거미처럼. 3분만 주세요. 므위타, 야자술 좀 가져오고."

그는 얼른 일어나 술병과 잔을 팅에게 가져다주었다. 팅은 술병을 들고 병째로 길게 들이켰다. 그녀의 손이 떨리고 있었다.

"사악한 자." 그녀는 속삭이며 한 모금 더 넘겼다. "그가 당신에게 새긴 이건 말이죠……. 아, 이해 못 하겠군요." 팅은 내 손을 잡았다. "므위타, 온예를 꼭 안아요. 도망치지 못하게. 이제 그걸 쫓아내야 해요."

팅은 다시 그림을 그리기 시작했다. 나는 이를 악물었다. 그녀가 상징을 몰아내 손바닥 가운데 가두었을 때, 그것은 내가 펄쩍 뛰어 목숨이라도 걸린 듯 텐트를 잡아 뜯고 싶게 했다. 내 손 깊숙이 파고들더니 전기 충격을 내보내, 잠시 내 근육을 제어할 수 없었다. 온몸의 신경이 확 타올랐다. 나는 비명을 질렀다.

"붙들어요."

팅이 젖 먹던 힘을 다해 내 손을 움켜쥐었고, 휘둥그런 눈을 하고 그림을 그렸다. 몸부림치고 소리 지르는 나를 므위타가 잡아 눌렀다. 팅이 간신히 마지막 원을 완성했다. 쫓겨난 상징은 내 손에서 펄떡 뛰어나가 철컹 소리와 함께 바닥에 떨어졌다. 시커먼 다리가 수없이 뻗어 나더니 도망갔다.

"사제님!"

새쿠가 외치곤 바닥에 털썩 주저앉아 지독한 피로감에 한숨지었다. 텐트 문이 펄럭 저절로 열렸다. 바깥의 소음이 밀려들어 왔다.

남자 사제가 펄쩍 뛰어 상징을 뒤쫓았다. 이리저리 피한다. 마침내, 철썩! 사제가 샌들 신은 발로 내리찍었다. 발을 치우니 숯 자국만 남아 있었다.

"하!"

새쿠가 여전히 가쁜 숨을 몰아쉬며 의기양양하게 탄성을 뱉었다. 팅은 기진맥진하여 물러앉았다. 나는 바닥에 누워 헐떡였다. 내 아래 매트는 여전히 금속 거미들처럼 느껴졌다. 몸을 굴려 거기서 벗어나 천장을 응시했다.

"손을 변신시켜 봐요." 팅이 말했다.

손을 독수리 날개로 변신시킬 수 있었다. 하지만 그냥 검은 깃털이 아니라, 검고 붉은 깃털이 점점이 박혀 있었다. 나는 웃음을 터트리고 바닥에 벌렁 누웠다.

## 49장

므위타와 나는 그날 밤 새쿠의 텐트에서 보냈다. 새쿠는 중요한 회의가 있어 아침까지 돌아오지 않을 예정이었다.

"모래폭풍은요?" 므위타가 팅에게 물었다. "아직……."

"직접 들어 봐요." 멀리서 바람의 울부짖음이 들려왔다. "새쿠는 이동 중에도 폭풍을 통제할 수 있어요. 그에겐 아무것도 아니죠. 그래도 사람들이 폭풍이 없는 동안 재밌게 보냈을 거예요. 가끔은 그럴 때도 있어야 한다고 늘 그분에게 말씀드렸죠." 팅은 나가려고 일어섰다. "누가 식사를 가져다줄 거예요."

"아, 난 아무것도 못 먹어요." 나는 신음했다.

"당신도 먹어야죠, 므위타." 팅은 나를 쳐다보았다. "므위타가 마지막으로 뭘 먹은 건 당신이 마지막으로 먹었을 때예요, 온예."

나는 놀라서 므위타를 쳐다보았다. 그는 그냥 어깨만 으쓱했다.

"바빴어."

우리는 팅이 나가고 금방 잠들었다. 루유가 우리를 깨웠을 때는 자정이 지난 후였다.

"팅이 너희 뭐 좀 먹어야 한대."

내 뺨을 가볍게 다시 치며 루유가 말했다. 우리 앞에다가 구운 토끼, 토끼 간 스튜가 담긴 큰 그릇, 선인장 사탕, 카레 스튜, 야자술 한 병, 뜨거운 차, 그리고 내가 어머니와 사막에 있었던 시절 이후로 먹지 못한 것까지 어마어마한 양의 음식을 차렸다.

"어디서 아쿠가 났대?"

므위타가 튀긴 벌레를 집어 입에 쏙 넣으며 물었다. 나는 씩 웃으며 똑같이 했다.

루유는 어깨를 으쓱했다.

"여자들이 이 음식들을 챙겨 줬는데 그건 영 마음에 걸리더라고. 보기에 꼭……."

"맞아." 나는 말했다. "아쿠는 흰개미야. 야자유에 튀겨."

"으윽."

므위타와 나는 걸신들린 듯 먹었다. 므위타는 내가 토끼 간 스튜를 전부 먹도록 챙겼다.

"그렇게 많이 먹는 게 아니었어."

마침내 식사를 마쳤을 때, 나는 신음했다.

"그럴지도, 하지만 감내할 만했어." 그가 말했다.

루유는 다리를 뻗고 앉아 우리를 지켜보며 야자술 한 잔을 홀짝이고 있었다. 나는 바닥에 누웠다.

"디티와 파나시는 어디 있어?"

루유는 어깨를 으쓱했다.

"근처에 있겠지." 루유가 내게 기어왔다. "손 좀 보자."

나는 두 손을 내밀었다. 아다의 예술 작품 같았다. 그림은 완벽했다. 완벽한 원, 곧은 선, 우아한 흐름. 내 손은 고서의 한 페이지 같았다. 오른손의 상징은 왼쪽의 것보다 좀 더 작고 한데 가까이 몰려 있었다. 더 급박했다. 나는 오른손을 쥐었다 폈다. 아프지 않았다. 통증이 없다는 건 감염이 없단 뜻이다. 반가움에 나는 미소 지었다.

"하루 종일 들여다봐도 안 지루하겠어." 므위타가 말했다.

"하지만 이 손은 쓸데없게 됐어." 나는 오른손으로 주먹을 쥐어 보며 말했다. "아니면 위험하다고 해야 하나."

"그럼 우리 언제, 음, 출발해?"

"루유, 나 지금 걷기도 버거운데."

"하지만 곧 낫겠지. 내가 널 알잖아. 나야 급할 거 없어. 여기 있는 거 좋고. 하지만 어떤 면에선 급해. 내가…… 남자들하고 얘기를 좀 해 봤어. 이런저런 얘기를 들려주더라고, 서부의 상황이라든가." 루유는 잠시 사이를 두었다. "네게 무슨 일이 있었다는 거 알아." 그녀는 크게 숨을 들이쉬고 마음을 가라앉혔다. "난 아니 여신께 기도하고 또 기도했어, 네가 진짜가 맞기를. 네가 예언의 그 사람이어야 해." 루유는 잠시 사이를 두고, 휘둥그런 눈으로 므위타를, 그리고 나를 보았다. "미안해! 그럴 뜻은 아니었……."

"괜찮아. 므위타한테 말했어."

므위타는 고개를 기울이고 나를 주시했다.

"나보다 얘한테 먼저 말했어?"

"상관없어. 중요한 건 그게 진실이어야 한다는 거야. 왜냐하면 그곳에서 벌어지고 있는 일이, 네가 끝장내기를 기다리고 있는 것이 가장 오래된 악이니까. 나는 그게 누루족이라고 생각했었어. 그들은 추악하고 우월하게 태어난다고…… 하지만 그건 인간보다 깊은 거였어." 루유는 눈을 문질러 닦았다. "여기 오래 있을 순 없어. 해야 할 일이 있는데!"

므위타가 루유의 손을 잡고 꼭 움켜쥐었다.

"잘 말했어. 내가 했어도 그보다 더 잘하진 못했겠네."

새쿠의 텐트는 따뜻하고 편안했다. 우리 주위엔 빈 접시가 널려 있었다. 우리는 살아 있었다. 그 순간 우리가 필요한 곳에 있었다. 나는 커져 가는 의구심을 밀쳐 두고 므위타와 루유의 손을 잡았고, 다 같이 고개를 숙인 채 본능적으로 기도를 함께했다.

그러고 나서 루유가 우리 손을 놓았다.

"난…… 사람들 만나러 가 볼게. 혹시 내가 필요하면 쑨과 야오스 텐트로 와." 루유는 씩 웃었다. "들어오기 전에 먼저 크게 부르고."

나는 곧 따뜻하고 캄캄한 회복의 잠에 빠져들었다. 텐트 문틈으로 새어 들어온 햇빛이 눈에 들어와 깨어났다. 몸이 욱신거리며 자기 존재를 주장했다. 므위타의 팔이 나를 감싸고 있었다. 그는 낮게 코를 골고 있었다. 그 팔을 치우려 하자, 그는 더 꼭 껴안았다. 나는 하품을 하고 오른손을 들어보았다. 햇빛에 비춰 보며 깃털이 돋아나라고 마음먹었다. 아주아주 쉽게 이루어졌다. 므위타를 돌아보았다가 뜨고 있는 눈과 시선이 마주쳤다.

"아직 스물네 시간 안 됐나?"

"한 시간 더 기다릴 수 없어?"

그는 물으며 내 다리 사이로 손을 뻗었다. 손가락에 피가 묻어나자 그는 실망했다. 월경이 시작되었다. 깨닫고 나니 생리통이 찾아왔고, 갑자기 속이 울렁거렸다.

"누워."

므위타가 벌떡 일어나 자기 허리에 라파를 둘렀다. 그는 나갔다가 천 뭉치와 새 라파를 갖고 돌아왔다.

"여기." 그는 말하고 내 입에 조그마한 마른 잎을 가져다댔다. "여자들 중에 누가 이걸 작은 자루로 주더라."

썼지만 간신히 씹어 삼켰다. 나는 일어나서 처리를 하고 다시 누웠다. 울렁거림이 이미 가시고 있었다. 므위타가 남은 야자술을 따라 주었다. 시큼했지만 내 몸은 반겨했다.

"좀 나아?"

나는 고개를 끄덕였다.

"이제 얘기해 줘."

"말하기 전에 먼저 우리 둘 다 비밀이 있었다는 거 분명해 해 두자."

"알아."

"좋아." 그는 잠시 사이를 두고 짧은 턱수염을 잡아당겼다. "너는 알루 능력이 있어서 그런 식으로 이동할 수 있는 거야. 너는……."

"알루?" 어딘가 귀에 익었다. "알루시 같은 거야?"

"우선 들어 봐, 온예손우."

"얼마나 오랫동안 알고 있었어?" 나는 다급히 물었다.

"뭘 알아? 네가 지금 뭘 묻는지도 모르는데."

나는 얼굴을 찌푸렸지만 입을 다물고 내 손을 내려다보았다. 그

*러니까 그렇게 '이동하는' 걸 알루라고 하는구나.*

"너희 어머니는 아다와 가까워."

나는 얼굴을 찌푸렸다.

"그래서?"

므위타가 내 어깨를 잡았다.

"온예손우, 조용히 하고. 나 얘기 좀 하자. 넌 듣고."

"그냥……."

"쉿."

나는 한숨을 쉬고 손으로 얼굴을 덮었다.

"너희 어머니는 아다와 가까워." 므위타가 차분히 말했다. "둘이 얘기를 나누지. 아다는 아로의 아내야. 둘이 얘기를 나누지. 그리고 아로가 내게 어떤 사람인지 알 거야. 우린 얘기를 나누지. 그래서 내가 너희 어머니에 대해 알게 된 거야. 이렇게 되어 다행인 게 이제 너한테 얘기할 수 있게 되었잖아."

"왜 전에 말 안 해 줬어? 왜 어머니가 말 안 해 줬지?"

"온예손우?"

"빨리 얘기해, 그럼."

"내가 생각해 봤는데." 므위타는 나를 무시하고 말했다. "너희 어머니는 태어난 네가 여자애인 걸 알고 마법사가 되기를 기원했을 때, 무슨 의미인지 정확히 알고 있었어. 그건 복수였지." 그는 나를 내려다보았다. "너희 어머니는 내면을 이동할 수 있고, 알루를 할 수 있어. 우리가 알루시라고 알고 있는 그 신화 속 존재를 일컫는 단어는, 실제 마법사들의 용어인 '알루하다'에서 왔고 '내면을 이동하다'라는 뜻이야. 너희 어머니는…….”

나는 한 손을 들었다.

“잠깐.”

심장이 거세게 뛰었다. 모든 것이 맞아떨어졌다. 나를 데리고 알루했던 포농고를 떠올렸다. 목소리가 익숙하게 들렸지만 이유를 알 수 없었다. 내가 제대로 들어 본 적 없던 내 어머니의 목소리였기 때문이었던 것이다. *어머니는 포농고를 좋아했지. 어떻게 모를 수 있었을까?*

“그 포농고가 내 어머니였다고?” 나는 혼자 중얼거렸다.

므위타는 고개를 끄덕였다. 또 다른 생각이 떠올랐다. *어쩌면 그래서 그녀가 나를 데리고 알루했을 때 같은 크기로 변신할 수 없었는지도 몰라. 어쩌면 알루할 때는 자기 부모보다 크게 자랄 수 없는지도 몰라.*

“그럼 내가 그 능력을 어머니에게서 물려받았다고?”

“그래. 그리고…… 아마 이것으로 인해…….” 그는 고개를 저었다. “아니, 이건 제대로 된 표현이 아니고.”

“좋게 돌려 말하지 마.” 나는 밀어붙였다. “그냥 말해. 전부 다.”

“상처 주고 싶지 않아.” 그가 조용히 말했다.

나는 코웃음 쳤다.

“몰랐다면 말인데, 나는 고통을 상당히 잘 견뎌.”

“좋아. 음, 간단히 말하자면 너희 어머니는 입문식을 보셨더라면 통과했을 거야. 아로가 너희 어머니 그리고 아다와 얘기를 나눈 후에 내린 결론이지. 너희 할머니와 관련이 있어. 너희 조부모님에 대해 뭐 아는 거 있어?"

"별로." 나는 얼굴을 비비며 말했다. 그가 하는 얘기는 너무 비현실적으로 느껴졌지만, 동시에 납득이 갔다. "그런 얘기는 못 들었어."

"어, 그게 아로의 생각이야. 팅과 새쿠를 만났을 때 어떤 느낌이었는지 기억하지? 너 같은 사람들 사이엔 늘 에너지가 존재해."

므위타는 잠시 사이를 두었다.

"그게 너희 어머니가 널 임신하고 있다는 걸 깨달았을 때 살기로 마음먹은 이유야. 너와 어머니가 그렇게 가까운 이유의 일부이기도 하고. 그리고 아마 다이브가 너희 어머니를 골라 임신시킨 이유이기도 할 거야. 너희 어머니는 두 가지 존재가 될 수 있어, 그녀 자신하고 알루시. 자신을 분리할 수 있지.

아로는 너를 더 놀라게 해 봐야 좋을 게 없다 생각해서 말하지 않았지. 게다가 그때만 해도 네가 알루를 할 기미가 전혀 없었고. 네가 그 능력이 그렇게 강할 줄은 아로도 상상조차 못 했을 거야."

나는 멍하니 입을 벌리고 물러앉았다.

"얘기하는 김에 말인데, 너희 어머니에 대해 내가 아는 대로 마저 말하는 게 낫겠다."

나는 므위타가 해 준 이야기를 어머니가 직접 해 주었더라면 하고 바랐다. 어머니에게서 들었으면 좋았을 텐데. 하지만 어머니는 늘 비밀이 많았다. 알루시로서의 면모일 거라고 나는 짐작했다. 그 초록의 세계를 보여 줄 때조차, 어머니는 내게 자기 정체를 알리지 않는 쪽을 택했다. 어머니는 본인의 어린 시절에 대해서도 별로 말한 적이 없었다.

내가 제대로 아는 것은 어머니가 남자 형제들과 아버지 자비프와 가까웠다는 정도다. 어머니 사이다와는 그렇게 가깝지 않았다. 어머니의 가족은 소금 사람들이었다. 그들의 주요 사업은 옛날에 소금물 호수였던 거대한 구덩이에서 추출한 소금을 파는 것이었다. 거기에 가는 방법을 아는 건 이들뿐이었다. 어머니의 아버지는 소금을 모으고 가져오는 2주 여정에 어머니와 오빠들을 데려가곤 했다. 어머니는 그 길을 사랑했고 아버지와 그렇게 오랫동안 떨어져 있는 것을 못 견뎌했다.

므위타의 말에 따르면, 어머니의 어머니 사이다 역시 자유로운 영이었다고 한다. 그리고 아이들을 사랑했지만, 어머니로서의 삶이 그녀에겐 쉽지 않았다. 아이들이 전부 집을 떠나는 그 기간은 사이다에게 잘 맞았다. 그리고 남편에게도 잘 맞았는데, 그에게는 아버지 노릇이 수월했으며 아내를 사랑하고 이해했기 때문이었다.

소금길에서 어머니는 사막과 길, 탁 트인 곳을 사랑하게 되었다. 어머니는 우유 든 차를 마시고 오빠들 그리고 아버지와 큰 소리로 왁자지껄 대화를 나누곤 했다. 하지만 그 여정엔 그 이상의 것이 있었다. 어디든 사막에 나갈 때마다, 그녀의 아버지는 딸에게 단식을 권했다.

"왜요?" 처음에 그녀는 물었다.

"알게 될 거다." 그녀의 아버지는 대답했다.

나는 어쩌면 어머니 역시 여기서 포농고를 만난 게 아닐까 궁금했다. 포농고는 소금땅에서 나오니까.

어머니가 아다에게는 이야기했으나 내게는 들려주지 않은 이 모든 것을 므위타가 말해 주는 동안 나는 눈을 감았다.

"그럼 엄마는 그때부터 이미 이걸 완벽하게 통제했던 거야?"

"아로조차도 너희 어머니가 얼마나 많은 곳을 다녔는지 나한테 얘기할 때 부러워하는 기색이던걸. 특히 숲."

"아, 므위타, 그건 정말 아름다웠어."

"상상도 안 가. 그렇게 많은 생명이라니. 너희 어머니는…… 그 모든 것과 닿았겠지."

"엄마가…… 난 전혀 몰랐어." 나는 속삭였다. "하지만 누가 어머니가 그렇게 되기를 기원했던 거야? 어머니가 입문식을 통과할 수 있었던 사람이라면, 누군가 그걸 기원했어야 하는 거잖아."

므위타는 어깨를 으쓱했다.

"내 짐작으론 그분의 아버지일 거야."

"그런 걸 기원했다니 그분에게 뭔가 끔찍한 일이 있었겠네."

"아마도." 그는 내 손을 잡았다. "마지막 하나. 우리가 즈와히르를 떠날 때, 아로는 너희 어머니를 제자로 들이는 걸 고려하고 있었어."

"뭐?"

나는 벌떡 일어나 앉았다. 나아가는 가슴의 상처와 다리의 멍이 욱신거렸다.

"그리고 그녀가 수락하리라는 걸 넌 알지."

## 50장

오전 내내 영 나 같지 않고 기분이 이상했다. 다이브의 사악한 공격으로 끔찍이도 아팠다. 내 자신의 능력과 목표에 대한 의심이 마음에 가득했다. 월경 때문에 자궁이 바위 모닥불처럼 뜨거웠다. 손은 주술 도안으로 뒤덮여 있었다. 오른손은 위험한 것이 되었다. 어머니는 내가 상상도 못 해 본 사람이었으며 그 존재가 내 안에 있었다. 그리고 내 생부의 경우도 마찬가지였다. 하지만 삶은 결코 멈추지 않는다.

"곧 돌아올게." 므위타가 말했다. "괜찮겠어?"

"응."

기분이 안 좋았지만 나 역시 혼자만의 시간을 좀 원했다.

몇 분 후, 내가 천천히 다리 스트레칭을 하고 있을 때 루유가 뛰어들어 왔다.

"걔들이 가 버렸어!" 그녀가 악을 썼다.

"응?"

"모래폭풍이 그쳤을 때 떠났다고." 루유가 버벅거렸다. "산디를 데리고 갔어."

"잠깐, 기다려 봐, 누가?"

"디티, 파나시." 루유가 외쳤다. "걔들 물건 전부 사라졌어. 이게 있더라."

편지는 찢어 낸 하얀 천 조각에 디티의 삐뚤삐뚤한 글씨로 쓴 것이었다.

내 친구 온예손우에게

너를 무척 사랑하지만 나는 여기 함께하고 싶지 않아. 빈타가 죽은 이후로 계속 그런 기분이었어. 파나시도 마찬가지고. 모래폭풍이 그쳤고 우리는 그걸 도망가라는 징조로 여기기로 했어. 우린 빈타처럼 죽고 싶지 않아. 파나시와 난 우리의 사랑을 깨달았어. 그리고 루유에게 말해 두자면, 우린 결혼하고 첫날밤을 치렀어. 우린 즈와히르로 돌아갈 거고, 아니께서 허락하신다면 우리에게 준비되었던 삶을 살아가야지. 온예, 고마워. 이 여행으로 우린 더 나은 사람으로 바뀌었어. 우린 그저 살고 싶을 뿐이야. 빈타처럼 죽고 싶지 않아. 즈와히르에 네 소식 전할게. 그리고 너에 대한 멋진 이야기를 듣게 되길 바랄게. 므위타, 온예 잘 돌봐 줘.

너의 친구들

디티와 파나시가

"산디는 우리보다 걔들한테 자기가 더 필요하다고 느낀 거야."

나는 속삭였고 얼굴에는 눈물이 흘러내렸다. "착한 낙타지. 걔들을 별로 좋아하지도 않았는데."

나는 루유를 올려다보았다.

"나는 끝까지 너와 함께할 거야. 그래서 왔고." 루유는 잠시 사이를 두었다. "그래서 빈타가 왔던 거고."

팅이 다급히 들어왔다.

"새쿠가 돌아왔어요. 옷 입었고? 잘됐네."

그녀는 도로 나갔다. 잠시 후, 새쿠 그리고 초조해 보이는 므위타와 함께 팅이 돌아왔다. 므위타의 뒤에는 검은 로브를 드리운 사람이 따랐다. 나는 다리에 힘이 쫙 풀렸다.

# 51장

루유는 솔라가 거창하게 들어오는 사이 슬쩍 빠져 나갔다. 그는 내가 가늠했던 것보다 훨씬 키가 컸다. 내 입문식 때 그리고 즈와히르를 떠나기 직전까지 해서 딱 두 번 보았는데, 그는 내내 앉아 있었다. 지금 보니 나보다도 훌쩍 커서 내려다보는 듯했다. 길고 묵직한 로브 때문에 알 순 없었지만 팅처럼 다리가 긴 체형일 것 같았다. 팅도 앉으면 훨씬 작아 보이는 타입이니까.

"온예손우, 야자술을 가져와라." 솔라가 앉으며 명령했다.

"바로 밖에 있어. 나가면 보일 거다." 새쿠가 말했다.

거기서 나갈 핑계가 생겨 기뻤다. 디티와 파나시는 가 버렸다. 하루 사이에. 산디를 데리고 가긴 했지만 그렇다 해도 과연 그들이 살아남을 수 있을지 의문이었다. 둘 중 누가 아프기라도 하면…… 나는 그 생각을 뇌리에서 떨쳐 냈다. 그들이 죽든 살든 간에, 이미 떠났다. 그들을 다시 볼 수 있긴 할까 하는 생각은 하지 않으려 했다.

야자술은 새쿠의 낙타들 옆에 다른 물건들과 함께 꾸려져 있었다. 나는 녹색 병을 두 개 빼들었다. 텐트에 다시 들어서니, 팅이 일어나 잔을 챙겼다.

"따라와요."

그녀가 내 옆을 지나며 말했다. 팅이 솔라에게 잔을 건넸고 내가 술을 따르고, 그다음은 새쿠, 그리고 므위타였다. 그러고 나서 팅이 잔을 내밀어 내가 그녀에게 따라 주었고 그다음 내 몫을 따랐다. 우리는 매트 위에 원형으로 정좌했다. 므위타가 내 왼쪽, 팅이 오른쪽이었고, 새쿠와 솔라는 우리 맞은편이었다. 한참 동안 다들 앉아서 마시며 서로 쳐다보기만 했다. 솔라는 아주 조금씩 홀짝거렸다. 전과 마찬가지로, 로브 후드가 아래로 내려와 그의 얼굴 위쪽을 가리고 있었다.

"손을 좀 보자." 솔라가 마르고 가는 목소리로 드디어 말했다. 내 왼손을 잡고 약간 주저하며 오른손을 잡았다. 나를 할퀴지 않도록 누런 손톱을 들어 올리고, 엄지로 상징이 새겨진 내 피부를 쓸어 본 후 새쿠에게 말했다. "당신 제자가 재능이 있군요."

"나보다 먼저 알았잖습니까."

솔라는 미소 지었다. 그의 이는 하얗고 완벽했다.

"사실이죠. 팅이 태어나기 전부터 알았으니까." 그는 나를 쳐다보았다. "어떻게 된 일인지 말해 봐라."

"어?" 나는 혼란스러웠다. "아…… 저기, 폭풍 가장자리에 있었는데……." 잠시 사이를 두었다. "오가 솔라, 먼저 질문 하나 해도 될까요?"

"두 개 해도 좋다, 방금 하나 물었으니."

"왜 아로는 오지 않았습니까?"

"무슨 상관이냐?"

"그는 제 스승이고 전……."

"어째서 네 어머니가 못 왔는지 묻지 않고? 그게 좀 더 논리적인데, 아닌가?"

무슨 말을 해야 할지 알 수 없었다.

"아로에겐 그 능력이 없다. 먼 거리를 빠르게 이동할 수 없어. 그건 그의 중심이 아니거든. 그의 기술은 딴 쪽이야. 그러니 기운 차려라. 징징거리지 말고. 네 멍청한 행동이나 얘기해 봐라."

그는 나더러 시작하라고 마른 손가락을 딱 튕겼다.

나는 얼굴을 찌푸렸다. 이미 그걸 멍청하다고 여기는 사람에게 뭔가 얘기하기란 힘들었다. 기억나는 대로 전부 말했다. 그게 처음에 나를 되돌린 실제 창조주가 아닐까 하는 의혹만 빼고.

"다이브가 네 아버지라는 걸 언제부터 알고 있었지?"

"몇 달 되었습니다. 므위타와 제가…… 일이 있었어요. 전에 만난 적 있었고요. 제가 이런 식으로 이동한 건 세 번째입니다."

"처음엔 제가 그를 공격했습니다. 그 사람은…… 제 스승이었어요."

"뭐라고?" 새쿠가 큰 목소리로 말했다. "어떻게 그럴 수 있지?"

"그럼 이제 다 모였군." 솔라가 킥킥거렸다. "이 두 사람은 같은 '아버지'를 두고 있어. 하나는 다이브의 생물학적 자식이고 다른 하나는 제자. 일종의 은유적인 근친상간이네. 이 둘에게 비도덕적인 게 뭘까?" 그는 다시 킥킥거렸다.

팅은 홀린 눈을 휘둥그렇게 뜨고 므위타와 나를 쳐다보았다.

"다이브는 어떻게 된 겁니까?" 므위타가 물었다. "전 그와 몇 년 간 있었습니다. 강한 만큼 야심가지요. 그런 남자는 늘 성장합니다."

"그는 암처럼, 종양처럼 자라났지. 그는 위대한 책에 나오는 주정뱅이의 야자술 같은 존재야. 다만 다이브가 만들어 내는 중독은 사람들로 하여금 비정상적인 폭력을 저지르게 한다는 차이가 있지. 누루와 오케케는 그 조상들과 똑같아. 이 땅에서 너희들을 모조리 쓸어내고 붉은 사람들이 번성하게 할 수 있다면, 난 그리할 거다."

나는 솔라가 어느 부족일까, 오케케나 누루보다 뭐 하나라도 나은가 궁금했다. 매우 의심스러웠다. 붉은 사람들조차 완벽하진 않았다.

"너희 둘의…… '아버지'에 대해 말해 주마. 그는 너희의 소중한 동부에 죽음을 가져올 자다. 서부에서 수많은 오케케족을 몰살하여 아직 광기에 빠져 있는 수천의 남자들을 모을 것이다. 그들에게 위대함은 확장에 있다고 설득하겠지. 위대한 장군 다이브. 부모들은 첫아들 이름을 그에게서 따와 지을 것이다. 그리고 강한 마법사이기도 하지. 심각하게 위험한 자다.

그의 말은 그저 허풍이 아니야. 그는 성공할 거고 추종자들은 노력의 대가를 얻을 것이다. 먼저 얼마 남지 않은 오케케 반군들을 쓸어 버릴 거다. 죽기 전, 그들 역시 타락하겠고. 악이 되어 죽을 것이다. 이미 어떤 상황인지 므위타가 얘기해 줄 수 있겠지, 아니냐?

이런 마을 중 몇몇은 귀중한 곳이다. 옥수수와 야자수 같은 작물을 경작하도록 허락받았지. 이 작물을 관리하는 오케케 감독관들은 열심히 일해 약간의 힘을 얻었다. 다 죽거나 도망가면서 그걸 잃겠고. 우리가 얘기하는 중에도 다이브는 그러고 있어. 점차 오케케는 모조리 몰살당하겠지. 제일 망가진 노예들만 유일하게 남겨질 것이다. 곧, 2주나 어쩌면 그도 못 되어 다이브는 누루 군대를 이끌고 동쪽으로 향해 망명자들을 찾아내 죽이기 시작할 것이다.

간단히 말해 혁명이 되겠지. 뼈에서 그 광경을 보았다. 일단 시작되면, 그 무장한 누루 남자들이 저들의 왕국을 나서면 넌 막지 못해. 너무 늦다."

*어차피 내가 막기라도 할 수 있을까.* 이미 그러려고 하다가 거의 죽을 뻔하지 않았던가?

솔라는 새쿠를 바라보았다.

"이쪽에선 다들 제대로 감을 잡고 있는 것 같군요. 계속 이동해서 숨도록 하시오."

새쿠는 그 모욕에 인상을 찌푸렸지만 아무 말도 하지 않았다. 팅은 화가 나 보였다.

"나는 다이브에 대해 잘 안다." 솔라가 제 턱을 꼬집으며 말했다. "말해 줄까?"

"네." 므위타가 긴장한 목소리로 말했다.

"그는 일곱 강의 두르파라는 마을에서 비시라는 여자의 아들로 태어났다. 여자는 누루족이었으나 북슬북슬한 곱슬머리였어. 어땠겠느냐. 전례가 없었지. 열여덟 살이 될 즈음엔 머리가 바닥에 끌릴 정도로 아주 길게 길렀어. 창의적인 사람이라, 유리구슬로 드레드락 머리를 장식하길 즐겼지. 기린처럼 키가 크고 사자처럼 목청이 컸어. 늘 여자들이 부당한 대우를 받고 있다고 외쳤지.

비시 때문에 이제 두르파의 여자들은 교육을 받게 되었다. 그녀는 모두가 들어가고 싶어하는 학교를 열었다. 오케케 봉기 중, 그녀는 많은 오케케족이 도망치게끔 비밀리에 도와주었지. 위대한 책을 거부한 아주 드문 사람들 중 하나였고. 그 드레드락 머리에 부끄럽지 않게 살았다. 타고난 곱슬머리는 보통 생각이 트인 사람들이야.

아버지가 누군지는 아무도 모른다. 비시가 어느 특정한 남자와 함께 있는 건 아무도 본 적이 없으니. 그녀가 연인들을 수없이 많이 두었다는 소문이 있었으나 또한 아무도 없단 소문도 있었어. 아무튼, 어느 날 그녀의 배가 불러 오기 시작했다. 다이브는 어느 평범한 날에 태어났다. 엄청난 폭풍이나 번개 같은 건 없었어. 내가 이 모든 걸 아는 이유는 그 남자가 내 제자였고 앞으로도 늘 그럴 것이기 때문이다."

나는 등골을 걷어차인 것처럼 펄쩍 뛰었다. 내 옆에선 므위타가 큰 소리로 욕설을 내뱉었다.

"다이브가 열 살 때 비시가 내게 데리고 왔다. 그녀가 추적 능력을 타고나서 나와 접촉할 수 있었던 게 아닌가 해. 본인에게 묻진 않았다. 또한 비시가 아들을 낳을 때, 일곱 강 왕국의 상황을 깊이 생각했던 게 아닐까 싶다. 역겨움을 느꼈겠지. 그리고 온 마음을 다해 아들이 변화를 가져오길 빌었다. 아들이 마법사가 되기를 기원했어.

아무튼 비시는 내게 아들이 독수리로 변신하는 것을, 염소들이 그를 따르고 복종하는 것을 보았다고 말했지. 그런 사소한 일들. 다이브와 나는 즉시 통했다. 처음 본 순간, 내 제자가 되리라는 걸 알았어. 20년 동안 그는 내 아이, 내 아들이었다. 구구절절 얘기하진 않겠다. 그저 잘 되어 가다가 어느 순간 잘못되었다는 것만 알아 둬. 그러니 이제 알겠지. 네 아버지, 므위타의 스승, 그리고 내 제자."

솔라는 말했다. 그러고는 노래했다.

"셋은 마법의 숫자. 그래. 마법의 숫자." 그는 싱글거렸다. "나는 다이브의 어머니를 잘 안다. 엉덩이가 예쁘고 장난스런 미소를 지었지."

나는 그가 내 할머니와 잠자리를 하는 상상에 오싹 몸을 떨었다. 다시금 솔라가 얼마나 인간일까 궁금해졌다.

"그럼 전 뭘 하면 되나요, 오가 솔라?"

"위대한 책을 다시 써라. 몰랐느냐?"

"하지만 제가 어떻게요, 오가 솔라? 말이 되지 않아요! 그리고 2주밖에 없다면서요? 이미 쓰여져 수천 명의 사람들에게 알려진 책을 다시 쓸 순 없어요. 그리고 사람들이 그 책 때문에 이렇게 행동하는 것도 아닌데."

"확신하느냐?" 솔라가 차갑게 물었다. "읽어는 보았고?"

"물론 읽었습니다, 오가."

"그렇다면 빛과 어둠의 이미지를 이해하겠지? 아름다움과 추함? 깨끗함과 더러움? 선과 악? 밤과 낮? 오케케와 누루? 알겠지?"

나는 고개를 끄덕였지만, 상관관계를 더 이어 가려면 책을 다시 봐야겠다는 기분이 들었다. 어쩌면 아버지를 쓰러뜨리는 데 필요한 뭔가를 찾을 수 있을지도 모른다.

"아니. 책은 내버려 둬라. 넌 뭘 해야 하는지는 알고 있어. 아직 그걸 머리에 떠올리지 못할 뿐이야. 그래서 다이브가 그런 식으로 너에게 수치를 줄 수 있었던 거다. 그래도 얼른 생각해 내는 게 좋을 거야. 내가 줄 수 있는 충고는 이것뿐이다. 므위타, 온예손우가 알루를 하지 못하게 막아라. 다시 곧장 다이브에게 가게 될 거다. 다이브는 이제 당장 온예손우를 죽여 버릴 테고. 진작 그러지 않은 유일한 이유는 그녀가 고통받기를 원했기 때문이야. 그녀와 다이브 사이에 무슨 일이 생기든 자연스럽게 때를 기다려야 해, 알루 시간대에서 벌어져선 안 된다."

"하지만 어떻게 막습니까? 그냥 휙 가 버리는데요."

"그녀와 맺어진 상대니, 네가 알아서 해."

팅이 내 옆구리를 팔꿈치로 찔러 입을 다물게 했다.

솔라가 입술을 모았다.

"자, 넌 이제 중요한 고비를 넘겼다. 단계를 지났어. 많은 이들이 우리의 능력을 부러워하지만 그렇게 되기 위해 무엇이 필요한지 안다면, 하고 싶어 할 사람은 거의 없을 거다." 그는 므위타를 쳐다보았다. "거의."

그러고는 팅을 쳐다보았다.

"여기 이 여자는 거의 30년을 수련했다. 온예손우 너는 10년도 안 됐어. 넌 아직 아기지만, 이런 임무를 맡았다. 네 무지를 유의해라.

팅은 자기 중심을 일찍 알았다. 이 주술 문자지. 내 짐작에 너는 에슈 측면에, 변신과 이동에 초점을 집중하겠지. 하지만 넌 자제력이 부족해. 그건 아무도 도와줄 수 없다."

그는 손가락을 딱 튕기고 누군가에게 속삭이는 듯했다. 그러더니 말했다.

"이 잡담은 이제 끝내지." 그는 함박웃음을 지었다. "배가 고프진 않지만 바족의 요리를 맛보고 싶군요, 새쿠. 그리고 이 도시의 나이 든 여자들은 다 어디 갔답니까? 데려와요, 데려와요!"

그는 귀에 거슬리는 소리로 웃었고 새쿠도 동참했다. 므위타조차 재미있어하는 것처럼 보였다.

"온예손우, 팅, 세사 족장 텐트에 가서 준비한 음식 가져와라." 새쿠가 말했다. "그리고 거기서 기다리는 사람들에게 함께하는 자리를 열렬히 바란다고 전하고."

팅과 나는 얼른 텐트를 나섰다. 급히 움직이느라 몸이 비명을 질러대도 상관없었다. 거기서 나올 수만 있다면 무엇이라도 했을 것이다. 밖으로 나오자, 천천히 걸으며 약간 절름거리는 걸음을 감추려 했다.

"므위타와 따로 얘기하고 싶으셨나 봐요." 팅이 말했다.

"그렇겠죠."

"알아요. 저분들은 늙었고 같은 문제가 있죠. 하지만 바뀌어 가고 있어요."

나는 끙 소리를 냈다.

"솔라는 내가 처음 찾아갔을 때 비웃었어요……. 뼈를 던져 나온 결과에 평생 제일 큰 충격을 받기 전까진. 그다음 솔라가 내 일로 새쿠를 설득해야 했죠."

"어떻게…… 솔라를 찾았어요?"

"어느 날 깨어나서 내가 뭘 원하는지 그리고 어디서 그를 찾을 수 있을지 알았고, 찾아냈어요. 겨우 여덟 살이었죠." 팅은 어깨를 으쓱했다. "내가 텐트에 들어섰을 때 솔라의 얼굴을 봤어야 해요. 무슨 썩은 염소 똥 보듯이."

"알 만해요. 참 하얗죠. 그 사람…… 사람인 건 맞나요?"

"누가 알겠어요." 팅은 웃으며 말했다.

"내가…… 무엇을 해야 할지 알게 될 날이 올까요? 당신처럼?"

"곧 알게 될 거예요." 팅은 내 발목을 보았다. "가서 그냥 앉아야겠는데요. 음식은 내가 가져올게요."

나는 고개를 저었다.

"괜찮아요. 그냥 무거운 걸 들어 주세요."

므위타, 팅, 그리고 나는 솔라와 새쿠와 함께 먹지 않았다. 나는 안심했다. 솔라는 일단 음식이 앞에 차려지자 고개를 들지 않았다. 즈와히르를 떠난 이후로 먹어보지 못한 에구시 수프까지, 모든 것이 그득그득했다. 두 사람이 식사를 시작하며 곧 올 나이 든 여자들의 가슴이니 배경을 이야기해서 우리 셋은 얼른 빠져나왔다.

내 발목 때문에 우리 캠프까지 가는 데는 거의 30분이 걸렸다. 나는 므위타나 팅에게 기대 걷는 것은 사양했다. 도착하니 루유가 혼자 앉아 있었다. 땋은 아프로 머리를 풀어 빗어 내렸다. 슬픔 속에서도 그녀는 사랑스러웠다. 나는 얼어붙어, 디티와 파나시의 텐트가 있던 빈 자리를 쳐다보고 있는 므위타를 쳐다보았다. 있는 정 없는 정 다 떨어졌다는 표정이 그의 얼굴을 스쳤다.

"설마 그럴 리가. 걔들 갔어?"

루유는 고개를 끄덕였다.

"언제?! 아까…… 팅이 온예손우의 생명을 구하던 그 와중에? 떠났다고?"

"나도 네가 간 직후에야 알았어." 나는 말했다. "그러다가 솔라가 왔고……"

"어떻게 그럴 수 있어?" 므위타가 외쳤다. "파나시는 알았다고…… 내가 그렇게 많이 얘기했는데… 그런데도 도망을 가? 디티 때문에? 그 여자 때문에?"

"므위타!"

루유가 일어나며 외쳤다. 팅이 킥킥거렸다.

"넌 몰라. 넌 그냥 개하고 관계했을 뿐이잖아. 남자들하고, 너하고 디티는 토끼처럼."

"야! 그게 혼자 하는 것도 아니고, 여자와 남자가……."

"파나시와 난 형제처럼 다 털어놨어." 므위타는 루유를 무시하고 말했다. "이해한다고 그랬다고."

"그랬을지도 모르지." 나는 말했다. "하지만 그렇다고 너와 같아지는 건 아니야."

"파나시는 살해와 고문, 강간이 악몽에 나온댔어. 자기한테 의무가 있다고 했다고. 그 변화가 목숨을 바칠 만한 가치가 있다고. 그래 놓고 여자 때문에 도망을 가?"

"너라면 아니니?"

내 얼굴을 똑바로 쳐다보는 그의 눈은 붉고 젖어 있었다.

"아니야."

"너는 나 때문에 왔잖아."

"우리를 여기 끌어들이지 마. 넌 이 일에 엮여 있고, 죽게 되잖아.

이건 단지 우리만의 일이 아니야."

나는 얼어붙었다.

"므위타, 무슨 말……."

"안 돼." 팅이 입을 열었다. "입 다물어요. 둘 다. 그만해요."

팅이 따뜻한 손으로 내 뺨을 감쌌다.

"들어 봐요." 팅의 갈색 눈을 바라보고 있자니, 내 눈에서 눈물이 쏟아졌다. "대답은 이제 됐어요. 그럴 때가 아니에요, 온예. 지금 지쳤고, 경황도 없잖아요. 쉬어요. 그냥 넘어가요." 팅은 므위타를 돌아보았다. "이제 세 사람 남았네요. 됐어요. 그냥 흘려보내요."

그 와중에도 그날 밤 잠들 수 있었다. 므위타의 몸이 나와 밀착해 있었고 팅이 가져다준 푸짐한 음식으로 배가 불렀다. 그래도, 그 잠 속에서 꿈이 시작되었다. 므위타가 날아가 버리는 꿈. 므위타와 내가 작은 섬의 작은 집에 있는 꿈이었다. 우리 주위에는 온통 물뿐이었다. 땅은 부드럽고 작은 녹색의 물풀로 뒤덮여 있었다. 므위타는 갈색 깃털의 날개를 펼쳤다. 입맞춤조차 없이, 그는 돌아보지도 않고 날아가 버렸다.

## 52장

우리는 깊은 한밤중에 솔루를 떠났다. 세사 족장, 우손 족장, 새쿠, 그리고 팅이 배웅했다.

"한 시간쯤 되니까, 얼른 가라." 마지막으로 모든 텐트를 지나치며 새쿠가 말했다. "내가 폭풍을 재개했을 때 걸리거든, 참고 계속 이동해."

조그만 발소리가 들렸다.

"아이즈!" 세사 족장이 나무랐다. "가서 자!"

"하지만 엄마, 온예가 가잖아요!"

아이즈가 눈물범벅이 되어 외쳤다. 그 커다란 목소리에 근처 텐트에서 사람들이 깨어났다. 팅이 소리죽여 욕설을 내뱉었다.

"가서 자요, 다들, 제발." 우손 족장이 말했다.

사람들은 어쨌든 나왔다.

"작별 인사 하면 안 됩니까, 족장?"

한 남자가 물었다. 우손 족장은 한숨을 내쉬고 마지못해 허락했다. 속삭임과 사람들이 늘어났다. 1분 만에 많은 인파가 몰렸다.

"저들이 어디 가는지 알아요." 한 여자가 말했다. "최소한 배웅은 하게 해줘요."

"온예손우가 여기 있는 동안 즐거웠어요." 다른 여자가 말했다. "별나긴 해도."

다들 웃음을 터트렸다. 더 많은 사람들이 모여들었고, 맨발이 모래 위에 사각거리는 소리를 냈다.

"그 아름다운 친구 루유도 있어 즐거웠죠."

한 남자가 말했다. 몇몇 남자들이 동의했고 또 다들 웃었다. 누군가 향에 불을 붙였다. 몇 분 후, 마치 누가 신호라도 준 듯이 다들 바말로 노래하기 시작했다. 꼭 뱀들의 합창처럼 들렸고 폭풍 소리 너머로도 거뜬히 전해졌다. 노래하는 동안엔 그들은 미소 짓지 않았다. 나는 진저리를 쳤다.

아이즈가 내 다리에 꽉 매달렸다. 흐느끼더니 결국엔 내 골반에 얼굴을 묻었다. 등에 짐을 지고 있지만 않았다면 안아 올렸을 것이다. 나는 아이의 등에 손을 얹고 바싹 당겨 왔다. 노래가 끝나자, 세사 족장이 아이즈를 내 다리에서 떼어 냈다. 그녀는 딸에게 나와 포옹하고 뺨에다 축축한 뽀뽀를 하게 허락한 후 돌려보냈고, 그다음 본인이 우리에게 뺨에 입맞춤했다. 우손 족장은 므위타와 악수를 하고 루유와 내게는 이마에 입맞춤했다. 새쿠와 팅은 폭풍 가장자리까지 우리를 배웅했다.

"잘 봐라." 그 앞에 서 있는 사이 새쿠가 팅에게 말했다. "가까이 있을 때는 달라. 모두, 무릎을 꿇어."

그는 양손을 들어 손바닥을 폭풍 쪽으로 향하게 했다. 바말로 뭐라고 하더니 손을 아래로 돌렸다. 그가 폭풍의 힘을 아래로 누르자 땅이 뒤흔들렸다. 새쿠의 손에는 잔뜩 힘이 들어가 있었고 주름 밑에서 목 근육이 꿈틀거리는 게 보였다. 허공의 모래가 전부 떨어졌다. 바족이 자기네 말을 할 때 나는 소리 같았다. 스스스스스스. 날리는 모래 먼지에 우리는 얼굴을 가렸다. 새쿠가 앞으로 밀어냈다. 바람이 그 모든 것을 쓸어 가고 공기가 깨끗해졌다. 밤하늘에는 별이 가득했다. 항시 배경음으로 깔리는 폭풍 소리에 그간 너무나 익숙해져서 정적이 두드러졌다.

새쿠가 팅을 돌아보았다.

"나처럼 말로 하는 대신, 너는 공중에 글자를 쓰겠지."

"압니다."

"다시 배워라. 그리고 또다시." 그는 므위타를 쳐다보고 손을 잡았다. "온예손우 잘 돌보고."

"언제든지요."

새쿠는 루유에게로 돌아섰다.

"팅한테 네 얘기를 들었다. 많은 면에서 넌 사내 같아, 그 용기나 다른…… 욕구 면에서. 아니께서 또 너 같은 여자를 내게 보여 주어 시험하시는가 싶다니까. 네가 무슨 일에 발을 들였는지 아느냐?"

"잘 알지요."

"그렇다면 저 둘을 지켜봐다오. 저들에겐 네가 필요하다."

"알아요. 그리고 고맙습니다." 루유가 팅을 쳐다보았다. "두 분 다 고마웠고 여러분 마을에도 감사드려요. 전부 다요."

루유는 새쿠와 악수하고 팅하고는 꽉 끌어안았다. 그런 다음 팅은 므위타에게 가서 포옹하고 뺨에 입 맞췄다. 팅도 새쿠도 나를 포옹하거나 만지려 하지 않았다.

"손을 조심해요." 팅이 내게 말했다. "그리고 그들을 조심하고."

팅의 눈에는 눈물이 그득했다. 그녀는 고개를 젓더니 물러섰다.

"길은 알겠지." 새쿠가 말했다. "그곳에 도착할 때까지 멈추지 마라."

우리가 1.5킬로미터쯤 떨어졌을 때 뒤에서 다시 모래폭풍이 솟구쳤다. 맑은 하늘을 할퀴는 살아 있는 구름처럼 휘몰아쳤다. 마법사들이란 확실히 강력한 부류다. 그 폭풍의 격렬함과 위력은 그 점을 더욱 증명할 뿐이었다. 므위타, 루유, 그리고 나는 서쪽으로 발길을 돌려 걷기 시작했다.

"물이 가까이에 있네." 므위타가 말했다.

해가 뜨자, 나는 베일을 당겨 얼굴을 덮었다. 므위타와 루유도 똑같이 했다. 더위가 숨 막혔지만, 다른 종류의 더위였다. 좀 더 무겁고 축축했다. 므위타의 말이 옳았다. 근처에 물이 있었다.

다음 며칠 동안, 우리는 더위를 피하려 내내 베일을 쓰기 시작했다. 하지만 밤은 쾌적했다. 다들 별로 말이 없었다. 마음이 너무 무거웠다. 덕분에 솔루에서 있었던 일을 곰곰이 돌아볼 시간과 정적이 생겼다.

나는 죽었고, 다시 만들어졌으며, 그리고 살아났다. 검은 상징으로 뒤덮인 손은 여전히 이상해 보였고 늘 희미하게 불에 탄 꽃향기가 났다. 므위타와 루유가 잠들면 몰래 빠져나와 독수리로 변신하여 허공을 날았다. 그것이 어두운 의혹을 물리칠 유일한 방법이었다.

독수리로서, 그리고 아로였던 독수리로서, 내 정신은 단일했고 날카로웠으며 자신감이 넘쳤다. 내가 집중하고 대담하게 밀어붙인다면 다이브를 이길 수 있다는 걸 알았다. 이제 내가 지극히 강력하며, 불가능한 일 이상을 해낼 수 있음을 알았다. 하지만 아니 여신에 의해 형성된 에우 마법사 온예손우로선, 다이브가 내게 가한 폭력만 생각났다. 다시 만들어진 상태에서도 나는 그의 상대가 아니었다. 죽었어야 할 상황이었다. 그리고 하루하루 날짜가 흐를수록, 그냥 동굴로 기어들어 가 포기하고 싶은 마음이었다. 곧 그럴 기회가 생길 줄은 전혀 알지 못했다.

## 53장

솔루를 떠나고 나흘 후, 땅은 여전히 하얗게 말라 갈라져 있었다. 우리가 본 유일한 동물은 이따금 나타나는 풍뎅이와 하늘에 지나가는 매뿐이었다. 다행히도, 당분간은 식량이 넉넉해서 풍뎅이나 매를 먹어야 할 일은 없었다. 묘하게 습한 더위에 모든 것이 멍하고 꿈 같았다.

"저거 봐."

루유가 말했다. 방향이 어긋나지 않게 손에 포터블을 들고 그녀가 앞장서고 있었다.

나는 다이브를 그리고 자발적으로 향하고 있는 죽음에 대한 음울한 생각에 푹 빠져 고개를 숙이고 걷고 있었다. 고개를 들고 눈을 가늘게 떴다. 멀리서 보면 키 큰 말라깽이 거인들이 모임 중인 것처럼 보였다.

"저게 뭐야?" 나는 물었다.

"곧 보게 되겠지." 므위타가 말했다.

죽은 나무들이 몰려 있었다. 일곱 강 왕국으로 향하는 직선 경로에서 800미터쯤 벗어나 있었다. 한낮이라 그늘이 필요했기에 우리는 나무 쪽으로 갔다. 가까이서 보니 더욱 괴이했다. 둥치가 거의 집채만큼 폭이 클 뿐만 아니라, 나무라기보단 돌 같은 느낌이었다. 루유는 회갈색 나무둥치를 똑똑 두들겼고 나는 다른 나무 뿌리께 그늘에 매트를 펼쳤다.

"되게 단단하다." 루유가 말했다.

"내가 아는 곳이야." 므위타가 한숨을 내쉬며 말했다.

"정말? 어떻게?"

하지만 므위타는 그저 고개를 젓더니 터덜터덜 가 버렸다.

"쟤 오늘 기분이 처졌네." 루유가 매트 위 내 옆에 앉으며 말했다.

나는 어깨를 으쓱했다.

"아마 서부에서 도망칠 때 여길 지났겠지."

"아."

루유가 므위타 쪽을 보며 말했다. 나는 므위타의 과거에 대해 루유에게 별로 말하지 않았다. 왠지 그의 살해당한 부모님, 다이브 아래에서의 치욕적인 견습 생활, 또는 소년병 시절을 내가 다른 사람에게 얘기하는 걸 므위타가 달가워하지 않을 것 같았다.

"여기 돌아온 기분이 어떨지 상상도 안 가." 나는 말했다.

평화로운 두 시간의 휴식 후, 우리는 여정을 재개했다. 대략 다섯 시간 후 그것이 들이닥쳤다. 시커먼 회색 구름이 뭉게뭉게 모여들었다.

"그럴 리 없어."

서쪽을 응시하며 므위타가 중얼거렸다. 그것은 동쪽으로, 바로 우리를 향하고 있었다. 모래폭풍이 아니었다. 웅그와 폭풍, 끔찍한 번개와 천둥 그리고 불규칙한 폭우를 동반한 위험한 폭풍이었다. 우리가 즈와히르를 떠날 때는 건기였고 이 폭풍은 짧은 우기에만 발생하기에 지금까지는 운이 좋았다. 우리가 길을 떠난 지 다섯 달이 조금 안 되었다. 즈와히르에서는 딱 이 무렵이었다. 아마 여기서도 같으리라고 짐작했다. 웅그와 폭풍에 휘말리면 벼락 맞아 죽을 위험이 따른다.

유목민 시절 어머니와 내가 유일하게 위험했던 시기였다. 어머니는 우리가 열 번의 웅그와 폭풍에서 살아남은 것은 아니의 뜻이라고 말했다.

이번 폭풍은 멀지 않았고 빠르게 다가오고 있었다. 우리 주위는 온통 마른 평지였다. 죽은 나무 한 그루 보이지 않았고, 어차피 나무가 도움이 되는 것도 아니었다. 저 석화 나무 사이에 있다가 폭풍에 걸리면 훨씬 더 위험하다. 바람이 거세져 내 베일이 날아갈 뻔했다. 30분쯤 남았다.

"내……내가 몸 피할 곳을 아는데." 므위타가 갑자기 말했다.

"어디?" 나는 물었다.

그는 잠시 사이를 두었다.

"동굴. 여기서 멀지 않아." 므위타는 루유의 포터블을 가져가서는 옆쪽의 라이트 버튼을 눌렀다. 구름이 막 태양을 잡아먹은 참이었다. 오후 3시쯤이었는데, 저물녘처럼 어둑했다. "10분 거리쯤…… 뛰어가면."

"좋아, 어느 쪽?" 루유가 소리 질렀다. "왜……."

"아니면 달려서 폭풍을 따돌릴 수도 있지." 그가 갑자기 말했다. "북서쪽으로 향하면……."

"미쳤어?" 나는 쏘아붙였다. "웅그와 폭풍을 어떻게 달려서 따돌리라고!"

므위타는 뭐라고 중얼거렸지만 천둥소리에 묻혀 들리지 않았다.

"뭐라고?"

그는 내게 인상을 찌푸렸다. 번갯불이 하늘을 쪼갰다. 우리는 모두 올려다보았다.

"그 동굴이 어느 쪽이야?" 나는 다그쳤다.

여전히 그는 아무 말이 없었다. 루유는 폭발할 것처럼 보였다. 여기 서 있는 시간이 길어질수록 벼락 맞아 죽을 위험에 가까워지고 있는 판이었다.

"나…… 내 생각엔 거기 가면 안 될 거 같아."

므위타는 잠시 후 말했다.

"그럼 여기 있다가 죽자고?" 나는 외쳤다. "알기나 하고……."

"그래!" 그가 쏘아붙였다. "나도 겪어 봤어! 하지만 그 피난처는…… 그곳은 옳지 않아, 거긴……."

"므위타. 가자, 지금 이럴 시간 없어. 거기 뭐가 있든 감당해야지." 루유는 겁에 질려 하늘을 쳐다보았다. "선택의 여지가 없어."

나는 그를 자세히 들여다보았다. 공포에 질린 므위타를 보기는 드물었으나 바로 그런 경우였다.

"바늘 잔뜩 꽂힌 가장군에게 날 밀어붙이고 나더러 두려움을 직면하라느니 해 놓고 넌 그깟 동굴 하나 못 가겠단 거야?" 나는 팔을 휘두르며 외쳤다. "차라리 우리 다 죽자고? 네가 남자고 내가 여자인 줄로 알았는데."

깊게 상처를 입히는 말이었지만 난 상관하지 않았다. 비가 내리기 시작했고 번개와 천둥이 함께했다. 므위타는 내 얼굴을 손가락으로 가리켰고 나는 이글거리는 눈으로 그를 마주 보았다. 유난히 요란한 천둥소리에 루유가 비명을 질렀다. 그녀가 내 뒤에 바싹 달라붙었다.

"말이 너무 지나쳤어." 므위타가 말했다.

"더할 수도 있거든!"

나는 외쳤다. 화가 나서 나온 눈물이 흘러내려 빗물과 뒤섞였다.

허허벌판 한가운데에 웅그와 폭풍이 덮칠 판인데, 우리는 서로를 노려보며 서 있었다. 므위타가 내 손을 잡아채 끌고 가기 시작했다. 어깨 너머로 그가 고함쳤다.

"루유?"

"나 바로 뒤에 있어!"

우리는 달리지 않았다. 상관없었다. 나는 무섭지 않았다. 너무 화가 나서. 므위타는 일정한 속도로 나를 끌고 갔고, 루유는 고개를 숙이고 내 어깨를 잡고 따라왔다. 폭우 속에서 므위타가 어떻게 길을 찾는지 알 수 없었다.

우리는 벼락을 맞지 않았다. 아니의 뜻이 아니었던 모양이었다. 아니면 우리의 뜻이었거나. 15분쯤 걸렸다. 아래에 동굴이 입을 벌리고 있는 거대한 화강암 지층에 다다라 우리는 멈춰 섰다. 루유와 나는 므위타가 여기 오지 않으려 한 이유를 단번에 깨달았다.

비가 쏟아져 동굴 입구에 물줄기가 커튼처럼 흘러내렸지만 번개가 칠 때마다 그들이 똑똑히 보였다. 그들은 폭풍에 이리저리 흔들렸다. 시체 두 구가 동굴 입구에 매달려 있었다. 너무 오래되어 열기와 햇빛에 마르고 쪼그라들어, 육체라기보단 해골이었다.

"얼마나 오래 여기 있었던 거야?"

나는 속삭였다. 루유도 므위타도 듣지 못했다.

우리 뒤 멀지 않은 곳에 요란스럽게 번개가 내리꽂혔다. 거센 바람이 우리를 동굴 쪽으로 떠밀었다. 므위타가 앞장섰지만 내 손을 놓지 않았다. 내가 동굴로 가자고 주장했으니 우리는 다 함께 가고 있었다.

입구에 들어서자 쏟아지는 물이 내 머리와 어깨를 타고 흘러내렸다. 내 오른쪽의 흔들리는 시체들에 온 신경이 쏠려 있었다. 햇빛에 바랜 낡은 옷을 보아하니 남자와 여자였다. 여자는 긴 드레스와 베일, 남자는 카프탄과 바지 차림이었다. 오케케인지, 누루인지, 아니면 다른 부족인지는 알 수 없었다. 동굴 천장에 박힌 구리 고리에 감긴 두꺼운 밧줄에 매달려 있었다. 그들에게 닿지 않으려 동굴 입구 벽에 바싹 붙어 들어와야 했다. 안이 너무 어두워 동굴의 깊이가 보이지 않았다.

"동굴이 그렇게 깊진 않아."

므위타가 바위 몇 개를 모으며 말했다. 나도 도우면서, 동굴의 시큼하고 거의 금속성의 냄새를 무시하려 애썼다. 온기보다는 빛 때문에 커다란 바위 모닥불이 필요했다. 루유는 그저 거기 서서 죽은 두 사람을 응시하고 있었다. 굳이 도와 달라고 부탁하지 않았다. 므위타와 나는 둘 다 죽음을 겪어 보았다. 루유는 아니었다.

"므위타." 나는 조용히 말했다.

그가 열받은 눈길을 던졌다.

나는 도전적으로 맞받으며 중얼거렸다.

"내가 했던 말 물리진 않을 거야."

"물론 그렇겠지."

"너 역시 너 자신의 두려움을 직면해야 해. 그리고 너 때문에 우리 죽을 수도 있었잖아."

잠시 후, 므위타의 얼굴이 누그러졌다.

"그래." 므위타는 잠시 사이를 두었다가 말했다. "절대 너희를 죽게 두진 않았을 거야. 그저 좀 생각할 시간이 필요했어."

그는 몸을 돌리려 했지만 내가 손을 잡아 돌려세웠다.

"저 사람들 전에도 있……."

"그래." 므위타는 내 눈을 피했다. "그때는 훨씬…… 생생했었지만."

그렇다면 저 사람들은 여기에 10년 이상 매달려 있었단 소리다. 나는 혹시 저들이 뭘 했는지 아느냐고 그에게 묻고 싶었다. 묻고 싶은 게 많았지만 그럴 때가 아니었다.

"루유." 몇 분 후, 같이 멋지게 돌을 쌓아 올리고 나서 그가 말했다. "이리로 와. 그만 쳐다보고."

루유는 최면에서 풀려난 듯 천천히 몸을 돌렸다. 얼굴이 젖어 있었다.

"앉아."

므위타가 말했다. 나는 다가가 루유의 손을 잡았다.

"저 사람들 묻어 줘야 해."

서늘한 돌무더기 앞에 끌어다 앉히자 루유가 말했다.

"내가 해 봤어. 어떻게 저 위에 매달았는지 모르지만 끌어내릴 수도 없고 뼈가 떨어지지도 않아."

므위타가 나를 쳐다보자 나는 이해했다. 주술이 그들을 저기 붙들어 두고 있는 것이다. 어떤 사람들이었을까?

"시도해 보지도 않는 거야?" 루유가 말했다. "그러니까, 저건 고작 밧줄이고, 네가 여기 있었을 땐 어린애였잖아? 지금은 금방 내릴 수 있을 거야."

므위타는 그녀를 무시하고 바위 모닥불을 피웠다. 그 불빛에 드러난 것은 루유의 관심을 죽은 사람들에게서 끌어내기에 충분했다. 나는 진작부터 찜찜한 기분이었고, 이제는 빗속으로 달려나가 벼락 맞을 위험을 감내하고 싶었다. 동굴 안쪽, 수년간 밀려들어 온 모래에 반쯤 묻혀 있는 것은 수백 대의 컴퓨터, 모니터, 포터블 기기, 그리고 전자책들이었다. 이제 그 금속성 냄새의 출처를 알았다.

1센티미터 두께인 구식 모니터는 요즘 쓰이는 훨씬 얇은 모니터와는 거리가 멀었고, 대부분이 부서지거나 금이 가 있었다. 데스크톱 컴퓨터는 한 손으로 들기엔 너무 컸다. 오래되고 놀라울 만큼 구식인 물건들이 허허벌판 한가운데 동굴에 쌓여 오랫동안 잊힌 채 있었다. 나는 경악하여 므위타를 쳐다보았다.

위대한 책에 이렇게 컴퓨터로 가득한 동굴에 대한 얘기가 있었다. 세상에 돌아와 오케케족이 저질러 놓은 파괴의 참상을 본 아니 여신의 분노를 피하려 겁에 질린 오케케족이 동굴에 숨겼다고. 그 직후 아니는 별에서 누루족을 데려와 오케케족을 노예로 삼게 했다……. 적어도 위대한 책에는 그렇게 나와 있었다. 그렇다면 위대한 책의 그 부분은 사실이라는 뜻일까? 오케케족이 정말로 성난 여신의 눈을 피하려 동굴에다가 첨단 기술을 처박았다고?

"이곳은 저주받았어." 루유가 속삭였다.

"맞아." 므위타가 말했다.

나는 뭐라 할 말이 없었다. 밖에선 죽음의 폭풍이 몰아치는 가운데 우리는 인간, 기계, 그리고 사상의 무덤에 들어와 있었다.

"여길 어떻게 발견했어? 어쩌다 여기 오게 된 거야?"

"그리고 오는 길은 어떻게 그렇게 잘 기억하는 거야?"

루유가 덧붙였다.

므위타는 흔들리는 시체들 쪽으로 다가갔다. 루유와 나는 그 뒤를 따랐다.

"저기 봐." 므위타가 구리 고리를 가리켰다. "누가 저걸 돌에다 저렇게 박았을까?" 그는 한숨을 쉬었다. "무슨 일이 있었는지 저 사람들이 누구인지는 절대 알 수 없을 거야. 내가 왔을 때는 저들이 매달리고 난 직후였을걸. 아직…… 살이 붙어 있었어. 아마 지금 우리 나이쯤이었을 거야."

"오케케였어, 아니면 누루?"

나는 루유가 저들이 에우나 붉은 사람들이었을 가능성은 고려하지 않는다는 걸 알아챘다.

"누루." 므위타는 시체들을 쳐다보았다. "아직 여기 있다니 믿어지지 않아……. 하지만 다시 생각해 보니, 그렇구나 싶고."

잠시 후 므위타가 말했다.

"오케케 반군들에게서 도망치고 나서 그들이 날 죽으라고 버려두고 간 다음 며칠 후에 이 동굴을 발견했어." 그는 왼쪽을 가리켰다. "이 벽에 기대앉아 약초를 먹고 약효가 있기를 아니께 기도했지."

루유는 죽으라고 버려졌다는 므위타의 이야기가 무슨 뜻인지 알고 싶어 죽겠는 기색이었다. 다행히도 그걸 묻지 않을 만큼의 눈치가 있었다. 우울한 므위타를 다루는 최선의 방법은 그냥 얘기하게 두는 것이다.

"난 반쯤 정신이 나간 상태였어, 정말로."

그가 말을 이으며 손을 뻗어 죽은 남자의 다리를 건드렸다. 나는 몸서리쳤다.

"내가 알던 유일한 가족을 잃었고. 끔찍한 인간일지언정 스승을 잃었고. 끔찍한 일들을 목격하고 강압에 오케케족을 위해 싸우며 끔찍한 일을 저질렀지. 난 에우였어. 겨우 열한 살이었고. 음식하고 물은 갖고 있었어. 허기나 갈증으로 죽을 상황은 아니었고 식량을 구하는 방법도 알았지. 내가 여기로 오게 된 건 더위 때문이었어. 둘 다 분명히 죽어 있었지만 냄새는 나지 않았고……." 그는 여자에게로 다가갔다. "여자는 하얀 게처럼 생긴 거미 떼에 뒤덮여 있었어, 얼굴과 손만 빼고. 지들끼리 기어오르고 있었지만 한참 쳐다보면 여자의 시체를 둘러싸고 일종의 패턴을 그리고 있다는 걸 알 수 있었지. 여자 손가락 끝이 파란색이었던 게 기억나. 쪽빛 염료에 담근 것처럼."

그는 잠시 사이를 두었다.

"그 옛날에도 거미들이 여자를 보호하고 있단 걸 알았어. 움직이는 패턴이 다이브가 가르쳐 준 은시비디 상징을 닮았거든. 소유를 뜻하는 상징. 한 20분쯤 그냥 서서 쳐다보기만 했을 거야. 한 번도 보지 못한 부모님 생각밖에 안 나더라고. 목매달린 건 아니지만 처형당하셨지……. 나를 낳은 죄로. 내가 서 있는 동안, 거미들이 천천히 여자에게서 떨어져 동굴 가장자리로 이동했어. 죄 떨어지고 나더니, 그냥 거기 있더라고. 내가 뭘 하기를 기다리는 것처럼.

전부 다 시도해 봤어. 시체를 끌어내리려 해보고. 밧줄도 자르려 해 봤지. 태우는 것도 해 봤고. 아래에 크게 불을 피워 시체를 태우려고 했어. 심지어 주술까지 썼다고. 다 통하지 않아서, 그냥 그들을 지나쳐 컴퓨터를 등지고 앉아 울었지. 좀 지나고 나니 거미들이…… 도로 여자한테 기어올랐어. 이틀 동안 지내면서 시체와 여자를 뒤덮은 거미가 보이지 않는 양 있었지. 힘도 생기고, 상태가 나아진 다음 떠났어."

"남자 쪽은? 그 사람은 뭔가 특이한 게 있었어?" 루유가 물었다.

므위타는 고개를 저었고, 손은 여전히 뿌옇게 먼지 앉은 죽은 남자의 다리에 놓여 있었다.

"굳이 다 알 필요 없어."

정적. 나는 묻고 싶었고 분명 루유도 마찬가지일 것이다. 뭘 다 알 필요가 없다고?

"그럼 저 사람들 마법사였을까?" 루유가 물었다.

므위타는 고개를 끄덕였다.

"그리고 그들의 살인자도 마법사겠고." 그는 얼굴을 찌푸렸다. "이제는 그냥 뼈만 남았지."

므위타가 돌연 남자의 다리를 잡고 확 끌어당겼다. 밧줄이 끼익 소리를 내고 시체에서 먼지가 부스스 흩날렸지만, 그뿐이었다. 거의 해골이 된 상태 그대로였다. 나는 여자의 거미들은 어디로 갔을까 궁금했다.

막막함, 슬픔, 그리고 절망이 그날 밤 나를 뒤덮었고, 대지에 빗물이 스미고 번개가 꽂힐수록 더 무거워져 갔다. 루유는 시체와 컴퓨터에서 최대한 떨어진 쪽에 자리를 잡았다. 므위타는 그녀 옆에 작은 바위 모닥불을 피워 주었다. 루유 본인이 프라이버시를 원해서인지, 아니면 우리의 프라이버시를 지켜 주고 싶어서 그랬는지 알 수 없었지만, 어느 쪽이든 괜찮았다.

므위타와 나는 그의 라파를 덮고 매트에 누웠고, 옷은 옆에 개켜 두었다. 바위 모닥불은 충분히 온기를 주었지만 내게 필요한 것은 온기나 성교가 아니었다. 이번만은 자면서 므위타가 얼마나 나를 꼭 붙들든 신경 쓰이지 않았다. 그 동굴 안에 있기 싫었다. 밖에서 굵은 빗발 소리가, 우릉거리는 천둥과 바람에 흔들리며 끼익거리는 시체들 소리가 들려왔다.

그런 상황에도 불구하고 므위타와 루유는 잠들었다. 다들 기진맥진해 있었다. 나는 눈을 감고 있긴 했으나 한숨도 자지 못했다. 므위타와 커다란 바위 모닥불의 온기에도 불구하고, 몸서리가 쳐졌다. 여러 가지 생각이 박쥐처럼 뇌리를 퍼득거렸다. 아버지를 무너뜨릴 방법이 없다. 나 때문에 우리 셋이 죽을 것이다. 내가 공격할 때 나를 향하고 있던 그의 등이 떠올랐다. 그는 *날 기다리고 있었어.*

"온예손우." 므위타가 부르는 소리를 들었다.

나는 대답할 기분이 아니었다. 입을 열거나 눈을 뜨고 싶지 않았다. 공기를 들이마시거나 말하고 싶지 않았다. 그저 처량한 상념에 빠져 있고 싶었다.

"온예손우." 그는 나직이 되풀이했고, 팔에 힘을 주었다. "눈 좀 떠 봐. 움직이진 말고."

그의 말에 몸에 아드레날린이 쫙 흘렀다. 정신이 확 들었다. 몸이 떨리던 것이 멈추었다. 나는 눈을 떴다. 처량한 상념 때문인지 아니면 나 자신을 증명하고픈 욕구 때문인지는 몰라도 수백 마리의 하얀 거미가 앞에 몰려와 있는 것을 보았을 때, 나는…… 대비되어 있었다. 앞에 선 거미 한 마리가 다리를 천천히 들어 올리더니 그대로 멈추었다.

"그럼 아직도 여기 있었던 거구나."

나는 움직이지 않은 채 말했다.

우리는 둘 다 조용히 있었고, 서로의 마음을 읽은 듯했다. 혹시 루유가 깨어났나 귀를 기울였다. 하지만 폭풍 소리가 너무 시끄러웠다.

"거미들이 날 온통 뒤덮고 있어." 그의 목소리는 아주 약간 떨렸다. "등, 다리, 뒷목……."

전부 나와 닿지 않은 부분이었다.

"므위타." 나는 나직이 말했다. "그 남자 시체에 대해 네가 말해 주지 않은 건 뭐였어?"

그는 당장 대답하지 않았다. 나는 아주 많이 겁이 나기 시작했다.

"거미 물린 자국이 가득했어. 얼굴은 고통으로 뒤틀려 있었고."

나는 살인자들이 남자를 목매달기 전에 거미들이 그를 물기 시작했을까 궁금했다.

내 뺨은 매트에 밀착해 있었다. 거미는 여전히 다리 하나를 들어 올린 채였다. 수천 가지 생각이 뇌리를 스쳤다. 저들이 원하는 건 므위타이리라고 짐작했다. 절대 그를 빼앗기지 않을 것이다. 거미는 한 다리를 든 채 기다리고 있었다. 그래, 나 역시 기다리고 있었다.

거미가 다리를 내렸다. 내 뒤에서 놈들이 므위타에게로 돌진하는 게 느껴졌다. 앞에서 내게 다가오는 것을 보았다. 냄새가, 독한 야자술처럼 발효된 악취가 풍겨 왔다. 요란한 폭풍 소리에도 불구하고 거미들의 톡톡거리는 발소리가 또렷하게 들렸다. 언제부터 모래에 닿는 거미 발소리가 저렇게 컸을까? 금속끼리 부딪히는 소리처럼? 내가 알아야 할 것은 그게 전부였다. 처음으로, 내 능력에 대한 통제력을 써서 이계를 내 주위에 두르고 뛰어올랐다.

이계와 현실계 둘 다, 그들은 거미처럼 보였지만, 이계에서는 훨씬 크고 하얀 연기로 이루어져 있었다. 나의 푸른 형체를 향해 밀려오느라 저들끼리 형체를 통과하고 있었다. 아로가 나를 가르치지 않겠다고 거절했던 그날 그에게 했던 대로 했다. 할퀴고, 찢고, 조각내고, 분해했다. 나는 야수가 되었다. 그 존재들을 찢어발겼다.

한 발을 현실 세계에 쿵 내디뎌, 도망치는 거미들 한 무리를 짓밟았고, 므위타의 휘둥그런 눈과 마주쳤다. 그는 여전히 매트 위에서 벌거벗은 채 반항적인 하얀 거미들에 뒤덮여 있었다. 그 주위에는 수백 마리의 거미 사체가 동굴 바닥에 널려 있었다. 한 마리라도 므위타를 물었다면, 저것들을 하나 빠짐없이 찾아내 죽이고 영계로 넘어가 다시 사냥하고 파괴해 버릴 것이다. 전부 다.

루유 쪽을 흘끗 보았다. 그녀는 자기 모닥불 맞은편에 서 있었다. 내가 고개를 젓자 그녀는 고개를 끄덕였다. 잘됐다. 밖에서 번갯불이 번쩍였다. 내 정신 상태는 이제 아주 날카로웠다. 지금 여기 앉아 이야기하는 그 온예손우가 아니었다. 그 불길 속에 내가 어떻게 보였을지 상상이 가지 않는다. 벌거벗고, 성나고, 거칠고, 사랑하는 이가 위협당하고 있는 상황. *저들은 내가 므위타가 죽게 될 위험을 무릅쓰느니 데려가게 둘 거라고 생각하겠지.* 나는 사악한 미소를 지었다.

다시 번개가 번쩍했고, 1초 후 천둥이 울렸다. 빗발이 거세졌다. 오존 냄새가 강했다. 공기 중의 짜릿함을 느낄 수 있었다. 나는 기다리고, 바라며, 머릿속에서 내 이름을 주문처럼 외웠다. 바로 동굴 밖에 번개가 엄청난 '꽝!' 소리와 함께 떨어졌다. 불길이 땅을 후려쳤다. 나는 므위타에게 달려들어 다리를 붙잡고, 폭풍이 내던진 것을 끌어올렸다. 그걸 므위타의 안으로 흘려보냈다. 그에게 달라붙어 있던 거미가 전부 불에 내던진 야자씨처럼 터져 나갔다. 깃털이 타는 냄새가 동굴 안에 가득했다.

살아남은 거미들은 동굴 입구의 불 속으로 흩어졌다. 집단 자살인지 아니면 왔던 곳으로 돌아가려는 결정인지 결코 알 수 없을 것이다. 나는 그 번개가 치는 순간 이계에서 완전히 빠져나왔기에, 거미들이 거기로 돌아갔는지 보지 못했다.

"므위타?"

나는 그 옆에 놓인 거미 사체들은 무시하고 속삭였다. 내 몸은 땀으로 흠뻑 젖었지만 추위로 부들부들 떨렸다. 루유가 달려와 우리한테 라파를 둘러 주었다.

"난 괜찮아." 그가 내 뺨을 어루만지며 말했다.

"내가 번개를 끌어다 보냈어."

"알아." 그는 웃으며 말했다. "난 아무것도 느끼지 못했어."

"그게 뭐였어?" 루유가 물었다.

"전혀 모르겠어."

므위타의 눈에 무언가 잡혔다. 나는 그가 바라보는 쪽으로 돌아섰다. 루유도 마찬가지였다.

"아." 루유가 말했다.

매달고 있던 밧줄이 번갯불에 타서 시체들이 떨어져 있었다. 그리고 이제 마른 유해가 타고 있었다. 수수께끼의 처형된 남녀 마법사는 마침내 화장될 수 있었다.

아침이 되었을 때도 폭풍은 계속 불고 있었다. 루유의 포터블에 뜬 시간으로 겨우 아침이라는 걸 확인할 수 있었다. 루유가 쌀을 끓여 염소 육포와 향신료와 섞는 동안, 므위타는 냄비로 동굴 한쪽에 무덤을 팠다. 자기가 혼자 하겠다고 했다.

나는 동굴 안쪽의 전자기기 쪽으로 갔다. 우리는 시체보다 이 물건들을 더 피해 왔다. 저주받은 사람들의 오래된 기기였다. 어젯밤 일을 겪고 나니, 저주를 똑바로 직면할 기분이 들었다.

"뭐해?" 루유가 쌀을 저으며 물었다. "이미 충분히 고생……."

"내버려 둬." 므위타가 땅을 파던 손길을 잠시 멈추고 말했다. "우리 중 누군가는 살펴봐야 해."

루유는 어깨를 으쓱했다.

"그러든가. 난 저 저주받은 쓰레기 근처엔 얼씬도 안 할 거니까."

나는 혼자 킥킥거렸다. 루유의 감정을 이해했고 므위타도 아마 같은 기분일 것이다. 하지만 내게 이건 그야말로 위대한 책에서 고스란히 빠져나온 장면이었다. 내가 그 책을 다시 쓸 거라면 살펴보는 쪽이 이치에 맞을 것이다.

오래된 전선과 죽은 메인보드에서 나는 주석 냄새가 가까워질수록 강해졌다. 키보드에서 빠진 키와 부서진 스크린과 케이스에서 나온 가는 플라스틱 조각이 모래에 널려 있었다. 컴퓨터 중 일부는 겉에 디자인이 그려져 있었다. 흐려진 나비, 고리와 소용돌이, 기하학적 도형. 대부분은 단일한 검은색이었다.

작고 아주 얇은 검은 책처럼 보이는 기기가 눈에 띄었다. 컴퓨터 두 대 사이에 끼어 있었고, 잡아당겨 보니 스크린이라 놀랐다. 여기저기 부딪힌 것처럼 보이긴 했지만, 다른 물건들과는 달리 오래되진 않았다. 내 손바닥만 한 크기였다. 뒷면은 묘하게 검은 잎처럼 보이는 아주 단단한 소재로 만들어져 있었다. 스크린은 흠집 없는 상태였다.

앞면의 버튼은 전부 오래전에 글씨가 닳아 없어진 상태였다. 나는 아무거나 하나 눌렀다. 아무 일도 없었다. 다른 버튼을 눌렀고 물소리 같은 소리가 났다.

"아!"

나는 놀라 소리질렀고, 하마터면 기기를 떨어뜨릴 뻔했다.

스크린이 환해지고 식물, 나무, 수풀이 있는 곳이 떠올랐다. 나는 나직이 소리를 냈다. *꼭 어머니가 보여 준 곳 같잖아, 희망의 장소.* 가슴이 부풀어 올랐고 나는 다른 시대의 무너져 가는 고물 기계들 무더기 옆에 앉았다.

화면은 마치 누군가 걷고 있고 내가 그 사람의 눈을 통해 보는 것처럼 이동했다. 작은 스피커에서 새와 벌레 소리 그리고 풀과 식물, 나뭇잎을 밟는 소리와 옆으로 치우는 소리가 나왔다. 그러다가 제목이 화면 아래에서 천천히 올라왔고 나는 이것이 책이 들어 있는 커다란 포터블이라는 걸 알았다. 책 제목은 『금지된 녹색의 정글들판 안내서』로, '지식과 모험의 위대한 탐험가 협회'라는 단체가 썼다.

갑자기 화면이 얼어붙고 소리가 멈췄다. 버튼을 이것저것 눌렀지만 아무 소용 없었다. 저절로 꺼졌고 내가 얼마나 버튼을 눌러 대든 아무것도 되지 않았다.

뭘 하든 간에. 나는 그걸 던져 버렸다. 몸을 일으켰다. 미소 지었다. 몇 시간 후, 하늘도 미소 지었다. 폭풍이 드디어 지나갔다. 우리는 동트기 전에 동굴을 나섰다.

다음 2주 동안, 길은 점차 가팔라졌다. 땅은 모래와 군데군데 마른 풀밭이 뒤섞여 있었다. 여기는 잡아먹을 도마뱀과 들토끼가 있었고, 마침 우리 육포가 떨어져 가고 있었다. 이름 모를 아름드리나무들이 있었고 야자수가 점점 늘어 갔다. 날씨는 밤엔 추웠고 낮 동안엔 비교적 따뜻했다. 그리고 다행히도 웅그와 폭풍은 더 맞닥뜨리지 않았다. 물론 더 나쁜 일들이 있었다.

## 54장

위대한 책에는 대부분의 판본에서 누락된 대목이 있다. 사라진 이야기. 아로가 그 판본을 갖고 있었다. 사라진 이야기는 오케케족이 어둠 속에서 곪아 가던 몇 세기 동안 미친 과학자들이었다는 이야기를 상세히 다루고 있었다. 그들이 어떻게 컴퓨터니 집수기니 포터블 같은 구식 기술을 발명했는지 설명되어 있었다. 자신들을 복제하고 죽을 때까지 젊게 유지하는 방법을 발명했다. 죽은 땅에서 식량을 만들어 내고 모든 질병을 치료했다. 어둠 속에서, 대단한 오케케족은 놀라운 창의력으로 넘쳐났다.

사라진 이야기를 아는 오케케족은 그걸 부끄러워했다. 누루족은 오케케족이 얼마나 근본적으로 결함이 있는지 지적하고 싶을 때마다 그 이야기를 읊어 댔다. 그 어둠의 세월 동안 오케케족에 문제가 있었을지 모르나, 현재는 더 곤경에 처해 있었다.

*슬프고 처량한 생각 없*는 *족속들.* 일곱 강 왕국의 국경선 바로 앞 마을들 중 한 곳으로 향하며 나는 생각했다. 그들의 심정을 이해할

수 있었다. 바로 며칠 전까지 나도 같은 기분이었으니까. 절망을 넘어선 절망. 그 시체와 거미, 허물어진 컴퓨터의 동굴을 찾지 못했더라면, 나도 아마 그들과 함께하고 싶었을 것이다.

이런 국경 마을들에는 맞서 싸우거나 도망치기를 두려워하는 오케케족이 살고 있었다. 내 아버지가 군대를 이끌고 동쪽으로 오면 순식간에 몰살될, 교활한 눈을 한 사람들이었다. 제 그림자도 두려워하며 고개를 숙이고 다녔다. 강가에서 가져온 흙에다가 처량하고 시들한 양파와 토마토를 재배했다. 진흙 벽돌 오두막의 앞뒤로는, 반들거리는 고동색의 식물을 키웠는데 이걸 말리고 태워 시름을 잊는 데 썼다. 그것 때문에 그들의 눈은 벌겋고, 이는 갈색이었으며, 피부에서 똥 냄새가 났다. 영양 측면의 가치는 전혀 없었다. 물론 이 잡초는 여기 땅에서 쑥쑥 잘도 자랐다.

아이들은 배가 볼록하고 넋 나간 얼굴을 하고 있었다. 추레한 개들이 사람만큼이나 처량한 몰골로 터덜터덜 돌아다녔다. 제 똥을 먹는 개를 한 마리 보았다. 그리고 이따금 바람 방향이 바뀌면 저 멀리서 비명이 들려왔다. 이런 마을에는 이름이 없었다. 속이 메슥거렸다.

모두가, 심지어 아이들마저 왼쪽 귀 위쪽에 검고 푸른 구슬로 된 달랑거리는 귀걸이를 하고 있었다. 이 사람들에게 문화와 미(美)가 존재한다는 유일한 힌트였다.

우리는 들키지 않고 오두막들이 몰려 있는 곳을 지났다. 주위엔 오케케 사람들이 멍하니 어슬렁거리고, 말다툼하고, 길에서 자고, 아니면 흐느끼고 있었다. 팔이나 다리를 잃은 남자들이 눈에 뜨였는데, 오두막에 기대앉은 몇몇 사람들은 상처가 썩어들어 가고 있었다. 거의 죽어 가고 있거나, 죽었거나. 임신한 여자가 발작적으로 웃으며 오두막 앞에 앉아 흙무더기에 흙을 밀어넣는 것을 보았다. 손이 근질거렸고 초조한 기분이 들었다.

"기분이 어때, 온예손우?"

마지막 오두막을 지나치자마자 므위타가 물었다. 다음 마을까지는 800미터쯤 남았다.

"여기선 크게 마음이 내키진 않아. 이 사람들은 치유를 원하는 거 같지 않아서."

"여길 돌아서 갈 수는 없나?" 루유가 물었다.

나는 설명 없이 그냥 고개만 저었다. 할 말이 없었다. 다음 마주친 오두막들도 같은 상태였다. 처량하고, 처량한 사람들. 하지만 이곳은 언덕 아래 위치해서 내려가다 보니 전체가 눈에 들어왔다. 첫 번째 오두막을 지나치는데 얼굴에 낯지 않은 상처가 가득한 늙은 여자가 멈춰 서서 나를 빤히 쳐다보았다. 므위타를 쳐다보더니 이 빠진 입으로 함박웃음을 지었다. 그러더니 여자의 웃음이 스러졌다. 여자가 물었다.

"하지만 너희 나머지는 어디 있지?"

우리는 영문을 몰라 서로 쳐다보았다.

"너." 여자는 나를 가리켰다. 나는 뒷걸음질쳤다. "얼굴을 가리고 있지만 난 알아. 알고말고." 그러더니 돌아서서 고함쳤다. "오오오오온예손우우우우우우우!"

나는 물러서서 몸을 웅크리고 싸울 태세를 취했다. 므위타가 나를 붙잡아 끌어당겼다. 루유는 내 앞으로 달려나와서 칼을 뽑아들었다. 사방에서 사람들이 달려 나왔다. 어두운 얼굴. 상처받은 영혼. 허름한 라파와 찢어진 바지 차림. 사람들이 모여들자 피, 오줌, 고름, 그리고 땀 냄새도 모여들었다.

"그 여자가 여기 왔어!"

"학살을 멈출 여자?"

"진실을 속삭이는 여자." 늙은 여자가 말을 이었다. "다들 와서 봐, 와서 보라고! 오오오오오온예손우우우우우우!!! 에우, 에우, 에우!"

우리는 포위되었다.

"베일 벗어." 늙은 여자가 내 앞에 서서 말했다. "얼굴 좀 보게."

나는 므위타를 흘끗 쳐다보았다. 그 얼굴에선 아무것도 알 수 없었다. 손이 근질거렸다. 내가 베일을 젖히자 사람들에게서 탄성이 터져 나왔다.

"에우, 에우, 에우!"

그들이 입을 모아 외쳤다. 내 오른쪽에서 남자들이 불쑥 다가섰다.

"아아!" 늙은 여자가 외치며 그들을 붙들었다. "아직 안 끝났어! 장군은 이제 두려움에 떨어야지! 하! 호적수가 여기 있으니!"

"저기 저 사람." 한 여자가 앞으로 나서서 므위타를 가리키며 말했다. 여자의 옆얼굴은 부었고 배가 불러 있었다. "저쪽이 남편이야. 그 여자가 그렇게 말하지 않았어? 온예손우가 올 거고 제일 사랑하는 사람을 볼 수 있을 거라고? 서로 사랑하는 에우 둘보다 더 진실한 게 어디 있겠어? 사랑을 할 수 있는?"

"닥쳐, 누루 첩년, 인간 쓰레기를 밴 창녀가." 한 남자가 갑자기 내뱉었다. "저걸 목매달고 배 속에 자라는 사악한 걸 베어 버려야 하는데!"

주위가 조용해졌다. 그러다가 몇이 동의하는 말을 외쳤고 사람들이 이리저리 밀려들었다.

나는 므위타와 루유를 옆으로 밀어내고 목소리를 향해 나섰다. 늙은 여자를 포함하여, 내 앞의 모든 이들이 펄쩍 물러섰다.

"방금 말한 거 누구야! 이리 나와. 앞으로 나서라고!"

정적. 하지만 남자는 앞으로 밀고 나왔다. 서른 살 정도, 그보다 위일 수도, 아래일 수도 있겠다. 얼굴 절반이 망가져 있어서 알 수가 없었다. 남자는 나를 위아래로 훑어보았다.

"너는 오케케 여자들의 저주다. 아니께서 네 목숨을 빼앗아 너희 어머니를 편히 하시길."

온몸에 힘이 들어갔다. 므위타가 내 손을 잡았다. 그가 내 귀에 말했다.

"참아."

나는 남자의 남은 얼굴을 잡아 뜯어 버리고픈 충동을 꾹 눌렀다. 목소리가 떨려 나왔다.

"당신 사연은 뭐길래?"

"난 저쪽 출신이야." 남자는 서쪽을 가리키며 말했다. "그들이 또 쳐들어와서 이번엔 우리를 끝장내겠지. 다섯 명이 내 아내를 강간했어. 그러고는 나를 칼로 베어 이 꼴로 만들어 놨지. 나를 죽여 버리지 않고, 나와 아내를 놓아주었어. 웃어 대면서, 금방 날 따라잡을 거라고 했어. 나중에 아내가 놈들의 아이를 배고 있단 걸 알았지. 너 같은 아이. 아내와 그 안에 자라는 사악한 것을 내 손으로 죽였다. 안에 있던 건 죽어서도 추한 몰골이었어."

남자는 가까이 다가섰다.

"우린 장군 입장서 보면 아무것도 아니야. 다들 들어 봐." 그는 두 손을 높이 들고 군중을 향해 돌아섰다. "우린 이제 끝날 때가 됐어. 지금 우리 꼴을 봐, 저 악의 씨가 구해 주기를 바라고나 있단 말이야! 우리는……."

나는 므위타의 손을 뿌리치고, 남자의 손을 내 왼손으로 잡고 꽉 움켜쥐었다. 남자는 반항하며 이를 갈고 욕을 했다. 하지만 한 번도 나를 해치려고는 하지 않았다. 나는 내 느낌에 집중했다. 생명을 되살릴 때하곤 같지 않았다. 구더기가 썩어 가고 있지만 아직은 살아 있는 다리에서 썩은 살점을 파먹듯이, 빼앗고 또 빼앗았다. 가렵고, 아프고…… 근사한 느낌이었다.

"다들…… 물러나." 나는 악문 잇새로 중얼거렸다.

"뒤로, 뒤로! 물러나!" 므위타가 외치며 사람들을 밀었다.

루유도 따라 외쳤다.

"목숨이 중요하거든 물러나라고!"

나는 몸의 긴장을 풀며 무릎을 꿇었고, 남자는 바닥에 그대로 무너졌다. 그런 다음 나는 놓아 버리고 숨을 죽였다. 아무 일도 벌어지지 않자, 숨을 내뱉었다.

"므위타."

나는 힘없이 말하며 팔을 뻗었다. 그가 나를 부축해 일으켰다. 사람들은 그 남자를 보려 다시 몰려들었다. 한 여자가 남자 옆에 무릎을 꿇고 그의 치유된 얼굴을 만져 보았다. 그는 일어나 앉았다.

정적.

"오두우가 이제 미소 지을 수 있나?" 어느 여자가 말했다. "한 번도 미소 짓는 걸 못 봤네."

더 많은 수군거림이 퍼져 가는 가운데 오두우란 남자가 천천히 일어났다. 그는 나를 쳐다보고 속삭였다.

"고마워."

한 남자가 오두우를 부축했고 그들은 천천히 걸어가기 시작했다.

"그녀가 왔어." 다른 사람이 말했다. "이제 장군은 도망칠 거야."

모두가 환호하기 시작했다.

그들은 내 주위로 몰려들었고 나는 줄 수 있는 것을 주었다. 그렇게 많은 사람들, 남자, 여자, 아이, 질병, 비통함, 두려움, 상처를 예전에 치료하려 했다면…… 만약 붉은 사람들을 만나서 있었던 일을 겪기 전에 이만큼을, 아니, 그 몇 분의 일이라도 치료하려 들었다면 나는 죽었을 것이다. 다가온 사람들을 하나하나 낫게 해 주었다. 그렇다, 나는 파파 시의 사람들을 눈멀게 한 장본인과는 다른 사람이었다. 하지만 결코 그 일을 후회하지 않을 것이다. 그들은 빈타를 죽인 자들이니까.

므위타는 사람들에게 약초로 약을 만들어 주고 임신한 여자의 배를 살펴 별일 없나 확인해 주었다. 심지어 루유조차 거들어, 나은 사람들 곁에 앉아 우리 여행 이야기를 들려주었다. 이 사람들은 마법사 온예손우, 치료사 므위타 그리고 동부 추방자들을 돌보는 사랑스런 루유에 대한 소문을 퍼트릴 기세였다.

우리가 떠나려는 차에 한 남자가 내게로 달려왔다. 그는 온전했지만 걸을 때 다리를 심하게 절었다. 그는 내게 치료해 달라고 부탁하지 않았다. 나는 먼저 제안하지 않았다.

"저쪽이오." 남자는 서쪽을 가리켰다. "당신이 그 여자라면 말인데, 그들이 옥수수 마을서 또 일을 벌였어요. 보아하니 가디가 다음이겠어."

우리는 가디에서 멀지 않은 마른 맨땅에 캠프를 세웠다.

"아무것도 안 먹지만 잘 먹고 다니는 것처럼 보이는 오케케 여자가 돌아다니면서 '소식을 속삭였다'고 하더라." 어둠 속에 앉아 루유가 말했다. "에우 여자 마법사가 그들의 고통을 끝내 줄 거라고 그 여자가 예언했대." 추웠지만 바위 모닥불을 피워 눈길을 끌고 싶진 않았다. "나직한 목소리에 이상한 억양을 썼다고 하더라."

"우리 엄마야!" 나는 잠시 사이를 두었다. "아니었다면 그들은 우리를 죽였겠지."

어머니는 알루해서 여기로 날아와 오케케족이 나를 맞이하고 반길 수 있게 말하고 다닌 것이다. 그렇다면 아로가 정말로 어머니를 가르치고 있나 보다.

우린 그 생각을 하느라 한동안 조용했다. 근처에서 올빼미가 울었다.

"그 사람들은 참 많이 상처받았어. 하지만 그들을 탓할 수 있을까?"

"응." 므위타가 말했다.

나는 므위타와 같은 의견이었다.

“계속 장군 얘기를 하더라.” 루유가 말했다. “그 장군이 이 모든 것의 뒤에 있다고, 최소한 지난 10년간은 그랬대. 그를 의회의 빗자루라고 부르는데 오케케족을 싹 쓸어내는 일을 맡았기 때문이라고.”

“내가 제자였던 이후로 정말 성공했지.” 므위타가 쓰게 말했다. “이런 짓을 할 거면 왜 나를 제자로 들였는지 도무지 모르겠다.”

“사람은 변하니까.” 루유가 말했다.

므위타는 고개를 저었다.

“그는 원래 오케케와 관련된 건 전부 증오했어.”

“그럼 당시에는 증오가 그렇게 크지 않았나 보지.”

“예전에도 충분히 컸어, 내 어머니를 강간할 만큼. 그 남자들이 전혀…… 지치지 않았던 걸 보면. 다이브가 그 남자들 전부에게 뭔가 주술을 걸었을 거야.”

“바족을 봐. 주술을 편하게 받아들이는 사람들이지. 아이즈는 그런 식으로 생각하는 사회에서 태어났으니, 절대 마법사는 되지 않겠지만 마법을 두려워하진 않아. 이제 다이브를 보자. 보고 배우는 것이라곤 오케케족은 노예고 낙타보다도 독하게 다뤄야 한다는 두르파에서 나고 자랐잖아.”

“아니야.” 나는 고개를 저었다. “그의 어머니 비시는? 마찬가지로 두르파에서 나고 자랐잖아. 그래도 오케케 사람들이 도망치게 도와주었고.”

“그렇긴 해.” 루유가 찌푸리며 말했다. “그리고 그는 솔라에게서 배웠고.”

“그냥 사악하게 타고나는 사람들이 있어.” 므위타가 말했다.

"하지만 그가 늘 그런 식이었던 건 아니었잖아." 루유가 말했다. "솔라가 한 말 기억나?"

"어쨌거나 상관없어." 므위타는 손에 힘이 들어가 꽉 주먹을 쥐고 있었다. "중요한 건 그의 현재와 그를 멈춰야 한다는 사실뿐이야."

루유와 나는 그 말에 동의하지 않을 수 없었다.

그날 밤 나는 섬에 있고 므위타가 날아가는 꿈을 꾸었다. 깨어나서 옆에서 자는 그를 쳐다보았다. 얼굴을 토닥이다 보니 므위타가 깨어났다. 그가 원하는 것을 굳이 내가 부탁할 필요가 없었다. 그는 기쁘게 내게 주었다.

아침에 텐트 밖으로 나온 나는 하마터면 널린 바구니에 걸려 넘어질 뻔했다. 기형 토마토, 입자가 거친 소금, 향수 한 병, 기름, 삶은 도마뱀 알, 그리고 다른 것들.

"자기들 형편껏 가져온 거야."

루유가 말했다. 누군가 아이펜슬을 줬는지, 루유는 밝은 파란색으로 아이라인을 그리고 얼굴에 파란 점을 하나 콕 찍었다. 또한 양쪽 손목에 녹색 구슬 팔찌를 하나씩 차고 있었다. 나는 기름 병을 들어 냄새를 맡아 보았다. 선인장 꽃 냄새가 강하게 났다. 목에 좀 바르고 우리 집수기로 갔다. 집수기를 켜고 말했다.

"이러다 사람들 눈에 띄지 않았음 좋겠는데."

"아마 눈에 띌걸. 하지만 이 근처 사람들은 전부, 어쩌면 일곱 강 도시들까지, 네가 어제 한 일을 다 알아. 이야기가 조금씩 다를 순 있어도."

나는 고개를 끄덕이고, 주머니에 찬물이 차오르는 것을 지켜보왔다.

“나쁜 일일까?”

루유는 어깨를 으쓱했다.

“뭐 우리가 걱정할 일은 아니지. 게다가 너희 어머니가 이미 시작하셨잖아.”

## 55장

일곱 강 왕국과 7대 대도시인 차사, 두르파, 선타운, 사하라, 론지, 와-와, 그리고 진은 그렇게 타락한 곳치고는 참으로 시적인 이름들을 갖고 있었다. 각 도시마다 강을 끼고 있었고 모든 강은 한가운데에서 만나 거대한 호수를 이루었다. 다리 한 개를 잃은 거미처럼. 호수는 이름이 없었는데 그 바닥에 무엇이 사는지 아무도 모르기 때문이었다. 즈와히르에서는 아무도 이렇게 거대한 규모의 물이 존재한다고 믿지 못할 것이다. 내 아버지의 도시 두르파는 이 신비의 호수에 제일 가까이 위치해 있었다. 루유의 지도에 따르면, 우리가 거쳐 갈 첫 번째 일곱 강 도시였다.

왕국 국경은 벽이나 주술로 막혀 있지 않았고, 확실히 정해져 있지도 않았다. 그 안에 들어가면 안에 들어갔다는 걸 알 수 있었다. 즉시 살펴 오는 눈길을 의식하게 된다. 군인이나 뭐 그런 부류가 아니라, 누루족의 눈길. 관리들이 지역을 순찰했지만, 사람들이 자발적으로 감시했다.

한때는 도시들 사이와 강을 따라 작은 오케케 마을들이 있었다. 우리가 거기 갔을 때 그 마을들은 거의 텅 비어 있었다. 얼마 남지 않은 오케케족은 쫓겨났다. 일곱 강의 서쪽에 있는 이런 마을들은 다 점령당했다. 강의 동쪽, 가장 부유하고 특권을 누리는 두 도시 차사와 두르파의 바로 동쪽에선 천천히 집단 이동이 이루어지고 있었다. 아이러니하게도 이들 도시는 오케케족의 노동력이 가장 필요한 곳이었다. 오케케가 사라지면, 진과 론지 같은 가난한 도시 출신의 누루족이 일할 것이다.

언덕을 올라가야 하는 바람에 우리는 무슨 일이 벌어지는지 눈으로 보기보다 귀로 먼저 들었다. 아로의 고향 마을 가디는 파괴되고 있었다. 마른 풀 너머로 몰래 훔쳐보자 끔찍한 광경이 눈에 들어왔다. 우리 오른쪽으로는 여자 한 명이 누루 남자 둘과 싸우고 있었는데 남자들이 여자를 걷어차고 옷을 찢어 버렸다. 왼쪽에서도 같은 일이 벌어지고 있었다. 요란한 소리가 나고 오케케 남자가 비탈길을 달려 내려왔다. 누루 남자와 오케케 남자가 땅바닥을 구르며 싸웠다. 여기서 주도권을 잡은 쪽은 누루족이었다. 그건 명백했다.

우리는 콧구멍을 벌름거리고 입을 헤벌린 채, 휘둥그런 눈으로 서로 쳐다보았다.

우리는 들고 있던 것을 모두 내던지고 난리통에 뛰어들었다. 그렇다, 심지어 루유마저. 그다음 벌어진 일에 대해선 내 기억에 군데군데 빈 곳이 있다. 달려가는 므위타의 등에 누루 남자가 총을 겨누던 기억이 난다. 나는 그 남자에게 몸을 던졌다. 남자는 총을 떨어뜨렸다. 날 붙잡으려 들었다. 나는 맞받아 걷어차고 물에 뛰어들 듯이 이계로 들어갔다. 남자가 내 몸이 있던 자리에서 헛손질을 하는 게 보였다. 므위타는 도망갔다. 나는 여전히 이계에 존재한 채, 그의 뒤로 뛰어들었다. 그래서 므위타를 죽이려 했던 그 남자를, 나는 죽이지 않았다.

므위타와 나는 에우는 천성적으로 폭력적이라 여기는 누루나 오케케의 믿음에 절대 굴복하지 않겠다고 얘기했었다. 여기서 우리는 그 모든 것을 뒤집었다. 바로 사람들이 생각하는 그런 존재가 되었다. 하지만 우리가 폭력을 사용한 이유는 에우라는 뿌리에 기반한 게 아니었다. 그리고 루유 역시 같은 목적을 공유했다. 루유는 위대한 책에 따르면 가장 순종적인 혈통이라는 순수한 오케케족의 여자였다.

나는 므위타에게 내 옷을 건네고 변신했다. 발톱과 호랑이 이빨이 자라났던 기억이 난다. 이계와 현실계 사이를 마치 땅과 물처럼 넘나들던 기억이 난다. 여자들에게 붙어 있는 남자들을 걷어찼다. 그들의 페니스는 여전히 발기한 채 피와 체액으로 번들거렸다. 칼과 총으로 남자들과 싸웠다. 다수의 누루 군인들과 소수의 오케케족이 있었고, 나는 양쪽 다와 맞서 싸우며 누구든 무기가 없는 쪽을 도왔다. 총알을 내 안으로 받고, 배출하고, 나아갔다. 찔리고 물린 상처를 나 스스로 봉했다. 나는 피, 땀, 정액, 침, 눈물, 소변, 대변, 모래, 그리고 연기 냄새를 다양한 짐승의 코로 맡을 수 있었다. 내가 기억하는 것은 그 정도다.

우리는 그곳에서 벌어지는 일을 막지는 못했으나 오케케족 몇몇이 도망치게 해 주었다. 그리고 나는 한계까지 밀어붙여 최대한 많은 누루족을 치유했다. 그러자 그 남자들은 구석에 몸을 웅크리고, 바로 조금 전까지 자신들이 저지른 짓에 경악했다. 몇 분 만에 그들은 누루와 오케케를 가리지 않고 부상자들을 돕기 시작했다. 불을 끄러 나섰다. 그러고는 흉겹게 오케케를 죽이고 있는 다른 누루족을 말리려 했다. 그러자 그 치유된 누루족은 피에 미친 동족에게 살해당했다.

정신을 차리고 나는 루유를 오두막 안으로 끌어들였다. 초가지붕이 불타고 있었다. 잠시 후, 므위타가 안으로 몸을 던졌다. 그는 내게 자기 옷을 주었고 나는 얼른 입었다. 므위타와 루유 둘 다 총을 갖고 있었다. 멀지 않은 곳에선, 계속 이어지고 있었다. 비명이, 싸움이, 살인이. 가쁜 숨을 쉬며 우리는 서로 쳐다보았다.

"우리 힘으론 못 막아." 므위타가 마침내 말했다.

"우리가 막아야만 해." 루유가 동시에 말했다.

나는 눈을 감고 한숨을 쉬었다.

근처에서 한 남자가 고함을 질렀고 다른 남자가 비명을 질렀다. 우리 머리 위 지붕에 붙은 불이 번져 갔다. 나는 말했다.

"다이브를 찾고 나면, 뭘 해야 할지 알게 될 거야."

그때부터 우리는 숨어 다녔다. 힘든 일이었다. 누루족은 무력한 반란을 진압했고 이제는 그저 사람들을 고문하고 있었다. 고문자들이 웃음과 끙끙대는 소리가 비명과 뒤섞였고 나는 속이 뒤집혔다. 하지만 어찌어찌 그 모든 것을 지나쳐 엄청난 광경과 마주하게 되었다.

마지막 오두막 모인 곳을 지나자 키 큰 옥수수가 자라고 있었다.

수백 수천, 들판 가득히. 어머니가 보여 준 곳만큼 숨 막히지는 않았지만, 사막에서 자란 내 눈에는 역시 놀라웠다. 우리가 사막에서 살 때 어머니는 옥수수를 키웠고 즈와히르에는 정원이 있었으나 이 정도는 아니었다. 산들바람이 불자 작물 사이로 속삭임이 퍼졌다. 근사한 소리였다. 평화, 성장, 풍요로움, 그리고 희망의 기색이 느껴지는 소리였다. 대마다 완벽한 옥수수자루가 주렁주렁 달렸고 수확할 때가 다가와 있었다. 누루족이 들이닥치기에 얼마나 운 좋은 타이밍인가. 분명 다이브 장군의 계획이겠지.

우리는 짐을 전부 두고 왔다. 다행히 루유의 주머니에 포터블이 있었다. 그 지도를 참고하여 옥수수밭 사이를 나아갔다. 두르파는 맞은편에 있었다. 우리는 빠르게 나아가며 딱 한 번 발길을 멈추고 옥수수를 따서 먹었다. 30분 걷고 나서 목소리가 들렸다. 우리는 몸을 숙였다.

"내가 보고 올게." 나는 옷을 벗으며 말했다.

므위타가 내 팔을 잡았다.

"조심해. 이 옥수수밭에선 우리 위치를 파악하기 힘들 거야."

"옥수숫대 위에다 내 라파를 걸어 놔."

얼른 독수리로 변신해서 날아올랐다. 옥수수밭은 어마어마했지만 목소리의 출처를 찾기는 쉬웠다. 800미터도 안 떨어진 곳, 옥수수밭 한가운데에 오두막이 있었다.

나는 초가지붕 가장자리에 가능한 한 조용히 내려앉았다. 누더기 옷을 입은 오케케 남자들을 여덟 명까지 헤아렸다. 두 명은 길고 검게 번들번들한 총을 등에 메고 있었다.

"그래도 가야 해." 한 명이 말하고 있었다.

"그건 우리 명령이 아니야."

다른 한 명이 짜증난 얼굴로 주장했다.

나는 날개를 떨치고, 지형을 보러 높이 날아올랐다. 옥수수밭은 서쪽에 두르파를, 동쪽으로 가디를, 그리고 남쪽으로 이름 없는 호수를 끼고 있었다. 더 높이 날아오르니 내가 확인하려던 것이 보였다. 더는 언덕이 없었다. 여기서부턴 평지였다.

옥수숫대 위에 라파가 걸쳐져 있어 루유와 므위타를 찾기는 쉬웠다.

"반군이야." 나는 옷을 입으며 말했다. "멀지 않아. 어쩌면 다이브가 어디에 있을지 알려 줄지도 모르지."

므위타는 루유를 쳐다보았다. 그러더니 걱정스런 얼굴로 다시 나를 보았다.

"왜?"

"우리끼리 가야 해." 므위타는 루유의 질문을 무시하고 내게 말했다. "반군들은 누루족만큼이나 믿을 수 없는 자들이야."

"아." 나는 므위타가 겪은 오케케 반군과의 경험을 떠올리고 말했다. "알았어. 내……내가 미처 생각을 못 했어."

"나는?" 루유가 말했다. "내가 가서……."

"아니." 므위타가 말했다. "너무 위험해. 우린 할 수 있는 게 있지만, 너는……."

"총이 있는데."

"저들에겐 총이 두 자루 있어. 그리고 총 쓸 줄도 알고."

내가 말했다.

우리는 거기 선 채 생각에 잠겼다.

"안 죽여도 된다면 굳이 사람 죽이고 싶지 않아." 므위타가 한숨을 내쉬며 말하고는 땀투성이 얼굴을 문질렀다. 그러더니 갑자기 총을 옥수수밭에 내던졌다. "난 살인이 싫어. 계속 그러느니 차라리 죽겠어."

"하지만 이건 너나 우리만의 일이 아니잖아."

루유가 경악한 얼굴로 말하며 그 총을 가져오려 했다.

"내버려 둬." 므위타가 단호하게 말했다.

루유는 얼어붙었다. 그러더니 자기 총도 던져 버렸다.

"이러면 어떨까." 나는 말을 꺼냈다. "므위타, 우리는 인지되지 않는 상태로 변하자. 그러면 루유가 저들에게 접근할 수 있고 혹시 무슨 짓을 하려 들면, 우리가 기습할 수 있지. 저 사람들에게…… 온예손우가 온다는 반가운 소식을 들었다느니 뭐 그런 얘기를 해 봐. 저들이 반군이라면 아직 희망을 갖고 있을 거야."

우리는 천천히 오두막에 접근했다. 므위타는 루유의 왼쪽, 나는 루유의 오른쪽에 있었다. 루유의 표정이 기억난다. 턱에 단단히 힘이 들어가 있었고, 짙은 피부는 땀으로 번들거렸으며 뺨에는 핏방울이 튀어 있었다. 아프로 머리는 삐뚤어져 있었다. 즈와히르 시절의 그녀와는 너무나 달라 보였다. 하지만 한 가지만은 똑같았다. 그 대담함.

몇몇은 스툴 의자나 땅바닥에 앉아 있었고, 세 명은 와리 게임을 하고 있었다. 다른 이들은 서 있거나 오두막에 기대어 있었다. 다들 붉은 반죽으로 얼굴에 줄무늬를 그렸다. 서른이 넘어 보이는 사람은 아무도 없었다. 루유를 보자, 즉시 두 명이 총을 겨눴다. 루유는 움찔하지 않았다.

"어, 누구야 이게?" 군인 한 명이 낮은 목소리로 말하며, 와리 게임을 하다가 일어났다. 그는 무뎌 보이는 칼을 주머니에서 꺼냈다. "집합! 쏘지 마." 그는 한 손을 들어 보이며 말했다. 루유 뒤쪽을 쳐다보았다. "오두막 주위를 확인해."

총 든 군인 한 명만 빼고 다들 옥수수밭으로 달려 나갔다. 그는 총을 루유에게 겨눈 채 있었다. 지휘관이 루유를 위아래로 훑어보았다.

"너희 일행이 몇 명이나 되지?"

"좋은 소식 전해 드리러 왔어요."

"어디 보지."

"제 이름은 루유예요." 그녀는 지휘관의 눈을 마주하고 말했다. "즈와히르 출신이고요. 마법사 온예손우 얘기 들어 보셨어요?"

"들었지." 지휘관이 고개를 까닥하며 말했다.

"저하고 여기 와 있어요. 동반자 므위타도 같이. 바로 저쪽 마을에 있다 왔어요."

루유는 자기 뒤쪽을 가리켰다. 그녀가 움직이자, 총 든 군인이 움찔했다.

"저 마을은 넘어갔나?"

"네."

"그럼 그 여자는 어디 있지? 남자는?"

이제 군인 몇 명이 돌아와 아무 이상 없다고 보고했다.

"저희를 해치실 건가요?"

지휘관을 루유의 눈을 똑바로 보았다.

"아니." 자제력이 무너진 그의 눈에서 눈물이 한 방울 흘러내렸다. "절대 해치지 않아." 그는 한 손을 들어 조용히 말했다. "내려."

군인이 총을 내렸다. 므위타와 나는 모습을 드러냈다. 군인 중 네 명이 소리를 지르며 도망가고, 한 명은 기절했으며, 셋은 무릎을 털썩 꿇었다.

"뭐든 말만 하십시오." 지휘관이 말했다.

그중 세 명만 우리와 얘기를 나누었다. 무리의 지휘관 아나이와, 벙크 그리고 태머라는 이름을 군인 둘이었다. 다른 이들은 멀찌감치 거리를 두었다.

"열흘 전, 그들이 다시 시작했고 이번에는 전체 부대가 두르파에 모이고 있습니다." 아나이가 말했다. 그는 몸을 돌려 침을 뱉었다. "또 밀어붙이는 거죠. 마지막일 수도 있고. 난 아내, 아이들, 장모를 결국 동쪽으로 보냈습니다."

내가 일반 모닥불을 피웠고 우리는 옥수수를 굽고 있었다.

"하지만 실제 군대가 지나가는 건 못 봤고요?" 루유가 물었다.

아나이는 고개를 저었다.

"여기서 대기하라고 들었습니다. 이틀 동안 아무에게도 어떤 말도 못 들었고."

"앞으로 지시가 오진 않을 거 같은데요." 므위타가 말했다.

아나이는 고개를 끄덕였다.

"다들 어떻게 도망친 겁니까?"

"운이죠." 루유가 말했다. 아나이는 더 캐묻지 않았다.

"낙타 없이 어떻게 이렇게 멀리 왔어요?" 벙크가 물었다.

"한동안은 낙타가 있었지만 야생 낙타였고 자기들 계획이 있어서요." 내가 말했다.

"엉?"

아나이와 태머는 껄껄 웃었다. 아나이가 말했다.

"희한하네요. 희한한 사람들이야."

"길 떠난 지 다섯 달쯤 되는 거 같네요." 므위타가 말했다.

"훌륭합니다." 아나이가 므위타의 어깨를 토닥이며 말했다. "그 먼 길을, 여자 둘을 이끌고."

루유와 나는 서로 얼굴을 마주 보고 눈을 굴렸지만, 아무 말도 하지 않았다.

"건강해 보이네요." 벙크가 말했다. "복 받은 겁니다."

"그렇지요." 므위타가 말했다. "그럼요."

"장군에 대해 뭘 알고 있나요?" 나는 물었다.

근처에서 우리 대화를 듣던 남자들 몇이 겁에 질려 나를 쳐다보았다.

"사악한 사람이죠." 벙크가 말했다. "거의 밤이 다 되었습니다. 그 사람 얘기 하지 말아요."

"그냥 사람인걸." 태머가 짜증난 기색으로 말했다. "뭘 알고 싶은 겁니까?"

"어디 가면 찾을 수 있을까요?" 나는 물었다.

"어휴! 미쳤어요?" 벙크가 경악해서 말했다.

"왜 알고 싶습니까?"

아나이가 얼굴을 찌푸리며 몸을 앞으로 숙였다.

"정말 알고 싶은 게 아니면 묻지 말아요." 므위타가 말했다.

"제발, 어디 가서 찾으면 될지 말해 줘요."

"장군이 어디 사는지 아니면 이 세상에 집이 있긴 한지 아는 사람은 아무도 없습니다. 하지만 일하는 건물이 있긴 하죠. 경비는 없습니다. 지킬 필요가 없으니까." 아나이는 강조하기 위해 잠시 사이를 두었다. "단순한 건물이에요. 대화의 장, 두르파 중심에 있는 넓은 광장인데, 거기서 북쪽에 있는 건물입니다. 정문은 파란색이고." 그는 일어섰다. "우리는 내일 가디로 이동합니다. 명령이 있든 없든. 오늘 밤은 우리와 함께 있도록 해요. 우리가 지켜 드리겠습니다. 두르파는 여기서 가까워요. 바로 옥수수밭 너머니까."

"그냥 걸어들어 갈 수 있어요?" 루유가 물었다. "아니면 사람들이 우릴 공격할까요?"

"당신 둘은 안 되죠." 아나이는 므위타와 나를 몸짓으로 가리키며 말했다. "에우 얼굴을 보자마자 죽일걸요. 혹시 다시…… 안 보이게 한다면 모를까." 그는 루유를 돌아보았다. "가능한 한 문제를 일으키지 않고 두르파로 들어갈 방법을 내일 전부 알려 드리죠."

그들은 우리더러 밤에 오두막을 쓰라고 내주었다. 우리하고 얘기하지 않으려 들던 군인들조차 밖에서 자겠다고 동의했다. 보초가 서 있으니 진짜로 잠들 수 있을 만큼 안전하단 기분이 들었다. 그러니까 루유는 잤다. 바닥에 몸을 웅크리고 몇 초 안 되어 코를 골아 댔다. 므위타와 나는 두 가지 이유로 잠들지 못했다. 첫 번째 이유는 내가 눕고 난 직후 발생했다. 나는 다이브 생각을 하고 있었다. *그 사람만 죽으면 돼. 뱀의 모가지를 베어 버리는 거야.* 계속 생각하고 있었다.

므위타가 내 옆에 몸을 눕히고 허리에 팔을 두르자마자, 나는 떠오르기 시작했다. 그의 팔을 통과했고, 육체가 실재하지 않는 것이 되었다.

"어?" 므위타가 충격에 외쳤다. "아, 아냐, 안 돼!"

그는 손을 뻗어 내 허리에 팔을 감아 끌어내렸다. 나는 다시 떠올랐고, 내 정신은 다이브에 꽂혀 있었다. 그러던 중, 크게 끙 소리를 내며 그가 나를 바닥으로, 내 몸 안으로 밀었다. 나는 성난 무아지경에서 빠져나왔다.

"어떻게……." 나는 숨을 내쉬었다. 다이브는 나를 죽였을 것이다. 그냥 그렇게 끝날 뻔했다. "넌 마법사가 아니잖아. 어떻게……."

"도대체 왜 이러는데!" 므위타가 목소리를 낮추려 애쓰며 소리쳤다. "솔라가 한 말 기억 안 나!"

"그럴 생각은 아니었어."

우리는 둘 다 우리조차 확신할 수 없는 것들에 경악하여 서로를 응시했다.

"도대체 무슨 커플이 이렇담?" 므위타가 웅얼거리며 돌아누웠다.

"모르겠어." 나는 일어나 앉았다. "근데 어떻게 한 거야? 넌……."

"모르겠고 신경 안 써." 그는 짜증이 나 말했다. "마법사 아니란 소리 그만 좀 하고."

나는 크게 혀를 차고 그에게 등을 돌렸다. 밖에선 군인 한 명이 속삭이고 다른 사람이 킥킥거리고 있었다.

"미……미안해." 나는 잠시 사이를 두었다. "고마워. 또 네가 구해 줬네."

므위타의 한숨 소리가 들렸다. 그는 내 몸을 돌려 마주 보게 했다.

"그러려고 여기 있는 거잖아. 널 구하려고."

나는 그의 얼굴을 감싸 내게로 끌어왔다. 우리 둘 다 만족시킬 수 없는 굶주림 같았다. 해 뜰 즈음엔 내 유두는 므위타의 입술 때문에 쓰라렸고, 므위타의 등에는 할퀸 자국이 그리고 목에는 잇자국이 새겨져 있었다. 달콤한 아픔이었다. 그리고 피곤하기는커녕 활력이 솟았다. 그는 나를 꼭 껴안고 눈을 지그시 들여다보았다. 그가 미소 지으며 말했다.

"우리에게 시간이 더 있었으면 좋겠어. 아직 너하고 안 질렸는데."

"나도 아직 너하고 안 질렸어." 싱글거리며 나는 말했다.

"근사한 집, 모든 것에서 멀리 떨어진 저 사막에. 2층짜리, 창문이 많이 나고. 전기는 없고. 아이는 넷. 아들 셋, 딸 하나."

"딸은 하나만?"

"아들 셋 합친 것보다 더 말썽일걸, 진짜로."

오두막 밖에서 발소리가 났다. 얼굴이 빼꼼 들여다보았다. 나는 라파를 좀 더 단단히 몸에 둘렀다.

"그냥 확인하느라."

군인이 말했다. 므위타는 허리에 라파를 두르고 군인과 이야기하러 밖으로 나갔다. 나는 그대로 누워 심연처럼 보이는 동트기 전의 희미한 빛 속에서 시커멓게 그을린 천장을 응시하고 있었다.

므위타가 돌아와서 말했다.

"가기 전에 루유에게 할 게 있대."

"뭘 해?" 막 깨어난 루유가 잠긴 목소리로 말했다.

"심각한 건 아냐. 준비해."

아나이는 금속 부지깽이가 꽂혀 있는 불길 앞에 무릎을 꿇고 있었고 그 뒤에 므위타가 서 있었다. 다른 이들이 모여들고 있었다. 나는 루유의 손을 꼭 잡았다. 산들바람에 옥수수 대가 서쪽으로 휘었다.

"그게 뭐야?" 루유가 물었다.

"이리 와서 앉아." 므위타가 말했다.

루유는 나를 끌고 갔다. 므위타는 우리에게 빵, 구운 옥수수, 그리고 즈와히르를 떠난 이후로 먹어보지 못한 구운 닭고기가 담긴 작은 접시를 하나씩 주었다. 밍밍했지만 맛있었다. 우리가 식사를 마치자, 우리와 얘기 나누지 않은 군인 둘이 접시를 받아 갔다.

"알겠지만 오케케는 여기서 노예입니다. 자유롭게 살긴 하지만 누루족을 따라야 하는. 우리 대부분은 낮 동안엔 누루족 밑에서 일하고 일부는 밤엔 자신을 위해 일해요." 아나이는 혼자 웃었다. "겉보기에 누루족과 확연히 다른데도, 그들은 우리에게 표시를 남기는 게 중요하다고 여깁니다."

그는 가늘고 빨갛게 달아오른 부지깽이를 들었다.

"아, 싫어요!" 루유가 외쳤다.

"뭐라고요! 정말 필요한 일이에요?" 나는 말했다.

"필요해." 므위타가 차분히 말했다.

"빨리 해치우는 게 생각할 시간이 적어서 낫습니다."

아나이가 루유에게 말했다.

벙크가 검고 파란 구슬 줄이 달린 작은 금속 고리를 들어 보이고 말했다.

"이건 내 거였는데."

루유는 부지깽이에 눈길을 주고 크게 숨을 들이쉬었다. 그러고는 내 손을 아프게 움켜쥐었다.

“좋아요, 해요! 해 버려요!”

“긴장 풀고.” 나는 속삭였다.

“못 해. 못 해!”

하지만 루유는 꼼짝 않고 있었다. 아나이는 재빠르게 날카로운 부지깽이로 루유의 왼쪽 귓바퀴 연골을 찔렀다. 루유는 새된 소리를 냈지만 그뿐이었다. 나는 웃음이 나올 뻔했다. 열한 살 의식 할례를 받을 때와 같은 반응이었다.

아나이가 귀걸이를 꿰었다. 므위타가 먹으라고 루유에게 이파리를 줬다.

“씹어.” 우리는 그녀가 잎을 씹는 동안 지켜보았고, 그녀의 얼굴은 통증으로 뒤틀려 있었다. 므위타가 물었다. “괜찮아?”

“나 아무래도…….”

그녀는 몸을 옆으로 돌리고 토했다.

## 57장

작별 인사는 짧았다.

“우리 계획을 바꿨습니다.” 아나이가 우리에게 말했다. “가디를 빙 둘러 가려고요. 거기엔 우리가 할 게 없습니다. 그리고 기다릴 겁니다.”

“뭘요?” 므위타가 물었다.

“당신네 세 사람 소식을.”

그렇게 우리는 헤어졌다. 그들은 동쪽으로, 우리는 서쪽, 내 아버지의 도시인 두르파로 향했다. 우리는 윤택한 녹색 옥수수밭 고랑을 따라 내려가기 시작했다.

“어때 보여?” 루유가 고개를 내 쪽으로 기울여 귀걸이를 보이며 물었다.

“진짜 잘 어울려.”

므위타는 혀를 찼지만 아무 말도 하지 않았고, 몇 발짝 앞서 걸었다. 몸에 걸친 옷과 루유의 포터블 말고는 우린 아무것도 없었다.

기분이 가벼웠고, 거의 자유로워진 느낌이었다. 옷은 흙먼지로 더러웠다. 아나이 말로는 오케케족은 더럽고 해진 옷차림이라 하니, 루유가 섞여드는 데 도움이 될 것이다.

옥수수밭이 끝나자, 사람, 낙타, 스쿠터로 붐비는 검은 포장도로가 시작되었다. 스쿠터가 참 많았다. 반군들은 일곱 강 도시에선 스쿠터를 '오카다'라고 부른다고 했다. 오카다 중 몇 대는 여자가 같이 타고 있었지만 여자가 운전하는 것은 하나도 보이지 않았다. 즈와히르에서도 마찬가지였다. 도로 건너편에 두르파가 자리하고 있었다. 건물들은 오수보 회관처럼 튼튼하고 오래되어 보였지만 그렇게 살아 있는 것은 아니었다.

"누가 나더러 자기네 일을 하라고 하면 어쩌지."

루유가 말했다. 우리는 아직 옥수수밭에 숨어 있었다.

"그럼 그러겠다고 대답하고 그냥 계속 걸어." 내가 말했다. "계속 그러면, 어쩔 수 없지. 도망갈 기회를 잡을 때까진."

루유는 고개를 끄덕였다. 숨을 들이쉬고 눈을 감더니, 쪼그리고 앉았다.

"괜찮아?" 나는 옆에 쪼그리고 앉아 물었다.

"무서워." 잔뜩 인상을 쓰며 루유가 말했다.

나는 그녀의 어깨에 손을 올렸다.

"우리가 바로 옆에 있을 거야. 누가 널 해치려 들면 아주 혼날걸. 내 능력 알잖아."

"도시 전체를 어쩔 순 없지."

"전에도 해 봤는데."

"나 누루말 잘 못 해."

"어차피 널 무식하다고 여기겠지. 괜찮을 거야."

우리는 함께 일어섰다. 므위타가 루유의 뺨에 입 맞췄다.

"명심해." 그는 내게 말했다. "나는 이거 한 시간밖에 못 해."

"알았어."

나는 거의 세 시간을 인지되지 않는 상태로 버틸 수 있었다.

"루유, 45분이 지나면, 우리가 숨을 수 있는 곳을 찾아봐."

므위타가 말했다.

"알았어. 준비됐어?"

므위타와 나는 베일을 끌어내리고 준비했다. 나는 므위타가 잘 보이지 않는 상태가 되어 가는 것을 지켜보았다. 인지되지 않는 사람을 보려면 눈앞이 흐려질 정도로 아프게 건조한 상태가 될 때까지 버텨야 한다. 시선을 돌리고 싶고 다시 그쪽으로 눈길을 두기가 싫어진다. 므위타와 나는 서로를 쳐다볼 수 없게 될 것이다.

우리는 도로로 발을 들였다. 짐승의 배 속으로 빨려들어 가는 기분이었다. 두르파는 정말이지 빠른 도시였다. 왜 그곳이 누루족 문화와 사회의 중심지인지 이해가 갔다. 두르파 사람들은 근면하고 생기가 넘쳤다. 물론, 이 분위기의 상당 부분은 매일 아침 오케케 마을에서 밀려들어 누루족이 하기 싫어하는 일을 전담하는 오케케족 덕분일 것이다.

하지만 상황은 변하고 있었다. 혁명이 일어나고 있었다. 누루족은 스스로 살아남는 법을 배우고 있었다……. 물론 오케케족이 힘든 일을 다 처리해서 누루족은 편한 입장에서 할 수 있게 된 후였지만. 추악한 것은 전부 일곱 강 왕국의 밖에 존재했고 두르파 사람들은 유난히 거기에 무관심했다. 인종 청소가 바로 몇 킬로미터 떨어진 곳에서 벌어지고 있음에도, 이 사람들하곤 먼 얘기였다. 그들의 눈에 들어오는 것이라고 해 봐야 오케케족의 엄청난 숫자 감소 정도였다.

루유가 시내 첫 건물까지 가기도 전에 시작되었다. 도로를 따라 걷고 있는데 뚱뚱한 대머리 누루족 남자가 루유의 엉덩이를 철썩 때리고 말했다.

"우리 집으로 가라." 남자는 그녀 뒤쪽을 가리켰다. "저기 남자가 서 있는 길 바로 아래야. 내 아내하고 아이들에게 아침 차려 줘!"

한순간 루유는 그저 남자를 쳐다보고만 있었다. 나는 숨을 죽이고 루유가 남자의 뺨을 치지 않기만을 바랐다.

"네……. 알겠습니다." 루유는 결국 고분고분하게 말했다.

남자는 성마르게 통통한 손을 그녀에게 흔들어 댔다.

"그래, 그럼 가 보라고!"

남자는 돌아서서 성큼성큼 가 버렸다. 남자는 루유가 자기 시킨 대로 하리라는 걸 너무나 당연히 여겨 루유가 그냥 계속 걸어가는데도 알아채지 못했다. 루유는 발걸음을 빨리했다.

"어디 갈 곳이 있는 양 하는 게 좋겠어." 루유가 소리내어 말했다.

"이것 좀 도와줘."

한 여자가 루유의 팔을 거칠게 움켜잡으며 말했고, 루유는 이번엔 꼼짝없이 여자를 도와 근처 시장까지 옷감을 날라야 했다. 키 크고 마른 누루 여자였는데 길고 검은 머리를 등에 드리우고 있었다.

루유처럼 라파에 같은 색깔의 상의를 입었지만 그녀의 옷은 딱 한 번 입은 밝은 노랑색이었다. 루유는 무거운 옷감을 등에 졌다. 최소한 덕분에 안전하게 그리고 조용히 두르파에 들어설 수 있었다.

"날씨가 좋지?" 여자가 걸어가며 말했다.

루유는 끙 하고 대충 수긍의 뜻을 표했다. 그 후론 마치 루유가 존재하지 않는 것 같았다. 여자는 가면서 몇몇 사람들과 인사했다. 다들 잘 차려입었으며 그중 누구도 루유의 존재를 아는 척하지 않았다. 지나가는 사람들과 얘기하지 않을 때면, 여자는 검고 네모난 기기를 입가에 대고 수다를 떨었다. 여자나 상대방이 얘기하는 중간중간 지직거리는 소리가 많이 났다.

나는 여자의 이웃집 딸이 '명예 살인'의 표적이며, 그 오빠가 훔쳐온 여자의 가족을 달래기 위한 것임을 알게 되었다.

"장군은 우리를 어쩔 셈일까?" 여자는 고개를 저으며 물었다. "너무 지나쳤어."

나는 또한 옥수수로 만드는 오카다 스쿠터 연료값이 내렸고 사탕수수로 만든 연료값은 올랐다는 것을 알게 되었다. 그리고 여자는 한쪽 무릎이 안 좋았고, 손녀를 아꼈으며, 두 번째 아내였다. 정말 말이 많았다.

므위타와 나는 루유 가까이 붙어 있느라 이리저리 길을 헤치고 가야 했다. 너무 가까이 붙으면 많은 사람들과 부딪힐 테니, 루유가 곤란해질 것이다. 어려웠지만, 루유 쪽이 훨씬 힘들었다.

여자는 좌판 앞에 멈춰 루유에게 녹인 모래로 만든 반지를 사 주었다.

"넌 예쁘니까, 잘 어울릴 거다."

여자가 말하고는 다시 기기에 대고 떠들어 댔다. 루유는 반지를 받고, 누루말로 "고맙습니다." 하고 중얼거린 다음 반지를 꼈다. 루유는 반지를 들어 햇빛에 비추었다.

20분 후 우리는 드디어 붐비는 시장에 있는 여자의 큰 가게에 도착했다.

"거기다 놔."

여자가 말했다. 루유가 짐을 내려놓자, 여자는 손을 저으며 "그럼 가 봐."라고 했다. 그리고 그렇게, 루유는 자유로워졌다. 몇 분 만에 루유는 야자섬유 꾸러미를 나르고, 가게 청소를 하고, 드레스 모델을 하고, 낙타 똥을 치우란 명을 받았다. 므위타와 나는 테이블 아래나 가게 사이에서 쉬어 가며 몇 분 동안 모습을 드러냈다가 다시 인지되지 않는 상태로 돌아가곤 했다.

오카다 연료를 통에다 부으라는 지시를 받았을 때, 냄새와 피로 때문에 루유는 기절하고 말았다. 므위타가 뺨을 때려 그녀를 깨울 수밖에 없었다. 이 일의 좋은 점은 혼자서 텐트에서 해야 했기에 므위타와 내가 거들 수 있고 쉴 수 있다는 것이었다.

그러고 나니 해가 중천에 떠 있었다. 우리는 두르파에 온 지 세 시간이 되었다. 루유는 오카다 연료 붓는 일을 마쳤을 때 기회를 잡았다. 온 힘을 다해 그녀는 큰 건물 두 채 사이의 골목길로 뛰어들어갔다. 빨랫줄에 빨래가 널려 있었고 어느 창에서인가 아기 우는 소리가 흘러나왔다. 거주용 건물들이었다.

"아니여, 감사합니다." 루유가 속삭였다.

므위타와 나는 모습을 드러냈다. 므위타가 손으로 무릎을 짚으며 말했다.

"휴, 기운이 하나도 없네."

나는 관자놀이를 그리고 옆머리를 문질렀다. 두통이 날뛰고 있었다. 다들 땀을 뻘뻘 흘리고 있었다. 나는 그녀를 포옹하며 말했다.

"루유, 정말 훌륭해."

"난 이곳이 싫어." 루유는 내 어깨에 대고 말하고 울기 시작했다.

"그래."

나 역시 싫었다. 오케케족이 바삐 돌아다니는 모습만 봐도 그랬다. 루유 역시 그래야 하는 것을 보니 그랬다. 여기 사람들은 전부 어딘가 잘못되어 있었다. 오케케족은 일하는 게 그리 거슬리지 않는 모습이었다. 그리고 누루족은 대놓고 잔혹하게 굴지 않았다. 누가 매맞는 모습은 보지 못했다. 그 여자는 루유에게 예쁘다고 하고 반지를 사 주었다. 혼란스럽고 이상했다.

"온예손우, 하늘을 날면서 대화의 장을 찾아봐." 므위타가 말했다.

"어떻게 너희를 찾아오지?"

"넌 죽은 사람도 살릴 수 있잖아." 루유가 말했다. "뭔가 수를 내 봐."

"가." 므위타가 말했다. "얼른."

"네가 돌아왔을 때 우린 여기 없을 수도 있어."

나는 옷을 벗었다. 루유가 옷을 말아 골목 벽 옆에 놓았다. 므위타가 나를 꼭 껴안았고 나는 그의 코에 입 맞췄다. 그런 다음 독수리로 변신해 날아올랐다.

한낮의 따뜻한 기류가 더 높이 날자고 유혹했으나, 나는 낮은 고도를 유지하며 건물과 야자수 위로 날았다. 독수리가 되니, 아버지를 실제로 느낄 수 있었다. 그는 확실히 두르파에 있었다. 나는 한동안 눈을 감은 채 솟구쳤다. 눈을 뜨고 아버지가 있다고 느껴지는 방향을 쳐다보았다. 그곳에 대화의 장이 있었다. 바로 그 북쪽에 있는 건물로 눈길이 향했다. 파란 문이 있으리라는 걸 알았다.

나는 원을 그리며 길을 기억했다. 새는 언제나 자기 위치를 알고 있다. 내가 웃음을 터트리자 꽥액 하는 소리가 터져 나왔다. 어떻게 므위타와 루유를 못 찾을지도 모른다고 생각했을까? 골목으로 돌아가는데 번뜩이는 금색 조각이 눈에 들어왔다. 나는 몸을 돌려 동쪽으로 날아 퍼레이드가 진행 중인 듯한 대로로 갔다. 건물 꼭대기에 내려앉았다.

아래를 내려다보니 번뜩이는 금색 조각 정도가 아니라 금으로 된 원판 수백 개를 단 황갈색 군복의 행렬이었다. 다들 비슷한 색의 커다란 배낭을 메고 있었다. 만반의 대비가 되어 있었다. 군인들이 행진하자 사람들이 환호했다. 내겐 보이지 않는 어딘가로 모여들고 있었다. *너무 늦었어.* 나는 솔라의 경고를 떠올리고 생각했다. 저 군대는 내가 해야 하는 일을 하기 전엔 떠날 수 없을 것이다. 그 일이 무엇이든 간에.

나는 군인들이 나를 알아챌 만큼 그 위로 낮게 날았다. 그들의 진행 방향을 따라가 봐야 했다. 그들의 얼굴을 흘끗 보았다. 젊고 결의로 가득찬 황금빛 피부의 남자들. 내 어머니의 짙은 갈색 피부와는 너무나도 달랐다. 그들은 금속과 벽돌로 지은 거대한 건물로 행진해 들어가고 있었다. 건물 이름은 미처 보지 못했다. 볼 만큼 봤다. 아직 행진해서 나오진 않고 있었다. 곧. 아마도 몇 시간 안이겠지만 아직은 아니었다.

나는 골목으로 돌아갔다. 므위타와 루유는 사라지고 없었다. 욕이 나왔다. 변신해서 원래 몸으로 돌아왔다. 옷을 입는 사이, 진땀이 막 흐르고 손이 떨렸다. 머리에 셔츠를 뒤집어쓴 직후, 골목 입구에 선 누루 남자와 눈이 마주쳤다. 내 가슴을 보고 눈이 휘둥그레져 이제 내 얼굴을 보고 있었다. 나는 베일을 쓰고, 인지되지 않게 한 다음 남자 옆을 지나 달려갔다. 뒤를 돌아보니, 남자는 여전히 거기 서서 골목 안을 들여다보고 있었다. *유령을 봤다고 생각하게 두자, 미쳐 버리라지.*

몇 분 동안 찾아 헤맸다. 성과는 없었다. 나는 엄청난 숫자의 누루족과 이따금 보이는 오케케족 인파 한가운데 서 있었다. 그곳이 어찌나 싫었는지. 욕설을 내뱉었더니 지나가던 누루 남자가 얼굴을 찌푸리더니 두리번거렸다. *어떻게 애들을 찾지?* 나는 절박하게 생각했다. 공황 상태라 집중하기가 어려웠다. 나는 눈을 감고 진짜로 해 본 적 없는 일을 했다. 아니에게, 창조주에게, 아빠에게, 빈타에게, 누구든 들어 주는 이에게 기도했다. *제발. 혼자선 이 일을 할 수 없어요. 혼자선 안 돼요. 루유를 살펴 주세요. 므위타가 필요해요. 빈타가 살아 있어야 하는데. 아로, 들리세요? 엄마, 다시 다섯 살이 되면 좋겠어요.*

말도 안 되는 생각이었고, 그저 기도를 드리고 있을 뿐이었다. 그게 기도라면 말이지만. 뭐든 간에 덕분에 차분해졌다. 신비의 요소에 대한 아로의 첫 수업이 떠올랐다.

"브리콜뢰르." 나는 소리 내어 말했다. "자신이 해야 할 일을 위해 가진 것을 모두 사용하는 사람."

나는 네 가지 요소 중 세 가지를 검토했다. *음무오 요소는 이계를 움직이고 그 형태를 바꾼다. 알루시 요소는 영과 얘기할 수 있다. 우와 요소는 현실계, 육체를 움직이고 그 형태를 바꾼다.* 나는 므위타와 루유의 육체를 찾아야 했다. *므위타는 찾을 수 있어.* 나는 깨달았다. 내 안에 그의 일부가 있었다. 그의 정자. 연결고리. 나는 가만히 서서 내면에 집중했다. 피부, 지방, 근육, 내 자궁 안으로. 거기서 꼬물거리고 있었다.

"어디 있어?"

나는 그들에게 물었다. 그들은 내게 말해 주었다.

"에우다!" 누군가가 고함쳤다. "저기 봐!"

몇몇 사람들이 기겁해서 소리를 냈다. 시장에 있는 모든 이들이 갑자기 나를 쳐다보고 물러섰다. 내면에 너무 집중하느라 그만 인식되는 상태가 되고 만 것이다. 누군가 내 팔을 움켜쥐었다. 나는 그 손을 뿌리치고, 인지되지 않는 상태가 되어 몰려드는 인파 사이를 밀치고 빠져나왔다. 너무나 삶에 만족하고 평화스러워 보이지만 자기들의 삭막한 누루 환경이 조금이라도 손상되면 괴물로 변하는 이 사람들이 궁금하지 않을 수 없었다. 미친 듯이 나를 찾느라 난장판이 되었다. 곧 소식이 퍼질 테고, 특히 이렇게 통신 기기를 가진 사람들이 많은 곳에선 더욱 그럴 것이다.

시간이 없었다.

나는 달리면서 내 눈으로 본다기보다는 내면의 무언가로 보며 살폈다. 그러다 넓은 대화의 장 밖에 있는 루유를 찾아냈다. 그녀는 다른 오케케 여자와 서 있었다. 둘은 부모가 기도소에 기도하러 간 누루족 아이들을 지켜보고 있었다. 루유는 비참해 보였다.

"나 여기 있어." 나는 그 옆에 서며 말했다.

루유는 펄쩍 뛰고 두리번거렸다.

"온예?"

근처에 서 있던 오케케 여자가 루유를 쳐다보았다.

"쉿."

루유는 미소 지었다.

"므위타?" 나는 불러 보았다.

"여기 있어."

"군인들이 출발하려고 준비하는 거 봤어. 시간이 별로 없는데."

나는 속삭였다.

두 살쯤 된 누루 아이가 루유의 소매를 잡아당겼다.

"빵?" 여자애가 물었다. "빵?"

루유는 옆에 둔 자루에서 빵을 꺼내 찢어 아이에게 주었다. 아이는 미소 지었다.

"고마워."

루유는 마주 미소 지었다.

"가야 해. 지금 당장." 나는 목소리를 낮추려 노력하며 말했다.

"쉿!" 루유가 속삭였다. "내가 그냥 가면 저 여자가 난리 치며 사람들에게 알릴 거야. 여기 오케케족은 왜 저러는지 모르겠어."

“저들은 노예니까.”

“암튼 일단 설득해 봐.” 므위타가 작게 말하는 소리가 들렸다. “얼른!”

루유는 여자에게로 돌아섰다.

“마법사 온예손우 알아요?”

여자는 멍하니 루유를 쳐다보았다. 그러더니 주위를 둘러보고 루유에게 다가오기에 나는 깜짝 놀랐다.

“알아요.”

루유도 놀랐다.

“어, 그럼…… 어떻게 생각해요?”

“소원을 빌 수야 있지만, 그렇다고 이루어지는 건 아니죠.”

여자가 속삭였다.

“그럼 다시 빌어 봐요.” 나는 여자에게 말했다.

여자는 꺅 소리를 내며 루유를 쳐다보았다. 눈이 휘둥그레져 뒤로 물러섰고, 손으로 가슴께를 움켜쥐고 있었다. 여자는 비명을 지르지 않았고, 루유가 떠날 때 사람들에게 알리지도 않았다. 그저 가슴께에 손을 댄 채 서 있었다.

나는 모습을 드러내고, 얼굴에 베일을 드리웠다. 루유와 므위타가 나를 볼 수 있어야 했다. 우리가 파란 문 건물로 들어가게 할 수 있는 사람은 나뿐이었다. 15분 동안, 우리는 달렸다. 내 손 피부색이 밝아서, 처음 얼핏 본 사람들은 나를 누루족으로 그리고 루유를 내 노예로 여겼다. 그리고 달리고 있었기에, 누가 멈춰 세우고 다시 생각할 겨를도 없었다. 우리는 속도를 올린 오카다와 부루퉁한 낙타를 피하고 교복 차림의 누루 아이들과 비참하게 일하는 오케케족, 바쁜 누루족을 지나쳤다. 그리고 그곳, 파란 문에 이르렀다.

이 건물은 정말로 오수보 회관을 떠올리게 했다. 돌로 만들었고, 두꺼운 외벽에는 도안이 새겨져 있었고, 신비스런 권위가 느껴졌다. 파란 문은 사실 하얗게 포말이 인 푸른 파도 그림이었다. 이름 없는 호수일까? 건물 앞에는 돌로 된 간판이 걸렸고 기둥 꼭대기에 오렌지색 깃발이 날렸다. 돌에 새겨진 글씨는 다음과 같았다.

**장군 본부**

**다이브 야굼**

**일곱 강 왕국 의회**

"내가 먼저 들어갈게. 그냥 무식한 노예인 줄 알 거야."

우리가 대답하기도 전에, 루유는 계단을 달려 올라가 파란 문을 열었다. 문은 그녀가 들어가고 쾅 닫혔다. 므위타가 내 손을 잡았다. 그의 손은 차가웠고, 내 손도 아마 그랬을 것이다. 나는 그를 쳐다보고 싶었지만 우리는 아직 인지되지 않는 상태를 유지하고 있었다. 몇 분이 흘러갔다. 우리 뒤에선, 낙타나 스쿠터를 탄 사람들이 또는 걸어가는 사람들이 지나고 있었다. 건물에 드나드는 사람은 아무도 없었다. 아무도 감히 건물 방향을 바라보지도 않았다고 해도 될 듯하다. 그래, 오수보 회관과 아주 비슷했다.

"앞으로 1분 안에 안 나오면, 루유는 아마 죽었을 거야."

"나올 거야." 나는 중얼거렸다.

1분이 지났다.

"네 생각엔 동굴에 있던 두 사람을 목매단 게 다이브인 거 같아?"

생각해 본 적이 없었다. 그리고 지금 생각하고 싶지도 않았다. 하지만 사람을 죽이고 그 시체가 썩지도 않게 해 두는 건 딱 다이브가 할 만한 일이었다.

"그럼 그 거미들은 누굴까?"

그러자 므위타가 킥킥 웃었다.

"난 모르지."

나도 킥킥 웃었다. 그의 손을 꼭 잡았다. 파란 문이 쾅 소리를 내며 활짝 열렸다. 루유가 헐떡이며 나왔다.

"비어 있어. 그 사람이 여기 있다면, 2층에 있을 거야."

뒤 한번 돌아보지 않고, 므위타와 나는 인지되지 않는 상태로 바꾸었다.

"우리가 올 줄 알고 있어."

므위타가 말했다. 우리는 안으로 들어갔다.

마치 근처에 집수기가 켜져 있는 것처럼 안은 서늘했다. 어딘가에서 기계 웅웅거리는 소리가 났다. 짙은 파란색 상판의 책상과 의자 들이 있었다. 사무 공간. 책상마다 먼지 쌓인 오래된 컴퓨터가 있었다. 이렇게 많은 종이를 본 적이 없었다. 바닥에 뭉치로 쌓여 있고, 쓰레기통에 들어 있고, 책들도 많았다. 버려진 공간이었다. 방 저쪽에 나선계단이 있었다.

"저 위는 안 올라가 봤어."

"잘했어."

"여기 있어." 므위타가 루유에게 말했다. "혹시 누가 오면 소리치고."

루유는 고개를 끄덕이고, 책상에 손을 짚어 몸을 지탱했다. 눈은 휘둥그렜고 눈물이 글썽였다. 쉰 목소리로 그녀가 말했다.

"조심해."

므위타와 나는 인지되지 않는 상태가 되어 계단을 올라갔다. 우리는 입구에서 멈춰 섰다. 커다란 방은 아래층에 있는 것과는 아주 달랐다. 내가 기억하는 대로였다. 벽은 파란색이었다. 바닥은 파란색이었다. 방에서는 향과 텁텁한 책 냄새가 났다. 그리고 오싹하게 조용했다.

그는 책상에 앉아 우리를 노려보고 있었다. 그의 뒤에는 커다란 창이 있어 햇빛이 들어오고 있었다. 그 햇빛은 그의 얼굴에 그림자를 드리우고 동시에 책상 위 바구니에 든 여러 개의 작은 디스크에 비친 모습에 반사되었다. 그는 빛이자 어둠이었다……. 하지만 대체로 어둠이었다. 성난 커다란 손이 의자 팔걸이를 움켜쥐었다. 목가에 자수가 놓인 눈부시게 하얀 카프탄 차림이었고 가는 금목걸이를 하고 있었다. 화강암 같은 검은 턱수염이 가슴까지 내려왔고 북실북실한 검은 머리에는 하얀 모자를 썼다. 그저 우리를 정면으로 쳐다보고만 있기에, 므위타와 나는 눈치를 채고 인지되는 상태로 돌아왔다.

"므위타, 내 못난 제자."

다이브가 나를 쳐다본 순간, 나는 그가 느리고 잔혹한 독의 상징을 내 손에 새겨 넣기 전에 주었던 고통을 떠올리고, 당장에 두려움으로 몸이 싸늘해졌다. 자신감이 빠져나가기 시작했다. 나는 처량한 존재였다. 그는 마치 내가 방금 용기를 전부 잃은 걸 아는 듯이 혼자 낄낄거렸다.

"그리고 너는 실종이든 사망이든 아무튼 그 상태로 그냥 있었어야 했을 것을."

므위타가 성큼성큼 방으로 들어섰다.

"므위타, 뭐…… 뭐 하는 거야?" 나는 새된 목소리로 말했다.

그는 나를 무시하고 다이브에게 곧장 걸어가 이상한 디스크가 든 바구니를 움켜쥐었다.

"당신 머리는 병들었어." 므위타는 바구니를 다이브의 얼굴에다 대고 흔들었다. "당신 집에선 모든 게 파괴되었지! 그런 와중에, 이걸 남겨 놔? 당신의 그 역겨운 컬렉션을 내가 모를 줄 알고! 당신 책상을 청소하던 중에 이걸 발견했어. 폭동이 일어나기 전에 포터블 기기에 넣어 틀어 봤지. 당신이 사람을 때려죽이는 걸 보고 말았다고. 웃으면서…… 그리고 발기했지!"

다이브는 기대앉아 다시 낄낄거렸다.

"나이를 먹다 보니. 가끔은 약간 도움이 필요하거든. 기억도 가끔 깜박거리고. 이걸 잃어버리면 내 일부를 잃는 것과 마찬가지야." 그는 고개를 기울였다. "그럼 그 말을 하러 여기까지 먼 길을 온 거냐? 그래서 그 유치한 수작으로 날 귀찮게 하고?"

다이브는 므위타에게서 바구니를 낚아채 안에 손을 넣었다. 디스크는 전부 똑같아 보였지만 그는 자기가 찾는 것을 몇 초 안에 발견할 수 있었다. 그는 그걸 들어 보였다.

"이것 때문에? 네 여자의 명예?"

그는 그걸 므위타에게 던졌다. 비껴 간 디스크는 바닥에 떨어져 내 발치로 굴러왔다. 나는 그걸 주워들었다. 내 손톱보다 클까 말까 했다. 므위타가 나를 쳐다보고 다시 다이브에게로 몸을 돌렸다.

"꺼져라." 다이브가 내뱉었다. "나는 끝마쳐야 할 계획이 있어. 라나의 예언을 실현해야지. '키가 크고 턱수염을 기른 누루 마법사가 와서 위대한 책을 다시 쓸 것이다.' 오케케족을 싹 전멸시키고 나면 그 책이 얼마나 달라지겠냐."

그는 일어섰다. 키가 크고 턱수염을 기른 누루 남자. 치유 능력을 갖춘 마법사. 라나가 예언에서 이른 대로였다. 나는 인상을 찌푸리고, 내가 여기까지 온 모든 목표를 되짚어 보았다. 보는 이 라나는 정말로 진실을 말했던 게 아닐까? 예언 속의 마법사가 여자가 아니라 남자라면? 어쩌면 '평화'란 모든 오케케족의 죽음을 의미하는지도 모른다.

"아니시여, 저희를 구하소서." 나는 속삭였다.

"하지만 여자애 넌, 처단해야겠다." 다이브가 말을 이었다. "네 어머니가 기억나." 그는 인상을 찌푸렸다. "그 여자는 죽였어야 했어. 부하들이 뜻대로 하게 두고 대부분의 오케케 여자들을 살려 두었지. 여자들을 풀어 주는 건 동쪽 지역에 바이러스를 보내는 것과 같았으니까. 정조를 잃은 여자들이 그리로 달려가 에우 아기를 낳았지. 내가 그 계획을 직접 일곱 강 의회에다가 제출했다. 나는 가장 위대한 장군이고 계획은 훌륭했어. 물론 의회는 귀를 기울였지. 무력한 꼭두각시니까."

그는 제 말에 즐거워하며 미소 지었다.

"군인들에게 건 주술은 간단한 거야. 우유를 생산하고 또 생산하는 젖소처럼 되지. 나? 나는 오케케 여자를 가진 후 그 머리를 부숴 버리는 쪽을 좋아한다. 너희 어머니만 제외하고." 그의 미소가 흔들렸다. 눈이 먼 곳을 향했다. "그 여자를 즐겼다. 죽이고 싶지 않았어. 그녀는 내게 훌륭한 아들을 주었어야 했는데. 너는 왜 여자애지?"

"난……." 나는 한숨을 쉬었다.

"그렇게 쓰여 있으니까." 므위타가 말했다.

천천히 다이브가 므위타에게로 몸을 돌려 처음으로 그를 제대로 보았다. 다이브의 행동은 순간적이었다. 방금까지 책상 뒤에 서 있던 사람이 다음 순간 므위타에게 달려들어, 힘센 손으로 므위타의 목을 졸랐다. 내 몸속에선 동시에 수천 가지의 일이 벌어지려 했지만 그중 아무것도 나를 움직이게 하진 못했다. 무언가 나를 붙잡고 쥐어짰다. 나는 헐떡였고 날 붙잡은 것이 없었더라면 그대로 앞으로 고꾸라졌을 것이다.

나는 눈을 깜박였다. 보였다. 가느다란 파란 관이 뱀처럼 내 몸을 칭칭 감고 있었다. 이계의 나무. 투명하게 비쳐 보임에도 불구하고,

서늘하고, 거칠고, 끔찍이도 힘이 셌다. 몸부림을 칠수록 더 세게 조여들어 내게서 공기를 빼앗았다.

"늘 버르장머리가 없어." 다이브가 이를 드러내며 므위타의 목을 졸랐다. "더러운 피라 그렇지. 넌 잘못 태어난 거야." 그는 더 세게 조였다. "아니가 왜 너 같은 아이에게 그런 재능을 줬을까? 네 목을 그어 버리고 불살라 아니에게 돌려보냈어야 했는데."

그는 므위타를 바닥에 내던지고 침을 뱉었다. 므위타는 컥컥대고 콜록거리면서도 일어서려 했다. 그러나 도로 넘어졌다.

다이브는 내게 돌아섰다. 영체 식물에게서 풀려난 내 얼굴은 눈물과 땀투성이였다. 주변의 세상이 흐릿해졌다가 환해졌다. 나는 입을 크게 벌려 숨을 들이쉬며 후들후들 떨리는 다리로 일어섰다.

"내 하나뿐인 자식, 이게 아니가 내게 주신 거라니."

그가 나를 위아래로 훑어보며 말했다.

우리 주위에 이계가 솟아올랐다. 더 많은 이계 나무가 구경꾼처럼 우리를 둘러쌌다. 그의 뒤로, 노란 영을 격렬히 불태우고 있는 므위타가 보였다.

"너를 지켜봐 왔다." 다이브가 으르렁거렸다. "므위타는 오늘 죽을 것이다. 너도 오늘 죽을 것이다. 그리고 난 그걸로 멈추지 않아. 네 영을 쫓아갈 거다. 숨어 봐라. 내가 찾아낼 테니. 다시 너를 파괴할 것이다. 누루 군대를 끌고 예언을 실현한 후, 네 어머니를 찾아낼 것이다. 내 아들을 배게 할 것이다."

그의 말이 이어질 때마다 나는 내 일부를 잃었다. 예언에 대한 믿음이 무너지기 시작하자, 용기도 마찬가지였다. 나는 숨을 쉬려 몸부림쳤다. 그에게 빌고 싶었다. 애원하고 싶었다. 울고 싶었다. 어머니와 므위타를 해치지 못하게 그의 발치를 기어갈 수도 있었다. 나의 여정은 헛일이었다. 나는 아무것도 아니었다.

"할 말 없고?"

나는 털썩 무릎을 꿇었다.

의기양양하여 그는 계속 말했다.

"이럴 줄……."

므위타가 소리를 지르며 다이브에게 몸을 던졌다. 그러더니 므위타가 바말처럼 들리는 소리를 외치고 다이브의 목을 손으로 철썩 쳤다. 다이브가 소리를 지르며 몸을 홱 돌렸다. 므위타가 뭘 했는지 이미 효과를 발휘하고 있었다. 므위타가 비틀비틀 물러섰다.

"무슨 짓을 한 거냐?" 다이브가 고함치며, 뒤로 손을 돌려 제 목을 긁으려 했다. "이럴 순 없어……!"

나는 방 안의 모든 공기가 움직이고 압력이 떨어지는 것을 느꼈다.

"그럼 덤벼 보시지." 므위타는 다이브를, 나를 둘러보았다. "온예손우, 넌 뭐가 진실이고 뭐가 거짓말인지 정확히 알고 있어."

"므위타!"

너무 소리를 크게 질러 내 목에 피가 솟구치는 게 느껴졌다. 나는 그를 향해 달렸다. 이계 나무가 남긴 짙은 멍과 베인 자국은 거의 의식조차 하지 못했다. 내가 그들에게 다다르기 전, 다이브가 고양이처럼 므위타에게 달려들었다. 둘 다 바닥에 쓰러지는 사이, 다이브의 옷이 찢어지고, 몸이 꿈틀거리다가 쑥 커지면서 오렌지색과 검은 털, 커다란 이빨, 날카로운 발톱이 자라났다. 호랑이가 된 다이브는 므위타의 옷을 찢어 가슴을 할퀴어 가르고, 목에 깊숙이 이빨을 박았다. 그러다 힘이 빠져 쓰러지더니 헐떡이며 부들부들 떨었다.

"떨어져!"

나는 소리를 지르며 다이브의 털을 움켜쥐었다. 그를 므위타에게서 밀어냈다. 피가 너무 많았다. 므위타의 목은 반쯤 찢겨 나갔다. 가슴에선 피가 솟구쳤다. 나는 왼손을 그의 몸에 얹었다. 그는 부르르 떨며 말을 하려 애썼다.

"므위타, 쉬, 쉬. 내가…… 내가 낫게 해 줄게."

"아……아냐, 온예손우." 그가 힘없이 내 손을 잡으며 말했다. 도대체 어떻게 말을 할 수 있지? "이건……."

"넌 알았구나! 입문식을 통과하려 할 때 네가 본 게 이거였어!" 나는 소리 지르고 흐느꼈다. "오, 아니시여! 넌 알았어!"

"그랬나?" 그의 심장이 뛸 때마다 목에서 피가 울컥울컥 흘러 우리 주위에 고이고 있었다. "아니면…… 알았기…… 때문에…… 이루어졌을까?"

나는 흐느꼈다.

"찾아내." 므위타가 속삭였다. "끝장내." 힘겹게 숨을 들이쉬는 그의 목소리엔 고통이 가득했다. "나는…… 네가 누군지 알아…… 너도 알아야 해."

므위타가 내 품 안에서 축 늘어졌을 때, 내 심장도 멎어 버렸어야 했다. 나는 그를 꽉 껴안았다. 그가 한 말엔 신경 쓰지 않았다. 그를 돌아오게 할 것이다.

나는 그의 영을 찾고 또 찾았다. 가 버렸다.

"엄마!" 나는 비명을 질렀고, 몸을 떨며 흐느꼈다. 목이 바싹 말랐다. "엄마, 도와줘요!"

루유가 들어왔다. 므위타를 보고 무릎을 털썩 꿇었다.

"엄마!" 나는 비명을 질렀다. "므위타가 나를 두고 갈 순 없어요!"

루유가 일어나 달려 나가서 계단을 내려가는 소리가 들렸다. 상관없었다. 전부 끝나 버렸다.

다이브는 벌거벗은 인간의 모습으로 돌아와 누워서 침을 흘리며 부들부들 떨고 있었다. 아직 그의 목에 꽂혀 있는 것은 상징이 쓰인 천 조각이었다. 팅이 므위타에게 이 주술을 준 것이 틀림없었다. 그녀는 우와 요소를, 현실계, 육체를 써야 했을 것이다. 에슈에게는 가장 유용하며 위험한 요소였다. 므위타의 몸을 끌어안고 있는 사이, 한 가지 생각이 떠올랐다. 나는 즉시 행동에 나섰다. 그 결과나 가능성, 위험은 고려하지 않았다.

므위타와 나는 어젯밤 잠을 자지 않았다. 그가 내 안에서 어떻게 움직이고 사정했는지 떠올렸다. 그는 아직 내 안에 있었다. 그는 아직 살아 있었다. 내 안에서 헤엄치고, 꿈틀거리는 것들이 느껴졌다. 주기 중 그때가 아니었지만, 나는 그렇게 되도록 만들었다. 난자를 움직여 므위타의 생명을 찾아 만나게 했다. 하지만 결합한 것은 내가 아니었다. 나는 그게 이루어지도록 했을 뿐이다. 그 이후는 무언가 다른 것이 선택했다. 인간을 완전히 벗어났으며 전혀 염두에 두지 않는 무언가가. 수정의 순간, 거대한 충격파가 내게서 발사되었다. 오래전 아빠의 장례식에서 있었던 것 같은 충격파가. 주위의 벽과 천장이 날아갔다.

나는 먼지와 잔해 속에 므위타의 시신과 앉아, 무언가가 위로 떨어져 내 목숨을 끝장내길 바라고 있었다. 하지만 아무것도 떨어지지 않았다. 곧 모든 것이 진정되기 시작했다. 계단만이 그대로 남아 있었다. 거리와 건물에서 비명과 고함이 들렸다. 전부 높은 목소리. 여자들 목소리였다. 나는 부르르 떨었다.

"일어나!" 어느 여자가 소리질렀다. "일어나라고!"

"아니여, 저도 죽이세요!" 다른 여자가 울부짖었다.

나는 수련 중에 임신하여 한 마을 전체를 소멸시킨 여자 수련생 산치를 생각했다. 여자들을 가르치는 것을 꺼려한 아로를 생각했다. 그리고 내 품의 므위타를 껴안았다. 죽었다. 고개를 젖히고 깔깔대며 웃고 싶었다. 내 배 속에 있는 우리 아이를 생각해서? 어쩌면. 내가 방금 저지른 일의 결과가 이제 충격으로 다가와서? 그럴 수도. 소량의 식사와 휴식 그리고 너무 많은 고통으로 인해 정신이 맑아져서? 아마도. 무엇이든 간에, 내 정신 속 구름이 걷히고 므위타 꿈이 떠올랐다. 그 섬.

누군가 계단을 달려 올라오고 있었다.

"온예!" 루유가 외치며, 다이브 위로 넘어진 사암 덩어리와 책장을 뛰어넘었다. "온예, 어떻게 된 거야? 오, 아니시여, 넌 무사하구나."

"우리가 해야 할 일을 알았어." 나는 담담히 말했다.

"뭔데?"

"보는 이를 찾는 거야. 나에 대한 예언을 한 그 사람." 그 이름을 떠올리고 눈을 깜박였다. "라나, 그 사람 이름은 라나야."

우리가 즈와히르를 떠나기 직전 솔라가 라나에 대해 말해 주었다. "그 보는 이는 라나라고 하는데, 귀한 문서를 지키고 있다. 그래서 예언을 받을 수 있었던 거야." 솔라는 그렇게 말했다.

밖에선 여자들이 계속 비명을 지르고 울부짖었다.

"그럼…… 그럼 작별 인사를 하고 보내 주자." 루유가 말하며 내 어깨에 손을 얹었다. "므위타는 떠났어."

나는 그녀를 쳐다보았다. 그리고 므위타를 보았다.

"일어나." 루유가 말했다. "우린 가야 해."

나는 마지막으로 그의 사랑스런 입술에 입맞췄다. 벌거벗은 채 떠는 다이브의 몸을 보고 조소했다. 입안이 마르지만 않았더라면 그에게 침을 뱉었을 것이다. 나는 그를 죽이지 않았다. 그를 그냥 거기 두었다. 므위타는 나를 자랑스러워했을 것이다.

모래 벽돌은 뜨겁게 타오를 수 없을까? 탄다. 므위타의 시신이 발견되고 훼손되도록 거기 두고 갈 수는 없었다. 절대로. 무엇이든 불에 탈 수 있다. 무엇이든 흙으로 돌아가야 하니까. 나는 장군의 건물을 활활 타게 했다. 다이브가 그 안에 있었던 게 내 탓일까? 다이브가 무력하게 안에 누워 있는 사이 건물을 태워 버렸다고 해서 므위타가 내게 화를 낼 것 같진 않다.

다이브 장군의 건물은 재가 될 때까지 그치지 않고 탔다. 그래도 우리가 그 앞에 서 있는 동안, 커다란 박쥐가 숯이 된 잔해처럼 힘겹게 불꽃에서 날아 나왔다. 아버지는 불구가 되었으나 아직 살아 있었다. 상관없다. 내가 해야 할 일을 성공적으로 해내면, 그도 대가를 치를 시간이 올 것이다.

우리는 얼른 길거리를 걸어갔고 여자들이 사방에서 뛰어다녔다. 아무도 우리를 다시 돌아보지 않았다. 우리는 이름 없는 호수를 향해 나아갔다.

## 59장

"기분이 이상해."

루유가 말했다. 그러고는 강가로 달려가 그날 두 번째로 토했다.

나는 얼굴을 드러낸 채 서서 루유가 끝마치기를 기다렸다. 아무도 내겐 신경쓰지 않았다. 사람들이 미친 에우 여자 얘기를 들었을지도 모르지만 두르파 시(市)에서 일어난 일에 뒤로 밀렸다. 지금으로서는.

두르파 시내에서 여자를 임신시킬 수 있는 남자는 누구 하나 남김없이 다 죽었다. 내가 취한 행동이 그들을 죽였다. 내가 봤던 군대, 그 남자들은 모두 즉시 죽었다. 강으로 걸어가는 동안, 우리는 길에서 남자들의 시체를 봤고, 집에서 들려오는 울음소리를 들었고, 충격에 빠진 아이들과 여자들을 지나쳤다. 나는 다시 부르르 떨며 어쩔 수 없이 다이브를 떠올렸다……. 그는 내 아버지고 나는 그의 자식이다. 우리 둘 다 지나는 길마다 시체들을 남겨 두었다. 시체로 가득한 들판.

"다 했어?"

나는 물었다. 얼굴이 뜨거웠고 나도 토할 것 같은 기분이었다.

루유는 끅 소리를 내고 천천히 일어섰다.

"속이…… 뭐라고 해야 할지 모르겠네."

"임신한 거야."

"뭐?"

"나도 그렇고."

루유는 나를 응시했다.

"네가……."

"내 스스로 임신했어. 그로 인해 뭔가 벌어졌고. 뭔가…… 끔찍한 일이." 나는 손을 내려다보았다. "솔라가 나의 제일 큰 문제는 자제력 부족이라고 했지."

루유는 손등으로 입을 닦고 자기 배를 만졌다.

"그럼…… 나만이 아니구나. 여자들 전부."

"얼마나 멀리까지 그렇게 되었는진 몰라. 다른 도시까지 가진 않았을 거야. 하지만 남자들이 죽은 곳에선, 여자들이 임신했겠지."

"어…… 어떻게 된 거야? 왜 남자들이 죽었지?"

나는 고개를 젓고 강을 바라보았다. 루유는 모르는 게 낫다. 근처에서 한 여자가 비명을 질렀다. 나도 비명을 지르고 싶었다.

"나의 므위타."

나는 속삭였다. 눈시울이 뜨거워졌다. 고개를 들어 남겨진 여자들이 거리에 뛰어다니는 모습을 보고 싶지 않았다.

"훌륭한 죽음이었어."

"아들이 아버지를 죽였지."

*하지만 다이브는 죽지 않았지.*

"제자가 스승을 죽인 거지." 루유가 힘없이 말했다. "다이브는 너를 증오했어, 므위타는 너를 사랑했고. 므위타와 다이브, 서로 다른 한쪽 없이는 잘 살아갈 수 없는 관계였는지도."

"꼭 마법사처럼 얘기하네." 나는 궁얼거렸다.

"워낙 주위에 오래 있었으니까."

"나의 므위타." 나는 다시 속삭였다. 그러다가 문득 생각이 나서 라파 옷자락 속에 손을 넣었다. 그게 없기를 바랐다. 그러나 있었다. 나는 작은 금속 디스크를 꺼내 들었다. "루유, 포터블 아직 있어?"

길 건너 건물 안에서, 여자가 목소리가 갈라지도록 비명을 질렀다. 루유가 움찔했다.

"응." 루유가 눈을 가늘게 떴다. "그 디스크는 어디서 난 거야?"

루유가 디스크를 기기에 넣었고 나는 옆으로 다가섰다. 심장이 너무 빨리 뛰어 가슴을 움켜잡았다. 루유는 얼굴을 찌푸리고 나를 당겨 안았다. 작은 화면이 아래에서 올라오면서 낮게 우웅 소리가 났다. 루유가 기기를 돌렸다.

내 어머니가 모래에 누워 우리를 똑바로 쳐다보고 있었다. 아버지가 은으로 된 칼을 어머니 머리 옆의 모래에 콱 꽂았다. 그 칼자루가 내 손에 새겨진 것과 아주 비슷한 모양의 상징으로 장식되어 있는 게 눈에 들어왔다. 팅은 그게 무슨 뜻인지 알 텐데. 그는 내 어머니의 다리를 벌렸고 그다음은 신음, 헐떡임, 그리고 노래였고, 노래 사이사이 으르렁거리는 말소리가 들렸다. 하지만 이번에는 어머니 시점에서의 환영이 아니라 녹화된 영상을 보고 있었다. 그의 누루말을 어머니 시점이 아닌 것을 통해 듣고 있었다. 알아들을 수 있었다.

"찾아냈다. 바로 너야. 여자 마법사!" 그는 노래를 불렀다. "넌 내 아들을 가질 거다. 대단한 아이가 될 거야." 또 다른 노래. "내가 그 아이를 키워내 이 땅에서 가장 위대하게 만들 것이다." 그는 노래를 불렀다. "그렇게 쓰여 있다! 내 눈으로 보았어!"

뭔가 유리로 된 물건이 길 건너 창문에서 날아왔다. 땅에 떨어져 깨졌다. 흐느끼는 아이 울음소리가 뒤따랐다. 나는 그 모든 것에 무감각했다. 누루 마법사에게 강간당하는 어머니의 모습이 눈에 박혀서 머릿속이 새카매졌다. 주위에서 고통에 울부짖고 흐느끼는 여자, 아이, 나이 든 남자 들을 생각했다. 그들은 내 어머니가 이런 일을 당하도록 방관했다. 내 어머니를 돕지 않았다.

만약 어머니의 아버지가 바란 대로 어머니가 마법사였다면, 다이브가 어머니를 범한 날 어떻게 되었을까? 엄청난 싸움이 벌어졌을 것이다. 현실에서는 어머니를 지킬 수단은 어머니의 알루시뿐이었다.

"그만."

루유가 마침내 말하며, 내게서 포터블을 채어 갔다.

사람들이 거리로 쏟아져 나왔다. 뛰고, 발을 질질 끌고, 이리저리 돌아다니고, 나는 신경 쓰지 않는 곳으로 향했다. 허깨비가 되었고, 그들의 삶은 영원히 바뀌어 버렸다. 나는 초점 없는 눈을 하고 그 자리에 서 있었다. 아버지는 이 디스크를 20년 동안 보관할 만큼 자랑으로 여겼다.

“계속 가야지.” 루유가 말하며 나를 끌어당겼다. 하지만 걷는 사이, 그녀의 눈에서도 눈물이 후두둑 떨어졌다. “잠깐.” 루유가 내 팔을 잡은 채 말했다. 그러고는 포터블을 떨구었다. “밟아. 있는 힘껏. 으깨 버려.”

나는 잠시 그걸 내려다보다가 온 힘을 다해 짓밟았다. 그 부서지는 소리에 기분이 나아졌다. 포터블을 주워들어 디스크를 꺼냈다. 디스크를 이로 부러뜨려 강에 던져 버리고는 말했다.

“가자.”

호수에 도착했을 때 우리는 잠시 멈춰 섰다. 전에도 봤지만, 환영을 통해 볼 때는 멈춰 서서 정말로 머릿속에 담을 기회가 없었다. 호수 어딘가에 섬이 있었다.

우리 뒤는 혼란의 도가니였다. 거리 가득히 여자, 아이, 그리고 늙은 남자가 뛰고 비틀거리고 “어떻게 이런 일이!” 하고 울부짖었다. 싸움이 벌어졌다. 여자들이 제 옷을 잡아 뜯었다. 많은 이들이 무릎을 꿇고 아니에게 구해 달라고 외쳤다. 어딘가에선 얼마 안 되는 오케케 여자들이 질질 끌려나와 산산조각 나고 있으리라 나는 확신했다. 두르파는 병들었고 나는 성난 코브라처럼 일어서기 위해 그 병을 유발시켰다.

우리는 그 모든 것을 등졌다. 참 엄청난 물이었다. 환한 햇빛 아래 연한 푸른색이었고, 수면은 잔잔했다. 공기 자체도 축축하게 느껴졌고, 물고기와 다른 수중 생물들은 이런 냄새가 나는 걸까 궁금했다. 내 욱신거리는 감각에 음악처럼 다가오는 금속성의 달콤한 향. 즈와히르에선, 루유나 나나 이런 건 상상조차 못 했다.

물가에 수상용 탈것이 몇 있었다. 그것들이 물의 평온함을 가르고 방해하고 있었다. 보트 여덟 척. 전부 광을 낸 노란 나무로 만들었고 사각형의 파란 휘장이 앞에 그려져 있었다. 우리는 빠르게 언덕을 걸어 내려갔다.

"거기! 기다려!" 우리 뒤에서 한 여자가 외쳤다.

우리는 더 빨리 나아갔다.

"저게 에우 여자야!" 여자가 말했다.

"악귀를 잡아!" 다른 여자가 외쳤다.

우리는 달리기 시작했다.

보트들은 한 척에 네 명이 겨우 탈 정도로 작았다. 모터가 달려 있어 물을 나아가며 연기와 꺽꺽거리는 소리를 냈다. 루유는 젊은 누루 남자가 있는 보트를 향해 달렸다. 왜 그 사람을 골랐는지 알 수 있었다. 다른 보트 운전자들과는 조금 달라 보였다. 그는 충격받은 얼굴을 하고 있는 반면, 다른 사람들은 다 공포에 질려 나를 쳐다보고 있었다. 우리가 다가갔을 때, 그의 얼굴은 그 표정 그대로였다. 그는 보트 문을 열었다. 우리는 올라탔다.

"당신…… 당신은……."

"네, 맞아요."

"얼른 몰아요!" 루유가 남자를 향해 고함쳤다.

"그 여자가 두르파 남자들을 전부 죽였어!" 언덕을 뛰어 내려오는 여자가 남자들에게 소리질렀다. "잡아, 죽이라고!"

남자는 아슬아슬하게 시간을 맞춰 보트를 출발시켰다. 연기가 퐁퐁 나오고 날카로운 소리가 났다. 남자가 레버를 잡아당기자 보트가 앞으로 홱 나아갔다. 다른 보트 사람들은 자기들 배 가장자리에 몰려들었다. 우리 보트에 뛰어 올라타기엔 너무 멀었다.

"슈쿠!" 그중 한 명이 외쳤다. "뭐 하는 거야?"

"아, 벌써 홀렸구먼." 또다른 보트 사람이 말했다.

여자들 한 무리가 언덕을 달려 내려오고 있었다. 보트에 돌이 날아왔고 내가 몸을 돌리는 사이 다른 돌이 내 엉덩이에 맞았다.

"어디로 가요?" 슈쿠라는 남자가 물었다.

"라나의 섬요." 나는 말했다. "어딘지 알아요?"

"압니다."

남자는 보트를 남쪽으로, 호수의 아래쪽으로 돌렸다.

우리 뒤에선 여자들이 다급히 남자들에게 말하고 있었다. 그들이 시동을 걸고 급히 추격에 나섰다.

"보트 멈춰!"

한 남자가 외쳤다. 그들은 우리보다 400미터쯤 뒤처져 있었다.

"슈쿠, 넌 해치지 않아!" 다른 남자가 외쳤다. "그 여자만 넘기면 돼."

슈쿠는 나를 돌아보았다.

나는 그의 눈을 똑바로 보고 말했다.

"보트 멈추지 말아요."

우리는 계속 나아갔다.

"그럼 그 소문이 사실인가요? 남자들이 다…… 두르파에 무슨 일이 난 겁니까?"

그는 호수 건너편, 아마도 선타운이나 차사에서 왔을 것이다. 소식은 빨리 퍼진다. 그는 큰 위험을 무릅쓰고 호수를 건너온 것이다. 뭐라고 말해 줄 수 있을까?

"왜 우릴 돕는 거예요?" 루유가 수상해하며 물었다.

"난…… 다이브를 믿지 않거든요. 믿지 않는 사람 많아요. 하루에 다섯 번 기도하고, 위대한 책을 사랑하고, 신앙심 깊은 이들은 이게 아니의 바람이 아니란 걸 압니다." 그는 나를 보면서 내 얼굴을 살폈다. 몸서리를 치더니 눈길을 돌렸다. "그리고 난 그 여자를 봤거든요. 아무도 만질 수 없는 오케케 여자. 누가 그 여자를 미워할 수 있겠어요? 그 여자의 딸이 사악한 일을 할 리가 없죠."

나를 도우려고 알루를 해서 이쪽으로 와 사람들에게 나에 대해 말하고 다닌 내 어머니 얘기였다. 그럼 어머니는 누루족에게도 호소했던 것이다. 어머니는 내가 얼마나 좋은 사람인지 모든 이에게 말하고 다녔다. 나는 그 생각에 거의 웃음을 터트릴 뻔했다. 거의.

배가 무거운데도, 우리는 다른 보트들에 따라잡히지 않았다. 그 뒤로, 남자들이 가득 탄 보트 다섯 척이 더 보였다.

"저들이 당신을 죽일 겁니다." 슈쿠가 오른쪽을 가리켰다. "우린 방금 차사에서 왔는데 그쪽은 아무 일 없어요. 제발. 두르파에선 무슨 일이 있었던 겁니까?"

나는 그저 고개만 내저었다.

"그냥 거기 데려다 줘요." 루유가 말했다.

"내가 하는 게 옳은 일이어야 할 텐데." 그는 중얼거렸다.

남자들이 욕하고 위협하며 점점 다가왔다.

"얼마나 멀어요?" 루유가 다급히 물었다.

"저기 봐요."

초가지붕을 덮은 사암 오두막 한 채가 있는 섬이 보였다. 하지만 보트의 모터는 힘겨워하고 있었고, 더 시커먼 연기를 뿜어 냈다. 좋은 징조일 리 없는 쿨럭거리는 소리가 나기 시작했다. 슈쿠가 욕설을 내뱉었다.

"연료가 거의 떨어져 가요." 그가 작은 호리병을 들었다. "연료를 채우면 되는……."

"시간 없어! 가." 루유가 내 어깨를 움켜쥐며 말했다. "변신해서 날아가. 나는 두고. 내가 저들과 싸울게."

나는 고개를 저었다.

"널 두고는 못 가. 도착할 수 있을 거야."

"못 도착해."

"도착할 거야!" 나는 무릎을 대고 몸을 일으켜 뱃전 너머로 몸을 기울였다. "도와줘!"

그리고 손으로 물을 뒤로 밀어내기 시작했다 루유가 반대쪽으로 몸을 기울여 따라했다.

"이걸 써요."

슈쿠가 커다란 노를 우리에게 주며 말했다. 그가 모터 동력을 최대로 올렸지만, 별반 세지 않았다. 천천히 섬에 가까워졌다. 내 머릿속에는 '빨리, 빨리!' 외엔 아무것도 떠오르지 않았다. 내가 입은 파란 라파와 하얀 셔츠는 땀과 이름 없는 호수의 찬물에 흠뻑 젖어 있었다. 하늘에선 태양이 빛났다. 저 위로 작은 새 떼가 날아갔다.

나는 죽어라 노를 저었다.

"가!"

충분히 가까워지자 나는 외쳤다. 루유와 나는 보트에서 뛰어내려, 물을 헤치며 나아가 오두막 한 채와 땅딸막한 나무 두 그루가 간신히 들어설 조그만 섬으로 달렸다. 오두막까지 겨우 몇 미터. 나는 잠시 멈춰 다급히 노를 저어 멀어져 가는 슈쿠를 보았다.

"고마워요!" 나는 소리쳤다.

"만약…… 아니께서…… 뜻하신다면."

그가 가쁘게 외치는 소리가 들렸다. 누루족 보트 소리가 다가오고 있었다. 나는 몸을 돌려 오두막을 향해 달렸다.

나는 문가에서 루유 옆에 멈춰 섰다. 문이 없었다. 안에는 라나의 생명 없는 몸이 널브러져 있었다. 구석에는 크고 먼지 쌓인 책이 있었다. 라나에게 무슨 일이 있었는지 모른다. 나의 희생자 중 하나일 수도 있지만, 내가 우연히 촉발한 죽음이 이렇게 멀리까지 닿았을까? 결코 알 수 없을 것이다. 루유가 몸을 돌려 왔던 길로 달려갔다.

"해!" 그녀가 어깨 너머로 외쳤다. "내가 막고 있을게."

내가 그 오두막에 있는 사이, 밖에선 우리를 쫓아온 남자들이 루유가 나오는 것을 보았다. 루유는 아름답고 강했다. 남자들이 보트에서 내려 이제 우리가 덫에 걸린 걸 알고 느긋이 다가오는 걸 보고도 그녀는 두려워하지 않았다. 루유가 웃으며 "그럼 덤벼!" 하고 말하는 것을 들은 듯했다.

그 누루 남자들이 본 것은 달랑 의무감과 지난 몇 달간의 생활로 거칠어진 맨손으로 무장한 아름다운 오케케 여자였다. 그리고 그들은 그녀에게 달려들었다. 그녀의 녹색 라파를, 이제 더러워진 노란 상의를, 마치 한참 전처럼 느껴지지만 겨우 어제 선물 바구니에서 꺼낸 구슬 팔찌를 찢어발겼다. 그러고는 그녀를 산산조각 냈다. 그녀의 비명을 들은 기억은 없다. 나는 바빴다.

나는 바로 책으로 다가가 그 앞에 무릎을 꿇었다. 표지는 얇았지만 거칠었고, 나로선 알지 못할 내구성 있는 소재로 만들어져 있었다. 동굴에서 발견했던 전자책의 검은 표지가 연상되었다. 제목이나 도안은 없었다. 나는 손을 뻗다 말고 주저했다. *무엇이……*. 아니, 이제 와서 그걸 묻기엔 너무 늦었다.

책을 만져 보니 따뜻했다. 달아올라 있었다. 나는 단단한 표지 위에 손을 얹었다. 사포처럼 거칠었다. 궁리를 해 보고 싶었지만 시간이 없다는 걸 알고 있었다. 나는 책을 무릎에 놓고 펼쳤다. 그 즉시, 마치 누가 내 머리를 세게 때려 시야가 잘못되기라도 한 듯한 감각에 빠졌다. 글씨도 거의 보이지 않았고, 눈과 머리가 너무나 혼란스러웠다. 집중했다. 나는 단 한 가지 목표를 위해, 바로 이 오두막에서 예언된 목표를 위해 그곳에 있었다.

나는 책장을 넘겼고 다른 데보다 뜨겁게 느껴지는 페이지에서 멈췄다. 왼손을 거기 얹었다. 전혀 이해가 되지 않았지만 그래야 할 것 같았고, 책이 너무나 기분 나쁘게 느껴졌다. 나는 잠시 그대로 있었다. *아니야*. 팅이 내 손에 대해 했던 말을, "어떤 결과가 나올지 모르니까."라고 했던 것을 기억하고 손을 바꿨다. 이 책은 증오로 가득했고 그게 역겨움을 유발한 것이다. 내 오른손에는 다이브의 증오가 가득했다.

"널 증오하지 않아." 나는 속삭였다. "그럴 바엔 차라리 죽을 거야."

그다음 나는 노래하기 시작했다 내가 네 살 때 어머니와 사막에서 살던 시절 만든 노래를 불렀다. 내 생애 가장 행복한 시간. 나는 사막이 만족감에 젖어 평화롭게 안정되어 있을 때 이 노래를 불러주었다. 이제 내 무릎에 놓은 신비스러운 책에 불러 주고 있었다.

손이 뜨거워졌다. 오른손의 상징이 쪼개지는 것이 보였다. 복제된 상징이 책으로 쏟아져 내려 다른 상징들 사이에 자리잡고 내가 여전히 읽을 수 없는 글귀가 되었다. 아이가 어머니의 젖을 빨듯, 책이 내게서 빨아들이는 것이 느껴졌다. 빼앗고 또 빼앗고. 내 자궁안에서 무언가 맞아떨어지는 것이 느껴졌다. 나는 노래를 중지했다. 내가 보는 앞에서, 책은 점점 더 희미해져 갔다. 하지만 보지 못할 정도로 희미한 것은 아니었다. 책이 자취를 감춘 순간, 남자들이 쳐들어와 나를 발견했다.

60장

# 누가 죽음을 두려워하는가?

변화에는 시간이 필요하고 내게는 그 시간이 없다.

내가 그 책을 다 쓴 순간 무언가가 벌어지기 시작했다. 그때 나는 일어나 달리려다가 붙잡혔음을 깨달았다. 내가 할 수 있는 말은 그 책과 그게 닿은 모든 것 그리고 또 그 모든 것에 닿은 것 등, 그 작은 사암 오두막 안의 전부가 이동하기 시작했다는 사실이다. 이계로는 아니었다. 그랬다면 나는 겁먹지 않았을 것이다. 어딘가 다른 곳으로 향하고 있었다. 나보고 말하라면 시간의 주머니, 시간과 공간의 틈새라고 하겠다. 모든 것이 회색, 흰색, 검은색인 곳. 거기 서서 지켜볼 수 있었다면 좋았을 텐데. 하지만 그때쯤엔 사람들이 내 머리채를 잡아 루유 시신의 잔해를 넘어, 보트로 질질 끌고 가고 있었다. 그들은 무슨 일이 벌어지기 시작했는지 보지 못했다.

나는 여기 앉아 있다. 그들이 와서 나를 데려갈 것이다. 내겐 저항할 이유가 없다. 살아감에 목적이 없다. 므위타, 루유, 빈타는 죽었다. 내 어머니 역시 너무 멀리 있다. 아니, 어머니는 나를 보러 오지 않을 것이다. 어머니는 어리석지 않다. 어머니는 운명이 진행되어야만 한다는 것을 안다. 내 안의 아이, 므위타와 나의 딸에겐 암운뿐이다. 하지만 단지 사흘이라도 삶은 삶이다. 아이는 이해할 것이다. 아이의 시간은 나의 시간과 마찬가지로 때가 되면 돌아올 것이다. 하지만 당신이 아는 이곳, 이 왕국은, 오늘 이후로 변화할 것이다. 위대한 책에서 읽게 될 것이다. 그게 다시 쓰였음을 알아채진 못할 것이다. 아직은. 하지만 그렇다. 모든 것이 다시 쓰였다. 오케케족에 내려진 저주는 풀렸다. 그것은 존재한 적이 없었다.

나는 그 오랜 시간 그녀와 앉아 타자를 치고 이야기를 들었으며, 주로 듣기만 했다. 온예손우. 그녀는 상징이 그려진 손을 보다가 자기 얼굴로 가져갔다. 마침내 그녀는 흐느꼈다.

"끝났어요." 그녀가 울먹였다. "이제 혼자 내버려 둬요."

처음에 나는 거절했지만 그러다가 그녀의 얼굴이 변하는 것을 보았다. 호랑이의 얼굴처럼 줄무늬 털과 날카로운 이빨이 자라나는 것을. 나는 노트북을 움켜쥐고 도망 나왔다. 그날 밤 잠이 오지 않았다. 그녀 생각이 뇌리를 떠나지 않았다. 그녀는 도망칠 수도, 날아갈 수도, 몸을 보이지 않게 할 수도, 영계로 이동하여 도망가거나, 그녀가 즐겨 말하던 대로 '활공'할 수도 있었다. 하지만 그중 어느 것도 하지 않았다. 입문식 중에 보았던 것 때문이었다. 그녀는 이야기 속에 갇힌 등장인물 같았다. 정말이지 끔찍했다.

다음에 내가 그녀를 본 것은 사람들이 그녀를 땅에 판 구덩이로 끌고 가 목까지 파묻을 때였다. 길고 무성한 머리채가 잘려 나가 남은 머리가 그녀처럼 반항적으로 곤두서 있었다. 나는 남자들과 얼마 없는 여자들 인파 속에 서 있었다. 모두가 피와 복수를 외치고 있었다.

"에우를 죽여!" "찢어발겨!" "에우 악귀!" 사람들이 웃고 조롱했다. "오케케 구원자는 오케케보다 못생겼다!" "마법사는 맞네, 아무것도 못하지만 확실히 우리 눈에는 해롭거든." "에우 살인자!"

키가 크고 턱수염을 길렀으며 유난히 볕에 탄 얼굴에, 심하게 뭉그러진 다리, 그리고 한쪽 팔만 있는 남자가 눈에 들어왔다. 그는 지팡이로 몸을 지탱하고 앞쪽 가까이 서 있었다. 다른 사람들과 마찬가지로 누루족이었다. 다른 사람들과 달리, 그는 차분하고 주의 깊었다. 나는 다이브를 본 적 없었지만 온예손우가 그를 잘 묘사해 주었다. 바로 그 사람이라고 나는 확신했다.

그 돌들이 그녀의 머리를 쳤을 때 무슨 일이 생겼을까? 나는 아직도 그 의문을 품고 있다. 그녀에게서 빛이, 파란색과 녹색이 섞인 빛이 흘러나왔다. 그녀의 파묻힌 몸을 둘러싼 모래가 녹기 시작했다. 더 많은 일이 있었으나, 차마 전부 언급할 수 없다. 그 일은 오직 그곳에 있으면서 목격한 사람들만의 비밀이다.

그러더니 땅이 흔들리고 사람들이 도망가기 시작했다. 그 순간 모두가, 우리 누루족 전부가 우리가 무엇을 잘못했는지 깨달았다고 나는 생각한다. 어쩌면 다시 쓰여진 것이 드디어 실현되었는지도 모른다. 모두 아니께서 우리를 갈아 먼지로 만들러 오셨다고 확신했다. 너무나 많은 일이 이미 벌어졌다. 온예손우는 진실을 이야기했다. 두르파 시 전역에서, 생식 능력 있는 남자는 전원 전멸했고 생식 능력 있는 여자는 전원 입덧하고 임신했다.

어린아이들은 뭘 어째야 할지 알지 못했다. 일곱 왕국 전체 거리마다 혼란이 흘러넘쳤다. 남은 오케케족 다수는 일하기를 거부했고 그로 인해 더 많은 혼란과 폭력이 벌어졌다. 무슨 일이 일어나리라 예언했던 보는 이 라나는 죽었다. 다이브의 건물은 바닥까지 타버렸다. 우리는 모두 그게 끝이라 믿었다.

그래서 우리는 그녀를 거기 두었다. 그 구덩이 속에. 죽은 채.

하지만 내 여동생과 나는 멀리 도망치지 않았다. 우리는 15분 후 되돌아갔다. 내 여동생…… 그래, 우리는 쌍둥이였다. 내 쌍둥이 여동생은 내 컴퓨터를 썼다. 그리고 온예손우의 이야기를 읽었다. 그녀는 나와 함께 처형장에 왔다. 그리고 모든 것이 끝났을 때, 돌아온 사람은 우리뿐이었다.

그리고 여동생은 온예손우의 이야기를 알았고, 또 나와 쌍둥이이기에 두려워하지 않았다. 쌍둥이로서 우리는 늘 세상에 좋은 일을 해야 한다는 책임감을 느꼈다. 차사의 쌍둥이라는 위치 덕분에 감옥에서 온예손우를 만날 수 있었다. 그것이 그녀의 이야기를 받아적게 된 계기였다. 그리고 그 덕분에 싸워 가며 책을 출판하고 그로 인한 반발 와중에도 나와 여동생의 안전을 지킬 수 있었다. 부모님은 우리가 살고 행동하는 방식이, 위대한 책이 다 잘못되었다고 여기는 드문 누루족이었다. 그분들은 아니를 믿지 않았다. 그래서 나와 여동생 역시 무신앙자로 컸다.

온예손우의 시신을 향해 되돌아가던 중에 동생이 꺅 소리를 질렀다. 쳐다보니 동생이 바닥에서 3센티미터쯤 떠올라 있었다. 내 여동생은 날 수 있었다. 나중에 우리는 그녀만 그런 게 아니라는 걸 알게 되었다. 오케케와 누루를 막론하고 모든 여자들은 무언가가 바뀌었음을 발견했다. 어떤 이는 와인을 맑고 깨끗한 물로 바꿀 수 있었고, 어떤 이는 밤에 어둠 속에서 빛났으며, 또 어떤 이는 죽은 이의 말을 들을 수 있었다. 위대한 책 이전의 과거를 기억하는 사람도 있었다. 영계를 노닐며 동시에 현실계에 살아가기도 했다. 수천 가지의 능력. 모두 여자들에게 주어졌다. 그랬다. 온예의 선물. 자신과 아이의 죽음 속에서, 온예는 우리 모두를 낳았다. 이곳은 이제 결코 예전 같지 않을 것이다. 노예제는 끝났다.

우리는 그녀의 시신을 구덩이에서 꺼냈다. 그녀 주위는 전부 녹은 모래에 유리라 쉽지 않았다. 그걸 깨부수고 그녀를 꺼내야 했다. 내 여동생은 내내 울었고, 발은 거의 땅에 닿지 않았다. 나 역시 울었다. 하지만 우리는 그녀를 꺼냈다. 여동생이 베일을 벗어 온예의 깨진 머리를 덮었다. 시신을 낙타에 실어 사막으로, 동쪽으로 향했다. 다른 낙타에는 나무를 실었다. 우리는 불을 피워 그녀에게 어울릴 화장을 치러 주고 재를 야자수 두 그루 근처에 묻었다. 우리가 구덩이를 메우는 사이, 독수리 한 마리가 나무에 내려앉아 지켜보았다. 우리가 하던 걸 다 마치자 독수리는 날아갔다. 우리는 온예손우를 위해 몇 마디 말을 한 다음 집으로 돌아갔다.

그것이 수단 왕국의 일부였던, 이곳 일곱 강 왕국 사람들을 구한 여자를 위해 우리가 할 수 있는 최선이었다.

61장

# 공작새

62장

# 솔라가 말하다

아, 하지만 위대한 책은 다시 쓰였다. 은시비디로.

두르파에서의 처음 며칠 사이, 변화가 있었다. 어떤 여자들은 온예손우에 의해…… 충동적인 행동에 의해 전멸당한 남자들의 유령과 맞닥뜨리기 시작했다. 어떤 유령들은 다시 살아 있는 남자가 되었다. 아무도 어떻게 이럴 수 있는지 묻지 못했다. 현명한 일이다. 다른 유령들은 결국 사라졌다. 온예손우는 이 모든 일에 미약하게나마 흥미를 가졌을지도 모른다. 하지만 한편, 그녀에겐 다른 걱정거리가 있었다.

길을 잘못 든 내 옛 제자의 딸은 에슈였고, 형체를 바꿀 수 있었다. 온예손우의 본성 자체가 변화와 반항이었다. 다이브는 온예손우의 죽은 연인 므위타가 재가 되어 가던 불타는 본부에서 날아오르던 순간에도 그것을 알고 있었을 터였다. 이제 다이브는 불구가 되었고, 색을 보거나 신비의 요소를 쓰려면 유례없는 고통이 따랐다. 분명 죽음보다도 비참한 운명은 존재한다.

정말로, 온예손우는 죽었다. 글을 다시 쓰기 위해선 먼저 써야 하니까. 하지만 지금은 공작새 기호를 보자. 온예손우는 감방 흙먼지 속에 그 기호를 남겨 두었다. 이 상징은 자신이 부당한 처지에 처했다고 믿는 마법사가 썼고, 때로는 여자 마법사의 손에 의해 남겨졌다. 그 의미는 '행동에 나서는 자'이다. 온예손우 자신이 고쳐 만들어 낸 바로 그 세상에 그녀 역시도 살고 싶어 했다는 건 이해할 만한 일 아닌가? 그것은 정말로 더 논리적인 운명이었다.

1장

# 다시 쓰인 글

"그럼 들어오라지."

온예손우는 모래에 끄적인 상징을 내려다보며 말했다. 당당한 공작새. 그 상징은 불평이었다. 언쟁이었다. 주장이었다. 그녀는 자기 몸을 내려다보고 초조히 허벅지를 문질렀다. 그들은 그녀에게 길고 거친 흰 드레스를 입혔다. 꼭 또 다른 감옥처럼 느껴졌다. 그들은 그녀의 머리를 싹둑 잘랐다. 감히 그녀의 머리를 잘라 냈다. 그녀는 손을 내려다보았다. 원, 소용돌이, 그리고 선이 뒤얽혀 이루어진 복잡한 도안이 손목까지 올라왔다.

그녀는 벽에 머리를 기대고 햇빛 속에 눈을 감았다. 세상이 붉어졌다. 그들이 오고 있었다. 지금 곧이라도. 그녀는 알고 있었다. 이미 보았다. 몇 년 전, 그녀는 보았다.

누군가 거칠기 짝이 없게 움켜쥐는 바람에 그녀는 신음을 토했다. 눈을 확 떴고, 쓰디쓴 분노가 육체와 영혼에 흘러넘쳤다. 뜨거운 햇살 아래 새빨갛게. 그녀는 모든 것을 치유했으나, 그러는 과정에서 친구들이 죽었다. 그녀의 므위타 역시…… 아, 사랑하는 므위타, 그녀의 생명, 그녀의 죽음. 분노가 그녀 안에 가득 찼다. 그녀의 딸 역시 분노하는 소리를 들을 수 있었다. 그녀의 딸은 사자처럼 포효했다.

팔뚝이 굵은 젊은 장정 여섯 명이 그녀를 데려가려 감방으로 들이닥쳤다. 그중 셋은 마체테 칼을 들고 있었다. 어쩌면 다른 셋은 자만심에 그녀를 다루는 데 무기가 필요하다고는 생각하지 않았을지도 모른다. 어쩌면 다들 사악한 마법사 온예손우가 제 운명에 순종했다고 여기는지도 모른다. 그녀는 그들이 이런 실수를 저지른 이유를 이해할 수 있었다. 아주 잘 이해했다.

어차피 괴상한 힘이 그들을 모두 밀어붙이는 마당에 그들이 무엇을 할 수 있단 말인가? 세 사람은 감방 바깥으로 날려 나갔다. 그들은 전부 앉거나, 눕거나, 선 채 멍하니 입을 벌리고 경악하며, 온예손우가 끔찍한 옷을 벗어 던지고 변신하는 동안 지켜보고 있었다. 그녀의 몸은 형태를 바꾸고, 뻗어나고, 둘러싸고, 늘어나고, 자라났다. 온예손우는 전문가였다. 그녀는 에슈였다. 그녀는 불을 토하는 포농고가 되었다.

*화르르르륵!* 그녀는 강력한 불덩어리를 뿜어냈고 주위의 모래가 녹아 유리가 되었다. 감방에 남아 있던 남자 셋은 사막의 태양 아래 며칠씩 누워 죽기를 기다린 것처럼 고통스럽게 바싹 타 버렸다. 그런 다음 그녀는 왔던 곳으로 돌아갈 준비가 된 별똥별처럼 하늘을 향해 불을 뿜었다.

아니, 그녀는 누루족과 오케케족 사람들을 위해 만들어진 희생물이 아니었다. 그녀는 온예손우였다. 위대한 책을 다시 썼다. 모든 것이 끝났다. 그리고 그녀는 결코 그녀의 아기를, 므위타의 살아 있는 일부를 죽게 할 수 없었다. *이푸나니아.* 그는 그 고대의 신비로운 말을, 사랑보다 진정하고 순수한 말을 그녀에게 속삭였다. 그들이 함께한 것은 운명을 바꾸기에 충분했다.

그녀는 위대한 책에 나오는 야자술 주정뱅이를 생각했다. 그는 오직 달콤한 거품이 이는 야자술을 마시기 위해서 살았다. 어느 날 거래하는 야자수 수액 채취 전문가가 나무에서 떨어져 죽자, 주정뱅이는 어쩔 바를 몰랐다. 그러나 그러다가 수액 채취자가 죽어 떠났다면, 어딘가 다른 곳에 있으리라는 것을 깨달았다. 그래서 주정뱅이의 행로가 시작되었다.

온예손우는 므위타를 생각하면서 그 이야기를 떠올렸다. 갑자기 그녀는 어디에서 그를 찾을 수 있을지 알았다. 그는 생명으로 가득하여 죽음조차 도망칠 곳에 있을 것이다……. 한동안은. 어머니가 보여 주었던 녹색의 그곳. 사막 저 너머, 땅이 잎새 무성한 나무와 수풀, 식물로 뒤덮이고, 그 안에 생물들이 사는 곳. 그는 이로코 나무에서 기다리고 있을 것이다. 더 빠르게 날아가며 그녀는 기쁨에 소리를 지를 뻔했다. 포농고가 진짜 눈물을 흘릴 수 있을까? 이 포농고에겐 가능했다.

*하지만 빈타와 루유는? 그들도 거기 있을까?* 그녀는 번뜩 스치는 희망과 함께 궁금해했다. 아, 하지만 운명은 차갑고 냉혹했다.

우리 세 사람, 솔라, 아로, 그리고 나지바는 미소 지었다. 경험 많고 수련 중인 마법사들은 종종 자신과 깊은 관련이 있는 일들을 볼 수 있었고, 우리(안내자, 스승, 어머니)는 그 모든 일을 보았다. 우리는 다시 그녀를 보게 될까 궁금했다. 그녀는 무엇이 될까? 그녀와 므위타가 결합하면, 녹색의 그곳으로 향하는 온예손우의 배 속에서 신나게 웃고 있는 그녀의 딸은 어떻게 될까?

만약 온예손우가 그 날카로운 포농고의 눈으로 남쪽을 한번 내려다보았다면 누루, 오케케, 그리고 운동장에서 노는 교복 차림의 에우 아이 둘을 보았을 것이다. 서쪽으로 저 멀리에선, 검은 포장도로 위를 뒤덮은 오케케와 누루 남녀 들이 스쿠터와 낙타가 끄는 수레를 타고 가는 것을 보았을 것이다. 두르파 시내에서는, 하늘을 나는 여자가 제일 높은 건물 옥상에서 하늘을 나는 남자와 남몰래 만나는 모습이 눈에 들어왔을 것이다.

하지만 변화의 물결은 아직 바로 그 아래를 휩쓸지 않았다. 거기선, 수천 명의 누루족이 아직도 온예손우를 기다렸고, 모두가 비명 지르고, 소리치고, 외치고, 웃고, 노려보며…… 온예손우의 피로 혀를 적실 날을 기다리고 있었다. 그들을 기다리게 두자. 그들은 아주 오래오래 기다리게 될 것이다.

감사드립니다.

선조들, 영체와 '아프리카'라고 하는 그곳에. 돌아가시는 과정에서 나로 하여금 '누가 죽음을 두려워하는가?' 하는 의문을 품게 한 아버지에게. 어머니에게. 내가 이 소설의 우울한 부분을 쓰고 있을 때 내 기분을 띄워 준 딸 아냐우고, 조카 온예디카, 그리고 조카딸 오비오마에게. 언제나 지지해 준 내 형제자매(이페, 응고지, 에메지)에게. 늘 나의 근본인 가족 친지들에게. 2004년 『누가 죽음을 두려워하는가』의 초기 버전을 읽고 비판해 준 팻 로스퍼스에게. 이 책에서 비롯한 악몽을 꾼 제니퍼 스티븐슨에게. 비전을 갖고 이끌어 준 나의 대리인 돈 마스에게. 틀에서 벗어난 생각을 하고, 보고, 되어 준 벳시 울하임에게. 훌륭한 피드백을 남겨 준 데이비드 앤서니 더햄, 아마카 음바누고, 타라 크럽색, 그리고 진 와일드맨 교수에게. 그리고 에밀리 왁스가 쓴 2004년 연합통신 기사 「우리는 밝은 피부의 아기를 만들고 싶었다」*에. 수단에서 벌어진 '전쟁 무기로서의 강간'을 다룬 이 기사는 온예손우가 나의 세상으로 들어오는 통로를 만들어 주었습니다.

* 다르푸르 내전의 참상을 취재한 이 기사의 원 출처는 2004년 6월 30일자 《워싱턴포스트》이다.

**옮긴이** | 박미영

이화여자대학교 영어영문학과를 졸업한 후 KBS 방송아카데미 영상번역작가 과정을 수료한 기획자 겸 번역가. 프리랜서로 일하며 다양한 책을 기획하고 번역하고 있다. 옮긴 책으로는 『바람과 그림자의 책』, 『프레셔스』, 『굿 메이어』, 『셜록의 제자』, 『뉴욕 미스터리』(공역), 『밑바닥』, 『블랙 머니』, 『우리가 추락한 이유』 등이 있다.

# 누가 죽음을 두려워하는가

1판 1쇄 찍음 2019년 4월 26일
1판 1쇄 펴냄 2019년 5월 3일

**지은이** | 은네디 오코라포르
**옮긴이** | 박미영
**발행인** | 박근섭
**편집인** | 김준혁
**책임 편집** | 장은진
**펴낸곳** | 황금가지

**출판등록** | 2009. 10. 8 (제2009-000273호)
**주소** | 06027 서울 강남구 도산대로 1길 62 강남출판문화센터 5층
**전화** | **영업부** 515-2000 **편집부** 3446-8774 **팩시밀리** 515-2007
**홈페이지** | www.goldenbough.co.kr

도서 파본 등의 이유로 반송이 필요할 경우에는 구매처에서 교환하시고
출판사 교환이 필요할 경우에는 아래 주소로 반송 사유를 적어 도서와 함께 보내주세요.
06027 서울 강남구 도산대로 1길 62 강남출판문화센터 6층 민음인 마케팅부



ISBN 979-11-5888-520-5 03840

㈜민음인은 민음사 출판 그룹의 자회사입니다.
황금가지는 ㈜민음인의 픽션 전문 출간 브랜드입니다.